REGARDE

Marisha Rasi-Koskinen

REGARDE

Traduit du finnois
par Claire Saint-Germain

Rivages

Retrouvez l'ensemble des parutions
des Éditions Payot & Rivages sur

payot-rivages.fr

Collection dirigée par Myriam Anderson et Delphine Valentin

Édition originale :
REC

FILI

Cette ouvrage a été publié avec l'aide du FILI
– Finnish Literature Exchange –

aux personnes fictives

NOTICE D'ACCOMPAGNEMENT À L'INTENTION DE LA VISITEUSE ET DU VISITEUR

Avant d'entrer, tu dois comprendre que

1. regarder est un acte. Qui décide de le faire ou se retrouve par hasard à le faire est partie prenante,

2. chaque cadrage laisse dans l'invisibilité beaucoup plus que ce qu'il délimite. L'angle de vue est toujours un choix, effectué par qui met l'appareil en place ou recadre une photographie déjà prise. L'essentiel reste parfois hors de l'image,

3. l'image n'existe en définitive que lorsqu'on la regarde. Ce faisant, chacune et chacun lui accole un passé et un futur. La personne qui fait l'image n'a pas la maîtrise de ce qui se passe après coup, il se peut qu'une chose qu'elle n'a même pas remarquée soit la chose importante,

4. la liberté d'interpréter engage une responsabilité. Ici, tu es seule et seul à répondre. J'ignore combien de temps tu t'attarderas ou quelle direction tu emprunteras, j'ignore même où se trouve la sortie que tu prendras. Tout dépend pourtant de cela. Tu ne resteras toutefois pas à l'intérieur. Toutes les représentations ont une fin et on te fera sortir, au plus tard, à l'heure de la fermeture,

5. il y a deux niveaux reliés par des escaliers ; le premier comporte des chambres et le second, des salles. Les sorties de secours seront indiquées,

6. rien ne t'oblige à me faire confiance.

Si tu es prête et si tu es prêt, tu peux entrer.

PREMIER NIVEAU

les chambres

photographier, c'est tuer

CHAMBRES 1-4
nik

CHAMBRES 5-9
luc & col

CHAMBRES 10-N
le récit de la mort

REC

LA DIXIÈME CHAMBRE celle dont cette histoire a besoin

LA LUMIÈRE

REC

LES DERNIÈRES HEURES

EVE

LA ONZIÈME CHAMBRE parce que je le veux

LES DERNIÈRES HEURES

UN SECRET

SCÈNE COUPÉE

UN DEUXIÈME SECRET

ENREGISTREMENT

LA DOUZIÈME CHAMBRE qui dure éternellement

LA GALERIE

REC

UN TROISIÈME SECRET (TOUT SE RÉPÈTE)

LES DERNIÈRES HEURES

CE QUI N'EST PAS UN RÊVE

LA TREIZIÈME CHAMBRE tu n'approcheras pas plus près

LES DERNIÈRES HEURES

LA FIN

LA QUATORZIÈME CHAMBRE **ce serait : non**

CELA, IL AURAIT PRÉFÉRÉ NE PAS LE SAVOIR

LA QUINZIÈME CHAMBRE **ce serait : non**

LA SEIZIÈME CHAMBRE **ce serait : non**

LE PIRE CE N'EST PAS QUE

CHAMBRES NON NUMÉROTÉES il les transporte avec lui

LE PIRE C'EST QUE

REC

LES DERNIÈRES HEURES

REC

LE DÉBUT

REC

LES DERNIÈRES HEURES

REC

EXIT

CHAMBRES 1-4

—

nik

REC. J'aime les extrêmes. J'aime les débuts et les fins, les bords nets et les contrastes, l'intersection entre les noirs et les blancs, les pages vides et les pleines pages, les assiettes dans lesquelles on a déposé le repas et les assiettes qu'on a lavées et essuyées avant de les ranger, la musique que je n'ai jamais entendue et la musique dont je connais chaque note, les livres que je n'ai pas ouverts et les livres que je connais par cœur, et tout ce dont je ne sais rien encore et ce dont je sais déjà tout. Ta voix aussi, je l'aime avant que tu ne te mettes à parler et une fois que tu as dit ce que tu avais à dire et te tais à nouveau. Je pourrais mettre en images uniquement des débuts, infiniment de débuts et, à leur suite, des fins. Entre les débuts et les fins, j'excepterais tout. La grisaille entre les débuts et les fins, je l'ai toujours haïe, d'une manière générale je hais la grisaille. Ou bien ceci est un début ou bien c'est une fin. Mais pas une grisaille imprécise. Promets-le-moi, plus de grisaille, jamais. STOP.

Les dernières heures

Le Récit de la mort fut le premier film documentaire commun de Lucas et Cole. Cole était, depuis le début, certain qu'ils réussiraient dans leur entreprise. Ils réaliseraient quelque chose de grand. D'unique, authentique et courageux, sans rien d'inventé, quelque chose d'intégralement vrai.

Ils avaient réussi, d'une certaine manière. Le documentaire ne fut pas un succès immédiat, on n'en montra d'abord que des extraits au détour de reportages consacrés aux faits divers, mais il trouva son public, se diffusa, comme il arrive toujours avec ce que l'on s'efforce d'endiguer, d'abord sur le dark web, puis sous forme de liens internet illégaux envoyés depuis des adresses IP masquées qui étaient supprimées et réapparaissaient, supprimées et réapparaissaient, accompagné et nourri par des articles d'opinion vindicatifs et une tempête médiatique, puis dans des clubs et derrière les rideaux de pièces occultées dans des expositions privées interdites aux mineurs, et plus tard, dans les salles de petits cinémas et dans des festivals, à la fin, même, dans les petites salles de quelques grands cinémas. On se passait le mot, et chaque fois que l'affaire menaçait d'être oubliée, il se produisait quelque chose, une nouvelle critique ou un nouveau commentaire anonyme étaient publiés en ligne, sur le ton de la condamnation ou de l'éloge, et tout le monde recouvrait la mémoire.

En pareils cas, ceux qui ont subi des torts se pourvoient en justice. Rechercher des coupables fait partie de ce que les gens s'imaginent du deuil, même si la vengeance et le châtiment ne sont que des tentatives d'écarter le chagrin, de le repousser dans le temps et l'espace, d'en modifier la forme parce que, tel quel, il est trop lourd à supporter. Le matériel saisi était abondant – e-mails, données téléphoniques, SMS, photos, vidéos –, mais la plupart des chefs d'accusation durent être abandonnés. On ne trouva pas de preuves ni d'auteur, pas vraiment de victime en vérité. Quelqu'un réalisa son propre documentaire sur le deuil des proches, qui ne bénéficia pas, tant s'en faut, d'autant d'attention que le film originel.

« J'aurais fait mieux. »

Voilà ce qu'aurait proclamé Cole. Et il aurait eu raison.

Il y a de cela près de cinq ans. Lucas n'a pas revu Cole depuis.

Cinq ans de culpabilité, ça rend farouche. Cinq ans vous font lire des insinuations dans le regard d'autrui. Toutes sortes d'allusions. Est-ce que ce type est au courant ? Ou cette fille-là ? Me reconnaît-il, a-t-elle regardé le documentaire assez attentivement, l'ont-ils vu, d'ailleurs ? Même si, en réalité, ces personnes sont juste en train d'acheter du papier toilette ou d'écouter un livre audio, d'adresser des grimaces à leurs écouteurs et non à celui qu'ils croisent. Peut-être qu'ils ne savent rien du documentaire. Bien sûr que non. En cinq ans, mille nouveaux trucs ont pu arriver, et les gens ont la mémoire courte. Et pourtant. Devrais-je me teindre les cheveux ? Me raser la barbe ou la laisser pousser ? Souhaiter vieillir comme peu de gens l'envisagent : bouffir à en devenir difforme, changer tellement que plus personne ne me reconnaîtra ? C'est ainsi qu'on pense, oui. Cinq ans de culpabilité et on apprend à ranger ses cauchemars en trois catégories, chacune avec ses sous-genres. Finalement, le plus primitif, celui dont on s'éveille en cherchant son souffle sans plus savoir qui on est, sera le moins pire de tous.

Cinq ans, c'est tellement long qu'on commence à douter de ses propres souvenirs. Lucas ne porte pas de marques visibles. À l'exception de son regard furtif ou de ses épaules légèrement tombantes, il ne tranche pas sur le spectacle de la rue. Il ne lui est rien arrivé. Personne ne l'a atteint, n'a cherché à lui faire du mal. Il est en vie et respire l'air de ce monde.

Cela fait cinq ans, mais tout a commencé bien avant, il y a plus de vingt ans. Lucas a trente-trois ans. Vingt ans, c'est presque les deux tiers de son existence.

On peut compresser sa vie *a posteriori* afin de la faire tenir dans un moule qui ressemble à un récit. À de nombreux récits différents. N'importe quelle vie. Forcer, sélectionner, modifier, cadrer. Si une chose ne convient pas, l'exclure du cadrage. Dans la réalité, il n'y a pas de récits, mais la réalité n'est pas non plus telle qu'elle en a l'air. Dans la réalité, ce n'est pas le passé qui nous crée, mais nous qui recréons, chaque jour, le passé. D'une certaine manière, Lucas est à sa juste place. Dans ce minibus, sur cette route sinueuse, pour rejoindre la ville où Cole l'a précédé. Dans cette œuvre dont il possède une esquisse dans son calepin. Dans ce calepin qu'il n'a pas sur lui. Il n'y a pas d'alternative. Son histoire le mène au but où il doit parvenir. Qu'importe que la direction des lois causales aille à rebours et que les conséquences précèdent les causes qui y ont conduit. Causes et conséquences sont la même chose, et alors ?

La première chambre

L'agrandissement occupe tout un mur. À première vue, l'image n'est pas fameuse, une simple photo de profil internet, cadrée un peu trop large, qui pourrait être rattrapée moyennant un petit effort. Sur la photo, un homme regarde l'appareil et sourit, si peu qu'on n'est même pas certain que ce soit un sourire, en fait, de la fatigue plutôt, de l'ennui, peut-être de la peur. Même incertitude quant à la direction de son regard, car les verres de ses lunettes de soleil sont des miroirs et réfléchissent tout. L'homme porte une chemise à carreaux, entre formel et décontracté, le vent ébouriffe ses cheveux couleur de sable. Ce pourrait être n'importe qui. Rien d'autre.

Et quand même. Il y a autre chose, sur cette photo. Il y a les marches en pierre sur lesquelles l'homme est assis. Derrière elles, un chemin piétonnier et derrière celui-ci, un bout de parc embroussaillé. Le ciel au-dessus des arbres est d'un bleu éclatant et sans nuages. Des gens circulent à l'arrière-plan. Un vieillard avec un chien, quelques enfants hilares, une grande femme, un téléphone portable coincé entre l'oreille et l'épaule tandis qu'elle change son sac de courses de main. Quelqu'un s'est arrêté. Bien entendu, tout est suspendu sur la photo, c'est la nature des images, cette page arrachée à un journal s'est arrêtée, elle aussi, feuille volante en suspension, de même que le sable saupoudré par les chaussures et les déchets roulant sur le sol. Mais celui dont on parle se tient debout sur le chemin piétonnier et regarde au-delà de l'appareil. Rien d'autre.

Et quand même. Revenons à l'homme représenté sur la photo, observons ses lunettes de plus près. Le photographe est visible dans le reflet. Il est si loin qu'il tient tout entier dans l'image, du bout de ses baskets à la pointe de ses cheveux, il utilise un téléobjectif. Son visage se devine, derrière son appareil reflex et la frange qui lui tombe sur les yeux, en partie seulement. Derrière lui coule un cours d'eau et derrière celui-ci on aperçoit la rive opposée, sur la rive, une colline et sur la colline, une statue et une tour. Rien d'autre.

Et quand même. Derrière le photographe, au niveau de l'eau, flotte un ponton en béton et sur le ponton se tient un homme. Il est loin, simple reflet déformé par les verres, mais on le reconnaît pourtant. À travers l'image, il regarde le regardeur.

Rien d'autre.

Voilà enfin qui est vrai, il n'y a rien d'autre. Mais, à présent, tu as vu mon image.

Celui qui a vu le soleil

Lucas et Cole n'étaient pas frères, même si beaucoup le croyaient. Ils s'étaient rencontrés à leurs treize ans, exactement, qui tombaient le même jour et *grosso modo* à la même seconde. Pareille coïncidence est difficile à ignorer. Songe à deux garçons conçus à cinq mille kilomètres l'un de l'autre, somnolant dans des utérus différents durant tout un été aux relents d'accident nucléaire, mais versant leurs premiers pleurs exactement au même moment. Ils sont quasiment jumeaux. Et plus que quasiment. Si les jumeaux naissent l'un à la suite de l'autre et, pour le restant de leur vie, définissent leur différence d'âge avec une précision qui se compte en minutes, unique différence qu'ils peuvent établir entre eux, Lucas et Cole avaient, ou du moins auraient pu avoir, *exactement* le même âge. Quand ils en parlaient, ils visualisaient pratiquement leurs mères se tenant par la main à travers les distances pendant qu'elles les expulsaient. Qu'importe qu'ils ne se ressemblent pas autant qu'habituellement des jumeaux, un hasard pareil porterait aux larmes le garçon le plus endurci, et ils n'étaient pas très endurcis.

Il n'y a pas que les gènes, Lucas, les expressions faciales aussi, ça compte. Même les enfants adoptés ressemblent à leurs parents, quand tu les vois et que tu les écoutes.

En plus de quoi, ils se ressemblaient pas mal.

Les périodes entre les débuts et les fins ne sont pas toujours longues et celle-ci ne fit pas exception. Quand l'amitié de Lucas et Cole débuta, elle ne dura que quelques semaines caniculaires entre l'enfance et l'adolescence, un été entre deux classes. Avant la mue. Avant l'explosion de croissance. Avant que les poils ne poussent là où on les espérait et là où on ne s'y attendait pas. À la fin des vacances, à la mi-août, c'était déjà fini. Et pourtant. En un temps si bref, tout un monde peut naître et se briser.

Ils ne se parlèrent que plus tard, le premier jour, ils ne firent que se voir, séparément, Lucas vit Cole et apprit seulement par la suite que celui-ci l'avait vu : garçon pâle derrière le portail en fer, garçon qui semblait sortir à l'instant même de sous la terre et voir le soleil pour la première fois.

Tu veux être banal ou tu veux être spécial ?

C'était la première fois que quelqu'un définissait Lucas.

Le jour de son treizième anniversaire, Lucas était banal au sens le plus ordinaire du mot. De taille moyenne. De poids normal. Les cheveux courts. Pas bigleux au point qu'il eût fallu corriger son astigmatisme. Ne connaissant pas de difficultés d'apprentissage, ayant tout au plus une tendance modérée à rester plongé dans ses pensées, ce dont on lui faisait la remarque de temps à autre – les enseignants et sa mère, son père aussi parfois –, mais n'obtenant pas non plus les meilleures notes. Une famille nucléaire ou quasi, la garde partagée entre parents biologiques séparés mais en bons termes étant sans doute assez commune. Intéressé par les insectes et leurs métamorphoses comme la plupart des garçons dans leur dernière année précédant la puberté qui tentent, guidés par un sens du danger collectif, de repousser, ne serait-ce qu'un peu, le début de cette période terrifiante. Lucas fut très banal jusqu'à ses treize ans. Il faisait partie des personnes dont la vie ne se complique qu'à l'âge ingrat. En dépit du fait qu'avoir une enfance tragique et connaître des troubles de l'attachement sont devenus plus tard tellement à la mode qu'il en avait honte par moments. Lucas était de ceux dont la sécurité fondamentale était établie et d'une ennuyeuse banalité.

Passé ses treize ans, Lucas ne fut plus banal. Il devint Celui qui a vu le soleil. C'était son nom indien, que Cole lui donna, et rien n'aurait pu être plus spécial ou plus vrai. Un nom pareil fait vibrer les structures de la réalité. Juste un peu, pas plus qu'une onde gravitationnelle partie des confins du monde visible et affaiblie d'avoir parcouru des milliards d'années-lumière, mais suffisamment pour être détectable.

Cole l'avait remarqué, lui, Lucas. C'était la seconde merveille, l'instant le plus merveilleux juste après leur anniversaire commun. En ce temps-là, Lucas croyait être invisible. Pas pour de vrai, évidemment, il était juste habitué à ce qu'on ne lui prête pas attention. Il apprit plus tard que c'était un effet de la banalité, non de la sienne en particulier *tu n'es pas banal, tu comprends, tu es une personne unique déguisée en banale et il se peut que ce soit parmi les meilleurs phénotypes de la singularité, et même le meilleur*, mais de celle des gens ordinaires, et pourtant à ce moment il pensait encore que telle était la loi du monde. De la même manière que rien ne sert de discuter du fait qu'il pleut à un endroit et fait grand soleil à un autre. En plus, l'invisibilité avait ses avantages, elle offrait la parfaite tranquillité d'être comme on voulait être. Cette fois encore, Lucas crut voir sans être vu. Il n'avait aucun moyen de savoir que son futur ami perçait à jour les déguisements de toutes sortes.

Le lieu de cet événement était une maison individuelle, d'acquisition récente, avec sa cour et son solide portail en fer enfermant les gens à l'intérieur, non le contraire comme le crut Lucas au début. La construction avait ceci de singulier qu'elle était dotée d'oriels en trop grand nombre et d'une trop vaste superficie, elle était chère et, de l'avis des adultes, peu commode. Elle avait longtemps été en vente. Elle avait toujours été en vente. Lucas passait devant à vélo de temps à autre, il s'était dit qu'elle resterait définitivement vide sans appartenir à personne et il avait appris à la tenir pour déserte. Il avait planifié de s'y introduire de nuit et… Non, il ne l'avait pas planifié. Il n'avait certainement rien planifié de tel, même si, après coup, il avait voulu le croire et, assez longtemps, feint d'y croire pour lui-même. Pénétrer dans un bâtiment par effraction, ou ne serait-ce que projeter de le faire, était une des choses qui interviendraient *après* son treizième anniversaire. Choses que fit Celui qui a vu le soleil.

Pour l'heure, tout était différent. La porte principale était ouverte et de la musique résonnait dans le jardin, la pelouse était tondue, des lanternes en papier et des fanions colorés suspendus d'arbre en arbre. Une énorme table de jardin avait été portée au centre de la cour, elle débordait de tasses à café, de verres de jus de fruits, d'un reste de gâteau. On aurait dit qu'on venait de fêter l'anniversaire d'un petit enfant. Sauf que ce n'était pas celui d'un petit enfant. Lucas aperçut un étrange spectacle. Quatre garçons, d'à peu près son âge, étaient figés comme s'ils avaient été stoppés net dans leur mouvement. Cela étant, l'image comportait une partie mobile. Un garçon blond tournait autour des quatre autres et les examinait. Il portait une chemise blanche et un pantalon en toile bleu foncé. Lucas ne prêtait en général pas attention aux vêtements des gens, mais ceux-ci se distinguaient par trop des tee-shirts et shorts communément portés en été. Le jeu s'appelait « le photographe », à ce que croyait en tout cas Lucas, il y avait joué, longtemps auparavant, quand il était en deuxième ou, au maximum, en troisième année d'école primaire. Le photographe faisait tourner chaque participant avant de lui lâcher les bras. Plus personne n'avait le droit de bouger, chacun devait rester dans la position où il se trouvait et annoncer ce qu'il représentait. La proposition la plus drôle, la plus folle ou – le jeu approchant, avec la fin de l'enfance, de sa mort qui la suivrait inéluctablement – la plus provocante était récompensée et le vainqueur devenait tourneur à son tour. Un jeu plutôt puéril, Lucas n'y avait pas rejoué depuis des années. Lucas était banal et les banals de treize ans ne jouent plus, ou presque. Les banals ignorent que le jeu accroît la créativité. Les banals savent à peine ce qu'est la créativité.

C'était bien une sorte d'anniversaire, Lucas l'apprit par la suite. Les garçons n'étaient pas de son école, ils venaient du futur établissement de Cole. Ce n'étaient pas des amis de Cole, au contraire, c'était même la première fois que celui-ci les voyait, et encore, par la fenêtre, comme il le raconta plus tard à Lucas.

Ma mère essaye d'être sympa. Je déteste ça, mais ça me gave de faire une scène. C'est puéril de se mettre à brailler.

Lucas aussi avait fêté son anniversaire. Sa mère était venue le réveiller en lui chantant « Joyeux anniversaire », avec un verre de soda et une part de gâteau. Et Lucas ne fit rien, lui non plus, pour manifester que ça l'agaçait. Même un enfant aurait compris que sa mère en faisait des tonnes et Lucas n'était plus un enfant. Il n'y eut pas d'autres festivités, ses amis étaient occupés chacun de leur côté, c'est du moins ce qu'il affirma à sa mère qui proposait d'une année sur l'autre d'organiser un truc chouette pour son anniversaire. C'était énervant. C'était vraiment énervant. Par moments, Lucas avait envie de recruter en ville un groupe de figurants bien choisis qui feraient ses copains, juste pour chasser l'expression pitoyable du visage de sa mère. Et, lui non plus, il ne voulait pas causer de scène. Il avait des copains, mais pas de ceux avec qui on passe son anniversaire. Il avait des copains avec qui on pouvait mutuellement endosser le rôle de copains. Créer des sortes de brigades défensives contre ceux qui comptaient s'en prendre à quiconque avait l'air assez vulnérable, impression que ne manquaient pas de donner les solitaires. La vulnérabilité affleurait sur leur peau comme la transpiration sur celle des jeunes sportifs. Il était impossible de la dissimuler. Lucas et ses copains étaient des parties dont la somme ne formait pas un tout leur étant supérieur. Sans échanger un mot, ils étaient convenus de passer ensemble le temps strictement nécessaire. Ils ne se retrouvaient pas après l'école. Ils ne faisaient pas d'échanges de cartes de foot, de baignades au lac, de cabrioles à vélo. Ce qu'il avait à l'école lui suffisait, Lucas ne souhaitait rien d'autre, de ce point de vue sa banalité partait à vau-l'eau.

Lucas revint le lendemain. Et le surlendemain. Et le jour suivant encore, il revint. Si on lui avait demandé pourquoi il avait changé de trajet pour se rendre à la plage, il aurait répondu que le chemin passant devant la maison, qui n'était plus sans appartenir à personne, était plus court, et si on lui avait rétorqué qu'au contraire son nouvel itinéraire était rallongé d'au moins trois cents mètres et qu'au lieu de les parcourir sur l'asphalte, il lui fallait emprunter un sentier en sous-bois, il aurait ajouté que cette route était plus intéressante. En réalité, personne ne lui demanda rien, la croyance de Lucas en son invisibilité se fondait sur des sources solidement étayées par son expérience. En plus, son nouveau trajet était vraiment plus intéressant. Lucas voulait voir s'il retomberait sur des garçons statufiés dans la cour. Il n'avait pu se défaire de l'image. Celle-ci avait pris un aspect toujours plus étrange, il l'avait même revue en rêve, des garçons figés sur une pelouse, dans un couloir de l'école, en ville et, pour finir, dans sa propre chambre. (Comment était la chambre de Lucas ? Plutôt petite mais pas au point que ce soit gênant, il aimait les petits espaces et sa chambre suffisait de toute façon à contenir ses affaires.) Dans son dernier rêve, il était lui-même devenu une statue. Autrement, il ne se serait sans doute pas rappelé cette première rencontre, qui se serait déposée au fond de son esprit comme n'importe quelle information inutile, par exemple ce qu'il avait mangé tel ou tel jour, et les connexions neuronales ayant formé son souvenir se seraient déliées, parce que, contrairement à ce qu'on croit, le cerveau humain ne stocke pas éternellement toute la connaissance du monde, et la capacité cérébrale utilisée quotidiennement dépasse largement les sept pour cent si souvent mentionnés.

Lucas passait devant la maison, scrutant le jardin et les fenêtres. Il n'avait toutefois pas revu le garçon blond du jour de son anniversaire. Lui qui croyait espionner la maison et le garçon, il apprit plus tard qu'il avait en fait toujours été celui qu'on regardait. Cole l'avait vu. Cole l'avait tout le temps vu. La fenêtre de Cole était du côté de la route. Son bureau, près de la fenêtre. Et son ordinateur, sur le bureau. Les vues se répartissaient, à ce stade, à cinq contre une, ils en tinrent le compte au début, jusqu'à ce qu'ils s'embrouillent dans leurs calculs. On ne passe pas son temps à recompter les choses, finalement, même si on pourrait avoir peur de rester bloqué sur ce genre de détails. Si, au cours de ces trajets, Lucas ne vit plus de garçons statufiés, la sixième fois, il rencontra Cole.

Cole attendait Lucas au portail, même s'il n'était pas encore Cole mais juste un garçon blond en tee-shirt à carreaux. Lucas tenta de donner le change, comme s'il ne faisait que passer. Ou n'était pas du tout là.

– Eh, s'écria le garçon. Toi, là-bas !

Lucas ne répondit pas. Il jeta des regards autour de lui, au cas où d'autres gens se trouveraient à proximité, et comme il n'y avait évidemment personne, puisqu'il n'y avait *jamais* personne dans le coin, il s'arrêta. Lucas portait un tee-shirt à manches courtes à carreaux, un stupide achat maternel. Personne n'en avait de semblable à l'école. Ce garçon, oui. Ils avaient tous les deux des tee-shirts exactement semblables.

– Cole, dit le garçon en tendant le bras droit devant lui.

Lucas le dévisagea, puis fixa sa main. Personne de moins de quarante ans ne la lui avait serrée avant, certainement pas.

– Quoi ? demanda-t-il.

Il n'était pas certain d'avoir bien entendu.

Le garçon sourit et haussa les sourcils.

– Cole, répéta-t-il. C'est mon nom. C-O-L-E. Ma mère est anglaise.

– Ah, OK, dit Lucas. Lucas.

Cole hocha la tête et serra la main de Lucas. Il ne lui demanda pas si c'était Lucas avec un C ou Lukas avec un K. Et si ce n'était pas avec un K, alors pourquoi, etc. Il se contenta de hocher la tête.

Cole accompagna Lucas se baigner. Lucas aurait préféré ne pas lui montrer la plage mais impossible de faire autrement et, à tout prendre, il était fier de l'endroit. La plage était tranquille et déserte, personne n'y venait à cause de son fond vaseux et c'est justement pour celui-ci que Lucas la fréquentait. Dans les premiers temps, il avait fouillé la vase à la recherche de sangsues et ne s'était mis qu'après examen à sauter dans l'eau depuis une grosse branche embrassant la surface.

L'idée de se raconter des secrets naquit dès le premier jour. C'était Cole qui l'avait proposée. Comme Lucas ne trouvait aucun secret à révéler, Cole décréta que la plage pouvait compter. La plage fut le premier secret. La série de marques de naissance tachetant le dos de Lucas fut le second. À l'école, on les avait appelées des crottes de chauve-souris et Lucas était à peu près sûr que Cole allait inventer un truc du genre, mais non, il s'était contenté d'un hochement de tête solennel.

Cole ne se baignait pas. Il s'installa sur le tronc d'arbre dont la courbe plongeait dans l'eau, il était altier et beau, il lisait. Il aurait pu être un tableau. Garçon lisant au bord de l'eau, huile sur toile. Le livre s'intitulait *Anna Karénine*. Ça parle de quoi, s'enquit Lucas et Cole le regarda les sourcils levés. Tu ne le sais pas, vraiment, demanda-t-il, et Lucas eut honte. Encore heureux, Cole ne chercha pas à savoir ce que Lucas lisait en ce moment, car ses lectures se résumaient à *Astérix*, *Tintin* et *Donald Duck*. Au cas où Cole viendrait à l'interroger plus tard, Lucas décida d'amasser autant de culture littéraire que nécessaire avant le moment fatidique, quoique cela revînt à s'enfuir en courant devant un feu de forêt.

Mais pour l'heure, il en va ainsi. Il y a le premier secret, la plage secrète, et le deuxième, les figures dessinées par les marques de naissance. Le troisième, c'est que Cole ne sait pas nager. Pour de vrai. Cole vient d'avoir treize ans et il ne sait pas nager, et ce même s'il pourrait relire tout *Anna Karénine* dans son sommeil en partant de la fin.

– C'est une arme contre la banalité, dit Cole, faisant honte à Lucas de ses idées si intégralement imprégnées de banalité. On atteint, à la louche, un taux de singularité de quatre-vingt-cinq pour cent.

Ils scellèrent leur entente d'un signe de tête, ils savaient que la singularité des grains de beauté ou des plages à garder secrètes se montait à soixante-dix pour cent, maximum, même si ce n'est pas le genre de trucs qu'on peut calculer, en tout cas pas selon le prof de maths.

– Je ne l'ai raconté à personne, confia Cole.

Il s'était débrouillé pour être malade ou en voyage quand il y avait natation à l'école.

– On voyage énormément. Pour le travail de mon père ou celui de ma mère. Personne ne se doute jamais de rien.

Cole demanda à Lucas de ne rien dire à personne. Lucas promit. En guise de garantie, il révéla un secret supplémentaire. Cole fut le premier être vivant à savoir que Lucas avait toujours eu peur de devenir aveugle. Il avait lu quelque part qu'on pouvait perdre la vue à n'importe quel moment, que n'importe quelle vision pouvait être la dernière, il y pensait surtout le soir. Chez lui, il dormait sans aucune difficulté car il y avait des réverbères de l'autre côté de sa fenêtre, mais à la campagne, il lui fallait se munir d'une lampe de poche sous sa couette. S'il se réveillait pendant la nuit, il devait l'allumer et vérifier. Et parfois même revérifier, juste après. Plus tard, il apprit à regarder ailleurs. S'il ne voyait rien mais savait où se trouvait la fenêtre, il devait regarder à côté. C'était ainsi que les yeux fonctionnaient. Dans le noir, on ne voyait pas ce qui était juste en face de soi. Mais, même dans l'obscurité, on apercevait des choses du coin de l'œil. On distinguait un carré plus éclairé que le reste, à l'endroit où se trouvait la fenêtre. Tant qu'on regardait ailleurs.

– C'est bien que tu m'en aies parlé, dit Cole, je vais t'aider à t'en débarrasser.

Outre les secrets, un ensemble de choses les unissait. Le fait d'être spéciaux était la première, la lettre C de leurs prénoms la seconde.

C. Celsius. Carbone. Charge électrique. Note de musique (le *do* dans la notation anglaise). Capitaine. Cent en chiffres romains. Vitesse de la lumière.

La vitesse de la lumière. Imagine !

La troisième, c'étaient les pères. Les pères absents et les fils sans père, donc. Lucas n'avait jamais été sans père, là encore c'était un fait d'une ennuyeuse banalité à son sujet : même si ses parents étaient séparés, son père le voyait régulièrement et leurs rencontres n'étaient marquées par aucun achat d'amour à l'aide de cadeaux, aucun favoritisme aux dépens des frères et sœurs (il n'y avait pas de frères et sœurs, juste la nouvelle amie, sympa, de son père) ou autres solutions traumatisantes. Cole était d'un autre avis, il disait que c'était là, justement, le cœur de la question du fils sans père : l'enfant défend ses parents et accepte toutes sortes de choses qui ne lui font pas de bien. Lucas vivait avec sa mère dans un petit appartement. Elle lui avait expliqué un truc à propos d'une décision commune prise entre adultes, mais elle passait ses soirées à pleurer pendant que Lucas lisait sous sa couette dans sa chambre. Lucas aurait aimé lui dire que ça ne le dérangeait pas qu'elle pleure, mais cela ne sortait jamais, et sa mère continuait bravement, les yeux rouges, à sourire à la table du petit déjeuner.

La situation de Cole était différente. Il avait deux parents et deux pays, deux langues et deux cultures. Sept écoles internationales un peu partout. Son père faisait des affaires qui marchaient bien ou mal, ces derniers temps c'était surtout mal. Cole était pourtant, catégoriquement, un fils sans père. Même s'ils vivaient dans le pays de celui-ci, ils ne le voyaient pas vraiment. Lucas put témoigner de l'invisibilité du père de Cole, car il ne le rencontra pas une seule fois.

Tout ce qu'ils se disaient était important, et toutefois un simple préambule à ce qui s'annonçait, la préparation à un secret véritable. Un secret dangereux. Un secret qui brise celui qui l'entend de la même manière qu'il a brisé celui qui le dit. Mais pas trop. Juste ce qu'il faut pour que les éclats du raconteur et de l'auditeur s'ajustent. Sans coutures ni assemblages. Un nouveau tout prend naissance, dont on ne pourra jamais se défaire.

Ce jour-là, il faisait chaud dehors, et plus encore à l'intérieur. La chaleur était à son comble dans la penderie de Lucas, et c'est là même qu'ils étaient assis. Des gouttes de sueur leur roulaient dans le dos. Ils ne pouvaient pas aller chez Cole, où ils auraient pourtant trouvé de l'espace et de la fraîcheur, il fallait qu'ils soient chez Lucas. Ils se regardaient à la lumière d'une lampe de poche. Par intervalles, ils éteignaient. Cole avait promis à Lucas de l'aider à se défaire de sa peur de l'aveuglement et tenait sa promesse.

Ils observaient un silence sans chuchotements, un seul son surnuméraire eût fait craquer la tension superficielle. Imagine le ciel étoilé, imagine l'infinité des nombres impairs (ou des pairs et des impairs), imagine les décimales entre zéro et un, l'univers contenu sous un ongle de pied. Imagine le nombre de molécules d'eau concentrées dans un lac de taille moyenne, une pierre qui brise la surface, la lumière dont le trajet dure trois mille ans du centre au bord du soleil mais, à partir de là, seulement huit minutes jusqu'au lac. Imagine l'instant fugace et en même temps illimité pendant lequel tu te disloques pour devenir partie du tout, tu es accroché par des fibres invisibles à n'importe quelle chose que tu as un jour touchée. À côté de cela, qu'est-ce que ça peut faire, un placard ou la chaleur, les manteaux pendus à des cintres qui te chatouillent la nuque ou le sol qui t'enfonce des piques dans les chevilles à la jonction entre la fin du linoléum et le début de l'obscurité ?

Lucas avait raconté trois secrets tandis que Cole n'en avait confié qu'un seul. Mais le véritable secret de Cole en valait plus que deux. Le véritable secret de Cole avait un prénom.

– Nick.

Nick était le frère jumeau de Cole. C'est essentiel, parce que l'histoire ne débute qu'avec Nick. Ou Nik, ainsi qu'il orthographiait son nom. Nik est le point où tout débute.

– Pourquoi tu ne me l'avais pas dit ?

– Parce que je ne devrais pas. Parce que. On me l'a interdit.

Cole raconta que Nik était différent des autres gens. Pas à la manière de Cole et Lucas ; d'une façon plus pénible. Il y avait une limite entre être spécial et être étrange, que Nik franchissait. Nik n'avait pas l'air étrange, mais plutôt ordinaire, et d'ailleurs son étrangeté ne se voyait pas du dehors. Son apparence était toutefois la seule chose banale chez lui. En réalité, il avait toujours été un peu perturbé. Il était né comme ça. Aux yeux des autres, Nik était fou, expliqua Cole, ce qui ne signifiait évidemment pas fou au sens absolu, fou dans sa globalité. Il existait des communautés où, par exemple, les symptômes de la schizophrénie vous destinaient à devenir chef.

– Nik est schizophrène ? s'enquit Lucas, oubliant sa peur de l'aveuglement, bien que la lampe eût été éteinte depuis un bout de temps.

Il n'avait jamais connu de vrai fou.

– Sans doute pas, non. C'était juste un exemple. Mais il a des crises.

Pour les évoquer, Cole utilisait l'appellation « crises de déchaînement de fureur ». Lucas la raccourcissait mentalement. Tout le monde a des crises où on se déchaîne, pensait-il et, malgré lui, il était un peu déçu. La mère de Lucas lui avait raconté qu'une fois il s'était jeté par terre, bras et jambes en croix, sur le parking d'un supermarché juste parce qu'il n'avait pas eu sa barre chocolatée.

– C'était moins une que je me fasse écraser, dit Lucas. J'aurais pu mourir.

– Bien sûr, répondit Cole en rallumant la lampe. Tu ne comprends pas. Tu n'as jamais rien vu de pareil.

Les crises de Nik étaient comme des accès de maladie, violentes et effrayantes. La mère de Cole était obligée de peser de tout son poids sur le ventre de Nik en lui plaquant les bras au sol. Nik se tortillait et essayait de la mordre, de donner des coups de pied et d'arracher tout ce qu'il pouvait attraper. Sa mère avait eu plus d'un œil au beurre noir, et au moins une fois, Nik avait gardé dans son poing une touffe de ses longs cheveux blonds. Déceptions. Transferts. Sons puissants, odeurs fortes, lumières vives, contacts inopinés. Impulsions. Contrôle. Sens. Hypersensibilité. Tics symptomatiques. Difficulté totale de régulation émotionnelle. Cela n'avait rien de très drôle.

D'où Cole tirait-il tous ces mots incroyables ? Bien entendu qu'il les connaissait. Il écoutait ses parents discuter, le soir, en cachette. Lucas ne le faisait pas ? Non, Lucas préférait son monde sous la couette avec sa lampe de poche et ses *Donald Duck*. Peut-être que Cole avait raison. Peut-être qu'il aurait dû écouter. Peut-être qu'il serait devenu moins banal s'il les avait écoutés pendant ces nuits-là. Au moins il aurait eu quelque chose à raconter.

Quand les garçons étaient petits, ils avaient dans les quatre ou cinq ans, ils étaient souvent installés à table avec les convives lors des réunions de famille, chemise empesée, raie sur le côté et nœud papillon noir. Adorables enfants, deux chérubins aux joues rebondies qui souriaient de toutes leurs fossettes et savaient saisir les bons couverts selon les plats et les aliments, alors qu'ils venaient à peine de naître. On les admirait et ils étaient ravissants, en effet, ces enfants dont le développement physique commençait par la mignonnerie et se poursuivrait jusqu'à la beauté en contournant la phase ingrate de l'adolescence sur laquelle la majorité trébuchait. Cela se voyait déjà à l'époque.

L'admiration dura jusqu'à ce que, un par un, des membres du cercle familial jusqu'aux collègues de travail, chacun comprenne que l'image pouvait se briser à tout moment. À tout instant, Nik pouvait jeter son assiette par terre. Faire éclater son verre d'un coup contre la table. Mordre la main du serveur. Outrager le proche ou la connaissance assis en face de lui en recourant à des mots qu'un enfant de son âge n'aurait même jamais dû entendre. Se lever de table en tirant la nappe avec lui, non par un accident dont on rirait aux fêtes suivantes, mais délibérément. À n'importe quel moment, donc. L'enfant si mignon avec son nœud papillon, sa raie sur le côté et sa chemise empesée.

– J'avoue, je détestais ce qu'il faisait, dit Cole. J'étais de son côté et je le détestais quand même.

Car les choses n'en restèrent pas là. Nik se mit à voler. Il commença par dérober des affaires dans le cartable de ses camarades. Des barres chocolatées et des jouets quand c'était le jour où chacun apportait un jouet en classe. Un tas de trucs inutiles qu'il dissimulait dans ses placards avant de les y oublier.

Nik ne se faisait pas prendre, pas à proprement parler. Son père et sa mère s'occupaient de régler les choses pour lui, ils le protégeaient. Ce faisant, ils protégeaient Cole. Et se protégeaient eux-mêmes. Cole entendait sa mère déclarer que, cette fois encore, ils passeraient dessus et, cette fois encore, se débarrasseraient des objets volés, pour le bien de Nik. Et si sa culpabilité était flagrante, ils s'arrangeraient cette fois encore avec les personnes lésées. Cette fois encore. Et la suivante, et la suivante de la suivante, encore. Après la dernière fois venait toujours une dernière fois suivante.

Nik volait aussi au sein de la maison. De l'argent, occasionnellement, mais le plus souvent toutes sortes de choses dotées d'une importance quelconque. Journal du jour. Liste de courses. Livre en cours de lecture. Photo. Clefs. Pense-bête où étaient notés un numéro de téléphone ou une date. Ses larcins étaient suivis par toutes sortes de disputes et de dégâts que Nik observait à distance. Cole se joignait à lui. Et de temps en temps, dans les situations difficiles, Cole endossait la responsabilité afin de protéger son frère de la colère de ses parents. Plus tard, surtout, quand tout empira encore.

– Nous le protégions. Nous tous. De tout.

C'est Cole que Nik volait le plus. On aurait pu croire que c'était inutile. Ils obtenaient tout ce qu'ils voulaient et ce qu'ils recevaient était identique, tout au plus d'une couleur différente ou en miroir l'un de l'autre. Nik voulait toujours ce que Cole aussi voulait, ils n'avaient aucune raison de se jalouser. Et pourtant. Tout ce qui était nouveau disparaissait. Tout ce qui était à Cole.

– J'égarais souvent mes affaires d'une manière bizarroïde, expliqua Cole. Mes livres de cours. Mes stylos. Mes nouveaux Lego. Mes bonbons.

– Tu te les faisais rendre ?

– Par Nik ? Non.

– Tu les perdais définitivement, alors ?

– Bien sûr que non, c'était pas ma faute. Tu parles, on me les remplaçait par des nouveaux.

– Toujours ?

– Oui.

– Il se faisait choper ?

– Évidemment qu'il se faisait choper. Ma mère et mon père finissaient par découvrir presque toutes ses cachettes, au plus tard quand on déménageait. Sauf pour les Lego.

Les Lego, c'était le responsable de la maintenance de l'immeuble qui les avait retrouvés. Enfin, un seul, en réalité, mais c'est comme ça qu'on avait compris où étaient passés tous les autres. Par où ils étaient passés. Les toilettes de l'étage étaient bouchées. Cole raconta que le gars avait dû enfoncer dans la cuvette un fil de fer replié et trifouiller dans le bouchon jusqu'à ce que les crottes en suspension se mettent à glisser comme des petits navires au bord d'un tourbillon. L'odeur était indescriptible. La cause du bouchon s'avéra une longue brique de dix coincée en travers du siphon. Elle était blanche, le gars la tenait au bout de son gant en caoutchouc, pendouillant entre son pouce et son index.

– Il a demandé si on voulait la récupérer.

– Pour de vrai ?

– Il était sûrement pas sérieux.

– Dégueu !

Ils pouffèrent et enfoncèrent les doigts dans leur gorge en imitant le bruit de quelqu'un qui vomit. Puis Lucas s'enthousiasma trop. Ça lui arrivait parfois, un sentiment de sécurité produit par des affinités subites et rares l'emportait instant sur sa prudence sociale. Il traita Nik de crado et de Monsieur Crotte. Il croyait faire rire Cole, mais non. Cole ne riait pas, il se mit en colère. Sa voix devint froide et son visage se crispa, s'aplatit comme s'il l'avait mis sous emballage plastique, Lucas eut le temps de le voir avant que la lampe ne tombe par terre et ne s'éteigne à nouveau.

– Ne traite plus jamais mon frère, prononça la voix de Cole dans le noir.

Lucas n'avait pas de frère. Il ignorait combien les trucs de frères pouvaient être intenses.

– Pardon, vraiment.

Cole ne répondit pas. Ni l'un ni l'autre ne ramassa la lampe. Le silence et l'obscurité durèrent si longtemps que Lucas crut avoir commis une faute irréparable. Il n'était pas devenu aveugle, on distinguait un rai de lumière à l'embrasure de la porte, mais à tout instant, Cole l'ouvrirait et leur amitié naissante s'achèverait au moment précis où la lumière du jour atteindrait le mur du fond de la penderie.

Ils respiraient. Ils entendaient sa mère parler au téléphone dans une autre pièce. Le nom de Lucas fut mentionné. Cole attrapa la lampe et l'alluma.

– C'est rien, dit-il. En vrai, je suis d'accord. C'est tellement l'horreur, des fois.

– Est-ce qu'il a été puni un jour ? demanda prudemment Lucas.

La voix de Cole s'était fêlée :

– Oui. À cette époque il était puni.

D'abord envoyé au coin, une minute par année d'âge, puis une heure, à la fin une journée, en tout cas pendant les grandes vacances, quand ils n'avaient pas école. Évidemment, Nik ne restait pas dans sa chambre. Son père posa un verrou qu'on pouvait tirer de l'extérieur au besoin, quand il n'était pas là et que sa mère devait faire face toute seule. Et ce n'était pas une précaution inutile, car Nik était violent, sa mère était pleine de petites ecchymoses et d'égratignures. Quand il ne la frappait pas, ne lui tirait pas les cheveux ou ne lui donnait pas de coups de pied, Nik poussait des hurlements affreux et couvrait sa mère des plus atroces insultes. Livré à lui-même, il pouvait se mettre en tête de tout salir, d'étaler de la nourriture par terre ou de jeter les vêtements de sa mère par la fenêtre, de dessiner sur les murs et les vitres. Parfois sa mère n'en pouvait plus et laissait ses fils en tête-à-tête pendant plusieurs heures. Elle sortait faire un tour, pour se calmer les nerfs, comme elle le disait aux garçons.

– Nik était enfermé dans sa chambre pendant une semaine entière, vraiment ?

– Une fois, au moins.

– On le frappait ?

– Non.

– Vous aviez honte ?

– Bah oui.

La honte de Cole ne suffisait pas. Toute la famille avait honte. Honte, sa mère, honte son père, même le chien avait honte. Ce chien honteux fit éclater Lucas d'un rire involontaire, même si c'était triste. La chienne s'appelait Priscilla, comme si elle était humaine et non animale ; ils avaient dû la laisser dans leur pays d'origine précédent – à cause des allergies, prétendaient sa mère et son père, parce qu'elle pissait dans la maison et puait, comme les garçons le croyaient. La honte de la famille de Cole était profonde et inexorable car en ces temps-là, à l'âge de neuf ans peut-être, Nik s'était mis à voler les invités aussi, ces mêmes oncles et tantes qu'il insultait à table. Il n'y avait plus rien à dire à sa décharge. De même pour les chapardages dans les magasins. Les visites se raréfièrent. Le contact se rompit. La maison se tut. Son père accepta un nouveau travail afin qu'ils puissent déménager.

Ils s'enfermèrent entre quatre murs.

– Et Nik, il restait tout seul quand il était privé de sortie ?

– Bien sûr que non, répondit Cole, j'étais là, moi. Tu piges ce que ça veut dire d'être jumeaux ?

Comme Lucas ne pigeait pas, Cole lui donna une petite tape réconfortante sur l'épaule.

– J'étais quasiment toujours là, je m'asseyais contre sa porte et je lui faisais entendre raison.

Ce n'était peut-être pas toujours si raisonnable. Parfois Cole fredonnait, parfois il regardait la télé et racontait le film à son frère, parfois il lisait un livre à voix haute, parfois il s'endormait et ne se réveillait qu'au moment où sa mère venait faire sortir Nik. Cole avait l'impression qu'il était le seul pour qui Nik comptât. Du moins était-il le seul à se montrer d'une infinie patience. Il se contint même lorsque se produisit l'incident des emballages d'origine, même si, cette fois-là, il avait été vraiment à deux doigts de se mettre en colère. Vraiment tout près, souligna Cole. Pas étonnant, c'était tellement injuste que même Lucas en perdit le sommeil la nuit suivante. Lucas ne savait pas quoi en penser. Peut-être parce que Cole lui avait interdit d'avoir pitié de lui. La pitié est une maladie, avait dit la mère de Cole et Nik, et elle était psy, quand même, elle savait tout sur les sentiments.

Cole raconta qu'ils possédaient tous deux la série *Espace* quasiment au complet, presque toute la collection de bonshommes. Si, pour une raison ou une autre, ils avaient des doubles en rab, c'était Nik qui les gardait, pareil pour ceux qu'ils n'avaient qu'en un seul exemplaire. C'était correct, Cole recevait toujours une autre compensation. Rien n'avait assez d'importance pour qu'il s'inflige de supporter le chambard que Nik faisait quand il n'obtenait pas ce qu'il voulait. En plus, la collection de Cole était mieux.

– Comment ça ?

– J'avais les boîtes.

Cole avait conservé toutes ses figurines dans leurs emballages d'origine. Pour lui, c'était important : il ne jouait pas avec sa collection, il souhaitait seulement la contempler et l'avoir en sa possession. Parfois, il sortait un bonhomme et le caressait, mais il le replaçait si soigneusement qu'on n'aurait pas pu différencier sa boîte d'une qui n'aurait pas été ouverte. Nik, lui, n'avait plus les emballages d'origine. Il avait ouvert chaque boîte, sorti la figurine et écrabouillé le paquet, les jetant au fur et à mesure. Nik avait proposé qu'ils échangent leurs collections, mais Cole n'avait pas accepté, pas même avec sa promesse de quelques-uns des bonshommes en trop (sortis de leurs paquets), offerts par-dessus le marché. Il aurait peut-être dû. En effet, bien que Nik n'ait pas eu de crise de fureur ni tenté de forcer l'échange, il avait recouru à un procédé plus sournois. Une fois où Cole s'était absenté de la maison plus longuement que d'habitude, sa collection avait été réduite à néant. Chaque bonhomme avait été sorti de sa boîte puis soigneusement disposé sur les rayons. Il n'y avait plus trace des cartons : Nik avait été si méticuleux qu'il s'était même débarrassé des déchets. Quand Cole s'était plaint auprès de ses parents, cela avait été parole contre parole. Personne ne l'avait cru, n'avait voulu le croire, manifestement il avait déballé ses bonshommes tout seul, regretté son geste et inventé l'idée d'accuser son frère, qui n'avait déjà pas la vie facile.

– Je n'oublierai jamais la tête que faisait Nik, ajouta Cole : il souriait. À cette minute-là, je l'ai détesté. À cette minute-là, j'ai souhaité sa mort.

Lucas parvint tout juste à se retenir de traiter Nik de psychopathe. Que Cole ne se soit pas défendu, c'était rageant, il avait tout laissé faire.

– Tu ne peux sans doute pas comprendre, dit Cole.

Il avait raison, Lucas ne comprenait pas.

Chez Cole et Nik, c'était soit le silence soit l'horreur, parfois les deux en même temps. Quand cela allait bien, personne n'osait rien dire. Tout le monde craignait que Nik ait une crise. Il lui arrivait d'en piquer une juste parce qu'il n'en avait pas eu depuis longtemps et qu'on le félicitait.

– Qu'est-ce qu'il s'est passé après ? Il est où maintenant ?

Une nuit, Cole avait été réveillé par la présence de Nik à côté de son lit, une paire de ciseaux à la main. Cole avait cru son frère endormi. Mais quand il avait allumé sa lampe de chevet, il avait vu que Nik avait les yeux ouverts. Son frère était éveillé et souriait joyeusement comme s'il était venu le voir pour lui raconter un rêve ou lui montrer un truc marrant.

– Il t'a dit pourquoi il avait fait ça ?

– Non. Il faisait même comme s'il n'était pas au courant.

– Et vos parents ?

– Comment ils l'auraient su ?

– Pourquoi tu ne leur as pas raconté ?

Cole ne disait rien, il se contentait de le regarder. En un quart d'heure, Lucas avait déjà oublié les trucs de frères et les liens entre jumeaux. Deux pour un, lança Cole d'une voix qui lacéra le ventre de Lucas. Il ne sut y entendre la jalousie que bien plus tard.

– Évidemment que je ne l'ai pas fait.

La même scène se reproduisit maintes fois, mais Cole garda le silence, il protégeait son frère. L'affaire s'ébruita seulement lorsque Nik avait fichu la trouille à un cousin venu passer la nuit chez eux. Avec des ciseaux, comme pour son frère. Pour lui fiche la trouille ou dans l'intention de lui faire du mal, personne ne connaissait la vérité. Hormis Nik, mais il ne parla pas. Après cela, il n'y eut plus aucun recours. Les parents du cousin déposèrent une plainte, la police informa les services sociaux, des compensations furent demandées et de pénibles réunions de conciliation furent tenues. Tout cela se produisit indépendamment de leur famille. Cole tenta de défendre son frère, prétendant que ce n'était qu'un jeu, mais le cousin n'était pas du même avis et il était trop tard de toute façon. Nik était, une fois pour toutes, allé trop loin. Nik fut envoyé hors de la maison. Il fut placé dans un foyer à plusieurs centaines de kilomètres de là.

C'était horrible mais, même à l'horrible, on s'habitue. À l'exception du manque, tout alla bien au début.

L'objectif était d'établir une distance, les contacts étaient donc limités et, pour le premier mois au moins, aucun séjour à la maison ne fut autorisé. Ultérieurement, quand il se serait adapté, Nik pourrait rentrer chaque fin de semaine.

Il se produisit même quelque chose de bien. Cole put voyager. Ils partirent tous les trois, son père, sa mère et lui. Ils avaient vécu à l'étranger mais n'avaient pas voyagé au sens propre, pour autant que Cole s'en souvînt. Tout voyage était impossible, à cause de Nik. Le thérapeute familial leur conseillait de le faire, il l'exigeait en vérité, il persuada sa mère éplorée et son père gémissant. On était seulement au mois de mai, mais ses parents avaient pris des congés et Cole fut dispensé de cours. Ils louèrent une caravane et se rendirent dans des villes dont Cole ignorait jusqu'à l'existence.

– C'était la première fois qu'on était quelque part. En toute tranquillité. Et la première fois juste tous les trois.

On ne dit évidemment rien à Nik.

À leur retour, une mauvaise surprise les attendait. Le foyer n'avait pas réussi à les joindre, bien qu'ils aient essayé à plusieurs reprises et que son père et sa mère aient été munis l'un comme l'autre de leurs nouveaux téléphones mobiles. Nik avait mis le feu dans la salle de classe et dans le dortoir. Les deux incendies avaient été maîtrisés à temps, mais il avait aussi volé de l'argent aux enseignants et s'était procuré un canif avec lequel il avait détruit tous les travaux réalisés au printemps par le groupe d'art-thérapie. Le plus étrange était qu'il avait dérobé une mouette à la collection de l'exposition d'histoire naturelle et l'avait emportée dehors (s'était-il vraiment imaginé que l'animal pourrait ressusciter ?). En fin de compte, il ne fit plus rien sinon rester allongé sur son lit en salle d'isolement, le regard fixé à la fenêtre. Quand on le ramena dans le dortoir, il ne réagit à rien, pas même quand ses camarades de chambrée firent courir une araignée vivante sur sa joue, ainsi que l'un d'eux, pris de remords, l'avoua au surveillant. État catatonique, fut-il déclaré. Cette expression aussi, Lucas l'entendit pour la première fois de la bouche de Cole.

Nik fut retiré du foyer et transféré à l'hôpital. Quand il revint à la maison à la fin de l'été, sa mère et son père lui payèrent un précepteur. Le précepteur démissionna. Ils en embauchèrent un autre. Lui aussi démissionna. S'ensuivit la période, transitoire, des précepteurs passagers, qui s'acheva lorsque sa mère décida de faire cours à Nik elle-même. Ou essaya de le faire. En tout cas décida de tenter. Jusqu'à ce que ses nerfs lâchent et qu'elle ne quitte plus son lit le matin (ils avaient appris qu'un des enseignants avait contacté les services sociaux en raison des vols constants). Les parents de Nik et Cole prirent une décision. Ce fut difficile, mais plus aucune autre solution ne fut envisagée. Ils ne pouvaient demander l'aide de leur famille, sans parler de leurs amis, tous les liens avaient été rompus. Les parents de leur mère habitaient loin, ceux de leur père étaient morts. Tous quatre étaient seuls. On les considérait comme des monstres. Cole avait entendu sa mère le dire. Nous sommes une famille de monstres, avait dit sa mère à son père pendant la nuit. Ils avaient décidé de déménager une fois encore et de procéder différemment.

– Ne les juge pas trop mal, dit Cole. Les choses ne sont pas aussi simples qu'on l'imagine.

À ce stade de la conversation, il apparut que la mère de Lucas avait tout le temps su que les garçons étaient dans la penderie. Elle fit une tentative pour les attirer dehors, mais quand Lucas changea de position pour se relever, Cole lui attrapa légèrement le bras *n'y va pas*. Sa mère les laissa faire, elle leur apporta du jus de fruits et des biscuits au chocolat. Cole pressa à nouveau l'avant-bras de Lucas, cette fois en signe de complicité. Le pire était encore à venir.

– Ce que je vais te raconter, c'est un truc que tu ne devras jamais dire à personne, déclara Cole. Jamais.

Lucas réfléchit un instant avant de promettre. Il était particulièrement sérieux pour son âge et devinait qu'il s'agissait d'un secret d'une dimension considérable, même s'il en ignorait encore la teneur. Il n'était pas curieux au point de ne pouvoir se passer d'entendre quelque chose qui puisse lui nuire. Mais cela semblait si important qu'il promit. Il le fit pour Cole, il promit et tint sa promesse.

Les dernières heures

S'il y avait des images, la première comporterait une montagne. Près d'elle, une autre montagne, un bout de route inégale progressant de virage en virage et à nouveau une montagne. La lumière briserait l'obscurité sur la deuxième image seulement, un faisceau lumineux solitaire en plongée apparaîtrait d'image en image comme une lampe torche allumée et éteinte dans la grisaille, l'un des phares du véhicule est cassé. La dernière image serait identique à la première. Resteraient les montagnes, comme si le véhicule n'avait jamais existé.

Il n'y a pas d'images. L'appareil est dans son sac et le sac sur le plancher du véhicule aux pieds de Lucas, entre ses chaussures qui le serrent aux talons, entre ses jambes engourdies au point de ne plus rien sentir, il a été posé là pendant tout le voyage. Lucas est assis sur la banquette arrière entre deux hommes âgés et il a peur de la mort. Pas de celle des autres, pas d'une mort métaphorique ou imaginaire, mort jouée, psychique ou lyrique, mais de sa propre véritable mort. La mort où les fonctions de l'organisme cessent définitivement, circulation sanguine et respiration et, par là, le moi et les autres structures indéterminées dont les théoriciens débattent l'existence avant de mourir eux-mêmes. La seule chose qui le garde en vie est la conscience que, le conducteur ayant atteint l'âge moyen sans avoir commis d'erreur de conduite fatale et sans avoir précipité son minibus dans l'abîme blanc qui gronde au bas de la route, il ne se produira pas d'accident non plus à présent. Les probabilités statistiques ne disent rien des cas particuliers, mais Lucas ne veut pas y penser. Il a trente-trois ans et a déjà connu la peur, mais pas de cette manière.

En réalité, le véhicule n'est pas un autocar ni même un taxi mais une camionnette ordinaire à sept passagers. Huit, si l'on compte le chauffeur. Neuf, si l'on ajoute tout le barda que Lucas trimballe avec lui. Pas de ceintures de sécurité ou de titres de transport, pas de prises pour les appareils électroniques, pas non plus de loupiotes. Au lieu de cela, une route sinueuse, des coups de frein brusques et des dépassements, un paiement d'avance en liquide. Plus on monte, plus l'air refroidit et plus la route devient glissante. Lucas ferme les yeux mais les rouvre aussitôt. Son regard maintient le véhicule sur la route.

Il fixe la grisaille. Les montagnes. Les vallées. Les hangars industriels abandonnés et les villages entiers qui ne servent plus à rien, avec leurs habitations, leurs écoles et leurs stations-service. Les éclairages solitaires brillant à différentes hauteurs. Au moment où le véhicule dépasse une grande roue toute rouillée fichée au creux d'une vallée, son esprit se déclenche comme s'il prenait *vraiment* une photo. Mais, cela non plus, il ne le fait pas.

La vitre arrière gauche est entrouverte, un vent glacé se mêle aux sept haleines. Lucas est gelé dans sa veste de treillis ridiculement fine, la soufflerie d'air chaud n'a qu'un effet sonore. Les hommes assis de part et d'autre de lui parlent et rient, leurs épaisses vestes en duvet irradient de chaleur, une chaleur imaginaire, celui de gauche en a une noire, celui de droite une bleue. M. Bleu et M. Noir. Lucas tente de ne pas s'inquiéter du fait que les hommes sont montés dans le véhicule chacun par un côté pour le serrer entre eux deux. C'est peut-être la version locale de la roulette montagnarde : chacun choisit sa portière en pariant sur le fait que le véhicule se précipitera dans le vide à gauche ou à droite. L'un s'en tirera et l'autre pas, quant à la place du milieu, c'est le suicide assuré. Il s'engueule d'avoir ces pensées, il est obligé de se faire réellement violence pour arrêter la vidéo de la camionnette dévalant à flanc de montagne, passagers et bagages catapultés dans l'habitacle, collisions et trajectoires, tempes cognant les vitres ou joues écrasées, hurlements que plus personne ne reconnaît pour siens, trous de mémoire précédant la perte de conscience, jusqu'à l'unique prise de vue où l'angle de champ est situé à l'extérieur et le véhicule semble avoir été incrusté par ordinateur sur le paysage.

Sur la banquette centrale est assise une femme, avec un gamin près d'elle. Elle appuie sa tempe contre la vitre, elle dort peut-être, le carreau est embué par son haleine. Elle a enlevé son chapeau, glissé entre sa tête et la vitre, une bande de nuque nue se dévoile sous son châle. Sur une photo, le plus important serait la buée. De la femme on distinguerait les contours adoucis par le mouvement, seule sa forme permettant de reconnaître en elle une personne. Lucas attendrait que le véhicule s'engage dans une courbe et que les montagnes se dressent derrière la vallée. Quand la limite du ciel en train de s'obscurcir atteindrait la buée, il appuierait sur le déclencheur.

Le gamin joue, il brandit son portable entre le conducteur et le jeune assis à l'avant, et regarde la route à travers. Sur l'écran il y a quelque chose qu'on ne retrouve pas dans le paysage extérieur : un personnage traverse en courant, ce doit être le jeu. Sur la photo il y aurait une route, un écran de téléphone et sur l'écran une route encore, deux paysages quasiment identiques. Le gamin est une preuve réfutant la théorie de la roulette. Si la roulette était vraie, la femme aurait placé son enfant sur le côté.

En se penchant, on distingue les faibles voyants lumineux du tableau de bord. Les manches du pull en laine du chauffeur qui dépassent de son manteau. L'index et le majeur de sa main droite sectionnés au niveau de la seconde phalange. L'annulaire est intact, une bague s'est enchâssée dans la peau comme si de l'écorce avait poussé autour. Le garçon maigre assis à côté du chauffeur traduit patiemment en anglais une phrase de-ci, une autre de-là. Personne ne lui a sans doute demandé de le faire, Lucas moins que quiconque, même si c'est manifestement pour lui qu'il traduit. *C'est à cause des nuages, ceux de l'été dernier, pas seulement des moustiques, il y en avait beaucoup, vraiment trop, et d'ici, il faut trois heures pour arriver à la maison, on a déjà une heure de retard, avez-vous besoin d'aller aux toilettes, un froid pareil on n'en avait encore jamais eu, quelqu'un veut du café ?*

Il reste une place assise, tout au bord de la banquette centrale, où trois cartons à bananes sont superposés. Tout le reste a été bourré à l'arrière du véhicule, même le sac de randonnée et le sac de couchage de Lucas. Ses bagages se sont avérés minables d'inutilité avant même qu'il n'atteigne la ville. Surtout son sac de couchage, il est ridicule, sans parler de son tapis de sol. Lucas n'appartient pas à ces lieux, son attirail ne fait qu'encombrer le coffre. Il ne s'est même pas renseigné sur le climat local.

Il envie les cartons à bananes, il échangerait volontiers sa place avec eux, il est à l'arrière uniquement parce qu'il s'est trompé dans son choix. Il est assis à la pire place alors qu'il a été le premier à choisir. Parce qu'il a été assez idiot pour s'imaginer qu'il resterait seul. Ils allaient démarrer dans un quart d'heure, c'est ce que le chauffeur lui avait expliqué par signes, et à ce moment-là, pas un seul autre voyageur ne s'était présenté pour le départ – derrière la gare ferroviaire. Une demi-heure plus tard, Lucas s'était à nouveau enquis du départ et avait obtenu la même réponse, une nouvelle heure entière s'était écoulée : encore un quart d'heure. Si, au début du trajet, Lucas s'était irrité du retard, il réalise à présent que sa colère était une indignation propre à son pays. Celle du citoyen en colère d'un pays en colère parce que les choses ne se déroulent pas de la manière et dans l'ordre qu'il aurait souhaités. Pourquoi avait-il supposé que son temps et ses mœurs auraient cours ici ? Pourquoi réclamait-il un traitement de faveur ? Et d'ailleurs, qu'est-ce qui pressait tant ?

Lucas a choisi lui-même sa façon de voyager. Par la terre, des nuits en autocar, sans pause. À son départ il faisait encore chaud, une douceur exceptionnelle pour un mois de janvier, les saisons s'embrouillaient. Le début avait été bruyant. À contre-courant des gens aux frontières. Débarqués de bateaux et peut-être d'avions. Debout aux arrêts de bus et dans la file d'attente des taxis. Se rebiffant pour demeurer un instant encore dans cette autre façon d'exister que seul un endroit étranger rend possible. En short par quelques degrés sous zéro, un peu ivres. Avec leurs smartphones. Leurs *updates.* Ou bien le front collé à la vitre d'un bus, un sac de randonnée dépenaillé à côté d'eux, sans passer un coup de fil, sans s'étonner du temps qu'il faisait, participant pourtant au courant du retour au bercail.

Ce fut un soulagement de cesser d'entendre sa propre langue puis de ne plus rien comprendre. En dépit de l'engourdissement et de la douleur dans son corps, de la touffe de cheveux du passager de devant quasiment collée à son visage parce que le dossier de son siège à lui ne s'inclinait pas tandis que celui de devant le faisait plus que nécessaire, et de ses genoux coincés contre le dossier d'en face donc, du café instantané renversé sur ses cuisses et de ses mini-tomates roulant le long de l'allée centrale, de la musique qui s'échappait des écouteurs ou était jouée sans écouteurs toute la nuit et d'une seconde et une troisième source de musique qui s'y joignaient à contretemps, des conversations et des vidéos, de ses bouchons d'oreilles égarés, du fait qu'il ne pouvait pas écouter ses morceaux parce que la connexion était trop chère et qu'il n'avait pas téléchargé d'avance les chansons sur son téléphone, des odeurs de nourriture, des chiens qui aboyaient et des mômes qui braillaient, des parfums, des yeux qui pleuraient sous l'effet de la faim, de la nausée ou des deux en même temps, des piles de passeports qui passaient de main en main aux postes-frontières et de la confusion temporaire avec un Allemand qui avait disparu quelques villes plus loin et de l'alternative à laquelle il avait eu le temps de songer avant de rendre le document à son propriétaire légitime et de récupérer le sien, des arrêts effectués sans raison et des arrêts non effectués alors qu'il y aurait eu des raisons de les marquer – en dépit de tout cela et justement à cause de tout cela, il ne regrette pas sa décision. Il veut sentir le mouvement dans son corps. L'avion n'aurait été qu'un entre-deux et les entre-deux laissent place à trop de pensées. Lucas ne voulait pas d'entre-deux, il ne voulait pas être ni vraiment ici ni vraiment là. Les instants vides entre le sommeil et la veille lui suffisent.

Il pourrait inventer une intrigue à partir de ces cartons à bananes. Lucas y avait songé quelques heures plus tôt au moment où ils avaient atteint le dernier poste-frontière – le dernier avant sa destination – et étaient restés bloqués pendant des heures. Sept personnes et trois cartons à bananes dans un véhicule privé. Il réfléchissait à l'impression auditive et visuelle que cela donnerait. À quoi cela ressemblerait dans son monde. Cole aurait demandé ce qu'il y avait dans les cartons à bananes. Si Cole avait été avec lui, en une seconde quelque chose aurait éclos en images. Il y avait des trucs dans les cartons à bananes. Mais quoi ? Des armes. Non. Pas des armes, ce ne serait pas crédible. De la drogue ? Peuh, la drogue, c'est dépassé comme sujet. Des calepins ou des agendas. Une boîte de faux passeports. Des matières radioactives. N'importe quoi causant des problèmes aux tierces personnes, elles se mettraient à tousser et, ensuite, seraient sujettes à des éruptions cutanées inexplicables, à un étrange désir de choisir un passeport au hasard et de vivre sous une nouvelle identité. Sept existences falsifiées d'un coup, en comptant le chauffeur. Elles renonceraient à leur ancienne vie chacune pour une raison propre et formeraient une communauté. Ou bien non. Peut-être une chose dénuée de toute importance, malgré tout, beaucoup d'attentes et à l'arrivée, rien. Peut-être que l'histoire se résumerait à ce que les cartons à bananes ne contiendraient rien de spécial. Ils ne seraient pas vides comme les boîtes de Nik, il y avait bien longtemps. Ce seraient juste des cartons à bananes remplis de pain et de légumes. Ils riraient. Cole. Si Lucas a besoin de quelque chose, c'est de rire un bon coup ensemble, d'entendre leur voix sonner dans leur rire, leur esprit résonner. Et d'une représentation imaginaire commune. Il désire et redoute. Il aime et déteste. Une fiction sans début, et sans fin à proprement parler, qui sourd dans la réalité, y pénètre comme dans une matière organique. Lorsque Cole et Lucas étaient ensemble, la réalité était plastique.

Lucas a, lui aussi, des cartons à bananes, pas avec lui, quand même, mais au grenier, dans le box grillagé dépendant de son appartement. De son ancien appartement, donc, et c'est pour cela qu'il ignore si ses cartons sont encore empilés derrière le grillage ou s'ils ont été envoyés à la décharge au nez et à la barbe des chercheurs en études culturelles de toutes sortes. Et il s'en fiche. Dans ses cartons, il y a des photos. Cela fait cinq ans qu'il les y a enterrées.

– Tu es mort, dit le garçon de la banquette avant et il fixe Lucas par le rétroviseur latéral, droit dans les yeux, si tu as jamais vécu.

– Quoi ?

Personne ne le regarde dans le rétroviseur. Pour être précis, Lucas ne voit même pas le rétroviseur, occulté par les cartons. Il a dû s'assoupir. Il observe le garçon à l'avant, ses oreilles décollées et sa nuque frêle. La vie l'a-t-elle déjà bousculé ou l'a-t-elle épargné ? Si l'on se brise intérieurement au tout début de son adolescence, on n'en mourra pas, mais il se peut qu'on ne regagne jamais complètement son intégrité.

– Il n'a jamais fait aussi froid, dit le garçon.

– Ouais. Drôle de truc, dit Lucas.

Le garçon se tourne légèrement et regarde un point au-delà de Lucas. Il n'en est pas au tout début de son adolescence. Il est plus âgé. Sur la photo, la vitre se reflète dans ses yeux et derrière elle, le ciel.

– J'ai du mal comprendre. Qu'est-ce que ça a de drôle ? Je veux dire, je trouve ça plutôt inquiétant. Du point de vue du climat, je veux dire. Du point de vue du changement climatique.

Le garçon articule soigneusement. Pas d'humour, songe Lucas. Plutôt inquiétant, répète-t-il mentalement et un souvenir flou éclate de rire en lui.

– C'est juste une façon de parler, dit-il.

– Ah bon, dit le garçon qui va probablement la retenir.

Le garçon s'exprime bien. Après toutes les traductions, c'est leur premier échange véritable et Lucas n'éprouve aucun besoin de le prolonger. En cela ce n'est pas le premier, car le premier ne sera le premier que s'il ne reste pas unique. Celui-ci peut bien le rester. Lucas soupire. Il prend, une fois de plus, la décision de ne plus se parler. Contrôle ton sommeil, lui a enjoint Cole une fois, sois un soldat. Ils l'étaient. En tout cas, ils essayaient. Ils dormaient à tour de rôle et prenaient des notes, ils inscrivaient leurs expériences de détachement corporel. Lucas ne parvint jamais à se détacher de son corps, il en était réduit à fixer le plafond, douloureusement conscient que l'âme détachée de Cole le fixait de là-haut et que tous deux savaient que l'âme de Lucas était étroitement arrimée à son corps.

Lucas ne veut pas être un soldat, plus maintenant en tout cas. Il veut seulement dormir d'un sommeil d'enfant, réparateur, et le quitter quand il y sera obligé. Se réveiller un matin il y a bien longtemps. Quand rien n'était encore arrivé. Quand il n'y avait que des éventualités et des possibilités ou bien, si quelque décision avait été prise, au moins quand il y avait plus d'espace libre. La collision de deux objets donne naissance à de nouvelles trajectoires. Elle en écarte, de ce fait, une seconde et en cause une troisième. L'air est traversé de trajectoires réalisées et non réalisées. Toutes les histoires possibles et tous les futurs se tiennent côte à côte.

Nous pouvons tout réparer.

Comme il aimerait le croire.

Nous pouvons le faire ensemble.

Ensemble. Parfois le manque est si dur qu'il a l'impression d'être en train de mourir. Et pourtant.

Ou alors tout peut aller de mal en pis.

Il y a la colère. Si l'on se brise intérieurement au tout début de son adolescence, on n'en mourra pas, mais il se peut qu'on ne regagne jamais complètement son intégrité.

Car j'ai décidé de raconter la vérité.

La deuxième chambre

La première photographie du garçon se distingue à l'arrière-plan d'une prise de vue commerciale effectuée par un agent immobilier. On ne l'aperçoit pas aisément. On découvre d'abord une vaste salle de séjour magnifiquement équipée : poêle en pierre ollaire, parquet, fenêtres s'ouvrant sur une terrasse orientée au sud (aux vitrages remplacés par de plus hermétiques il y a quelques années) et mur lumineux en briques de verre qui donne du côté de l'entrée. En général, les détails reconnaissables sont effacés avant que les photos ne soient mises en ligne, pour se prémunir contre les fous et les idées folles, et parfois on introduit dans la prise de vue des photos de famille factices destinées à créer l'atmosphère recherchée, ce sont de simples accessoires à la manière d'un spray d'ambiance au parfum de viennoiseries. La photographie dont on parle à présent n'est pas un accessoire, elle a été oubliée là où elle se trouve, sur le rebord du poêle, posée un peu de guingois. L'image est petite et légèrement floue, elle se situe hors de la profondeur de champ, en l'agrandissant on ne peut distinguer les visages. C'est une famille de quatre personnes. Les deux enfants sont d'une taille si identique que ce sont vraisemblablement des jumeaux. La seconde image a été prise dans la cour, enregistrée par une caméra de vidéosurveillance installée à la demande de la compagnie d'assurances, on a oublié de la supprimer en partant. Tout mouvement étant enregistré, l'image de la famille a été sauvegardée dans la mémoire de la caméra, de même que le matou curieux qui furète dans la cour et les corneilles qui surveillent les parterres de fleurs. Sur l'image, quatre personnes se tassent dans un taxi. La suivante a été prise à l'aéroport seulement. On voit un garçon sur quatre caméras de vidéosurveillance en tout. D'abord à l'enregistrement, puis aux contrôles de sécurité, après cela dans la boutique détaxée de la zone internationale où il reçoit un objet rectangulaire, une plaquette de chocolat probablement. À la porte d'embarquement, on le voit une fois, il tire derrière lui une valise cabine à roulettes. À l'aéroport d'arrivée, il n'y a pas d'images, pas une seule qui correspondrait au garçon. Il n'y a que des familles de trois ou cinq personnes, ou de quatre mais différentes. Il y a pourtant une image encore. Elle a été prise par une caméra de surveillance de la police, près de la nouvelle maison de la famille. Un véhicule de location a commis un léger excès de vitesse, assez mineur pour que le conducteur s'en tire avec un rappel à la règle. Sur la photo d'identification de la police on ne voit qu'un seul visage, celui du conducteur, car la loi protège la vie privée des autres passagers. Pourtant on s'aperçoit que le véhicule ne transporte que trois personnes, deux adultes à l'avant, mais à l'arrière, un seul enfant.

Le garçon de l'obscurité

Faire serment de garder le silence était indispensable. Si les services de la protection de l'enfance ou la police apprenaient ce qu'il en était, les parents de Cole pourraient être poursuivis en justice. Cole et Nik finiraient tous les deux en foyer, probablement dans des endroits séparés, et ne le supporteraient pas, c'était vu et vécu. Lucas aussi l'avait senti, ses pieds s'étaient engourdis dans la penderie, il avait l'impression de se retrouver lui-même à l'isolement, incapable de bouger et en proie à la catatonie, des araignées courant sur son corps. Personne ne comprendrait. Personne n'accepterait.

Cela aussi, c'était mal, que Cole en parle à Lucas. Il avait promis de la boucler.

– Qu'est-ce qu'il s'est passé ?

Il s'était passé qu'ils avaient déménagé dans un autre pays, le pays d'origine de son père, là où on se trouve maintenant, donc, et qu'on ne parlait plus de Nik. Nik avait disparu.

Lucas n'arrivait plus à respirer. Il était terrifié mais avait oublié sa peur de l'aveuglement.

– Ils l'ont tué ? s'écria-t-il.

– Bien sûr que non, crétin, ce ne sont pas des assassins. Ne crie pas !

– Ils ont fait quoi, alors ?

– Ils l'ont caché.

Cole raconta qu'on avait décidé de maintenir Nik au secret. Il n'avait pas d'existence officielle.

– C'est horrible, ça aussi.

– Ah oui ? Réfléchis. On voulait recommencer du début.

– Nik aussi ?

– Nik aussi.

Nik était cinglé, mais Lucas ne le dit pas tout haut.

– Mais comment c'est possible ? Que quelqu'un disparaisse sans que personne ne s'étonne ?

Cole souffla. Plus tard, il souffla souvent ainsi. Plus tard il se produisit beaucoup d'autres choses. Par exemple, ils mirent la main sur des journaux dits à sensation : presse crapoteuse et actualités criminelles. On ne les trouvait pas en bibliothèque, et personne ne les leur aurait vendus en kiosque, mais cela ne les avait pas arrêtés. Ils les volaient. Au début, Lucas avait renâclé car il avait pitié des vendeurs, ils ne faisaient que leur boulot, dit-il, mais Cole était d'avis que si une personne fait son beurre sur le malheur d'autrui, elle ne mérite pas de pitié. Pour être précis, personne n'en méritait. La pitié est une maladie, rappela-t-il.

Les journaux contenaient des images que Lucas aurait voulu ne jamais avoir vues, des cuvettes de toilettes minuscules aménagées dans des caves, des cadavres gonflés flottant dans l'eau, des nouveau-nés découverts dans des poubelles et des cercueils insonorisés destinés à des vivants. Il essayait de les oublier en appliquant différentes règles sans se rendre compte que ce genre de techniques agissait comme une glu et que les choses à oublier lui resteraient éternellement en mémoire. Ils découpaient des articles et les collaient dans leur calepin, qui était en fait un album photos que Cole avait trouvé chez lui. Il n'y avait aucune image dedans, seuls quelques papiers s'en échappèrent, dont un que Lucas entrevit avant que Cole ne le froisse dans sa poche, c'était une sorte de facture où figuraient le nom de la mère de Cole et un numéro de registre.

Rien de cela ne s'était encore produit, néanmoins. Dans la penderie, Cole se contenta de dire qu'il était possible de disparaître. Le monde est plein de disparus. Il y a ceux que l'on recherche et ceux que l'on ne recherche pas. Et pourquoi ne le fait-on pas ? Parce qu'ils n'ont pas été déclarés disparus. Nik était exactement comme ça. Un enfant que l'on n'avait pas déclaré disparu. C'était possible. Moyennant quelques trucs, en tout cas. Par exemple, en changeant de pays comme ils l'avaient fait. Mais à la différence des disparitions tragiques, Nik n'était absolument pas en danger. Son cas n'était pas du tout triste. Il vivait avec sa famille dans sa propre maison, regardait la télé, jouait jour et nuit sur la meilleure console du marché, mangeait de bonnes choses et faisait collection de figurines chères, il vivait sa propre vie spéciale.

– Sa vie est beaucoup plus spéciale que la nôtre, avoue.

Force était de le reconnaître. Pourtant Lucas ne savait pas quoi en penser. L'information était venue d'un coup et trop vite. Tout était trop. Le fait qu'il y avait Nik. Et comment il était. Et ce qui lui était arrivé. Pourtant c'était agréable que, même après tous ces trucs de frères, Cole et Lucas aient quelque chose en commun. Quelque chose qui excluait Nik. Ils étaient spéciaux, mais comparés à Nik, tous deux vivaient une vie plutôt ordinaire.

Bien des choses devenaient plus aisées à comprendre du même coup. Par exemple, le fait que Cole n'invitait pas Lucas chez lui et qu'ils se retrouvaient chez Lucas, alors que la chambre de Cole aurait été plus grande et que, chez lui, il y aurait eu plus d'espace et plus d'affaires. Nik ne pouvait se montrer aux personnes extérieures. Nik vivait au sous-sol dans sa petite chambre à lui. Sa fenêtre ne se voyait pas côté rue. Il n'y avait évidemment ni verrous ni chaînes, comme dans les histoires horrifiques des magazines de faits divers. Et Nik ne s'y trouvait pas en permanence. Quand la famille était en petit comité, et c'était presque toujours le cas, Nik avait le droit de se déplacer librement dans la maison. Mais si quelqu'un venait, il devait se cacher et ne pas se montrer.

– Et il le fait ?

– Oui.

Cole raconta que, là d'où ils venaient, c'étaient des choses qui arrivaient. Il ne s'agissait pas de séquestration. C'était de la protection. Les parents de Cole et Nik ne protégeaient pas tant le monde contre Nik que Nik contre le monde. Contre les établissements. Les placements. Les mauvaises influences. Le harcèlement. La mise au pilori. La vie dure. C'était compliqué, naturellement. Sa mère et son père étaient obligés de se donner beaucoup de peine pour protéger Nik.

– N'importe, c'est affreux.

Cole soupira.

– Tu es un peu puéril, dit-il. Réfléchis une seconde. La chambre au sous-sol peut donner l'impression d'être une prison, mais ça peut aussi être la liberté. Imagine : tu n'aurais pas à faire une seule des choses dont tu n'as pas envie. Aller en cours, par exemple.

On lui faisait l'école à la maison. Enfin, on ne la faisait pas. Il avait le droit d'apprendre ce qu'il voulait, de lire ce qu'il souhaitait. C'est de cette façon qu'on peut vivre sans avoir d'existence officielle. Et c'est, du même coup, un moyen d'éviter les incidents. L'idée était aussi vertigineuse qu'une pierre lancée dans un puits sans fond, qui n'atteindra jamais rien, les ondes sonores ne faisant que s'élargir jusqu'au néant. Avoir une existence secrète. Faire des choses sans jamais être pris sur le fait. Être réellement invisible.

– Cool !

Cole sourit.

– De ouf.

Lucas aurait voulu vivre ainsi. Il aurait voulu être comme Nik. Il ne l'envisagea pas plus précisément sur le moment, mais il se ressouvint plus tard de son souhait. Il voulait être Nik. Combien de choses ces mots recelaient-ils, en fait. Et comme il est courant que ce que l'on souhaite se réalise.

Cole lui raconta qu'il aidait son frère. Ils avaient coutume de se divertir avec un numéro bien connu des jumeaux : ils échangeaient leurs rôles. Sa mère et son père ne tombaient naturellement pas dans le panneau, mais aux yeux des étrangers ils se ressemblaient assez pour être confondus, surtout si la victime de la mystification n'avait pas la moindre idée de l'existence de Nik. La chose comportait des risques et toutes sortes de complications pouvaient survenir, mais Cole laissait quand même son frère sortir dans le monde à sa place. Nik endossait son rôle pour des bricoles. Acheter des viennoiseries à la boulangerie. Rapporter un litre de lait du kiosque. Il se débrouillait bien et donc, vu que les cours allaient bientôt reprendre, Cole pourrait le laisser y aller aussi à sa place.

– S'il a envie. Ça le changera et moi j'aurai un jour de libre en plus.

– Mais s'il a une crise de fureur ?

Cole s'esclaffa.

– Tant pis pour ma note de conduite !

– T'es pas sérieux…

– Non. Nik est peut-être étrange, mais il est tout sauf bête. Il sait que s'il faisait un truc vraiment stupide, il se trahirait. Ma mère et mon père l'apprendraient et il ne pourrait plus jamais retourner à l'école. Moi, je sais plutôt bien y faire avec lui. La confiance, c'est le plus important. Une fois que tu l'as acquise, le reste, c'est juste de la technique.

Lucas n'était pas certain d'avoir un jour bénéficié d'un tel niveau de confiance, mais il supposait que c'était le cas maintenant que Cole lui avait raconté tant de choses et des choses si dangereuses. Pourtant il n'avait jamais pensé qu'il fallait savoir bien y faire avec les gens et n'avait même pas compris ce que Cole voulait dire par là, alors que les questions de technique lui paraissaient loin d'être son point faible. Il était si plongé dans ses pensées qu'il n'entendit pas tout de suite ce que Cole ajoutait. Du moins n'en crut-il pas ses oreilles.

– Ça te dirait de rencontrer Nik ?

Un battement de cœur depuis la région cervicale jusqu'au fond du ventre. Faire semblant que son cœur n'avait pas bougé. Garder une respiration égale était aussi difficile que s'il s'était donné un coup de marteau sur le doigt. La lampe était dirigée vers le sol. Ils ne se voyaient pas mais s'entendaient.

– Et comment ça ?

– On trouvera bien un truc, répondit Cole. En plus, tu l'as déjà rencontré.

– Bah non.

– Mais si. Tu l'as vu. Le jour de l'anniversaire, tu te rappelles ? Dans la cour, c'était pas moi.

Les garçons statufiés sur la pelouse. C'est vrai, c'était un peu étrange. Puérile. Un peu ? C'était carrément dinguement totalement bizarroïde, tu veux dire. Nik devait être retardé mental.

– Je t'ai vu parce que je regardais par la fenêtre. Nik, lui, il ne t'a pas vu à ce moment-là. Mais un autre jour, oui.

– Où ça ? demanda Lucas.

Sa voix n'était plus qu'un chuintement.

– Une fois où tu es passé à vélo.

L'explosion s'était déjà produite et elle s'était produite ailleurs. Lucas sentait les répliques dans son ventre. Expressément dans ce sens. D'abord les répliques et avec elles une nostalgie pour quelque chose dont il ne savait rien. Une explosion qui se produirait bien plus tard. Nik l'avait vu. Nik, l'effrayant, le dangereux, le fascinant Nik. Nik à qui personne ne pouvait poser de limites. Le garçon de l'obscurité.

– Il a dit quoi ?

Silence.

– Il voudrait te voir.

Lucas rouvrit la porte en grand et ils purent à nouveau respirer normalement. Plus tard, il repenserait à ce moment. Il y repenserait encore et encore. C'était là que cela avait commencé, à cet instant ? À l'instant où il avait appris que Nik voulait le voir ?

Le superhéros spatial et le temps suspendu

Le superhéros spatial a un jeu auquel il joue lorsque plus de trois personnes sont réunies. Dans des maisons diverses, des mondes divers, avec des camarades divers. Ce jeu s'appelle « le Temps suspendu ». Tu as sans doute imaginé un jour – on l'a quasiment tous fait, c'est l'un des sujets favoris de la littérature de science-fiction – que le monde s'arrête et que, soudain, tu es la seule et unique chose à bouger encore. On pourra toujours ergoter sur ce qui s'arrêtera alors, si c'est le temps ou juste le mouvement, quelqu'un pourra rappeler que le temps ralentira aux yeux d'un observateur extérieur, même en dehors des jeux, si on se déplace à une vitesse proche de celle de la lumière ou si on s'approche d'un trou noir. Le résultat sera le même : tout le reste sera figé, toi non. Reprenons du début : le superhéros spatial a un jeu auquel il joue lorsque plus de trois personnes sont réunies et ce jeu s'appelle « le Temps suspendu ».

– C'est un jeu amusant, vraiment, on y jouait tout le temps à l'endroit d'avant.

À l'endroit d'avant, ils avaient une baraque encore plus grande. Et un jardin encore plus grand. Ou pas. Qu'importe, puisqu'on ne peut pas vérifier de toute manière.

Il se peut que les autres aient autre chose en tête. Faire un foot à l'arrière de la maison, par exemple, sur la pelouse géante interdite et tentante – *c'est carrément un terrain de golf, t'imagines.* Ou un saut dans les piscines, il y en a deux, une intérieure et une extérieure. Ou juste attraper l'un des modèles réduits de la série *Espace* posés par dizaines ou centaines sur les étagères, étudier les arêtes et les angles des figurines du bout des doigts. Ils en ont tous quelques-unes, mais un seul les possède toutes, c'est ça le truc, le fait qui rend le monde à la fois entier et défectueux. Ce ne sont pas de vrais modèles réduits mais des jouets, mais plus personne ne joue, ne le confesse, en tout cas. Quelque chose dans l'expression du superhéros spatial les fait pourtant consentir, l'un après l'autre. Et même s'il y en a un qui boude dans son coin – *et l'esprit d'équipe, alors, il est passé où, bande de boulets* –, à la fin, même le dernier est partant.

Le jeu commence ainsi : chacun doit se mettre dans une posture cocasse ou être en train de faire un truc.

– N'importe quel truc, annonce le superhéros spatial en leur faisant signe d'entrer dans sa chambre.

Les garçons se consultent du regard. Est-ce que ça voudrait dire que ? Que vraiment ?

Le superhéros spatial opine. Ça veut dire aussi ses étagères à modèles réduits.

– Bien sûr, confirme-t-il.

Ils ont le droit de faire ce qu'ils veulent. Tant qu'ils se pétrifient dès que le temps s'arrête. Le superhéros spatial observe ses camarades, ils sont paralysés et incapables de se mettre à quoi que ce soit, ces garçons pleins d'entrain, ces merveilleux garçons, ces garçons que leurs mères, pères et enseignants n'arrivent pas à faire tenir en place, ils sont debout les bras ballants et ne font rien, rien du tout. Lui, il croise les bras, il dit bon, il attend quelques secondes que tout le monde se détende et se mette à rire ou parler, ce n'est qu'ensuite qu'il arrête le temps. Cela se produit au moyen de son téléphone portable, il l'a reçu pour son anniversaire et il a coûté une blinde. Pas un de ses camarades n'en a un comme ça. (Ils louchent tous sur son portable, avec le jeu Snake et un éventail de sonneries, ils aimeraient l'essayer, mais ils n'ont pas le droit d'y toucher, ou peut-être plus tard, ce qui revient en gros au même.) Le temps s'arrêtera quand la sonnerie du téléphone se déclenchera et il repartira quand cela sonnera à nouveau, c'est ce dont ils sont convenus.

Quand le temps s'arrête, un seul d'entre eux a le droit de bouger et, au premier tour, c'est le superhéros spatial lui-même. Personne ne sait comment le temps s'arrêtera aux tours suivants, parce que personne d'autre n'a le droit de toucher au téléphone. Ou peut-être que si, malgré tout. L'idée, séduisante, s'agite ici et là dans les cerveaux adolescents qui ne se sont pas pétrifiés même si le temps, lui, l'a fait.

Le superhéros spatial évolue autour de ses camarades immobilisés et les examine. Il choisit le vainqueur qui aura le droit de rester dormir chez lui. De cela aussi, on pourrait déduire qu'il n'y aura qu'un seul tour. Mais personne n'y pense, pareille éventualité ne se présente pas à l'esprit des camarades du superhéros spatial.

Les cailloux, les boîtes et les découpages

Lucas dut renouveler son serment avant de pouvoir rencontrer Nik. En plus de ne raconter à personne le secret de la famille, il n'aurait même pas le droit de dire à Nik qu'il était au courant. Cole et Nik avaient déjà échangé leurs rôles auparavant et, chaque fois, les personnes extérieures n'en avaient rien su. C'était de toute éternité la triche des jumeaux, un divertissement innocent qui ne portait préjudice à personne. Pour la première fois ce serait Nik à qui l'on ne dirait rien. Nik se ferait rouler. Nik se ferait dire que tout allait se passer comme avant. Nik ferait croire à Lucas qu'il était Cole de la même manière qu'il le faisait croire à n'importe qui d'autre. Lucas devait faire semblant de penser rencontrer Cole et se conduire en conséquence. Cela demandait un petit talent d'acteur, mais Cole était certain que Lucas pouvait le faire. Nik devait croire que Lucas était n'importe qui dégotté par Cole pour lui tenir compagnie. Pour la première fois, ce serait un test en double aveugle. Comme dans les études médicales. Nik croirait que Lucas croirait qu'il était Cole – parfois dans ces articles il fallait dessiner un schéma pour y voir clair.

– Pourquoi Nik n'a pas le droit d'être au courant ?

– C'est évident. Il ne supporterait pas ça.

– Pourquoi ?

– Parce que. Tu radotes. Parce que je le trahis.

Lucas était le premier que Cole plaçait entre lui et son frère. Si Nik l'apprenait, il se mettrait en colère, et alors cela reviendrait également aux oreilles des parents de Cole et Nik. Nik était aussi mauvais pour garder un secret que pour maîtriser ses crises de fureur. C'était comme s'il lui manquait le délai entre le stimulus et la réaction. Le seul secret que Nik savait conserver était qu'il passait de temps en temps dans la vie de son frère, en prenait un morceau, se régalait avec des petites miettes de ce qui, pour n'importe qui d'autre, aurait été l'évidence. Il était possible qu'il laisse échapper cette information aussi.

– Mais il doit croire qu'il est toujours dans une position spéciale, ajouta Cole.

– Pourquoi tu fais ça, alors ?

Cole regarda gravement Lucas.

– Parce que j'en ai assez de lui. Des fois, j'en ai grave ma claque de lui. Des fois, j'aimerais être le seul. Tu comprends, l'unique.

Lucas hocha la tête même s'il ne comprenait pas. Lui, il était l'unique. Il ne savait pas ce que c'était que d'être autre chose. Cole prit une inspiration, il tentait de masquer qu'il s'essuyait les yeux.

– Parce que des fois je le déteste. Des fois, j'aimerais qu'il soit mort. Ça te suffit ?

– Oui.

– C'est atroce.

– Oui.

– Est-ce que je suis atroce ?

– Tu n'es pas atroce. Tu ne veux sûrement pas ça pour de vrai.

– Mais si. En tout cas des fois. Je suis atroce.

– Non. Moi aussi, c'est sûrement ce que je voudrais.

Cole prit Lucas par le poignet.

– Tu es sérieux ? C'est ce que tu voudrais ? En vrai de vrai ?

– Peut-être. Ouais.

– Tu es génial. Heureusement qu'on s'est rencontrés.

Lucas sentit son visage se tordre dans un étrange rictus. Il avait envie de sourire. Il était heureux. Et, en même temps, il avait l'impression qu'il n'aurait pas dû l'être.

Il y avait d'autres règles, plus petites, elles étaient là surtout pour le bien de Lucas ou pour protéger ses possessions : n'emporte rien qu'il pourrait te voler ; assure-toi d'avoir toujours une sortie de secours, reste toujours entre Nik et la porte ; ne le fixe pas dans les yeux, il pourrait s'affoler et exploser.

La rencontre n'était pas facile à organiser. La mère de Cole et Nik ne laissait jamais son difficile garçon livré à lui-même. Leur père était toujours absent, leur mère toujours à la maison, ils se complétaient, d'une certaine manière. Les parents savaient bien sûr qui était qui, ils le savaient avec l'étrange instinct des parents, les garçons se devaient donc de respecter une très grande prudence quand ils effectuaient leur numéro.

Les choses étaient encore compliquées par le fait que Lucas n'avait pas de téléphone à lui. Quand Cole appela, ce fut la mère de Lucas qui décrocha et il comprit à ses réponses que c'était Cole au bout du fil.

– Donne, dit-il en tendant la main vers le combiné.

Sa mère le lui donna avec un sourire.

– Tu peux venir, maintenant, annonça Cole, mais fonce.

Lucas prit son vélo pour foncer, mais le laissa au bout de la rue pour se donner quand même un peu de temps. Il avait peur. Il avait surtout peur des parents des garçons, de la mère en particulier, car le père serait absent de toute manière, Cole n'ayant pas réussi à le persuader que leurs intentions étaient louables. Lucas ne pouvait imaginer aucune raison pour laquelle des adultes normaux enfermeraient leur enfant au sous-sol, et il craignait vaguement d'y finir lui-même si ces adultes-ci se mettaient dans l'idée qu'il avait lui aussi besoin de protection. Il comptait évoquer sa vie dans les termes les plus positifs possibles. Il n'en dit rien à Cole, bien sûr, parce que Cole ne voulait pas critiquer ses parents. Et quand madame H (il se le disait vraiment ainsi, pas la mère de Cole ou la mère de Cole et Nik ou même Katherine, mais madame H) ouvrit la porte et accueillit Lucas, l'air las mais souriant, avec une gaieté factice, Lucas était si désorienté par l'effroi qu'il ne parvint même pas à répondre à ses salutations.

– Ne sois pas si stressé, lui conseilla Cole plus tard. Ma mère a dit que tu étais vachement malpoli. Si c'est ce qu'elle pense, on ne pourra peut-être plus se revoir. C'est carrément possible. Elle est horriblement hyper-protectrice, tu m'entends, elle l'a déjà fait.

Cole avait dû deviner que Lucas craignait sa mère car il l'assura qu'il n'y avait aucune raison.

– Elle ne te fera rien. Tu seras le bienvenu tant qu'elle ne saura rien. Et que tu es d'accord.

Madame H semblait être une angoissée de longue date, comme si elle avait reçu tout le poids du monde sur ses épaules à la naissance. Elle était petite et frêle, Lucas lui cédait de peu en taille. Il était difficile de l'imaginer peser sur le ventre de Nik, en train de maintenir le garçon qui se débattait, lui plaquant les poignets au sol.

– Entre, dit Celle qui enfermait son enfant au sous-sol. En anglais. Sans sourire.

La femme le précéda dans l'escalier et lui indiqua une chambre au bout du palier à l'étage. Lucas la suivit et oublia d'observer autour de lui, il était si tendu qu'il ne regardait que le dos de la femme, ses omoplates sous le satin, ou peut-être que c'était du métal, en fait, du grillage à poules recouvert de papier mâché ou un assemblage de fils électriques et d'interrupteurs, du liquide de refroidissement ; la femme avait quelque chose de mécanique. Lucas se trouvait pour la première fois chez Cole et Nik, et il osait à peine jeter un coup d'œil. De cette première fois, il ne se rappela que des fragments de la maison. Un lustre en cristal et des sculptures. Un piano. Une vitrine massive avec des objets taillés dans le bois ou en fer forgé qui semblaient n'avoir d'autre but que d'exister.

Des tableaux comme au musée, si tristes qu'on n'avait pas envie d'aller voir de plus près. Lucas en aurait fait des cauchemars s'il avait été obligé de les avoir chez lui : un cheval qui se noyait, la moitié d'un visage où un œil, celui qui était visible, avait échangé sa place avec la bouche, un duo enlacé dans une étrange étreinte, l'une étant une femme et l'autre une antilope, un garçon aux yeux noirs ressemblant à un orphelin, une larme roulant le long de sa joue. Ce serait déjà bien qu'il quitte les lieux sur ses deux jambes.

La chambre de Cole, en revanche, il s'en souvenait nettement, comme si son reflet en trois dimensions avait été sauvegardé, éclairé de tous les côtés, de manière permanente dans sa tête. Il la contemplait le soir lorsqu'il fermait les yeux et complétait son souvenir avec quelque détail chaque fois qu'il y refaisait un tour, avec Cole ou Nik, il ajoutait un rayon et quelques nouveaux bonshommes – extraits de leur emballage d'origine – à la collection qui occupait un mur entier. Sur l'étagère officielle, surmontée d'une inscription indiquant le nom de la série, chaque case étant dûment numérotée. Aux autres murs, il collait des posters, qui représentaient non des groupes de rock mais des films et n'étaient jamais remplacés mais simplement recouverts par d'autres affiches, les murs se rapprochant ainsi millimètre par millimètre. Dans l'étagère des DVD et VHS, il plaçait de nouveaux titres, de même dans celle des CD. Il posait un tapis et des rideaux, ôtait les séries déjà assemblées au fur et à mesure qu'elles disparaissaient, qu'elles se raréfiaient à mesure que le temps progressait. Il remplaçait le couvre-lit à motifs par un autre de couleur unie. Ajoutait des livres. Des jouets, il n'y en eut pas, dès le début, et il n'en apparut pas non plus, on en était déjà à cet âge-là. Lucas aurait voulu voir la chambre au sous-sol, il se demandait en quoi elle différait de celle-ci. Ou même si elle était différente. Nik possédait en effet tout ce qu'avait Cole, et bien plus encore.

La seule chose étrange, c'étaient les cartons, il y en avait de tailles différentes et beaucoup, au moins dix. Un carton à bananes et deux ou trois plus petits, une boîte de thé, des boîtes d'allumettes. Tous portaient un numéro inscrit avec soin.

Nik était assis en tailleur sur le lit, la tête baissée. Ses cheveux étaient emmêlés et il ne regardait pas Lucas. Ses vêtements étaient les mêmes que ceux de Cole, en plus froissés et négligés, en quelque sorte, trop grands ou le paraissant, alors qu'ils devaient faire la même taille ; cela dit, Nik, sous ses habits, était peut-être un peu plus maigre que son frère. Il avait à la main un gros caillou lisse qu'il se lançait à lui-même. Il y en avait quelques autres, identiques, posés devant lui, ainsi que des morceaux de brique.

– Salut Cole, dit Lucas d'une voix étranglée, comme Cole le lui avait enjoint.

Cole n'avait pas mentionné les cailloux. Et rien par quoi amorcer la conversation.

– Salut Cole ! lança-t-il à nouveau.

Ne le fixe pas du regard, se remémora-t-il.

Pas de réponse, ni rien d'autre. Nik ne lui dit pas un mot, le caillou s'usait dans ses mains.

– Tu as une chouette chambre, dit Lucas. C'est chouette que je puisse venir ici, pour changer. C'est chouette que tu m'aies invité.

Chouette chouette chouette. Lucas paraissait ne connaître que ce mot-là. Nik lui tourna le dos, sans cesser de lancer son caillou. Tout cela commençait à sembler idiot. Lucas avait même honte. Il avait l'impression de venir voir une bête de foire. Un veau à deux têtes. La moitié d'un couple de siamois découpée dans un bocal en verre. Il souhaitait que Cole soit avec lui, ce qui serait impossible tant que la mère des garçons restait monter la garde à la maison, et elle restait. Lucas partit. La première rencontre avait duré une quinzaine de minutes tout au plus, mais sous l'effet du malaise pesant et de la dilatation du temps autour des objets massifs, moins de cinq en réalité. Lucas ne voulait pas retomber sur madame H, il dévala donc l'escalier en courant si vite qu'il dérapa sur la dernière marche. La porte du sous-sol, sous l'escalier, semblait hermétiquement fermée. Mais l'était-elle ? Elle était peut-être entrouverte, en fait.

Ce n'est qu'une fois dehors que Lucas réalisa qu'il avait entendu la voix de Nik. « Look », lui avait-il dit juste avant que Lucas ne referme la porte. Sa voix était rauque et le mot comme toussé, mais ce n'était pas ça. « Look », avait dit Nik en anglais : il avait demandé à Lucas de regarder quelque chose.

Et Lucas ne s'était pas retourné pour voir.

– J'avais oublié de te dire que Nik est super silencieux, lui fit savoir Cole. Ma mère dit que c'est à cause des séjours en foyer. Moi je crois qu'il est juste un peu impressionné. Il était désolé, vraiment. Il a peur que ça foire.

Si Lucas en avait su davantage, il aurait pu suggérer que ce silence était dû au fait de vivre en sous-sol et de rencontrer qui que ce soit d'extérieur uniquement en cachette de ses parents et en se faisant passer pour son frère. Mais à l'époque il ne savait pas encore penser ainsi.

– Tu as dit que vous faites ça tout le temps.

– Pas tout le temps. En général on fait le coup aux voisins.

– Pourquoi il m'a parlé anglais ?

– Il t'a parlé anglais ? C'est pas vrai !

Lorsque Lucas rapporta l'unique mot que Nik lui avait adressé, Cole éclata de rire.

– Il a sûrement pas dit *look*. Il a dit Luke. Il voulait parler de toi. Il est comme ça, il donne des nouveaux noms aux choses et aux gens.

Luke. Lucas y pensa. Il pensa à cette voix rauque à force de ne pas servir. Luke. Nik appela Lucas Luke à ce moment-là et par la suite. Lucas se mordait les lèvres pour ne pas appeler Nik Nik. Nik et Luke. Nicky et Lucky, vraiment.

La fois suivante Nik étala un tas de cailloux par terre et proposa de jouer.

– Comment on joue ? s'enquit Lucas.

– Tu dois trouver tout seul.

Nik poussa un caillou vers Lucas.

– Et tu y as joué comment, avant ?

– Je n'y ai jamais joué avant.

Ils jouèrent. Ou essayèrent. Leur principale activité consistait à changer les pierres de place et à se guetter, par en dessous. Ils se guettaient, c'était vraiment l'impression que cela donnait, en tout cas la manière dont Nik regardait Lucas. Le regard de Nik n'avait pas le tranchant de celui de Cole, il était brumeux et flou. Lucas se sentait pourtant directement transpercé par Nik.

Ils finirent par inventer des sortes de règles. L'aspect de Nik se modifia. Sa posture se redressa comme s'il avait reçu une petite décharge électrique.

– Nous devons le transférer sur ordinateur, murmura-t-il. Tu dois m'aider à le faire passer dans un ordinateur. Et réaliser une version papier.

– Je ne sais pas faire ça.

– Tu dois savoir.

– Mais je ne sais pas.

Nik se tut et ses épaules retombèrent. Il ne fit même pas l'effort de répondre quand Lucas lui demanda s'ils pouvaient passer à autre chose, jouer aux échecs par exemple, il ouvrit l'un de ses cartons et y balança les cailloux. La rencontre était terminée. C'était exactement ce contre quoi Cole avait mis Lucas en garde. Nik voulait jouer, selon ses propres règles seulement.

– Tu t'imagines qu'il supporterait de perdre ?

– C'est quoi ce truc d'ordinateur ?

– Comment je pourrais le savoir ?

Lucas n'en revenait pas que Nik ne le perce pas à jour. Cole l'assura qu'il n'avait pas à s'en faire. Nik avait eu si peu de rapports avec les autres qu'il ne les comprenait pas. En plus de quoi, il prenait des médocs. Cole ne savait pas lesquels, mais des trucs forts de toute façon. C'était l'explication à sa voix zézayante et à son regard embrumé.

– Il n'a pas toujours été comme ça, tu sais.

Cole était attentionné envers son frère et Lucas s'efforçait de l'être. Tout ce qu'ils recevaient, ils le divisaient en trois, qu'il s'agisse d'argent de poche, de chocolat ou d'images de foot. Si Lucas apportait des trucs à partager, de quoi manger par exemple, il laissait Nik choisir en premier, parce que Cole lui avait dit de le faire. Nik était habitué à obtenir ce qu'il voulait.

Lucas apportait d'autres choses. Nik le pria de venir avec des petits cadeaux. N'importe quoi. Rien de cher, ni même d'acheté. Tant qu'il lui apportait quelque chose. Un petit objet.

« Un ticket de caisse, par exemple, dit Nik, un truc jeté dans la rue. »

– Il a vraiment dit ça ? l'interrogea Cole.

– Oui.

Lucas ne lui apporta pas de ticket de caisse. Mais il se mit à regarder par terre quand il marchait et ramassait discrètement des trucs. Un peigne cassé. Une clef de vélo tordue. Une pince à linge. Un bouchon spécial. Une bouteille spéciale. Une coquille d'œuf vide et sèche mais intacte. Un caillou presque parfaitement rond. Une photo d'identité trouvée dans la rue. Un os en forme de lance-pierre.

Après les rencontres, Lucas et Cole échangeaient leurs expériences. Lucas rapportait de quoi Nik avait l'air et ce qu'ils avaient fait. Cole racontait ce que Nik avait dit qu'ils avaient fait. Nik mentait pas mal à Cole, il prétendait que Lucas avait pris des trucs dans sa chambre et dit du mal de Cole. Lucas contestait tout et Cole jurait qu'il le croyait, mais de temps à autre, il scrutait Lucas avec un drôle d'air et jetait des regards circulaires dans sa chambre comme s'il cherchait quelque chose. Parfois Nik était même trop direct. Il déclara – cela se produisit par l'intermédiaire de Cole et Lucas n'aimait pas ça, il n'aurait pas voulu savoir tout ce que Nik disait de lui – qu'un bouton d'acné était apparu sur une aile du nez de Lucas ou bien que Lucas mangeait salement. Que Lucas avait de drôles d'expressions (c'est celui qui dit qui y est) et qu'il bégayait (ben tiens). Les commentaires directs de Nik blessaient Lucas, surtout qu'il n'avait jamais la possibilité de se défendre, ce qui ne voulait pas dire qu'il n'appréciait pas la confiance que lui témoignait Cole. En même temps il avait l'impression que, ce faisant, ils trahissaient Nik. En parlant de lui derrière son dos. Ils le trahissaient, tous les deux.

– Il veut te garder, dit Cole. Tu es la seule personne extérieure à la famille qu'il voit. Mais sois prudent avec lui.

Ces paroles firent leur effet. Nik voulait de Lucas. Nik savait sûrement aussi bien que Lucas que le jeu pouvait finir à tout moment. Ils pouvaient être pris n'importe quand. C'étaient les emballages des caramels mangés en cachette. Toujours là. Toujours existants. Toujours en train de rôder aux limites du champ visuel.

Les dernières heures

Lucas s'est rendu quelque part, le souvenir de son rêve est toujours présent. Dans son rêve, il est connecté à une machine géante qui purifie son sang. Ou bien c'est un cœur mécanique, peut-être, dont seule une partie minime est située à l'intérieur de lui. Il ne ressent pas de douleur mais il sait que quitter la pièce signifierait mourir. La porte est ouverte mais la machine est si grande qu'elle ne passe pas à travers le cadre et, même si elle le pouvait, elle n'est équipée d'aucune sorte de roues, il n'aurait pas la force de la transporter. Au moment où la main d'Eve caresse les cheveux de Lucas, la machine disparaît. *Je vois ma vie, dit Eve. Je vois les veines sous ma peau, je les vois affleurer et former un estuaire à l'envers. Je sens la mort de mes cellules, cela fait un bruit que l'on entend si l'on ferme les yeux et garde le silence. Je sens dans mon corps les années qui me restent. Je sens ma mort. Cela me fait peur, d'avoir une vie si longue que je perde mes limites intérieures. Si tu me filmais assez longtemps, si tu positionnais ta caméra pour filmer mes avant-bras, mon dos, mes jambes d'une année et d'une décennie à l'autre, tu verrais ma peau lentement se friper.*

Ce ne sont pas de vraies paroles. Ce sont les paroles du documentaire. Le discours documentaire n'a rien de vrai, pas même lorsqu'il admet n'être que mensonge. Lucas se réveille à nouveau et sait que c'est la main d'une morte qui le caresse. Il est incapable de bouger. La troisième fois, il se réveille au moment où quelqu'un lui donne un coup dans les côtes. Ou peut-être qu'il se cogne à quelque chose, le véhicule s'est engagé avec rapidité sur une portion élargie de l'accotement, même le corps du chauffeur ne le sait pas et tous ceux qui sont transportés, jusqu'aux cartons à bananes, continuent leur trajectoire en ligne droite. Lucas est parfaitement réveillé. Sans aucun doute, le site est touristique mais en plus d'être l'hiver, c'est le soir, et l'obscurité ensevelit le paysage montagneux. Tous les étals sont fermés, bâchés, ici et là luit une publicité blafarde pour Coca-Cola, un homme âgé patrouille avec son chien. Le véhicule s'arrête et se vide, les voyageurs s'égayent entre les stands.

Le gamin disparaît en premier, suivi de l'un des bonshommes de la banquette arrière, celui à la veste bleue. Celui à la veste noire allume une cigarette, il discute et rit avec le chauffeur, claque une main sur sa cuisse. Le garçon s'est déjà éclipsé lui aussi et, en dernier, c'est la femme qui s'en va, elle n'a même pas cherché son enfant des yeux. Elle a un jean moulant et de belles jambes, ses cheveux nattés lui descendent quasiment jusqu'à la taille. Lucas ne s'est pas défait de sa gênante habitude d'imaginer à quoi les gens ressemblent sans vêtements, hommes et femmes, en particulier ceux qui ont à peu près le même âge que lui. Il imagine un tatouage entre les omoplates de la femme, un papillon ou, plutôt, un arbre, dont on voit, en plus des branches, les racines et dont il est impossible de dire en quel point les parties aériennes du tronc laissent place aux parties souterraines, un grain de beauté en bas du dos, des endroits tendres sur les cuisses et les seins. Son âge est impossible à évaluer, mais elle n'est pas extrêmement jeune.

La femme sourit quand elle surprend son regard. Mais ce n'est pas à un homme qu'elle sourit, elle sourit comme on le fait à un enfant qui écarquille les yeux faute d'avoir appris autre chose. D'un sourire las, patient, feignant la sympathie. C'est toujours aussi agaçant. Lucas sait qu'il fait plus jeune que son âge, mais il n'est plus un petit garçon.

Il n'y a nulle part où changer de l'argent. Heureusement les toilettes ne sont pas payantes. Mendier serait gênant, pisser sur l'accotement encore davantage, malgré la pénombre. Il traîne sa sacoche à appareil photo avec lui et se demande où l'accrocher, et en l'absence de crochet, il la garde à l'épaule, encombrante. Tout en urinant, il s'imagine que la camionnette tourne lentement sur le parking, fait demi-tour et reprend sa route sans lui. Il en est certain, soudain, ils ont passé leur temps à préparer leur coup, ils vont le planter là avec ses affaires ou sans, probablement sans, est-ce qu'ils ne l'ont pas observé bizarrement, ou dédaigné, la traduction sympa c'était du bluff, une mise en scène bien étudiée, ici non plus on n'aime pas les étrangers, nulle part, toutes ces émeutes nationalistes chez lui, pourquoi serait-il une exception, pourquoi les gens comme lui seraient des exceptions ? Il fait un rapide inventaire des affaires restées dans le coffre du véhicule et constate qu'il pourra s'en passer. Il est prêt à renoncer à ses vêtements et effets personnels, tout ce qui est irremplaçable, il l'a sur lui. Son appareil photo, son portable, son passeport, son ordi, sa carte bancaire et l'adresse. Et son disque dur externe, prolongation mécanique de sa mémoire, il est dans la pochette suspendue à son cou, posé contre son cœur telle une batterie de secours.

Cole se foutrait de lui. Lucas, dirait-il, tu as toujours été celui qui a la trouille. Tu n'as jamais vraiment osé. Tu ne peux même pas chier sans avoir posé des feuilles de PQ sur la lunette. Ta gueule, pense-t-il, tout en sachant que Cole a raison. Il ne devrait même pas être ici. Faire ce voyage prévu il y avait bien longtemps mais qu'il n'avait pas effectué à l'époque et qu'il aurait dû laisser tomber à présent aussi. Même ce voyage, il le fait uniquement parce qu'il a peur.

En réalité, il a déjà renoncé. Tout ce qu'il possède, il l'a réellement sur lui. Avant son départ, il a résilié son bail, et tout vendu ou donné. Apporté ses livres et ses vinyles chez des revendeurs d'occasion et ses meubles à la recyclerie. Vendu ses équipements de chambre noire, installés originairement dans sa salle de bains et, devenus inutiles, restés enfermés dans un placard pendant des années, à un nostalgique passionné qui lui en avait offert une jolie somme, largement surévaluée. Le reste, il l'avait livré aux containers de récupération mis à disposition par les organisations de bienfaisance : vêtements dont il n'avait plus l'usage, instruments de cuisine, draps et autre bric-à-brac. Il n'avait conservé que le nécessaire. Son sac de rando et sa sacoche à appareil photo, son ordinateur et quelques fringues. Deux paires de chaussures. Une brosse à dents. Un poncho. Quelques livres de poche qu'il pourrait aisément remplacer. Un sac de couchage et un tapis de sol. Il avait suspendu les rares comptes qui lui restaient sur les réseaux, encore ouverts mais gravement sous-alimentés, sans explication. De brefs adieux à ses parents, avec qui il gardait un contact trop intermittent, promettant de leur envoyer une carte ou autre. Un message à ses potes, plutôt paresseux : « à plus ».

A-t-il même des potes dont la vie et les histoires le motiveraient à revenir ? Il y a eu des femmes, une telle à ce moment, une telle à un autre, rien de très sérieux et jamais plusieurs en même temps – ça n'intéresse pas Lucas, c'est déjà pas mal de s'en sortir avec une seule –, et rien qui soit resté en plan à son départ. Les cinq dernières années de sa vie n'ont été qu'un intermède entre deux actes, et c'est justement ce qui a fait que certaines sont tombées amoureuses de lui, pour la plupart plus âgées et, plus souvent encore, déjà prises. Il se peut que son aspect brouillon donne l'impression qu'il est un garçon à problèmes ayant besoin de protection. Il l'est peut-être, d'ailleurs, mais pas du genre que la protection pourra guérir. La même caractéristique a fait que ces mêmes femmes, plus tard, l'ont haï, et il ne pas peut dire qu'il en ait été désolé.

C'est seulement une fois à bord du ferry qu'il s'est souvenu d'avoir oublié de vider son box grillagé au grenier.

Il se lave les mains et s'asperge le visage, intérieurement reconnaissant du fait qu'il n'y a pas de miroir. Il sort son téléphone de sa poche et vérifie la batterie : cinquante-sept pour cent. Pas de SMS, les données mobiles sont désactivées. Il faut l'économiser et c'est facile. Il n'utilise pas son portable pour prendre de photos sauf pour mettre en mémoire des plans et des notes, parfois une ligne dans un livre ou des renseignements sur une œuvre d'art, rien d'autre, il a décidé de ne pas lâcher l'époque agonisante de la représentation programmée. Une fissure sur le carrelage évoque le profil d'un homme au beau visage. Il sent la forme familière de son appareil photo dans son sac, mais il ne le sort pas, il ne l'a pas fait une seule fois du voyage.

Il y avait une lézarde aussi sur le mur enduit de blanc du hall d'attente vide, là où Lucas avait vu Eve pour la première fois. S'il avait pris son appareil cette fois-là et si, au lieu de se mêler de ce qui ne le regardait pas, il avait immortalisé l'illusion de perspective créant le méandre asséché d'une rivière sinuant sur le mur de la salle d'attente et l'avait publiée au sein de son exposition dont manquait encore l'idée porteuse, centrale, unissant tous les éléments, comme elle manquait à tout ce qu'il faisait – il y a repensé plus tard, pour une raison ou une autre, il n'a plus jamais retrouvé pareil mur, pour une raison ou une autre aucun autre mur ne fit jamais l'affaire –, s'il s'était seulement abstenu de s'en mêler, Cole et lui auraient développé un autre projet, ensemble ou séparément, et cela aurait rendu service à tout le monde. Eve serait n'importe qui, peut-être en vie, peut-être morte, mais juste l'un des éléments du flot de perceptions sensibles qui n'obtiennent jamais une place définitive dans le système de sa mémoire. La vie de Lucas se serait poursuivie, identique, à un autre endroit. On dit que les gens restent tels qu'ils étaient quand on les voit pour la dernière fois. Ce qu'on laisse derrière soi ne croît plus avec soi. Dans les innombrables réalités subjectives circulent des versions de tous âges et de toutes sortes, y compris de soi-même, en fonction de ce que l'on était et de qui l'on était au moment où les contacts ont été rompus. Il existe un monde où vit Lucas avant le documentaire. Avant Eve. Avant Cole. Dans ces réalités, Lucas n'est pas en train de fixer le mur des toilettes à un endroit où il aimerait ne pas être. Il est heureux.

Enfin, l'est-il ? Sans doute pas, non. Mais il aurait au moins une chance de l'être. Du moins serait-il possible de prononcer le mot bonheur sans que celui-ci ne soit ceint d'une couche, inexplicable par la raison, de peur (encore) et de pensées qui ne supportent pas la lumière du jour. De culpabilité et de honte indifférenciées. Aussi existantes l'une que l'autre. Aussi réelles. Aussi fondées. Et matérielles.

Il y a de cela cinq ans, mais c'est toujours le même mal-être que sur les attractions foraines, quand l'organe de l'équilibre interne de l'oreille est mis en échec. Montée d'ivresse et syndrome de sevrage combinés, écœurement déferlant par vagues. Ce n'est pas de la haine, même si cela en contient. Une part de lui est toujours étendue sur le sol des toilettes du cinéma et vomit. Pleure et vomit. Après la première projection. Après tout. Une pensée obsessionnelle peut avoir une forme visuelle et, le cas échéant, ce sera :

Non.

On attend déjà Lucas. Une portière est ouverte à l'arrière du véhicule, l'un des deux bonshommes lui fait signe en riant joyeusement. Sa veste est ouverte, en dessous se devine le logo d'un groupe de métal. Peut-être que ces types ne sont pas si vieux. Le climat montagnard et le soleil. Peut-être qu'ils n'ont que quelques années de plus que lui. Il n'a plus à envier les cartons à bananes, ils ont été bourrés dans le coffre afin de laisser place, au bord de la banquette centrale, à une voyageuse payante supplémentaire, une petite vieille. Les paquets mous précédemment dans le coffre (lire : le sac de couchage et autres possessions de moindre importance de Lucas) ont laissé place aux cartons et sont fourrés entre les jambes des occupants des banquettes centrale et arrière. Personne ne proteste, Lucas ne dit donc rien, il fait comme les autres, il soulève les pieds pour que toutes ses affaires tiennent.

La troisième chambre

Quelques marches descendent jusqu'à une pièce où l'on a fait l'obscurité. Une fois en bas, les visiteurs s'assoient sur des chaises et la projection peut commencer. Elle se compose de trois cent soixante-cinq photographies, une pour chaque jour dans le sous-sol. Les images sont de format rectangulaire, d'une taille de quarante centimètres par soixante. Ce ne sont pas les dimensions standards des négatifs, c'est le soupirail du sous-sol qui les impose. Si le fond des images est toujours le même, le contenu subit une légère modification d'un jour à l'autre. On y voit parfois une paire de pieds ou les roues d'une tondeuse, parfois, c'est le museau d'un animal qui apparaît derrière le carreau, celui d'un chat ou d'un chien, peut-être d'un lièvre des villes. Et si l'on visionne l'intégralité de la projection (chaque image est visible durant une seconde, la projection des trois cent soixante-cinq photos dure donc six minutes et cinq secondes), on verra les saisons se succéder. En hiver, la neige recouvre presque entièrement les images et, en été, l'herbe pousse jusqu'à occuper tout le cadre. On observera de près une fleur croître et se faner, et, sur quelques photos, un insecte apparaître furtivement. Une feuille tombe et se colle à l'image, rouge, jusqu'à ce qu'elle perde ses couleurs et s'effrite petit à petit.

Trois garçons et deux secrets

L'époque des rencontres secrètes fut de courte durée. Lucas n'eut pas le temps de retrouver son père une seule fois dans l'intervalle, sachant qu'ils se voyaient deux fois par mois. Avec la tension, la période sembla plus longue et, de toute manière, ce fut l'une des plus géniales que Lucas ait connues de sa vie jusqu'alors. Ils étaient trois et partageaient un secret deux à deux. Le secret de Cole et Lucas était Nik. Le secret de Nik et Cole était Lucas. Mais ce dernier aussi, Lucas le connaissait, il était donc dans une position spéciale, il avait vent des deux secrets et recevait une pincée de la connexion que seuls frères et sœurs éprouvent. Il n'y avait qu'entre Nik et Lucas qu'il manquait un secret, entre eux régnait un silence vide.

Lucas essayait de comprendre. Les gens qu'on enferme dans des sous-sols ou des greniers se transforment en loups. Surtout les enfants. D'abord, il leur pousse des griffes, puis de la fourrure. Celle-ci commence par apparaître aux endroits habituels, mais ils en ont trop et comme personne ne la coupe elle devient trop longue. Plus tard, seulement, leurs poils prolifèrent à des endroits indésirables comme les sourcils ou l'intérieur des cuisses. Leurs dents poussent de travers, deviennent tranchantes, on peut mourir d'une infection dentaire. Si on se retrouve au sous-sol quand on est encore petit enfant, on n'apprendra jamais à parler ; si c'est à dix ou douze ans, on oubliera juste sa langue. Les mots se briseront et se disloqueront, dans l'ordre inverse de leur apprentissage et, pour finir, même penser deviendra difficile. Lavé et toiletté, un loup a l'air tout à fait ordinaire. Il peut avoir les cheveux châtains et les yeux bleu électrique, une fossette au menton quand il sourit, les avant-bras pâles et le ventre plat, les jambes qui grandissent d'un centimètre par an. Tout ce qu'il a d'animal croît de manière rentrée. Il est un loup, pourtant. Il le sera toujours. Les loups ne savent pas aimer et un loup ne pourra jamais être apprivoisé. Nik aussi était un animal simple, non apprivoisé, il formait des pensées d'animal avec un cerveau humain. Lucas le craignait, l'éventualité de la violence était présente à toutes leurs rencontres et il ne fallait pas montrer ses blessures à une bête sauvage. La peur ne l'emportait toutefois jamais sur la curiosité.

Cole avait dit que son frère était un furieux, mais Lucas percevait aussi une tranquillité en Nik. Nik ne se souciait pas des règles ou des conditions, à n'importe quel moment, il pouvait en avoir assez et faire sécession. Aller se coucher. Quitter la chambre. Grimacer stupidement. Lucas l'observait avec effroi réduire en miettes sous ses pieds ses onéreux modèles réduits, uniques en leur genre, sans le lâcher des yeux. Il allait probablement mentir et rendre Lucas responsable de la casse, mais ce n'était pas grave parce que Cole connaissait son frère.

Nik était étrange mais c'était son étrangeté, justement, le truc. Son invisibilité, peut-être. Si une personne est invisible, et à supposer qu'elle-même y voie, il faudra bien que ses yeux soient visibles, car la lumière doit être réfractée et la réfraction de la lumière exige la présence d'une cornée et d'un cristallin. Si les capes d'invisibilité pouvaient exister, elles devraient donc fonctionner à l'aide d'appareils photo et de surfaces répliquant des images, la cape photographiant et reproduisant le paysage environnant. L'invisibilité de Nik était bien plus réelle que ce que Lucas avait, de manière erronée, pris pour sa propre invisibilité. S'il y a une fenêtre au sous-sol, même petite, on peut voir dehors. La vision est univoque. On peut regarder dehors depuis le sous-sol mais pas de l'extérieur dans le sous-sol. Nik était comme les yeux dans l'obscurité. Un regard qui se cache derrière tous les appareils et surfaces réfléchissantes. Donc si Nik faisait peur à Lucas, s'il le faisait sursauter et parfois lui griffait la peau ou lui disait un truc dégoûtant, Lucas s'en fichait. Au contraire. Lucas se plaisait en compagnie de Nik. Avec lui, tout était différent.

Nik apporta dans la chambre de nouveaux cartons, de tailles différentes, qui avaient été entreposés au sous-sol. Lucas eut le droit de regarder, librement. Ils contenaient des objets sélectionnés au petit bonheur, le même genre que ceux que Nik avait demandés à Lucas, et pas un seul carton n'était entièrement rempli. Il y avait des plumes, des cailloux, des coquillages, des jouets cassés, des bâtons, du bric-à-brac électronique, des bouts de papier, des piles électriques qui suintaient, des papiers bonbons. Tandis que Lucas examinait les objets, Nik l'observait comme s'il attendait son opinion.

– Jolis, commenta-t-il et il se rendit compte aussitôt qu'il avait faux.

Les objets n'étaient pas jolis. Leur raison d'être n'était pas la joliesse. Ils avaient une signification plus profonde, que Nik refusait de donner. Nik voulait que Lucas comprenne tout seul.

– Dis-le, toi, exigea Nik. Trouve ce qu'ils veulent dire.

Lucas ne comprenait pas. Il ne comprenait pas les cartons mais ne comprenait pas non plus les calepins de Nik. C'étaient des sortes d'albums, mais ils ne semblaient avoir aucun sens. Les images que Nik avait sélectionnées n'étaient reliées ni entre elles ni à rien. Le résultat ressemblait à des découpages de maternelle. Et pourtant, cela paraissait important. Chaque page était soigneusement datée.

Nik emmena Lucas dehors. Lucas ignorait s'ils en avaient le droit, mais il vint quand même, il suivit la silhouette de Nik par les rues. Ils se cachaient sous les porches et comptaient les passants, c'était l'idée de Nik, ils pouvaient ensuite faire le nombre de pas correspondant au nombre de gens qu'ils avaient vus. Les pas supplémentaires, s'ils y avaient été obligés, devaient être compensés en attendant de nouveaux passages. C'est un jeu, annonça Nik, un jeu vidéo transposé dans le monde réel. On gagnait des points avec les gens, avec les chiens et quand on voyait la même personne deux fois. Il y avait des coïncidences heureuses mais surtout des tentatives malheureuses, qui coûtaient cher. Calculant les points et effectuant ses pas, Nik semblait énervé.

– Dis-le, lança-t-il à Lucas. Dis-le, pourquoi c'est important !

Lucas n'en avait pas la moindre idée. Ni pourquoi compter leurs pas et zigzaguer de manière absurde était important, ni pourquoi il aurait dû le savoir. De l'avis de Lucas, Nik aurait dû lui-même s'aviser pourquoi ce qu'il faisait était important. Le vide intérieur de Nik était inconcevable mais, en même temps, fascinant. Comme un robot accédant soudain à la conscience de soi qui aurait cherché à se comprendre. C'était peut-être l'effet des médicaments, mais Lucas espérait qu'il n'en soit rien. Il s'était pris d'affection pour Nik avec toute son étrangeté et il voulait, il souhaitait, que Nik reste toujours comme cela, même quand – il était difficile de penser plus loin – il serait guéri de sa folie et n'aurait plus besoin de médicaments.

Lucas emmena Nik à la plage, il la lui montra comme il l'avait fait avec Cole. C'était déjà le soir, ils n'avaient plus besoin de compter leurs pas. Ils se mirent en slip et descendirent dans l'eau. Ou plutôt, ils ne se contentèrent pas d'entrer dans l'eau. Nik sauta. De plus haut que Lucas aurait jamais osé, même s'il était assez bon. Nik nagea, jusqu'à atteindre la pierre au milieu du lac, celle où il n'aurait pas dû aller. On n'a pas le droit de traverser à la nage. Les rives sont trop éloignées, même si elles sont à distance moitié moindre que celle qu'un enfant de treize ans ordinaire aura la force de parcourir dans une piscine sans avoir pied. Les rives opposées sont traîtresses. Elles s'éloignent à mesure qu'on s'en approche et si on atteint l'autre côté, on n'arrivera pas à revenir. Au centre du lac, le paysage devient son image en miroir, donc plus on s'éloigne à la nage de la plage qu'on a dans le dos, plus la plage d'en face s'éloigne. La même chose vaut pour les pierres au centre du lac, elles changent de forme quand l'eau monte et descend. Il se peut que les pierres au centre du lac soient encore plus dangereuses que la rive opposée.

Lucas suivit Nik jusqu'à la pierre. Et celle-ci ne s'enfuit pas devant lui ; il l'atteignit aisément. Et lorsqu'il grimpa dessus – soudain il eut peur, soudain l'impression que la pierre allait quand même se dérober au dernier moment et s'enfoncer comme une chose flottante incapable de soutenir son poids, ou en tout cas pas leur poids à tous les deux, il dut bander tous ses muscles pour se mouvoir à sa surface – et que Nik lui attrapa la main pour le tirer vers le haut, il la sentit encore, la réplique de ce qui allait seulement arriver. De quelque chose que Lucas ne pouvait même pas encore soupçonner.

Ils restèrent longtemps assis en silence. Fin de l'été, grisaille. Nik s'agenouilla et quand il parla, sa voix ne zézayait pas.

– J'ai toujours voulu être un autre que celui que je suis, dit-il.

Lucas ne savait pas quoi dire.

– Parfois ça me manque tellement que je n'arrive plus à respirer.

– La liberté ?

Nik ne répondit pas. Ils ne disaient plus rien. Pourtant ce n'était pas gênant. Lucas n'osa pas en demander davantage, mais en lui, quelque chose bougea. Il était en chute libre, son corps crut qu'il était en train de mourir. Il se rendait confusément compte qu'il était sur le point de vivre un truc qu'il n'avait jamais éprouvé avant. Toute la chaleur présente en lui sembla se concentrer en un seul point et il couvrit son entrejambe de ses mains, craignant que Nik ne s'en aperçoive.

Nik ne s'en aperçut pas et c'est justement ce qui plaisait à Lucas. Nik ne remarquait pas ce genre de choses et s'il les remarquait, il s'en fichait.

La nuit suivante, Lucas macula ses draps, sachant fort bien ce que cela signifiait, même s'il ne voulait pas y penser plus que cela, il étudia le mode d'emploi de la machine à laver un bon moment, fiévreusement, après avoir fouré son linge dans le tambour.

Mais avant cela. Tremblant de froid ; la surface bosselée de la roche, sous sa peau. Sa peau qui épousait la pierre et faisait sienne sa forme. La pierre détachée du monde qui l'entourait, constituant sa propre réalité individuelle, telle une météorite lancée dans le champ gravitationnel de l'univers. La pierre qui tombait mais n'atteignait jamais le sol car le sol avait toujours le temps, éternellement, de se dérober sous elle. Le dos du lac qui était un miroir sans limites déployé dans toutes les directions et eux deux, seuls, qui existaient en son point central dépourvu de reflet. Les rives opposées, équidistantes, les étoiles seules leur permettant de déduire de quelle direction ils étaient venus. Là-bas. Nik embrassa Lucas et Lucas devina d'où pouvaient provenir les secousses. Ils ne reflétaient pas la lumière, elle les traversait entièrement.

Pourtant ils se voyaient l'un l'autre, ils étaient deux invisibles dont l'invisibilité s'annulait mutuellement. Une personne peut tomber amoureuse à la simple idée qu'elle devient vue. C'est de cette manière que cela devait arriver. C'était l'unique possibilité.

Le superhéros spatial et les Forces Obscures

Si l'on pénétrait dans l'esprit des personnes immobiles, on verrait que rien ne s'y meut. Les neurotransmetteurs se sont figés, ils ne sont pas relâchés comme dans la mort mais restent stationnaires. Les synapses sont stoppées en pleine impulsion, elles ne transmettent pas le signal électrique, même l'électricité s'est arrêtée alors qu'il s'agit, tout de même, d'un autre état de la lumière. Tout devient immobile, comme à proximité du zéro absolu.

Les garçons sont quatre à jouer, sans compter le superhéros spatial. L'un d'eux a eu le temps de s'approcher de l'étagère des modèles réduits. La collection est une rareté, quasiment complète, seuls manquent les emballages d'origine. Le garçon est gros, ses doigts boudinés sont sur le point de s'enrouler autour d'une figurine introuvable ailleurs. Les mains du garçon sont moites et il tremble d'excitation, le superhéros spatial a stoppé le temps au dernier moment. La main du deuxième garçon s'est figée, plongée jusqu'au poignet dans le plat de pop-corn – les pop-corn sont épicés, il n'en a sûrement pas de comme ça chez lui et il a attendu ce moment où il en mangerait sans fin, il en rêve même sans doute, on entendrait presque sa salive en sécrétion. Le troisième garçon a sauté en l'air et fait un bruit sourd en retombant alors que le temps s'est arrêté. Soit il se moque du superhéros spatial, soit il est assez bête pour s'imaginer qu'il tiendrait en l'air après l'arrêt du temps. Pour lui, la partie est perdue, mais il n'a qu'à rester à sa place et s'imaginer qu'il est toujours dans la course.

Il y a encore un garçon. Le superhéros spatial plisse les yeux quand il le regarde. Le garçon est assis au bord du lit et tient un livre dans ses mains. C'est une encyclopédie et il y a au moins cinquante mots sur la double page ouverte, le mouvement de ses yeux est sans doute imperceptible. Et même si c'était le cas, on n'a rien convenu à propos des yeux. Son frère. Son rusé de frère.

Inutile de tenter d'examiner la transformation des pensées passant à l'état solide. Le superhéros spatial soupire, s'essuie le front et annonce que le jeu est fini. Ça ne l'amuse plus. Et quand les autres lui demandent si c'est leur tour maintenant, il dit qu'il a mal à la tête et d'après l'expression de son visage, c'est vrai. Personne n'ose en douter et il ne demande à personne de rester avec lui.

Le troisième secret

Lucas n'avait rien dit à Cole à propos du lac. Il prétendit qu'ils avaient joué aux échecs. Et bidouillé son ordinateur. Cole semblait ne rien deviner. Cela devait signifier que Nik non plus n'en avait pas parlé. Ç'avait été une imprudence, d'aller à la plage, mais en même temps la meilleure chose qui s'était produite de tout ce temps : Lucas avait obtenu confirmation que Nik cachait des choses à Cole. La conséquence était troublante. À présent, il y avait un secret entre Lucas et Nik aussi. Le troisième secret, le plus important, le secret à l'intérieur du secret, tout un monde que Lucas et Nik partageaient.

Nik se révoltait peut-être, il testait ses limites. Cole ne savait pas nager et en nageant, Nik prenait un risque terrible. En nageant là où Cole n'aurait pas pu le suivre, Nik indiquait qu'il n'était pas celui pour qui on le prenait. Pas comme on l'avait présenté. Ce devait être un message. Ce pouvait être un message. Nik voulait se faire prendre sur le fait. Il voulait devenir visible, mais n'osait pas demander d'aide. Tout était clair comme le jour.

Lucas prit sa décision. Il allait raconter à Nik qu'il savait. Il le ferait dès la prochaine rencontre, il n'allait pas attendre une minute de plus. Il ne comprenait pas lui-même ce qui se passait dans son esprit pendant ces quelques jours. Il s'était peut-être mis à apprécier tellement Nik que manigancer dans son dos ne lui semblait plus une bonne chose. Ou peut-être qu'il faisait la même chose que Nik, il testait ses limites. Ou alors – et l'idée était plus obscure, une de celles qu'on ne voit qu'à condition de ne pas regarder directement – il voulait se faire sa place entre les frères, et avec Nik. Il choisissait Nik. Il mettait Cole en dehors, il l'excluait. Peut-être qu'il s'imaginait vraiment pouvoir s'immiscer entre les frères. Lucas était enfant unique, comme on l'a dit, il ne comprenait pas les liens du sang. Avait-il le droit d'agir ainsi qu'il le fit ? Il ne s'attarda pas sur cette pensée.

Nik était assis en tailleur sur le sol de la chambre de Cole, il regardait Lucas par en dessous et souriait : ils avaient un secret. Lucas ne savait pas encore ce qui s'était produit à l'intérieur de lui, il ne reconnaissait pas la sensation d'impesanteur, celle qui n'est pas due à l'absence de gravité mais à la chute. Une chute sans fin en orbite circulaire autour de la Terre. Ce sourire lui manquerait plus tard. Il lui manquerait pendant des années. Et la manière dont Nik prononça son nom. Les répliques d'une explosion dont on ne savait si elle se produirait jamais.

Lucas s'assit près de Nik et retint sa respiration, puis il lui dit qu'il savait. Que Nik était Nik. Qu'il avait eu des difficultés. Qu'on le cachait. Lucas raconta qu'il savait tout et promit de ne révéler leur secret à personne, pas contre la volonté de Nik, mais si la vérité se manifestait, si Nik le désirait, Lucas serait de son côté. Car il préférait être l'ami de Nik plutôt que de Cole, s'il fallait choisir, donc. Et probablement qu'il le faudrait. Et d'une certaine manière il le voulait aussi. Cela aussi, il le dit. Pour finir il dit que Cole agissait mal, toute leur famille agissait mal. Ta famille est dingue, dit-il, ne te fâche pas mais ils sont complètement cinglés.

– Tu n'as pas à être prisonnier ici, dit-il.

– Je peux t'aider, dit-il.

– Si tu veux, je le raconte à quelqu'un et tu sortiras, dit-il.

– Je le raconterai à ma mère ou à mon père. Je le raconterai à la police.

Il dit et dit et dit. Sa bouche parlait tant qu'après coup il ne se souvint pas de tout ce qu'il avait dit. Plus Nik restait silencieux, plus Lucas parlait ; plus les épaules de Nik tombaient, plus Lucas élevait la voix. De cette façon, il maintenait l'équilibre, son propre équilibre, l'équilibre de la chambre. Car tous deux commençaient peu à peu à décliner, les poids n'étaient pas à égalité, le sol était en pente, la déclivité accentuée, et Lucas avait l'impression que parler était la seule chose qui le maintenait sur place et l'empêchait de glisser jusqu'à la porte et de la porte jusqu'à l'escalier dans lequel il tomberait ou contre lequel il se cognerait, car les marches s'étaient positionnées dans le mauvais sens.

Lucas dit que ce qu'avait fait et continuait de faire la famille de Nik était un crime épouvantable. C'était du même tonneau de merde que tous les autres enlèvements et séquestrations, cellules insonorisées et toilettes minuscules.

– Cole est un con, s'écria Lucas au risque que Nik se mette en colère et défende son frère comme l'avait fait Cole la fois où Lucas avait dit du mal de Nik (et maintenant Lucas se mettait en colère contre lui-même et pensait qu'il était stupide avant, une personne différente, il y avait vraiment longtemps, donc). Il baissa la voix et ajouta qu'il était désolé de traiter Cole de con mais quand on est con, on est con. Puis il eut envie de rire. Il se sentait plus sûr de lui et plus courageux que jamais auparavant. Il se remémora le lac et la pierre, et il avait juste envie de rire. Il ne savait pas ce qui faisait qu'il s'était mis à parler avec une telle étourderie et une telle volubilité. Aurait-il essayé de franchir la limite de la gémellité s'il avait eu un frère ? Quelque chose en lui s'était éveillé, un trait de caractère ou un mode d'existence dont il ignorait qu'il sommeillait à l'intérieur de lui, un nouveau Lucas qui n'était vrai qu'avec Nik, qui avait besoin de lui, et de lui seul, pour exister.

– N'essaie pas d'être comme Cole, dit Lucas. Je ne veux pas. Je t'aime mieux. Je veux que tu sois toi.

Nik ne disait rien, ne faisait pas un geste. Il était seulement là, il était juste là. Lucas ne savait pas à quoi il s'était attendu, mais pas au silence, en tout cas. Il avait l'impression de rouler en direction de la porte. Le sol penchait et Lucas ne possédait aucune aspérité qui eût retenu ce mouvement involontaire. Il finit par se mettre debout, fit un pas vers la porte, un second.

– Ne dis rien à Cole, dit-il, la main déjà posée sur la poignée, du moins crut-il l'avoir dit. Peut-être qu'il l'avait seulement pensé, car à ce moment précis il sentit quelque chose lui percuter le dos, au niveau d'une vertèbre à peu près au centre des omoplates et un cri lui échappa. Quelque chose s'écrasa par terre avec fracas et il se retourna, pour découvrir un gros caillou lisse qui roulait à ses pieds. Le suivant passa à quelques centimètres de son oreille et il ne vit plus à quoi il ressemblait, le troisième, il l'évita en se protégeant le visage de ses mains, le quatrième le manqua et le cinquième le toucha à un doigt.

Lucas se mit à hurler. Il haïssait ses hurlements mais il n'y pouvait rien. Il savait que tout était perdu. Ils allaient se faire prendre, maintenant. Tout ce qui était nouveau et important allait s'achever, la vie d'avant reviendrait comme si rien d'autre n'avait jamais existé et tout continuerait, vide et vain, d'année en année jusqu'à ce que Lucas soit vieux et gris et inutile et meure. Il n'y pouvait rien. Il pensa aux ciseaux et à la pierre et aux poings et aux bleus et aux égratignures et ne supporta pas la peur mais hurla. Il hurla comme un perdu.

Madame H fut sur place en une seconde. Elle se rua dans la chambre et agrippa Nik, sans rien dire. Elle plaqua le garçon au sol et s'assit sur son thorax.

– Va-t'en, lança-t-elle à Lucas sans même un regard.

Et comme il ne partait pas, comme il restait là à fixer la scène, inutile et défait, la femme cria à nouveau.

– Va-t'en donc !

Lucas partit, il descendit en courant et trébucha dans sa course. Il entendait dans son dos la voix étouffée de Nik. Pas les cordes, hurlait Nik, pas les cordes.

Le superhéros spatial largué dans l'hyperespace

Un jour, les camarades du superhéros spatial lui jouent un tour. Ce jour-là, on ne se trouve pas chez le superhéros spatial mais chez l'un des soldats du rang, dans un appartement plutôt petit et miteux, bizarre que ces enfants puissent fréquenter la même école spatiale. Son frère n'est pas invité et c'est tant mieux. Ils jouent à nouveau au temps suspendu et une fois encore, c'est au tour du superhéros spatial d'arrêter le temps, même si un autre garçon aussi a un téléphone, le vieux mobile de son père, ridiculement gros mais fonctionnel.

Tout se déroule bien jusqu'au moment où le superhéros spatial fait revenir le temps. Jusque-là seulement. Car cela ne fonctionne pas. Le temps ne revient pas. Le temps est resté bloqué. Aucun des garçons ne bouge. Le superhéros spatial donne un nouveau signal, mais rien ne se produit. Il les examine de près, mais toujours rien. Ils ont une maladie, le superhéros spatial en est peut-être la cause, ils sont coincés dans une boucle du temps. L'un des garçons tombe sur le lit quand le superhéros spatial le bouscule, et y reste allongé. Derrière la fenêtre, les nuages passent tout à fait normalement, le sol est loin en bas, comme toujours quand on se trouve au dernier étage d'un immeuble. Mais rien ne bouge dans la cour non plus. C'est le silence complet et tout à coup le superhéros spatial a l'impression qu'il est la seule chose vivante au monde. Il pourrait chatouiller les garçons pétrifiés, il pourrait voir s'il perçoit leur haleine au bout de ses doigts, mais il n'ose plus. Le superhéros spatial a peur. Il n'est pas sûr d'être ce qu'il croit être. Il ne veut pas s'approcher d'eux, car le mal qui les frappe pourrait être contagieux. Il ne veut pas les toucher.

Et voilà, le superhéros spatial n'est plus dans la chambre mais dans la cage d'escalier. Il ne sait pas comment il s'y est transféré, ça lui arrive parfois, il change d'endroit comme si un autre marchait à sa place. Beaucoup plus tard, il en parlera à son thérapeute, mais celui-ci se contentera de secouer la tête. Les thérapeutes ne servent jamais à rien, il aurait dû le deviner, ils sont faciles à berner, il suffit de leur laisser entendre qu'ils découvrent eux-mêmes ce qu'on leur sert sur un plateau d'argent, mais comme sa mère disposait d'une assurance qui couvrait les frais, pourquoi ne pas essayer ça aussi. Pour l'heure, le superhéros spatial court dans la cage d'escalier sans manteau ni chaussures, dehors il ne fait pas froid mais il pleut, et ce n'est qu'une fois dans l'ascenseur qu'il recouvre la raison, comme il a coutume de dire, si quelqu'un l'interroge sur ses crises et bien sûr tout le monde le fait, tout le temps. Dans l'ascenseur, il y a une vieille femme et un chien et tous deux bougent, aucun n'est pétrifié, surtout pas le chien, il renifle le pied du superhéros spatial de sa truffe de chien humide et se fiche carrément du temps. La femme ouvre la bouche, probablement pour dire quelque chose à propos de ses chaussures ou plutôt de leur absence, mais il n'écoute pas. Il sort de l'ascenseur.

Le superhéros spatial remonte et, à présent, c'est la fureur qui grandit en lui. C'est la seconde de ces choses obscures qu'il n'identifie pas par leur nom. Celles-ci ne sont pas noires, elles sont sans lumière, toute lumière en lui se concentre aux mêmes points et il n'y en a jamais assez pour qu'il y en ait partout. Il ne récupère pas ses chaussures, car elles sont derrière la porte verrouillée et personne ne répond à son coup de sonnette ou bien ne répondrait s'il sonnait car il ne le fait pas. Il pose l'oreille contre le battant et entend leurs voix. Leurs rires. Leurs cris de joie.

Le superhéros spatial se transfère dans l'hyperespace. Il n'a besoin ni de son manteau ni de ses chaussures tandis que, à son insu, il passe du point A au point B, ce dernier étant sa maison.

La première mais pas l'unique fin

Le lendemain, Lucas téléphona à Cole. Il avait préparé ce qu'il allait dire. Pas mot pour mot, les conversations sont impossibles à anticiper, il y a toujours plus d'alternatives qu'aux échecs et il peut se produire n'importe quoi. Aucun déplacement planifié ne conviendra, par exemple, dans le cas où l'adversaire renverse le plateau de jeu contre le mur. Lucas avait décidé de ce qu'il dirait en premier et de ce qu'il ne dirait sous aucun prétexte. Pour commencer il faudrait tirer au clair ce dont Cole était au courant. Et s'il savait tout, il fallait déterminer comment et avec quels mots demander pardon. Il se pouvait qu'il eût besoin pour cela d'un talent d'acteur un peu plus grand, mais il avait déjà appris à s'en servir. Le banal Lucas. Le franc et honnête Lucas. Lucas, tout le contraire d'un être spécial. Pour la première fois, il avait usé de tactique dans les rapports humains.

Cole ne décrocha pas son portable. Lucas rappela, une, deux et trois fois, mais le résultat fut identique. Il rassembla son courage et appela sur le fixe de la famille. Cette fois-ci on décrocha. C'était la mère de Cole et Nik. Madame H avait décroché et dit que Cole n'était pas là. Lucas tenta de sauver les apparences en feignant d'ignorer encore le secret de la famille. Il demanda donc ce que Cole avait eu la veille et pourquoi il s'était mis en colère. Madame H ne répondit pas mais interrompit la communication, et quand Lucas rappela le lendemain, on le pria de ne plus téléphoner. Lucas fixait le combiné et détestait la mère de Cole et Nik. Katherine H, Celle qui garde son enfant au sous-sol.

Cela aussi aurait pu être un nom indien.

Lucas craignait le pire. Non seulement que la mère de Cole et Nik et leur père – Celui qui n'est jamais là – se soient mis en colère et aient décidé de séparer les garçons de Lucas, mais qu'ils aient décidé d'enfermer Cole aussi au sous-sol.

Non. Ce n'était pas le pire. Lucas ignora encore longtemps ce qui était le pire. Cela lui prit de nombreuses années pour comprendre que cet été-là, quand il avait eu treize ans, juste avant la rentrée, il s'était brisé. Si l'on se brise intérieurement au tout début de son adolescence, on n'en mourra pas, mais il se peut qu'on ne regagne jamais complètement son intégrité. Il y eut un premier jour sans Cole et sans Nik. Il y en eut un second et un troisième et un quatrième sans Nik. Le manque était si dur que Lucas aurait pu se disloquer.

Plusieurs jours passèrent avant que Lucas n'entende reparler des garçons. Il reçut un message. Cole ne demanda pas Lucas, mais chargea sa mère de le lui transmettre.

– Ton ami t'invite à la plage, dit sa mère.

À la plage, songea Lucas.

– Quel ami ? s'enquit-il.

Sa mère parut surprise.

– C'est vrai, ça, dit-elle. Il n'a pas donné son nom, ça m'a un peu étonnée. Ça m'a pas mal étonnée d'ailleurs. Mais c'était Cole, évidemment.

Tu n'en as pas d'autres. Cela, elle ne le dit pas

Ou Nik, songea Lucas. Est-ce que cela aurait pu être Nik ? Seul Nik aurait été assez maladroit pour ne pas donner son nom. Ni même celui de Cole. Et puis, Lucas fut déjà pressé d'y aller.

La culpabilité, la honte et toutes leurs formes. Les trois catégories de cauchemars. Le pressentiment de ce qui était seulement à venir. Lucas craignait que Nik n'ait fugué. Il espérait que Nik ait fugué. Il se demandait comment ils s'en sortiraient, si Nik avait fugué. Nik pourrait venir habiter chez lui, sa mère pourrait l'adopter. Elle l'adopterait, c'est sûr, quand elle apprendrait sa situation terrible. Son père aussi l'aiderait. Et la nouvelle femme de son père. C'était idiot d'avoir tenu sa mère et son père à distance depuis le début. Lucas avait besoin de l'aide des adultes. Ils en avaient besoin. Monsieur et madame H ne refuseraient pas, ils se débarrasseraient de leur garçon problématique. Et s'ils n'acceptaient pas, si, malgré tout, ils persécutaient leur fils et menaçaient de le mettre au sous-sol, Lucas et ses parents pourraient appeler la police ensemble.

Les catégories de la crédulité et leur ligne droite qui se prolonge en dessous du zéro.

Lucas entendit les voix bien avant d'arriver à la plage. Des rires. L'eau qui éclaboussait. Ce n'était pas Nik, Lucas le sut tout de suite. C'était Cole. Et il n'était pas seul. Une éventualité lui traversa l'esprit, un centième de seconde peut-être, un temps encore plus bref peut-être : est-ce qu'il allait les voir ensemble, les frères jumeaux, si semblables qu'ils auraient pu être le reflet l'un de l'autre ?

Sur la plage, c'était Cole et il n'était pas seul, même si Nik n'était pas avec lui. Autour de Cole bruissait un groupe d'autres garçons. Il avait déjà de nouveaux amis, il avait oublié Lucas.

Lucas se trompait. Cole ne l'avait pas oublié. Cole remarqua son arrivée, même s'il ne le manifesta aucunement. Son coup d'œil fut si rapide que les garçons qui l'entouraient ne se rendirent compte de rien, mais Lucas, si. On n'échangea pas d'autres regards ; Cole éleva la voix et éclata de rire, entraînant les autres dans son hilarité.

– C'est pas vrai !

– Comment on peut être con à ce point !

– Il a tout gobé.

– Un jumeau !

– Comme si c'était un truc qu'on pouvait garder secret comme ça !

Cole sauta ensuite dans l'eau, de plus haut que Lucas n'avait jamais osé, et s'éloigna à la nage en direction du dos du lac.

Lucas ne s'attarda pas pour regarder. Il tourna les talons et partit en courant avant que les autres n'aient le temps de s'apercevoir qu'il avait été là. Avant de savoir si Cole allait nager jusqu'à la pierre. Leur pierre, à lui et Nik. Nik qui n'existait pas. À qui on ne pouvait plus penser.

Lucas courait et courait, alors même qu'il n'avait plus assez de souffle en lui et devait chercher son air comme un agonisant. Il ignorait ce qu'il fuyait. Il n'avait pas la moindre idée de ce qui venait de lui arriver et si c'était une chose qu'on pouvait semer en courant suffisamment vite. Ou ce que tout cela voulait dire. Il revoyait mentalement le regard de Cole. Ce pouvait être de la déception. Ou du pur triomphe. Ce qui s'était ouvert dans une explosion en Lucas se retourna contre la seconde loi de thermodynamique pour reformer une entité solide à l'intérieur de lui.

La quatrième chambre (a et b)

Les murs sont couverts d'images sur lesquelles il n'y a personne. Comment le sait-on ? Comment distinguer les images sur lesquelles il n'y a personne de celles où l'on a voulu représenter autre chose que des gens ? Comment identifier l'absence ? Dans cette chambre, l'absence se reconnaît à ce que chacune des images est une série de quatre rectangles vides prise dans un photomaton. Les séries de quatre par vingt centimètres sont fixées par une punaise à leur bord supérieur. L'œuvre est participative, comme on dit. Une véritable cabine où réaliser des photos d'identité numériques a été placée devant l'un des murs. Chaque visiteur peut se prendre ou, plutôt, ne pas se prendre en photo et accrocher son absence au mur. On peut aussi détruire l'œuvre. Parfois quelqu'un se photographie délibérément et, en un instant, la chambre prend un autre sens. Lorsque, au milieu de toutes les absences, se trouve une série représentant quelqu'un (la plupart du temps, on y rit seul ou à plusieurs, on grimace ou on fait un doigt d'honneur), sa signification est mise en exergue et modifie la nature de l'œuvre. Chacune de ces séries d'images se prononce sur l'absence. C'est pourquoi je ramasse toutes les apparitions de présence et les rassemble dans la chambre suivante où je les mets sous vitrine afin qu'on ne puisse plus les retirer. Une personne qui se photographie elle-même fait don de sa présence en toute conscience, que ce soit un doigt d'honneur ou un visage grimaçant, dans les cas malheureux, un cul nu ou un pénis tendu. Le plus important n'est pas le message que l'auteur de la prise de vue a voulu transmettre à l'auteur de l'œuvre. L'image est en soi un message. J'existe.

Je me montre à la vie depuis le fond du manque. Cette vacuité m'éveille enfin en m'incitant à donner de moi ce que je suis prêt à donner. Mais il faut que cela se produise de manière spontanée et c'est pourquoi la seconde chambre se remplit très lentement, la nature expérimentale de l'œuvre ne tolérant aucune visite de rattrapage, même s'il est impossible d'empêcher que la règle ne soit enfreinte.

CHAMBRES 5-9

—

luc & col

REC. Une version possible de l'enfer est de devoir revivre sa vie, mais au lieu de pouvoir l'influencer, on suit son déroulement à l'écart. Sachant d'avance tout ce qui se produira, éprouvant cependant la même chose qu'alors, quand on pouvait encore choisir. On ne peut rien faire ni rien modifier. Ni les événements. Ni les pensées. Ni les souhaits. Ni les peurs inutiles. Ferme les yeux et songes-y. Demande-toi ce qui est pire : espérer en vain ou redouter en vain. Demande-toi si tu veux y aller. Nous n'y sommes pas encore, en effet, dans cet enfer, toi et moi. Nous pouvons encore choisir. Cadrer et régler, filtrer, tout manipuler pour tout rendre comme nous le voulons. Retirer ce dont nous n'avons pas besoin. Ce dont nous ne voulons pas. STOP.

Les dernières heures

Le ciel rougeoie bien avant que les lumières de la ville ne s'allument à l'horizon. On les voyait depuis la montagne, mais elles ont disparu dès qu'on est redescendus dans la vallée. Tout le monde se tait. À l'exception du chauffeur, ceux qui étaient éveillés précédemment dorment à présent. Le garçon de la banquette avant, les bonshommes de part et d'autre de Lucas, l'un d'eux ronfle. Le gamin dort la tête contre l'épaule de la vieille femme ; à eux deux, ils pourraient être une photo, un cadrage serré établirait une proximité entre eux, les lierait à une même histoire dans laquelle ils se connaîtraient depuis toujours.

Succédant à la route de montagne, c'est une portion d'autoroute pleine de bosses, et après l'autoroute commencent les zones résidentielles. Les habitations sont énormes, en contradiction avec les montagnes et ce qu'il croyait en savoir ; un seul ensemble renferme autant de résidents qu'une petite ville de son pays. Battements de cœur mis en boîte dans des espaces de deux ou trois cents mètres cubes, isolés par du béton. Les silhouettes sombres des bâtiments se détachent à peine sur le ciel plus clair ; quelques lumières éparses brillent çà et là. Une neige épaisse s'est mise à tomber.

Le chauffeur s'engage avec habitude sur la voie de gauche pour entrer dans la ville ; il dépasse une colline illuminée et sur la colline, une statue, une femme aux formes puissantes brandissant quelque chose vers le ciel, peut-être une épée, peut-être une torche, derrière elle, une tour, puis une rivière sombre sur les berges de laquelle sont amarrés des bateaux figés comme des cygnes gelés. Des grues de levage, oiseaux elles aussi, posées par dizaines dans la ville, certaines avec un container. Sens interdits et barrières coupent la circulation au niveau de panneaux indiquant la direction du centre-ville. Lucas aimerait demander pourquoi, mais le garçon de la banquette avant dort encore. Le chauffeur peste pour lui-même et emprunte une déviation.

Lucas observe la portion de route visible à côté de l'occiput du crâne du chauffeur, et repense à ce qu'Eve lui a énuméré il y a des années. Choses qui produisent un sentiment de sécurité : les endroits où tout un chacun est le bienvenu indépendamment de sa position ou de sa naissance. Les magasins ouverts toute la nuit. Les terrains de foot non grillagés. Les couloirs du métro avec un plan placardé derrière une vitre en plexiglas. Les vieillards qui jouent aux échecs dans les cours des zones résidentielles. Les parcs à chiens et les squares. Les bibliothèques publiques où l'on peut faire semblant de lire même si on dort. Le fait qu'il y a toujours, quelque part, quelqu'un d'autre d'éveillé. Qu'à l'autre bout du monde, presque tout le monde l'est. Et que, réciproquement, on est soi-même, pour ceux qui ne trouvent pas le sommeil, une personne qui veille quelque part. Et les lieux qui ne procurent pas de sentiment de sécurité : les stations de taxis quand on n'a pas un sou, les néons criards des hôtels.

Au moment où le véhicule pile, on pourrait croire que ce brusque arrêt a été causé par la neige. Elle tombe dru. L'essuie-glace du côté de la place du mort est cassé et Lucas n'ose même pas imaginer l'état des pneus. Le chauffeur pousse un cri au moment où il stoppe la camionnette qui vient quasiment se coller aux feux arrière du véhicule la précédant ; c'est peut-être un juron. Tout le monde se réveille instantanément, les murmures emplissent l'habitacle. Ils sont coincés dans une espèce de bouchon alors qu'il est près de vingt et une heures. Lucas vérifie sur son téléphone. Pas de messages.

Le chauffeur fait sonner son klaxon ; une tonalité semblable ne tarde pas à se faire entendre derrière eux et se répète au bout d'un instant, un nouveau coup est donné encore un peu plus loin. Le chauffeur ouvre la portière et s'extrait en même temps qu'une bourrasque de bise et de flocons s'engouffre à l'intérieur. Lucas se redresse, prêt à lui emboîter le pas, mais les hommes entre lesquels il est assis ne font pas un geste pour sortir ou le laisser passer. On entend la sirène d'une ambulance, un gyrophare bleu tourne dans la distance.

– Il faut attendre, dit le garçon de la banquette avant.

Cela ne ressemble pas à un embouteillage. Ils sont arrivés à la fin du monde mais ce n'est pas un monde saturé de gaz à effet de serre hors de contrôle qui se catapulte vers le destin de Vénus, c'en est la forme opposée, froide et gelée. Carcasses de voitures enneigées, habitations démembrées à l'arrière des façades, salles de séjour neigeuses. Lucas visualise des familles assises en silence, icônes givrées autour de l'écran bleu de la télévision.

Pourtant, non. Il y a de la vie dans les véhicules bloqués sous la neige. L'essuie-glace du pare-brise arrière ménage une ouverture en demi-lune avec vue sur la fin du monde, et quelqu'un regarde à travers.

– Pardon, dit Lucas en se penchant du côté du garçon de la banquette avant, mais qu'est-ce qu'on attend au juste ?

Le garçon hausse les épaules.

– Je ne sais pas.

– Que disent-ils ?

Lucas fait référence au bruissement de conversations né dans le véhicule.

– Ils peuvent toujours parler. Personne ne sait rien.

Lucas jette un œil à son téléphone, quarante-cinq pour cent, et active les données mobiles. Qu'importe, il faut vérifier si un message est arrivé sur le réseau. L'appareil s'anime et bipe à plusieurs reprises, Lucas a oublié de le mettre sur silencieux, il s'en acquitte à présent. Personne ne fait attention, tout le monde est en train de naviguer sur son portable. Quelques messages sur une application, envoyés par des copains, et deux de sa mère. Il accuse réception des premiers avec un pouce mais répond à sa mère. *Tout va bien, ne t'inquiète pas.* Pas de message de Cole, toujours pas.

Sa boîte mail contient des pubs et des indications concernant sa location, un petit appartement situé près de la gare ; il fait une capture d'écran de la réservation et du plan joint afin de retrouver son chemin hors connexion. Il n'a pas de carte de la ville, il pensait s'en procurer une dans une librairie ou un kiosque. Il compte toujours dessus, il a l'intention d'en acheter une – il est bien plus agréable de lire une carte sur papier que de consulter le petit écran de son téléphone –, de la déplier sur le sol de l'appartement et d'en prendre une photo, non pour qu'elle lui serve à s'orienter, mais pour la simple raison qu'elle sera si belle.

Lucas clique pour ouvrir la Galerie au cas où quelque chose y serait apparu. Entrer sur ce site antédiluvien lui fait toujours le même effet, il ne supporte toujours pas. Il calme sa respiration, se rassure en se disant qu'il n'y a aucune raison de s'affoler. La Galerie n'est pas dangereuse, c'est un simple fossile virtuel, un espace d'exposition désertique dont toutes les images ont été retirées et qui est resté vide dans l'attente de nouvelles œuvres. Ça devait être un truc énorme, un seul mot de passe et un seul nom d'utilisateur, mais elle n'avait jamais été terminée. Elle n'avait même jamais été mise en service. La Galerie est trop lourde pour le téléphone et le niveau du débit internet. Lucas abandonne et désactive la connexion.

Les autres sont plongés dans le silence. Lucas est déconcerté par leur maîtrise de l'art d'attendre, lent et placide, jusqu'à ce qu'il se rende compte de ce qu'ils sont en train de regarder. Un groupe de gens court dans la tempête. Lucas les voit par la fenêtre à l'avant, ils approchent, déboulent en avalanche plutôt, dans un poudroiement de neige. Ils foncent droit devant eux et ils sont des centaines. Lucas ne distingue pas encore nettement les arrivants, mais s'il fermait les yeux maintenant, si c'était tout ce qu'il en voyait, il en garderait un faux souvenir, il rajouterait après coup des banderoles, et peut-être des pancartes, il a vu ce genre de choses, là d'où il vient. Il ne ferme toutefois pas les yeux, il en aperçoit davantage, et la réalité est autre. L'échelle est trompeuse. Le groupe se rapproche et, à présent, tout un chacun réalise qu'il n'est pas composé d'adultes. Les coureurs sont des enfants, les plus jeunes clairement âgés de moins de huit ou dix ans. Tous ne sont pas petits, il y en a de grands aussi, des adolescents peut-être, mais pas un seul adulte. Les visages pointent sous les couvre-chefs, les écharpes et les cols des manteaux. Visages de toutes sortes. Ils ne sont pas des centaines, mais quelques dizaines. Une boule de neige s'écrase contre un carreau. Le geste est par trop menaçant pour qu'il s'agisse d'un lancer innocent. Encore plus de neige qui poudroie et un nouveau jet de boules. Cris ou rires, difficile à dire, difficile même de dire si c'est sonore ou muet. Aucun écho ne persiste, pas même quand l'homme à la veste noire ouvre sa portière et lance des malédictions dans le dos du groupe. Lucas se retourne vers le pare-brise arrière pour mieux voir, mais celui-ci est obstrué par la neige.

La cinquième chambre

Au plafond, cent soixante-dix-sept photographies du ciel. Elles sont toutes dissemblables et de tailles différentes, en majorité bleues, pour une part voilées de nuages, sur l'une figure même un oiseau en plein vol. Les images sont superposées pêle-mêle, leurs bords ne s'ajustent pas et, si l'on regardait en dessous, on verrait les couches inférieures des ciels. Sur les cimaises, les ciels viennent se mêler à des photos d'immeubles. Fenêtres, portes, murs, balcons, pompes à chaleur, jardinières d'herbes aromatiques, seaux en fer-blanc, hamacs accrochés aux balustrades des balcons, vêtements pendus sur des fils à linge et vêtements posés sans fils, cartons, vélos remontés à l'abri des voleurs, fatras métallique, gens qui s'appuient aux balustrades, qui fument, qui arrosent leurs plantes, qui regardent les passants, qui scrutent les étages supérieurs, qui jouent, qui, à différents âges, font tomber leurs jouets sur l'asphalte, chats qui ne savent pas que surfaces vitrées et barreaux ne sont pas le bout du monde, chiens qui le savent. Tout cela se trouve sur les images fixées aux murs. Elles aussi sont pêle-mêle, se mélangent au ciel en haut et à l'asphalte en bas. Sous les pieds du visiteur *suivez le marquage au sol* il y a non seulement de l'asphalte, des pavés et des déchets, mais aussi un pissenlit, des herbes ou un plant indéterminé qui donnera un arbre, qui s'efforcent de se faufiler par les brèches du monde construit. Partout des images, et comme on entre *une seule personne à la fois*, comme on ferme la porte et puis les yeux, comme on fait un tour sur soi-même avant de les rouvrir, on ne saurait plus situer la porte si la lampe verte indiquant la sortie de secours ne brillait pas au centre de la limite entre le ciel et les immeubles.

La réalité derrière les images

Au début, Lucas fut en colère. Il planifiait sa vengeance, imaginait des situations où se payer Cole de la même manière qu'il s'était fait avoir, préparait des mises en scène, peaufinait ses répliques. Dans ses idées vengeresses les plus glauques, il éclatait un cocktail incendiaire, quoi que cela pût être, contre la fenêtre de Cole, contemplait l'explosion encore et encore, jusqu'à en voir quasiment la vidéo, un souvenir plus qu'une imagination. La colère fut suivie, ou accompagnée, de honte. Pas tant parce qu'il avait été humilié devant les autres – les garçons étaient des copains de Cole, Lucas ne reverrait probablement jamais aucun d'eux, il ne serait pour eux que le pigeon d'une blague qui ferait son temps avant d'être enterrée par de nouvelles et de meilleures –, mais parce qu'il avait tout gobé. Et c'était là, précisément, la cruauté propre à la honte. Comme s'il était honteux de croire en une chose qui n'était pas vraie. Comme si les autres n'allaient jamais tomber dans le panneau. Pour finir, il décida simplement de ne plus jamais adresser la parole à Cole. C'était facile. Il suffisait de ne pas se rendre chez lui. Ils avaient tous deux repris l'école et suivaient les cours chacun de son côté. Ils ne se voyaient tout bonnement pas.

C'est après, seulement, que Lucas pensa à Nik.

Si avoir une douleur fantôme consiste à ressentir une souffrance ou des démangeaisons dans un membre amputé ou à éprouver le regret de ce qu'on a perdu, alors le manque de Lucas n'avait même pas de nom. Comment pleurer ce qui n'avait jamais été ? Certaines choses les plus minimes restent soustraites à la vue parce que la lumière ne peut pas s'y réfracter. Elles forment pourtant des totalités visibles. À l'intérieur de Lucas, quelque chose dont il était à peine conscient avait été réduit à néant. Ce fut l'occasion de se rendre compte que le deuil est un état pareil à une maladie, et une maladie de longue durée. Des semaines, des mois, des années parfois, il ne fait que changer de forme, le temps passant. Lucas releva aussi qu'il ne s'était pas nourri correctement depuis longtemps. Pour la première fois, il comprit ce que l'on entendait en disant qu'on ne ressent plus rien. C'est ce qu'il ressentait. Rien.

Nik existait pourtant. Lucas était incapable d'expliquer comment, mais il existait. De la même façon que d'autres espaces s'édifient par-dessus les premiers au moment où on les revoit. Au-dessus des villes croissent des villes, des forêts par-dessus des forêts, des routes sur des routes. Ce sera toujours le même lieu dans le monde physique, mais plus la même combinaison de neurones qui naît de la perception et de l'expérience qu'on en fait. Cela vaut pour les lieux, mais aussi pour les personnes. C'est ce qu'on appelle des souvenirs. Ils sont aussi physiques que la peau ou la respiration. Quand Lucas, plus tard, vit Cole nager jusqu'à la pierre, car Cole savait nager comme s'il n'avait fait que cela toute sa vie, Lucas nagea avec lui. Mais la pierre était autre. Ce n'était plus celle qui avait fendu l'univers, celle qu'il avait atteinte avec Nik. C'était (lourdement et pesamment, comme est fait l'être) une pierre tout ce qu'il y avait d'ordinaire, à sa place au fond du lac et reliée par le fond du lac à la terre ferme, comme n'importe quelle île. Le lac était ordinaire et non une image kaléidoscopique prolongeant sa symétrie dans toutes les directions. La rive opposée était partout et ne s'éloignait pas quand on s'en approchait.

Un autre monde existait pourtant. Il se trouvait dans les connexions de ses réseaux neuronaux et existait comme les choses qui naissent et qu'on observe. Si l'image et le souvenir sont encodés dans la même zone de la mémoire, comment savoir ce qui, des souvenirs, s'est vraiment produit ? Le monde poursuivait ainsi sa marche dans deux directions. La réalité ne se divisait pas à l'exemple des histoires de science-fiction. Elle se divisait à l'intérieur de Lucas. Il y avait deux Lucas. Celui qui vivait dans ce monde-ci et celui qui vivait dans cet autre monde où Nik existait. Il y passait du temps le soir avant de s'endormir. Il y tombait parfois au beau milieu d'un cours. C'est ainsi qu'on peut se trouver de deux côtés en même temps.

Si Nik était contenu en Cole, alors ce qui manquait à Lucas était quelque part là-bas. Nik n'était pas qu'un rôle. Nik était une virtualité de Cole. Peu importe, d'ailleurs. Si la chambre de Cole prenait feu dans une attaque à la bombe incendiaire – Lucas ne poussa pas plus loin –, Nik aussi brûlerait. Chaque coup porté à Cole atteindrait Nik. L'idée était trop énorme pour qu'il s'y attarde, il ne faisait que se protéger contre sa propre colère, et seulement lorsque sa colère devenait trop grande. Il repensait alors aux yeux de Cole écarquillés par l'effroi et à Cole hurlant. *Pas les cordes*. Il y avait du vrai dans tout cela. Lucas faisait parfois un rêve où Cole était entièrement ligoté, on ne voyait plus que ses yeux effrayés et la bouche muette de Nik. Bien plus tard il fit un rêve où il était lui-même enserré par les cordes. C'est ainsi que sa colère s'atténua peu à peu et qu'il finit par oublier. Et comme nous l'enseigne l'histoire, ce qui s'oublie est condamné à se reproduire.

Cela ne se produisit pas tout de suite. Une année entière s'écoula avant que Cole ne pénètre à nouveau dans la chambre de Lucas, et une année, c'est une éternité. Surtout au cours de la phase où l'on prend dix centimètres par an, où l'on perd sa voix et son identité. Lucas avait aussi découvert quelque chose. Il avait rejoint le club photo de l'école et s'était mis à l'œuvre. Son appareil n'était pas le premier boîtier à bouton venu mais le vieux reflex de son père, c'était son père qui le lui avait donné. Un objet précieux que, petit garçon, Lucas n'avait même pas le droit d'effleurer. Pour éviter les traces de doigts. Les chocs. Les rayures. La poussière. La graisse. Dorénavant, il était à lui, dernière zone aux confins de l'analogique et du numérique.

Lucas avait droit à deux pellicules par mois, il s'était mis d'accord avec sa mère. Cela faisait environ douze photos par semaine. Au début, il apportait les films à développer dans une boutique et sa mère lui donnait de l'argent pour récupérer les tirages, plus tard, il les commanda par la poste. La plupart de ses photos lui procuraient de la déception, ce qu'il croyait avoir visé disparaissait ou se transformait au cours du développement. Le principal glissait vers le fond et se distinguait à peine de l'arrière-plan. Bien plus intéressant que le sujet originel était souvent ce qui se passait autour. Un homme qui bâillait. Un groupe de touristes en train de photographier une statue. Un paquet de cigarettes qui s'échouait au beau milieu du reflet de la rive opposée, dont le cadrage et la mise au point avaient demandé tant de temps et de ferveur, juste avant qu'il ne déclenche. Malgré cela, il continua. Le club photo soulageait l'angoisse que lui procurait la pratique d'un loisir onéreux. On développait et tirait les films en noir et blanc soi-même et Lucas put, pour la première fois, recadrer ses images à la taille et selon la forme qu'il souhaitait. Il apprit qu'un mauvais éclairage lors de la prise pouvait souvent être corrigé au tirage. Un négatif avec une bonne mise au point pouvait devenir trouble, mais l'inverse n'était pas possible, et parfois, le manque de netteté mettait en exergue une chose qu'on n'avait pas notée en prenant la photo. L'animateur lui prêtait un trépied et le reste du matériel, et Lucas se rendit compte qu'il restait à la fin plus souvent qu'à son tour, avec les autres, pour comparer leurs prises de vues. Il accrochait ses meilleures photos au tableau en liège de sa chambre en attendant de les encadrer et il épargnait les plus mauvaises aussi. Il envisageait d'exposer ses prises ratées, sans soupçonner que l'idée était vouée à l'échec, l'époque de la photographie numérique étant sur le point de commencer, ce qui signifierait que les prises de vue ratées seraient effacées ou ensevelies dans un flot ininterrompu d'images.

C'était ce panneau que Cole examinait le jour où tout recommença. Il se trouva dans la chambre de Lucas avant même que celui-ci ne rentre de cours, sa mère l'avait fait entrer, lui avait proposé du chocolat chaud et des tartines.

– Un garçon tellement sympa ! On a passé notre temps à papoter. Il a dit que ça faisait des lustres que tu ne l'avais pas invité.

– Il a dit quoi ?

– Je pense que tu devrais le faire. Ce serait sûrement une bonne fréquentation. Meilleure que…

Les photos, les magazines de photo, les bibliothécaires approchant de l'âge de la retraite ?

– Il est entré… tu l'as fait entrer… ça fait longtemps qu'il y est ?

– Non. Un quart d'heure, maximum.

Combien de temps cela prend, de fouiller dans ses cartons, dans tous ses cartons ? De chercher, archiver et rapporter du nouveau matos pour l'emmerder ? Environ quinze minutes.

– Enfin ! s'exclama Cole quand il aperçut Lucas. Ça fait mille ans que je t'attends !

Il ajouta ensuite que les photos de Lucas étaient belles ; il comblait le silence, tandis que Lucas se tenait dans l'embrasure sans mot dire et maintenait la porte ouverte. Lucas avait beau avoir l'air calme, en lui c'était un bouleversement, et son regard courait sur les cartons, les livres et les calepins ouverts et fermés. Il se demandait lesquels avaient été ouverts et lesquels fermés avant son départ.

– Cette pelleteuse, surtout, reprit Cole. Elle est tellement parfaite que tu pourrais la vendre, pour une pub.

Ce n'était pas une pelleteuse, sur la photo. C'était une forêt saccagée, la menace du changement climatique et un appel au boycott contre une chaîne de fast-food. La forêt pluvieuse, oui, aussi. Lucas regarda à nouveau et vit qu'il s'était trompé. La mise au point était bien faite, mais sur l'image, il n'y avait qu'une coupe claire et des tas de boue, des arbres abattus et non abattus. Et avant toute chose, il y avait la pelleteuse.

– C'est pas…, dit Lucas, ou ça l'est, mais pas à proprement parler. Ou en fait…

Il ne savait pas ce qu'il essayait d'expliquer. Il n'avait tout simplement plus de mots pour s'expliquer. Ou même pour comprendre. Plus tard, il saurait mieux y faire. C'est une autre manière de voir, dirait-il, il y a le monde visible et puis il y a un autre monde derrière, le monde invisible. On ne peut pas le voir ni le montrer directement, mais on peut en donner l'image en produisant une image du monde visible. N'importe quoi peut être image. Quand on renonce à reproduire la réalité, on commence à voir ce qu'il y a derrière. L'image est là où on ne pensait pas qu'elle se trouvait, sur un mur quasi vide, enduit de blanc, sur les motifs d'un escalier de marbre. Dans une goutte où se reflète le monde à l'envers et dans une goutte où ne se reflète rien. Mais contrairement à une histoire, le début et la fin d'une image ne sont pas la même chose. Tout mouvement se produit dans le regardeur.

– C'est une image pour la protection de la nature, dit Lucas.

Cole hocha la tête gravement. Il s'assit au bureau de Lucas, glissa ses mains sous ses cuisses et balança les jambes.

– Trop bien, dit-il. J'ai justement besoin d'un gars comme toi.

– Ah ouais, et pour quoi faire ?

– Tu piges les trucs. Tu es le truc, nous sommes le truc. Nous, on va les faire, les trucs.

– Je ne veux pas.

Les jambes de Cole s'immobilisèrent. Il ne regarda pas Lucas directement, il parla les yeux braqués au plafond.

– Tu rumines, dit-il.

– Mais non.

– Mais si. Ce vieux machin. Tu ne piges pas que c'était juste du théâtre.

– Bien sûr que je pige.

– Je parle pas de ça, mais de ce qu'on a fait, toi et moi. On les a tous eus.

– Nous ?

– Oui. Tu piges ? Tout le monde. Les autres croyaient que j'étais leur pote, mais ils se trompaient. Moi, j'étais tout le temps ton pote à toi. En vrai, il n'y a que nous qui sommes amis. Des vrais amis. Toi et moi.

Cole ne regardait plus au plafond, il fixait Lucas dans les yeux. Souriait.

– Tu es mon meilleur ami, déclara Cole. Il n'y en a pas deux comme toi.

Peu de gens disent ça, peut-être personne. Si quelqu'un le dit pourtant, rares sont ceux qui prendront le temps de revenir à « dis donc, comment ça s'est passé il y a un an qui en paraît cent, la dernière fois qu'on a essayé d'être amis ? » Un an. Ce n'est rien.

Et il y avait plus encore.

– J'étais hyper en colère contre toi, ajouta Cole.

Cole n'aurait pas pu surprendre Lucas davantage. C'était quand même complètement le contraire.

– Mais non, tu l'étais pas !

– Ah ouais, tu crois ?

Cole mima le geste de lancer un caillou. Instinctivement, Lucas se protégea. Cole fit mine de relancer puis de se ruer à l'attaque. À nouveau, Lucas se protégea. Et pigea. Tout était si évident, à présent, qu'il éclata de rire, qu'ils éclatèrent de rire en même temps. Ils riaient et parlaient et riaient encore et peu à peu Lucas commençait à comprendre. Ce qui s'était produit avait été une épreuve du feu, expliqua Cole, il avait testé Lucas. Pour voir s'il était assez fiable. Sur la même longueur d'onde. Profond. Et avant tout, s'il resterait ami avec Cole, quoi qu'il arrive. Qu'il arrive vraiment quoi que ce soit. Même si un gars plus intéressant se présentait, avec qui il aurait envie de se galocher au milieu d'un lac. Le sang afflua au visage de Lucas et il ordonna à Cole de la fermer, mais sans colère, sans plus aucune colère.

Cole avait raison. Et quand Lucas le réalisa, l'idée éclaira tout, pendant une fraction de seconde, et ce qu'il avait vu se grava dans son esprit tel quel, après quoi, ce fut un souvenir. Comme un paysage illuminé par la foudre, dont le ciel est bleu foncé, tout le reste donnant par ailleurs la même impression que si l'image avait été prise de jour. Lucas photographiera plus tard des tempêtes et toutes sortes d'autres choses entre sa dix-neuvième et sa vingt-neuvième année d'existence. Panneaux publicitaires, séries de chiffres, signalisation routière, panneaux routiers tagués, fissures se croisant en tous sens dans l'enduit, le nombre 23 à divers endroits et des nombres en général, des lieux publics sans personne, des illusions d'optique, des mondes impossibles reflétés sur les miroirs et les surfaces, des horizons renversés, des voies ferrées, des autoroutes, les mêmes endroits à différents moments, des endroits différents au même moment, les mêmes endroits avec différentes expositions ; il regardera sur son écran les uniques points des images qui restent dans l'obscurité avant de cesser, après le documentaire. La série d'éclairs elle aussi est encagée au grenier comme tout ce qu'il a photographié, le box grillagé se trouve au grenier de son ancien appartement et il a oublié de le vider.

Cole n'avait pas failli à Lucas, c'était Lucas qui avait failli à Cole, n'importe qui aurait été blessé par ce qu'il lui avait dit et fait. Ça s'était passé dans l'autre sens tout le temps. Tout le temps. Il avait commis une erreur monstrueuse et, par sa faute, il avait été près de perdre le meilleur ami qu'il pourrait jamais avoir. Quand on réalise une chose si énorme, on n'a plus besoin de cordes ou de bouteilles incendiaires, plus besoin de se faire une idée de la souffrance que Cole avait éprouvée ou pas, finalement. Comment Lucas avait-il pu se tromper à ce point ? Comme sa colère avait été inutile !

Le rebelle masqué à la rescousse de la doublure

S'il est une chose que le rebelle masqué ne supporte pas, c'est l'injustice de ce bas monde. Au moment où il aperçoit un garçon au milieu de la cour, au centre d'un groupe de garçons, pris dans une bagarre à coups de poing, il réagit immédiatement. Il s'agit d'une scène collective. Des garçons par dizaines, si ce n'est par centaines, existant non en tant qu'individus mais en tant que groupe. On peut réutiliser la même personne. À condition de ne pas montrer leurs visages, on pourra multiplier les personnes par ordinateur.

Quant au rebelle masqué, il faut dire qu'il a bon cœur.

Quant au rebelle masqué, il faut dire qu'il ne veut de mal à personne.

Quant au rebelle masqué, il faut dire qu'il est innocent.

Allez, tous en chœur :

Le rebelle masqué a bon cœur.

Le rebelle masqué ne veut de mal à personne.

Le rebelle masqué est innocent.

Et encore : le rebelle masqué n'a pas peur de se faire casser la figure.

Il n'a pas peur de se faire casser la figure quand il entre dans la cour de l'école et interrompt la bagarre. Il n'a pas peur et n'en a pas le droit. La bagarre s'interrompt. Les personnes multipliées le regardent fixement. Ce n'est pas son école. Ce ne sont pas ses camarades. Ce sont des soldats clonés. Des chevaliers du roi Arthur. Ou bien de stupides fauteurs de troubles de bar interstellaire. Peut-être autre chose. Le rebelle masqué n'est pas raccord dans leur histoire.

Celui qui a été terrassé est un personnage secondaire. Non. C'est la doublure du personnage principal. Le cascadeur se relève et essuie le sang qui lui coule du nez d'un revers de main, les clones le laissent repartir. Il est quasiment en train de pleurer et, pire encore, près d'emboîter le pas au rebelle masqué. Il ne pige pas que ces deux histoires doivent rester séparées.

« On en reparle ce soir », souffle le rebelle masqué. « Pas ici. » Puis il disparaît dans la grisaille entre les bâtiments.

La sixième chambre

L'avis de recherche est placé au centre de la pièce, ce n'est pas le seul, il est entouré d'autres déclarations, intactes et abîmées. Des personnes disparaissent, volontairement ou involontairement. Observons toutefois celui-ci, daté de mai 1997. À l'époque, les gens étaient loin de tous posséder un téléphone mobile, mais les annonces diffusées sur les stations de radio internationales se faisaient déjà moins nombreuses, ces annonces par lesquelles on tentait de prendre contact avec des gens partis quelque part, de crever leur bulle de vie paisible persistant encore en parallèle de cette autre réalité nouvelle. *Nous interrompons nos programmes pour un communiqué à l'attention de la famille X qui voyage dans un véhicule rouge de marque Y dans les environs de la ville de Z : prenez immédiatement contact avec vos proches. Je répète. À la famille X qui voyage dans un véhicule rouge de la marque Y aux environs de la ville de Z : prenez immédiatement contact avec vos proches. Et maintenant, une plage musicale.*

Luc & Col : la Chambre

La fois suivante, Cole s'était muni du calepin de Nik. Rectification : Cole avait sur lui le calepin que Lucas avait cru appartenir à Nik. Il le reconnut aussitôt, les photos, les tickets et les bouts de papier, tout ce qui n'était relié à rien. Ils étaient assis par terre dans la chambre de Lucas, face à face. Le calepin était placé entre eux comme une preuve de Nik, de ce qu'il avait un jour existé. En même temps, ce n'était la preuve que de la stupidité de Lucas.

Quand Lucas tenta de le ramasser, Cole le reprit et l'appliqua contre sa poitrine.

– Tu n'as pas compris, dit-il en le fourrant dans son sac à dos. Tu n'as pas compris de quoi il s'agissait. Tu n'as servi à rien.

Cole n'ajouta pas un mot au sujet du calepin. Lucas non plus. Il était sur le point de dire, de demander ce qu'il n'avait pas compris ou ce qu'il aurait dû comprendre. S'il pouvait réessayer, à présent qu'il en savait davantage. Mais il ne le dit pas et l'occasion passa. Il s'était planté, mais ne savait pas en quoi. Plus tard il se rendit dans la chambre de Cole, qui désormais n'était plus que la sienne, et elle ne contenait plus un seul caillou ou carton. Ils n'avaient été que des accessoires de théâtre.

– Tu n'as même pas essayé de le comprendre.

Cole ne disait pas de qui il parlait et Lucas ne lui demanda pas, cette occasion aussi passa. Si Cole voulait parler de Nik, l'accusation était absurde. Comment comprendre ce qui n'existe pas ? Lucas regardait Cole fixement, réduisant la distance, essayant de retrouver son frère. Son frère imaginaire, donc. Une chose qu'il avait vraiment vue en observant Nik (imaginaire) mais qui n'existait pas avec Cole. Ne serait-ce que le regard. D'une certaine manière, il croyait savoir ce qui était certainement vrai et certainement mensonge. Par exemple que Nik n'ait (peut-être) pas existé (dans le monde physique). L'idée la plus effrayante était que Cole soit fou. Un psychopathe changeant de personnalité ou assassinant sa famille sous hypnose ou en rêve. Cole avait probablement juste inventé Nik, sciemment ou par accident, comme on invente ses amis imaginaires, et avait par hasard décidé d'expérimenter ses talents de menteur sur Lucas.

– Ça ne fait rien, dit Cole, finalement. Nous pouvons reprendre du début.

On peut toujours reprendre du début.

Un nouveau début signifiait un nouveau calepin, à la vérité un album, Cole l'avait rapporté de chez lui. Il était à sa mère, madame H. Une couverture en similicuir, des pages cartonnées, entre les pages des feuilles de papier de soie. Sur les pages des traces de déchirures rectangulaires. Souvenirs à l'horizontale et à la verticale de photographies grandes et petites.

– Je ne sais pas pourquoi ma mère l'a gardé, vu qu'elle a jeté toutes les photos.

Une étincelle s'alluma dans la région du cœur de Lucas. Et si Nik avait existé, quand même. S'il était juste… Lucas ne pouvait pas pousser son idée au bout. Mort, n'est-ce pas, c'est cela qu'il était sur le point de penser : juste mort. Serait-il plus facile à Lucas de supporter la perte si Nik avait existé mais était mort, cela légitimerait-il la confusion de ses sentiments ?

– Les photos de qui ? s'enquit Lucas ; sa question n'était qu'un murmure.

Cole resta un moment silencieux avant de répondre. Et quand il répondit, Lucas réalisa qu'il avait fait erreur à la fois sur ce qu'il espérait et sur ce qu'il redoutait. Une personne peut recevoir et perdre l'existence en moins d'une seconde.

– De mon père.

– Ton père ? Pourquoi elle aurait jeté les photos de ton père ?

Deuxième silence. Cole arrachait des fragments d'adhésif sur les pages cartonnées.

– Parce que mon père est mort.

Ce fut le tour de Lucas de garder le silence. Il ouvrit et referma la bouche, sans savoir quoi dire.

– Ça fait longtemps. Désolé d'avoir menti. Je ne voulais pas en parler.

Cela s'était produit un peu avant que Cole et sa mère n'emménagent. On a acheté ici, dit Cole, parce que mon père vient du coin. Puis son père était mort. Il avait un cancer mais ce n'est pas de cela qu'il était mort. Il avait reçu des soins pendant deux ans et juste au moment où il avait été déclaré guéri, il était mort, comme ça.

– Pourquoi ?

– Il s'est tué.

– Non.

– Si.

– Comment c'est arrivé ?

Lucas ignorait pourquoi il posait la question. L'expression de Cole se durcit, son visage se ferma.

– Je ne veux pas en parler. Je le déteste. Et maintenant, on habite dans son pays avec ma mère qui ne sait même pas bien parler la langue. Tout ça, c'est de la merde.

– C'est pour ça que tu as inventé Nik ?

Cole plissa les yeux.

– Je n'y avais pas pensé comme ça. Peut-être. T'es grave intelligent. C'est possible, que ça se soit passé comme ça.

On peut toujours reprendre du début.

Cole demanda ensuite si Lucas avait déjà connu un deuil, et Lucas ne mentit pas. Il avait assisté à un enterrement une fois, mais ne connaissait sans doute pas le défunt et était presque mort d'ennui lui-même. Il n'avait même jamais eu d'animal de compagnie. Il n'avait rien perdu. La mort s'interposait entre eux à présent. La mort aux infos. La mort dans les colonnes des journaux. La mort au cinéma. La mort dans les histoires horrifiques. Les morts racontées par leurs copains. Toutes les morts partagées collectivement. Les parents de Lucas étaient séparés, mais le père de Cole était mort. L'un avait vu la mort à la télé, mais l'autre l'avait éprouvée. L'équilibre ne régnait pas entre eux. Comment Lucas pourrait-il jamais comprendre ?

Cole eut un rire bref, mais ne paraissait toujours pas joyeux.

– Si je meurs, dit-il, nous serons à égalité.

Lucas avait les oreilles qui bourdonnaient. Il ne pouvait pas avoir bien entendu.

– Si tu… quoi ?

Cole sourit. Les mots revinrent l'un après l'autre par la mémoire auditive. Lucas avait bien entendu.

– Alors, toi aussi, tu auras perdu quelqu'un.

– Comment on pourrait être à égalité si tu es mort ?

– On ne pourra pas, répondit Cole. Espérons que je ne meure pas.

– Pourquoi tu mourrais ?

Cole ne répondit pas.

– Tu as une… une maladie ?

Cole fit non de la tête.

– C'est un truc différent, dit-il finalement, peut-être héréditaire, peut-être pas.

Quelle sorte de maladie c'était, Cole l'ignorait, mais quoi que ce fût, il devait, à cause de ça, se rendre toutes les semaines chez le médecin. Ça devait être terrible. Lucas allait chez le médecin au maximum une fois par an et, là encore, pour une visite médicale ordinaire, « bonne santé générale », c'est ce qu'on disait toujours à son propos. Qu'est-ce qu'on pouvait bien avoir à faire chez le médecin une fois par semaine ? Comment Lucas aurait-il pu comprendre ? La mort n'était pas sur ses talons. C'était Cole qui risquait de mourir à tout instant. Comme son père. Juste au moment où tout paraissait aller bien.

– Tu dois t'y préparer, énonça Cole. Il se peut que je sois ta première mort.

À cette évocation, l'expression de Cole changea. L'espace d'un instant, il ressembla à Nik. À Nik qui n'était plus. Qui n'avait jamais été. Il ressemble à Nik parce qu'il est Nik, se dit Lucas, ils sont le même. Plus tard, Lucas pointa son appareil sur Cole, il chercha le visage de Nik sur la photo.

– Ne dis pas des choses pareilles.

– Il ne faut pas nier les faits, répliqua Cole. Au lieu de ça, tu peux m'aider.

– Comment ?

– Tu veux le savoir ?

– Oui.

– Mais ça t'enchaînera, de savoir.

Cole ajouta que le savoir enchaîne. Le savoir est ou n'est pas. De la même façon que ce qu'on a vu reste éternellement en mémoire, le fait de savoir ne pourra jamais être annulé.

– N'importe. Ça ne me dérange pas.

Cole réfléchissait.

– Tu dois rester avec moi.

– Quoi ?

– Tu devras rester avec moi. C'est ça, le truc. Tu n'auras jamais le droit de m'abandonner.

Cela semblait absurde. Comment qui que ce soit pourrait empêcher les progrès de sa maladie en restant simplement avec lui ? Cole dit que cela faisait une différence. Sa mère était psychothérapeute. Et même si elle ne pouvait pas pratiquer dans ce pays parce qu'elle ne maîtrisait pas assez bien la langue et qu'elle était par ailleurs un peu paumée, cela n'ôtait rien à sa qualité de psychothérapeute. Et sa mère avait dit que la peur et la solitude pouvaient faire progresser les maladies. L'amitié en revanche les faisait régresser.

– Les neurones miroirs, expliqua Cole.

– C'est quoi ?

– Ce sont des cellules psychologiques. Avec elles, on peut avoir un effet sur les cellules ordinaires. Les cellules cellules. Par exemple, les vieux, si l'un meurt…

– … l'autre meurt le lendemain.

– Voilà, tu as pigé. Tu peux aider mes neurones miroirs. En restant avec moi.

Lucas avait du mal à respirer. La sensation était la même qu'autrefois, dans la penderie. Son cœur battait la chamade, et il lui paraissait manquer d'air.

– Tu veux m'aider ? demanda Cole.

Lucas répondit en inspirant :

– Oui.

Rester en vie, c'était laisser une trace. Quelle trace Lucas avait-il laissée ? Aucune. Faux. Lucas avait laissé des images derrière lui. Si Lucas cessait d'exister maintenant, si par exemple, il tombait dans une cuve remplie d'acide qui dissoudrait jusqu'à ses os, il resterait une trace de lui. Il n'était pas question de vêtements ou d'autres gens, leur manquer n'avait aucune importance, les regrets n'étaient pas matériels et les vêtements pouvaient appartenir à n'importe qui. On avait déjà vu, à propos du père de Cole, ce qui arrivait aux souvenirs, on les arrachait d'un album et on les jetait dans l'acide, bon OK, dans le bac à recycler le carton. Mais de Lucas, il resterait toutes les photos qu'il aurait prises. Aux murs de sa chambre et dans le séchoir de sa chambre noire, dans le magazine du club photo. Elles étaient à son nom, en tout cas de manière imagée. Tout ce qu'il avait fait avec son appareil.

– Tu n'as plus à avoir peur de devenir aveugle, dit Cole, parce que tu as déjà vu.

De Cole, en revanche, il ne resterait pas trace. Il disparaîtrait, c'est tout, il cesserait d'exister. Comme Nik.

Nik. On peut toujours reprendre du début.

– C'est pour ça que tu dois m'aider.

Un nouveau début signifiait aussi de nouvelles images, de nouveaux articles découpés, une nouvelle collection qu'ils constitueraient ensemble. À deux.

Cole se leva et décrocha la photo de la pelleteuse. Il la tendit à Lucas.

– Tu réalises les images, dit-il, et moi je les conçois.

Telle était la division du travail, il n'y avait pas à discuter. Ils étaient forts, assura Cole, ils étaient des forces contraires qui allaient s'allier. Ils ne devraient jamais entrer en compétition. C'est pourquoi tout ce qu'ils feraient, ce devrait être ensemble. De cette manière, l'équilibre serait sauf.

Et parce que les secrets venaient toujours par série de trois, Cole en avait encore un, il le tira de son sac ; en plus d'être le troisième secret, c'était la troisième chose qu'il avait sur lui. Lucas ne reconnut pas tout de suite le morceau de papier noir et blanc et brillant, il ne comprit pas ce que c'était parce qu'il n'avait jamais vu d'échographie. Cole pointa une masse pâle et dit que c'était lui. Puis il en indiqua une seconde. C'était Nik. L'année correspondait, de même que le nombre de masses. Le troisième secret, c'était Nik. Encore. Cole avait eu un jumeau, malgré tout.

Il aurait pu. Mais il n'en avait pas eu, parce que celui-ci n'avait pas survécu.

– Il se peut qu'il reste des fragments de lui en moi, dit Cole.

Lucas avait entendu parler de ce genre de cas. Dans des histoires horrifiques surtout, mais quand même. De la fusion gémellaire. L'un des deux pouvait receler des parties de celui qui s'était détruit. Des dents derrière l'oreille. Des ébauches de côtes.

– D'une certaine façon, je suis deux.

Voilà ce qu'il en était, donc. Ce qu'il en avait été tout le temps. Un frère imaginaire. Lucas ne savait que penser ou croire. Il ne voulait pas se faire avoir une deuxième fois. Pour autant qu'il eût jamais été berné. Il aurait juste pu se dire que Nik était en Cole et se manifestait de temps en temps. Une personnalité secondaire, suggéra Lucas, plus tard, ils se renseignèrent à ce sujet aussi. Sur le Net et dans les containers à papiers, ils découvrirent des choses et d'autres qu'ils collèrent dans leur album, celui qu'ils concevaient en ce moment dans la chambre.

– Tu pourrais être lui ?

La question fut posée et, même si leurs voix résonnaient, et même s'ils avaient tous deux des raisons de la poser, il était clair, à cet instant, que Cole se trouvait derrière l'interrogation. Lucas en fut certain, plus tard, bien que Cole prétendît que c'était exactement le contraire, certain aussi que c'était Cole qui avait dit le premier qu'on pouvait faire revenir une personne d'entre les morts. Ou la créer *ex nihilo*. Faire exploser à la vue un univers nouveau. En une seconde. *Les pensées sont des actes, tout ce à quoi tu penses existe*. Peut-être que l'esprit de Nik mort avait volé sur cinq mille kilomètres ou à peu près, même pas volé, d'ailleurs, car seuls les corps se voient assigner un temps et un lieu. L'esprit de Nik s'était transféré d'une vie et d'une mère possibles à une autre vie, après quoi, tout fut déterminé : car c'étaient eux deux qui devaient se rencontrer.

– Ça ne peut pas être vrai.

– Si c'est des vérités, que tu veux, tu peux demander à ma mère.

La psychothérapeute H dans son antre. Pas mal de psychothérapeutes sont des sociopathes. Lucas ne voulait pas de ses vérités.

Cole dit que la réalité n'était pas fixe. On pouvait la modifier. Il avait souhaité des choses, et elles s'étaient réalisées. Lesquelles, il ne voulait pas en parler. Mais cela s'était produit et cela lui suffisait. Qu'y aurait-il donc de bizarre, en définitive, à ce qu'ils décident d'être frères ? C'était dingue, mais qu'est-ce que ça pouvait faire ? Cole était une personne autour de qui les couleurs foisonnaient, comme si un film en noir et blanc ou une photo rouge oxydée avaient été déchirés et qu'on y avait collé quelque chose qui tranchait vivement, des longueurs d'onde de la lumière qui n'ont pas de nom dans toutes les langues. La matière renvoie les fréquences qu'elle n'absorbe pas. On ne peut voir les fréquences réelles. La personne, c'est ce qui se cache. Cole était une cuve à souvenirs.

– Soyons frères.

On peut toujours reprendre du début.

Il était donc une fois, deux garçons qui surgirent du néant. On ne parle pas de ce qu'il y avait avant, ce n'est encore qu'un jeu, une famille de mannequins sur une vidéo. Le père (mort), la mère (à l'ouest) et deux garçons. On joue à ce qu'ils forment une famille, même s'ils ne sont jamais au complet. La vie, on peut la modifier à son idée. On peut toujours reprendre du début. Il faut apprendre à inventer, il n'est pas toujours nécessaire de dire vrai. Il faut être courageux, parfois même arrogant.

Nik et Cole, histoire d'un cas. Décrite en images par Lucas A.

Il fallait d'abord rassembler de la documentation. Comme quoi ? Comme des articles découpés. Des affaires criminelles. Des disparitions.

Lucas ignorait à quelles fins ils rassemblaient ce matériel, mais ça ne le gênait pas. Ils commencèrent par les journaux, collectionnant tout ce qu'ils trouvaient. Ils volaient des magazines, on en a déjà parlé : ils effectuaient des expéditions dans des kiosques et rayons presse des supermarchés en différents coins de la ville, avaient pitié ou pas, monopolisaient l'attention du vendeur pendant que l'autre volait, en général c'était Cole qui subtilisait et Lucas qui faisait diversion, il était doué, servi par le simple fait qu'il ne savait pas conserver une expression neutre et fut plus d'une fois contraint de retourner ses poches et d'ouvrir son sac devant la sécurité pendant que Cole vidait l'étagère des périodiques dans son sac, et il se tirait d'affaire uniquement parce qu'on n'avait jamais rien trouvé sur lui. La plupart du temps, ils ne volaient pas, ils n'en avaient pas besoin, les containers à papiers étaient remplis de ce qu'ils cherchaient. Et dans la salle d'attente, chez le médecin, là aussi Lucas suivait Cole, il l'accompagnait à sa demande, chaque semaine, et l'attendait, prêt à déchirer les pages des magazines dès qu'il serait seul dans la pièce.

S'ils ne trouvaient pas d'histoire à leur goût, ils prenaient des images eux-mêmes. Ils écrivaient sur l'ordinateur de

Cole, imprimaient leurs textes et les collaient dans leur album.

Image 1 : Cole habillé en Nik.

Image 2 : Lucas habillé en Nik.

Image 3 : Tous deux habillés en Nik. Trépied photo du père de Lucas. Refus de l'aide proposée par la mère de Lucas. Déclenchement à distance.

Images 4-10 : Cole, vêtu d'un froc blanc, transpercé par une épée qu'ils ont maculée de sang – acheté au supermarché, tout le monde peut s'en procurer au rayon des surgelés, on en fait des crêpes. Un train a écrasé Cole (encore plus de sang de porc, une jambe de mannequin dégottée dans une benne et la sienne inconfortablement repliée sous le derche – le lieu de la prise de vue était en réalité un dépôt abandonné, mais les rails en valaient bien d'autres, tout tient au cadrage et à l'angle de vue, toujours). Cole pendu *fais pas cette tête, un pendu n'a pas l'air tragique, il a la langue tirée, toute bleue* au plafonnier. Cole tombé dans les escaliers du sous-sol ou mort dans son sommeil. L'escalier était celui de la maison de Cole. Pas le sous-sol, car il n'y en avait pas. Lucas avait jeté un œil par l'embrasure de la porte derrière laquelle un escalier était censé descendre dans la chambre de Nik, mais il n'y avait rien. Il ne s'y trouvait que du nécessaire de ménage, et Lucas eut beau étudier la paroi du fond sous tous les angles, celle-ci n'abritait aucun passage dérobé. Il n'y avait tout simplement rien.

– Tu y crois ?

Les images paraissaient authentiques.

– L'animateur du club m'a appelée, dit sa mère à Lucas.

– L'animateur du club m'a appelée, singea Lucas à Cole.

Les photos paraissaient sacrément authentiques.

Lucas était inquiet, un peu, il aurait voulu ne pas l'être, mais il l'était pourtant. Il refusa dorénavant de développer les photos de leur projet au club, et ils se disputèrent. C'était leur première vraie dispute et, après coup, tous deux furent d'avis que seules les disputes scellaient l'amitié. La solution fut de se procurer un appareil photo numérique, avec les possibilités qu'il ouvrait. Cole en demanda un à sa mère pour récompenser son dynamisme et l'obtint, on pouvait prendre un nombre illimité de photos et commander les impressions directement sur Internet, ce qu'ils firent dès lors. Lucas n'avait jamais utilisé d'appareil numérique. Les images étaient douces et ternes, l'animateur du club pinça le nez quand Lucas lui en parla, il déclara qu'il était impossible d'en faire des agrandissements dignes de ce nom. Mais ils n'en avaient pas besoin, lui et Cole. Avec l'appareil numérique, le flash aussi devenait inutile et un minimum de lumière suffisait. Le reflex de son père passait des journées d'affilée oublié sur une étagère. Plus ils prenaient de photos, mieux Cole se portait, c'est ce qu'avait dit le médecin. Lucas patientait dans la salle d'attente quasiment chaque semaine.

La plupart du temps ils étaient dans la chambre. C'était plus un espace mental qu'un lieu, c'est là que tout commença et là que tout se termina, et c'est pour cela qu'elle est importante. Lucas et Cole l'appelaient la Chambre, avec une majuscule, afin de la distinguer de toutes les autres. Dans le monde physique, la Chambre était celle de Lucas, elle se situait chez Lucas, à l'étage central d'un immeuble, et comprenait la penderie où jadis, dans une vie antérieure, ils avaient échangé des secrets et où Nik s'était matérialisé de manière permanente dans les réseaux neuronaux de Lucas. Dans la réalité partagée par

Lucas et Cole, la Chambre était commune. Il y avait les rideaux tirés et la grisaille filtrée à travers l'étoffe. Lucas avait affiché la consigne de frapper avant d'entrer, c'était bien normal, l'avait solidement agrafée, en dépit des protestations maternelles, au battant de sa porte. Cole possédait sa propre clef de l'appartement, ça aussi c'était normal. Lucas la lui avait donnée, et quand sa mère s'était demandé où avait bien pu passer le double, Lucas avait haussé les épaules, comme s'il l'ignorait, un nouveau avait donc été fabriqué. Ils ne passaient du temps chez Cole que si la maison était vide. La mère de Cole était quelque part et son père était mort, le fantôme de son frère mort inachevé rôdait au sous-sol qui n'existait pas – mais qu'est-ce que ça pouvait faire.

La Chambre signifiait une réalité commune, et cette réalité commune, un inconscient partagé, chose que seuls possédaient les jumeaux. Il y avait deux paires d'yeux, deux paires d'oreilles, deux paires de mains et deux paires de pieds, deux esprits et deux cœurs, deux personnalités. Mais l'inconscient, il leur était commun et indivisible, de même que les rêves. Tu n'as qu'à y penser comme ça, proposa Cole, une même chambre avec deux fenêtres, une pour chacun.

Parce que le monde invisible était plus réel que le monde visible, ils se concentraient sur lui. Ils étaient assis, rideaux tirés, au milieu des bouteilles de Coca, des emballages de caramels et des paquets de chips, et parlaient. Par moments, ils ne disaient rien. Ils regardaient des films d'horreur, Cole avait ses circuits secrets par lesquels des tas de films déconseillés aux mineurs faisaient leur apparition. Ils eurent peur, puis ils se mirent à chercher les erreurs dans les films. Dans l'intrigue, les coupes, les réactions des acteurs. À la fin, ils surent ce qu'ils feraient et comment faire mieux. Jusqu'à ce qu'ils n'aient plus peur de rien.

Après les films d'horreur, ce fut le tour des romans. Au nom de l'équité, les livres étaient de la responsabilité de Lucas, il en empruntait des piles à la bibliothèque. Si Cole était avec lui, ils empruntaient des ouvrages uniquement parce que c'était marrant de transporter leurs piles branlantes jusqu'au comptoir pour voir la tête que faisaient les bibliothécaires qui passaient de l'enthousiasme (des garçons qui lisent) à la désapprobation (vous ne les lirez pas, vous faites juste semblant). Ils ne faisaient pas semblant, ils lisaient tout ce qu'ils empruntaient, ils se faisaient la lecture à haute voix, il était important d'avancer au même rythme, ils avaient toujours une énorme pile de livres entre eux. Ils oubliaient d'en rendre certains, ils en perdaient d'autres, mais ce n'était pas grave. Ils étaient en dehors du système. Le système, quant à lui, frappait à la porte de Lucas sous forme de demandes de retour, d'amendes et d'interdictions de prêt, mais il était aisé de ne pas y prêter l'oreille.

Ils mangeaient dans la Chambre et dormaient dans la Chambre, parlaient et fabriquaient des images dans la Chambre, ils étaient dans la Chambre même quand ils la quittaient pour se rendre en cours ou à leurs devoirs sur table, chez eux ou dans les autres pièces de la maison, aux séances de leurs clubs s'ils en fréquentaient, à la table du petit déjeuner, aux toilettes, chez le médecin ou à la bibliothèque, au grenier ou à la cave, au magasin d'alimentation, chez le disquaire et au vidéoclub. À leur retour, ils partageaient leurs expériences et transformaient le tout en images, ils combinaient et découpaient leurs souvenirs, ils étaient toujours à plus d'un endroit en même temps. Dans la Chambre, tout ce à quoi ils pensaient existait. Quand ils pensaient à une chanson, la musique crevait l'absence de son, quand c'était à l'amour, quelqu'un avait le cœur qui saignait, ôtait ses vêtements un à un ou se tirait une balle dans la tête, en fonction du genre artistique. La Chambre existait dans ce qu'ils se racontaient l'un à l'autre, le monde hors de la Chambre existait de même. De cette manière, la Chambre se prolongeait hors de ses murs. Elle se prolongeait au club photo que Lucas avait commencé à sécher. Elle se prolongeait au bahut où le prof d'expression personnelle apprenait aux élèves à dire non, à le dire en chœur aussi fort que possible, et seul Lucas restait silencieux, la main devant la bouche, non pour cacher qu'il ne disait rien, mais parce qu'il riait. Derrière ses yeux, il racontait déjà tout à Cole, il y avait plus dans la Chambre qu'en cours. Même aux interclasses, la Chambre se prolongeait, au milieu des groupes hostiles près des casiers, *qu'est-ce que t'as à ricaner putain*, à l'instant où sa vulnérabilité se dévoilait alors qu'il n'y avait plus de brigades défensives, que Lucas n'en voulait plus, n'en avait plus besoin – il les avait oubliées ou y avait renoncé volontairement, à tous les fantômes qui n'étaient même pas d'un noir et blanc bien contrasté mais estompés à cause d'une mauvaise manip au moment du développement, toute la couleur et toute la lumière ayant été aspirées et dirigées sur un seul point qui l'attirait – et il supportait qu'on donne des coups de pied dans ses affaires pour les coincer sous les casiers, car il était déjà en train d'écrire l'histoire qu'il en inventerait pour Cole.

Dans la réalité de la Chambre, les personnes du monde extérieur n'étaient pas tout à fait vraies. On pouvait imaginer, à leur place, les pensées sous-jacentes à leurs actions, inventer les causes et les effets constitutifs de leurs biographies. Concevoir ces gens. Les contrôler. C'est de cette manière que naquit le Monde Hors de la Chambre. Ce n'était pas la réalité visible, c'était le monde qu'ils partageaient dans la Chambre et hors de la Chambre. Ils renommaient le monde et ses détails, les plaçant ainsi sous leur pouvoir, ils attribuaient un nom aux personnes, aux lieux et aux émotions. Pour finir, ils pouvaient se parler sans que nul ne les comprenne. Quelle journée extraordinaire, n'est-ce pas, la volée de moineaux s'est mise en route, disait Cole, et Lucas éclatait de rire. Ou bien, disait Lucas, et Cole se tordait de rire. Ou bien, disaient Lucas et Cole, et ils s'esclaffaient si fort que leurs rires entraient en résonance. Ils étaient frères, ils l'avaient décidé, des jumeaux qui se complétaient. L'un commençait où l'autre finissait. Ce qu'ils étaient vraiment, personne n'avait besoin de le savoir. Et l'information n'avait même aucune importance. L'essentiel était ce qui naissait des mots. Et des images. Dans la chambre de Lucas, donc dans la Chambre et Hors de la Chambre mais dans la Chambre quand même, car certains intérieurs et extérieurs sont la même chose, comme dans la bouteille de Klein en quatre dimensions, qui est en réalité une surface à un seul côté – mais en allemand les mots « bouteille » et « surface » sont aisément confondus et, parfois, tout un concept ne reçoit sa forme que parce que quelqu'un a mal entendu. Mais si on entre dans une bouteille de Klein et ressort par l'autre extrémité, on aboutit au point d'où on est parti, les directions se sont simplement inversées, le monde s'est renversé. Ou retourné sur lui-même.

C'est pourquoi, même s'ils sortaient de la chambre, ils ne quittaient pas la Chambre. Le monde extérieur était fait des récits qu'ils se racontaient et qu'ils inventaient en toujours plus grand nombre ; alors les choses, réelles et inventées, se confondaient. Il n'y avait qu'eux deux et les bords. Quand ils se déplaçaient ensemble, une limite les entourait. Elle se prolongeait jusqu'aux contours de leur champ de vision, comme sur une photo à l'extérieur de laquelle il n'y a rien. Les bords étaient la frontière entre le monde et eux. La limite les englobait tous deux, deux suffisaient là où un ne suffisait pas. Les mathématiques ordinaires ne se pliaient pas à de telles opérations. Pas davantage que la division de la Chambre en deux parties de même grandeur et égales à une valeur approchée. La Chambre ne pouvait être partagée. Ce qui se produisait dans la Chambre demeurait dans la Chambre, si l'un ou l'autre en partait un jour, on refermerait la porte, la Chambre serait condamnée et des scellés posés. Ils avaient juré, imaginé des pactes de sang et des serments sur les saints livres, c'était l'unique manière de maintenir l'équilibre. La Chambre était une et indivisible.

Il arrivait que le reste du monde transpire dans la Chambre, en crève les limites. Une personne de la vie extérieure faisait intrusion à un coin. C'était parfois un camarade d'école, un enseignant, un membre de la famille de Lucas. Parfois, de Cole. Quand la vie de Cole apparaissait à l'horizon, il se taisait, il s'écartait de Lucas, faisait semblant de ne pas le connaître. Cela faisait vaciller les limites de la réalité un instant, jusqu'à ce que cela s'oublie, comme s'oublie toujours ce qui n'a pas sa place dans le système mnésique.

Après coup, Lucas se demanda avec étonnement où s'étaient trouvés ses parents. On aurait dit qu'ils n'existaient pas du tout, pourtant ils étaient bel et bien là. Sa mère avait recommencé à sourire. Son père surgissait un week-end sur deux et emmenait Lucas au centre de sa nouvelle vie où celui-ci se plaisait et ne se plaisait pas.

Rien de dramatique, comme on l'a déjà indiqué, juste des fins de semaine trop monotones pour lui rester à l'esprit. Les crêpes cuites par son père et ses leçons de manipulation d'appareil photo, les films tout public visionnés ensemble. Il y eut des vacances ennuyeuses, séjour touristique familial et visite chez le reste de la famille, et l'école, l'école avant tout. Des journées de cours interminables. Simultanément, quelque chose de nouveau croissait en Lucas, une chose dont il ignorait même l'existence mais dont il réalisait qu'elle lui avait toujours manqué. N'était-il donc pas grand temps de s'en prendre plein la gueule, Lucas, de s'arracher à la banalité ?

Dans le monde extérieur à la Chambre, le temps passait inéluctablement. Et il passait aussi dans leurs corps.

Ils eurent quinze ans et atteignirent la responsabilité pénale.

Ils eurent seize ans et auraient eu le droit de conduire une moto, mais les motos ne les intéressaient pas. Ils auraient pu légalement accéder à des métiers particulièrement nuisibles. Ils auraient pu abattre des animaux, faire de la plongée et préparer les cadavres. *Est-ce qu'on devrait essayer, Luc ?* La limite d'âge protégeant les mineurs en cas de relations sexuelles ne s'appliquait plus. *Qui ça intéresse ?*

REC. Tu te souviens de ce qu'on disait, qu'on peut faire venir sur scène ou faire disparaître une personne ? La créer et la détruire ? Pas seulement dans l'idée qu'elle mourrait. Mais qu'elle cesserait d'exister et qu'elle n'aurait même jamais existé. C'est ce qui m'est arrivé. Je l'ai fait. J'appelle et j'appelle, mais c'est trop tard. Cette chambre est morte et silencieuse. STOP.

La septième chambre

Le visage est projeté en grand sur tout un mur. Le regardeur a l'impression d'être assis dans la salle principale d'un multiplexe, au troisième ou au quatrième rang, et de contempler le protagoniste dans la scène la plus émouvante du scénario. Il ne s'agit toutefois que d'une première impression car la vidéo manque de netteté ; elle est terne, comme si la résolution était insuffisante ou la mise au point défaillante. On peut contempler le visage aussi longtemps qu'on le souhaite, il est tout proche, à portée de la main. Tu vois les ombres sous les yeux et le menton, les joues creusées et les pores de la peau, les débuts de rides sur le front. Pourtant, le visage ne se grave pas dans ton esprit, il n'a rien de distinctif. Le regard n'est pas dirigé de côté par rapport à la caméra comme c'est généralement le cas au cinéma, mais en dessous. La personne dont le visage est à l'image fixe étroitement une chose qu'elle seule peut voir sous l'appareil, dans le vide, et le regardeur a l'impression que cette créature géante a les yeux braqués droit dans les tréfonds du sol à ses pieds. On peut s'en tenir à cela, c'est même facile, mais en y réfléchissant de plus près, on se rend compte de ce que savent tous ceux qui ont passé des appels vidéo sur ordinateur : en réalité le personnage regarde droit dans les yeux du regardeur. Et n'y a-t-il pas, au bas de l'écran, un écran miniature où le regardeur se voit lui-même ? Son reflet, qui réagit avec un léger décalage, regarde, lui aussi, un peu vers le bas, de la même manière que le visage sur la grande image. Il y a une caméra, cachée quelque part. Le regard se transfère sur le regardeur.

Luc & Col : Vérités

Cole n'allait plus chez le médecin. Il avait oublié, une première fois, puis cinq, puis tant de mois d'affilée que le praticien avait appelé sa mère qui avait menacé et sermonné son fils. Cole évoqua la chose, ce qui établit du même coup que ses visites chez le médecin étaient en réalité une thérapie psy ; Cole était bloqué par une sorte de verrou intérieur dont l'ouverture prenait du temps. Il oublia aussi de se rendre à l'école internationale, jusqu'à être exclu temporairement, on n'en parla pas et cela n'avait pas grande importance parce que Lucas oubliait lui aussi ses devoirs et ses contrôles. À la différence de Cole, Lucas se rendait chaque jour dans son lycée, sa mère surveillait de près ses allées et venues, comme un faucon, ou plutôt un faucon aveugle puisqu'elle ne comprenait rien à rien. Cole attendait Lucas à la sortie des cours, il passait toute la soirée avec lui et parfois, souvent même, restait dormir sur un matelas avec une couverture. Ou bien il rentrait chez lui, mais appelait Lucas dès qu'il avait regagné sa chambre. Ils ne dormaient pas et discutaient jusqu'au matin. En cours, Lucas était réveillé par le choc de son front contre sa table et ne savait pas toujours avec certitude comment il s'était transféré de chez lui au lycée. Ils ne parlaient plus des cellules psychologiques, ils avaient cessé d'y croire. Leur temps était révolu. Les cellules ne leur suffisaient plus. L'album ne leur suffisait plus. La Chambre ne leur suffisait plus. Tout cela était une prison qu'ils avaient érigée autour d'eux. Car ils pourraient être plus que cela, disait Cole, ils pourraient être n'importe quoi.

– Le problème, dit Cole, c'est que ce qu'on fait n'est pas réel.

Les photos, les articles découpés et les histoires qu'ils inventaient autour. Un monde régi par des mots et des images. Lucas aurait pu être inquiet, mais il connaissait son ami, il savait que, s'exprimant sur un certain ton et arborant un certain air, Cole avait déjà trouvé la solution. Il ne lui manquait plus que le consentement de Lucas.

– Et alors, qu'est-ce qui est réel ?

– Ça.

Cole ouvrit son ordinateur portable et surfa sur le Net jusqu'à ce qu'une page pleine d'images s'ouvre.

– C'est une galerie en ligne, les gens publient toutes sortes de trucs dedans.

Ce que Cole qualifiait de galerie était un site internet où n'importe qui pouvait ajouter ses photos. Qui n'avaient rien de raffiné, c'étaient des photos ordinaires. Voitures, avions, filles en bikini, filles et chiens, chiens sans filles, chats et lapins, fesses, autoportraits face au miroir de la salle de bains avec le reflet du flash, joueurs de foot, joueurs de hockey, garçons gonflant les biceps, garçons avec leurs motos, avec guitares, batterie, flûtes, violoncelles et cornemuses, nourriture, artisanat, déguisements, dessins.

– Il faut qu'on s'y mette, déclara Cole. Il faut publier. Il faut qu'on soit connectés au monde.

– Je sais pas, répondit Lucas.

Il n'était pas certain d'en avoir envie, d'être connecté au monde. L'idée l'effrayait. Si on mettait une image sur le Net, n'importe qui pouvait la voir. Elle ne serait plus spéciale. En plus de quoi, les photos de la galerie étaient vite répétitives. Même la plus chiadée ne serait plus qu'un cliché noyé dans le flot sans fin des images. Il tenta de l'expliquer à Cole, mais celui-ci n'était pas d'accord.

– C'est pas ça, le concept, dit Cole. Les photos n'ont pas besoin d'être bonnes, tant qu'elles ont un truc. Les choses intéressantes sortent du lot. Quand on a le courage d'être différent, on sort du lot, c'est garanti. On pourra faire tout ce qu'on voudra.

Vraiment tout. Un truc vrai. Réel. Qui cogne le monde en pleine gueule.

– Et le mieux, reprit Cole, c'est que, quand on se sera créé une adresse mail anonyme, on sera réellement des jumeaux. On pourra être une seule et même personne si on veut.

Utilisateur commun, mot de passe commun, une seule identité imaginée. L'infini, c'était ça. Les possibilités démultipliées sans limites.

– Quand quelqu'un aura fait de la merde, on pourra toujours se venger en le racontant publiquement. Pense à tes persécuteurs, par exemple.

– Ils me persécutent plus. C'est vieux, ça.

– Mais ils l'ont fait. Et ce qu'on a fait un jour, c'est pour toujours.

Cole exposa ensuite le pied que ce serait, qu'un harceleur soit mis face à ses actes dans le futur, quand il serait marié, avec un chien, des enfants en bas âge et un boulot bien payé. Ce serait le meilleur moment pour faire remonter son passé à la surface.

– J'ai pas raison ?

Lucas haussa les épaules.

– N'aie pas autant de préjugés, dit Cole. Ne sois pas si rigide.

Ils créèrent une adresse mail secrète puis un profil sur la galerie. Luc & Col : Vérités. Ils ne commencèrent pas par les persécuteurs, Lucas ne voulait pas, ils commencèrent par le Tueur à la Hache, le Tueur à la Hache fut la première vérité et voilà ce qu'il en était : le Tueur à la Hache venait chaque soir voir si la porte de chez Cole était verrouillée, il le faisait depuis longtemps déjà. On ne pouvait jamais savoir à quelle heure il arriverait, la porte devait donc rester verrouillée en permanence. Si elle était ouverte, le Tueur à la Hache entrait, il était comme les vampires, il ne venait pas si on ne le faisait pas entrer, et laisser ouvert, cela revenait à lui donner l'autorisation. L'homme était entré, il avait fait le tour de chez Cole, parce qu'on l'avait laissé entrer. Quand Cole le raconta la première fois, Lucas le fixa les yeux écarquillés, puis Cole s'enfonça les doigts dans la gorge et fit mine de vomir, il se mit à rire. Car Cole savait bien sûr qui était le Tueur à la Hache. C'était sa mère qui lui avait ouvert la porte. Elle avait ouvert et émis un rire débile. Et pleuré ensuite. Ça s'était reproduit, nuit après nuit, il y avait des images, les appareils numériques marchaient très bien, même dans la grisaille. Cole les lui montra, après avoir retiré le visage de sa mère.

– Tu as dit à ta mère que tu étais au courant, pour eux ?

– Bien sûr que non. Mais je l'ai dit au Tueur à la Hache.

Qu'après cette entrevue, on n'avait plus jamais revu. En effet, si la mère de Cole était veuve, le Tueur à la Hache, lui, ne l'était pas. Le Tueur à la Hache avait une Épouse du Tueur à la Hache et deux petits Tueurs à la Hache à la maison ainsi qu'un chien, lui aussi probablement Tueur à la Hache, Cole s'était renseigné sur lui. Le Tueur à la Hache acheta un ordinateur portable assez cher à Cole, et sa mère n'en sut rien. Ce qui ne l'empêcha nullement, par mesure rétroactive, de finir dans la galerie. En s'assurant, évidemment, que le visage de madame H n'apparût pas, seul celui du Tueur à la Hache était visible.

– Et ne va pas t'apitoyer, cette fois encore, ajouta Cole. Il n'a eu que ce qu'il méritait.

Lucas essayait de ne pas s'apitoyer. La pitié était une maladie, et même une sale maladie, parce qu'elle donnait à tous les tueurs à la hache du monde la possibilité de faire à nouveau usage de leurs lames. Et pourtant. La différence entre la compassion et la pitié était aussi fine qu'un cheveu et difficile à identifier.

Le Tueur à la Hache fut leur première publication en ligne. L'opérateur supprima les images en l'espace de quelques jours. Nudité, obscénité, atteinte à la vie privée. Mais les images avaient eu le temps d'être vues et, sûrement, copiées. Le scélérat avait reçu son châtiment et Luc & Col obtenu des milliers de vues.

– On a eu le temps de nous voir, assura Cole.

Pas eux, pas leurs visages mais leur essence, leur existence, leur aura et leur substance, leur machin, quel qu'il soit. Ce qui restait en vie même après la mort du corps. Le contenu de l'esprit, produit en mots et en images. *Luc & Col : En route pour l'immortalité.*

La deuxième vérité fut la remplaçante de maths de Cole. Quand elle s'était penchée sur lui, son énorme poitrine avait touché le dos de Cole. Les tétons qui pointaient, pas de soutien-gorge. Ses cheveux avaient effleuré la joue de Cole et sûrement, sans aucun doute, elle avait murmuré quelque chose à son oreille, une proposition peut-être, Cole n'était pas certain, il n'avait pas bien entendu, il était tellement sous le choc, mais, au minimum, elle avait eu la respiration plus lourde qu'à l'ordinaire.

– Elle était peut-être enrhumée ? suggéra Lucas.

– C'était pas un rhume, putain.

Si Luc & Col n'intervenait pas, le prochain coup elle allait lui proposer des cours de soutien, et si ce n'était à Cole ce serait à un autre. À un plus faible que lui. Qui n'aurait pas un ami tel que Lucas. Ça arrivait tout le temps, dans les bahuts, non ? Non, ça n'était pas arrivé à Lucas, ses profs étaient basiques et gris et ne s'animaient que pour les fonctions réelles de variables réelles et les révolutions du millénaire passé. Personne ne faisait spécialement attention à lui (invisibilité), hormis pour envoyer quelques messages à sa mère quand il piquait ostensiblement du nez en cours ou que ses notes étaient nettement inférieures aux attentes, selon la formule accusatoire. Mais le cœur de l'affaire était que les abus ne se produisaient pas tant dans les lycées ordinaires comme celui de Lucas que dans ceux d'un meilleur niveau, ceux qui sélectionnaient leurs élèves ou dans lesquels il était si difficile d'entrer qu'on fermait les yeux sur toutes sortes de choses. Tu n'as qu'à penser aux écoles catholiques, par exemple, dit Cole et Lucas le fit. Il songea aux articles de leur album. Disparitions, souvenirs traumatiques, tombes anonymes creusées dans des pinèdes marécageuses. Il se pouvait qu'il confonde. Les tombes sans inscription et les marais sortaient d'un film d'horreur, mais qu'est-ce que cela pouvait faire, puisque ça existait aussi pour de vrai.

Le lendemain soir et le suivant, Lucas et Cole s'installèrent derrière la maison de la remplaçante de maths pour rassembler des preuves. Tout était silencieux, il ne se produisait rien, pas d'élèves entrant à pas feutrés dans l'appartement et l'enseignante ne se rendait nulle part, ce devait être une semaine de concours, pour certains en tout cas. Jusqu'à ce qu'un soir, juste au moment où ils allaient renoncer, la remplaçante sorte. Elle était jeune, bien plus jeune que Lucas ne l'avait imaginé, et très belle. Belle d'un point de vue ordinaire, on aurait dit une chanteuse, elle l'était peut-être, elle portait un costume à paillettes et tenait par la main une autre femme, tout aussi belle, quoique légèrement plus âgée. Ni l'une ni l'autre ne ressemblait à une prédatrice sexuelle mais c'est toujours ce qu'on dit : c'était une personne si gentille et attentionnée.

– T'es vraiment sûr ?

Cole ne répondit rien mais il se raidit, ses dents crissèrent comme s'il mastiquait un caillou. Le son était audible sur la vidéo qu'ils téléchargèrent sur la galerie. Les femmes s'embrassèrent sur le perron, comme dans les films. C'est du bluff, lança Cole, elles jouaient les innocentes pour que la remplaçante ne se fasse pas pincer. Photos et vidéos furent à nouveau retirées, quelqu'un avait signalé le contenu. Et eux aussi avaient été visés par une réclamation, leur compte fut supprimé. La prof de maths revint de son congé maladie et la remplaçante ne se montra plus. Lucas éprouvait un mal-être diffus, mais quand il l'évoqua, quand il annonça qu'il voulait faire une pause, prendre ses distances avec la quête et la révélation de vérités, avec la galerie en d'autres termes, Cole pâlit et eut du mal à respirer. Il fut absent pendant longtemps et, à son retour, il avait repris ses visites chez le médecin, sa thérapie donc.

– Souviens-toi que c'était ton idée, dit Cole.

– Je peux savoir laquelle ?

– Qu'on baisse les bras.

Cole ne paraissait pas vexé, toutefois. Il avait déjà une nouvelle trouvaille et c'est cela qui était si merveilleux avec lui. Au moment même où Lucas était certain que tout était définitivement brisé, Cole souriait, replaçait les morceaux dans une nouvelle configuration et reprenait du début. Cole ne renonçait pas, il ne renonçait jamais.

Cette fois-ci, il pointa son appareil sur Lucas.

– Si on n'a pas le droit de mettre les photos des autres sur Internet, dit-il, on n'a qu'à mettre les nôtres.

Lucas se cacha le visage.

– Je ne veux pas, dit-il.

– De quoi t'as peur ?

Lucas l'ignorait. C'était le même malaise indéterminé qu'il avait éprouvé lors des représailles qu'ils avaient planifiées. Cela n'avait pas de nom.

– De rien, je veux juste pas que tu me prennes en photo, répondit-il.

– Moi, je ne vais rien filmer, répliqua Cole. On va laisser le monde s'en occuper.

– Et pourquoi il ferait ça ?

– Parce qu'on va le mettre à contribution.

Pour que cela réussisse, Lucas devait faire quelque chose dehors norme. Disparaître, par exemple. Certaines choses deviennent visibles au moment où elles disparaissent. Mettons, une poignée de porte, suggéra Cole. Personne ne la remarque. Personne ne s'arrête pour réfléchir au pourquoi de son existence. Pense aux portes, réfléchis-y. Les portes des toilettes, des magasins, de la bibliothèque, du lycée. Réfléchis aux poignées qu'elles ont. Voilà, c'est ça : tu ne te rappelles même pas si elles en ont une. La poignée, on la remarque seulement si elle pose problème. Si elle manque, par exemple. Tout le monde remarquera une poignée de porte manquante. Une poignée manquante, ça déclenche un bazar infernal.

– Tu me compares à une poignée de porte, intervint Lucas.

– C'est tout sauf mal, une poignée de porte, répliqua Cole. C'est indispensable, tu réalises ? Comme toi. Sans toi, je ne vais nulle part. Sans toi, je ne peux même pas sortir de cette pièce.

Cela disait beaucoup, il fallut à Lucas des années pour réaliser tout ce que cela voulait dire. Sur le moment, il avait juste pensé à la merveille que c'était d'être indispensable. Il n'avait jamais eu autant d'importance pour qui que ce soit. Pour ses parents, peut-être, mais les parents ne comptaient pas. La sensation était si énorme qu'elle ne tenait pas dans sa cage thoracique. Il lui fallut se lever et faire quelques pas pour se décharger, ce n'est qu'ensuite qu'il put se rasseoir pour reprendre la conception de leur plan.

Disparaître, en soi, n'enchantait pas Lucas, mais il ne voulait pas attrister Cole. En plus, Cole aussi avait disparu. Cela s'était produit un tas d'années plus tôt, ils étaient en voyage, Cole, sa mère et son père. Cole avait déjà parlé de ce voyage, de la caravane, de la ville qui était vraiment super loin, mais il n'avait pas mentionné qu'il avait disparu. Quand Lucas lui demanda comment c'était arrivé, s'il avait fait exprès de se cacher et, dans le cas contraire, s'il avait eu peur, Cole fit non de la tête. Il dit qu'il ne se souvenait plus de ce qui s'était produit, pas précisément, peut-être qu'on l'avait drogué. Non, quand même pas ? Bah non. Mais cela arrivait, dans le monde, on diffusait un gaz soporifique par la ventilation des caravanes avant de dévaliser les occupants. Au cours de ce voyage, son père était tombé malade et sa mère avait perdu les pédales. Et ni l'un ni l'autre n'avait recouvré la santé par la suite. Cole préférait ne pas s'étendre sur le sujet.

Différence : les mères.

– Ta mère rit tout le temps, dit Cole.

– N'importe quoi.

Lucas n'avait pas noté que sa mère riait particulièrement souvent. Lucas claquait les portes. Il disait des grossièretés. Balançait à sa mère des choses qu'il n'aurait jamais osé répéter. Sa mère ne riait pas tout le temps. Peut-être un peu, à intervalles raisonnables, mais pas tout le temps. Ou peut-être que ce n'était pas le cas. Peut-être que Cole avait raison. Parfois le rire de sa mère résonnait jusque dans la cage d'escalier. Lucas faisait alors tourner sa clef tout doucement dans la serrure et, sans faire plus de bruit, traversait jusqu'à l'entrée de la pièce. S'y arrêtait. Sa mère avait le téléphone à la main et des larmes dans les yeux. Sa mère était belle. Elle lui présenta plus tard un homme qu'elle avait rencontré quelques mois plus tôt aux cours pour adultes. Sebastian. Il avait le même âge qu'elle, était divorcé et travaillait dans un bureau. Il était correct et clairement pas de la race des tueurs à la hache, Lucas et Cole s'étaient renseignés sur ses antécédents, pour plus de sûreté.

– Il te fait chier ? Ce type ? demanda Cole.

– Non, il ne me fait pas chier. Il est chouette.

– Chouette, souffla Cole. Et moi, tu la vois chouette ma vie à moi ? Est-ce que t'as vu ma mère rigoler une seule fois ?

Lucas pensa à madame H et ne se souvint pas l'avoir jamais vue rire.

– C'est pas un peu déséquilibré ?

Si on était jumeaux, on était jumeaux. Pour que l'équilibre soit préservé, les jumeaux devaient se ressembler. D'où les vêtements pareils, la musique identique, un unique compte d'utilisateur pour deux et une histoire commune. Il fallait remédier aux différences une par une, et la disparition serait la première. Tant qu'on n'a pas disparu soi-même on ne peut pas réaliser ce que c'est, et si Lucas ne le réalisait pas, il ne pourrait jamais comprendre Cole. Rectification : on ne peut rien comprendre tant qu'on ne l'a pas fait soi-même. Il faut ressentir ce qui se passe, dans son corps et sa circulation sanguine. Il n'y a que de cette manière que Lucas et Cole pourraient véritablement coïncider. Être amis au sens le plus profond de l'amitié. Quand la peau ne sépare plus l'un de l'autre et que les pensées s'écoulent librement entre les consciences. On ne peut pas disparaître seul. Si on le fait, les objets ne feront que changer de place dans l'univers. Tout est relatif aux autres, rien n'existe pour soi, en tout cas rien de vivant. Dans la galerie, ils étaient un seul, identiques, ils devaient l'être aussi dans la vraie vie. Cette disparition était le pacte de sang qu'ils n'avaient pas passé parce qu'ils craignaient la douleur.

La disparition ferait l'objet de rapports heure par heure dans la galerie en ligne. Ils avaient un nouveau profil et un nouveau compte, personne ne pourrait faire le lien avec avant, et cet avant n'avait aucune importance, ce n'avait été qu'un entraînement. Lucas protesta, mais peu. Il se sentait mal à l'aise à cause de sa mère, la différence entre la pitié et la compassion était aussi fine qu'un cheveu et ainsi de suite. Pendant la disparition de Lucas, ils furent vraiment frères. Ils dormirent sous la tente et discutèrent toute la nuit. La caméra était leur témoin muet. Ce serait comment d'être une caméra – cela aussi, on peut y réfléchir –, de ne prononcer que les mots des autres, de les voir vous traverser sans avoir la moindre possibilité d'interaction ?

– Moi, j'ai l'impression d'être une caméra, dit Lucas.

Cole rit.

– T'es pas une caméra. T'es un malade, le maboul number one. Et c'est pour ça que tu me plais.

Ils avaient prévu que Lucas disparaisse une semaine, mais dès le deuxième jour, cela tourna au fiasco. La disparition cassait leur monde centré sur eux deux, elle l'interrompait, la présence du monde extérieur à la chambre au sein des événements provoquait des réactions auxquelles ils n'étaient pas préparés. En plus de quoi, il pleuvait, l'eau inonda la tente et ils avaient oublié les allumettes. Ils furent obligés de mettre fin au projet dès le lendemain. Nous étions partis en balade, dit Lucas. C'était bel et bien le cas, ils avaient juste oublié d'en parler à la mère de Lucas, à ce qu'ils prétendirent. La mère de Lucas avait appelé la police et la police avait appelé la mère de Cole. La mère de Cole avait dit que celui-ci était parti en balade, mais seul. Enfin, qu'il n'était censé y être avec aucun camarade. Les deux mères étaient furieuses, chacune de son côté, dans sa réalité distincte. Lucas et Cole n'avaient pas poussé leur idée aussi loin, ils n'avaient pas songé à la police. Ils encaissèrent leur punition, se tenant si près l'un de l'autre qu'ils se sentaient à travers leurs vêtements, ils étaient du pareil au même, comme on dit, frères plus qu'ils le furent jamais avant ou après.

La mère de Lucas lui pardonna, elle finit par lui pardonner même si elle était hors d'elle, prête à envoyer Lucas chez son père pour une durée indéterminée, ce qui aurait équivalu à sa mort, parce que la distance avec Cole, alors, aurait atteint des dimensions insoutenables. Sa mère ne se calma qu'après que Cole eut discuté avec elle. Et quand Lucas demanda ce qu'ils s'étaient dit, Cole avait fui son regard.

– Je lui ai dit qu'on faisait une recherche. Qu'on mettait en place des expériences et que c'était l'une d'elles.

Les tests psychologiques ne peuvent pas être vraiment menés à bien si le cobaye sait qu'il est un cobaye. Imagine, je lui ai dit, si quelqu'un savait qu'il fait partie d'une expérience, tu crois qu'il se conduirait normalement ? Toutes les études de psychologie sociale, celles où les gens donnent des décharges électriques et tout ça, sont organisées de telle façon que les personnes étudiées croient être des assistants. Donc pardon, madame, je lui ai dit, mais on ne pourra jamais devenir des chercheurs si nos recherches sont limitées.

– Et elle t'a cru ?

– Oui. Mais je lui ai dit aussi que c'était ton idée. Que j'ai juste accepté de participer. Te fâche pas… Si je lui avais dit autre chose, on n'aurait plus jamais pu être ensemble.

– OK.

– Le plus important, c'est qu'on puisse être ensemble.

– OK.

– N'est-ce pas ?

– Ouais.

À partir de ce moment, l'image de Lucas fut dans la galerie. Une vraie photo. La photo de Lucas disparu. *Lucas, 16 ans. Vu pour la dernière fois quand il se rendait chez un ami. Il n'est jamais arrivé.* S'il en entendit parler, si les limites des mondes étaient perméables – photos imprimées qui apparaissaient sur la porte de son casier mais aussi copies reproduites sur les pages des autres utilisateurs de la galerie en ligne et, plus généralement, sur toutes sortes de sites internet –, le prix était plutôt modeste. Ce n'était pas cher payé pour l'immortalité.

Ils eurent dix-sept ans et l'âge de pouvoir piloter un avion.

Ils eurent dix-huit ans et leurs droits leur explosèrent entre les mains.

Ce qu'ils firent ? Ils abandonnèrent la galerie en ligne pour un truc encore meilleur : leur propre site, qu'ils nommèrent la Galerie, avec une majuscule, où ils transférèrent tout le matériau qu'ils avaient collecté. Les visiteurs n'étaient pas nombreux, mais qu'importe : le site était à eux et ils en étaient les administrateurs. Et puis, chaque chose en son temps. S'ils terminaient un jour leur site, ce serait absolument inédit, une créature changeant de forme et de propriétés, une œuvre en croissance et en rétraction.

Ils commencèrent à parler d'un voyage et la Galerie devint projet de voyage. Ils partiraient l'été à la fin du lycée, ils feraient le tour de toutes les villes dont le nom commençait par A. Ou B. Les villes de A à Z. Ils allaient créer des hyperliens renvoyant aux villes, chacun donnerait accès à un événement réel. Ils collecteraient des événements, ils les découvriraient. L'image du voyage serait construite sur le site. Quelque chose s'était à nouveau enclenché, avait démarré, s'était matérialisé dans un tube à essai passé à la flamme. S'était matérialisé dans la Chambre, comme le pensait Lucas – il n'y avait pas besoin de se rendre pour de vrai dans les villes, le site pouvait se fonder sur des histoires inventées – et dans la réalité, comme il se rendit compte que le pensait Cole. Ils faisaient davantage de plans qu'ils n'en menaient à bien. La Galerie matérialisait leur conversation, bien plus que le dépôt où stocker ce qu'ils auraient voulu raconter aux autres. La Galerie était leur Chambre transposée dans la réalité virtuelle.

Les dernières heures

Des gens vont et viennent dans la rue, qui n'a pas l'air d'une rue, plutôt d'un chemin de campagne enneigé. On est dans un paysage peint. Sur le tableau ne figure aucun élément accidentel, chaque flocon a été intentionnellement tracé au pinceau. Une femme traverse, en hâte, transportant un objet volumineux, c'est peut-être un morceau de contreplaqué, un homme le tient par l'autre extrémité. Un groupe de policiers en gilets fluorescents retient la circulation et les gens qui passent en courant, quelqu'un glisse sur une congère. Par la fenêtre entrouverte, une odeur âcre s'insinue, caoutchouc et plastique fondus, il y a le feu quelque part.

– C'est une émeute ? demande Lucas, et comme le garçon à l'avant ne semble pas comprendre, il cherche d'autres mots, il dit manifestation, anarchistes, terrorisme, il fait des gestes des mains et tout le monde le scrute, sur ses gardes, comme un animal qui aurait perdu son calme, ce qu'il est peut-être, du reste.

– Qu'est-ce qu'il se passe, putain ?

– Je ne sais pas.

L'homme à la veste noire dit quelque chose, il s'agit d'une question à en juger par son ton, et quand le garçon lui répond, l'homme regarde Lucas et s'adresse directement à lui. Le garçon traduit.

– Il dit qu'actuellement toute la ville est une manifestation géante. Tout le monde est en colère.

– Pourquoi ? demande Lucas, mais personne ne lui répond.

Au lieu de cela, le garçon traduit les paroles de la vieille femme, il rapporte qu'on avait annoncé du beau temps pour toute la journée. Il dit ensuite qu'actuellement la ville est laide, un propos de l'homme à la veste noire, et qu'ici, même les morts n'ont plus le droit d'être en paix, un propos de la vieille encore. Le garçon semble gêné. Il traduit un mot par-ci, un autre par-là. Sa voix est un traducteur automatique cassé. Lucas balaie l'air de sa main : laisse tomber.

Il se trouve, constate-t-il, qu'il est au centre des événements d'une manière dont rêverait tout documentariste, photographe ou journaliste qui se respecte – par hasard, qui plus est. Au moment où un accident se produit, tout le monde continue pendant un instant à vaquer à ses occupations ordinaires, c'est ce qui arrive sous le choc. Le médecin soigne, le journaliste interviewe, le photographe photographie, le thérapeute écoute les autres et s'oublie, la patronne de la ferme sauve son levain de la maison en flammes, pour qu'il ne chauffe pas trop.

L'expérience, dirait Cole, il faut s'y accrocher, en vivre chaque seconde et s'y agripper comme si c'était la dernière. Accorder une signification spéciale au moment, à chaque moment. L'appareil de Lucas est dans son sac. Les photos défilent devant lui ou bien c'est lui qui défile devant elles. Un chien maigre pisse avec difficulté parce qu'il lui manque une patte arrière. Un homme brosse la neige sur son pantalon à l'aide d'un balai de rue. Une vieille femme mène un garçon adulte qui balance la tête d'un côté à l'autre et piétine le sol. Lucas ne fait rien.

Il te manque l'âme d'un photographe. Si tu n'y prends pas garde, tu vas rester éternellement assis dans le public.

Cole, lui, n'arrêtait pas. Cole ne se retirait pas en s'en lavant les mains, il ne ramassait pas ses affaires au moment de renoncer. Cela, c'était Lucas. Lucas qui avait proposé de faire autre chose du matériau collecté. Si on continue, avait-il dit, tu vas finir en taule, on va y finir tous les deux. Cole l'avait regardé un long moment, fixement, les yeux braqués dans les siens, les traversant entièrement. Jusqu'à la rétine. Jusqu'au cortex visuel. Jusqu'à la paroi osseuse de l'occiput, et au-delà de la paroi jusqu'au mur de brique. Il ne ressemblait pas au Cole avec qui Lucas avait décidé de faire le documentaire. Les mêmes yeux offraient le miroir de deux âmes complètement différentes. Tu sais à quoi on reconnaît un sacrifice véritable, demanda enfin Cole avant de donner la réponse : au fait qu'on est prêt à tout mettre en jeu, même à mourir pour ce qu'on est en train de faire.

Lucas était sérieux en proposant de faire marche arrière, comme si même lui croyait que Cole l'écouterait. Cole qui ne transigeait pas. Cole qui ne doutait jamais. Cole qui lui avait maintes fois expliqué comme à un enfant qu'on ne pouvait pas faire de compromis en art. Les concessions aboutissaient à des œuvres, et même à des œuvres notables, si tant est que la notabilité se mesure au nombre de vues, mais jamais *tu piges Lucas, jamais* à de l'art. En art, il fallait tout dépasser : chaque attache émotionnelle, chaque relation humaine, chaque question morale. Il n'y avait que de cette manière qu'on pouvait mordre au cœur même de la totalité, l'exposer dans sa pureté et sa limpidité. Prenons un exemple. Quelqu'un a dit un jour qu'il y a des situations où il faut conserver une scène d'un documentaire même si elle est plus importante pour le film que pour la personne dont elle parle, même lorsque le protagoniste donnant son visage à l'histoire s'y oppose. Cole était prêt à aller plus loin ; l'œuvre était toujours plus importante que les gens dont elle parle ou qu'elle touche. On peut respecter la colère ou les souhaits des intéressés, mais il ne faudra jamais les laisser influencer le résultat quand on a la possibilité de créer quelque chose qui existera encore après que les sentiments de chaque participant se seront éteints. Les gens resteront en ébullition un temps, mais à la fin, ce qui restera sera plus grand que n'importe quel chagrin humain. Aux yeux du normal, l'art est une maladie. L'artiste se voit adresser un diagnostic, alors même que c'est le monde qui est malade. Le monde est la maladie et l'art, le symptôme. Non. L'art est le remède. Et pour faire des médicaments, il y a toujours besoin de victimes. Est-ce que tu t'opposerais aux expérimentations animales, demanda Cole, si avec les médicaments testés sur les animaux tu pouvais soigner un cancer qu'on croyait incurable, tu refuserais vraiment ? Il fallait forcer le regardeur à éprouver les choses, le faire souffrir parce que les intéressés avaient eux-mêmes souffert, eux non plus, on ne pouvait pas les laisser s'en tirer à meilleur compte. Dans le monde de la souffrance réelle, les films d'horreur ne suffisaient pas. Les représentations ne suffisaient pas. La fiction ne suffisait pas. Rien ne suffisait. Il ne fallait pas s'engourdir. La souffrance était le prix de la consolation. « La morale est une construction. Tu réalises, Lucas, un échafaudage. Et tout ce qui est bâti est voué à être détruit. »

Lucas ne fait rien parce qu'il n'est rien.

Le chauffeur ouvre la portière et, l'espace d'une seconde, Lucas souhaite sa mort pour la simple raison que, accompagnant l'homme, une vague de minuscules cristaux de glace s'engouffre dans la camionnette. On ne les voit pas, on les sent, un exsudat gelé, c'est cela. Ensuite le chauffeur dit quelque chose et tous commencent à se contorsionner un par un pour sortir du véhicule. Comme

Lucas s'attarde pour rassembler ses affaires, le conducteur le pousse légèrement.

– On va revenir, dit le garçon qui traduit. On va attendre quelque part que la situation se clarifie.

Lucas ne veut pas. Sombrer dans l'impuissance et l'attente passive, ce serait d'une facilité effrayante. Cette sensation ressemble à la phase de transition pénible qui s'ouvre dès qu'on parvient à destination : l'esprit et le corps veulent rester dans l'état de mouvement et de surplace simultanés, mais l'arrivée les contraint à s'activer. On doit se mettre à chercher, clarifier et étudier, même si tout ce qu'on souhaite, c'est rester assis à regarder, se reposer. Non. Lucas ne veut plus attendre, il touche à son but dans cette ville où il a une adresse et une location payée d'avance. Il est certain de pouvoir trouver son chemin tout seul.

– Je veux prendre mes affaires, dit Lucas. Je veux continuer tout seul.

Le garçon le dévisage. Son ton est cassant, cette fois encore, même si telle n'est sans doute pas son intention.

– Personne ne va nulle part.

– Et qui dit ça ?

– Lui.

Le garçon désigne un homme en gilet fluorescent.

– État d'urgence, ajoute-t-il. Couvre-feu. Un truc du genre.

Lucas cède, il ramasse sa sacoche à appareil photo, abandonne le reste et bouge de là. L'air qu'il respire est à la fois humide et glacial. Il regrette tellement de s'être muni de si peu de vêtements si mal choisis. De ne pas avoir pris des pompes plus chaudes, une parka plus épaisse, des gants en laine, un bonnet. La neige s'infiltre par les revers de ses chaussures basses. Du sel a sans doute été répandu, la neige est fondante alors qu'il doit faire dans les moins dix degrés, au bas mot. Le climat continental est différent en montagne, l'hiver plus imprévisible. La neige salée transperce le cuir, comme le fait l'eau en surfusion. Ils se déplacent en groupe. Ils sont huit. Ils forment une petite caravane pitoyable, piétinent à la queue leu leu, des files en mouvement pareilles à la leur encombrent la rue. Après le chauffeur viennent la femme et la vieille, la femme soutient la vieille par le coude, puis le gamin, après lui, les bonshommes et Lucas, en tout dernier, le garçon.

Une enseigne lumineuse crépite comme si elle abritait une nuée d'insectes vivants. Dans l'une des voitures, quelqu'un lit tranquillement son journal, Lucas s'attarde pour le regarder à travers la vitre, le fixer sur une photo qu'il ne prend pas. Il manque de heurter l'homme qui le précède, celui-ci fait un pas de côté et percute à son tour un vieillard qui tire son chien en laisse. La neige est jaune après son passage, le peintre a pensé à ajouter ce détail au tableau.

Une nouvelle

Dans la nuit de vendredi à samedi

Quand le jeune Raskolnikov tombe pour la première fois, il termine dans une nouvelle. C'est un articulet dans le journal local, mais pas dans le tabloïd du soir, car ce même jour un chanteur de variété se fait pincer avec de la drogue, et son livre pour enfants, qui venait juste de paraître, est retiré des ventes.

un homme de dix-huit ans

Est-on déjà un homme, à dix-huit ans ? Le jeune Raskolnikov sait que non. Le jeune Raskolnikov est un garçon, un jeune homme,

est tombé du troisième étage d'un immeuble

Les chats peuvent tomber du neuvième étage. Quelqu'un a sauté du quinzième étage et est resté en vie. Et ce parachutiste, qui a fait une chute de mille mètres et s'en est tiré. Le jeune Raskolnikov ne tombe que du troisième. C'est suffisant pour franchir le seuil de la presse locale, mais trop peu pour être vraiment excitant.

Cela se produit au beau milieu d'une fête. Pas une fête ordinaire qu'on voit dans les films pour ados, après laquelle les parents retrouvent un cratère à l'endroit où, auparavant, se situait leur maison, mais une fête médiévale. Tout le monde s'est costumé en fonction du thème et a choisi un nom qui colle à l'ambiance et à l'image qu'il veut donner. Il y a de la soupe de pain, navets et noix, l'ère de la pomme de terre est encore à venir. Le vin est fort et rouge, les lunettes remplacées par des lentilles ou la cécité, quelqu'un joue de la harpe.

et est resté en vie.

Qu'est-ce à dire, resté en vie ? Quelquefois, il arrive que Raskolnikov perde ses traits. La connexion entre lui et sa réalité extérieure dérape. Une diffusion à travers les membranes cytoplasmiques. La réalité pénètre en lui et lui, dans la réalité. Il s'absorbe et s'expulse, il est à l'extérieur de lui et l'extérieur est en lui. Quand personne ne le regarde, il commence à s'estomper. Personne ne le regarde.

Rien n'indique que ce soit

Au moment où cela se produit, le jeune Raskolnikov est seul sur le balcon. Il s'y est retiré au beau milieu d'une conversation. Au beau milieu de mots qui touchent à tout et à rien. Il s'assoit sur la rambarde, son verre de rouge à la main, et s'imagine qu'il est dans un film. Non, pas dans un film. Le jeune Raskolnikov s'imagine qu'il est dans un livre, et c'est peut-être à cet instant précis qu'il devient le jeune Raskolnikov. Ce qu'il était avant, qui s'en soucie ?

un crime.

C'est un mensonge. Un crime est bel et bien compris dans l'événement. C'est un crime que le film continue de l'autre côté des fenêtres alors que lui s'est déjà transféré dans un livre.

Quand on lui demande plus tard pourquoi il est tombé, il l'ignore. Il s'est juste renversé en arrière. Son ami et quasi-frère n'est pas là. Il ne l'est pas parce qu'il ne l'a pas invité. La vie est faite de zones qui s'excluent mutuellement. Son soi-disant ami n'appartient pas à cette zone-ci. Son ami est ailleurs, avec Isak, peut-être.

Isak. Le jeune Raskolnikov n'aime pas par décision. L'amour lui arrive. Cela s'amasse autour de lui, cela se glue à lui. Lui, il ne demande pas. C'est à lui qu'on demande. Il ne promet pas. C'est à lui qu'on promet. Il ne désire pas. C'est lui qu'on désire. Il donne ce que l'on désire de lui, mais ceux qui désirent désirent non-stop. Plus, plus, plus, disent-ils, ils attendent, les yeux humides, sur les tabourets de bar, dans les couloirs du bahut, dans les fils de discussion, ceux de son âge comme ceux qui sont un peu plus âgés. Quand ils obtiennent ce qu'ils désirent, ils viennent pleurer après lui et prétendent qu'il a abusé d'eux. Même si c'est de lui qu'on a abusé. Il n'est pas un prédateur mais une proie. Le gibier de créatures voraces en rut.

Isak. Il est faux de dire que l'inaccessible suscite la passion. Cela ne se passe pas comme ça. L'inaccessible, c'est l'erreur dans l'ordre. L'inaccessible viole les lois qui président à la marche des événements. L'inaccessible, c'est le livre posé à l'envers sur l'étagère, la fourchette glissée au milieu des cuillers, le magazine tombé par terre. L'inaccessible, c'est l'erreur qu'on corrige sans même s'en rendre compte. Le jeune Raskolnikov ne vise pas l'inaccessible, il entend corriger l'erreur et remettre le monde en ordre. Que celui qui veut que le monde déraille de son orbite lève la main !

Une main se lève, c'est celle d'Isak. Isak qui ne l'aime pas. Isak qui aime son ami et quasi-frère. Isak qui ne le voit pas. Pour qui il n'existe même pas. Dont la main de son ami caresse la peau merveilleuse. Isak dont l'amour fait rayonner son ami et presque frère.

Le jeune Raskolnikov ne saute ni ne chute. Il se renverse en arrière.

La chute est une intersection. Un point où le monde se divise. Après, il y a toujours deux possibilités, celle où il reste en vie et celle où il meurt. Il y en a peut-être une troisième : selon celle-ci, il reste assis sur le balcon. Selon la quatrième il devient handicapé, mais cela, il ne l'envisage pas.

Le jeune Raskolnikov gît à terre sur le dos, il est mort. Il gît, tout blanc, car son sang s'enfuit. Ses yeux vides ne voient pas les gens qui se sont amassés autour de lui. La fête est finie. Ils sont tous venus à lui, ils ont descendu les escaliers si vite qu'ils étaient là pour l'attendre, avaient formé un filet de sécurité et l'avaient rattrapé juste avant que son corps ne s'écrasât sur l'asphalte, ils l'avaient soutenu de leurs regards.

Le jeune Raskolnikov recommence à respirer.

Luc & Col : Fractures

La Chambre ne se disloque pas en un jour. Sa dislocation dure cinq années en tout, car la Chambre est en état de dislocation stationnaire tous les jours où l'amitié tient. Certains jours elle est plus déglinguée que d'autres, il y a des jours où elle est intacte ou quasi, et des jours où les fissures entre les morceaux sont entre la rupture et l'unification, sans qu'il soit possible de savoir s'ils forment une seule ou plusieurs parties. Les théorèmes fondamentaux de la géométrie euclidienne cessent d'être vrais en géométrie elliptique ou hyperbolique. La somme des angles d'un triangle croît au-delà de cent quatre-vingts degrés ou tombe sous cette valeur. Le nombre possible de droites dans une seule direction reliant deux points varie de l'inexistant à l'infini. Que d'un point A à un point B il ne passe qu'une et une seule droite est un simple cas limite. Tout se contracte et se dilate. Se disloque.

Les jours comme ça, Cole est partout. Forme insonore dans les ombres. Emballage de barre protéinée sous le lit. Cheveux sur le peigne de Lucas, rouges, platine, bleus, noirs, ils changent de couleur. Gouttes d'eau et traces de dentifrice sur la brosse à dents de Lucas qu'il n'a pas lui-même utilisée. Vaisselle sale par terre. Cole va et vient comme les vagues, avec son jeu de clefs, après lui, des senteurs impossibles à nommer flottent dans la chambre. Cole est à chaque endroit, même dans les pensées de Lucas. Si Lucas essaie de penser à autre chose, Cole y est. Disant. Parlant.

À ce moment-là, il n'y a que la Chambre. C'est un espace mental plus qu'un lieu. Le passé et l'avenir disparaissent. Il n'y a que le présent dans les fissures de la

Chambre. L'instant présent est lourd des causes qui y ont conduit et gros de ses conséquences, chaque seconde se traîne, emportant avec elle le réseau des causes et des effets, vers un futur lointain et de lointains débuts avant le temps des garçons. Ce qui a été est maintenant et ce qui est maintenant sera toujours. Et pourtant : il n'y a que le changement qui soit perceptible. Seul ce qui s'achève est doué d'une existence psychologique. Cela prend longtemps pour réaliser que ce n'est pas la Chambre qui se disloque.

Il faut rembobiner. Comme on le faisait jadis, on écoutait de la musique sur bande magnétique et on rembobinait la même chanson encore et encore. Jusqu'à ce que le magnéto ralentisse. Ou qu'il diffuse, par-dessus le silence, l'enregistrement qui se trouvait de l'autre côté, à l'envers, des échos de souvenirs passant des fins aux débuts. Jusqu'à ce que la bande se dévide hors de la cassette et se fripe en accordéon imprégné par le désespoir de la perte. Il faut rembobiner quand l'intensité des événements se concentre sur une zone précisément cadrée et qu'il n'y a plus de régularité.

La première fois, c'est la faute de Lucas, même s'il ne le fait pas exprès. Il parle de Nik. Quand cela se produit, Lucas et Cole ont quinze ans. Ils se sont endormis et quand Lucas se réveille, Cole est en train de fixer son visage de tout près.

– Tu as parlé dans ton sommeil, dit-il.

– Qu'est-ce que j'ai dit ? demande Lucas.

Il rit, il croit encore, pendant un instant, que tout va bien.

Cole ne rit pas.

– Devine !

– Je sais pas.
– Tu as dit un truc à propos de Nik.
– De Nik ?
– Tu l'as fait exprès.

C'est ainsi qu'ils se remettent à parler de Nik. Nik est à nouveau entre eux, car, même si leur inconscient leur est commun, les rêves restent à chacun les siens.

– Tu m'aimerais plus si j'étais comme lui ?
– Non. Et en plus, il n'existe même pas.
– Mais s'il existait.
– Non.
– Ne mens pas. Tu l'as dit. Je m'en souviens, de ce que tu as dit.

Il y a un an. Deux ans. À l'avenir.

Quand Cole parle, sa voix est très basse. Si basse qu'elle se réduit presque à un changement de pression, à des ondes sonores que l'oreille humaine ne capte pas, mais que certains perçoivent sous des formes visuelles qu'ils prennent pour des fantômes. Lucas ne veut pas écouter les paroles de Cole mais les entend malgré tout.

– Tu l'as embrassé, dit Cole en lui prenant le menton, scrutant ses yeux.

Il y a un relent métallique dans son haleine, du sang peut-être.

– Sur la pierre. C'était pas moi. C'était lui.

Lucas se dégage.

– Tu es très bien comme ça. Pour de vrai.
– Mais tu aimerais plus.

Cole pèse sur lui, il cloue ses bras au sol.

– Lâche-moi, espèce de dingue.
– T'as dit dingue ?
– Lâche-moi !
– T'as dit dingue ?

– Non.

– Tu l'aimais plus. Tu ne me regardes jamais, jamais, jamais comme ça.

Cole approche son visage de celui de Lucas, quasiment à le toucher. Il le regarde de si près que Lucas sent son souffle.

– C'est toi le dingue, lance Cole et sa voix n'est qu'un sifflement. C'est toi qui crois à ce qui n'existe pas. C'est toi le dingue, ici.

À ce moment-là, Lucas fait mal à Cole pour la première fois. Il ne pense à rien. Dans ses veines coule le sang d'un animal sauvage en fuite. Il redresse la tête assez pour avoir la force de heurter le front de Cole. Leurs inconscients enclos entre les parois osseuses s'entrechoquent, comme un rappel qu'ils ne les possèdent pas tout à fait en commun, finalement. Et, bien que, dans cette position, le choc ne soit pas très puissant, cela suffit car Cole a peur de la douleur. Cole relâche Lucas, il porte les mains à son front et se met à pleurer comme les blessés dans les films de guerre.

– Je te déteste, espèce de sale malade, s'écrie-t-il avant de claquer la porte. Tu ne me reverras plus jamais.

– Pardon ! hurle Lucas à sa suite.

C'est là, seulement, qu'il se met à pleurer.

Et quand il entend sa mère frapper doucement à la porte de sa chambre, il braille de toutes les forces qui lui restent :

– Va te faire foutre, connasse !

Quand la chaleur se mue en douleur, l'échelle des degrés est fluctuante et ses valeurs ne sont pas chiffrées.

Cette fois-là, Cole est absent longtemps. Pas au point que la Chambre se transforme radicalement, mais assez pour qu'il commence à manquer à Lucas. À son retour, il est comme avant. Recentré, comme on dit. *Tu étais où ? En quoi ça te regarde, putain, où j'étais.* Et pourtant. Cole revêt les habits de Nik et se décoiffe, face au miroir, il se compose une expression renfermée, et quand il tourne son regard vers Lucas et laisse ses cheveux retomber sur ses yeux sans souffler pour les écarter, quand il le scrute par en dessous et sourit, il ébranle tout en Lucas.

– C'est comme ça que je devrais être ?

– Non.

Mais Cole aperçoit quelque chose, tout de même. Un éclair dans les yeux de Lucas. Cole n'oublie pas, jamais. Ce genre de petite peur règne constamment entre eux.

Nik va voir Lucas, même si celui-ci ne veut pas qu'il vienne. Il l'attend dans la cour du bahut, à la sortie du club photo. Nik s'appuie contre le mur, le regard ailleurs, brumeux, il est longiligne comme son frère, mais a les cheveux ébouriffés et une chemise froissée, un jean troué aux genoux. Nik récupère les vieux vêtements de Cole, élimés et un peu déchirés, est-ce qu'il ne s'en achète pas ? Pendant un instant, Lucas y croit presque. Un tout petit instant, il y croit. Au moment où Lucas essaie de dire un truc aux gars du club photo, Nik l'interrompt en lui prenant la main devant tout le monde. Une locution des plus banales se matérialise en Lucas : son cœur se brise. Il le sent. Une modification intervient au niveau géométrique, et une fois qu'en lui cela se fend, les morceaux ne s'ajustent plus, il y manque quelque chose et il y a quelque chose en trop. La locution n'a plus rien de banal, alors, elle paraît vraie. Peut-être que Lucas n'est qu'un garçon banal, malgré tout. Aux gens banals les locutions banales vont bien. Le cœur des gens banals est banal, il se brise ; peut-être qu'il arrive autre chose aux gens spéciaux.

Parfois Lucas aimerait être un garçon complètement banal.

– C'est comme ça que je serais, dit Nik et il se mue en Cole. Dis-le. Dis-le, qui tu aimes le plus.

Nik est une fracture entre les jours heureux et malheureux. À l'interface, sur la ligne entre l'amour et la haine.

– Je serai Nik, dit Cole, je le serai si, comme ça, je compte plus pour toi.

– Déconne pas.

– Mais si, je peux l'être.

– Je ne veux pas que tu sois Nik. Je veux que tu sois toi.

– Quand j'ai dit que je voudrais être un autre, c'est ce que je voulais dire. Je voulais être lui.

Lorsque Cole s'exprime ainsi, la réalité de la Chambre se met à bourdonner. De l'eau de pluie dégouline dans les structures et suinte des murs. La moisissure croît derrière les meubles et dans les charpentes, à l'abri des regards, dans des recoins où l'on finira par la remarquer lorsqu'on aura déjà du mal à respirer.

– Arrête !

Comme si cela servait à quelque chose quand tout est déjà devenu fou.

Quasiment comme Nik. Mais non. Jamais lui.

Ils ont près de dix-sept ans quand se produit la seconde fois. Cole est recroquevillé par terre et ne bouge plus. Quelque chose va mal, Cole est à peine en vie. Autour de lui, des gens bourrés bredouillent, ils lui donnent des petits coups et agitent leurs portables, quelqu'un enfonce la main dans sa poche. Une bande de voyous s'est attaquée à un vagabond solitaire, à ce qu'il semble, même si ce n'est pas le cas.

Cole ne parle qu'au moment où Lucas repousse les soûlards et prend sa tête pour la poser sur ses genoux. Les paroles de Cole sont un gémissement.

– Ne m'abandonne pas.

Ils sont à un festival. Lucas a obtenu la permission de venir au week-end organisé avec le club photo. Cette partie s'est bien passée, tout le reste a foiré. Ils ont égaré le ticket d'entrée de Cole dès le trajet en stop et se sont fait voler tout leur alcool. Ils essaient de faire glisser le bracelet de Lucas avec du savon pour qu'il le file à Cole à travers le grillage, mais le bracelet casse et ni l'un ni l'autre ne peut entrer. Il faut trouver autre chose. Cole met Lucas au défi : il doit se dégotter une femme. Lucas est vierge, crie-t-il à tous ceux qui prennent la peine d'écouter. Quelqu'un renverse de la vodka sur la tête de Lucas, son appareil photo tombe et manque de se casser. *De l'amour vrai, Lucas, du vrai.*

Car avant l'amour vrai, il y a les images que l'on se fait de l'amour et avant les vraies filles, les images que l'on se fait des filles. Les imaginées sont toujours plus intéressantes que les vraies. Les imaginées sonnent à la porte et viennent les sortir de chez eux. Elles font irruption dans la Chambre et les obligent à se mettre au lit, elles leur enlèvent leurs pantalons et s'assoient sur eux. Les filles sont tantôt jeunes, tantôt des femmes adultes, elles ont parfois les cheveux bruns, parfois blonds, elles ressemblent quelquefois à des personnes du monde réel mais la plupart du temps non. On peut tomber amoureux d'une imaginée. Les mots ont le pouvoir de créer des sentiments. C'est Cole qui le dit, les imaginées parlent par sa voix. Enfin, non. Ce n'est pas Cole. Les paroles se confondent, et les parleurs. Lorsque les vraies filles arrivent, rien n'est simple en fait. Les vraies filles parlent aux mauvais moments, elles lèvent le menton et se donnent des grands airs. L'haleine des vraies filles sent mauvais et leurs yeux sont badigeonnés de noir, leurs cheveux sont noués en queues-de-cheval blondes et leur peau blanche est dénudée entre leur tee-shirt et leur pantalon. Pour les vraies filles, il faut plus d'imagination.

Lucas, sous un arbre, est réveillé par quelqu'un qui l'embrasse. Une vraie fille. Prends-moi en photo, lui demande-t-elle, son appareil à la main. Lucas essaie de se représenter une photo de la fille, mais cela ne donne rien. Ça se voit tout de suite, si les gens ont un potentiel photogénique ou pas. La fille sous l'arbre n'en a pas. Lorsque Lucas revient à lui la fois suivante, quelqu'un est encore en train de l'embrasser, sous la tente. C'est peut-être la même fille, en tout cas c'en est une, il a la main dans sa culotte. Au moment où il jouit en elle, il entend les pleurs de Cole à l'extérieur de la tente.

« Une crise d'épilepsie ! s'écrie quelqu'un. Appelez une ambulance ! »

La crise s'achève au moment où Cole voit Lucas. La fille aussi est là, elle console Cole et lorsque Lucas revient à lui la fois suivante, la fille et Cole sont voracement absorbés l'un par l'autre. Ils disparaissent sous la tente, et Lucas s'en fiche. Tout lui va, tant qu'il n'a pas à téléphoner. À sa mère, qui hésitait déjà à l'idée des horreurs qui pouvaient se passer aux soirées du club photo. À madame H, qui viendrait chercher Cole avec son break.

– Désolé, lance Cole, mais t'étais pas sérieux, avec elle, je me trompe ?

– Bien content d'en être débarrassé, ouais.

– Tu sais que j'y peux rien, pour elles.

– Je sais.

– Tu t'en fous alors.

– Ouais.

Peu après, Cole l'abandonne. Ou, du moins, il disparaît. Il est absent plusieurs mois et quand il revient, il raconte qu'il était à l'étranger. Avec sa famille.

– En plein milieu des cours ?

– Il fallait qu'on fasse une pause, dit Cole. Ma mère veut que j'aie autre chose dans la vie.

La mère de Cole, donc, souhaite qu'il ait de meilleures fréquentations. Lucas exerce une mauvaise influence sur Cole. Lucas songe à sa propre mère. Selon elle, Cole est toujours ce qui est arrivé de mieux à Lucas. L'équilibre ne s'établira jamais entre eux, mais Lucas ignore comment le dire à Cole.

Lorsque cela se produit une troisième fois, Isak est déjà une partie de la vie de Lucas et plus encore : Isak est la troisième fois. Amours imaginaires et amours réelles peuvent être la même chose. Le réel de l'un peut devenir l'imaginaire de l'autre et réciproquement. Faits et choses peuvent y trouver leurs justifications. Ils ont dix-neuf ans. Tout se termine par Isak.

Canettes de bière, bouteilles de vin, tout est en désordre dans la chambre de Lucas.

– Qu'est-ce qui va pas chez moi ? pleure Cole.

– Il n'y a rien qui ne va pas, chuchote Lucas, sa voix vacille.

Cole embrasse son visage et pose les mains sur son ventre, sous sa chemise où cela irradie jusqu'à l'intérieur de son ventre et de son sexe. Lucas repousse les mains mais les voici à nouveau. Il les détache et elles s'agrippent, il détache, elles s'agrippent. Dans son haleine, une odeur d'ail et d'autre chose.

– Cole, arrête, sérieux !

Lucas n'aime pas Cole et Cole n'aime pas Lucas.

Mais Nik, c'est autre chose. Nik est une faille entre des plaques tectoniques. On peut le voir quand on ne regarde pas directement. On peut le voir, même aveugle. Nik existe sur un bolide fonçant à travers l'espace, loin d'ici, dans une autre réalité.

– Lucas, lui dit Nik à l'oreille.

Lucas repousse Cole mais pas Nik. On ne peut pas rejeter Nik. Il ne veut pas rejeter Nik. Le souvenir de l'explosion qui n'a pas eu lieu habite chacun de ses orgasmes solitaires. Et au moment où Cole le prend dans sa bouche, ce n'est plus Cole, c'est Nik. Et l'explosion est celle dont il a éprouvé les répliques depuis qu'il a rencontré Nik la première fois.

Au matin, Cole est tout sourire.

– Va pas t'imaginer quoi que ce soit, dit-il.

Lucas lui tourne le dos et n'imagine rien. Je n'étais pas avec toi, pense-t-il quand il pense, je ne rêve pas de toi. Ce qui, bien sûr, est un mensonge, car il fait des rêves, juste qu'ils sont d'un autre genre.

– Lucas, dit Cole, trouve-toi une vie !

La vie de Lucas

1. Le club photo (où, à ta place, j'arrêterais d'aller) où il y a

2. un animateur sympa (qui, une année après l'autre, aime passer son temps dans une chambre noire avec des enfants) et

3. des membres du club (banals, banals, banals) et

4. Isak (si j'étais toi, je choisirais mieux mes fréquentations).

La huitième chambre

est une œuvre vidéo interactive. Qui plaît aux enfants, en particulier, ils sont ravis de faire faire ce qu'ils veulent aux adultes. Placé sur le point blanc au centre de la pièce, on peut contrôler le tableau interactif accroché au mur d'en face. Un visage et un corps inconnus y observent le regardeur, qui peut les piloter. Si on lève le bras, le personnage agira de même, si on se gratte le nez ou l'aisselle, il le fera aussi. Quoi qu'on fasse, l'entité numérisée par ordinateur suivra. Les visiteurs trouvent cela si divertissant que la durée impartie dans la pièce – une seule personne à la fois – a dû être limitée. Une fois le délai expiré, vient la surprise. Une caméra, incrustée à l'intérieur du système, a enregistré le visage du visiteur et quand il fait demi-tour, celui-ci est confronté, sur le mur qui lui fait face, au phénomène inverse : le visage et le corps sont à présent ceux du visiteur, mais c'est un autre qui les pilote. Le regardeur se voit lui-même, comme dans un miroir, or le voici en train d'exécuter une étrange chorégraphie qui lui échappe. C'est comme si un autre s'était emparé de son corps, le faisait bouger et jouait à la poupée.

Les dernières heures

La première à frapper le système sensoriel, c'est l'odeur : un pot-pourri de composés chimiques, à s'évanouir. Chien mouillé. Viande grillée. Tabac. Ail. Café. Neige fondue sur tapis. Graisse de friture. Vêtements étendus sur un fil, mouillés, séchés puis remouillés. Huile capillaire. Parfum. Autre parfum. Déodorant. Transpiration.

Rien que cette fusion incontrôlable d'odeurs fait exploser les souvenirs.

Ensuite, seulement, on perçoit la chaleur humide. Trop de gens confinés dans un trop petit espace, voilà ce que c'est. L'endroit pourrait être le foyer d'un théâtre amateur ou la réception d'un hôtel bon marché. Ce n'est ni l'un ni l'autre mais une cantine ou un café, modeste. La décoration est un étrange mix de neuf et de vieux, sur les étagères ont été disposés, dans des configurations aléatoires, bols, samovars, poupées et diverses pendules, aux murs sont accrochés des instruments de musique et des pendentifs, des estampes encadrées et des paysages peints d'un niveau amateur, partout cohabitent des objets artisanaux et des artefacts industriels d'importation. Au beau milieu trône un écran de télévision géant et neigeux où les lignes qui se répètent créent des figures correspondant à la théorie du chaos, donnant à qui les fixe la même impression légèrement désagréable que les économiseurs d'écran ou les fractales éternellement dupliquées à l'identique. Deux ou trois hommes et une femme s'affairent en pestant autour du poste. La radio diffuse des rythmiques électroniques mondialisées. Aucun autre son n'émerge au milieu du bruissement des conversations. La tempête de neige se renforce à l'extérieur des vitrines.

La porte d'entrée ne se referme pas bien derrière eux et le fera moins bien encore après les prochains arrivants. Il s'engouffre toujours plus de gens, pourtant, toujours plus de vacarme et de tintamarre. Les respirations saturent l'air d'humidité. Lucas photographierait l'ensemble de manière fragmentée, il laisserait le hasard décider, pas de personnes entières mais des morceaux qui se chevauchent. Quelqu'un s'esclaffe à l'autre bout de la pièce, un autre éclate en sanglots.

Ils pourraient s'asseoir chacun dans son coin, mais, à la manière des inconnus échoués ensemble par hasard, ils restent groupés. Il n'y a pas de chaises libres. On apporte un siège à la vieille femme, une serveuse à l'air harassé s'en charge, elle s'essuie le front, elle a demandé à quelqu'un de plus jeune de céder le sien. Ils s'installent à l'unique endroit libre, près des toilettes mais à distance de l'entrée, le gamin s'y est fait sa place et joue sur son portable. L'homme à la veste noire beugle à quelque distance, il regarde autour de lui et fait des gestes avec les mains, il se plaint d'une voix forte et fait tourner ostensiblement son doigt sur sa tempe, on dirait qu'il a déjà réussi à se quereller avec le patron du café. Son camarade à la veste bleue lui fait signe de baisser d'un ton et, avec deux cartons, monte une table au milieu de leur groupe. Le chauffeur marche en décrivant un cercle nerveux. La plus jeune femme est debout un peu plus loin, elle colle son téléphone à son oreille, le regarde à nouveau et refait une tentative avant de paraître renoncer. Le garçon de la banquette avant est assis sur son manteau, appuyé contre le mur, il a ouvert son ordinateur portable. Lucas s'installe à côté de lui et attrape avec gratitude le verre qu'on lui tend, ce dont s'acquitte la même serveuse harassée. La boisson s'avère être du vin de fruits sucré. La serveuse a placé une seconde bouteille sur la table en carton, et un gâteau aux fruits. L'homme à la veste bleue le découpe en tranches qu'il sert dans des assiettes en verre, le gamin demande aussitôt une nouvelle part. Le garçon de la banquette avant fait défiler un fil d'infos. Lucas voit par-dessus son épaule des clips vidéo de mauvaise qualité, probablement filmés au portable, il y neige aussi et des gens courent au milieu des flocons, le bleu des gyrophares casse le paysage en noir et blanc.

– Tu sais de quoi il s'agit ? demande Lucas.

– Il y a eu une explosion au centre-ville, marmonne le garçon. Quelque chose s'est effondré.

– C'est aux infos ?

– Pas encore, en tout cas.

– C'est quoi, ça, alors ?

Lucas pointe les vidéos sur l'écran du garçon.

– Ça vient d'un site. On ne trouve rien sur les canaux officiels.

– Il y a des morts ?

– Sans doute pas. Il n'est censé y avoir personne, là-bas.

– Personne ? Au centre-ville ?

– Oui. Il est fermé depuis un bout de temps. Et ici, en hiver, c'est aussi mort que dans une tombe.

Lucas n'était pas au courant de la clôture du centre-ville.

– Ça n'a pas l'air de te bouleverser.

– Tu crois que c'est la première fois que ça arrive ?

Sur l'écran de la télé, l'image grésille, se pixélise et se disloque. La neige poudroie et tournoie. On imagine la fin, l'avalanche progressant au ras du sol, l'averse blanche s'engouffrant entre les bâtiments, les gens fuyant au péril de leur vie. Mais non. Rien de cela en vue. L'image disparaît à nouveau du récepteur. Un juron sonore. Lucas cherche son téléphone à tâtons. Il ignore où loge Cole, Cole ne le lui a pas dit, Cole ne lui a rien dit. Lucas lui a envoyé son numéro et a promis de venir, il l'a fait dans la Galerie. Il attend toujours un message indiquant une adresse ou, au moins, un numéro de téléphone. Il ne comprend pas pourquoi Cole n'a pas pu lui donner son adresse, tout simplement. Il ne comprend pas ce que Cole cache. Ou craint. Que redoute une personne qui n'a peur de rien ? Il ne vit sûrement pas dans le centre-ville si celui-ci est condamné. Lucas tâte son autre poche.

– Est-ce que tu as un mot de passe pour le haut débit ? demande-t-il au garçon.

– Non. Je te partage ma connexion ?

– Pas besoin, je peux demander les codes du wifi à la serveuse.

Lucas fouille dans la poche intérieure de son manteau. Un bout de papier et deux ou trois pièces de monnaie d'un autre pays. Il refait le tour de ses poches et de son sac. La vague de panique est familière. Des frissons, causés par son système nerveux autonome qui fait souffler un vent intérieur glacé dont il sait qu'il adviendra même si l'incident était clos, les réflexes sont plus rapides que la conscience. L'incident n'est pas clos. Ça ne passe pas. Pas de portable. Lucas ne se souvient pas quand il l'a vu pour la dernière fois.

La camionnette. Il a regardé son téléphone dans la camionnette. Il ne sait pas où il l'a mis. S'il l'a posé sur ses genoux ou rangé dans sa poche. Non, il ne l'a sûrement pas posé, il a égaré beaucoup de choses, mais jamais rien de vraiment important. Ni son passeport. Ni son portefeuille. Une seule fois, son portefeuille avait disparu, et ça s'était produit à deux pas de chez lui, dans un magasin d'alimentation, il avait posé son portefeuille près de ses courses et, au moment de les ramasser, celui-ci n'y était plus. Un cas étrange, il n'y avait pas d'autres clients, personne à accuser. Son appareil photo non plus, il ne l'avait jamais égaré, même pas plus jeune, en festival, complètement bourré. Il a perdu une fois sa carte mémoire et, avec elle, les clichés de toute une journée. Mais non, il n'a jamais rien perdu d'irremplaçable. Il crache tout haut une série de jurons de chez lui. Pour ceux qui parlent tout seuls, appartenir à une aire linguistique réduite n'a que des avantages.

– Un truc qui ne va pas ? demande le garçon.

– Ce n'est rien, répond Lucas.

C'est le répondeur en lui qui parle, les paramètres par défaut, le besoin inscrit dans son corps de se tirer tout seul des galères. Il est, et n'est pas sans le savoir, de ceux qui vont se cacher pour étouffer plutôt que de héler quelqu'un afin qu'il pratique la manœuvre de Heimlich.

– Tu es sûr ? s'entête le garçon.

– Oui. Enfin non. C'est embêtant, mais mon téléphone a disparu. Il est sans doute dans la camionnette. À moins qu'il ne soit tombé dans la neige. Oh putain. Désolé. Mais mon pote est censé m'envoyer un message.

Le garçon se rétablit sur ses pieds en une seconde. Il flanque son ordi sur les genoux de Lucas et part à grands pas, va interrompre la ronde concentrée du chauffeur. Ils s'adressent l'un à l'autre et pointent du doigt l'obscurité, haussent le ton, le chauffeur fait non de la tête mais il y va quand même, il s'enfonce sous l'averse de neige. Lucas voudrait s'y rendre lui-même, vérifier sous les sièges, entre les banquettes et les dossiers, aux endroits où, enfant, il égarait des pièces et des bijoux, mais l'homme est déjà parti. Le garçon secoue la tête, l'air indigné, et se laisse retomber à côté de Lucas. Lucas regarde l'écran de l'ordinateur, et juste avant que celui-ci ne se mette en veille, il distingue l'image d'une silhouette au milieu de la tempête de neige.

– Il y a du nouveau ? demande-t-il au garçon.

– Pas pour l'instant.

Il lui remontre ensuite les mêmes clips filmés au portable, où l'on ne voit que ce que cadre la fenêtre : poudroiement de neige, gyrophares bleus de la police.

– Rien de nouveau, rien…

– C’était quel site ?

Le garçon le dévisage.

– Juste un site. Les trucs s’y retrouvent en premier.

– Tu pourrais m’envoyer le lien ?

Le garçon ne répond pas. Au lieu de cela, il reprend la traduction, de ce que lui a dit le chauffeur, cette fois.

– Il pense que ça, là, c’est rien. Il a connu des embouteillages bien pires. Un été, le centre-ville était tellement bloqué que les ambulances ne pouvaient pas circuler. On en a parlé longtemps, quelqu’un est même mort, non ? Le chauffeur y était, il s’en souvient parce qu’il a été interrogé, au commissariat. En tant que tierce personne. Il n’avait rien à voir avec toute l’histoire, il ne faisait que passer à pied. C’est pour ça qu’il fait gaffe, maintenant. Il dit qu’il a pris racine dans sa camionnette, mais que ce jour-là, on l’a arrêté dans les embouteillages justement parce qu’il était à pied.

– Ça a un rapport avec aujourd’hui ?

– Aucun, sans doute. C’était il y a plus de vingt ans, à ce qu’il paraît. À l’époque, personne ne venait ici.

Lucas fait le calcul mental. Cela a dû se produire avant le changement de millénaire.

– Pourquoi le centre est fermé ? demande-t-il.

– C’est dangereux, dit le garçon, il s’effondre.

– Il s’effondre ? Vraiment ?

Le garçon a un rire.

– C’est ce qu’on dit.

– Et là, il y a eu une explosion ?

– Oui.

Lucas se demande comment formuler sa prochaine question, mais le garçon le prend de vitesse.

– Pourquoi tu es ici ? demande-t-il.

Ce doit être l'effet de la langue, qui leur est à tous deux étrangère. L'amical devient formel et le formel, rogue.

– C'est plutôt inhabituel, comme moment. Il n'y a personne en hiver.

Lucas décide d'être sincère. Il ouvre son sac et sort son appareil, il le lui montre.

– Je viens faire des photos, dit-il.

– Journaliste ?

– Photographe.

– Qu'est-ce tu vas photographier ?

Lucas regarde la neige, à la télé et derrière le téléviseur, il garde son appareil à la main, il imagine monter le viseur au niveau de ses yeux mais ne le fait pas. Les choses qui procurent un sentiment de sécurité. Il voit des photos face à lui mais n'en prend pas une seule. Et ça, encore, prendre des images. Pourquoi ne pas les demander, les implorer, les attirer pour qu'elles se montrent, pourquoi les prendre ? Eve lui avait parlé de cela aussi. Elle disait que les photos lui étaient prises, à elle, au sens le plus concret de l'expression. Elle disait que chaque image emportait quelque chose d'elle, la diminuait.

Lucas ne prend pas de photos, il n'en prend plus. Il veut juste tenir son appareil, vérifier qu'il est toujours là, diriger son regard vers la fenêtre uniquement pour être sûr qu'il n'est pas devenu aveugle.

– Je ne sais pas encore.

Ce n'est pas la vraie réponse. La vraie réponse serait qu'il ne va rien photographier.

Lucas ferme les yeux et enfouit son visage dans ses mains. Il n'a pas à redouter d'être frappé d'aveuglement, il est déjà aveugle. Il ne prend pas d'images. Il n'a plus réalisé une seule œuvre. Il n'a rien publié en cinq ans, rien qui soit à lui, en propre. Son malaise trouble les choses, il s'interpose entre ses yeux et le monde invisible comme une vitre laiteuse. Il s'en rend compte mais n'y pense pas. Il photographie des mariages, des enterrements et des baptêmes, tout ce qui se trouve à distance de sécurité dans le monde visible et que n'importe qui verra de même. Pour lui, c'est comme s'il était devenu aveugle.

Cet appareil est une erreur. L'homme au gilet fluo se précipite, agite les mains et le pointe du doigt.

« Nié photo, nié photo ! »

Lucas montre le contenu de sa carte mémoire sur l'écran de l'appareil. *Dossier vide*, est-il écrit, pas une seule putain de photo de tout le voyage. L'homme au gilet fluo tend la main comme s'il comptait sérieusement que Lucas lui remette sa carte mémoire qui ne contient rien.

Le garçon explique quelque chose à l'homme puis s'adresse à Lucas.

– Il est interdit de prendre des photos.

Il continue d'une voix différente, plus basse, presque roublarde :

– C'est une décision de la municipalité. Enfin, qui sait vraiment d'où ça vient. Ils vont sûrement finir par couper Internet aussi.

Si Lucas le pouvait, il se tirerait sur le champ. Personne ne pourrait le retenir. Il se sent simultanément otage et membre d'une petite communauté, sans que ce soit de sa faute et sans qu'il l'ait mérité. Mais son sac à dos est dans la camionnette et il veut ses affaires. Et son téléphone.

Le chauffeur revient et écarte les bras : pas de téléphone. Son portable n'était ni dans le véhicule ni à l'extérieur. Le chauffeur rapporte par gestes et par le truchement du jeune traducteur qu'il a aussi fouillé du pied dans la neige et regardé sous les sièges. Lucas jure tout bas. Cela fait longtemps qu'il est passé au-delà du summum de l'emmerdement. Son portable ne valait pas cher, la caméra est merdique et l'écran fissuré d'un bout à l'autre, personne ne l'a volé pour l'argent. *Ne t'affole pas*, s'exhorte Lucas, *une fois que tu auras accès à Internet, tout ira bien*. Les captures d'écran sont dans son téléphone, mais sa boîte mail contient toujours la réservation et l'adresse. Il pourra se rendre à son hébergement et essayer à nouveau. Fermer sa connexion, la rouvrir sur un nouveau téléphone. Ou un truc du genre.

Il sort son ordinateur de son sac et le démarre. Le fond d'écran familier apparaît, c'est un horizon antédiluvien qui manque légèrement de netteté, tourné à l'envers de façon à donner l'impression de se trouver face à un mur peint à mi-hauteur, davantage que face à la mer. Il demande et obtient le mot de passe du garçon. Le mécanisme s'enclenche, pour la première fois depuis que la camionnette a stoppé dans les embouteillages. Mais là non plus, ça ne sert à rien. La connexion est lente. Lucas reste bloqué et au moment où, finalement, il parvient à inscrire son adresse mail et son mot de passe dans les champs dédiés, le programme les lui renvoie à la gueule, prétendant que le mot de passe est erroné. Nom de Dieu, s'exclame-t-il à nouveau. Il refait un essai et un autre encore – ça lui prend bien cinq minutes – mais le résultat est toujours identique. Celui qui a son téléphone en sa possession a déverrouillé l'écran, il a dû, d'une manière ou d'une autre, le voir composer son code, puis il a fouillé dans sa boîte mail restée ouverte. Lucas vérifie les téléchargements et profère un juron quand il se rend compte qu'il a oublié d'enregistrer les informations de son hébergement. *Putain de merde*. Lucas lance des regards torves à l'homme à la veste bleue et à celui à la veste noire, ce dernier a interrompu ses vociférations un instant, il pleure de rire et mange du gâteau. Ces hommes étaient assis à côté de lui. Il essaie ensuite d'ouvrir la Galerie. L'ordinateur se fige, un petit cercle tourne sur l'écran.

Après le documentaire, Lucas n'avait pas lâché la Galerie ; il supprimait tout ce que Cole téléchargeait, jusqu'à ce qu'il réalise que c'était un jeu idiot et qu'en y jouant, il ne faisait que prouver à Cole que cela comptait encore pour lui. Dans la Galerie, ils étaient toujours un seul et même, Cole aurait pu le jeter dehors juste en changeant le mot de passe, Lucas aurait pu en faire autant à n'importe quel moment. Mais ni l'un ni l'autre ne l'avait fait. Quand Lucas arrêta, Cole arrêta et la Galerie se vida toute seule. Il y a quelques mois seulement, le site avait donné un signe de vie. Lucas y avait découvert du contenu : des sons, pas d'images. Les publications lui étaient destinées, elles étaient visibles par n'importe qui mais personne ne les voyait, bien entendu, pourquoi l'aurait-on fait, sans titres et sans pub, elles étaient noyées dans les embouteillages virtuels. Lucas put confirmer, en consultant les données de fréquentation, que Cole et lui étaient les seuls visiteurs du site, semaine après semaine. Après avoir découvert les messages envoyés par Cole, donc, car cela aussi lui prit des semaines.

Quelque chose arrive sur l'écran de l'ordinateur de Lucas. Une nouvelle publication, différente des précédentes. Au lieu d'un simple son, Cole a envoyé une vidéo. L'image charge pixel par pixel et se fige en une photo floue.

Le garçon à côté de Lucas contemple l'image. Ils la fixent tous les deux. Lucas n'a pas vu le visage de Cole depuis cinq ans.

– Qui c'est ? demande le garçon.

– Personne, répond Lucas.

L'électricité coupe à peu près au même instant.

Isak

Isak, c'est d'abord une photo. En dépit du fait qu'il a été présent tout le temps, depuis le début. Isak et Lucas se sont tenus côte à côte pendant des années sous l'éclairage rouge de la chambre noire, et pourtant la photo est là d'abord. Elle est posée sur une table d'appoint et enroulée sur elle-même. Personne ne l'a rangée ainsi, c'est juste ce qui arrive aux photos quand on les fait mal sécher. Elles se racornissent sur elles-mêmes comme si elles voulaient se cacher. En les déroulant, ce sont quasiment des secrets qu'on déploie.

C'est ce que fait Lucas un soir où il est de ménage. Il l'ouvre et il voit. Il voit le garçon qui prend ses quarante-cinq minutes pleines pour développer chaque image. Ou ses soixante minutes pleines. Ou quel que soit le nombre de minutes pleines dont ils disposent à chaque séance. Dans le même temps que Lucas passe à développer tout un rouleau de photos moyennes.

C'est une photo d'étude. Les traits du visage d'Isak y sont comme esquissés à la mine de plomb. Isak la trouve ratée, comme Lucas ne va pas tarder à l'apprendre, non parce que l'expression ou la pose seraient mauvaises, mais parce que l'éclairage est défaillant, surexposé (lors de la prise) ou sous-exposé (lors du tirage) – il en va ainsi avec les tirages argentiques. Le négatif d'une photo surexposée est presque entièrement noir, Lucas le sait car cela fait partie des bases, on aura besoin de beaucoup de lumière dans la chambre noire afin d'obtenir un résultat simplement acceptable. Une photo comme ça est cramée et toutes les expositions ne peuvent être rattrapées après coup.

L'image n'est pas d'Isak. Il ne se prend pas lui-même en photo et, en général, il ne loupe pas ses temps de pose. Isak effectue des dizaines de tests sur des fragments de papier avant de tirer l'image entière. Ses tirages sont grands et occupent tout le bac, personne d'autre ne peut y mettre les siens. Et quand cela finit par se produire, cela fait un bruit sourd, tout le monde s'écarte et ceux qui ne le font pas, Isak le leur ordonne, non, il n'ordonne pas, il les prie formellement mais gentiment de reculer, il n'accapare ni n'exige la place, il se contente de prendre ce qui lui revient, son temps, celui qui lui a été accordé dans le bac en vertu de lois non écrites.

Lucas s'imagine la chambre d'Isak et, plus tard, il la voit. Elle est différente, il y a des photos encadrées aux murs. La voie lactée avec mise au point sur l'infini. Un éclair avec une durée d'exposition longue. Une goutte d'eau en chute et un oiseau prenant son envol, dont la captation a exigé une pellicule entière. Quand on prend une photo, l'instant est ce qu'il y a de plus important, le cadre pourra être corrigé après coup. Si le cadrage est bon mais le timing mauvais, la photo ne sera rien de plus qu'un bout de papier. Si on manque le moment juste, on ne le retrouvera jamais.

Isak a une parfaite maîtrise du temps.

Lucas le lui dit.

« Merci », répond Isak, son sourire est la troisième chose dont Lucas tombe amoureux.

Les photos prises par Isak sont la deuxième.

Cette fois spéciale, l'image représente une corbeille de fruits. Ce n'est presque pas possible : la corbeille évoque celles des peintures anciennes. Les tons sont doux, comme sur un vrai tableau, peint dans la grisaille du matin au moment où les couleurs sont encore indistinctes, peut-être en travaillant avec les projections d'une *camera obscura*. Isak le lui explique quand ils en discutent. Lucas sait ce qu'est une *camera obscura*, mais il ignorait que les peintres tiraient parti de ce phénomène bien avant que la première photographie fût fixée au premier support, lequel était en bitume. Lucas observe Isak au travail pendant des heures. Quand on a passé des années dans une chambre noire, on sait regarder les photos qui sont encore sous forme de négatifs, le cerveau convertit le noir en blanc et le blanc en noir et tout ce qu'il y a entre les deux, en nuances diverses avec leurs valeurs opposées. Et pourtant, le résultat est toujours une surprise.

– Elle est magnifique, dit Lucas.

– Merci, répond Isak. L'une des premières photos prises au monde représentait une corbeille de fruits. La photographie est, d'un certain point de vue, éternellement liée à la peinture.

La photographie est, d'un certain point de vue, éternellement liée à la peinture. Personne ne parle comme ça. Isak aussi est éternellement lié à la peinture, il y a en lui un morceau de XIXe siècle. Lucas est incapable de quoi que ce soit sinon contempler. Par exemple, les doigts de pianiste, longs et fins, d'Isak. Tu joues d'un instrument, laisse-t-il échapper, et alors il entend pour la première fois Isak rire tout haut. Vraiment pas, non, dit Isak, je n'en veux pas au monde au point de lui infliger de m'écouter. Contempler, c'est gênant, mais Isak ne fait aucune remarque. Je veux dire que je n'ai pas l'oreille musicale, précise-t-il.

Isak raconte qu'il photographie des tableaux. Pas des œuvres déjà existantes, mais des tableaux construits pour être transformés en photographies, les choses mêmes qui servaient de sujet à la peinture figurative traditionnelle.

Certains peintres en font autant dans l'autre sens, ajoute Isak, ils peignent des tableaux qui imitent des photos aléatoires prises par des amateurs.

– Ils se donnent beaucoup de peine pour reproduire ce qu'un appareil fait en un centième de seconde.

Isak cherche des différences entre la peinture et la photographie. Il dit que celle-ci a mis du temps à accéder au statut d'un art.

Accéder au statut d'un art.

Chaque image réalisée par Isak comporte une différence avec la peinture. Il prie Lucas de la chercher sur la corbeille de fruits, et comme Lucas ne trouve pas, il lui indique d'observer une goutte d'eau.

– Je suis là, dit-il. Le peintre ne s'immortalise pas par hasard. Si un portraitiste se reflète dans l'œil de son modèle, il l'aura fait délibérément. Mais sur une photo, le hasard a toujours sa part.

Le hasard a toujours sa part.

Lucas observe la goutte à la loupe, Isak qui est là. Il ne se rendait pas compte qu'on pouvait l'envisager ainsi. On peut regarder une photo de cette manière-là aussi. Quatrième, cinquième et sixième raisons de tomber amoureux.

– Magnifique, dit Isak.

Lucas est troublé, il ne lui a même pas effleuré l'esprit qu'Isak pourrait tourner sa jolie joue – dans l'éclairage rouge de la chambre noire sa peau est douce, mais au toucher, à son contact imaginé, elle est rêche – et se pencher pour voir à quoi travaille Lucas. C'est pourtant ce qu'il fait ; il regarde la photo un long moment. C'est un portrait de Cole. Lucas aurait préféré ne pas le lui montrer.

Perdons quelques jours. Lucas tombe dans la Chambre et dans la Chambre la partie est perdue : Isak allait fatalement s'enquérir de qui était sur la photo et demander son numéro ou son adresse mail comme le faisaient toutes les filles du monde autour d'eux. L'amour imaginaire devient amour vrai et le vrai, imaginaire. L'un pour l'un et l'autre pour l'autre. Dans cet ordre.

Cela se passe autrement, cette fois-ci. La semaine suivante, Isak invite Lucas au café. Pour discuter des durées d'exposition. Lucas s'y rend et ils discutent des durées d'exposition. Ils parlent d'autre chose aussi, de la composition et des consignes à donner au sujet photographié pour qu'il se détende. Enfin, Lucas parle. Isak, c'est la technique qui l'intéresse. Et la durée, lancent-ils d'une seule voix en éclatant de rire.

On est en dehors de la Chambre, tout du moins près d'une fenêtre, et l'on se regarde de part et d'autre de la vitre. Lucas ignore s'il est bien ou mal d'exhiber l'enveloppe en papier et les photos contenues dans l'enveloppe, prises avec un appareil numérique et développées sur Internet, de les étaler devant Isak et d'en composer une nature morte. Les dix morts de mon frère, dit-il, et le mal ne peut pas être si terrible, car Cole n'en saura jamais rien.

Isak siffle doucement. Tu es vachement créatif, dit-il. Personne n'a jamais rien dit de tel à Lucas, l'animateur du club ne compte pas, il complimente tout le monde. Quand Isak demande qui est sur la photo (ça y est, c'est maintenant), et que Lucas répond que c'est son assistant, et quand Isak dit que l'assistant de Lucas a un visage très photogénique (nom de Dieu, il a vraiment dit ça), Lucas se mord la lèvre et ne dit plus rien. Isak le regarde fixement comme s'il ne comprenait pas, puis une idée s'allume dans ses yeux et il attrape la main de Lucas.

– Tu sais t'y prendre avec ton modèle, dit-il, tu fais ressortir ses meilleurs côtés.

Le toucher d'Isak, en chaque endroit.

– N'importe qui pourrait le faire, réplique Lucas.

– Ne sois pas si modeste. J'aimerais faire des photos avec toi.

Les mots d'Isak, en chaque endroit.

N'aie pas si peur, dit Isak plus tard, ne réfléchis pas tout le temps sur tout. Quand ils font l'amour pour la première fois et que cela ne se déroule pas aussi bien qu'en imagination parce que Lucas est trop stressé, Isak ne se tracasse pas. Car ce qui ne réussit pas du premier coup y parvient en général la deuxième, troisième ou dixième fois, et c'est exactement ainsi qu'il en va pour eux. Isak confère aux erreurs de Lucas une signification nouvelle, il découvre une constellation parmi les marques de naissance sur son dos et va de l'une à l'autre avec le bout du doigt, puis de la langue.

N'aie pas si peur. Et. *Tu dois te protéger*.

Isak parle à Lucas des planètes qui sont à la bonne distance des étoiles pour créer de la vie, ni trop près, ni trop loin, ni sur une orbite trop elliptique, et des planètes qui, au lieu de tourner autour d'étoiles, tournent autour de trous noirs. Sur une planète de ce genre, la vie serait entièrement différente. Comme dans les zones centrales de la voie lactée, où il y a tant d'étoiles que la luminosité du ciel nocturne est supérieure à celle d'une lampe à incandescence de cent watts. Ou sur une planète qui tourne autour d'une étoile dont le rayonnement traverse n'importe quelle matière.

– Nous ne pouvons même pas imaginer à quoi ressemble ce genre de vie.

Ils ne sont pas allongés sur le dos dans un parc ou sur le toit d'un garage pour regarder les étoiles, comme cela n'arrive que dans les films. Le ciel étoilé ne se voit pas en ville, il y a trop de pollution lumineuse. Nous envoyons de la pollution lumineuse dans l'espace, dit Isak en expliquant combien c'est différent du bruit analogique. L'ère du bruit analogique s'achève, les hypersensibles au bruit de tout l'univers vont nous remercier en chœur. Il ne restera plus que la pollution lumineuse et le silence numérique, voilà ce que les habitants des autres planètes recevront de notre part. Un siècle de signaux radio, c'est une expiration émise en continu. Isak dit qu'on ne pourra jamais établir de connexion avec le monde extérieur. Les galaxies s'éloignent les unes des autres à une vitesse supérieure à celle de la lumière. Il existe un horizon cosmique au revers duquel on ne pourra jamais passer.

– Nous nous cherchons nous-mêmes dans l'espace, c'est pour ça que nous ne trouvons rien.

Un horizon cosmique, songe Lucas. Une vie que nous ne pouvons même pas imaginer.

Isak vient de lui apprendre qu'il existe une catégorie de personnes qui trouvent l'intelligence sexy. Cela a été étudié en laboratoire. On a mesuré leur électroencéphalogramme en le soumettant à divers stimuli. Une partie des gens est excitée par l'intelligence. L'intelligence, c'est une raison absolue de tomber amoureux d'Isak, même si Lucas a perdu le compte. Il y a sa photo racornie en rouleau. Son intelligence. Sa voix. Ses photos et son sens du temps. Mais aussi ses yeux, ses mains et son cul. Lucas veut faire partie de ceux qui tombent amoureux de l'intelligence et, même s'il n'est pas tout à fait certain que ce soit vrai, à cet instant-là, autour de cette table, rien n'est plus excitant.

Et pourtant. Isak ne dit pas cela pour être sexy, on s'en rend compte tout de suite, car Isak ne parle pas pour *être* quelque chose et c'est justement ce qui est merveilleux chez lui. Rien n'est plus sexy qu'une personne sexy à son insu. Si ce n'est Isak en train de dire quoi que ce soit. Quand ils se le remémoreront plus tard, ils en riront, il suffira qu'Isak dise : « l'intelligence est sexy » pour que Lucas bande. Et on ne saura plus distinguer l'intelligence et l'émotion pure, les deux sont peut-être inséparables. Le soir des planètes et de la pollution lumineuse, Lucas embrasse Isak et la carte du ciel tombe par terre. Isak se penche pour la ramasser (image d'Isak ramassant la carte du ciel et vérifiant que pas un coin n'est corné, afin que ce qui est important ne soit pas abîmé) avant qu'ils ne s'embrassent à nouveau.

C'est comme ça que Lucas se souvient d'Isak. Isak n'est pas dans l'histoire de Lucas et Cole, il n'en fait pas partie. Isak n'est la conséquence de rien et n'explique rien, il est à lui-même sa propre raison, la raison du fait qu'il est. Isak est le chenal ouvrant à Lucas une autre réalité, celle qui est non le Monde Extérieur à la Chambre, mais le monde extérieur à la chambre, le monde ordinaire, peuplé de vraies gens. Pas d'histoires, d'idées inventées, d'imaginations. Isak constitue son propre lieu particulier, et c'est pour cela qu'il est important. Les réalités sont séparées, et les mondes de Cole et Isak ne font que s'effleurer, ils s'effleurent en Lucas. Pour le dire simplement : les limites. Isak commence et finit. Isak ne fluctue pas, ne suinte pas, ne s'immisce pas, ne s'infiltre pas. Isak est nettement et précisément délimité.

Isak écrivit des lettres à Lucas, des années plus tard. Pas des e-mails, mais de vraies missives sur papier à lettres. Lucas répondait de temps à autre, s'efforçant de ne pas l'inquiéter. Ils se virent sporadiquement, mais ne se touchèrent plus une seule fois, pas même au nom des vieux souvenirs, pas même au nom d'une quelconque raison, car il n'y avait plus aucune raison de le faire.

Isak était l'autre avenir de Lucas, un monde possible qui ne se réalisa pas ou se réalisa dans une autre dimension. Lucas et Isak vivraient à Londres, parce qu'Isak y serait correspondant pour un journal et Lucas travaillerait en free-lance. Ils habiteraient un petit appartement au troisième étage d'un immeuble, leur voisin du dessous, un vieillard, taperait sur le mur quand ils feraient du bruit la nuit et, à l'étage du dessus, un chien passerait ses journées à aboyer pour un motif sans lien avec eux. Plus tard, ils auraient des enfants et leurs prénoms seraient les mêmes que ceux des enfants d'Isak en vrai, Emil et Ron, donc, si c'étaient des garçons, du moins, car ce serait Isak qui déciderait, mais ils auraient les cheveux plus clairs et hériteraient peut-être de la peau sensible au soleil de Lucas. Même si. L'amour se muerait peu à peu en amitié et les caresses en petites tapes tendres. Cela ne dérangerait pas Lucas, mais cela serait un problème pour Isak et, un beau jour, Isak fondrait en larmes dans ses bras et lui dirait qu'il devait partir. Qu'il ne savait pas pourquoi, il le fallait, c'était tout. Isak était une imagination de l'amour. Dans cet avenir, il y aurait énormément de photos de lui, Lucas aurait pris quasiment chacune d'elles.

Dans le futur réalisé de ce monde-ci, Lucas ne mentionna, dans ses réponses aux lettres d'Isak, ni le documentaire ni Eve. Pas un mot à propos de Cole, rien qui fût lié à quoi que ce soit. Il aurait peut-être dû. Quand ils se donnaient rendez-vous, Lucas visualisait Isak sous forme d'images et le prenait parfois en photo, mais il ne l'aimait plus. En dépit du fait qu'il essaya de le récupérer, qu'il s'accrocha à lui bec et ongles, avec des résultats désastreux. La vie est ainsi faite. Certaines choses sont importantes pendant un moment ; qu'elles ne le soient plus ultérieurement ne signifie pas qu'elles aient perdu toute signification. Il est d'autres choses qui sont importantes pour toujours. Et enfin, certaines n'existent que dans la réalité psychologique et sont pourtant importantes, des choses réelles. Peut-être même plus réelles que ce qui est visible.

Lucas ne parle pas d'Isak à Cole aussitôt et ne lui en parle pas davantage quand il n'est plus aussi tôt. Il sent d'instinct – un terme de la langue courante par lequel on entend tout à fait autre chose que ce qu'il signifie vraiment, parce que ce n'est pas un instinct, mais la peur de garçons préhistoriques retranchés dans leur campement ténébreux, la peur de ceux qui survivent parce qu'ils n'ont pas le courage d'accompagner leurs camarades plus impulsifs à la chasse au gros gibier dangereux et qui, pour cela justement (et en partie aussi parce que leurs congénères plus courageux leur accordent les reliefs de leurs repas), font traverser des dizaines de millénaires à leur lignée, d'une génération à l'autre, et transmettent à la société actuelle leur héritage que l'on explique tantôt comme un trouble psychiatrique et tantôt comme une particularité neurologique, jusqu'à ce que, à la fin (comment cela, à la fin ?), on décide de le qualifier tout simplement de sensibilité – qu'un niveau de la réalité se brisera s'il en parle. Et que Cole ne le supportera pas.

Il y réfléchit, certes. Ce n'est pas facile. Ce n'est vraiment pas simple.

J'ai rencontré une personne (que je ne veux pas te présenter).

J'ai rencontré une personne (dont je ne veux pas te parler).

J'ai rencontré une personne (dont je ne veux pas développer les idées, que je ne veux pas dominer, que je ne veux pas faire entrer dans ce monde où les gens sont des Histoires, ce monde qui est soit dans la Chambre soit hors de la Chambre, mais jamais, jamais ailleurs).

Ah bon. Moi, j'en ai rencontré plusieurs. (Sa voix intérieure est toujours prête, en elle se mêlent toutes les discussions et pensées possibles qui forment une cacophonie, un chœur au complet, tantôt plaintif, tantôt vociférant, tantôt murmurant ou prudemment suggestif, cette fois-ci, sarcastique.)

Mais Cole l'apprend, cela finit par arriver. Et non parce que Lucas lui en parle. Cela arrive par hasard. Cole attend Lucas à la sortie du club photo. Et quand il voit, réalise, comprend, rien ne tremble sur son visage. Il salue et fait connaissance et se montre aussi adorable qu'il sait l'être. Mais à partir de là, il l'attend devant le club chaque semaine, et ce n'est même pas lui. C'est Nik qui les attend, les cheveux ébouriffés, d'une maladresse charmante, avec son regard vague et son sourire timide, ses phrases brèves émises d'une voix enrouée.

Ce serait plus facile si Cole avait rencontré quelqu'un. Car il en a fait beaucoup, des rencontres, mais à ce moment-là, justement, il n'a personne. En tout cas personne qui l'intéresserait vraiment. Quelque chose a mal tourné et il est seul. Seul, et un peu malheureux.

Quand l'amitié s'achève pour la deuxième fois, Lucas emploie le terme de mort pour décrire l'événement. Cole est mort pour moi, se dit-il, car il faut bien le dire à quelqu'un et il n'est personne d'autre à qui il oserait se confier. Ils ont près de dix-neuf ans et tout fout le camp. Cole l'appelle chaque nuit.

– J'étais chez le toubib, annonce Cole, et ça n'a pas l'air bon. Il est possible que je meure.

– Tu ne vas pas mourir.

– Mais si. La mort est logée en moi.

Les coups de fil durent des heures. Lucas se réveille parfois ses écouteurs dans les oreilles, un filet de bave sèche sur la joue. Cole continue d'entrer chez lui avec sa clef, la nuit aussi, il est assis sur son lit quand Lucas et Isak rentrent à la maison. Parfois Isak reste, parfois il repart. Parfois Cole tourne dans la chambre de Lucas. Il décrit un cercle qui part du centre et s'élargit vers les murs. Il touche les murs et en fait le tour. Il ne casse rien. Cole ne casse rien.

Cole ne casse jamais rien. Il effleure les murs du bout des doigts.

Quand le cercle atteint les murs, on peut penser qu'il va s'élargir au-dehors – contrairement au cercle, le carré n'est pas une forme naturelle, et c'est précisément un cercle que Cole décrit avec ses pas. Le monde rencogne Cole dans une boîte, même si Cole n'a pas la forme d'une boîte. La chambre de Lucas le rencogne, et ce n'est plus la Chambre mais quatre murs ordinaires, un sol, un plafond et une fenêtre. La porte, Cole ne la trouve pas, même si Lucas aurait envie de l'attraper pour le mettre dehors – ce qu'il ne fait pas, il reste allongé sur son lit et essaie de dormir. Je ne vais pas recourir à la violence, songe-t-il, tout en sachant que c'est aussi une violence de laisser l'autre à l'abandon. C'est une violence d'être couché dans son lit et d'essayer de dormir alors que son ami abandonné se meurt sur le plancher. Violence que de souhaiter que le cercle s'élargisse. Que Cole prenne le large hors de la chambre, quand bien même, en un sens, les murs sont les limites de l'univers, tant que la chambre peut être la Chambre, et que Cole franchisse la limite et

tombe.

Mais non. Le cercle de Cole reste inscrit dans la chambre, car c'est un cercle fluctuant et élastique, qui s'adapte à nombre d'anfractuosités, et même d'angles.

Cole pleure.

Lucas, tu es méchant. Tu es égoïste. Tu es fou.

Cole est couché en boule dans un coin de la chambre sur l'orbe du cercle étiré jusqu'à la déformation et ne bouge plus. Lucas presse son oreiller sur sa tête pour ne pas l'entendre et l'entend pourtant.

Quand est-ce qu'un cercle cesse d'être un cercle ?

– Tu me fais pitié, Lucas.

Pas un bruit.

– Tu es banal. Tu ne vois jamais.

Lucas ne dit rien et Cole se remet à parler.

– Je ne dirai rien sur nous à Isak, annonce-t-il.

– Comment ça ? demande Lucas, tu ne diras pas quoi sur nous ?

En guise de réponse, Cole se tait. Nik prononce le nom de Lucas, « Luke », dit-il et c'est la voix de Nik, sa voix qui rend Lucas tellement dur que ça fait mal. Son corps ne lui appartient pas. Il ne s'appartient pas. Il est à Nik. Et Nik est aux mains de Cole.

Lucas aborde le sujet de sa propre initiative. Isak est tellement merveilleux qu'il ne se met pas en colère. Isak le prend dans ses bras et le caresse et lui dit qu'il s'en fout complètement. Ensuite ils font l'amour avec beaucoup plus de passion que d'habitude.

Plus que les agissements de Cole, ce qui intéresse Isak, c'est de savoir qui est Nik.

– Tu parles de lui dans ton sommeil.

Mais il est impossible de raconter Nik. Nik fait partie d'un autre récit qu'Isak, et les récits ont leurs règles. Les histoires de Nik et d'Isak ne s'emboîtent pas. Dans celle de Nik, c'est d'Isak qu'on parle dans son sommeil.

Lucas ne décroche plus son téléphone. Quelques jours plus tard, la mère de Cole l'appelle. Mme Katherine H invite Lucas chez elle et Lucas accepte l'invitation.

– Une chose affreuse est arrivée à notre famille, dit Mme H.

Elle pousse une bouteille de vin en direction de Lucas. Lucas refuse d'un hochement de tête.

– Le père de Cole, dit Lucas.

Mme H ne dit rien.

– Cole m'en a parlé, ajoute Lucas. Je suis désolé.

Mme H sert un verre. Elle le tend vers Lucas et le lâche, Lucas est obligé de l'attraper pour éviter qu'il ne se brise par terre.

– Et de quoi es-tu désolé ? demande-t-elle.

La question est étrange, déstabilisante comme une odeur qui n'a pas de source. Dans la pièce, Lucas le comprend après coup, il règne une odeur de ce genre, qui n'a pas de source.

– De sa mort, répond Lucas.

Katherine H éclate d'un rire terrifiant.

– C'est ce que t'a dit Cole ?

– Oui.

Mme H pose son verre sur la table et joint les mains. Elle regarde ensuite Lucas dans les yeux et sourit.

– Johan n'est pas mort, non. Il nous a abandonnés. Il m'a abandonnée moi et… et… et…

Elle ne termine pas sa phrase. Comme si elle ne se souvenait pas du nom de son fils. Lucas pourrait l'aider, achever sa phrase *et… et… et…* mais il n'y parvient pas.

Il n'arrive pas à dire un mot. Le père de Cole n'est pas mort mais parti. Cole a menti à Lucas sur sa mort. Cole a tout le temps menti à propos de sa mort. Lucas est coincé par cet instant, par les lèvres rouges, bégayantes de la femme, par le vin rouge qui tournoie dans son verre et à la surface duquel elle *et… et… et…* se voit elle-même.

– Nik, lance Lucas.

Il ignore pourquoi il dit ça. Il n'en a pas la moindre idée. S'il pouvait le retirer, il le ferait.

– Qu'est-ce que tu as dit ?

Mme H, Celle qui a enfermé son fils au sous sol. La psychothérapeute dans son antre. Dévisage Lucas et lui pose cette question. Lui demande « qu'est-ce que tu as dit ». Lui demande et redemande, encore et encore. Et pourtant, une seule fois seulement. Lucas s'entend parler, il entend sa voix.

– Cole m'a dit qu'il partageait l'utérus avec un jumeau, mais qu'il l'avait absorbé.

La femme rit.

– C'est ce qu'il t'a dit ?

– Oui.

Lucas n'ajoute rien et la femme répète, plus pour elle que pour lui :

– Pauvre garçon. Il t'a vraiment dit ça ?

Mme H se tait et quand elle reprend, elle semble s'adresser à elle-même et non à Lucas. Elle est folle. Sa voix zézaie.

– Sais-tu à quoi ressemble une personne qui a séjourné dans la mort ? demande-t-elle, et elle n'attend pas de réponse. Une personne qui a été en enfer d'une année sur l'autre et l'autre et encore l'autre, et revient ensuite comme si elle n'avait jamais été absente ?

Lucas ne répond pas. Il n'en a pas l'intention.

– Regarde-moi. J'ai été en enfer dix fois dix puissance dix jours. Et chaque fois que je me réveille, la même journée recommence. Le temps ne passe pas.

La femme pleure et ensuite, la voici, tout à coup, tout près. Elle attrape la main de Lucas et détache ses doigts du verre de vin, pose le verre sur la table, le vin tangue, puis elle prend la main de Lucas pour la poser sur sa joue et le sol tangue. Elle colle sa bouche à l'oreille de Lucas et murmure :

– Parfois je le déteste. Tu m'entends ? Parfois je déteste mon propre fils. Qu'il existe. Et que moi, je sois.

Lucas ne comprend rien ; il sent l'haleine de la femme contre son cou. Une odeur qui n'a pas de source.

– Tu ne dois pas lui dire. Il mourrait s'il l'apprenait. Tout a foutu le camp.

Quand la femme introduit sa langue dans la bouche de Lucas, il pense à l'amant qu'elle avait, le Tueur à la Hache.

– Je me sens mal, croasse-t-il et comme la femme ne le croit pas, il a un haut-le-cœur, ce n'est pas feint, il se détache et s'enfuit.

À la maison, sa mère lui demande ce qu'il a, mais Lucas n'a plus de mots depuis longtemps. Dans la salle de bains, il se gargarise à grande eau et pleure. Il pense à Isak. Même Isak ne pourra pas le sauver, personne ne le peut. Quoi d'étonnant à ce que les choses se passent ainsi ?

Tout a foutu le camp.

Quand le téléphone se remet à sonner, les billets Interrail sont déjà achetés, les sacs de rando bouclés, le port rejoint en tramway. On a répondu à Cole un million de fois que non, ça n'est pas possible, je ne vais pas venir avec toi au festival de ciné. On a répondu aux messages de Cole, on en a laissé sans réponse. Lucas est sur le pont, le bras passé sur les épaules d'Isak. Son sac est posé contre la rambarde. Tallinn puis la via Baltica jusqu'en Pologne. La Slovaquie, la Hongrie, la Croatie. La Slovénie, l'Italie, l'Espagne. Tout. Même si Cole dit que les voyages sont bons pour les bourgeois. Même si Cole dit que Lucas est du genre à galérer à l'étranger. Même si Cole dit que c'était leur truc, à eux. Notre truc à nous, Lucas, tu ne t'en souviens pas ? Même si Cole dit que Lucas a trahi son ami, et ça aussi c'est une forme de violence.

Nous devions y aller ensemble.

Pourquoi on n'irait pas maintenant ? Pourquoi pas juste nous deux ? Ou tous les trois ? Pourquoi ?

Pourquoi tu rejettes ton meilleur ami ?

Les résultats du concours d'entrée à l'université sont tombés ce matin et ils sont comme il se doit, tels qu'on en a eu l'audace. Lucas a bientôt dix-neuf ans.

– Je ne réponds pas, dit Lucas au moment où le téléphone sonne.

– Mais si, réponds, dit Isak.

– Non.

– Fais-le. Sinon, tu vas y repenser pendant tout le voyage.

Peut-être bien. De même que Lucas ne va plus cesser de se demander à partir de ce moment ce qu'il se serait passé s'il n'avait pas décroché.

– Je voulais juste te dire que tu es mon meilleur ami, déclare Cole.

C'est stupide de rejeter un ami à cause de l'amour. Les amours ne durent qu'un temps, l'amitié est éternelle.

– Tu n'as pas à t'accuser, dit Cole.

Accuse-toi à mort !

– De ce que tu ne me verras plus jamais.

Crève de culpabilité !

– Tu étais spécial. Il n'y a jamais eu personne d'autre. Je n'ai jamais eu personne d'autre.

Cole parle tant et plus, il bredouille. Difficile d'en placer une.

– Qu'est-ce que tu veux dire ? finit par demander Lucas.

– Je vais mourir, là, annonce Cole.

– Il va mourir, répète Lucas à Isak.

– À qui tu parles ? hurle Cole. À ton petit copain du club ?

– Il s'appelle Isak, réplique Lucas. Qu'est-ce que tu as pris ?

– Adieu ! lance Cole.

Lucas ordonne à Cole de se calmer, mais Cole ne se calme pas.

– Tu étais mon seul véritable ami, dit Cole.

– Appelle une ambulance, dit Isak.

– J'appelle une ambulance, dit Lucas.

– Si tu appelles qui que ce soit, je saute.

– Tu sautes ? D'où ça ?

Cole pleure. Le cœur de Lucas ne bat plus, il s'est arrêté. Le jeu s'appelle « Le Temps arrêté » et Cole a arrêté le temps. Lucas s'est figé dans le vide entre deux battements.

– Varsovie, dit Lucas à Isak en agitant son téléphone. Attends-moi là-bas.

Impossible de dire si le mouvement de tête d'Isak est un acquiescement ou bien s'il ne fait qu'écarter ses cheveux de son visage ou Lucas de sa vie. Tous deux savent que Varsovie ne viendra jamais. Pas pour eux. Au bout d'un mois, Lucas reçoit une carte d'Isak. Prends soin de toi, y a-t-il écrit, rien d'autre. Des années plus tard, seulement, Lucas réalisera qu'Isak le pensait vraiment. Le vide à l'intérieur d'un atome est plus grand que celui contenu dans l'univers galactique.

Voici ce qui lui reste gravé dans l'esprit : la forme d'un jeune homme sur le pont d'un bateau, une silhouette, une image qui n'est pas. Et pourtant. Un vide. Un point pareil à ceux des étoiles sur une carte du ciel. La personne qui les regarde les relie les unes aux autres et dessine les constellations qui leur confèrent sens, bien qu'en réalité elles soient séparées par des distances inouïes, dans le temps comme dans l'espace, et que certaines soient mortes avant que les autres ne soient nées, et qu'il ne reste d'elles que leur lumière filant à toute vitesse dans le vide, sans lien les unes avec les autres.

Lucas y va. Le film défile derrière ses yeux comme derrière des centaines de milliers d'autres, à cette minute qui se joue dans toutes les situations où le protagoniste dispose d'un instant pour réaliser l'imminence de sa propre mort ou de celle d'un proche. Une demi-heure avant le départ, et s'il avait le temps ? Comme dans un rêve où on veut aller quelque part sans jamais y arriver. Il prend un taxi, même s'il sait que cela va lui coûter l'équivalent de trois jours de voyage. Il rappelle et Cole répond.

– J'arrive ! s'écrie-t-il.

Le chauffeur le regarde dans le rétroviseur et donne un coup d'accélérateur pour passer avant le feu rouge.

– Reste en ligne, j'arrive.

Cole ne reste pas en ligne et Lucas rappelle. La tonalité retentit, personne ne décroche. Mme H ne sait rien. Son fils adulte, bientôt dix-neuf ans, et ce serait à elle de veiller sur lui ? Ils ont du mal à se regarder dans les yeux. Tu ferais mieux d'y aller, dit la femme, de partir complètement, pour ne jamais revenir. Ces derniers mots, elle ne les dit pas. Mais c'est ce qu'elle fait comprendre. Lucas grimace face à son dos mécanique. Il compose le numéro de Cole et, enfin, son appel reçoit une réponse.

La vie de Lucas 2

Rien d'autre. Juste qu'il faut s'accrocher. Parfois Lucas rêve qu'il ne peut se réveiller. Par exemple Cole est allongé sur lui et l'immobilise. Cole n'est pas lourd, juste la chair et l'os, jambes minces et longs bras. Et pourtant, il a la force de maintenir Lucas en place, il est allongé sur lui, ça l'empêche de respirer. Je ne te laisserai jamais, tu piges Lucas, jamais. Tu es à moi. Sans moi, tu n'existes même pas. Je suis toi.

La neuvième chambre

Dans cette chambre, la perspective disparaît. On a l'impression d'entrer dans un film réalisé par ordinateur, imitant un monde de jeux vidéo au moment où l'image se fige et la caméra tourne autour du personnage immobilisé au centre. En parcourant la pièce, on alterne les angles de vue sur celui-ci. La réalisation technique ne parvient pas à répliquer une image intégrale, mais l'alternance même suffit à créer une impression de présence : un jeune homme, projeté en taille réelle, se trouve sur le toit d'un immeuble, debout, les bras écartés comme s'il accueillait le vent à la proue d'un navire. Il se tient sur la rambarde d'une passerelle surmontant une rocade, la rambarde d'une passerelle franchissant une voie ferrée, la rambarde d'une passerelle traversant une rivière, les environnements se succèdent sur les murs de la pièce. L'homme est sur la rambarde des passerelles et crie. Sa voix commence par une inspiration, comme celles qui sont passées à l'envers, et stoppe comme si elle était coupée. Est-il possible de franchir ces passerelles ou de s'y tenir debout ? Y a-t-il, de l'autre côté, un monde auquel n'accèdent que ceux qui ont effectué la traversée ? Est-il même possible d'y marcher ? De les parcourir entièrement ? En regardant sur la droite, on verra des mains qui poussent l'homme par-delà le bord de l'image. La pièce plonge dans l'obscurité et quand la lumière se rallume, l'homme se retrouve au bord du toit.

REC. Je ne crois pas aux histoires inventées. En réalité, personne ne peut sortir hors de soi pour observer le monde. Me voilà, moi aussi, à ne raconter que ma vérité, mon récit de vie, sincèrement et franchement. Tu as une protestation à formuler, je le sais bien, j'entends quasiment ta voix. Tu demandes combien il faut de personnages en arrière-plan pour raconter l'histoire du personnage principal. Combien de vies vraies, douées de souffle, doivent revêtir un rôle secondaire qu'elles n'ont pas choisi afin qu'une seule puisse être ce qu'elle est. Ou ce qu'elle veut être. Et qui décide qui est le personnage principal. En fait, tu ne t'inquiètes que pour toi. Tu dis que tu n'es pas tel que je le prétends. Bien sûr que non. C'est de cela qu'il est question ici. Nous nous utilisons tous les uns les autres, toi aussi. Personne ne t'interdit de raconter ton histoire, je l'ai juste fait en premier et la vérité première est la principale. Elle devient le fond sur lequel les autres prennent place. Je suis ton ami. Tu es toujours le plus important de tous. Malgré toutes les fois où tu m'as abandonné, nous sommes inséparables. C'est pour ça que je te donne une chance. Que j'attends ton arrivée avant de commencer. Nous le ferons ensemble. STOP.

Les dernières heures

Le temps d'un instant bleu, l'obscurité n'est éclairée que par les écrans de dizaines de téléphones et d'ordinateurs. Le silence se fait comme si la coupure de courant avait emporté les sons aussi. Une seconde, deux au plus, puis ils reviennent : cris, plaintes, chocs et récriminations. Les batteries des téléphones et ordinateurs branchés sur secteur cessent de se charger et l'eau du thé de bouillir, l'air chaud de souffler, la télévision de neiger. Quelque chose tombe, se brise, roule par terre.

La coupure ne touche pas que le café. En regardant par la fenêtre, on se rend compte que toute la rue est plongée dans le noir. Et si l'on accédait à une image satellite, on verrait que ce n'est pas uniquement la rue mais la ville entière qui s'est éteinte. Même la statue au sommet de la colline est obscure, ainsi que la tour et les appartements, les boutiques et les hôtels. Des lampes brillent toutefois ici et là. Les hôpitaux disposent de générateurs de secours, de même que les usines, quelques lueurs persistent à la mairie et sur des chantiers. Le halo bleu du café passe au jaune à mesure que le patron et ses employés allument des bougies et des lampes à piles.

– Internet est coupé, annonce le garçon derrière son ordinateur portable.

Lucas se masse les tempes. Il contemple Cole, figé sur son écran. L'image est pâle et légèrement floue, comme si plusieurs photos avaient été superposées au moment de l'exposition. Cole devait se trouver dans une pièce très sombre quand il l'a réalisée.

Lucas découvrait les nouveaux messages en tapant Luc & Col dans le champ de recherche. Ce n'était pas la première fois, il avait déjà essayé. Avec pour requête son nom, celui de Cole, le nom de Nik et celui d'Eve. Seul ce dernier donnait des résultats, une année après l'autre, mais rien de réconfortant, rien qui eût fait revenir Eve à la vie. Après la sortie du documentaire, Lucas se connectait parce qu'il avait peur. Il cherchait son propre nom en ligne quotidiennement, entamant sa journée par cela et obtenant un peu de répit à chaque fois. Rien n'était jamais ressorti et il avait fini par cesser, il s'était donné l'autorisation de ne vérifier que tous les trois mois, *tu dois te protéger*, puis une fois tous les six mois. *Le Récit de la mort* ne le concernait pas. Il n'était qu'un personnage secondaire, un visage sur grand écran. C'était pourtant lui qui avait rencontré Eve le premier. Sans lui, l'idée n'aurait jamais existé. Toute cette idée à la con, qu'à la fois il détestait et défendait jalousement. Sans Lucas, Eve serait vivante ou morte, mais morte, elle n'aurait été qu'un chiffre dans une statistique. Sans Eve, Lucas et Cole auraient continué la Galerie ou, pour être honnête, l'auraient commencée car elle se réduisait encore à une page internet vide, ce qu'elle resta par la suite. Luc & Col. C'était bien suffisant et, un beau jour, même cela serait trop.

Avec ce message dans la Galerie, c'est la première fois que Lucas obtient des nouvelles de Cole. La première en près de cinq ans.

Mensonge. Il est faux de prétendre que Cole n'a pas cherché à reprendre contact plus tôt. Le premier message était arrivé avant la sortie du documentaire. Cole lui demandait d'aller chercher, de vérifier et de retourner son courrier qui lui était adressé en poste restante. Cole lui avait même fourni son code. Et l'adresse à laquelle Lucas devait lui renvoyer. Comme si de rien n'était.

Lucas n'ouvrait pas le courrier de Cole. Il n'allait même pas le relever. Il aurait bien voulu, une partie de lui l'aurait voulu. Il se tenait à la porte, agrippé au chambranle pour ne pas s'y rendre, supprimait les e-mails de Cole et tentait d'oublier son code sans réaliser, une fois de plus, que, ce faisant, il s'en souviendrait toujours. Il changea plus tard d'adresse électronique et de numéro de téléphone, dissimula ses nouvelles coordonnées et finit par ne plus recevoir un seul message.

Nous pouvons encore le faire ensemble.

Mensonge. Il reçut un message, encore, qu'il ouvrit. Il visionna la vidéo en pièce jointe, alors qu'il avait décidé de ne plus rien regarder *tu dois te protéger*, et la détruisit, il regretta de l'avoir visionnée et de l'avoir détruite. Geste vain, car il était aussi aisé de supprimer les fichiers que de les copier. Lucas aurait dû la regarder à nouveau. Il n'en avait simplement pas la force. Il ne pouvait contempler le visage d'Eve. Ni le sien.

Il ne répondit pas. Il se protégeait et ne répondait jamais.

Mensonge encore que cela. Bien sûr qu'il répondit. Une fois. Une seule fois. Une seule et unique. Il dit : ne le fais pas. Cela aussi, avant la sortie du documentaire. Il dit : s'il te plaît, ne le fais pas.

Des jours s'écoulèrent avant que Cole ne réponde : *Tu devrais comprendre. Je n'y peux rien. Ça me traverse. Ça se produit indépendamment de moi, je ne suis qu'un canal.*

Et :

Il faut essayer de surmonter.

Et *il faut* le dire, Lucas ne cessait pas d'*essayer*, même à l'époque, mais il supplia une fois encore, implora vraiment *de* (Je ferai n'importe quoi, si tu ne le fais pas. Tu pourras me cracher dessus, si tu ne le fais pas. Je serai ton assistant à vie, ton porte-flingue infatigable, ton paillasson, ton employé gratuit, ton seau à ordures, ton mur des lamentations, si tu ne le fais pas, pas, pas, pas.) et Cole ne répondit plus *surmonter*.

Lucas essaya. De reprendre là où il en était resté avant qu'ils ne commencent le documentaire, mais cela n'avait rien donné. Peut-être qu'il n'était resté nulle part. En tout cas, il n'osait pas tourner les yeux vers la fenêtre dans le noir, parce qu'il redoutait ce qu'il pourrait y découvrir. Ce fut le début d'un silence de près de cinq années, qui prit fin dans la Galerie. Cole annonça qu'il avait l'intention de dire la vérité, sa vérité, mais il voulait le faire avec Lucas. Il lui fit savoir où il était. Pas avec autant de précision qu'une adresse. Avec celle d'une ville. C'était un jeu. Lucas pensa que c'était un jeu, sans doute possible. Très bien, se dit-il, on va jouer. Il indiqua son numéro de téléphone et une date, il écrivit : ne fais rien avant que je sois là. Cole ne donna plus signe de vie.

Lucas a eu le temps de songer qu'il faisait le voyage pour rien. Que Cole l'avait roulé, encore une fois. Il ne pourrait pas le retrouver uniquement sur la base d'une ville. Mais à présent. Cole a quand même répondu. Il a reçu le message de Lucas et filmé une réponse, figée sur l'écran de Lucas. Si Lucas appuyait sur une touche, n'importe laquelle, l'image disparaîtrait sans retour, pas avant qu'il ne puisse se reconnecter au réseau. Il ne touche à rien, il préserve Cole. Cole est en ville, et derrière son visage figé, il y a sa proposition. Lucas regarde Cole, il déteste se trouver là où il est. Être venu. Même si Lucas ne peut contacter Cole ni Cole le contacter, ils sont plus proches l'un de l'autre qu'ils ne l'ont été depuis des années. Sur l'écran, l'image tressaute, avance un peu, quelques pixels changent de couleur. L'expression de Cole se transforme. Il se peut que ce soit de la déception. Ou du pur triomphe.

Après avoir vu le documentaire pour la première fois, Lucas était allé vomir aux toilettes. Et ça ne s'était pas limité à cela, il n'était pas parvenu à se remettre sur ses jambes pendant plusieurs heures. Il se pouvait qu'il se fût endormi car, bien plus tard, on avait frappé à la porte, et une tête était apparue au-dessus de la séparation entre les cabines.

– C'est terminé pour ce soir, avait dit la tête, vous êtes passé à deux doigts de finir la nuit ici.

Lucas aurait pu s'y faire.

La tête s'était tue après l'avoir découvert, et comment s'étonner : il était allongé par terre, le front posé contre la cuvette comme un drogué ou, en tout cas, quelqu'un qui s'est fait attaquer.

– Est-ce que tout va bien ?

Lucas n'était pas violent, pas à son avis, mais, la dernière fois, il avait frappé Cole. Celui-ci ne s'était pas défendu, il avait levé les mains en signe de reddition, il était resté tout le temps parfaitement calme. Les voisins avaient appelé la police. Lucas avait passé la nuit au poste et n'avait pas revu Cole par la suite. Il avait reçu une carte postale d'Eve. Envoyée d'une ville, impossible de dire laquelle, elle l'avait dessinée elle-même. Elle dessine, avait songé Lucas, elle dessine à nouveau. Nous filmons mes souvenirs, disait la carte. Envoyée avant le documentaire, avant la mort.

Quand *Le Récit de la mort* était sorti, Lucas n'avait pas perdu sa liberté, si tant est qu'une telle chose existe. Il n'avait jamais été interrogé. Certaines nuits, il ne lâchait pas son téléphone, sans appeler, pourtant. Il ne parla pas, ne se dénonça pas et ne raconta pas.

Lucas n'était pas parvenu à mettre la main sur une copie. Il n'était plus celui qui faisait les images, juste une tierce personne. Il filmait en cachette au cinéma, comme les vieillards qui ne comprennent pas ou les jeunes qui s'en fichent. Il se mettait au dernier rang avec son portable. Rentré chez lui, il agrandissait la vidéo de mauvaise définition et tentait de comprendre ce qui s'y passait vraiment. Il l'agrandissait sans cesse, la stoppait sans cesse. Jusqu'à ce qu'il vomisse de nouveau.

Si une pensée obsessionnelle avait une forme visuelle, ce serait :

Non.

Lucas ne peut contenir son malaise. Il se lève et sort sous l'averse de neige. Vomir du vin de fruits dans la neige, c'est comme si on pissait. Lucas s'effondre à genoux, il y a dans son ventre une pierre qui tiendrait bien en main. Cole ne peut pas mourir et Cole ne peut pas disparaître. Cole a les mots et Cole a la corde à laquelle ils sont tous deux accrochés.

Delete

Le soir est déjà tombé lorsque Lucas retrouve Cole, le bateau est parti depuis un bon moment, emportant Isak. Cole est au festival, il est assis dans l'herbe, entouré d'amis. Il gesticule tellement que la mousse s'échappe de sa bouteille de bière. Une fille blonde s'appuie sur son épaule et lui caresse le torse. Cole rit et parle. Lucas ne voit que sa bouche, il n'entend pas un mot. Quand leurs regards se rencontrent, l'expression de Cole est familière à Lucas. Il l'a vue pour la première fois quand ils avaient treize ans, et voilà qu'il la retrouve. Cole sourit et son sourire absorbe toute la lumière en un point où rien ne rayonne. Déception. Ou pur triomphe. Un fragment de seconde après, son expression a changé, il paraît surpris. Cher ami, dit-il, que fais-tu ici ? Qu'as-tu fait de ton petit copain du club photo, comment s'appelle-t-il déjà ? Ton bateau ne devrait pas être déjà parti ? Lucas ne dit rien. À cet instant, une seule chose lui vient à l'esprit. Tu m'as menti, songe Lucas, tu m'as menti sur la mort de ton père et sur la tienne. Lucas ne dit rien. Il fait demi-tour et part. Il s'en va comme on le fait pour ne jamais revenir. Il rentre chez lui et allume son ordinateur portable. Lucas ouvre la Galerie. Quelques clics et il a effacé tout ce qu'ils y ont accumulé. Cela prendra près de dix ans avant que tout ne recommence.

EXIT

Il ne devait pas y avoir de sortie ici. Je me dis parfois, quand même, que je vais m'arrêter là. Que ce sera la dernière chose que je raconterai. C'est pour cela que j'ai placé ici ce bloc de lumière verte indiquant une sortie de secours. Je sais que le personnel n'apprécie pas, *staff only* et ainsi de suite mais, à mon avis, chacun devrait pouvoir choisir son chemin. C'est une consolation que ce soient juste des images, qui restent. En vérité, tout est déjà passé.

CHAMBRES 10-N

—

le récit de la mort

REC. Tu sais où je suis ? Dans son appartement. À elle, oui. Mais elle n'est pas là. Je suis assis sur sa chaise, à sa table, avec son tee-shirt et j'attends, cela fait plusieurs jours. Mais elle n'est pas là. Et ne viendra pas. Elle ne viendra pas parce qu'elle est morte. J'ai provoqué tout ça. STOP.

La dixième chambre

Rien à raconter. Eve n'est qu'une créature aux membres fluets et au teint pâle, qui vacille au bord de l'image ; on la remarque à peine. Elle est celle dont on oublie le prénom en premier sur la photo de classe. En regardant attentivement, on la verra près de la table de service pendant une fête d'anniversaire, plutôt loin du héros du jour, elle n'entre qu'à moitié dans le cadre. Sur une photo prise au cours d'une excursion avec l'école, elle tend le cou entre les têtes de ses meilleurs amis. Lors du spectacle de fin d'année, elle est une petite fée parmi les autres ; sa danse maladroite a été immortalisée sur la vidéo prise par la mère d'une camarade.

Elle a sa vie à elle, aussi, sa propre famille et ses propres albums de photos, mais ils n'intéressent personne. Le fait même qu'on la mentionne ici tient à ce qu'elle est liée à l'histoire qu'on raconte. Nous sommes des flambeurs. Les bords, il s'agit de les voir sans quitter le point central.

Les histoires des autres n'ont de sens pour nous que dans la mesure où elles nous aident à élaborer la nôtre. Nous dilapidons tous les autres choix possibles.

Arrêtons-nous donc un instant à observer cette petite fille qui figure sur toutes les photos de classe, toujours au premier rang parce qu'elle est si menue. Nous n'allons pas nous hasarder à deviner si ça l'embête, si elle n'aurait pas préféré se tenir sur la pointe des pieds au deuxième ou au troisième rang, juchée sur un gros livre. Nous n'allons pas nous lancer dans quoi que ce soit, pas tout de suite. En ce qui la concerne, une simple mention suffira. Les tresses de la première photo de classe se muent en frange sur la suivante avant de se muer en carré droit sur la suivante puis en frange sur la suivante avant de se muer en coupe courte sur la suivante puis en cheveux qui ont commencé à repousser sur la suivante avant de se muer en boucles rouges sur la suivante et de disparaître toute une année en raison d'une maladie, d'un accident ou d'une lubie pour faire leur retour, noirs et hérissés – et puis complètement chauve. En première année de lycée, ses cheveux ont recommencé à pousser, la seconde ils lui arrivent aux épaules et la troisième ils descendent dans son dos. Les photos de classe s'arrêtent là, et Eve commence à ressembler à celle dont cette histoire a besoin.

La lumière

Il serait plaisant de dire que tout a une finalité, mais le fait que Lucas et Cole finissent assis à la même table, une fin du printemps, près d'une décennie après leur dernière rupture, ne fut qu'un hasard. Lucas n'était pas censé se trouver dans le bar ce soir-là, il y était parce qu'il avait loupé son bus. Il l'avait loupé parce qu'il avait eu un échange intense avec sa liaison amoureuse révolue, dont la fin remontait à quelques semaines et s'était produite à l'initiative de la femme ; Lucas ne comprenait donc pas ce tombereau de messages avec lequel elle le baladait. Lucas était plus soulagé que dépité par cette rupture. Passer de l'être ensemble à la solitude, le changement n'était pas radical, il n'y avait pas eu besoin d'arrangements pratiques, qu'étaient-ce donc que quelques bouquins à transférer d'un appart à l'autre ou trois fringues à se rendre, cette fois encore, l'échange de SMS tournait, soi-disant, autour d'un livre appartenant à la bibliothèque qui avait disparu, la femme se voyant donc interdite de prêt ; à ce point, la conversation avait dérivé vers les autres fautes de Lucas, si tant est que le livre que la femme lui avait laissé en lecture, et qui ne l'intéressait pas, eût été sa faute. Le même schéma s'était reproduit pendant les six mois que cela avait duré, c'était éreintant. Ils n'avaient heureusement pas eu le temps d'atteindre le stade de s'installer ensemble, même pas celui de discuter de l'idée de s'installer ensemble. Lucas avait très vite ressenti la nostalgie de ses soirées solitaires, chose que la femme avait interprétée comme de l'ennui, ce que c'était aussi d'ailleurs probablement. Sa précédente liaison avait duré deux ans et la séparation avait été un déchirement plus grand. Au total, le cycle des liaisons de Lucas raccourcissait et, ces derniers temps, il commençait vraiment à se demander s'il ne pourrait pas remplacer entièrement les relations humaines par les livres, les films, les photos et la musique. Ou le sommeil. N'importe quoi d'autre lui procurait une parfaite sérénité.

Après le lycée, Lucas s'était présenté aux concours d'entrée universitaires en section photographie et avait été reçu. Il avait obtenu son diplôme au beau milieu du bouleversement que connaissait toute la discipline, sa formation étant déjà obsolète au moment où il commença, la situation de l'emploi médiocre, voire minable, et la concurrence pour des missions temporaires, impitoyable. Il aurait dû se former davantage. Trouver son truc. Il avait effectué des boulots sporadiques ici et là, pour des agences de pub, des magazines et des publications en ligne, organisé quelques expositions personnelles, la plupart dans des cafés ou des bibliothèques. À la vérité, seules quelques-unes de ses photos avaient été montrées dans une galerie, à l'occasion d'une exposition collective. Le nom de sa série était *Impossibles*, et n'avait pas obtenu de critiques très flatteuses. Un blog artistique alternatif l'avait décrite comme « prudemment prometteuse ».

Prudemment prometteuse, vraiment. *Écoutez ça : la série montre une vue de rue qui disparaît. Les couleurs sont les premières à s'effacer, suivies des nuances de gris. Ne reste à la fin que ce qui n'a pas été du tout exposé. Cela ressemble un peu à un dessin effectué à l'envers. D'abord le fignolage, puis les traits, enfin l'ébauche. Tout du moins pourrait-on l'entendre ainsi. Le regardeur n'en demeure pas moins ébaubi. La seconde série, c'est la mer et l'horizon ; mais au lieu que le ciel soit en haut, les images ont été mises à l'envers, la mer est suspendue, lourde et menaçante, au-dessus d'un ciel rougeâtre et reprend ses gouttes. Le procédé est éculé, mais le recours au téléobjectif est rafraîchissant et ravive indéniablement l'expérimentation en apportant le ciel au premier plan, donnant l'impression qu'il est vraiment plus proche que la mer. D'expérimentations il est toutefois question, et toutes ne devraient pas finir sur les cimaises des galeries. L'auteur prend aussi des photos par le truchement de miroirs et autres surfaces réfléchissantes, et puisqu'il ne se soucie pas des centres de gravité traditionnels, le regard qui reçoit l'image est réduit à errer en long et en large sans jamais pouvoir pénétrer sous la surface. Les images ne recèlent pas d'histoires, c'est de cela qu'il est question. On se retrouve face à une technique ultra-léchée, mais derrière – il n'y a rien. L'auteur n'accorde pas d'entretiens ni ne fournit d'explications à ses œuvres, rien ne suggère qu'il puisse les situer dans un contexte spatial ou temporel, voire indiquer où elles ont été prises.* Impossibles. *Son monde n'est vraiment pas possible, si je puis me permettre ce jeu de mots. Une petite main tendue vers le regardeur ne serait pas de trop. Il manque encore une structure porteuse à la série, mais du moment que le photographe travaille sa recherche et passe du temps sur son projet, nous le suivrons avec intérêt. Deux étoiles pour les qualités techniques.*

Le second critique se cachait derrière un alias, mais le message était le même. On voulait de la chair. On avait utilisé cette expression exacte : de la chair et de la lymphe. L'artiste ne payait pas de sa personne, il faisait de l'art esthétiquement pur mais d'une stérilité clinique. Il fignole trop, s'écriait le texte, même les photos de mariage ont plus de personnalité ! On exigeait de l'auteur qu'il se mette en avant, raconte son histoire et y dimensionne son art, qu'il raconte à mots directs ce qu'il voulait dire.

Cela lui avait pris du temps pour se mettre à sa série suivante. Lucas s'était contenté de commandes. De rester en vie.

Une troupe bruyante d'anciens camarades d'études avait entouré Lucas dès le petit cercle de fumeurs rassemblé à l'entrée du bar, sans qu'il sache s'il en était réjoui ou désolé. Donner des nouvelles ou, surtout, expliquer leur absence n'avait rien de drôle, pas plus qu'évoquer ses missions sporadiques lors de mariages et d'enterrements ou ses petits boulots dans l'arrière-salle d'un magasin de photo aux heures d'affluence. La bande avait disparu aussi vite qu'elle était apparue, avec raison, Lucas n'ayant à offrir ni jobs ni contacts, rien pour se raccrocher aux réseaux, pas même d'intérêt.

Lucas n'avait pas la moindre idée du moment où Cole avait surgi. Il était là, pourtant, et resta après le départ des autres. Il était comme ça : vingt-huit ans et tout sourire, lunettes noires et veste en cuir. L'histoire de la veste, c'était une punkette dont il s'était entiché. La nana était partie, le cuir était resté, il avait oublié de le rendre, même si la fille avait dû lui demander quelques *mais quelques putains de fois* de la rendre, comme le raconta Cole plus tard.

– Tu les connais ? demanda Cole avec un geste en direction de la porte, refermée depuis un moment déjà.

Lucas savait comment interpréter la question et il savait que Cole savait qu'il le savait. Le temps de la Chambre. Il haussa les épaules et les sourcils, fit un demi-sourire.

– Jamais vus.

Ils rirent.

– Lucas.

– Cole.

– Putain, ce que tu m'as manqué. Nom de Dieu, ça fait un bail. Sept ans ?

– Plus.

– Dix.

– Quasi.

Ils comptèrent sur leurs doigts. Complicité. Vraiment. Dix années étagées.

– Où est-ce que t'avais disparu ? demanda Cole.

– J'avais pas disparu.

– T'as jamais répondu.

Que dire ? Cole avait raison, Lucas n'avait pas répondu. Il était parti, avait ouvert la porte et était sorti de la Chambre sans jamais dire à Cole pourquoi. Pas de torturantes disputes par SMS. Rien. En s'en allant, il avait tout détruit dans la Galerie.

– Ça m'a mis dans une colère dingue, ajouta Cole. C'était con, mais à ce moment-là, ça comptait vachement. J'y avais mis des trucs à l'abri.

– Oui.

Il ne s'agissait pas de la Galerie. La vider n'avait été qu'un geste rageur et mal dirigé. Lucas avait noté qu'une vengeance qui fonctionne, et ce, qu'on soit ulcéré ou pas, n'en est plus une. Les pensées vengeresses atteignaient leur pic au moment, justement, où on s'imaginait que l'autre s'en foutait. À présent qu'il avait Cole en face de lui, les yeux brouillés de larmes de joie et de tristesse et lui disant comme il avait été mal, Lucas éprouvait plutôt de la culpabilité.

– Ce qui m'a fait le plus mal, c'est que tu sois parti. Tu devais vraiment croire que je jouais au con quand je parlais de la mort. Mais c'était pas ça. J'avais peur de mes propres pensées. J'ai perdu un tas d'années.

– Je suis désolé, dit Lucas et c'était vrai.

Il était désolé.

– Tu avais tes raisons, je le sais. Moi aussi j'ai fait des trucs merdiques. On était si jeunes.

Plus il écoutait Cole, plus ses propres justifications lui paraissaient glisser au loin. Il était si simple de revenir, Cole parlait et, lui, il écoutait, ces dix années disparurent, et tout ce qu'il avait construit pendant cette longue séparation cessa d'exister.

– Oui, si jeunes.
– On est quittes ?
– Ouais.
– Tu promets ?
– Ouais.

La première nuit, ils ne firent que parler. Ils parlèrent d'abord dans le bar et quand le bar ferma, en boîte de nuit, près de la piste, tellement absorbés par leur conversation que même le barman ne vint pas les déranger, après la boîte, ils gagnèrent la rue, se posèrent sur une place, sur le rebord d'un bassin, sans se rendre compte, sans doute, qu'ils avaient bougé, même si ce n'était encore que le printemps et qu'il faisait assez frais, ils ne s'en rendirent compte qu'au moment où quelqu'un vint leur taxer une cigarette avant de se mettre à gueuler parce qu'ils n'avaient rien à lâcher, et continuèrent à parler. Et quand Lucas finit par rentrer chez lui, marchant à contresens de ceux qui se hâtaient pour prendre leur service du matin, il eut l'impression que, après une longue période d'obscurité, il venait de faire un pas pour regagner la lumière.

– Je l'ai vue ! hurla presque Cole quand Lucas lui parla de son expo. J'avais pas compris que c'était de toi.

Il paraissait pensif.

– C'était beau, à mon avis, mais les critiques n'avaient peut-être pas tort. Tu devrais peut-être photographier quelque chose de réel. Des vraies gens.

– Je suis pas bon pour photographier les gens. Je veux tout faire tout seul.

Lucas était incapable d'expliquer, et ne le voulait pas. En photographiant, il était ailleurs, pas physiquement mais dans sa tête. Il ne pouvait pas parler, demander l'autorisation, placer les gens dans des positions adéquates. Il y avait pourtant une présence humaine dans ses images, les gens y venaient, y étaient. Même si on ne pouvait pas les voir avec les yeux.

– C'est peut-être ça, le problème, dit Cole. Tu devrais utiliser ton appareil pour chasser, traquer la vie. Tu dois aller au-devant de ce qu'il y a de plus difficile.

– C'est ce que tu as fait, toi ?

Cole acquiesça.

– Je n'ai fait que ça.

Puis il claqua l'épaule de Lucas.

– Tu m'as vraiment jamais cherché ?

Prétendre que non serait mentir. Lucas avait recherché Cole en ligne, de temps à autre, sans se l'avouer. Longtemps, il n'y avait rien eu sur Internet, puis il était allé voir *La Vie répétée*.

– J'ai vu ton film, dit Lucas.

Il avait été trop curieux pour ne pas le voir.

– *La Vie répétée*, c'était juste un travail de fin d'études, répliqua Cole.

L'idée était importante, malgré tout, expliqua-t-il, car, avec ce film, il avait renoncé au scénario. Un film scénarisé en amont, c'était comme la méthode de recherche statistique en sciences sociales : si le chercheur établit d'avance les conditions liminaires de sa recherche, il lui sera impossible d'obtenir quoi que ce soit de nouveau et de surprenant. Les cases à cocher étaient inutiles, elles ne recelaient rien d'autre que ce qu'on avait eu l'idée de demander. En revanche, avec une méthode de recherche qualitative, les questions émergeaient spontanément à partir du matériau collecté.

– Réfléchis plutôt aux questions ouvertes, sur les questionnaires, suggéra Cole. Ou même pas. Réfléchis au verso du questionnaire, à ce qui apparaît. Les choses extérieures aux questions.

– Des petites fleurs, des ornements, des numéros de téléphone, des carrés coloriés, des têtes.

– Exactement !

Le monde n'était qu'une série d'images, tout ce qui avait été raconté pouvait être renversé dans un autre discours. La vérité n'était qu'un contrat au cas par cas.

L'idée originelle de Cole avait été de casser les films existants avant les remonter, de sélectionner des éclats de scènes pour en faire de nouvelles œuvres, une séquence de courts métrages enchaînés dont l'intrigue changeait en fonction de la dynamique entre les personnages.

– Imagine que tu écris une histoire, tu détaches les phrases les unes des autres, tu les réorganises et cela donne naissance à quelque chose d'autre. C'était ça : un film sans caméra.

Ce n'était pas de la fiction. Cole ne s'intéressait pas aux romans ou aux scénarios écrits dans leurs antres par des lâches fuyant la réalité, qui s'imaginaient que leurs traumatismes allaient intéresser le grand public. Il voulait que tout soit en rapport direct avec le réel. Si on voulait un lièvre, on filmait un lièvre, on ne l'imaginait pas, on ne créait pas une projection de lièvre. De plus, la limite entre fiction et réalité vacillait toujours, disait-il, on scénarise des documentaires, on réalise une fiction à partir d'une vie réelle.

Cole avait passé des semaines avec un camarade d'études à visionner des classiques, sélectionnant des prises jouées par les mêmes acteurs dans des films différents et prenant des notes. Cela avait été fantastique de voir ces scènes bien connues montées dans un nouvel ordre et d'étudier comment les combinaisons d'émotions subtiles suscitées par les films pris dans leur intégralité se reflétaient dans les fragments. C'était comme une musique de fond, exposa Cole, en choisissant, on se retrouvait toujours à prendre en compte tout ce que la musique avait éveillé précédemment chez les auditeurs et tout ce qu'elle pouvait éveiller au moment où on visionnait le film. Le processus était complexe et conscient, quoique partiellement. Et puis, les questions de droits d'auteur s'étaient imposées, même les films les plus anciens étaient encore loin de la date libératoire, et le prix cumulé des extraits atteignait un montant astronomique. Le film ne fut jamais réalisé. Le camarade d'études avait obtenu une bourse pour un projet de plus grande ampleur et mis les voiles, Cole fut obligé de poursuivre seul. *Ne me demande pas son nom, je l'ai effacé de ma mémoire*. Ils levèrent leurs verres et Cole annonça qu'il avait l'intention de faire la même chose à partir de vidéos privées.

– C'est pour ça que tu as vu ce que tu as vu. Ne te marre pas ! J'ai collecté des vidéos amateurs avec l'abnégation des meilleurs défenseurs de la poésie folklorique.

Cole souriait et Lucas savait ce que Cole voulait en cet instant. Il voulait que Lucas rie. Et il riait, ils riaient.

– *La Vie répétée*, c'était beau, rajouta Lucas, en se disant que c'était vrai.

Les vidéos filmées lors des mariages, par exemple. Ces occasions étaient tout ce qu'il y a de plus profondément personnel et ne comportaient pourtant pas le moindre indice d'individualité. La même image se répétait d'une vidéo à l'autre ; seuls alternaient le décor, le menu et la longueur de la robe. Le film contenait des mariages dont chaque extrait montrait un couple différent. Des fêtes de fin d'études. Des enterrements. L'ensemble de la vie telle que la définissent les conventions. En le visionnant, on ne se rendait même pas compte que les gens changeaient.

Le monde n'était pas encore prêt, dit Cole. Le film avait été montré lors de quelques séances de ciné-clubs universitaires et de rares projections privées. Ce qui ne le dérangeait pas, car on pouvait toujours reprendre du début. Son dernier travail en date s'appelait *La Chambre blanche*. C'était une étude consacrée à l'influence de la suppression des évidences sur l'expérience sensorielle. Des volontaires étaient filmés, menés dans différents espaces, les yeux bandés. Les yeux bandés parce que la vue était le sens ultime.

– À quel sens tu renoncerais en dernier ? demanda Cole même s'il connaissait la réponse de Lucas. Tu commencerais par l'odorat. Puis le goût. Le toucher. L'ouïe. Jamais tu ne renoncerais à la vue.

La Chambre blanche était censée mettre la cécité en acte dans une bibliothèque, devant une console de visualisation, dans un hangar industriel et sur le chantier d'une route, sur un toit-terrasse et dans une cave, dans un bus à l'heure de pointe et sur une portion d'autoroute fermée à la circulation, au milieu de personnes figées artificiellement et de mannequins. Le projet s'était interrompu après les hangars. La déambulation des volontaires au sein d'entrepôts, grands et petits, donnait l'impression de se trouver devant un clip musical à rallonge et provoquait l'ennui au bout de quelques minutes, et ce, quel que soit le montage. C'était plus du matos pour musée d'art contemporain qu'un sujet pour un long métrage documentaire, déclara Cole. Pour finir, la mécène de Cole avait mal compris deux ou trois choses, et laissé tomber son mari. Ou bien c'était lui qui l'avait quittée, la seule certitude étant que la femme avait fait une apparition court vêtue à la porte de Cole, en pleine nuit et en plein hiver. Elle avait menacé de se suicider, raconté qu'elle était maintenant obligée de suivre une thérapie. Sur ce plan, son chantage était inutile, Cole étant lui-même en thérapie. Tout le monde en suivait une.

– Donc, on en est là, dit Cole. Sans assistant et sans financement, face à un nouveau début. Parlons de toi, plutôt.

– Il n'y a rien de spécial à dire.

Cole pressa la main de Lucas.

– C'est ça que j'adore, avec toi. J'ai rien de spécial, tu dis. Et pourtant c'est ça, justement, tu as un truc spécial. Le fait même que tu dises ça. Tu ne sais pas. C'est juste que tu n'as pas découvert ce qu'il y a de spécial en toi.

Cole fit une pause.

– Écoute, Lucas, nous devons faire quelque chose ensemble. Je l'ai toujours souhaité. Qu'on fasse quelque chose ensemble.

L'idée était exaltante. Aux petites heures de la nuit, ils proclamèrent d'une seule voix qu'un fantasme réalisé était un cauchemar, et dans le même temps, décidèrent qu'ils en feraient un documentaire. Un documentaire où les fantasmes se réalisaient, avec leurs conséquences cauchemardesques. Ils commenceraient par les leurs.

– C'est ce qu'il y a de plus intéressant, s'écria Cole. Parler de soi. Ou prétendre le faire. Créer de la réalité. Fabriquer un monde qui est presque vrai.

L'affaire s'acheva avant même de commencer, et au point du jour, ils avaient inventé tout autre chose. Cela bouillonnait, entre eux et en eux. La lumière coulait à flots et formait un schéma d'interférence qui continuerait d'exister à la seule condition de renoncer à l'étudier. Quelque chose, resté longtemps clos, s'ouvrit en Lucas. Il n'inventait rien mais les idées lui étaient données. Pour ça, il valait le coup de payer le prix fort.

REC. Tu me demandes si un artiste a le droit d'utiliser les informations qu'il a obtenues au cours d'une discussion confidentielle. D'après moi, la question est mal formulée. Si tout le monde taisait ce qu'il a entendu en tête-à-tête, rien ne changerait jamais. Les régimes tyranniques se perpétueraient et aucune œuvre d'art réelle ne verrait le jour. Les tabous resteraient des tabous et nous serions tous recroquevillés dans nos placards en train de trier nos squelettes. Reprenons du début. Demandons qui possède quoi. Le photographe peut posséder les photons qu'il a emprisonnés sur pellicule ou fichier électronique. Mais est-ce qu'il possède aussi la rue qu'il a photographiée ou une personne dans un paysage juste parce qu'il les a enregistrés ? Et celui qui est photographié, il possède quoi ? En tout cas pas les photons qu'il renvoie ou les ondes sonores qu'il émet. On ne peut pas posséder ce qui a déjà été enregistré sous forme de souvenir dans un autre esprit. On pourrait décider de se faire effacer des souvenirs d'autrui par une procédure chirurgicale, de dire non, tu n'as plus le droit de te souvenir de moi. Ou bien si untel ou unetelle se tourne d'un coup vers toi et te raconte son histoire. S'ils ont décidé de le faire. Est-ce qu'ils peuvent vraiment la posséder encore ? Peut-être qu'ils possèdent leur histoire, mais toi, tu possèdes ce que tu as entendu. Les ondes sonores et les réactions qu'elles engendrent sur les osselets dans ton oreille ou bien les traces dans tes méninges ou encore la voix enregistrée. Et cet autre, à qui il ou elle a aussi raconté ce qu'il ou elle possède ? Ou bien si quelqu'un, au même moment, prend une photo identique à la tienne, qui la possède alors ? Ou alors les deux personnes possèdent un fragment identique de la réalité ? Il faudrait demander quelle importance cela a, qui possède quoi. Montrer, c'est cela, l'essentiel, c'est poser des questions. Les photographes, les documentaristes et toutes sortes de raconteurs d'histoires pullulent dans les rues et sur les terrains compliqués à aborder ; ce qu'ils veulent, c'est montrer au monde quelque chose qu'il n'a jamais vu avant. Tu peux me juger, mais qu'il lève la main celui qui présente son monde sans avoir noté son nom au bas de son œuvre. Voilà où je veux en venir. Je ne vois aucune main levée. Ce n'est pas un hasard qu'on appelle « partager » le fait de se raconter sur les réseaux sociaux. En partageant quelque chose, tu y renonces. On ne peut garder son histoire pour soi que si on ne la raconte pas à qui que ce soit. Mais tu ne peux et ne pourras jamais savoir sur l'image de qui tu te retrouves. STOP.

Les dernières heures

Ces cris ne sont pas associés à des souvenirs. Ce sont des gamins. Ils passent en courant et reviennent, courent et reviennent, se massent autour de Lucas jusqu'à ce qu'il réalise qu'il est cerné par un troupeau de mômes, une harde d'animaux sauvages, encore dehors à une heure pareille. Les gamins sont de tous âges et de tous genres, ils se sont placés en ordre imprécis entre la rangée et le demi-cercle, et ils le fixent. Il ne sait pas s'y prendre avec les mômes, pas du tout, il n'a jamais eu à le savoir, mais, là, il ignore même si ce sont des enfants. Il y a dans leur regard quelque chose qu'on ne reconnaît pas, peut-être que ce sont des vieillards à forme enfantine ou des adultes de petite taille. Que ferais-tu si tu n'avais rien à perdre ? Cette phrase remonte à des années ; sous le scrutement des gamins, la voilà qui se change en peau, sueur et orteils gelés par des températures négatives, dans la neige mise en fusion par le sel. Il faudrait les photographier en noir et blanc, ces gamins, avec une durée d'exposition si longue que leurs visages s'obscurciraient et leurs pupilles auraient tellement bougé dans leurs orbites le temps de la pose que leurs yeux paraîtraient entièrement blancs sur le tirage final. La cécité, songe Lucas, il devrait photographier la cécité, il aurait dû le faire dès le début. La cécité aurait été la structure porteuse de son œuvre. Il lève les mains en l'air en signe de reddition et tente de se donner la contenance du héros sympathique d'un film familial.

Les gamins aussi lèvent les mains. Pas tous, mais plusieurs d'entre eux, les plus petits au moins, ils tendent leurs menottes comme s'ils faisaient de la gym au rythme d'une comptine, et les grands ne le leur interdisent pas, même s'ils ne suivent pas le mouvement, tout correspond soudain aux apparences : une troupe de gamins qui font leurs trucs ensemble, bravent l'heure de rentrer à la maison, quelqu'un rigole, un autre forme une boule de neige et la lance à la tête de son copain. Lucas devrait s'inquiéter pour eux plutôt que d'inventer des histoires horrifiques sur le fond de sa vie ennuyeuse et banale. Un des mômes porte un doigt à sa tempe, et bien que le geste semble, une seconde, faire référence au canon d'une arme, le mouvement rotatif de son doigt menu confirme le diagnostic établi par les gamins : zinzin.

« Argent », dit l'un des enfants en anglais d'une voix secouée par la mue. Pas de note montante : ce n'est pas une question et encore moins une prière. Dans une autre réalité, sa voix aurait pu être touchante. Le garçon a treize, quatorze ans au plus. Dans son monde, tout est en train de changer, cela pourrait être en train de se produire maintenant même. *Si l'on se brise intérieurement au tout début de son adolescence, on n'en mourra pas, mais il se peut qu'on ne regagne jamais complètement son intégrité*. Même s'il est à croire que, dans le cas de ce garçon, tout a déjà changé il y a bien longtemps, et que les limites d'âge n'ont pas de sens.

« Argent », répète le chœur, qui est vraiment fait de voix mixtes, Lucas pourrait jurer qu'il y a dans le groupe des petits à peine en âge d'aller à l'école. Si tant est que ces gamins aillent à l'école. Sans doute pas.

La rue est déserte. Lucas avance d'un pas et les mômes en font autant, la distance entre eux se réduit de deux pas. À présent, il a juste peur. Pas de la mort mais de la douleur. Il n'est que peur fulgurante de la douleur. Il est toujours parvenu à éviter les bagarres. Il ne s'est jamais vraiment fait casser la gueule. Il est le seul à avoir frappé et il n'a frappé que Cole. Il sait de quoi il a l'air aux yeux des enfants et sait ce qui va s'ensuivre. Un adulte isolé ne peut rien face à une troupe de gamins. Il sent, dans son corps, le temps ralentir. Les secondes sont aussi lentes et sonores que les claquements d'un projecteur de diapositives, elles se muent en images vivantes gravées dans son esprit afin qu'il puisse y revenir. Et en imagination. Lucas voit son corps à demi enterré dans la neige. L'identifierait-on ? Sans doute pas. S'il finissait ici, dans cette rue désertée au milieu de congères en forme de voitures, parmi les flocons salés, dans l'obscurité, si seulement il cessait d'exister. Combien de pellicules une personne peut-elle supporter de dérouler en une vie, combien de fausses morts un corps peut-il encaisser ?

À l'instant même où il sait que les gamins vont tout lui prendre, il réalise qu'il n'y a rien à emporter. Ni sac, ni ordinateur, ni passeport, ni appareil photo. Son sac est resté à l'intérieur, et tout est dedans. Il n'a sur lui qu'une seule chose, son disque dur externe accroché autour du cou. Il n'y touche pas, il ne va pas esquisser un seul putain de geste indiquant qu'il transporte quelque chose.

« Nom de Dieu ! » s'exclame-t-il, à la fois soulagé et terrifié, sans que ce soit une réponse à quoi que ce soit, il fait, de ses mains, un geste d'impuissance.

On entend alors un homme crier et les gamins ne sont plus là, disparus aussi vite qu'ils étaient apparus, ne laissant derrière eux qu'une boule de neige, qui, quelques secondes plus tard, s'évapore sur la nuque de Lucas. Quelqu'un l'attrape par l'épaule et le remet debout.

– Tout va bien ? demande l'homme à la veste bleue.

Sa prononciation de l'anglais est meilleure que celle de Lucas.

– Ouais.

– Marco, dit l'homme en lui tendant la main, que Lucas serre.

– Lucas.

– Reste cool, Lucas, dit l'homme, tout va s'arranger d'ici peu.

Il a envie de le croire.

– Merci, répond Lucas en brossant de la main son pantalon trempé au niveau des genoux par la neige fondante. On revient de loin, ajoute-t-il, puis il se tait, car il ignore d'où il revient et ce qu'il veut dire par là.

Marco semble ne pas noter son embarras, il se contente de hocher la tête et de hausser les épaules.

– Il vaudrait mieux rester à l'intérieur, conseille-t-il. La ville a déclaré le couvre-feu et les gamins profitent de la situation.

– Pourquoi ce couvre-feu ?

– Ils disent que c'est à cause d'un attentat terroriste.

L'homme s'esclaffe comme si un attentat terroriste avait quelque chose de drôle. Il dit avoir entendu prononcer l'expression, mais rien de plus.

– J'ai vécu ailleurs quasiment toute ma vie. Ça fait seulement quelques mois que je suis dans les parages. Depuis l'été dernier.

– Internet fonctionne ?

– Pas encore. Mais les rumeurs ne manquent pas, même sans.

Marco sort des photocopies de son sac et tend la première de la pile à Lucas. La photo d'une femme en quadrichromie. La femme est en tenue blanche et s'appuie à une rambarde dans un lieu très aérien. « Disparue » peut-on lire au-dessus en anglais et quelques autres langues.

– Tu penses la connaître ?

Lucas fait non de la tête.

– Non.

– Je m'en doutais, tu viens juste d'arriver. Mais il faut toujours essayer.

Marco fouille dans son sac et s'empare d'une boîte de punaises. Il fixe une nouvelle photo sur le tableau d'affichage à l'extérieur du café.

– J'étais venu en poser quand je t'ai aperçu.

Marco en place une deuxième et une troisième près de la première. Ses mains travaillent avec dextérité, bien qu'il ait le bout des doigts blanchi par le froid. Lucas observe la photo qu'il tient toujours dans ses mains.

– Qui est-ce ?

– Ma femme. Anita.

Lucas ne parvient pas à détacher les yeux de l'épouse, pas davantage des mains qui s'affairent autour de la feuille, la retendent et la défroissent. Il ferait le point sur les doigts de l'homme, son index serait placé sur la joue de la femme.

– Que lui est-il arrivé ?

– On devrait rentrer.

Ils franchissent la porte et regagnent le brouhaha. Deux hommes font traverser la salle à un générateur qui paraît peser son poids tandis qu'un troisième dévide un câble électrique enroulé sur son épaule ; le chauffeur propose son aide, mais il y a déjà trop de monde qui s'affaire. On entend des cris. Derrière la vitrine, le générateur se met en marche avec un hoquet. Le câble est raccordé à un système de rallonges en plusieurs parties, on débarrasse tout le sol pour lui laisser place. Le téléviseur est transporté à l'endroit où le câble s'achève, la patronne ergote, l'autre extrémité à la main, en agitant une bouilloire comme si elle comptait s'en servir pour frapper. La télévision ne tarde pas à se rallumer, l'eau est mise à bouillir par ration de deux litres et quelques ampoules électriques connectées au système de rallonges s'illuminent. Sur l'écran roule l'averse de neige.

L'homme à la veste noire est assis sur un tabouret bancal au milieu des autres et psalmodie, il a jeté sa veste par terre près de lui, là où Lucas était assis avant de sortir, ou peut-être qu'elle y est tombée, une manche est déployée, comme un signe que leur ferait le vêtement, une déchirure qui s'ouvre au niveau de l'aisselle, pas sur la couture mais juste à côté ; ce n'est pas facile à réparer, comme Lucas se l'est entendu dire un jour, il y a bien longtemps, il s'agissait d'un jean, du seul jean que Lucas acceptait de garder, des genoux du futal et des trous béants qui n'étaient pas sur la couture, et il comprend que si la veste était une photo, le cœur se trouverait juste là, au niveau de la déchirure qu'on ne peut repriser, même si, d'un autre côté, c'est la personne qui la regarde qui décide de ce qui sera le cœur de la photo, jamais celui qui la prend, de ce *punctum* imprédictible, de ce contenu invisible. L'homme tient dans ses mains une poupée *Made in China*, il l'a prise sur une étagère, elle arbore un sourire idiot, il tambourine avec sur sa cuisse au rythme de ses paroles.

– Pourquoi ton ami est fâché ?

Marco regarde l'homme, fronce les sourcils.

– Ce n'est pas mon ami, dit-il. Mais je crois que c'est juste qu'il n'aime pas ce café. Peut-être parce que c'est devenu un endroit à touristes. Son opinion, c'est que les entrepreneurs devraient soutenir les habitants de la ville, mais ça ne se passe pas ainsi. Chacun gagne sa vie comme il peut.

– On n'aime pas les touristes, ici ?

– Bah. Ce n'est pas tout à fait cela. Assieds-toi. Tu veux du vin ?

Lucas s'assoit dans le coin où se trouve sa bande. Sa bande, songe Lucas, et il a envie de rire pour la première fois depuis on ne sait combien de temps. L'atmosphère est gaie dans leur groupe. Lucas se fait remettre un verre de vin et une part de tarte salée.

Le garçon lui tend son sac.

– Tu l'avais oublié.

Lucas l'ouvre et plonge la main dedans, il vérifie l'essentiel. Appareil photo, ordinateur, passeport, argent. Il regarde sa photo d'identité et grimace. Le passeport est récent. Barbe de trois jours et yeux fatigués, comme un évadé. Il ne s'est même pas donné la peine de se raser pour la photo.

– T'inquiète, on en a pris soin, dit le garçon en souriant un peu en coin. Rien n'a été volé.

– Merci, répond Lucas, et désolé. Je suis un peu sur les nerfs à cause de mon téléphone.

– Pas étonnant, réplique le garçon en tendant la main : Serjoža.

– Lucas.

– Tu peux te servir de mon téléphone.

Le garçon sourit. Lucas le remercie d'un hochement de tête, même s'il ne dispose d'aucun numéro à appeler. Les autres aussi lui tendent la main, l'homme à la veste noire s'appelle Ivan, le chauffeur c'est Alex et la femme âgée, madame Dorian. Le gamin avec son téléphone dans le coin ne dit pas un mot et reste anonyme. La femme jeune est invisible.

– Madame Dorian nous parlait de sa sœur à l'instant, récapitule Serjoža. Sa cadette est morte l'été dernier.

Lucas observe la vieillarde. Elle est belle à la lumière des bougies, simple silhouette aux contours dorés. Trace dessinée avec des points de lumière, image rémanente. La durée d'exposition devrait être longue. Une alternative serait d'utiliser une pellicule d'une sensibilité très élevée, auquel cas on perdrait en netteté. On pourrait jouer un peu aussi. Déplacer une petite ampoule derrière le sujet dans l'obscurité, dessiner avec la lumière.

– Je suis désolé, s'excuse Lucas avec un hochement de tête à l'intention de la vieillarde.

Celle-ci fait le même geste en retour.

– Elle dit que la mort de sa sœur est liée à ce qui se passe en ville, dit Serjoža.

– Et que se passe-t-il ?

Serjoža ne répond pas. Il raconte en revanche que la sœur de madame Dorian a perdu la vie alors qu'elle se rendait sur la tombe de son enfant, parti depuis longtemps, qu'elle avait l'habitude de visiter une fois par an, le jour anniversaire du décès. Ce jour était en juillet, souvent une des journées les plus chaudes de l'été, ces derniers temps surtout, depuis que le temps s'est fait plus instable.

– De nos jours la chaleur est partout plus pénible qu'avant, intervient Marco. Elle est plus sèche. Et s'il vente, de la cendre et du sable invisibles à l'œil nu sont transportés dans l'air, même du plastique, des particules minuscules.

– Le cimetière a toujours été entre le centre-ville et le versant de la colline, reprend Serjoža. Madame Dorian dit que les défunts doivent être enterrés à proximité des habitants, là où, quand ils dorment, ils peuvent voir en rêve la ville et leur ancienne vie.

Cette fois-là, pourtant, le chemin du cimetière était barré. Tout le centre était fermé. À l'endroit où il fallait tourner en direction de la nécropole se trouvait dorénavant une clôture en contreplaqué, si haute qu'on ne pouvait voir par-dessus. Nul ne sait ce qui est arrivé à la sœur de madame Dorian. Juste qu'une femme âgée était plantée au milieu du passage piéton et fixait le conducteur du véhicule qui arrivait en face. Celui-ci n'eut pas le temps de freiner et ainsi de suite. Miranda – ainsi se nommait la sœur, leurs parents aimant à donner des prénoms sortant de l'ordinaire à leur progéniture – mourut dans la collision. Elle se tenait au milieu de la route comme si elle avait choisi la mort. Le même jour que son enfant, il y avait bien longtemps.

– Elle demande si on peut choisir la mort, dit Serjoža.

Tout le monde se tait, peut-être que personne ne sait quoi dire, en tout cas pas Lucas. Il pense à la femme au milieu de la route, s'en fait une représentation mentale. Pour une raison qu'il ignore, il lui imagine de longs cheveux blancs agités par le vent. Une veste de tailleur en velours côtelé et une jupe à fleurs. Au lieu d'un autobus, c'est un métro qui approche. Eve avait choisi la mort. Mais, vraiment ? Est-il possible de choisir la mort ?

– Elle dit qu'il y a une réalité, quelque part, où les défunts suivent les vivants, reprit Serjoža, où ils s'attachent non à des lieux, mais à des gens. Or ici les morts suivent uniquement leur propre vie, même eux ne veulent pas regarder vers l'avenir.

La vieillarde éclate de rire et se tamponne les yeux, les autres rient avec elle.

– Elle dit qu'elles ne s'entendaient pas très bien, elle et sa cadette, elles se disputaient à longueur de journée jusqu'à ce que sa sœur déménage. Elle veut se souvenir de sa sœur comme elle était vraiment. Comme une personne entière et non une sainte, avec toutes ses contradictions et ses lubies.

Lucas aimerait en entendre davantage, mais la vieille dame a pincé la bouche pour ne plus la rouvrir.

– Le cimetière a déjà été transféré, dit Marco. On en a fait une attraction. Les gens veulent voir toutes sortes de choses. Même des endroits où il y a eu des accidents. Mais il faut qu'ils soient en quelque sorte…

– Plus intéressants, suggère Serjoža, et Marco acquiesce.

– Oui. En quelque sorte.

– Moi, je suis allé au cimetière après la fermeture, annonce Serjoža, ça ne fait pas si longtemps. On s'est un peu amusé aux frais des touristes, ceux qui veulent voir des trucs qui ne sont pas sur le Net. J'y ai embarqué deux ou trois gars.

– Et comment ça a tourné ?

– Pas super. On est allés un peu trop loin. On a été séparés et l'un des types a disparu.

– Il a disparu comment ?

Serjoža ne répond pas.

– Ça m'embête de pas connaître leurs noms complets. On aurait pu vérifier s'ils étaient sur Internet.

Un tintement de verre brisé s'élève de la cuisine. On entonne une chanson à l'autre bout du café. Il y a des paroles et des cris, du fracas, des claquements de porte – quelqu'un a tout de même fini par démonter la clochette – et de brefs aboiements, au moins deux chiens dans la pièce, l'un d'eux s'est enroulé aux pieds de Lucas, le plus probable c'est qu'il s'agit d'un chien errant, il y a des pleurs d'enfants, de la musique sur une enceinte mobile qui a encore de la batterie, un peu plus loin, une querelle, le bourdonnement de la bouilloire.

– Pourquoi le centre-ville a été condamné ? demande Lucas. Pourquoi il y a une clôture ?

– À cause des affaissements de terrain, répond Serjoža. On dit que les premières maisons s'effondrent. Les lieux ne sont plus sûrs. Ne l'ont jamais été d'ailleurs. Ils disent qu'on a bâti sur de la roche trop mince.

– Et c'est ça ?

– En tout cas, on détruit déjà les premiers immeubles.

L'homme à la veste noire claque la main sur la table. Non, non, non, dit-il sans le moindre doute. Madame Dorian éclate à nouveau en paroles et les voilà qui, un moment, se chicanent comme mère et fils. Serjoža sourit derrière sa main. Marco tapote l'épaule de l'homme à la veste noire en signe de conciliation et dit quelque chose. L'homme à la veste noire acquiesce avant de s'éloigner.

– Ivan soutient qu'il n'y a pas d'affaissements de terrain. Il pense que c'est des bobards. On voulait juste chasser les gens de chez eux. Ceux qui ont accepté ont été payés. On conserve les façades parce qu'il faut qu'il y ait de belles façades. Les investisseurs aiment ça. Les touristes aiment ça. À ce qu'il a entendu, la ville va être refaite en mieux. Ivan estime que notre ville a été vendue.

– Qu'est-ce qu'on a l'intention de faire, au centre ?

– Des nouveaux immeubles. Une nouvelle vieille ville, comme ils disent. Qui aura l'air un peu plus belle. Européenne.

Lucas aimerait s'enquérir davantage, mais Marco le prend de vitesse.

– À toi, maintenant, dit-il. Pourquoi es-tu ici ? Tu n'as pas l'air de venir voir des belles façades.

Lucas émet un rire bref.

– Bah non, répond-il. Un ami à moi a disparu. Enfin, pas disparu, c'est juste qu'on a perdu contact depuis des années.

Viens. S'il te plaît, viens.

Lucas se rend compte qu'il parle de Cole. Du voyage qu'ils avaient un jour projeté ensemble. Ils devaient partir dès leur majorité et c'était dans cette ville, justement, qu'ils avaient prévu de se rendre.

– Je ne sais pas pourquoi nous ne l'avons jamais fait, en définitive. Il y a eu toutes sortes d'obstacles. Mais il s'intéressait particulièrement à cet endroit.

– Et il est ici, maintenant ?

– Oui. Il est ici.

Eve

Lucas vit Eve pour la première fois à la polyclinique psychiatrique ; la jeune fille était assise, le menton dans la main et la tête penchée, la capuche de son sweat baissée jusqu'aux yeux. Des gens comme ça, il en traînait partout, surtout aux arrêts de bus en fin de nuit. Quand on leur demandait si quelque chose n'allait pas, un jet de salive et un « putain de sa mère » jaillissaient de sous leur capuche. Il fallait pourtant poser la question, sans quoi on continuait de ruminer sur la destinée des types en question : overdose, hypothermie, violence physique, étouffement dans son vomi, victime de vol. La salle d'attente de la polyclinique était d'un blanc blafard, comme toujours les salles d'attente, on avait tenté d'égayer l'atmosphère avec des posters, mais leurs couleurs étaient passées et les sujets obsolètes, de même que les couvertures des magazines. Il y avait aussi un palmier décati, en plastique ou en soie, dans un pot rempli de boules marron que les mômes se fourraient dans la bouche.

Lucas avait pris coutume d'accompagner Cole à sa thérapie ; pour passer le temps, il s'entraînait à régler sur la lézarde au mur le viseur qu'il avait dans l'œil. Pas de photos dans la polyclinique, merde alors ! La lézarde s'étirait du plafond jusqu'au sol, elle contenait en puissance l'effondrement de l'immeuble, sa rupture en deux morceaux d'égale grandeur.

La tête à capuche pleurait. Lucas ne voyait pas son visage et n'entendait aucun bruit, il le déduisit à la vue des épaules qui tressautaient. Il tenta de regarder ailleurs. C'était faire preuve d'indifférence que d'observer ces pleurs sans réagir. D'un autre côté, c'est pour cela qu'on venait ici, et la responsabilité de ces larmes incombait aux divers professionnels, un intrus ne ferait qu'embrouiller le processus thérapeutique. Lucas ne serait pris en flagrant délit d'indifférence qu'à ses propres yeux, la pièce n'étant sans doute pas équipée de caméra de surveillance. Et quand bien même. S'il y en avait eu, on verrait sur l'enregistrement une silhouette en sweat à capuche bondir soudain sur ses pieds et batailler avec la porte tandis qu'une deuxième silhouette, plus grande et sans capuche, se levait trois secondes plus tard pour rejoindre la première, comme si elles s'étaient concertées.

– Quelque chose ne va pas ?

– En voilà une question pertinente à Dingoland !

– Je veux dire, vu que tu pleurais.

– Ah ouais, je pleurais ?

Il s'avéra que la jeune fille ne pleurait pas. Elle riait. Elle s'entraînait à rire, comme elle le dit. Le rire est un art, ajouta-t-elle, un art qui n'avait rien à voir avec les sentiments. Il pouvait être forcé et il pouvait être désagréable, au moins quand on se faisait chatouiller. Involontaire, le rire était contre-productif, mais bien placé, il avait son utilité. En riant comme il faut, on pouvait se débarrasser des lieux. Comme de ce Dingoland, quand on n'avait plus envie d'y être.

Lucas était d'accord sur les chatouilles, mais pour le reste, les mots de la jeune fille ne le convainquaient pas. En tout cas pas, l'idée qu'elle pouvait se tirer de Dingoland en riant.

– Tout va bien alors ?

La jeune fille haussa les épaules et souffla sur les cheveux qui lui tombaient dans les yeux. Ce n'était pas une ado, elle avait plusieurs années de plus que Lucas ne l'avait imaginé, la vingtaine au moins, son visage était vide et étrangement sans âge. Elle n'était pas belle, au contraire, son apparence était, d'une manière difficilement définissable, presque repoussante, trop maigre et anguleuse, ses cheveux incolores et sa peau pâle, mais les traits de son visage étaient spéciaux, plus asymétriques que d'ordinaire, son œil gauche plus oblique que le droit et, quand elle souriait – car elle souriait en effet –, un coin de sa bouche remontait légèrement pendant que l'autre descendait. Si une personne avec un physique pareil ne s'aimait pas sur les photos ou préférait se prendre en photo dans un miroir, c'était probablement parce qu'elle ne se reconnaissait pas sur les images. Elle était de ceux qui n'avaient jamais la même apparence dans un miroir et en photo. Ce qui n'est jamais le cas de personne, évidemment, personne ne peut se regarder dans les yeux tel qu'il est à un instant précis ; lorsqu'on se regarde dans un miroir la direction du regard ne va jamais de l'œil à l'œil et même les enregistrements numériques ont un délai, mais quand une personne possède un visage pareil à celui de cette jeune fille, le moindre éclairage rendra tout différent sur la photo. On pourrait prendre trente portraits d'elle et elle n'aurait pas la même apparence sur un seul d'entre eux. Si on ne la reconnaissait pas à ses vêtements, à ses cheveux ou à l'arrière-plan, on pourrait croire que chaque image représente une personne différente.

– Tu me mates !

– Pardon. Déformation professionnelle. Je suis photographe.

En général, cela suscitait l'intérêt, là non.

– Ah ouais.

OK. Casse-toi, Lucas, tout de suite. C'est le moment de retourner dans la salle d'attente et de te rasseoir encore une demi-heure. D'inventer des palindromes si rien d'autre ne te vient et de prendre ton appareil photo la fois suivante, malgré l'interdiction. Tous les ratages n'ont pas lieu d'être désavoués, même si on en avait la possibilité, on peut apprendre de ses échecs et tout le blabla ; cela dit, les mois qui suivirent cette rencontre, Lucas pourrait les effacer de sa vie sans aucun regret.

– J'accompagne un copain. Il est suivi ici.

La fille sourit un peu.

– Un copain, répéta-t-elle en roulant légèrement les yeux. C'est ce qu'ils disent tous.

Lucas haussa les épaules. En quoi ses affaires regardaient cette inconnue, surtout si elle ne le croyait pas quand il lui disait la vérité ? Il agita la main et s'éloigna pour regagner l'intérieur, mais la fille l'arrêta. Elle se cramponna à son bras, peut-être seulement dans l'intention d'attraper sa manche, mais Lucas sentit un pincement sur sa peau et émit un petit cri, involontaire, avant de se dégager.

– Qu'est-ce que tu fais ?

– Attends un peu, dit la fille en battant des cils.

Son regard était plein d'angoisse.

– Parle-moi un moment, s'il te plaît. Faisons comme si on était copains.

Lucas se figea. Faisons comme si on était copains, répéta-t-il mentalement. Il se reprocha de se laisser entraîner, une fois de plus, dans une conversation qui ne rimait à rien. Les cinglés le cernaient aussi aux arrêts de bus et dans la queue aux caisses, ils se mettaient à lui parler alors qu'il ne regardait même pas dans leur direction.

– Pourquoi ? demanda Lucas, alors même qu'il ne voulait pas le savoir.

Ça ne l'intéressait pas de savoir pourquoi une personne adulte demande à un inconnu de jouer à être son copain. Il l'avait déjà fait, certes, mais il était môme, alors. Tout ce qui l'intéressait, là, c'était de se casser.

C'est ça ton problème, justement, lui dirait Cole, on te sert des histoires sur un plateau d'argent, on te les livre à domicile, tiens, on sonne à la porte comme il se doit et, même, si tu n'ouvres pas, on te les met dans ta boîte aux lettres. Mais toi, tu n'as aucune envie de les réceptionner.

– Parce que la vie sociale est un plus.

– La vie sociale ? Un plus ?

– Je pourrais te présenter à ma mère.

– Comme un petit copain rémunéré ?

Lucas a un éclat de rire, les choses prenaient un tour intéressant, finalement. La fille ne se joignit toutefois pas à son hilarité.

– Je viens ici contre ma volonté, dit-elle, on a un deal avec ma mère.

– Avec ta mère ! Sérieux ?

– Elle m'espionne. Elle pense qu'il faut qu'on s'occupe de moi.

La fille racontait qu'une heure passée dans la salle d'attente de la polyclinique lui assurait la satisfaction maternelle. Sa mère ignorait évidemment que sa fille ne se rendait pas au groupe de parole. Qu'en réalité, elle occupait son temps à se promener sur la plage ou à regarder passer les voitures depuis une passerelle. Sa mère l'accompagnait et revenait la chercher, certes, mais elle n'obtenait aucune information auprès du personnel concernant les visites de sa fille, qui était majeure.

– Elle pense que je suis malade.

– Et tu l'es ?

– Non.

– Et si tu n'obéis pas ?

– Elle m'envoie en soins sans consentement.

– Elle ne peut pas ! C'est toi qui décides !

– Si, elle peut. Elle a peur que je me tue.

Lucas fut à nouveau saisi d'un frisson. La fille parlait trop. Elle était de ceux qui ne savent pas se protéger. Ni eux-mêmes contre les autres, ni les autres contre eux-mêmes. Des gens dépourvus de peau qui suintaient au-delà de leurs limites. Ne pose pas de questions, s'enjoignit Lucas, tu n'as qu'à parler du temps qu'il fait. Regarde ta montre. Tire-toi de cette situation dès que possible.

– Elle a des raisons de le craindre ?

– Sans doute. J'ai essayé de mourir. Plusieurs fois.

La fille raconta que personne ne l'écoutait. Si elle essayait de se priver de nourriture, on l'enfermait dans un service médical et on lui collait une perfusion au poignet. Si elle cherchait à monter sur le toit, on verrouillait sa porte et on bloquait sa fenêtre. Si elle tentait une ingestion massive de pilules, on lui retirait jusqu'à ses vitamines. Les armes blanches, confisquées, les itinéraires, contrôlés, l'isolement, réduit au minimum. Si elle s'avisait de raconter quelque chose, personne ne l'écoutait. Personne ne s'y intéressait. Tout le monde s'évertuait à la maintenir en vie.

– Je suis sevrée, maintenant, si je puis dire. Je ne serai pas bouclée si je ne me fais pas de mal à moi-même.

Ce que ressentait Lucas sourdait d'un autre temps. Il n'était pas normal de se mettre en colère dans une situation comme celle-là, sûrement pas. On était censé éprouver de la compassion, être chaleureux et amical. Mais Lucas se sentait uniquement en colère. Le schéma, il le connaissait, la fille l'avait attaché à elle en lui parlant de la mort. Qu'elle ait tenté de se suicider à plusieurs reprises ne suffisait pas, elle voulait aussi le raconter à un inconnu. Ne pose pas la question, s'enjoignit Lucas, ne lui demande pas, putain, pourquoi elle veut mourir.

– Pourquoi tu veux mourir ?

– Qui a dit que je le voulais ? Je dois mourir, c'est tout.

La fille tendit la main à Lucas, le regarda dans les yeux.

– Eve, dit-elle.

Lucas saisit sa main tendue. Sa paume était petite et étroite, froide au toucher.

– Eve, répéta Lucas.

C'est seulement ensuite qu'il eut la présence d'esprit de lui donner son prénom.

– À ton tour, dit Eve, avec plus d'allant. Pourquoi tu es ici ? Pour de vrai ! Et me raconte plus de salades sur un soi-disant copain.

Qu'importe la vérité, si la vérité c'étaient des salades ? Eve tirait Lucas d'une situation délicate, il ne voulait plus évoquer Cole.

– Je réalise un travail photographique, prononça Lucas au moment exact où l'idée lui vint. C'est une sorte de documentaire suspendu.

– Une séquence de photos, tu veux dire ?

– Non, pas une séquence de photos. C'est plus que ça.

À l'instant même, ce fut vrai. *Tout ce à quoi tu penses.* Les images, les sons et les gens. Un documentaire d'un autre genre, composé d'instants suspendus.

La voix d'Eve convenait parfaitement, le visage d'Eve. Il fallait lui faire prendre la parole.

– Mes images sont des coupes transversales du présent, dit Lucas.

Cela sonnait bien. Trop bien pour être une idée à lui. Il l'avait sans doute entendue quelque part, mais qu'importe, dans le monde rien n'était vraiment à soi et le plus important à cet instant, c'était que la fille semblait l'écouter. Une sorte d'éclat s'était allumé dans ses yeux vides. Pour conserver ce regard, pour soutenir son attention, Lucas parla davantage. La fille l'avait attaché à elle, et il en faisait à présent de même dans l'autre sens. Il jouait à un jeu qu'il ne connaissait pas. Il n'était pas le seul responsable. C'est du moins ainsi qu'il se l'expliqua plus tard.

Il lui raconta qu'il voulait écouter les gens qui avaient adopté des solutions radicales. Les écouter vraiment. Donner la parole à quelqu'un qui envisageait son suicide et entendait le mener à bien.

L'idée grandissait dans son esprit. On peut approcher la mort sans mourir. Les portraits mortuaires peuvent fonctionner comme projet thérapeutique. On en prenait encore au tournant des XIXe et XXe siècles ; ils étaient horrifiants. Les mains croisées sur la poitrine, dans un cercueil orné. On photographiait les bébés aussi. N'était-ce pas ce qui avait aidé Cole, à un moment ? Un autoportrait. Voir sa propre mort en photo. Les pensées de Lucas progressaient si vite qu'il en était quasiment essoufflé. À force de parler de la mort, celle-ci rétrécissait. Elle s'approchait, mais de telle manière qu'on pouvait la confronter et la définir, faire sa connaissance. La dominer, comme Lucas et Cole dominaient le monde, fut un temps, depuis leur Chambre. Le dominaient avant d'être prêts à y pénétrer, à y vivre. Pas besoin de mourir quand on peut toucher la mort.

– Il faut parler de la mort, dit Lucas, car s'il n'y a pas de mort, il n'y a pas de vie non plus. La mort était là d'abord. La mort présage la conscience.

La fille souriait. Son sourire lui remontait jusqu'aux yeux.

– Et c'est pour ça que tu es ici. À la recherche de mourants.

– Pas ça, quand même. Plutôt à la recherche de la voix qui conviendra. Ou d'une voix, au moins.

Eve le regardait, la tête inclinée sur le côté.

– J'ai peut-être une histoire pour toi, dit-elle.

Lucas jeta un coup d'œil à son portable. Loucha vers la porte de la polyclinique. Cole était adulte, il n'aurait qu'à rentrer par ses propres moyens.

– Tu pourrais me la raconter, là ? Tout de suite ?

– Ouais…

– À la caméra ?

La onzième chambre

Dans cette chambre il n'y a pas d'images, juste l'obscurité et une voix dans un casque :

J'ai pleuré pendant plusieurs nuits, avant. Mon cœur battait très fort ; j'avais peur de la mort. Ça me réveillait. Je restais sans dormir dans mon lit et j'écoutais. Je fixais les faisceaux lumineux des voitures qui se croisaient et s'éloignaient sur les murs. J'ai un cœur en bonne santé, je le donnerai volontiers si je m'en vais sans l'abîmer. J'ai fait une déclaration testamentaire de don d'organes, je l'ai toujours sur moi dans mon portefeuille. Mais à ce moment-là, je ne voulais pas encore donner mon cœur, à ce moment-là je voulais vivre. Durant ces nuits, il battait comme s'il essayait de mettre des pulsations en réserve.

Meret croyait que ça venait d'elle, mais j'ai l'impression que c'était moi qui déplorais les choses par avance. Je pleurais ce qui allait arriver, dont je ne savais encore rien. La dernière nuit fut la pire. Comme si l'événement avait propagé des ondes de choc dans les deux directions. Tu me croiras si je te dis que douze heures avant et douze heures après, je me sentais exactement pareille ? Mon humeur s'était dégradée de manière symétrique avant et après l'événement, comme si le futur et le passé avaient été identiques. Ma conscience élude encore cet instant.

Essaie de le rattraper. Penses-y tranquillement, n'en fais pas trop, laisse de l'espace à ton inconscient. Imagine par exemple que tu es dans cette pièce. Imagine que la pièce est l'état que tu dois rattraper.

Tu n'étais pas censé parler.

Ce n'est pas grave. Je couperai mes répliques.

Tu vas couper aussi tout ce que je regretterai d'avoir dit plus tard ?

Oui. Tu pourras l'écouter toi-même.

D'accord. Elle s'appelait donc Meret. Ça faisait juste une semaine qu'on avait fait connaissance. Personne ne savait qu'on voyageait ensemble. C'était mon idée, j'étais tombée amoureuse d'elle. Mais ce n'était rien encore, à ce moment-là. Je tombe facilement amoureuse des gens, de tous les gens, je suis quasi tout le temps amoureuse. Toi aussi, je pourrais tomber amoureuse de toi.

Ne t'adresse pas à moi. Fais comme si tu te parlais. Qu'est-ce qui s'est passé ensuite ?

C'était notre dernière journée en ville. On avait acheté nos billets de train et on devait remonter ensemble vers le nord, prendre des trains et des cars pour aller ici et là, arriver peut-être chez moi à la fin. En tout cas, c'est ce que je souhaitais. Mais alors, il s'est passé ce truc dans le métro. Notre auberge de jeunesse était au terminus, on descendait toujours là. Cette fois aussi, on a fait pareil. Sauf que, juste au moment où la rame s'est arrêtée, j'ai réalisé que mon sac était déchiré, vraiment bien, des trucs en tombaient. Il ne s'était pas bousillé tout seul, il avait été découpé au couteau ou aux ciseaux. Le truc con, autour de nous il n'y avait eu tout le temps que des gosses, rien que des gosses, qui avaient l'air super gentils, des petits écoliers, avec leurs cartables et sans cartables, un ou deux plus grands. Même pas en haillons, des gosses ordinaires.

Mais, j'en suis sûre, pas d'adultes. Je me souviens que je m'en étais étonnée : tellement de gosses et pas un adulte.

Imagine-toi dans un endroit que tu n'as jamais vu avant. Je veux dire, tu y arrives les yeux fermés. Puis tu n'as le droit de les ouvrir que pendant une seconde, comme si tu clignais des yeux, mais dans le sens contraire, en passant de l'obscurité à la lumière. Tu verrais quoi ? Ou comment ?

Je crois que je verrais avec plus de précision. Je me souviendrais de plein de détails, de la même façon que quand il y a un accident.

Moi, je te garantis que ça ne se passera pas comme ça. Le monde est différent des conceptions que nous nous en faisons. On s'en rend compte quand on ferme les yeux et qu'on décrit l'espace dans lequel on se trouve. On se souvient d'un truc et on imagine tout le reste. Tout est différent quand on rouvre les yeux.

Continuons.

J'ai commencé à ramasser mes affaires, les cartes, les stylos, les dépliants, les tickets d'entrée, tout ce qui était tombé par terre. J'essayais de faire vite, mais quand je me suis relevée, les portes s'étaient déjà refermées. Je me suis ruée sur la plus proche mais impossible de l'ouvrir. Le métro a redémarré alors que j'étais encore dans le wagon. Ça ne m'a pas fait flipper, pour de vrai, je savais que la rame ferait un petit tour dans le noir, s'arrêterait dans une sorte de garage et reviendrait de l'autre côté. Ce qui m'inquiétait plus, c'était ce que ces petits cons m'avaient pris, car c'étaient eux qui avaient fait le coup, ces soi-disant chérubins innocents. Et si je les attrapais, c'est ce que je me disais à ce moment-là, je leur tordrais le cou l'un après l'autre comme à des poulets.

T'as quand même pas pensé que je le ferais sérieusement ?

Ce que je pense n'a aucune importance.

OK.

Je ne le pensais pas.

OK. Je reviens un peu en arrière.

Pas besoin.

Si, je le veux.

OK.

Je pensais que je leur tordrais le cou, à ces petits cons, l'un après l'autre, comme à des poulets. Et puis, il s'est passé exactement ce que j'avais supposé, la rame s'est arrêtée à une plateforme dans le vide entre les deux stations du terminus. On ne peut pas vraiment dire ça, en l'occurrence, elles formaient la même station. Je suis restée assise à ma place. Je pensais que le conducteur allait faire le tour des wagons et me dire un truc, je préparais ma défense même si j'étais certaine que d'autres avant moi avaient déjà connu ça. Je ne me trompais pas, le conducteur m'avait remarquée, il s'est approché et m'a indiqué de la main que je devais rester assise et patienter. J'ai revérifié mon sac, il avait été en effet découpé, bien proprement, mais rien n'avait été pris. Tout était là. Mon passeport, mon argent, même mon ticket de métro. J'essayais d'appeler Meret, mais il n'y avait pas de réseau sous terre. J'étais sûre qu'elle m'attendrait à la station.

Et elle t'attendait ?

Tu m'interromps, encore. Ce n'est pas encore arrivé. Moi, j'attendais, mais la rame ne démarrait pas. Le temps passait. J'ai mangé une barre chocolatée, feuilleté mon guide, je me suis peut-être assoupie. J'ai fini par prendre courage et partir pour parler au conducteur. Un moment, j'ai pensé que la porte ne s'ouvrirait pas. Que je resterais coincée. Elle s'est quand même ouverte et j'ai marché sur le quai jusqu'à la cabine. J'ai regardé par la vitre et, bon, il n'y avait personne.

Personne ?

Non, personne. Il n'y avait personne nulle part. Ni dans le métro ni là où le conducteur aurait dû se trouver. Ni dans la station, ni nulle part.

Est-ce qu'il y avait une salle de pause ? Une sortie de secours ?

Non. Il n'y avait rien. Juste des rames de métro et les rails entrant dans le noir. Pas une lumière verte à suivre.

Et puis la lumière s'est éteinte.

Tu m'interromps tout le temps. La lumière ne s'est pas éteinte. Je me suis dépêchée de revenir en arrière, pour une raison que j'ignore, il me semblait important de retourner dans le wagon par lequel j'étais arrivée, même si ça n'aurait dû faire aucune différence. J'ai à nouveau pensé que les portes n'allaient pas s'ouvrir, que la rame allait redémarrer et que je resterais sur la plateforme ; mes pensées m'ont tellement fait flipper que j'ai couru pour regagner mon wagon. Les portes se sont ouvertes et j'y suis remontée. Je ne me suis pas trompée de wagon. Le bout de coque qui s'était détaché de mon téléphone et quelques tickets tombés de mon sac traînaient par terre. J'attendais. J'avais la trouille. Les gens deviennent paranos quand ils sont trop longtemps seuls. Leur sens de la réalité s'effrite. Nous avons peut-être besoin les uns des autres pour rester sains d'esprit. Au début, j'avais peur que le conducteur se dise qu'une jeune fille seule serait une victime parfaite pour sa bande de copains malsains. Puis, j'ai eu peur d'avoir été oubliée. La rame suivante aurait déjà dû être là. J'ai patienté une éternité.

J'ai fini par m'assoupir. Et tu sais, depuis mon réveil, je pense que rien n'est réel. Que tout, depuis cela, n'est qu'un rêve. Que je dois me réveiller aussi vite que possible. Mais je n'y arrive pas. Je ne me réveille pas.

Et ce qui s'est passé, ce n'était pas un cauchemar plutôt ?

Non. C'était vrai, et après ça plus rien n'a été réel. Il existe un autre côté. Quand je dis que je ne veux plus vivre, je ne veux pas dire que je voudrais mourir au sens où les gens meurent. Je veux me transférer. Je veux retourner de l'autre côté. Me réveiller.

Pourrais-tu raconter l'histoire jusqu'à la fin ?

Je n'ai pas l'énergie. Nous continuerons demain.

Non, continuons maintenant. Je promets de ne plus t'interrompre.

Écoute-moi alors !

D'accord.

Et éteins cet enregistrement !

Pourquoi ?

Parce que je le veux.

Les dernières heures

– Et ensuite, il s'est passé quoi ?

Tout le monde écoute. Même la femme plus jeune, qui était dans la camionnette et ne s'est toujours pas présentée, a fait son apparition à proximité, elle s'est assise sur l'accoudoir d'un fauteuil et observe Lucas. Quelques inconnus se sont aussi rapprochés. Marco et Serjoža traduisent pour ceux qui ne comprennent pas.

– La première fois qu'elle s'est réveillée, rien n'avait changé. Elle était accroupie sur la banquette en plastique du métro et la seule différence, c'était qu'elle avait mal au cou. La lumière était la même, sauf qu'elle semblait siffler. La lumière sifflait, donc, même si on n'entendait pas de son. Sifflait ou crépitait. Comme si les lois de la nature avaient changé. Elle avait peur de devenir folle. Ou de tout imaginer.

– Synesthésie, dit Marco, les sens se mélangent.

– Non, intervint Serjoža, c'est le vide quantique qui nous rattrape et les lois de la nature qui se modifient. Par exemple, la lumière se déplace à cinq mètres par seconde. Voire elle s'arrête !

– Tais-toi, Serjoža, laisse-le parler.

Eve avait raconté qu'elle s'était vraiment réveillée au moment où la rame avait redémarré. Elle s'était vite remise debout et avait serré son sac contre sa poitrine. Elle n'aurait pas eu le temps d'en faire davantage, on était déjà revenu à la station. Elle avait l'impression de ne pas marcher tout à fait droit, elle tanguait et s'appuyait aux parois. Toutefois, les gens la regardaient seulement parce qu'elle sortait de la rame au terminus, parce qu'elle se heurtait à ceux qui voulaient monter sans réaliser qu'ils auraient dû s'écarter pour la laisser descendre. C'était sans doute déjà arrivé, surtout à des touristes. On lui souriait comme à une débile, selon ses propres mots. Il s'était écoulé tellement de temps qu'elle ne s'imaginait plus retrouver son amie sur le quai, mais emprunta directement l'escalier mécanique. Elle ne téléphona même pas, elle était certaine que Meret l'attendrait à l'auberge.

– Elle a dit, rapporte Lucas, que Meret se plaignait tout le temps de tout, même d'avoir oublié de mettre de la crème solaire. Elle a dit qu'elle visualisait quasiment son visage fâché, brûlé par le soleil, au moment où elle tournait la clef dans la serrure. Plus tard, elle a regretté ses pensées.

Eve s'était préparée à se défendre. Elle avait réfléchi jusqu'aux mots qu'elle choisirait. Encore au moment de le raconter à Lucas, elle avait dit se souvenir des répliques et des réponses qu'elle avait imaginé Meret lui renvoyer. Elle se souvenait de la dispute qu'elles auraient eue et comment, à la fin, elles auraient ri, fait leurs bagages et envoyé au diable toute cette bourgade. Elles auraient décidé d'aller ailleurs l'année suivante. Eve avait même poussé plus loin, elle avait raconté à Lucas qu'elle se rappelait jusqu'au goût du vin dans sa bouche, celui qu'elles auraient acheté à l'épicerie en bas de l'auberge. Elle entendait le brouhaha des voix dans le bar où elles se seraient assises après avoir vidé leur bouteille. Les différentes manières dont elles auraient fait tourner en bourrique leurs admirateurs trop zélés, avant de disparaître, sans au revoir, pour se rendre à la gare. Le roulement du train de nuit à l'approche des gares.

– Elle a dit que, de temps en temps, elle allait se poser à la gare juste pour les sons, raconte Lucas. Elle sautait parfois dans un train et voyageait sans ticket jusqu'à la gare suivante. Elle revenait et reprenait le train. Juste pour entendre son bruit, qui n'était plus le même, pourtant. Parce que c'est comme ça, à ce qu'elle disait, quand la réalité devient autre. Les deux alternatives existent simultanément, pendant un instant, et l'onde de choc les balaie l'une et l'autre. En sorte que, dans l'autre réalité, celle dans laquelle Eve, après avoir ouvert la porte, n'était plus, et qui lui était éternellement fermée, il se pouvait qu'elle se souvienne de la sensation que cela faisait d'avoir perdu une amie.

Lucas observe ses auditeurs. Il n'est plus certain qu'Eve ait mentionné les ondes de choc ou la division de la réalité. Il se peut qu'il les ait ajoutées. Il n'y a pas d'enregistrement de cette partie de la discussion. Et il y a beaucoup d'autres choses dont il ne se souvient pas précisément. Comme la raison qui l'a poussé à parler d'Eve à Cole alors qu'il avait décidé de ne pas le faire. Il faut s'en tenir aux faits. Il faut essayer de tout se rappeler avec un maximum de précision.

– Continue.

– Meret n'était pas à l'auberge de jeunesse. La chambre était vide et donnait l'impression que personne n'y était entré depuis leur départ dans la matinée. Et pas que cela. La chambre ne contenait pas une seule trace de Meret. Comme si elle n'y avait jamais mis les pieds. Des deux lits, seul celui d'Eve semblait avoir été occupé et seules ses serviettes étaient posées en boule sur le banc. Le linge sale d'Eve. Le maquillage d'Eve. Les billets et les livres d'Eve. Meret s'était effacée. Eve s'est assise au bord du lit et a chuchoté : je déteste cette ville.

– Elle a essayé d'appeler Meret ?

– Bien sûr. Mais elle n'a pas répondu. Soit son téléphone était éteint, soit elle était hors de la zone de couverture. Une voix mécanique disait quelque chose dans une langue qu'Eve ne comprenait pas.

– Et alors, qu'est-ce qu'elle a fait ?

– C'est ce que je lui ai demandé. Je lui ai demandé ce qu'elle avait fait ensuite.

Eve n'avait rien fait. Elle était restée assise au foyer de convergence le plus extrême – et c'est ce qu'elle avait dit elle-même, Lucas en est certain – où les couleurs étaient éclatantes et les sons déchirants. Elle y était restée jusqu'à ce qu'elle ne puisse plus respirer. C'était le soir de leur départ et Meret avait fichu le camp sans elle. Eve avait demandé à la réception à quelle heure celle-ci avait quitté les lieux, mais le préposé l'ignorait, il venait de prendre son service. Il avait dévisagé Eve d'un drôle d'air, ajoutant qu'on n'avait pas le droit de faire venir d'hôtes supplémentaires dans la chambre. Des hôtes supplémentaires ? Meret n'était pas supplémentaire, elles s'étaient enregistrées ensemble, c'était cet employé qui était supplémentaire ! Eve ne s'était pas attardée pour râler. Elle avait cru avoir mal entendu et avait regagné sa chambre. Leur train n'était pas encore parti, ne partirait que dans la nuit. Eve rassembla ses affaires, ce qui fut vite fait, elle vérifia son passeport et son ticket. Puis elle partit.

– Son amie n'est pas venue.

– Non. Elle n'est pas venue.

– Eve a essayé de la rappeler ?

Eve avait essayé à plusieurs reprises. Meret n'avait jamais répondu. Et quand Eve avait fini par arriver chez elle, dans la zone de son opérateur, elle avait compris ce que disait la voix mécanique. En parlant, Lucas se souvient du visage d'Eve. Il le voit pratiquement face à lui. L'expression d'Eve quand elle l'avait dit : le numéro demandé n'est pas attribué.

– Le téléphone n'était pas éteint, non : le numéro n'était même pas attribué.

Lucas se tait, boit une gorgée. On traduit ses mots, et il laisse la parole aux autres.

– Il lui est arrivé quelque chose, dit Marco.

– Ou alors sa carte n'avait plus de crédit, suggère Serjoža.

– Je ne crois pas, réplique Marco. Pourquoi elle n'a pas pris contact avec Eve par un autre moyen ? Quelqu'un lui a fait du mal.

– Peut-être qu'elle regrettait.

La voix est nouvelle. C'est celle de la femme de la camionnette, elle s'appuie toujours sur l'accoudoir.

– Peut-être qu'elle avait une bonne raison d'agir comme ça.

– Ou alors, elle s'est juste tirée, dit Serjoža, ces filles avaient l'habitude de s'amuser aux dépens des autres.

– Comme toi et tes copains, lance Marco.

– Bah. C'était rien, se défend Serjoža.

– Je ne crois pas que Meret ait fait ça, rajoute Marco, pas plus qu'Anita. Ce serait trop cruel.

La femme hausse les épaules. Les autres semblent déjà la connaître, mais elle n'a toujours pas de nom pour Lucas. Les autres ont peut-être fait les présentations quand il était en train de vomir dans la neige. Tout l'événement lui paraît lointain. Si Marco n'avait pas été dehors avec lui et s'il ne tenait pas dans sa main une affichette annonçant la disparition d'une femme appelée Anita, il croirait avoir tout imaginé.

– Que s'est-il passé, pour ta femme ? demande Lucas à Marco, que lui est-il arrivé ?

– Je ne sais pas. Nous étions en voyage ici, l'été dernier. On faisait la tournée de nos vieux endroits, je suis du coin. On s'est rencontrés quand elle était en voyage dans cette ville, il y a longtemps. Avec une copine, comme les filles dont tu as parlé. Je l'ai suivie et depuis nous habitions dans son pays. Ensuite, on est venus faire un tour ici, et elle a disparu. Un beau jour, comme ça. Nous nous sommes perdus l'un l'autre, et elle n'est jamais revenue à l'hôtel. J'ai démissionné de mon travail et je suis resté ici.

– C'était l'été dernier ?

Marco le regarde droit dans les yeux.

– Oui. Je n'arrive pas à imaginer ce qui a bien pu lui arriver. Soit elle est morte, soit elle a perdu la mémoire. En tout cas, elle n'est pas partie délibérément.

Marco jette un œil à la femme qui a proposé l'hypothèse de la disparition volontaire, celle-ci hausse les épaules.

– Tout allait si bien entre nous.

Serjoža se lève et remplit le verre de Marco, lui tapote l'épaule.

– Elle était un peu bizarre, parfois. Un jour, elle a cru avoir vu un ange.

Marco s'essuie le coin des yeux, agite la main dans l'air pour chasser son idée.

– Parlons d'autre chose. Lucas, où tu en étais ?

– Ça n'a pas d'importance… répond Lucas. Pas besoin que je…

– Si, on en a besoin, intervient Serjoža, on veut entendre parler d'Eve.

Il lance un coup d'œil à Marco.

– Et on veut entendre parler d'Anita aussi.

Marco agite à nouveau la main et fronce les sourcils.

– Plus tard, peut-être.

– Qu'est-ce qu'elle en a pensé, Eve, quand elle n'a pas pu contacter son amie par téléphone ? demande la femme.

Lucas la regarde. Elle a une expression têtue. On dirait qu'elle ne va pas lâcher son idée de disparition volontaire.

– Eve avait une drôle d'idée. Elle croyait que Meret s'était transférée de l'autre côté.

– Quel genre d'autre côté ? demande la femme.

– Elle prétendait avoir reçu des messages de son amie sur son répondeur plusieurs mois plus tard. D'un numéro non attribué donc. Meret lui disait qu'elle l'attendrait d'abord dans la chambre puis à la gare.

– Elle lui a répondu ?

– Elle a essayé, bien sûr. Mais le numéro n'était pas attribué.

– Tu as pu les écouter, ces messages ?

– Non.

– Tu penses donc qu'elle a tout inventé.

– Je ne pense pas vraiment ça non plus, mais comment savoir. Elle m'a fait jurer de l'aider.

– Tu devais faire quoi ?

– Je n'ai jamais su ce qu'elle attendait de moi.

Lucas observe la femme et revoit dans ses yeux le regard d'Eve. Si franc et direct. Le plus franc qu'il ait vu en dépit de tous ses doutes. Plus tard, il en avait fait des cauchemars. Aide-moi, disait Eve, emmène-moi de l'autre côté.

– Je crois qu'elle disait vrai, reprend la femme. Il n'y a pas toujours lieu de soupçonner les intentions des gens.

– C'est une idée réconfortante, intervient Marco. Parfois, je me dis qu'Anita aussi, eh bien, elle est quelque part.

– Tu l'as aidée ? demande la femme.

Lucas hausse les épaules.

– Je ne sais pas.

C'est vrai. Il ne sait toujours pas ce que voulait Eve, mais il lui avait promis de l'aider. Voulait-il vraiment l'aider ou pensait-il seulement utiliser l'histoire d'Eve pour en faire son œuvre à lui ? Peut-être qu'il justifiait seulement ses actes en leur attribuant une noble finalité ?

Regarde à côté, tu verras mieux, se dit-il.

– Je n'en sais vraiment rien, dit-il aux autres.

Un secret

– T'as rien dit ! s'écrie Cole. Je t'ai attendu super longtemps. Tu t'es barré, comme ça.

C'est ce qu'avait fait Lucas. Il était parti avec Eve et l'avait raccompagnée chez elle, ils s'étaient mis tout de suite à enregistrer et prendre des photos, sous l'impulsion du moment, pour tout conserver en mémoire tel quel.

– Tu comprendras quand tu sauras pourquoi.

Lucas avait décidé de ne pas en parler à Cole, mais il n'était pas parvenu à garder le secret. Pas à présent que la joie de sa découverte croissait en lui. Cole écouta en silence tout ce que Lucas avait enregistré. À la fin, ils regardèrent les images. Il ne dit rien pendant un long moment.

– Alors ? s'enquit Lucas.

Cole fronça les sourcils.

– Et qu'est-ce que tu comptes faire de ça, précisément ?

– Eve veut aller chercher sa copine. Elle veut passer de l'autre côté. Elle parle de la mort mais, à mon avis, c'est un discours assez déprimé. Je ne lui ai encore rien dit, mais mon idée c'est que nous allons voyager jusqu'à cette ville où elle l'a perdue. Je ferai les images, elle parlera, on mettra en parallèle la ville d'aujourd'hui et l'autre. Des photos superposées à des photos. Des sons et des arrêts sur image. Comme des flash-back. Ensuite, on verra ce que ça donnera.

– Des sons et des arrêts sur image, répéta Cole. Ça a déjà été fait plein de fois.

– Je sais. Mais la technique, c'est que de la technique. L'histoire, c'est autre chose.

– Des arrêts sur image ! Et c'est laquelle, cette ville ?

Quand Lucas la nomma, Cole applaudit.

– J'aurais dû m'en douter, dit-il. C'est une de celles où on devait aller. Dans la Galerie. Tu t'en souviens ?

– Bien sûr. C'est quoi le problème ?

– Toi, ça te pose aucun problème. T'emmènes ta nana aux endroits que moi j'ai trouvés en premier.

– C'est pas ma nana.

– C'était important, ce voyage, pour moi. Si on l'avait fait, si on avait réalisé notre œuvre à ce moment-là, on aurait été les premiers. On l'aurait fait avant tout le monde.

Ils réécoutèrent l'enregistrement.

– Y a de l'idée, concéda Cole, mais il faut procéder autrement.

– C'est toi qui m'as dit que je devrais photographier des gens. Tu avais raison. J'ai essayé et voilà le résultat.

– Ne te vexe pas, hein, dit Cole, mais est-ce que c'est ton travail, si c'est moi qui te l'ai soufflé ? En plus, tu dois te distancier de ce que tu fais. Ça, c'est juste des mots, une conversation enregistrée. Ça donnera quelque chose – et je veux dire par là vraiment quelque chose – quand tu en auras purgé ton sentimentalisme.

Cole expliqua que le processus était pareil à une dialyse. On avait besoin de sang. Le sang devait circuler dans le système. Mais il devait aussi en être retiré jusqu'à la dernière goutte. C'était de cette manière, uniquement, que les expériences engendraient de l'art, peu importait le marketing insistant sur la dimension inventée ou personnelle. Il fallait tomber en amour avec ce qu'on faisait, mais avec ça seulement. Ni avec la matière première ni avec les événements de la vie réelle qui servaient de sources.

– Telle quelle, la vie n'est pas intéressante. Il faut un peu scénariser. Tout se produit dans l'entre-deux du fait et de la fiction. Aux confins. Un documentaire n'est ni entièrement vrai ni entièrement inventé. On ne fait qu'y créer une illusion : le regardeur se voit raconter la vérité que, pourtant, on ne lui raconte pas. La part qu'il lui reste, c'est une incertitude éternelle quant à ce qui est vrai et ce qui ne l'est pas.

Cole lança un regard de défi à Lucas.

– Tu n'es pas en train de faire un docu thérapeutique, reprit-il, ni pour toi ni pour ta petite nana.

– Je t'ai déjà dit que c'était pas ma nana, répliqua Lucas d'une voix inutilement forte.

Les occupants des tables voisines se retournèrent. Il avait pensé à Eve, un instant, mais uniquement comme on pense aux passants, davantage par habitude que par réel intérêt. *Pourrais-je être ? Non.* Il n'admettrait jamais devant personne qu'il y avait pensé ne serait-ce qu'un peu. Eve n'était pas sa muse. C'était une informatrice. Une collaboratrice. Trop immature pour avoir plus de vingt ans et un peu détraquée. En aucun cas une personne qui susciterait chez Lucas autre chose qu'un intérêt professionnel.

– Tu ne peux pas publier n'importe quoi, dit Cole. Ce qu'on fait, il faut que ça sorte du lot. Que ce soit un truc qu'on n'a jamais vu.

Lucas protesta. Il trouvait que son idée sortait suffisamment du lot. C'était un documentaire de voyage d'un autre genre. Un voyage de l'autre côté, dans un monde impossible, reflété par des miroirs. Destiné à être montré dans des galeries plus que dans des cinémas ou des festivals. Je suis photographe, insista-t-il, pas documentariste. Ce serait une histoire portant sur la compréhension de l'incompréhensible. Comment on dit déjà, ce qu'il y a de plus incompréhensible dans l'univers, c'est qu'il soit compréhensible.

– Einstein, répliqua Cole.

Lucas crut qu'il disait ça pour déconner, mais il continua :

– Il ne faut pas citer quand on ne connaît pas ses sources.

Son idée rabougrissait. En parler ne la faisait pas grandir de la même comme lorsqu'ils discutaient de leurs idées communes. À chaque écoute, l'histoire d'Eve devenait plus insignifiante, moins intéressante. Une personne X veut tirer au clair ce qui est arrivé à son amie Y et pour cela se rend dans la ville de Z. Rien de spécial. Un schéma traditionnel. On a déjà fait la même chose des milliers de fois.

– Réfléchis-y, cette idée est tellement éculée. Se donner un mal de chien et passer des heures à filmer pour aboutir à une réconciliation avec soi-même : elle n'avait pas besoin de savoir, en fait, et elle ne voulait plus mourir, elle a repris sa vie, elle s'en sort moralement grandie, et le conte finit bien. Au générique, on mentionnera qu'elle vit maintenant en Amérique du Nord et cultive…

– Arrête !

Cole tapota l'épaule de Lucas. Il lui dit qu'il était toujours son meilleur et plus proche ami. Sa franchise n'avait pas pour but de le décourager, mais de l'aider. Parce qu'il se souciait de lui, qu'il voulait son bien.

– J'ai pas mal d'expérience, tu ferais bien de m'écouter. Je ne veux pas que tu commettes les mêmes erreurs que moi. Je veux faire avancer ton travail. Réfléchis à tous mes faux pas. Les trois morts d'un documentariste ; on devrait peut-être en faire un documentaire.

Ça le fit rire malgré lui. Cole dit que l'œuvre serait bonne mais qu'il fallait la réaliser autrement. Pas de stupides arrêts sur image, mais un vrai documentaire. Et quel documentaire !

– On va passer de l'autre côté, à fond les ballons !

Quelques bières de plus et Cole rougeoyait comme s'il brûlait d'un feu sans fumée.

– Tu te rends compte de ce que nous, on vient d'inventer ? cria-t-il en claquant sa chope sur la table, si fort que la mousse jaillit. Il respirait à peine.

– Nous, on va faire exploser l'univers, ou au moins l'industrie du cinéma. Ça n'a jamais été fait. Tu piges ? C'est quelque chose qui fonctionne !

Lucas pigeait. Cole avait dit « nous ». Il avait parlé de l'œuvre de Lucas comme si elle leur était commune, à tous les deux. Et en même temps – Lucas voyait quasiment tout s'écouler et lui filer entre les doigts –, seulement la sienne. Lucas aurait encore pu reculer, mais il n'en fit rien. Il ne comprit que des années plus tard que, ce jour-là, il avait eu toutes les cartes en main. Hormis une, la plus importante. Cole avait raison. Lucas manquait de courage.

Cole avait déjà changé le titre. On parlait à présent d'un documentaire dans lequel le spectateur vivrait un suicide du point de vue de son auteur. Les instants *ante mortem*.

– Ça va être différent, ce documentaire. Pas de conneries pleurnichardes débitées par ceux qui restent, ni de récits de survivants retournés à la vie. On en a assez vu. Là, on va faire une histoire qui respecte la volonté de la personne qui meurt. On ne va pas tenter de la détourner vers quelque chose dont elle ne veut pas. Ce ne sera pas inventé, mais réel.

– On n'a rien convenu de pareil avec Eve.

– Eh bien, on le fera. On doit partir du principe que c'est un projet commun. Nous, on va le faire ensemble et on sera tous les deux responsables, ensemble. Il faut qu'on se fasse confiance.

Le projet commun était lancé. Ils allaient rouvrir la Galerie. Ils feraient un webdocumentaire, un récit de voyage de la vie à la mort. Les scènes isolées seraient cachées derrière des liens hypertextes comme ils l'avaient planifié plus jeunes. Son ordre aléatoire ferait du documentaire une œuvre à quatre dimensions temporelles. Tout existerait simultanément. N'importe qui pourrait cliquer sur n'importe quel lien en premier. Le documentaire serait comme un calendrier de l'Avent sans cases numérotées.

– Luc & Col : *Le Récit de la mort*. C'est pas plus mal qu'on n'ait pas utilisé l'idée des liens avant. Maintenant, tout est ouvert.

– On ne devrait pas se mettre d'accord tous les trois ?

– Et pourquoi donc ?

Lucas haussa les épaules. Plus rien n'était certain. Tout suintait, s'écoulait, se brouillait. Pourquoi, en effet. Ils n'avaient pas besoin de tout dire. Ils retourneraient dans la Chambre et, cette fois, emmèneraient Eve avec eux, ils lui tiendraient la porte ouverte. Et rien de ce qui se produirait ne serait vrai. Tout ne serait que matériau. Les gens et les événements, le monde entier n'était que matériau. Ils pourraient créer la vie à partir de rien, l'allumer et l'éteindre, la rallumer et la rééteindre. L'œuvre d'art n'avait pas de limites. Dans l'œuvre d'art, même la direction du temps pouvait aller à rebours, de la même manière qu'un extrait de film montrant la trajectoire d'un ballon de foot : on pouvait la regarder du début à la fin ou de la fin au début sans pouvoir dire quel sens était le bon.

Les choses réelles de la vie réelle n'auraient rien à voir avec le film.

Cole scruta Lucas et le prit par les épaules.

– C'est génial que tu aies trouvé Eve, dit-il.

C'était leur secret. Ils n'avaient pas loin de trente ans, mais le partage exclusif avait la même puissance qu'une moitié de leur vie plus tôt. Donc dans ce contexte, *donc dans ce contexte* il était assez évident, c'était une évidence, un fait, une donnée, qu'Eve serait tenue en dehors des plans. Eve n'existerait que face à la caméra. Cole et Eve ne feraient pas connaissance d'avance. Lucas servirait d'intermédiaire. On verrait ce qui se produirait. Cette fois-ci, on laisserait le documentaire se scénariser tout seul.

Lucas pensa plus tard que c'était un moment d'aberration mentale. Il n'avait pas envisagé les conséquences. Il n'avait pas songé à la réception du documentaire. Il n'avait pas songé à sa préparation. Il n'avait pas songé aux aides à la création ou aux difficultés économiques. Il n'avait pas songé à Eve. Quelque chose avait bougé en lui. Quelque chose établissait des connexions très profondément en lui. Il s'était réveillé. Il était plus en vie que jamais depuis dix ans.

Scène coupée

Au début, c'est le noir. L'image bleuit peu à peu, on distingue, bord cadre, une silhouette plus sombre que le fond. Le personnage regarde droit hors de l'écran, il est placé de telle manière qu'il y a de l'espace dans son dos, une erreur de composition consciente, la silhouette se découpe en noir contre une fenêtre. Encore un peu plus de lumière et l'on aperçoit à l'image une jeune fille ou une jeune femme. Lorsqu'elle prend la parole, sa voix est modifiée, mécanique. Parler de la mort est difficile, dit sa voix ; mais il est encore plus difficile d'écouter et d'accepter ces paroles. La lumière se fait pleinement et la jeune femme tourne la tête en sorte que la direction de son regard correspond parfaitement au nombre d'or. Elle regarde droit dans l'objectif, son timbre est pur, frais et authentique. Pas de traitement du son. Pas de visage censuré. Je m'appelle Eve, dit-elle, et je suis prête à mourir.

« Bravo. T'es géniale, tu es parfaite. »

Un deuxième secret

Le Récit de la mort serait leur Underground, comme l'appelait Cole. Pas d'équipe de production. Beaucoup de prises filmées à la main. Ce ne serait pas un mal que le mouvement donne la nausée au spectateur, au contraire, on irait à fond, il faudrait qu'il ait la gerbe. On pourrait travailler derrière un pseudo, faire griller le public de curiosité et multiplier les hypothèses. De l'impro. Des révélations. Des surprises. Des erreurs amenant des solutions. De l'inconscient. Le tout fut réalisé en quelques semaines. Quelques jours donc, depuis la rencontre avec Eve jusqu'au début du tournage, et quelques semaines avant d'y mettre fin. Du moins jusqu'à ce que Lucas démissionne ou « soit démissionné ». Plus tard, en se repenchant sur le calendrier, Lucas fut surpris de voir que tout s'était passé si vite. Ils revivaient les longues semaines du début de leur adolescence.

Ils tournaient partout. Ils visitèrent les environs de la maison d'enfance d'Eve et toutes ses anciennes écoles, mais n'interviewèrent personne d'autre. *Le Récit de la mort* serait avant tout un monologue. Ce qu'Eve avait raconté à propos de Meret fut réenregistré, sans commentaires du réalisateur cette fois, et avec image filmique vivante. L'idée était qu'Eve fût seule. Parfaitement seule. Il fallait se focaliser sur la solitude. Cela n'avait aucune importance qu'Eve rencontre d'autres gens dans la réalité, car la solitude n'est pas seulement le fait d'être séparé des gens, mais des pensées d'autrui.

– Nous n'avons pas à nous occuper de l'opinion des autres, dit Cole. C'est notre œuvre. Nous sommes libres de faire ce que nous voulons.

Première règle : on ne se voit que sur le tournage. On ne fait pas connaissance personnellement et on ne se donne pas de rendez-vous deux par deux. On maintient un écart. Les limites naissent des distances entre les personnes, et c'est ça qui est intéressant. Le documentaire est une interface, un horizon des événements entre deux mondes qui resteront éternellement séparés. Si on le franchissait, le processus serait le même qu'avec les trous noirs : l'objet se dilaterait et se contracterait jusqu'à devenir méconnaissable, il se perdrait lui-même.

Les journées de travail s'achevaient au studio, si tant était que cette moitié de hall d'une ancienne usine, jalonnée de cloisons légères et louée avant sa potentielle démolition, pût être qualifiée de studio. Les travaux, en raison du plan de zonage municipal, n'avaient pas été réalisés, les fenêtres étaient en partie cassées et il fallait acheminer l'électricité depuis un transformateur à l'aide d'une longue rallonge à large section dont les prises lançaient des éclairs bleus ; le soir, le son de groupes de rock débutants traversait les cloisons. Au moment de quitter les lieux, Eve partait la première, puis Lucas et enfin Cole, lui seul avait la clef. La frontière passait là, était censée y passer.

Eve l'ignorait ou bien, si elle était au courant, elle s'en fichait. Dès le premier jour, elle prit l'habitude d'attendre Lucas dehors. Un quart d'heure, parfois même une heure. Ni l'un ni l'autre ne disait rien ; ils montaient dans le même bus et descendaient au même arrêt, Lucas tenait la porte et Eve pénétrait à sa suite dans la cage d'escalier, le suivait jusque dans son appartement, ôtait ses chaussures et s'asseyait par terre au pied de son lit, acceptait une tasse de thé, comme si elle avait tous les droits d'être là. Lucas n'avait pas la moindre idée de ce qu'elle voulait de lui et il n'était jamais resté l'attendre, ni volontairement ni par accident ; il laissait la chose arriver. Si Cole lui demandait de l'accompagner en fin de journée, il faisait non de la tête et prétextait vaguement la fatigue ou un mal de crâne, un rendez-vous avec des potes, ou n'importe quel autre mytho.

Ils parlaient, mais pas du documentaire. Des livres qu'ils avaient lus ou des films qu'ils n'avaient jamais pu oublier. Ils regardaient des séries en streaming sur l'ordinateur de Lucas ou lisaient, chacun pour soi ou à haute voix, parfois ils écoutaient juste de la musique, toute la nuit pouvait s'écouler ainsi. Ils n'allaient jamais au cinéma, pas plus qu'à la bibliothèque ou chez le bouquiniste, ne faisaient jamais de courses au magasin d'alimentation, ni ne sortaient dîner. Ils ne se rendaient pas au jardin, situé quelques pâtés de maisons plus loin, sur la rive de l'étang, au milieu des fourrés où Eve nourrissait les canards lorsqu'elle était enfant. Ils ne marchaient pas le long des voies pour voir le tag qu'elle avait posé des années plus tôt et qui, paraissait-il, s'y trouvait encore. Ni dans le café où Eve, assise à une table d'angle, faisait tourner sa cuiller dans sa tasse, les yeux braqués sur la vitrine après que l'incident Meret soit arrivé. Ils ne faisaient que parler. De leurs salles de ciné préférées et des brocantes où ils avaient fait les meilleures trouvailles. Ils se promenaient ensemble sur des plages et des îles auxquelles on n'accédait qu'en bateau.

Deuxième règle : on ne tourne que lorsque tout le monde est là. On ne la joue pas solo. Pas de répétitions. Pas de projets à côté. On se concentre là-dessus, entièrement.

Lucas prenait des images d'Eve. Il le faisait parce qu'il le désirait. Il désirait quelque chose à lui, son petit morceau d'Eve, pris à son merveilleux visage de jeune être gauche, à son corps étroit et à sa voix miraculeuse. Sa voix avait la perfection que seul peut atteindre ce qui est brisé ; un écueil était dissimulé au milieu des ondes sonores, qui fendait la surface et la faisait grésiller. La jeune fille tournait en rond, exécutait quelques pas de danse ou restait assise sur place, se taisait ou parlait. Ce qu'elle avait de raide et de réservé éclatait en lumière et en son dès lors qu'une lentille et un filtre s'interposaient. Sur l'écran de l'ordinateur et à l'éclairage rouge de la chambre noire, elle était belle. C'est cela qu'aimait Lucas. Ce qu'il filmait était une autre réalité que ce qu'ils tournaient tous ensemble. L'Eve de ses images en était une autre.

– Pourquoi tu fais des images ? s'enquit Eve.

– De toi ?

– Non, en général.

Il se pouvait que Lucas fût vraiment fou. Déjà malade à ce moment-là, à considérer du moins que c'est être malade que d'édifier des murs autour de soi en oubliant la porte. Mais, malade ou pas, il était tout près d'effectuer une découverte. Ce qui se produisit peut-être justement pour cette raison. En cas de fièvre élevée, on peut atteindre quelque chose d'essentiel, pendant que toutes les défenses de l'organisme sont mobilisées pour vaincre la maladie physique et non surveiller les limites de l'ego. Quelque chose était à sa portée. Pareille intuition s'était imposée à lui avec autant de puissance après Nik. Au cours de l'année où il avait commencé à faire des images de la réalité qu'il qualifiait d'invisible, ne sachant pas comment la dépeindre autrement. Après Nik, avant la Chambre. Il avait été tout près d'effectuer une découverte, et puis Cole s'était pointé et avait déferlé sur lui. Voilà qu'aujourd'hui c'était en train de se reproduire.

Il faisait des images parce qu'il ne savait pas peindre. Il avait un problème aux mains, à ce qu'il pensait, ou plutôt dans tout son corps ; il était malhabile, sa graphie était illisible et il était incapable de dessiner un canard différemment d'un lion. Lucas avait appris à lire à l'âge de cinq ans, mais n'avait su écrire qu'à sept, c'est-à-dire, et c'est compréhensible, de façon à être lu par autrui. Il avait beau se concentrer sur son tracé, il survenait toujours un moment où les proportions changeaient et, lui, il finissait dans un cul-de-sac. Il avait une vision précise, mais ce qu'il voyait ne se transmettait pas à ses mains.

Il faisait des images parce qu'il aimait à travers l'appareil. Il n'était sans doute jamais présent sur l'instant. Il aimait ce qu'il voyait et filmait ou photographiait, mais après coup seulement. Une fois l'instant passé, restaient des images. Possible qu'il ait perdu des occasions, le monde le traversait parfois trop vite. Il avait besoin de davantage de temps. Il aimait ce qu'il ne pouvait toucher directement. L'amour naissait dans un neurotransmetteur, et la photo ou le film en était un. Avant l'image il n'y avait pas d'amour et en dehors de l'image il était repris par l'ennui que tout se répétât à l'identique.

– Mais pourquoi tu fais des images ?

Il faisait des images parce qu'il avait simultanément le pouvoir de décider et d'être surpris. Il travaillait encore sur pellicule aussi et réalisait ses tirages en chambre noire. Il avait besoin des instants où le photogramme s'ébauchait dans le révélateur. L'attente et le silence plein de picotements – dans ces moments-là, il parvenait à peine à respirer. Il sortait parfois l'épreuve du bain trop tôt, délibérément, et obtenait un résultat tout différent de ce qu'il avait imaginé à l'origine. Il en allait de même avec les photos numériques. Tout pouvait arriver. S'il prenait une photo de la double réflexion d'un paysage forestier se dessinant sur la vitre d'un bus, il se pouvait que, en étudiant l'écran de son ordinateur, il découvre un visage humain au milieu des arbres. Un jour, en photographiant les espaces d'un hôpital fermé, il avait repéré des faces de trépassés, emprisonnées derrière la grille fixée au plafond. Ce qu'il découvrait, il pouvait le mettre en exergue ou le cacher.

C'était effrayant, parfois.

– Mais pourquoi ? Pour quelle raison il le faut ? Dans quel but ?

Il n'y avait pas de réponse à cette question. Lucas faisait constamment des images et, quand il n'avait pas son appareil sur lui, il le faisait avec les yeux. Il possédait des centaines de milliers de photos archivées dans une zone de son cortex visuel.

– Les photos que je n'ai pas prises, dit-il. Tu y es, toi aussi, plusieurs fois.

Sans parler des choses qui ne s'étaient jamais produites sous ses yeux et qu'il avait pourtant photographiées mentalement.

– Mais pourquoi ?

– Est-ce que tout doit avoir une cause ou une raison ? Est-ce qu'une chose ne peut pas exister pour la simple raison qu'elle est ? Pour elle-même ? C'est comme une personne. Elle naît. On ne lui demande pas si elle veut naître ni pourquoi elle est née. Elle naît parce qu'elle ne peut rien faire d'autre.

Eve s'obstinait et Lucas finit par céder.

– La photographie est réelle, dit-il. Elle naît au moment où les photons réfléchis par l'objet opèrent une modification sur la pellicule ou les charges électriques, dans la cellule de l'appareil. Indépendamment des modifications subies par l'image quand on intervient dessus, il y a là quelque chose qui s'origine dans l'objet photographié. Qu'on ne pourra pas percevoir par les sens humains avant de lui avoir fait prendre une forme visible, mais qui est là tout de même. Photographier, c'est arrêter le temps. Ce qui est à l'image ne cessera jamais d'exister. Cela a existé un jour et, en photo, son existence durera éternellement. Tant que les pellicules ou les fichiers seront conservés, du moins. Sur les photos, nous persistons. Nous nous transférons au-delà du temps. Nous vivons, quand bien même nous sommes morts.

Eve l'observa longuement. Elle hocha lentement la tête.

– Non, dit-elle. C'est le contraire, justement. Photographier, ce n'est pas immortaliser. Photographier, c'est tuer.

Quand Lucas se remémora plus tard ces paroles, il réalisa que là se situait le point d'intersection entre maintenir en vie et mettre à mort. Mais à ce moment-ci, il se redressa, prêt à se défendre.

– Et comment ça ?

Eve dit que chaque prise qu'ils faisaient la diminuait, puis elle raconta une anecdote. Enfant, elle avait la passion de l'envol, ainsi qu'elle le formula, non en avion mais de ses propres ailes. Elle avait effectué des vols sur quelques mètres. Avec ou sans ailes accrochées dans son dos, et avec, cela voulait dire de plein de sortes. Elle en avait reçu certaines en cadeau et fabriqué d'autres à l'aide de papier, de carton et de plumes. Elle avait expérimenté de nombreuses méthodes d'assemblage. Mais un jour, sa mère lui avait dit que ce n'était pas cela, voler. Elle *sautait*. Sa mère l'avait filmée à son insu et, en effet, ses culbutes étaient absolument mignonnes. Les membres de la famille s'étaient extasiés devant la vidéo lors des grandes occasions. Sa mère ne songeait pas à mal mais, à cause d'elle, Eve n'avait plus jamais volé. Elle ne se souvenait même plus de la sensation. Juste de l'avoir fait.

– Ça arrive à tous les enfants.

– Ça n'arrive pas qu'aux enfants. La même chose peut se produire à n'importe quel âge de la vie. Quand on raconte un truc sur toi. Quand on t'insère dans l'histoire d'un autre. Quand on définit ton existence, tu rétrécis, tu te réduis un peu. La définition rapetisse son objet. De la même manière qu'un mot, voire une phrase entière ne seront jamais exactement ce qu'on essaie de dire. La même chose vaut pour les photos. On ne dira pas d'une photo qu'elle te représente, mais que tu y es, en elle. C'est tout à fait différent du cas d'une peinture, par exemple. Si quelqu'un prend une image de toi, c'est elle que tu vois, et non toi. Il existe des images de chaque personne, qui se comptent par dizaines ou centaines, voire par milliers.

Intentionnellement ou pas. Sur chacune d'elles, il y a quelque chose de toi. Tu existes un peu moins qu'avant.

Eve toucha le bras de Lucas. La constellation dans son dos clignota comme une série de LED.

– On ne peut pas me réparer en prenant des images, dit Eve.

– Comment on peut te réparer, alors ? chuchota Lucas.

Il n'avait pas eu l'intention de chuchoter. Sa voix ne fonctionnait pas normalement.

– Il existe en soi-même une partie qui est la combinaison de toutes les parties séparées, dit Eve.

Elle traça sur une feuille des cercles qui se superposaient partiellement. Au centre se trouvait une zone commune à tous.

– C'est le noyau. Il existe quand on est seul. Même si, bien sûr, personne n'est jamais tout à fait seul. Si quelqu'un est seul, endormi ou en transe, ou reçoit une décharge électrique chaque fois qu'il pense à quelqu'un, il finira par perdre la forme de son esprit. Mais sans parler de ça, si on envisage la partie d'une personne qui existe dans toutes les situations y compris lorsque celle-ci est seule, ce sera ce point central. Mais dans mon cas…

Elle se tut et retourna la feuille, dessina de nouveaux cercles. Cette fois, ils ne se recoupaient pas dans une zone centrale commune, ils étaient dispersés sur le papier. Certains étaient tangents et d'autres superposés, mais aucune zone n'était commune à tous.

– Ça ne se passe pas comme ça, dans mon cas, dit Eve. Il n'y a pas en moi de noyau qui existerait toujours, dans toutes les situations possibles. Je suis tantôt ici et tantôt là.

Elle pointait divers cercles.

– Et tantôt ici. Mais je ne suis jamais en même temps dans tous les cercles. Tes photos, je suis dessus mais je ne suis pas en dehors d'elles. Il n'y a pas de moi à l'extérieur d'elles. Les photos ne me représentent pas, elles forment ensemble quelque chose qui n'est rien d'autre qu'une somme de parties.

Elle regarda Lucas dans les yeux.

– J'ai l'impression que l'univers est pareil, dit-elle. Il n'est que la somme des images prises ou des théories écrites à son propos. Il n'est rien d'autre.

Elle agrippa le bras de Lucas.

– Tu m'entends, je n'ai pas d'âme.

– Ne dis pas ça. Bien sûr que tu en as une.

– Non. C'est peut-être pour ça que je m'implique dans ce documentaire. Je veux exister sur les images parce qu'en dehors, je ne suis rien. Quand je t'ai rencontré, je me suis dit que je pourrais grandir avec les photos, avec les histoires, coller sur moi quelque chose que je ne suis pas. Mais ça ne donnera rien. Tu piges ?

– Mais si, dit Lucas, même s'il ne pigeait pas.

– Arrête, s'il te plaît. Tu n'as pas le droit d'essayer de me faire changer d'avis.

Des murs s'étaient érigés autour d'eux. Partis du plancher, ils s'étaient élevés vers le plafond et les avaient recouverts. C'était leur Chambre. Une petite zone dans la Chambre plus grande qui en était, par là même, exclue. On ne pouvait y pénétrer depuis l'extérieur qu'à condition d'accéder une dimension géométrique supérieure.

– J'aime ce que je suis avec toi, dit Eve. Je veux que tu fasses une image de moi. Pour que je puisse la regarder et dire : je suis là. Après, je pourrai mourir.

Lucas la voyait. La beauté laide de son visage vide et blanc, pareil à la lune décroissante. Eve ne voulait pas vivre. Eve était assise face à lui, elle vivait, respirait, et disait qu'elle n'était pas. Disait qu'elle ne vivait pas mais imitait la vie. Qu'un processus pouvait régresser, inverser sa direction. Qu'on ne s'en rendait même pas compte. Un truc rempli d'air se vidait petit à petit. L'air fuyait. Ce qui avait atteint sa forme achevée reviendrait, via des étapes de développement inversées, à ses conditions initiales.

Lucas ne comprenait pas ce qu'elle voulait dire, mais il vit plus tard les souvenirs d'Eve. L'emplacement du tag le long d'une voie derrière la gare, l'étang aux canards. Une par une il vit toutes les choses dont Eve lui avait parlé. Il était assis au dernier rang d'une salle de cinéma et voyait. Il fermait les yeux et voyait.

– Je me transfère dans les images, dit Eve. Je veux que ce soit filmé.

Enregistrement sonore

Tu as le droit de continuer à faire des images, mais à deux conditions.

Oui ?

Tu n'en parles à personne.

Pourquoi ?

Parce que je ne veux pas.

Et la deuxième ?

Moi aussi, j'enregistre. Regarde. Sur mon téléphone.

Tu as enregistré tout le temps.

De temps en temps. Ça te dérange ?

Je sais pas.

Mais je peux ?

Ça te rend heureuse ?

Oui.

Vas-y alors.

Bien. Je vais te raconter un truc, encore. Sur Meret. Je n'ai pas tout dit sur la journée où elle a disparu.

Exprès ?

Peut-être.

Tu as menti alors ?

Ce n'était pas un mensonge. Y a juste des trucs que j'ai pas dits.

C'est la même chose.

Tu veux te disputer ou m'entendre ?

Je veux t'entendre.

D'accord. Quand je suis revenue à la station, j'ai appris pourquoi le métro s'était peut-être arrêté. Il y avait eu un accident. C'est pour ça que la station avait été fermée pendant des heures, pendant autant de temps. Quand j'ai sauté hors du wagon, les métros circulaient déjà normalement, mais la police avait isolé tout le bout du quai par de la rubalise. Il s'était passé quelque chose. Quelqu'un était tombé. Avait sauté ou été poussé.

Tu penses que c'était Meret.

Oui. J'en ai bien peur.

La douzième chambre

La fille est une machine. Elle traverse la pièce à un rythme saccadé, sweat à capuche gris, cheveux dans les yeux. Le bas de son sweat lui descend à mi-cuisse, en dessous, il y a son jean et sous son jean, ses pieds nus. Elle se déplace d'un bout à l'autre, lève et baisse les bras. Tantôt elle disparait un instant, tantôt elle va se placer ailleurs dans la pièce. L'angle de prise de vue est toujours le même. Les images ont été réalisées avec une grande ouverture focale, la mise au point est faite sur le centre de l'espace, la silhouette dansante n'est donc nette qu'au moment où elle l'atteint. Plus elle s'en éloigne, plus sa forme est vague. La représentation est insonore, si l'on excepte un vrombissement assourdi qui laisse penser qu'un appareil fatigué serait en train de projeter une pellicule. Il y a quatre images par seconde. La série ne commence, ni ne finit, et sa durée n'est pas déterminée par le nombre de photos mais, au bout de quelques minutes, le regardeur se rend compte que les mêmes images se répètent dans un autre ordre et forment une chorégraphie aux innombrables variations, qui se poursuit éternellement.

La Galerie

Un éclair illumine l'obscurité. Sur l'image rémanente, on voit Lucas et Cole. Ils ont dix-sept ans et sont dans la Chambre, sur un tas de coussins, appuyés l'un à l'autre. Sur l'écran de télévision est resté figé un bout de film d'horreur qu'ils connaissent par cœur. Qu'ils referaient autrement. Sur la seconde image rémanente, il n'y a que Cole. Dans un coin de la pièce. En position fœtale, il pleure. Tout se répète.

Cela n'aurait pas dû se passer ainsi. Ils n'avaient plus dix-sept ans. Ils en avaient près de trente *Lucas* et faisaient un vrai documentaire *tout se casse la gueule*, ils étaient assis devant la console de visualisation *vraiment tout* et passaient en revue le matériau qui *c'est de la merde* n'était pas ce que Cole aurait voulu qu'ils filment. Avant cela ils s'étaient disputés parce que Cole avait refusé de partir pour l'hôpital, même si Lucas était d'avis qu'il aurait dû. Avant cela, Lucas avait aidé Cole à vomir un mélange de somnifères et d'analgésiques. Avant cela, Lucas avait répondu à son troisième appel. Avant cela, Cole avait appelé Lucas. *Lucas, il faut que tu viennes.* Avant cela, Cole avait vidé le contenu des boîtes dans ses paumes, avait aligné les cachets, les avait avalés un par un. Avant cela, Lucas n'avait pas répondu à sa deuxième tentative de le joindre. Avant cela, Cole avait appelé Lucas pour la deuxième fois. Avant cela, Lucas n'avait pas répondu à son premier appel parce qu'il n'avait pas entendu la sonnerie. Avant cela, Cole avait appelé Lucas pour la première fois. Avant cela, Cole était allongé par terre dans le hall de l'usine, la barbe non rasée depuis plusieurs jours, et fixait le plafond. Avant cela, Lucas était parti à un concert. Lucas n'avait pas entendu le premier appel, au moment du second, il avait fait semblant de ne pas avoir entendu et au troisième *Lucas, je vais crever, là je vais vraiment crever*, il avait songé, avec un léger ennui, ah, voilà que ça se reproduit.

Tout se répète.

Quand Lucas avait demandé à Cole s'il était sérieux, il ne cherchait pas à être chiant. Il ne cherchait pas à faire pleurer Cole à l'autre bout du fil, il ne le voulait pas, même s'il lui était arrivé d'être tellement en colère qu'il avait souhaité la mort de son ami. *Je suis horrible. Non, moi aussi j'aurais sûrement souhaité la même chose.* Lucas effectuait un diagnostic différentiel au téléphone, comme il avait appris à le faire. Mort dans la Chambre ou mort dans la vraie vie ? Images de mort mises en scène ou mort qui se produit vraiment ? La mort dans la réalité de la Chambre, on pouvait y venir et on pouvait en revenir de la même façon qu'on pouvait franchir la porte de la Chambre pour entrer et sortir. Comme l'avait toujours fait Cole. C'est ainsi que Lucas se le disait : *comme l'avait toujours fait Cole.*

– Lucas, avait lancé Cole en lui prenant le bras. Regarde-moi, Lucas. Tout se casse la gueule. Tout se casse vraiment la gueule, putain. Je le sens. Je me disloque.

Quelques mois, seulement, s'étaient écoulés depuis qu'ils s'étaient revus dans le bar après une pause de près de dix ans. Tout se répétait, vraiment, et le cycle raccourcissait.

– Rien ne se casse la gueule. Et tu ne te disloques pas. Tu es fort.

Cole avait perdu la foi en ce qu'ils faisaient. Il avait perdu prise, comme il disait, de manière inattendue et sans préavis. Par « prise », il entendait la joie et l'allégresse de s'atteler à du nouveau, l'extase. Si le travail est sans joie, disait Cole, tout lui manque. Un travail créatif ne pouvait être laborieux. Ce devait être une apparition.

Cole ajouta que ça ne marcherait jamais. Il dit qu'il n'était pas parvenu à pénétrer l'esprit de quiconque. Il essayait et se trompait, et surtout, il se trompait. Les gens étaient des imbéciles. Personne ne se souciait de ce qu'il faisait et pas un ne s'était ouvert à lui. Il l'avait réalisé en parcourant le matériau qu'ils avaient rassemblé.

– Regarde-la, elle aussi, lui enjoignit Cole. Elle est comme… comme un poisson.

Lucas regarda. Eve ouvrait et fermait la bouche sur l'écran de l'ordinateur.

Je suis un collage. J'observe mon environnement, j'imite les autres et ce qu'ils font. Je leur prends des histoires. Les conversations que j'entends sont des fragments dont je m'empare, ou peut-être qu'elles s'emparent de moi. Ce sont de toutes petites unités, je les colle ensemble, je pose les pièces du puzzle et les attache les unes aux autres, même si elles proviennent d'images différentes. Je prends à l'une les cheveux et à l'autre les yeux, à la troisième, la mort de la mère et à la quatrième, les années de persécution à l'école du village. À la cinquième, je prends les résultats scolaires, à la sixième, le job d'été au kiosque à glace et à la septième, le premier baiser pendant un festoche. Je rassemble ces traits et les mets en place, je m'en recouvre comme de Post-it, ils tiennent un moment mais pas éternellement, la peau contient une graisse qui rejette la colle, ma peau la rejette, rejette les Post-it avec leur bande adhésive. Quoi qu'il en soit, je les rassemble et note une chose sur chacun d'eux, je les mets en place, je commence par les orteils et je remonte, en passant par le cou-de-pied, jusqu'aux chevilles, puis en direction des mollets, par-dessus les genoux jusqu'aux cuisses et au ventre, aux seins, aux bras, aux poignets et aux doigts, et même aux ongles. Je me recouvre entièrement d'étiquettes dont chacune porte inscrite une chose volée dans la rue.

Cole stoppa l'enregistrement et ils restèrent penchés sur l'écran vide où le souvenir de la silhouette d'Eve laissait une pâle image rémanente.

– C'est l'œuvre de qui, ça ? demanda Cole, la sienne ou la nôtre ?

– Elle est peut-être commune à nous trois ?

Cole n'écoutait pas.

– Elle m'exaspère, dit Cole, j'aimerais la couper en deux. Je veux voir à l'intérieur de sa tête. Ce qui s'y passe quand elle débite tout ce… toute cette merde artistique. Mais ça ne servirait à rien, il n'y aurait que des Post-it. Elle fait semblant. Elle se fout de nous.

Lucas songea à Eve et aux cercles qu'elle avait tracés. Cole possédait-il un point central où tous les cercles se croisaient, Lucas même en avait-il un ? Eve était peut-être dérangée, mais sa tête n'était pas pleine de Post-it.

– Je suis sûr qu'elle ne se fout pas de nous.

– Mais écoute-la parler, enfin !

Quand tout est recouvert et que ma peau ne se voit plus, j'entre dans la colle, il y en a un plein baquet, je m'assois et j'en étale partout, j'enduis chaque étiquette, je ne laisse d'ouvertures que pour voir et respirer. Jusqu'à être une statue bâtie à partir des vies d'autres gens. À ce moment-là, seulement, je ressors. Une fois la statue achevée et sèche, debout au milieu de la pièce, sur ses deux jambes, vide et légère, je reprends du début. Quand on m'interroge sur moi ou que je me remémore ma vie antérieure, je revois la statue précédente et la décris. Et la précédente de la précédente. Et celle qui lui précédait. Lorsque je me regarde dans un miroir, je vois les étiquettes et la colle séchée, les notes devenues illisibles.

– Après ça, cette connasse va nous apporter une statue en papier mâché.

Lucas s'esclaffa, Cole se massa les tempes. Ils regardèrent un nouvel extrait, puis un autre. Ce que disait Cole était vrai. Ils n'avaient rien filmé de bien intéressant. Ils contournaient la mort et la mort les contournait. Lucas songeait aux conversations qu'il avait eues avec Eve, il aurait pu les mentionner, ça aurait peut-être aidé. Mais il ne dit rien, il ne voulait pas.

– Ça ne va rien donner, lança Cole.

Il enfouit son visage dans ses mains.

– On a du blabla, des heures de logorrhée artistique absconse qui ne touchera personne. On a un bon visage et une bonne histoire qui semblait intéressante au début. Mais elle est creuse. Aussi stérile qu'une seringue dans son emballage individuel.

Ils rembobinèrent et réécoutèrent.

– Sa mort n'intéressera personne parce qu'elle manque de vie.

– C'est la vie qui manque en elle, le reprit Lucas. Il n'y en a pas en elle et c'est de ça qu'il s'agit.

– Son histoire, tu veux que je te dise, j'ai l'impression qu'elle la tire entièrement de sa tête.

Cole stoppa la vidéo. Eve se figea, la bouche ouverte, les yeux fermés, elle semblait chanter ou bâiller.

– Comme si elle ne savait pas elle-même qui elle est.

Lucas se rappelait les mots d'Eve. *Quand on définit ton existence, tu rétrécis, tu te réduis un peu.* Elle avait raison. Lucas la voyait se réduire sur l'écran de l'ordinateur. Objet soumis à l'observation, elle était incapable de se défendre, comme une personne inconsciente dont on peut prendre des images contre sa volonté ou qu'on peut tourner dans n'importe quelle position. Ou un corps mort incapable d'empêcher qu'on le profane. Lucas tendit la main et fit disparaître l'image d'un clic.

– Peut-être qu'elle ne le sait pas, en effet, dit-il. Peut-être qu'elle essaie de se comprendre en parlant.

Cole se raidit. Ses paupières se plissèrent.

– Je le savais ! Vous vous voyez. Ce n'est pas une bonne chose. C'est une putain de mauvaise chose. Tout le documentaire va être foutu si tu baises notre personnage principal.

– Je ne la baise pas. Au max, on fait le chemin ensemble pour rentrer, des fois.

– Le chemin ensemble, tu m'en diras tant. De quoi vous parlez ? Du documentaire ?

– Non. D'autre chose.

– Écoute-moi bien. C'est moi le réalisateur de ce documentaire et je décide de quoi on parle avec le personnage principal. Il n'y a pas *d'autre chose* dont on parlerait. Il n'y a que le matériau à partir duquel nous construirons un documentaire sur une personne qui veut mourir. Tout peut être important, absolument tout. Tout peut être foutu parce que vous avez les conversations les plus intéressantes en dehors des tournages.

– D'accord, consentit Lucas. Je vais lui dire qu'on ne va plus parler.

Cole se taisait. Il faisait craquer ses doigts. Il se mordait les lèvres. Craquait. Mordait. Il se tourna ensuite pour regarder Lucas de tout près, droit dans les yeux. Son expression avait changé.

– Et qu'est-ce que vous faites, alors ? demanda-t-il.

Lucas réfléchit à ce qu'il allait répondre. Que dire quand on n'avait rien envie de dire ?

– Comment ça ? Qu'est-ce que tu veux dire ?

– Qu'est-ce que vous faites si vous n'en parlez pas et ne baisez pas ? Qu'est-ce que vous faites quand je ne suis pas là ?

– On ne fait rien. On écoute de la musique.

– Vous écoutez de la musique, répéta Cole.

Lucas ne répondit rien. Il regrettait d'avoir même dit cela.

– Tu vas la choisir, dit Cole. Je ne te conviens plus.

– Quoi ?

– Tu vas la choisir et ensuite tu vas me jeter. Tout le monde me rejette.

– Je ne vais pas te jeter.

Cole éclata d'un rire sans joie.

– Mon cher petit Lucas, tu es toujours le premier à me jeter. Tu me rejettes quand je suis le plus faible. Tu crois que je ne m'en souviens pas ?

Lucas n'avait pas de réponse à offrir, rien qu'il aurait pu dire sans s'enfoncer dans le tourbillon dont il n'était que vaguement conscient. Il avait appris que résidait en Cole un gouffre obscur. Cole le contournait, de plus loin ou de plus près, mais le gouffre était toujours présent, il existait. Lucas pensait aux planètes dont Isak lui avait parlé, en révolution autour de trous noirs. Peut-être que Cole était comme ça. Il contournait un trou noir sur une trajectoire elliptique, il se trouvait parfois si loin du noyau obscur qu'il était empli d'une joie sauvage de vivre, mais jamais, au grand jamais, il ne pouvait se mettre hors de sa portée. C'était une personne comme ça que Lucas avait laissée seule, détachée de sa propre orbite comme une lune dont il ne pouvait se passer pour vivre. *Les cordes, pas les cordes.* Il ne trouvait pas les mots requis, quelque chose d'ouvert se referma. Cole lui avait demandé pourquoi il l'avait abandonné, pourquoi il n'avait pas cherché à remettre la main sur lui pendant toutes ces années, comme l'aurait fait un véritable ami. Lucas n'avait pas trouvé les mots requis, quelque chose d'ouvert s'était refermé.

– Je devrais sans doute te laisser faire le documentaire seul, lança Cole, puisque tu t'en sors si bien sans moi.

C'était un test. Lucas savait ce qu'il devait dire et ne dire en aucun cas. Il savait ce qui mettrait Cole hors de lui et il ne voulait pas que cela arrive.

– Je ne veux pas le faire tout seul, répondit-il et son mensonge n'était que partiel.

Il ne voulait pas réaliser l'œuvre de Cole tout seul. Il voulait faire la sienne.

– Et si c'était moi, le problème, suggéra Cole. Je ne sais pas pénétrer dans l'esprit des gens. J'imagine des trucs faux. Il y a une déficience en moi, une erreur. Tu piges,

Lucas ? Je dois couper un chat en deux si je veux voir ce qu'il y a à l'intérieur.

Cole s'était mis à pleurer. Il se couvrit le visage.

– Je suis moche quand je pleure.

Ils avaient à nouveau dix-sept ans. Quinze ans. Treize ans. Ils étaient dans la Chambre et, entre eux, il n'y avait qu'une mince différence entre la pitié et la compassion.

– Et Nik, alors, dit Lucas, c'est toi qui as inventé une personne entière. Et qui m'as fait croire à lui. Imagine. C'était génial. Si ça ne m'était pas arrivé à moi, je n'y aurais jamais cru après coup. Mais à ce moment-là, Cole, j'y croyais. Tu étais parfait.

Lucas continua à parler, c'était sa bouche qui parlait. C'était comme si ce qu'il disait sourdait directement de son inconscient dans sa bouche et se répandait de sa bouche au-dehors. Il ne réfléchissait pas, il disait seulement. Cole pourrait reprendre là, émit Lucas, il pourrait faire une œuvre sur Nik. L'imaginer vivant comme il l'avait déjà fait une fois.

C'était une erreur. Cole se mit debout d'un bond. La bouteille vola contre le mur, éclata et laissa une trace rouge couler sur le béton.

– Tu ne pigeras jamais ce qu'est Nik.

– Non, parce que tu ne le dis pas.

On peut rendre une chose réelle par la seule volonté, ainsi que l'avait dit et le redisait Cole, juste parce qu'on le voulait assez. Le souhaitait assez. Y croyait assez. Il existait un moyen de créer des personnes de sorte qu'on finissait par les voir et entendre leur voix. Ce n'était pas de la schizophrénie, ça n'avait rien à voir avec les troubles mentaux. C'était de la pure imagination. Mais l'inverse aussi se produisait.

– Je l'ai imaginé au point de le faire sortir. J'ai souhaité, souhaité, souhaité qu'il ne soit pas. Et alors, il n'a plus été. Et c'est pour ça, justement pour ça, que je ne peux et ne pourrai jamais m'en débarrasser.

Il ajouta une chose que Lucas ne comprit pas, pas encore.

– Je me disais que tu pourrais le ramener.

– Tu veux dire quoi, bordel ?

– Exactement ça, bordel, que tu ne piges rien. On l'a déjà fait, Lucas, tu ne t'en souviens pas ?

C'était dans la Chambre qu'ils avaient fait cela. Mais ce n'était pas arrivé seulement dans la réalité de la Chambre. Cela s'était produit aussi dans la réalité réelle. C'était arrivé à Cole. Ce qui, pour Lucas, n'était qu'un jeu était vrai pour Cole. Dans le monde de Cole, la Chambre ne se limitait pas à un certain temps et un certain lieu du passé ; elle était toujours présente.

– C'est mon monde, dit Cole. Tu t'es contenté d'y faire un saut. La Chambre était à moi. Elle est à moi. Tout ce qu'il y avait dans la Chambre est à moi. J'ai essayé de le partager avec toi, mais tu n'as pas pigé. Parce que tu n'es pas lui. Tu n'es et ne pourras jamais être lui.

– Qui ça, lui ?

– Ça te regarde pas.

– Je croyais qu'on l'avait fait ensemble ?

– Oui, on l'a fait ensemble. D'une certaine manière.

Cole se tut. Il ajouta ensuite qu'il ne pouvait rien faire seul. Il n'accédait jamais seul à la Chambre. Il avait essayé avec de nombreuses personnes, mais il n'y était plus parvenu avec qui que ce soit.

– Tu étais le seul à faire que la Chambre perdurait, dit-il, et tu es parti.

– Je t'ai demandé pardon.

– Tu n'as plus jamais le droit de faire ça.

– Je ne le ferai plus.

– J'ai une requête. Si je meurs, promets-moi que tu ne me laisseras pas disparaître.

– Mais tu ne vas pas mourir.

– Rassemble ma vie. Récupère mes images. Fais l'image de moi vivant.

– Cole, tu ne vas pas mourir.

– Tu es l'unique personne qui me voit vraiment.

Cole caressa la joue de Lucas et toucha son front avec le sien.

– Tu es le seul, chuchota Cole.

Lucas sentait l'haleine de Cole sur sa peau. Si l'on se brise intérieurement au tout début de son adolescence, on n'en mourra pas mais il se peut qu'on ne regagne jamais complètement son intégrité. Lucas ferma les yeux. Son cœur donnait des coups désordonnés et il ne retrouvait pas son souffle. Il se leva et appliqua ses mains contre sa poitrine. Cole se recula. Une limite avait été préservée entre eux, cette fois-ci. Une limite dont le franchissement aurait précipité Lucas dans le même gouffre qui se trouvait en Cole, perpétuellement avide de lumière et d'aliments.

Un changement s'était malgré tout produit. Lucas fit un rêve dans lequel il se divisait en deux. Quand il se regardait dans un miroir, ce n'était pas lui dans le reflet. C'était le frère imaginaire de Cole. Nik sur la pierre. Nik dans la Chambre. Nik les cheveux ébouriffés et habillé au petit bonheur. Nik était revenu. Quand son téléphone sonna au milieu de la nuit, Lucas crut un instant parler à Nik. Mais ce n'était pas Nik.

– On n'a jamais eu cette conversation, annonça Cole. Je n'ai jamais rien dit. Tu n'as pas le droit de faire des images de moi. Je ne te donnerai pas mon histoire. Ni elle, ni rien d'autre. Je ne te donnerai pas un seul mot. Toi, jamais, pas une seule fois…

Toi, tu n'auras jamais le droit d'entrer dans la Chambre sans moi.

REC. Quand on s'est rencontrés, tu n'allais pas très bien. Tu bossais pour un salaire de merde et tu perdais ton temps dans des projets inutiles et des relations futiles. Personne n'osait te le dire. Personne d'autre que moi, donc. Moi, je pense qu'il faut être honnête. Dire la vérité, c'est un service qu'on rend. Sans quoi, une personne pourra marcher toute sa vie dans la mauvaise direction. Je t'ai sauvé. Ça peut sembler prétentieux, mais ça ne l'est pas. Je t'ai ramené en lieu sûr. Sans moi, tu ne serais rien. Sans moi, tu serais encore en train de faire des photos d'identité. Dans un photomaton. Tu vois, les cabines photo qu'on trouve dans les gares : s'il y avait une vraie personne à l'intérieur, et pas une machine ? Eh bien ce serait toi. Pardon, je ne voulais pas être cruel. Mais parfois, je suis tellement en colère contre toi que j'ai envie de te faire mal. Ensemble, nous aurions pu briser toutes les limites. Et qu'est-ce que t'as foutu ? Tu m'as regardé, apathique, et tu as dit que quelqu'un pourrait le prendre mal. Être blessé. Parfois, je me dis que c'était toi, l'erreur. Tellement de bonnes idées ont foiré à cause de toi. Je dis des gros mots. Tu me fous en colère. Je me souviens de l'air que t'avais. Qu'est-ce que tu as, je te demandais toujours, mais tu passais des jours sans répondre. T'as pas répondu quand je t'ai appelé. Je suis certain que tu scrutais ton putain de téléphone et que ça t'a bien fait triper de voir mon nom s'afficher sur ton écran et que ça soit toi qui sois aux manettes. J'ai essayé de t'aider de toutes les manières possibles, mais t'as toujours répondu par la rancune. Tout le monde commet des erreurs de jeunesse. Les autres, ils les surmontent. Pas toi. Moi, j'ai essayé de te protéger. Je te parle de vulnérabilité, ça se voit sur le visage quand on dort. Et d'amour. Du fait que l'amour et la souffrance vont ensemble. Je t'aimais. Je t'aime encore. Tu as toujours été le seul. STOP.

Un troisième secret (tout se répète)

Cole avait retrouvé sa bonne humeur. Il sifflotait et mettait en ordre des prises de vue sur un logiciel.

– Ça va être tellement bien, l'histoire est complètement différente selon l'ordre dans lequel on va cliquer sur les icônes.

Pris dans un ensemble plus vaste, le discours d'Eve sur les Post-it n'avait plus l'air inauthentique, en réalité, on aurait pu s'en servir pour structurer toute la Galerie. Des étiquettes à déplier, disparaissant après ouverture. Des étiquettes disparaissant sans avoir été ouvertes et se montrant de manière aléatoire. Des étiquettes dont le texte serait devenu illisible. Aucun des regardeurs ne pourrait voir l'œuvre dans son entièreté, et donc elle serait différente pour chacun. Tout dépendait du point où l'on commencerait et de la manière dont on poursuivrait l'expérience. En plus, c'était une bonne chose que s'ouvrent des miniatures irrégulières et distinctes les unes des autres.

– L'ensemble peut bien manquer de netteté et avoir du grain, dit Cole, la vie aussi est comme ça.

La raison de la bonne humeur de Cole se révéla à Lucas accidentellement. C'est Eve qui lâcha l'information. Ils étaient tous les deux, elle leur avait servi un deuxième ou troisième verre de vin dans des tasses à café cabossées, elle s'était assise près de Lucas et avait appuyé la tête sur son épaule, regardant les images défiler sur l'écran de l'ordinateur.

– On filme, avec Cole, dit Eve.

On pouvait faire tenir beaucoup de choses, dans ces quatre mots. Après les avoir prononcés, elle mit la main devant sa bouche, comme effrayée par ses propres paroles.

– Je n'aurais pas dû te le dire.

– Mais tu l'as fait quand même.

– On filme du matériau pour sa bio.

– Quel genre ?

– Un peu de tout. Il parle de sa vie. Je ne devrais pas le dire. Mais. Bon. Je pense que c'est bien que tu le saches. Il veut s'immortaliser, comme il a dit.

– Je sais. Il a toujours fait ça.

J'ignorais juste qu'il le faisait avec toi.

– Il y a plein de trucs sur toi, aussi. Il veut tout enregistrer.

Trois personnes et trois secrets partagés deux par deux. Quelques mots et Lucas redevenait enfant, retombait dans l'enfant qu'il avait été. À treize ans, jaloux et blessé. Il s'en rendait compte mais il n'y pouvait rien. Si l'on se brise intérieurement au tout début de son adolescence, on n'en mourra pas mais il se peut qu'on ne regagne jamais complètement son intégrité.

Lucas en parla quand il revit Cole.

– Tu filmes à nouveau ta bio, dit-il.

– Et alors, je l'ai toujours filmée.

– Mais tu le fais avec Eve.

– Tu n'es pas propriétaire d'elle, à ce que je sache.

Lucas rougit d'irritation. Sa voix se brisa, c'était celle de ses treize ans.

– Je croyais que tu ne voulais pas mélanger les choses.

– J'ai changé d'idée. Je fais deux films. Personne ne t'empêche de faire pareil.

– Et le voyage ?

– De quel voyage tu parles ? demanda Cole. Je sais pas de quoi tu parles.

Eve avait parlé d'un voyage à Lucas.

– Et il ne t'a rien dit de ça non plus ? avait demandé Eve.

Il avait fallu admettre que non.

– Il veut qu'on aille dans la ville où Meret a disparu.

Eve avait expliqué qu'ils allaient filmer. Qu'ils retourneraient raccrocher son histoire aux endroits où elle s'était rendue il y a longtemps.

– Ce serait un récit de voyage d'un autre genre, avait-elle dit. Un voyage de l'autre côté.

Dans un monde impossible reflété par des miroirs, avait complété Lucas mentalement. Il entendait sa propre idée. Il se souvenait du gros caillou dans sa main. Qui l'avait jeté, en définitive, et sur qui ? Qui avait été touché ?

– T'es pas sérieuse !

– Pourquoi pas ? avait répliqué Eve. C'est génial que cette possibilité lui soit venue à l'esprit. Ou à l'esprit de qui que ce soit. J'aurais cru que tu serais enthousiaste.

– Il te ment. C'était mon idée. Je pensais…

– Il m'a prévenue que c'est ce que tu risquais de dire. Moi, ça m'est égal, de qui est l'idée. Il me semble que je me rapprocherais de Meret en allant là-bas. Pourquoi tu ne m'as pas dit que tu planifiais un truc comme ça ?

Et la sensation toujours éprouvée à avoir une pierre dans ses mains, à laisser toute sa fureur s'y concentrer, toute la matière effondrée sans espace vide, si dense que l'humanité entière tiendrait entre le pouce et l'index. À l'intérieur de la matière effondrée, tout est dense, un et même.

– Il m'a retourné la tête. Il a dit que c'était une idée débile et obsolète.

Une telle pierre cause un trou si profond dans le temps et l'univers que tout ce qui se retrouve à proximité tournera autour éternellement. Ou y tombera et s'effondrera.

– Il ne l'a inventée que quelques jours avant de m'en parler, dit Eve. Ça s'est ouvert à lui comme une apparition. Il était d'abord complètement paumé, et puis, d'un coup, tout a été clair.

Cole utilisa exactement la même expression en expliquant la chose à Lucas. La solution s'était ouverte à lui comme une apparition. Le voyage aurait son propre film. Le documentaire alternatif de la Galerie lui donnerait ses fondations, en constituerait le coup d'envoi, susciterait l'intérêt.

– Comme une apparition… Cole, vraiment ? demanda Lucas. Tu vas filmer mon idée avec elle !

– Ton idée, Lucas. J'ai bien entendu ?

Combien de rencontres encore, avant la dernière ? Celle où Lucas eut envie de tuer Cole ?

– Tu comptes partir avec elle et filmer son histoire sur place.

– Tu ne la crois pas sérieusement, quand même ?

Trois personnes et trois secrets partagés deux par deux. Chacun reste en dehors de l'un d'eux. Chacun le sait. La seule question est de savoir quel secret est le plus précieux.

Cole sourit, juste une seconde.

– D'accord, j'avoue. Oui, nous allons partir. Nous filmerons l'endroit où tout a commencé. Et tu viens aussi, évidemment. C'est toi qui fais les images.

Lucas secoua la tête. S'il avait pu, il aurait réécrit toute la scène. Il entendait sa propre voix, qui n'était qu'un couinement. Pas étonnant que personne ne l'écoute, avec une voix pareille.

– C'était mon idée.

Cole toussota.

– Écoute, reprit-il, des fois, deux personnes ont la même idée en même temps. L'inconscient est imprévisible, tu le sais. Surtout chez nous deux. Tu t'en souviens, Lucas, une chambre et deux fenêtres dans des directions différentes.

Une Chambre et un monde pareil à la Chambre. Un monde pourvu de murs et de limites qui, pour être préservées, ont besoin de deux cœurs battants, deux paires de poumons, deux paires d'yeux. Jamais plus, jamais moins.

– Il n'y a pas de droits d'auteur sur les idées. Les idées sont comme les nuages, elles vont et viennent, tu le sais bien, elles s'oublient et rejaillissent, différentes. Tu penses à un truc et, au bout d'un instant, il a disparu, il n'est plus. Il est possible que j'aie reçu cette idée de toi, mais j'ai aussi bien pu l'inventer à partir de tout autre chose.

Cole appuya son front contre la fenêtre. Il était gracieux sur fond de ciel noir. Cole était une photographie, c'est ce qu'il était, dans la Chambre ou à l'extérieur de la Chambre, réel ou imaginé, Cole était toujours une photographie.

– Tu devrais te faire confiance, lança-t-il. Tu n'avais pas à m'écouter. Tu aurais dû faire les images avec elle.

Partir. Sans me le dire. Ne m'accuse pas alors que c'est toi qui as abandonné.

– Je ne veux pas que tu ailles filmer dans cette ville. C'est mon truc à moi.

– Écoute, Lucas. Réfléchis tranquillement, c'est le truc de qui, cette ville ? Qui en a parlé ? Qui t'a empêché de partir ? Personne n'est propriétaire ne serait-ce que de sa propre histoire. Eve n'est pas propriétaire de la sienne. Toi non plus, tu ne possèdes pas la tienne. Il est inutile de se cramponner à quoi que ce soit, tout fluctue. Tu ne le sais pas parce que tu ne fais pas d'images des gens, en tout cas, pas par désir personnel. Tu ne t'approches pas d'eux pour enregistrer leur visage. Tu restes caché, et c'est pour ça que le monde ne se montre jamais à toi dans son entièreté. Nous tous, nous n'existons qu'ensemble, nous sommes des fragments, le vent nous emporte. Jusqu'à quel degré peux-tu décrire correctement une personne sans en mentionner une seule autre, vivante ou morte ? Même quand tu tiens ton travail final, ton expo de photos, ton film, même quand tu peux enfin dire que tu en as la propriété. Même là, on peut encore se demander qui en est le propriétaire.

– Et toi, alors ? demanda Lucas, tu es le propriétaire de ta propre histoire ?

Cole se tut. Il se retourna vers Lucas.

– Moi, je prends soin de mon histoire, dit-il. Mon histoire, personne ne la connaît.

– Sauf que tu sèmes des détails ici et là.

– Qu'est-ce que tu veux dire ? demanda Cole.

C'était la question que Lucas avait posée à Eve.

– Qu'est-ce que tu veux dire ?

Eve lui avait répondu par une autre question.

– Il ne t'a vraiment pas parlé de Nik ?

Ce fut un choc. Ça n'aurait pas dû, mais c'en fut un. Lucas n'avait pas voulu montrer à Eve la tempête qui soufflait en lui. Il avait haussé les épaules et tenté de ne pas sembler plus ému que cela.

– Bien sûr que si.

Lucas avait raconté à Eve que Nik était un personnage inventé. Sans expliquer comment il l'avait appris. Quand Eve s'était opposée à ses dires, Lucas lui avait parlé de la technique des jumeaux que Cole avait inversée. Les jumeaux se faisaient passer l'un pour l'autre, Cole faisait semblant d'en avoir un.

– Ne me dis pas qu'il continue.

Eve avait fait lentement non de la tête.

– Non. Cole n'a pas fait ça. Il ne sait pas où se trouve Nik, ni même s'il est en vie. Il n'a pas revu son frère depuis près de vingt ans. Ou pas loin.

– À moi, il m'a dit, il y a longtemps, qu'il avait absorbé son frère quand ils étaient dans l'utérus, avait répliqué Lucas en éclatant d'un rire sans joie.

Eve n'avait pas ri.

– Et tu l'as cru.

– Non. Il a dit aussi que son père était mort et sa mère dérangée.

C'était vrai. Mais c'était dû au fait que, à ce stade, Lucas ne croyait plus rien. Croire à tout s'était changé en croire à rien. Dans la réalité de la Chambre, tout ce qui se produisait et ne se produisait pas avait la même valeur en termes de réalité.

– Son frère a disparu à l'époque où le reste de la famille était en voyage, avait exposé Eve. Ils avaient douze ans. Ou dix. Quelque chose entre les deux.

– Il m'a dit, à moi, qu'il avait lui-même disparu en voyage. Il ne faut pas croire ce qu'il dit. Il ment. Il n'arrive pas à arrêter son jeu d'enfance.

– Il a dit la même chose de toi, rapporta Eve.

– Il a dit quoi ?

– Que tu mens. Que tu es obsessionnel. Tu bloques.

Lucas avait serré les dents. Il semblait obsessionnel à ses propres oreilles.

– Tu crois que son frère existe vraiment.

– Non, avait répondu Eve, je le sais.

– Comment ?

– J'ai vu sa photo.

– C'est pas vrai !

– Pourquoi pas ?

Eh bien, parce que Cole n'avait jamais montré de photo de Nik à Lucas. Ce qui ne justifiait rien. Ou alors sa jalousie, tout au plus, qu'il avait de la peine à admettre, même à ses propres yeux.

– D'où tu sais que c'est son frère ? Et s'il t'avait juste montré sa photo à lui ?

– Pourquoi il aurait fait ça ? avait demandé Eve.

Elle avait ajouté que Cole avait raison sur un point. Lucas était parano.

– Il y avait deux garçons sur la photo.

– Ça ne prouve rien. N'importe qui peut faire ça sur ordinateur.

Eve avait dit que Lucas ne devrait pas se montrer si sévère. Cole avait eu la vie dure. Son frère disparu et sa mère détraquée. Et son père qui avait foutu le camp.

– Pourquoi tu as prétendu que ton père était mort, demanda Lucas à Cole.

Il n'avait jamais posé cette question à Cole : Pourquoi dire ça, à l'origine ?

– J'ai sûrement jamais prétendu ça. C'est toi qui as mal compris. Et qu'est-ce que t'en as à faire, de mon père ?

– Et Nik, pourquoi tu parles encore de lui ?

– C'est quoi ce contre-interrogatoire ? Et alors ? Pourquoi j'en parlerais pas ?

– Parce qu'il n'existe pas.

– Qui a dit qu'il n'existait pas ?

Personne. Personne n'avait jamais dit qu'il n'y avait pas de Nik. Personne n'avait déclaré non plus que le champ gravitationnel délimité par la chambre ne pouvait pas se prolonger à l'extérieur de ses murs. Nik était un secret partagé auquel Lucas s'était raccroché. Nik était l'obsession de Lucas, la corde par laquelle il restait attaché à Cole. Il s'en rendait compte mais n'y pouvait rien. Lucas s'était imaginé que Cole n'avait pas raconté ses histoires à d'autres. Évidemment qu'il l'avait fait.

– Il était notre invention.

Cole s'esclaffa.

– Ah non, pas la nôtre. La mienne. Souviens-t'en. Il a toujours été à moi. Et le restera. Toujours. Tu peux essayer de me voler mes projets de voyage, mais Nik, tu ne me le prendras pas. Je ne veux plus que tu prononces ne serait-ce que son nom.

– Tu pourrais enfin arrêter tes contes de fées, lança Lucas.

– Et toi, tu pourrais enfin devenir adulte.

La voix de Cole et les yeux de Nik. Lucas ferma les siens et pressa ses tempes entre ses doigts.

– Pas étonnant que tu te sois fait qualifier d'obsessionnel.

– Par qui ?

– Eve.

Eve. Eve avait attrapé Lucas par les poignets et l'avait regardé dans les yeux. Si près que Lucas avait senti l'odeur de sa peau.

– Tu dois savoir encore une chose. Je te la raconte si tu me promets de ne pas lui dire.

Lucas avait acquiescé.

– J'ai l'impression que ma vie a changé. Je ne suis plus certaine. Peut-être plus. J'ai dit tant de choses. Je ne sais plus.

– Qu'est-ce que tu essayes de dire ?

– J'ai l'impression que j'ai lâché. J'ai lâché Meret.

Bien sûr que tu as lâché, avait songé Lucas, c'est de ça qu'il a toujours été question. Tu racontes et tu lâches. Tu continues ta vie.

– Je ne vais pas partir en voyage, finalement. Ça ne m'amuse plus, j'en ai assez. Mais ne lui en parle pas. J'ai peur de lui.

La voix d'Eve n'avait plus été qu'un chuchotement.

– Tu m'as sauvée, avait-elle ajouté.

Cole regardait Lucas, les yeux comme deux fentes.

– Je pensais ne pas t'en parler, annonça-t-il, mais tu dois savoir. Fais gaffe avec Eve.

– Comment ça ?

– Le fait de la rencontrer, dit Cole, ce n'était pas mon idée, même si c'est ce que tu crois, évidemment. C'est elle qui est venue me voir. J'ai l'impression qu'elle a un peu le béguin pour moi. Enfin, c'est pas qu'une impression, j'en suis certain. Elle me tourne autour, elle se tape l'incruste. Moi, j'ai ma morale, donc elle risque d'essayer avec toi, après. Et si j'étais toi, je serais prudent. Je maintiendrais les limites. Ne te lance dans rien avec elle. Ça arrive ici et là, surtout dans ce genre de milieux, mais c'est pas un bon truc. On t'en ferait le reproche.

– Qu'est-ce que tu insinues ?

– Je n'insinue rien. Tu peux aussi bien oublier ce que je t'ai dit et faire ce qu'il te plaira. De toute façon, c'est ce que tu as toujours fait.

C'était donc pour ça ? Lucas avait tout le temps cru, espéré et peut-être redouté que ce qu'il y avait entre Eve et lui n'ait aucune importance. Qu'on ne le rendrait réel ni en mots, ni en actes, parce que cela n'aurait pas supporté la réalité. Cela ne vivait que dans les images. Poursuivait son existence justement parce qu'on ne la briserait jamais en en parlant.

– Elle t'a déjà dit, pour le métro ? demanda Cole. Que sa copine n'avait pas disparu, mais sauté devant la rame ?

Cole avait un sourire rusé.

– Tu savais que c'est moi qui le lui ai suggéré ? Je voulais lui donner un peu à penser et je lui ai demandé si ça pouvait être exact. Et quand elle a écouté vraiment, et vraiment réfléchi, ça a commencé à lui sembler raisonnable. C'est pour vérifier, qu'elle s'est intéressée au voyage dans cette ville. T'imagines ?

Lucas se leva pour partir. Mais alors qu'il était déjà en route, saisissant sa veste et la poignée de la porte à laquelle il prêtait maintenant attention, peut-être parce qu'elle était lourde, rouillée et pratiquement désolidarisée de ses vis, peut-être parce que Cole l'avait un jour comparé à une poignée de porte, et qu'il était tout près de s'en aller sans déclarer ce qu'il déclara ensuite et sans causer ce qu'il causa ensuite, il s'arrêta. Ses pieds s'arrêtèrent. Son esprit s'arrêta. Chaque pensée en lui s'arrêta de même que les oiseaux s'arrêteraient en plein vol si le temps s'arrêtait pour de vrai. Il serra les poings. Ces derniers temps, sa colère était incontrôlable. Des réactions chimiques se produisaient en lui, réactions qu'il ne comprenait pas, quelque chose bouillonnait et débordait. Il se tourna du côté de Cole et sourit, pas à la dérobée, il le regarda dans les yeux.

– Eve semble aller mieux que jamais, énonça-t-il. Elle t'a peut-être confié qu'elle avait surmonté le truc.

Sa voix n'était plus perçante, elle était grave et calme, la voix d'un autre. Quelqu'un lisait un communiqué sur une feuille et la bouche de Lucas se contentait de répéter.

– Elle ne veut pas mourir. Peut-être qu'elle n'a jamais voulu mourir. Eve s'est peut-être foutue de moi, mais elle s'est foutue de toi aussi. Peut-être qu'elle voulait son quart d'heure de célébrité et a trouvé le bon con pour réaliser son projet. Elle n'a aucune intention de partir avec toi où que ce soit, personne n'en a l'intention. Tout ton film de merde est en train de se planter. Donc si c'est des macchabées que tu cherches, il va falloir que tu t'en fasses toi-même.

Je ne t'ai pas sauvée, je t'ai tuée.

S'il était possible de retirer ses mots. De rembobiner. De reprendre du début. Cole ne répondit rien. Lucas vit sa silhouette dans le miroir de l'entrée. *Nous sommes divisés en spéciaux et en banals, mon cher Lucas, en ceux qui font et ceux qui restent dans le public. Nous sommes toujours divisés.*

Qui était coupable, en définitive, et de quoi ?

Les dernières heures

Cole t'a menti, intervint Serjoža, elle ne pouvait pas avoir inventé ce truc du métro. En tout cas si on parle de notre ville. Moi aussi je l'ai entendu raconter.

Les autres aussi ont entendu parler de l'affaire du métro. C'est une légende urbaine. On évoque aussi une station fermée. Pareille aux stations fantômes de Berlin à l'époque où il y avait encore le mur, les stations obscures que les trains traversaient sans s'arrêter. La rumeur dit qu'ici aussi, il y a une station fermée.

– Ou toute une ligne, intervient la femme anonyme. Quand on la croise sur une autre ligne, le métro ralentit mais ne s'arrête pas. Moi, par contre, je n'y crois pas.

– Vous vous souvenez de cette histoire, demande Marco, celle où le type actionne le signal d'alarme et descend dans une station obscure ? Il y reste coincé parce que personne n'a l'idée d'aller l'y chercher.

– Je l'ai entendu raconter quand j'étais gamin, dit Serjoža. On a retrouvé un squelette des années après.

Dans l'enfance de Lucas, on découvrait des squelettes dans les zones sauvages du nord du pays. Ce n'étaient pas des légendes urbaines mais des randonneurs ou des ramasseurs de baies avant l'ère des téléphones portables.

– On raconte que sur certaines lignes de métro il y a un endroit où les gens vont se suicider. Un peu comme dans les villes où on trouve un certain pont. Ou un rocher. Ou un gratte-ciel.

– Tirez le signal d'alarme, et mourez.

Les autres rient. Lucas essaie mais ça ne vient pas. Il est reconnaissant du brouhaha des conversations, de ne pas avoir à parler. Leur compassion inattendue lui rend la parole difficile. Ses pleurs sont en chemin, ils font trembler son visage. Il fait semblant de bâiller. Cole, songe-t-il, moi aussi je suis moche quand je pleure, nous le sommes tous.

– La rumeur dit que plein de gens ont fini leurs jours là-bas, mais personne n'a été identifié.

– Moi j'ai lu un article, il n'y a pas si longtemps. On a découvert le corps d'une jeune fille sur la voie. Complètement meurtri. Mais comme c'était dû à un freinage défectueux, on n'en a pas trop parlé. Le corps a été conservé un moment, puis on s'en est débarrassé. Personne n'est venu le réclamer.

– Et cette histoire, de quelqu'un qui était mort sur les rails et envoyait des messages chez lui des années après encore.

Serjoža arbore une expression glaçante.

– C'est sûrement pas vrai.

– Sûrement pas, non.

Le générateur vrombit derrière les vitres, on tire de nouvelles rallonges sur le sol. Les lampes se rallument avant de s'éteindre à nouveau. Le clignotement des néons vous aveugle ou cause des crises, en fonction des divers diagnostics. Une mince couche de neige qui ne fond plus s'est accumulée dans l'embrasure de la porte. Lucas fixe l'écran sur lequel la neige électrique se mue en véritables flocons. Un présentateur portant chapeau explique quelque chose sous l'averse. Le paysage n'est pas différent de ce que Lucas a vu précédemment. Puis il disparaît à nouveau. Le grondement du générateur s'éteint, puis les lampes et l'image à l'écran.

Lucas ferme les yeux. Quelque chose se produit autour de lui et quelque chose à l'intérieur de lui. Les conversations qui l'environnent ont ses souvenirs pour sujet. Cole et Eve ne sont plus les secrets de Lucas, des inconnus parlent d'eux comme d'une série télé. Lucas s'est de nouveau transféré dans une histoire que les autres racontent, mais cette fois c'est différent. Cette fois, ce n'est pas désagréable.

– Et ensuite, il s'est passé quoi ?

Ce qui n'est pas un rêve

Lucas ne se rendit pas au studio, et Cole ne l'appela pas pour lui demander de revenir. Le tournage était en pause, enfin Lucas l'était du moins. Il les évitait tous les deux, Eve et Cole, éteignait son portable ou bloquait leurs appels, il voulait être seul. Il mettait en ordre son propre matériau, même s'il n'en avait pas beaucoup, rien qu'il eût voulu regarder ou utiliser. Il ne parvenait pas à se concentrer sur quoi que ce soit, il assistait surtout à toutes les séances d'un petit cinéma ou il dormait ; deux ou trois fois, il alla boire des bières dans un bar et passa le lendemain matin à cuver. Jusqu'à ce que, un soir, Eve interrompe sa dérive, assise à l'attendre dans la cage d'escalier.

– Tu ne réponds pas aux messages, lança-t-elle.

Lucas repêcha son téléphone dans sa poche et fit mine de découvrir ses textos à l'instant.

– J'avais pas fait gaffe. Va te coucher.

Lucas tenta d'atteindre la porte mais Eve s'interposa.

– Il faut qu'on parle.

– T'as qu'à parler à Cole, répliqua Lucas.

Il voulait prendre un ton indifférent, mais c'est la colère qui s'entendait.

– Je veux te parler, à toi.

– Parle.

Eve était silencieuse, regardait ses pieds.

– Je peux pas ici. Viens au studio. Je vais te montrer un truc.

– J'ai pas les clefs.

Cole n'avait jamais eu assez confiance pour les lui donner.

Eve fouilla dans sa poche.

– Je les ai, moi.

Lucas eut un sourire involontaire.

– Il t'a même filé les clefs ?

– Je lui ai piqué. Il croit les avoir perdues.

Lucas céda. Ils partirent, sans parler, ils marchaient seulement.

– Tu m'as évitée, dit Eve.

– C'était mieux comme ça. C'est pas bon pour nous de nous voir trop. J'ai l'impression… *Que je dois être en train de tomber amoureux. Mais pas de toi. Des images de toi. Et de ta voix. De ce que nous faisons de toi quand nous te dévêtons avec nos images et nos bandes enregistrées, comme tu dis. Je suis en train de tomber amoureux de toi à travers l'objectif. Et ce n'est pas juste. Ça, précisément, ce n'est pas bien, car ce n'est pas toi. Et rien d'autre n'est possible.* Bref… laisse tomber.

C'était idiot de rester les bras ballants au moment où Eve enfonçait la clef dans la porte. Elle sembla s'en rendre compte, tourna la clef dans le mauvais sens, jura et tendit le trousseau à Lucas, prétendant qu'elle n'arrivait pas à ouvrir. Sa tentative de lui faire sentir qu'il était indispensable était touchante.

– Pourquoi tu as voulu me faire venir ici ?

Lucas observait le plafond, il se reprocha sa paranoïa lorsqu'il réalisa qu'il cherchait une caméra. Qui était propriétaire de ce qu'on filmait dans l'espace public ? Le studio était-il un espace public ?

Eve le laissa, courut au bureau de Cole et souleva le clavier. Elle regarda ensuite par terre et derrière les équipements. Elle paraissait chercher quelque chose.

– Elle est là, quelque part. C'est sûr qu'elle est là.

– Quoi ?

– La photo dont je t’ai parlé.

– C’est sûr.

Eve servit du vin à Lucas bien qu’il lui ait dit qu’il n’en voulait pas, il y en avait quelques bouteilles au frais, un vin cher, et à Cole sans aucun doute, elle avait cessé de chercher.

– Je ne veux plus participer, annonça Eve.

Bien évidemment que tu ne veux pas, se dit Lucas, moi non plus je ne veux pas que tu le veuilles.

– C’est ce que j’espérais, répondit Lucas.

Eve resta silencieuse un long moment. Derrière la conscience, juste au bord du monde visible, il est des pensées qui ne sont pas des mots. Ce ne sont même pas des images. En bordure de ces pensées, il n’y a que de la douleur pure et des contacts, un goût de fer impossible à localiser ou un spasme dont on se réveille parfois en hurlant au milieu du sommeil le plus profond.

– Tu crois que je n’étais pas sérieuse.

Lucas haussa les épaules.

– Tu n’avais pas confiance en moi, dit Eve.

Bien évidemment que je n’avais pas confiance en toi. Je n’ai confiance en personne.

– Je lui en ai parlé, ajouta-t-elle.

Évidemment que tu lui en as parlé.

– Et lui ?

Lui, il avait évidemment caressé la tête d’Eve avec ses longs doigts minces de Nik et déclaré qu’elle n’avait évidemment pas besoin de le faire. Le documentaire n’a pas besoin de ce genre de trucs, on va trouver autre chose. L’idée était complètement tordue, l’avait été tout le temps. L’idée de Lucas. Et ça aurait été illégal.

– Il a dit que je ne pouvais plus annuler. Que toi, tu ne voudras pas annuler.

L'image disparut et ne resta plus qu'Eve.

– Quoi ?

– Il a dit que nous avons presque fini. Qu'on ne peut plus annuler.

– Évidemment qu'on peut annuler.

– Ne crie pas.

Visiblement, il criait.

– Il veut filmer au moment où je vais mourir.

– Qu'est-ce que t'as dit ?

– Tu as bien entendu. En temps réel. Il veut filmer comme si ça allait directement sur le Net, même si ça ne sera évidemment pas le cas, comme si c'était moi qui streamais et qu'ensuite ce serait retiré. On donnera l'impression que c'est ce qui se passe. Ce ne serait pas mentir mais utiliser un artifice. Il veut le filmer. C'est pour ça qu'on part dans cette ville. Là où Meret a disparu. Dans ce métro et cette auberge. Il veut surprendre le spectateur. Il veut faire un documentaire avec un retournement de situation. Tout le monde va croire que je vais m'en remettre. Mais je ne m'en remettrai pas. C'est ça, le retournement. Cole a expliqué que c'est comme s'immoler par le feu. Avec ça, on peut dire quelque chose. Ça fait mal. Avec ça, on peut empêcher d'autres morts. Les spectateurs adorent la violence et les surprises. Cole pense qu'il faut les faire payer pour le plaisir qu'ils retirent quand ils se gavent d'histoires horrifiques.

– Est-ce que tu t'entends ? C'est complètement dément ! Tu te rends compte que tu vas crever ? Tu ne reviendras pas. Tu ne seras pas là-haut, sur un petit nuage, en train de regarder le documentaire dont tu es le personnage principal. Tu ne seras plus, c'est tout. Ça n'a rien de beau.

Eve ne répondit rien. Elle resta d'abord silencieuse, puis elle rit. Et ça n'avait rien de ce rire hoquetant qu'elle avait appris. Ce rire était froid et dur.

– Tu ne m'as jamais crue, reprit-elle. Tu ne croyais pas que j'étais sérieuse.

Se réveiller de la veille dans la veille devait donner cette impression. Après s'être déplacé en rêve pendant des semaines, on revient à soi pour se rendre compte qu'on n'a rien compris à rien.

– Les documentaires ne sont pas vrais, dit Lucas. Ils n'ont pas besoin de l'être. Rien ne l'est. Tout n'est qu'un jeu à la frontière de l'imaginé et du vrai. Le réalisateur dit ce qu'il veut. C'est égal même si ça se voulait vrai. C'est facile. Le réal coupe simplement ce qui ne convient pas à l'histoire. Il ne faut pas aller crever pour ça.

Eve ne l'écoutait pas.

– Celui-là, dit-elle, celui-là sera vrai.

– Et pourquoi ?

– Parce que j'ai accepté.

Lucas donna un coup de poing dans le mur.

– J'appelle la police, dit-il.

– Tu sais que tu ne vas pas le faire. Tu es dedans jusqu'au cou.

Lucas attrapa Eve par les épaules et la fixa droit dans les yeux, il la secoua un peu, autant qu'on le fait quand on ignore si l'autre est inconscient ou conscient, il la força à lui rendre son regard. Lucas respirait et Eve respirait. Lucas revint bien entendu à cet instant plus tard, de la même manière qu'à ses images. Quand il savait déjà. Quand il avait déjà vu le documentaire. Quand il sut ce qui s'était passé ensuite. Lucas n'avait jamais regardé Eve d'aussi près. Ses yeux d'un bleu si délavé qu'elle paraissait aveugle. Comme elle l'était sans doute d'ailleurs. Eve était aveugle et bête. Et pourtant sa peau était si claire et fine qu'on entendait le sang bruisser à travers. Ses lèvres étaient gercées et éclatées. Si Lucas avait embrassé Eve à ce moment-là, il aurait senti le goût du sang.

– On ne peut pas accepter ça, parvint-il à articuler.

– J'ai peur, chuchota Eve contre son cou.

Lucas n'embrassa pas Eve. Lucas la serra dans ses bras, la pressa si étroitement contre sa poitrine que cela faisait mal. Il sentit ses seins contre son torse, son haleine dans son cou. Elle lui caressa la joue du dessus de ses doigts.

– Dis-le ! murmura Lucas. Est-ce que tu veux mourir ?

– Non.

– Ne meurs pas, alors. C'est une idée complètement démente de mourir.

L'idée de Lucas. Sa putain d'idée, même si Cole l'avait transformée en autre chose. Comme aurait-il pu dire à Eve que toute l'idée n'était née que du désir d'obtenir son histoire. Lucas voulait une histoire. Cole voulait une mort.

– Chhhh…

– Embrasse-moi.

Lucas se demanda pourquoi il ne pouvait le faire. Embrasser Eve et, ainsi, la garder à distance de Cole.

Il ne le fit pas. Il la relâcha et la repoussa.

– Va-t'en, dit-il.

Eve ne répondit plus. Un instant plus tard, elle était endormie ; elle avait sombré dans le sommeil à la manière de ceux qui possèdent l'art d'y glisser quand la réalité est trop dure à supporter. Lucas décida qu'il ne dormirait pas cette nuit-là. Il garderait Eve à l'œil. Observerait sa forme à la lumière des réverbères. Eve dormait sur le côté, sur la veste de Lucas, le visage détourné. Elle avait un bras à demi replié sur son visage entouré d'un écheveau de cheveux emmêlés. Sa silhouette endormie était un paysage éclairé par la lune. Son épaule pointait en un sommet effilé et sa hanche en formait un second, un peu plus doux et bas. S'il avait tendu le bras, Lucas aurait pu la toucher. Il imaginait sa main passer sur ses cheveux puis, sur son épaule, descendre jusqu'à la taille avant de remonter sur la hanche. Tourner vers l'intérieur des cuisses. Ils allaient modifier le scénario dès le lendemain. Ils en discuteraient ensemble.

Eve s'approcha de Lucas au cours de la nuit. Elle avait enlevé son tee-shirt, et il voyait à la lune ses seins pâles et sa taille mince. Elle lui ôta sa chemise et il déboutonna son pantalon, elle s'assit sur lui et fit chhh, portant un doigt à ses lèvres, enchevêtra ensuite ses doigts aux siens et se pencha pour l'embrasser sur la bouche, se plaça au-dessus de lui et le prit en elle.

Va-t'en.

Ce ne pouvait être vrai. Quand Lucas ouvrit les yeux, il était tout habillé. Il s'était assoupi alors qu'il avait décidé de veiller et de garder Eve à l'œil. Son esprit était encore ensommeillé, il bandait et ce n'était pas un rêve. Il entendait des paroles échangées à voix basse, en arrière-plan. Il dut fermer les yeux et les rouvrir. Des rires, discrets. Eve n'était plus à l'endroit où elle dormait. Lucas entendit un rire. Planifia ce qu'il dirait. S'embrouilla dans ses mots. Établit un nouveau plan. Entendit un nouveau rire. Tâtonna à la recherche de son téléphone mais ne le trouva pas, il était encore bourré. La lumière du réverbère aux grandes fenêtres. Ce devait être la nuit.

La treizième chambre

Sur le négatif d'un portrait, une femme grimace. Exactement. Tu peux faire ce qu'on recommande avec de telles images : tu peux choisir un point et le fixer pendant trente secondes – le nez si tu veux voir le visage, les yeux si tu veux le regard – avant de te tourner vers un mur blanc. Tu verras alors l'apparition fugitive du positif. Tu auras le temps d'apercevoir que ce que tu croyais être une grimace est en fait un rire, particulièrement joyeux, puis l'image aura disparu. Tu peux le refaire, tu peux te tenir face au négatif heure après heure pour tenter d'en voir davantage. Tu paieras chaque seconde de vue au trentuple. Trente secondes d'attente et une seconde d'image. Ici tu ne peux pas photographier de souvenirs numériquement, ici tu dois te contenter de tes propres yeux et des images rémanentes de tes yeux. Il n'y a pas plus facile, tu n'approcheras pas plus près.

Les dernières heures

Le chauffeur dort la tête contre le mur et ronfle. L'homme à la veste noire aussi est endormi, en travers, au sol, sur sa veste. La vieillarde fredonne doucement les yeux clos. Marco, Serjoža et la femme sont les seuls à l'écouter encore.

– Tu aurais des photos d'eux ? demande Marco.

– De qui ?

– De ceux que tu as perdus ici.

– Non !

Lucas n'était pas préparé à cela. Il répond sans réfléchir. Car la chose à laquelle il pense avant de réfléchir, c'est le documentaire. *Le Récit de la mort.* Il se répand sur Internet et n'importe qui pourra le trouver s'il a l'idée de le chercher. Qui connaît Lucas le reconnaîtra. Cela, il ne le veut pas. L'invisibilité est sa seule protection.

Il reprend sa réflexion. Il a tout consigné en lieu sûr. Tout, sur le disque dur externe pendu à son cou, caché sous ses vêtements, plus important que son passeport et juste un peu moins important que son cœur que le disque dur protège des chocs extérieurs. Si quelqu'un lui tirait dessus et détruisait le disque, l'événement tout à la fois le sauverait et le tuerait, à la même seconde.

Il ne veut pas mentionner le disque dur. En revanche, il ouvre son ordinateur. Le visage de Cole a heureusement disparu de l'écran, Lucas ne veut pas rouvrir la Galerie.

Il existe une série d'Eve, et il la montre. La jeune fille y danse sur des instantanés arrêtés : à la fin, on peut voir son visage trouble. Marco et Serjoža hochent la tête.

La seconde image est de Cole. Elle est plutôt marrante. C'est Lucas qui l'a faite, mais comme Cole porte des lunettes à verres miroirs, Lucas s'y reflète avec son appareil.

– Il existe une photo de lui sans lunettes ?

Lucas touche le disque dur sous sa chemise.

– Non, répond-il.

– Dommage.

C'est la voix de la femme.

– Il a quelque chose. Il me fait penser à un truc. Même si, bon, ça pourrait être n'importe qui. C'est lui que tu dois trouver ?

– Je n'ai pas à le trouver. Il m'a lui-même invité ici. Je lui ai donné mon numéro de téléphone, il était censé m'appeler. Ou m'envoyer un message.

Nous pouvons reprendre du début. Tout réparer. Le faire ensemble.

Lucas songe à Cole, aux années qu'il a passées dans cette ville. C'est ce qu'il a dit à Lucas en tout cas. À la chevelure d'or de Cole et à sa peau magnifiquement bronzée, qui a peut-être commencé à se plisser au coin des yeux de la manière qui rend les gens sans âge pendant des années, mais demande un éclairage spécifique pour les portraits photographiés. Ou peut-être qu'il est toujours le même qu'avant, peut-être qu'il ne changera jamais.

Lucas ferme les yeux et sombre. C'est au tour des autres de parler. Il ne peut pas évoquer le documentaire. Il n'a pas les mots. Le rôle qu'il y a joué est suffisamment modeste et suffisamment horrifiant pour le détruire. Quelqu'un tente de le réveiller d'une bourrade, mais il garde les yeux clos et feint de s'être endormi. Choses qui confèrent un sentiment de sécurité : un groupe aléatoire de gens que le temps et l'espace transforment en une communauté, les nouvelles histoires créées par ces communautés, la compassion imméritée. Choses qui apportent un sentiment d'insécurité : la dispersion de ces mêmes communautés, la dislocation de tout.

La fin

Lucas revient à lui en entendant les gémissements étouffés d'Eve. Impossible de savoir si c'est de la douleur ou le summum du plaisir et, dans le cas où ce serait du plaisir, si Eve se le donne à elle-même ou si quelqu'un (qui ?) est avec elle. Lucas ignore même si le son est vrai. Il voudrait regarder mais il est incapable de bouger. On ne peut sortir de la paralysie du sommeil qu'à condition que quelqu'un parle véritablement, ou vous touche. Peut-être que personne ne parle véritablement, parce qu'il n'en sort pas. Peut-être que rien ne se passe vraiment ou peut-être qu'Eve reçoit ce qu'elle reçoit en rêve. Peut-être qu'Eve rêve de Lucas.

Au moment où Lucas émerge à nouveau, c'est le dernier matin de sa vie jusque-là Il se réveille dans la partie du hangar délimitée par des cloisons, qu'ils appellent le studio. Cet espace est sinistre et nu, ils ne l'en appellent pas moins le studio. Ils se mentent et donnent à leurs mensonges le nom de studio.

Cole se tient au centre, les jambes écartées, sa veste jetée sur l'épaule. Rien n'indique depuis combien de temps il est là. Ou s'il était dévêtu un instant plus tôt. S'il a pénétré en Eve, si son corps de jeune femme lui était déjà familier, s'il l'a fait se tortiller d'un plaisir interdit et de la peur d'être prise sur le fait. Ou bien, alternativement : ce qu'il pense du fait qu'ils étaient au studio sans lui.

Protège-toi.

Eve se tourne pour se redresser et lève les bras. Elle s'étire et vrille ses jambes sous elle. Sourit à Cole. Lucas a l'impression qu'ils échangent un regard. *Le dingue.* Il secoue la tête pour chasser ses pensées jalouses. Cole a raison : Lucas est obsessionnel. Il s'embrouille.

Il est aussi complètement réveillé.

– T'es là depuis combien de temps ? demande-t-il.

Cole s'esclaffe.

– Je devrais sans doute vous demander la même chose, non ?

Cole examine la bouteille de vin à demi pleine par terre.

– Je les gardais en réserve, mais, là, c'est le cadet de mes soucis.

Il repousse la bouteille du bout de sa chaussure. Lucas se lève et entraîne Cole à l'écart, il baisse la voix.

– Nous devons repenser tout ça, dit-il.

– Oui, vraiment, répond Cole. J'ai acheté les billets d'avion.

– C'est justement de ça qu'on doit parler, prononce Lucas si doucement qu'il entend à peine sa propre voix. Elle dit que tu planifies sa mort.

– C'est plutôt dramatique. Mais tu sais qu'on ne peut pas faire d'art sans victimes.

– Eve n'est pas de l'art. C'est un être humain.

– T'as écouté ce que je viens de te dire ? demande Cole. Tu as raison. Eve n'est pas de l'art. C'est une personne majeure et parfaitement sensée qui a pris sa décision. C'est pas le principe du truc ? On écoute ce qu'elle veut et on la soutient si elle se met à douter.

– Non.

– Tu te rends compte que, toi-même, tu as cessé de l'écouter ? De respecter ses souhaits ? Mais c'est justement ce qu'elle espérait. Qu'on l'écoute. Et qu'on montre.

Cole roule une clope et la tend à Lucas. Il n'en veut pas mais quelque chose en lui est incapable de refuser. Il n'a pas tiré une taffe depuis que. Ou bien. Après que. Que quoi ? Il ne s'en souvient pas. Les principes ou ce qu'il peut bien en être.

– Il faut juste que tu te détendes, c'est tout, conseille Cole à Lucas.

Il se tourne ensuite vers Eve.

– Le ci-devant Lucas pense que tu ne veux pas partir en vadrouille.

Eve rit et, soudain, Lucas a la sensation qu'il ne s'agit pas d'Eve. Pas de la même. Et si c'était quelqu'un qu'il ne connaissait pas… ? Est-ce qu'on connaît qui que ce soit, dans le fond, y compris soi-même ? Lucas fixe la clope dans sa main.

– Je ne participe plus.

– Pardon, tu peux répéter ?

– J'arrête. Je démissionne.

Quand on laisse sortir pareille chose de sa bouche, il est inutile de regretter après coup. Ils n'ont pas signé de contrat, il n'y a entre eux que les mots qu'ils se sont adressés.

– Évidemment que tu ne démissionnes pas, réplique Cole. Allez. Prends ton appareil.

Les limites disparaissent. Ils en sont tous affectés d'une manière un peu différente. Lucas, ça ne le touche pas, il est immunisé. Ou quand même, peut-être, tout est juste plus net.

– T'es vraiment lourd, dit Cole.

– T'es incapable de faire quoi que ce soit parce que tu t'en empêches, tout le temps, dit Cole.

– Tu dois te libérer, dit Cole.

– Je t'aime, dit Cole.

Cole en dit et redit, Lucas n'entend plus. Ils sont à la plage, Lucas se remémore leur trajet en tramway turbulent à travers la ville. Eve riait tout le temps et, vue à travers la caméra, paraissait heureuse. Je suis en train de perdre prise, songe Lucas, je ne vois pas qu'elle n'est pas vraiment heureuse. Être et paraître sont deux choses différentes, et si on manque cette nuance, on manquera tout. Diffusion et suintement. C'est comme confondre le vivant et le mort. La vie et la mort sont séparées par une frontière. Dans la gangrène le mort suinte dans le vif et le détruit, autrement dit, c'est la pourriture. La forme la plus simple de frontière se trouve entre les membranes cellulaires. C'est en des points minuscules que tout se disloque, tout est simultanément en chaque endroit et n'a qu'une certaine probabilité de se trouver en un seul en particulier. Lucas n'est qu'une certaine quantité de pensées. Une certaine quantité d'impulsions électriques. De même qu'une pièce est une certaine quantité d'air séparée du reste. Une fois les murs ôtés, cet espace cesse d'exister, mais le champ gravitationnel qu'il délimitait demeure. Quelle pensée insensée, il y a de l'idée pour une œuvre future !

– Ou bien ? Qu'est-ce que vous en pensez ?

Comme personne n'en pense rien, Lucas décide par-devers lui qu'il en va pour les gens de même que pour les espaces. La mort n'est pas. Rien ne se produit vraiment. Il est midi, un midi affreusement brillant qui lui fait songer que tout est dans le meilleur ordre possible. À l'intérieur de lui, il contient l'univers. Une personne est ainsi. Il est ainsi. Il est assez. Il suffit. L'insensé, à l'intérieur de lui.

Il prend son appareil et photographie.

– Je possède ce paysage, s'écrie-t-il.

Cole et Eve rient, marchent à ses côtés, chacun une main dans la sienne ou bien est-ce lui qui marche main dans la main avec lui-même tandis que Cole et Eve sont quelque part, ailleurs.

Comment c'était ? Comment c'était, putain, pourquoi ses souvenirs sont-ils mélangés ?

Et il n'y a plus de limites. Lucas, Cole et Eve randonnent dans une forêt qui n'en est pas une mais un simple fourré minable.

– On va baptiser Lucas, propose Cole, hilare, sans que personne ne comprenne pourquoi, mais Lucas se fait pousser dans la mer. S'ensuit une petite lutte à l'issue de laquelle Eve est dans l'eau et meurt par noyade parce qu'elle ne sait pas nager, à tout le moins prétend ne pas savoir.

– Mais filme, espèce de dingue, filme, crie Cole, et Lucas filme, filme, filme. Elle crève, là !

Mais Eve ne meurt pas, elle pose les pieds sur le fond qui est si proche de la surface qu'elle a de l'eau seulement jusqu'à la taille et, plus généralement, cesse de mourir, et Cole les bombarde de jurons, et tout le documentaire va être foutu, pulvérisé en mille putain de morceaux, hurle Cole, meurs !

Eve ne meurt pas, elle est assise par terre et rit, elle est plus en vie que jamais depuis qu'ils se connaissent, même si tous se connaissent évidemment depuis toujours, car les atomes nécessaires à la vie sont nés il y a des milliards d'années au cœur des étoiles géantes et ne font que changer de place, d'un brin d'herbe à une queue de vache et de celle-ci à un œil humain. Lucas cherche sa clef. Eve est trempée et frigorifiée, elle enlève son tee-shirt, et Cole n'est plus nulle part. Eve demande est-ce que tu m'aimes au moins un peu, et Lucas se dit voilà encore un nouveau numéro, un tour de passe-passe, d'escamote-œil, il visualise un œil qui se retourne sur lui-même de sorte que la personne voit son propre cerveau, et il repousse Eve *où est Cole* mais Eve revient se coller à lui *est-ce que tu m'aimes ne serait-ce qu'un peu* et appuie ses mains sur son ventre nu et défait les boutons de son jean, et Lucas repousse

Eve à nouveau et cherche son appareil et cherche sa clef et cherche Cole, et Eve a les plus beaux yeux qui soient et le plus beau visage et les plus belles mains et le plus beau cul qu'il ait jamais vus, voire les plus belles oreilles *où est mon appareil* et il embrasse Eve et l'aime peut-être un petit peu. Il ferme les yeux et serre dans son poing les cheveux emmêlés de Nik et embrasse les lèvres éclatées de Nik, même si ces lèvres sont trop sucrées et trop douces. Il ouvre les yeux et c'est Eve et soudain il l'aime énormément et jouit en elle.

Il se réveille au matin, il n'est plus dans la forêt mais chez lui, sans comprendre comment il peut s'y trouver, ni pourquoi, il ne s'en souvient pas. Il a fait un rêve atroce, c'est un rêve, hein, putain non, c'est pas un rêve. Il a mal à la tête et tout est affreusement confus.

– Je t'aime, murmure-t-il, tâtonnant dans le vide, mais quand il rouvre les yeux, il est seul chez lui, et Eve n'est nulle part.

Son appareil est sur la table, mais ne contient pas de carte mémoire. Il tente d'appeler Eve, mais elle ne répond pas. Il a reçu un message, il le remarque seulement maintenant. Un message vocal de Cole. Eh beh, dit Cole, puis à nouveau : Eh beh. Cole rit. Ça arrive à tout le monde un jour, dit Cole, à quasiment tout le monde en tout cas, dans ce milieu, je veux dire. Tout le monde fait le con, un jour. J'aurais pas cru ça de toi. T'as toujours été si réglo. Espérons qu'Eve ne va pas en faire toute une histoire. Il rit à nouveau, et Lucas a beau écouter et réécouter le message, personne ne rit avec Cole.

– Quelle histoire ? crie Lucas au répondeur de Cole. Quelle putain d'histoire ?

Cole ne répond pas.

Lucas revérifie son appareil ; pas de carte mémoire.

Dans la vie, tout se mélange, dit Cole en un autre temps et un autre lieu, et il faut qu'il en aille ainsi ou rien ne naîtra. Lucas aimerait être du même avis, il l'est, il laisse tout se mélanger. Il se rendort pour pouvoir se réveiller une fois encore et sentir si la réalité sera différente en quelque mesure. Mais elle est juste pire.

La carte mémoire est à nouveau dans son appareil, mais vide. Et, voulant réécouter le message, il ne le retrouve plus sur son téléphone. Quand il tente d'appeler Eve, il entend un drôle de bruit, comme des pleurs. Il rappelle et réalise que le son provient de sous son canapé. C'est le téléphone d'Eve, il est sous son canapé. Comment le téléphone d'Eve a pu se retrouver sous son canapé, bordel ? Il la rappelle une fois encore, même s'il sait déjà que son téléphone est sous son canapé.

Il le ramasse et l'examine. Il l'appelle. L'appareil vibre entre ses mains. Eve meurt dans ses mains. Je ne peux pas vous répondre pour l'instant, laissez un message et nous discuterons plus tard. Lucas est au cinéma. Il est dans un rêve atroce. Et Eve n'est plus. Quand il se réveille Eve ne fait plus partie de sa vie. Ni même de la vie.

Lucas non plus n'y est plus. Il est à la porte de Cole. La téléportation n'est pas un transfert mais un changement d'état. Peut-être que Lucas n'est plus le même Lucas au moment où il tape des poings et des pieds sur la porte de Cole jusqu'à ce que les autres portes de la cage d'escalier s'ouvrent les unes après les autres. Puisque Cole n'ouvre pas, Lucas descend en courant si vite qu'il trébuche à la porte de l'immeuble et se cogne la tête. Une fois dehors, il fait le tour pour emprunter l'escalier de secours, grimpe jusqu'au balcon de Cole et casse les carreaux pour entrer. Cole vient à sa rencontre, en simple boxer, mince et fort, mais n'a pas le temps de faire quoi que ce soit, Lucas l'agrippe et le plaque contre le mur. Sa colère est froide et affreuse.

Lucas se regarde depuis le plafond hurler sur Cole et exiger qu'il lui dise où est Eve. Cole ne lui dit pas. Mais il déclare que ça ne regarde plus Lucas, car Lucas n'est plus dans la partie, il a démissionné, il s'est retiré. Et que ç'avait été une erreur depuis le départ de faire quoi que ce soit avec lui.

Et quand Lucas s'entête, est-ce que Cole a fait quelque chose à Eve, Cole dit que Lucas devrait lui-même réfléchir à ce qu'il a fait. Regarde-toi dans la glace, dit-il, et il n'est pas du tout énervé. C'est toi qui t'es fourvoyé avec elle, pas moi. C'est toi qui l'as abusée, toi. Espérons qu'elle ne va pas en faire toute une histoire.

– Elle est où, putain ?

– Il vaut mieux que je la protège contre toi.

– Où est Eve ?

– Et toi contre elle. Penses-y, Lucas. Je te protège d'elle.

Lucas écrase Cole encore plus étroitement contre le mur. Il sent son corps familier contre le sien. Tandis qu'il regarde Cole, son beau visage, ses lèvres serrées en une ligne dure et ses yeux, à la fois déterminés et innocents, son esprit se demande ce que ça ferait de presser ses mains sur son cou et d'apposer ses pouces contre la pomme d'Adam. D'appuyer. Est-ce qu'on entendrait un craquement, ou s'enfoncerait-elle juste en silence ? Ses jambes frétilleraient-elles ? Son expression resterait-elle la même jusqu'au bout ?

Cole ne s'arrête plus de parler. Il ne faudrait pas confondre les choses, les sentiments et le boulot, c'est pas faute de t'avoir prévenu, la confusion peut laisser des traces à des endroits surprenants. Tes actes peuvent te poursuivre pendant des années. N'importe quand, n'importe quel jour, quelqu'un peut se présenter à ta porte, qui saura. Et quand Lucas lui demande quelles putains de traces, Cole répond les traces numériques. Lucas croit-il vraiment qu'Eve ne lui a pas tout dit, et quand Lucas demande quel tout, il répond tout le tout. Tout, mon petit Lucas, tout. Ensuite, Cole cesse de parler, car la couleur de son visage a changé et il est incapable d'articuler un mot de plus.

Après le documentaire, Lucas repense à ce moment. Où il ouvre l'unique message qu'il ouvre. Celui où Cole lui dit qu'il mentait. Qu'Eve ne lui avait rien raconté. Qu'il n'avait fait qu'écouter les enregistrements en secret. Que Lucas devait enfin croire en lui-même et non écouter les autres. Eve aimait Lucas, elle l'avait dit à Cole, s'était confiée à lui. Je suis désolé, Lucas, dit Cole, pardonne-moi de ne pas t'en avoir parlé, je ne pouvais pas faire autrement, j'étais tombé amoureux de la façon dont elle t'aimait. À ce moment-là, Lucas revient à cet instant-ci et appuie plus fort, si fort qu'il entend un craquement, un froissement, le son que peut faire une trachée qui se brise, il l'ignore vu qu'il ne s'est jamais battu et se fout bien de tuer, en même temps que Cole, Nik. Pareille tempête. Noire et obscure. Quelque chose casse et quelque chose cesse.

La fois suivante où Lucas revient à lui, il entend cogner contre la porte. Les policiers ne mettent que quelques secondes à entrer. Lucas halète, Cole est agenouillé les mains sur son cou, il pleure.

– Emmenez-le, dit Cole. Je ne porterai pas plainte. Mais emmenez-le.

Un policier lui demande s'il est sûr et oui, il répond qu'il l'est.

– Mais c'est trop, tout ça, ajoute-t-il. Un jour, nous étions amis.

Ce n'est qu'au poste de police, en vidant ses poches, que Lucas met la main sur une photo pliée en deux, et quand il la déplie, il se rend compte qu'il tient celle qu'Eve voulait lui montrer. Deux garçons blonds, âgés d'environ dix ans, peut-être onze, douze au maximum. Deux Cole photoshopés sur le même tirage. Sauf que non. Seul l'un des deux garçons est Cole, ça se voit tout de suite. Le second a la même apparence et pourtant, c'en est un autre. Aide-moi, est-il écrit au dos.

Ce doit être Nik.

La quatorzième chambre

L'entrée se fait par un couloir protégeant de la lumière extérieure. L'éclairage de la pièce est rouge, comme dans une chambre noire. Des feuilles de papier photo blanches sont disposées sur le sol et les murs. Une partie d'entre elles a été exposée et comporte une image qui n'a pas été développée. Celle-ci apparaîtra si le papier, protégé de la lumière, est plongé dans un bain révélateur. Une partie a été exposée directement à la lumière du soleil mais pas développée. Pareilles images paraissent blanches mais noirciront si on les place dans un bain révélateur. Une partie n'a pas du tout été exposée. Dans un bain révélateur, rien ne leur arrivera, mais une fois accrochées on ne pourra plus y déposer de photo par exposition à la lumière. Et il est encore des feuilles qui ont été accrochées sans avoir été exposées ni développées et sont donc vides. Chaque papier paraît identique sous l'éclairage rouge de la pièce. On ignore ce que les uns et les autres comportent. Il en semblera de même à la lumière ordinaire. Une fois les feuilles mélangées, on ne pourra jamais retrouver le traitement que chacune a subi. Si une pensée obsessionnelle avait une forme visuelle, ce serait :

Non.

Cela, il aurait préféré ne pas le savoir

Au début, il n'y a qu'un son. Aigu et perçant, qui dépasse les limites autorisées de décibels et oblige à se boucher les oreilles. Ce que Lucas ne fait pas. Ce que personne ne fait dans la salle obscure. Lucas le sait, il s'est assis au dernier rang, près du projecteur vidéo, à distance de l'écran qu'il peut, en bougeant légèrement la main, occulter entièrement. Ce qu'il fait au moment où il sort en chancelant au milieu de la projection.

Le son coupe, et bien que la coupure ne dure qu'une fraction de seconde, on se sent soulagé, comme si un fil de fer enserrant sa poitrine avait été sectionné. Le son repart et coupe, repart et coupe, et reçoit une signification. Le son, c'est un moniteur cardiaque. Il se produit autre chose au même instant. La lumière emplit l'écran avant de s'éloigner rapidement jusqu'à ce que ne restent que deux taches surexposées dans l'obscurité. Lucas identifie alors de quelles lumières il s'agit. Ce sont les phares d'un métro, un mouvement inversé temporellement. Le son aussi passe à l'envers. Lucas voit et entend sur l'écran ce qui est un souvenir potentiel, ou potentiellement autre chose.

Jusqu'à ce que les battements de cœur commencent. L'escroquerie sonore fonctionne encore la seconde fois, alors qu'après la première on s'imaginerait en savoir assez. La pulsation arythmique ne donne pas immédiatement à comprendre que c'est un cœur. Pas avant qu'elle ne reprenne son rythme habituel à deux temps. Le pouls, rapide, ralentit avant de faire silence. Le visage d'Eve emplit l'écran.

Lucas ne peut pas regarder. Il part au milieu.

Ce que tu as emporté dans la mort, tu peux l'en rapporter. Si une pensée obsessionnelle avait une forme visuelle, ce serait :

Non.

Le film commence par être programmé dans un petit cinéma pour une dizaine de séances en tout et pour tout. Lucas est présent à chacune d'elles. Il voit un moment différent à chaque fois, pour lui, le film est fait de fragments. C'est tantôt son oreille, tantôt ses yeux qui sont affectés. Il fait parfois de l'hyperventilation et, à chaque coup, il est obligé de quitter la salle. La guichetière apprend à le connaître, elle lui demande s'il ne ferait pas mieux de renoncer à venir.

Lucas ne peut pas.

Le film est aussi sur Internet, mais Lucas ne peut pas le télécharger.

Il ne peut pas.

Le début, il le voit quasiment à chaque fois.

Il faut reconnaître que ce que Cole a fait est beau. Hors de la morale, les notions esthétiques éclatent, s'écrie le titre d'un webzine. Morbide, hurlent les chaînes de commentaires. Deux poids, deux mesures, s'époumonent les commentaires de commentaires publiés dans des bulles délimitées par différentes règles sociales. Ou dans des Chambres, comme Lucas se surprend à penser. Dans des réalités possédant règles et limites. Il note ensuite qu'il a de nouveau détourné le regard. Qu'il n'est plus dans la salle, une fois encore. C'est la troisième ou quatrième fois qu'il part au milieu sans même s'en rendre compte.

Si ce n'était pas vrai, ce serait beau. Si ce n'était pas vrai, ce le serait. Si.

Lucas sait que ce l'est. Et vrai et beau. Il le sait depuis le début. Eve est morte. Et parce qu'il n'y a pas de twist dans la vraie vie, ni même de retournements de situation très surprenants, les morts restent morts. Eve est morte, et rien ne peut la ressusciter.

Le lendemain, il est de nouveau dans la salle.

Cette fois, il voit qu'Eve s'avance sous le métro, son téléphone à la main. Elle diffuse les images en direct pour Cole. Manifestement. Il doit en aller ainsi. Elle parle, mais sa voix est inaudible, il est impossible d'interpréter les traits de son visage. L'impression est splendide. À regarder d'un point de vue complètement extérieur, il faut le reconnaître : l'impression est splendide. Le montage est réussi. Il y a une idée. Et tout cela est vrai. La vérité, en dernier lieu, voilà qui rend le film déchirant. C'est totalement dingue de voir ça en sachant que c'est vrai, déclare un spectateur sur Internet. Ouais, lui répond-on, ça serait pas du tout aussi émouvant si c'était inventé.

La mort en premier. Retour rapide en arrière à partir de la mort. Ce que tu mènes à la mort, tu peux le ramener. Ce qui se produit dans une réalité ne se produit pas dans toutes. Mais ce n'est pas de la littérature de science-fiction, ce n'est pas la représentation imaginaire d'une autre dimension. C'est la réalité. Et Eve n'est plus. Le documentaire débute par les phares de la rame et s'achève par les phares de la rame.

Tout le film se répète. Il se divise en deux au milieu et se prolonge symétriquement dans les deux directions, pourtant, on le voit d'une manière différente. On remonte d'abord, contre toute logique, de la fin au début, puis on repart du début à la fin. Le début est rapide, la fin, lente. Lucas prend le temps en note avec son téléphone, même s'il ne faut pas utiliser son portable dans la salle, naturellement.

C'est magnifique.

C'est bouleversant.

C'est quelque chose qu'on n'a jamais vu.

Cela non plus, on ne peut pas en être sûr : quelle fin est la première. À des échelles suffisamment petites, les événements sont symétriques, eu égard au temps, et finissent par se fondre les uns dans les autres.

Le paysage sonore n'est pas fait de musique. Mais de paroles. De mots comme cueillis dans des conversations au hasard dont un interlocuteur aurait été supprimé au profit d'un seul. De phrases détachées et réarrangées dans de nouveaux contextes. Au moment où les voix, à mi-parcours, se retournent et où la direction du film change, Lucas identifie la sienne et reconnaît celle d'Eve. Il se souvient de certaines phrases, de certaines discussions, certains souvenirs le feraient sourire, dans d'autres circonstances.

La ville existe d'abord en arrêts sur image. Rues parcourues par Eve. Instants qui durent l'éclair d'un flash, qu'il serait difficile de regarder plus longtemps. On voit un étang, un café, un tag. Eve n'est qu'une voix. Rien de ce que Lucas a filmé n'est dans le film. La troisième fois, il regarde le générique de fin, son nom n'y figure pas non plus. Il n'y en a qu'un seul et c'est celui de Cole.

Lucas, pourtant, est dans le film. Il ne s'agit pas seulement de la mort d'Eve. Bien sûr, Eve aussi doit mourir, et elle meurt. Elle meurt en sautant devant le métro, c'est ce qui se produit et se reproduit en miroir au début et à la fin. Mais entre ces deux morts, il en est une troisième, même si personne ne le sait. Lucas meurt à la moitié du film. Après cela, il n'est plus. Après le documentaire, il n'y a plus Lucas. Il y a un Lucas, mais c'en est un autre. Ce qui a été comprimé à l'intérieur de lui explose, et les fragments se répandent partout. Un poing étranger s'ouvre et se referme à l'intérieur de lui. Une part de lui s'est déplacée à l'extérieur et a formé un nouveau lui-même. De l'ancien reste une enveloppe dont il ne sait comment se débarrasser. Il est des choses qui se décomposent et d'autres pas, toutes sortes de cheveux, de dents, d'organes intacts et de tissus propres au don.

Après le film, Lucas se tape la tête contre le mur si longtemps que le sang coule. Pas vraiment. Lucas ne se fait pas de mal pour de vrai. Lucas est de ceux dont le comportement autodestructeur se résume à se poster au coin des rues sombres, des buissons et des plages en attendant que quelqu'un vienne les tuer, leur donner le coup de grâce, faire le sale boulot. Ce n'est que dans son esprit qu'il gît sur la voie ferrée, les rails du tramway, l'autoroute, le tarmac, un billot de bois, son putain de corps nu badigeonné de miel dans un nid de fourmis tueuses en attendant la mort.

Tu es agressif, tu t'en rends compte ?

Lucas n'est pas agressif, il est mort.

Le film est un film sur un film. La moitié est fictive, le retournement central le rend réel. Après cela, on revoit tout. Dans un rôle secondaire, un homme réalise une œuvre photographique. Lucas entend sa voix parler. Sa stupide voix, en fond sonore, en même temps que, *putain de bordel de Dieu*, les arrêts sur image qui reproduisent les pas d'Eve s'avançant sous le métro. Sa voix qui dit des idioties, des conneries. Sur les photos, nous persistons, dit la voix de Lucas, nous nous transférons au-delà du temps. Nous vivons quand bien même nous sommes morts.

Ce n'est pas lui. C'est le second Lucas.

Le second Lucas et Eve font l'amour dans la forêt. L'impression visuelle est bête, comme faire l'amour semble bête quand on regarde de côté et que les angles de champ et le montage ont été négligés à dessein. Il n'y a rien, là. Rien du tout. Cela a dû se produire quand ils crapahutaient dans les fourrés. Cela n'aurait pas dû arriver, mais c'est arrivé. Car l'Eve du film, plus qu'elle ne fait l'amour, aime l'homme du film.

La seconde Eve aime le second Lucas.

Ou bien est-ce la première ? Lucas ne saura jamais s'il s'agit de la première ou de la seconde Eve.

Lucas arrête le film sur le visage d'Eve. Il l'arrête d'un éternel à un éternel.

Eve lui avait-elle dit qu'elle l'aimait ? L'avait-elle jamais dit ?

« Elle aimait tout le monde. »

Ce n'est pas moi !

Qui a dit que c'était toi ?

Le second Lucas n'est pas l'unique. Il y en a eu d'autres. Lucas est un sillon secondaire dans la vie d'Eve, mais l'un d'eux. Une raison d'être déçue. Le fait qu'il y en ait plusieurs ne réduit en rien sa responsabilité. Le second Lucas a tué Eve. D'abord sauvée, puis tuée. Dès lors, à chaque vingt-cinquième image par seconde il y a, dans l'esprit de Lucas, Eve en pleurs éternels. Si Lucas vit encore cinquante ans, cela fera un milliard cinq cent soixante-seize millions huit cent mille images.

Les cordes s'enroulent autour de lui. Il fait ce rêve depuis qu'il a perdu Nik. *Pas les cordes*. Pas les cordes, et pourtant ce sont des cordes, là, justement, qui s'enroulent autour de ses poignets et de ses chevilles.

Le visage de Lucas est à l'écran tandis que le second Lucas explique un truc futile à propos de l'art et des limites. Ce n'est pas à lui que c'est arrivé. Il ne se souvient même pas de quand ça a été filmé. Son cerveau refuse de comprendre ce qu'il dit. Eve pleurant à l'arrière-plan de ses mots. Eve stroboscopique. À chaque vingt-cinquième image par seconde, il y a Eve. Ainsi, les pleurs d'Eve se corroderont dans sa conscience même s'il ignorait qu'il l'avait vue.

Lucas est dans le hall d'un commissariat de police.

« Quelqu'un se dénonce comme coupable d'un crime. »

Quelqu'un a-t-il dit cela ou ne fait-il que l'imaginer ?

De crime il ne se produit pas car personne n'est nommé.

Il n'y a plus rien dans la Galerie. La Galerie a été vidée. Quelqu'un d'autre que Lucas l'a fait.

On peut créer n'importe quoi à partir de n'importe quoi.

Il faut reconnaître que c'est beau.

Et ce n'est même pas le pire.

Le pire de tout c'est

La quinzième chambre

1 576 800 000 portraits placés l'un après l'autre pour faire un film. Chaque seconde compte vingt-cinq images. Si l'on regardait l'intégralité, il faudrait passer dans la pièce deux ans en tout. Sans dormir, sans aller aux toilettes. Pas un seul producteur d'expositions n'accorderait une telle durée à un artiste. C'est pourquoi personne ne

sait ce qui se passe sur la pellicule, personne ne l'a visionnée en entier. On ne peut pas le faire. Les appareils photos sont interdits, il est donc impossible de comparer les images, si tant est qu'on entrait dans la pièce plus d'une fois, à quelques mois d'écart par exemple. S'il y a des changements, ils sont rares. Les mots ne sont pas autorisés. La pièce où se trouvent les images est sourde mais équipée de micros. Le regardeur s'entend respirer dans des enceintes. Un seul visiteur à la fois peut entrer, et parler tout seul relève de sa propre responsabilité. Il n'y a pas de limitation des décibels. Qui prendrait la parole se crèverait les tympans. Si une pensée obsessionnelle avait une forme visuelle, ce serait :

Non.

La seizième chambre

Une ampoule rouge brûle dans la pièce. Un homme est agenouillé par terre, il plonge une feuille de papier photo dans du liquide, ouvre et referme une boîte contenant le papier, plonge les feuilles vierges dans le révélateur. Si une pensée obsessionnelle avait une forme visuelle, ce serait :

Non.

Le pire ce n'est pas que

Eve est morte. Le pire c'est les

Chambres non numérotées

Si une pensée obsessionnelle avait une forme visuelle, elle serait celle d'une chambre. Et ce sont des chambres, justement, qu'il construira. Des chambres qu'il trimballe avec lui. Des chambres où se rendre, où être et dont on ne ressortira jamais entièrement. Des chambres où laisser une partie de soi. Où entrer à la première page, à la deuxième, à la troisième, à la quatrième. Des chambres où rentrer à nouveau bien qu'on ne les ait jamais quittées. Si une pensée obsessionnelle avait une forme visuelle, ce serait : Il a décidé de faire une œuvre d'art à partir de sa vie. Il a décidé de raconter la vérité, sa vérité, qui est, pour lui, la seule et unique. L'œuvre se compose de chambres, l'une d'elles étant celle où nous nous trouvons à présent. Il passe de pièce en pièce sans qu'un seul couloir ne les relie l'une à l'autre. Il dit seulement vrai et vrai et vrai. Il dit que nul n'est propriétaire de son histoire, mais seulement parce qu'on le lui a dit. Même cela, ce n'est pas sa propre idée. Combien de fois peut-on entrer dans la même chambre ? Combien de chambres peuvent se trouver dans une même chambre ? La plupart des pièces sont encore en cours de construction. Ce sont de simples projets. Il y en a trop, il faut réduire leur nombre. Pour chaque chambre terminée, il en est dix encore à l'état d'idée. Le matériau d'une partie d'entre elles est prêt, il n'y a plus qu'à le structurer, d'autres se résument à un nom. D'autres resteront totalement inachevées. Ces chambres forment un nombre illimité de pièces dans un même espace. Une chambre qu'on ne peut ni décrire ni illustrer. Un tas de cartons à bananes remplis de photos qu'on ne voit pas parce qu'elles sont entreposées en liasses, superposées dans le box grillagé d'un grenier dont on n'a pas la clef. Ces chambres sont des espaces isolés dont on ne peut ou ne veut ouvrir les portes, ou qui n'en ont pas. Des pièces devant lesquelles on ne fait que passer, qui attendent. Des salles d'attente qui sont elles-mêmes celles qu'on attend. Des chambres dans le grand cahier blanc qu'il transporte avec lui.

Le pire c'est que

c'est un autre qui écrit sa vie à sa place. En crée une autre et la met à la place de la sienne. Le remplace par des mots et des images. Et qu'il a lui-même approuvé en silence. À son retour de l'hôpital, il écarte les rideaux de ses fenêtres et laisse le soleil traverser la surface sensible à la lumière. L'une après l'autre, il décroche les photos des murs, des fils à linge, des montants de fenêtres, de la porte et du plafond, celles qui portent une image et celles qui sont vides, et les déchire, ne les déchire pas mais les brûle, ne les brûle pas mais les jette à la poubelle, ne les jette pas à la poubelle mais ouvre des cartons à bananes rapportés du petit magasin et les y flanque, ne les flanque pas mais les range dedans. Il est des moments où la réalité remue, la réalité personnelle. Comme s'il y venait une fêlure. L'inconscient est touché, ce qui est derrière les mots, le système de croyances à propos de soi dans ses tréfonds. Si l'on se répète suffisamment la même histoire, on commencera à y croire. Mais ce qui aura été bâti par des mots pourra aussi être détruit par des mots. C'est cela, justement, qu'il fait. Il nettoie sur sa peau les contacts d'Eve et de Cole. La surface, quoi qu'il en soit, est déjà morte, seules leurs surfaces mortes se sont touchées. Les cellules de peau morte se détachent et de nouvelles poussent à leur place, qui bientôt meurent à leur tour. Rien de vivant n'entre en contact. Si ce n'est par les muqueuses et, même là, ce sont les simples sécrétions. Les cellules se renouvellent. En quelques mois, tout a été remplacé, même les yeux. Au fil des ans se renouvellent jusqu'aux composants des neurones. L'homme qui s'appelle Lucas jette tout ce qu'il peut et, ce qu'il ne peut détruire, il le remplace par du nouveau. Du neuf pour ce qui reste, et ce qui reste, ce n'est pas grand-chose. Si on ne peut se modifier soi-même, on peut changer ce qu'il y a autour. Il maigrit, cède des cellules en les consommant, ses copains ne le reconnaissent plus, et il en est ravi. Il ne fait d'images que du monde visible, il a cessé de regarder la réalité derrière, il a fermé les yeux sur ce qui est de l'autre côté. Le monde est rempli de destins et les raconter ne fait pas émerger de sens. Tout au plus peut-on calculer des moyennes, des médianes, des corrélations, des analyses factorielles. Produire des graphes, des signes, des surfaces, des vecteurs, des archétypes mathématiques d'histoires. Sa chambre est vide. Tout ce qu'elle contenait a été débarrassé. Il n'y a pas d'objets, mais on peut toujours voir leurs images rémanentes. Des endroits un peu plus sombres, sur le mur où se trouvaient des cadres photo, des rectangles plus propres, distincts dans la poussière, à l'emplacement des placards. Les marques de lourds meubles déplacés, rayures, traces de chaussures, tout au plus des petits creux et bosses, on les effacera avec un coup d'aspirateur et un peu d'enduit ou de peinture. À examiner la chambre de près, on trouvera une pincée d'ADN. Un cheveu peut-être. Une pellicule détachée de la surface de la peau. Des empreintes digitales et des traces de contact, qui sait. Un enquêteur de scène de crime y trouverait tant et plus. Mais les enquêteurs ne s'intéressent pas à ce genre de chambres. Photographier est une manière de tuer qui n'est pas inscrite dans le Code pénal.

REC. La chambre est glaciale. L'électricité est coupée, et Internet marche mal. Je ne peux même plus ouvrir mon ordi. Il faut que tu viennes, car elle n'est plus. Elle ne sera jamais plus et je suis seul. STOP.

Les dernières heures

À son réveil, Lucas est aveugle, et il a mal, quelqu'un a enfoncé des aiguilles dans ses yeux et sa nuque. Il réalise ensuite qu'il a juste oublié d'ouvrir les yeux. C'est le matin. Une lumière blanche aux fenêtres. Lucas est allongé à plat ventre par terre.

Quelqu'un se tient, le dos rond, près des bagages. C'est un gamin. Le même qui jouait sur son portable, assis sur la banquette du milieu, et n'a pas dit un mot. Il a quelque chose dans la main. Un téléphone, et pas n'importe lequel, c'est celui de Lucas. Son autre main s'est arrêtée au niveau de l'ouverture du sac de rando de Lucas.

Le sac ne devrait pas être là, Lucas l'a laissé dans la camionnette. Et son téléphone, est-ce que le gamin l'avait tout ce temps ?

– Hé ! s'écrie Lucas, mais sa voix est enrouée par le sommeil.

Lucas est parfaitement réveillé, et le gamin aussi. Il le regarde comme s'il le jaugeait, jette un coup d'œil à son portable, qui est celui de Lucas, et le regarde à nouveau, enfonce le téléphone dans sa poche. Dans son autre poche, il plonge ce qui semble être un passeport, mais ce ne peut pas être, bon Dieu, ce ne peut pas être celui de Lucas. Et ce ne l'est d'ailleurs pas. Lucas a dormi la tête posée sur sa sacoche, en témoigne le filet de bave séchée qui a coulé sur le tissu, il ne veut pas repenser aux relents de fruits et de sucre. Au moment où il redresse la tête, la douleur décoche un coup à l'intérieur de son crâne.

– Hé ! crie-t-il derechef et, cette fois, sa voix émerge de l'enrouement.

Le gamin sourit. Juste un peu, mais c'est quand même un sourire. Puis il est sur ses pieds.

Lucas aussi se met debout, mais ses jambes sont tellement ankylosées par le sommeil qu'il retombe douloureusement à genoux. Il a aussi un bras gourd et insensible, il s'en rend compte quand il tente de se redresser en s'appuyant sur les mains. Cette fois, il s'écrase sur son visage. Le temps qu'il s'écroule, le gamin a effectué les pas nécessaires jusqu'à la sortie, s'est glissé dehors où un vieil homme en manteau flottant passe la serpillière sur la neige fondue.

– C'était mon téléphone, dit-il à haute voix. C'était mon téléphone, putain ! Là, tout le temps. Tout le temps, juste là.

La pièce est entièrement différente. La tempête de neige s'est calmée derrière la fenêtre, mais les vitres sont embuées, ou givrées, et on ne voit pas dehors. La plupart des gens sont partis, mais quelques-uns regardent la télévision qui fonctionne à nouveau. Un dessin animé.

Pas de Marco ou de Serjoža en vue, pas plus que d'Ivan ou d'Alex. Quelque chose dans leur absence renvoie Lucas dans la solitude. Ils sont partis sans au revoir, ils lui ont apporté ses affaires, certes, son sac de couchage et même son tapis de sol, mais eux sont partis, il n'en reste plus rien. Le sentiment d'appartenance mutuelle créé par les événements aléatoires s'achève aussi aisément qu'il commence.

Madame Dorian, en revanche, dort toujours sur le canapé, une couverture sur les épaules, sans quoi Lucas croirait avoir imaginé toute la discussion. La femme plus jeune aussi est encore là, elle dort, un bras passé autour de la vieillarde. Lucas lui donne un léger coup, elle se réveille en sursaut.

– Votre gamin s'est tiré, annonce-t-il.

– Quel gamin ?

Il comprend aussitôt son erreur. Sa faute de pensée. Les objets cadrés sur une photo de manière aléatoire paraissent ne faire qu'un. Ce qui se produit lorsque l'on contraint des personnes réelles à se muer en histoires. Il a simplifié le monde.

– Pardon. Je croyais qu'il était avec vous. Je ne sais pas pourquoi. Il a pris mon téléphone.

– C'est bien regrettable, réplique la femme, sans pouvoir dissimuler son sourire. Pas de chance !

– Vous trouvez ça drôle ?

– Non, répond-elle en éclatant à présent de rire. Pardon, je ne me moque pas. La nuit a juste été hyper dure.

– Oui, c'est vrai.

Elle s'essuie les yeux sur ses paumes.

– Nous n'avons pas été présentés, dit-elle en tendant la main. Elýina.

Lucas sent une goutte au bout de ses doigts.

– Lucas. Tout va bien ?

– Je ne sais pas encore. Vous devez appeler quelqu'un ? Vous avez besoin d'un téléphone ?

Lucas sourit un peu.

– Du mien, précise-t-il, mais merci.

Il en aura besoin très bientôt. D'ici peu, il lui faudra se connecter à Internet sur son ordinateur, qu'il a encore, se mettre en quête de l'adresse, annoncer que sa messagerie a été piratée, faire tout ça. Tenter d'entrer à nouveau dans la Galerie afin d'envoyer un message à Cole. Très bientôt, mais pas encore. Pas tout à fait encore. Pour l'heure, il lui faut tanguer jusqu'au comptoir et demander un verre d'eau, essayer de ne pas bouger la tête, ni son cerveau désamarré. Ce qu'il fait. Il boit. Se rend ensuite aux toilettes et urine longuement, consciencieusement, sans une seule pensée, pas une seule encore, il les maintient en lisière, comme il faut le faire la nuit, avec toutes les sortes de soucis et de problèmes non réglés pour y penser au matin, parce que les pensées nocturnes sont celles d'une personne déprimée même si on n'est pas déprimé et, quand il revient, la porte du café s'ouvre d'un grand coup, et un air glacé bienvenu souffle à l'intérieur. Voici le chauffeur, Alex et Marco, derrière eux, Serjoža et Ivan à la veste noire. Un carton à bananes s'écrase par terre, et un second par-dessus le premier, une valise et toute une flopée d'affaires. Lucas se réjouit tant à la vue des gars qu'il pourrait les prendre dans ses bras. Ce qu'il fait, ce qu'ils font tous, ils rient et se claquent mutuellement dans le dos.

– Récupère tes affaires, lance Serjoža. Le centre-ville est ouvert mais il y a trop de neige. Les voitures ne pourront pas rouler pendant un moment. Il faut continuer par tes propres moyens.

– Vous avez vu le gamin ?

– Quel gamin ?

– Celui qui était dans la camionnette. Quelqu'un le connaissait ? Il m'a pris mon téléphone.

Les hommes se consultent du regard, traduisent la question.

– Pas de chance, constate Marco.

– On ne savait pas que c'était l'un d'eux, dit Serjoža.

– Qui ça, eux ?

Ivan et le chauffeur haussent les épaules. Ils lui proposent aussi leur téléphone, mais Lucas ne sait toujours pas quel numéro appeler. Il faudrait y aller. Il faudrait confronter Cole, au plus vite Lucas a beau avoir attendu l'autorisation de se mettre en route, l'information a un goût de déception. Il enfile ses chaussures sèches et s'étire.

Ils ont tous le regard braqué sur le téléviseur. Les dessins animés ont laissé place aux infos locales. Un flot d'images, des traces d'explosion, un centre-ville effondré. Des prises de vue filmées au portable qui se réduisent à un poudroiement. Des gens qui courent ici et là sous la neige, des policiers qui encombrent les voies de circulation. Les mêmes vidéos tournent sur l'écran et il n'y a pas grand-chose à en déduire. Quand Lucas demande ce qu'il s'est passé, on lui répond que personne n'est mort, à ce qu'on sait. C'était la nuit et la tempête de neige, il n'y avait sans doute personne dans la zone condamnée, et s'il y avait eu quelqu'un, ce quelqu'un aurait été seul en cause. Personne n'a été retrouvé et personne déclaré disparu. L'explosion a visé le chantier d'un hôtel en construction. Le projet s'appelait L'Oasis, tout le machin est tombé, en entier, à l'intérieur du rocher. Quelque chose a cédé, un fossé d'effondrement peut-être, peut-être que les investisseurs ont fini par obtenir ce qu'ils voulaient, dit-on, et Lucas ne comprend pas grand-chose. Le mobile serait terroriste, les opposants ont encore frappé des bâtiments neufs. Rien de bien méchant ne s'est produit, en fait, constate Serjoža, c'est juste ce qu'on veut nous faire croire.

– À chaque fois, les dommages sont soi-disant pires que d'habitude. Des zones entières disparaissent de la carte comme si ce n'était pas déjà le cas avant les attaques. Peut-être que les nouvelles structures porteuses ont cédé et qu'on devra tout recommencer du début. Ça, les investisseurs et les assurances n'aiment sûrement pas, dans le pire des cas, ils vont laisser tomber toute la ville.

Et puis on entend un cri qui met tout le monde en mouvement.

– Ils ont chopé quelqu'un, annonce Serjoža.

Quelqu'un applaudit, mais on le fait taire, quelqu'un essuie ses larmes. On dirait qu'ici, il faut choisir son camp, même sans savoir. Serjoža chuchote qu'on pourchasse les auteurs des attaques depuis des années. Ça n'a rien de nouveau. La police et le gouvernement ont une liste.

Lucas est le dernier à voir la vidéo, une fois que tous les autres l'ont vue. Le premier extrait a été filmé en plongée, depuis le balcon d'un deuxième ou d'un troisième étage, le second d'en bas, comme si le filmeur avait glissé sur les genoux. L'écran est saturé de neige, et une silhouette vacille au milieu des flocons, sans manteau, comme si un photographe amateur l'avait découpée et collée là. Un homme plisse les yeux sous l'éclairage de milliers d'écrans, l'image s'arrête sur son visage. Ses yeux braqués sur l'objectif. On se bouscule, on occulte et repousse les regards des caméras mais, pendant un instant, le visage de l'homme est là, si nu et familier qu'il lui est impossible de se méprendre. De longs cheveux l'encadrent. Les journalistes ont le temps d'obtenir une image et de la fixer pour l'éternité avant qu'un policier ne baisse la tête de l'homme et ne le pousse dans une voiture.

– Nom de Dieu ! s'écrie quelqu'un, et Lucas se rend compte que c'est lui.

Il crie à pleine voix, il n'y peut rien. Des années sont passées depuis la dernière fois qu'ils se sont vus, il note le changement l'espace de quelques secondes, puis l'homme sur l'image reprend exactement l'apparence qu'il avait dans le souvenir de Lucas. Aussi éperdu qu'on peut l'être. Ce regard ne trompe pas.

– C'est Cole !

REC. Très bien. Considère cela comme ma lettre d'adieux pour toi. Tu es en retard. STOP.

Début

Quand on en a fini des mots, il reste des images et après les images, des contacts. Les contacts précèdent le chaos. Et inversement. Chacun commence par être muet, puis passe à l'étape des contacts et des images, pour finir à l'étape des mots, c'est de cette manière que la réalité respire. Ce sont les limites et c'est aux limites, justement, que sourdent les histoires.

REC. Écoute-moi, Lucas. Écoute-moi, nom de Dieu. STOP.

Les dernières heures

Rien n'a le temps de se produire. Quelqu'un, venant de derrière eux, accourt devant le téléviseur. Au ralenti.

Quand deux choses se produisent en même temps, et que la première est importante, la seconde doit ralentir, consentir à attendre son tour, non parce qu'elles ne pourraient se produire dans le même temps, mais parce qu'on ne peut pas penser à deux choses simultanément. Celle qui accourt est la femme appelée Elýina, elle se poste à côté de Lucas et lui prend l'avant-bras, l'agrippe si fort que cela fait mal, elle dit quelque chose, presque pour elle-même. Sa figure est un condensé de toute vie humaine. Toutes les naissances et toutes les morts sur un seul et même visage. Lucas sait, sans y penser, car ce serait insérer une troisième pensée dans cet instant où il n'y a déjà pas la place pour deux, que cette personne, il veut en faire l'image.

– Vous connaissez cet homme ? demande-t-elle.

Sa voix, ce sont des ondes ; en Lucas, rien ne bouge.

– Car moi, je ne le connais pas.

La phrase est absurde. Pourquoi serait-il censé connaître ce Cole que la femme ne connaît pas ? Lucas tente ensuite de prendre la parole, de demander de qui Elýina veut parler, qui cet homme n'est pas, mais elle n'entend pas. Lucas sait seulement qui est l'homme et, une fois que la femme aura dit ce qu'elle va dire, quelque chose sera irrévocablement différent. D'abord, il n'y aura que des probabilités. Puis la fonction d'onde s'effondrera et les particules se mettront en place, elles seront distribuées dans l'ordre réalisé de l'univers de Lucas, sans plus aucune alternative. Le fait que quelque chose ne soit pas ce dont il a l'air rend une autre chose réelle.

– Ils tiennent le mauvais homme, dit la femme. Je connaissais Nik et, celui-là, ce n'est pas Nik. Il lui ressemble, mais ce n'est pas lui. Celui-là est un double. Celui-là, je ne l'ai jamais vu.

REC. PAUSE. REC. STOP. REC. STOP. PAUSE. PAUSE.
PAUSE. REC. REC. PAUSE. REC. STOP. REC. STOP.
PAUSE. PAUSE. PAUSE. REC. REC. PAUSE. REC. STOP.
REC. STOP. PAUSE. PAUSE. PAUSE. REC. REC. PAUSE.
REC. STOP. REC. STOP. PAUSE. PAUSE. PAUSE. REC.
REC. PAUSE. REC. STOP. REC. STOP. PAUSE. PAUSE.
PAUSE. REC. REC. PAUSE. REC. STOP. REC. STOP.
PAUSE. PAUSE. PAUSE. REC. REC. PAUSE. REC. STOP.
REC. STOP. PAUSE. PAUSE. PAUSE. REC. REC. PAUSE.
REC. STOP. REC. STOP. PAUSE. PAUSE. PAUSE. REC.
REC. PAUSE. REC. STOP. REC. STOP. PAUSE. PAUSE.
PAUSE. REC. PAUSE. REC. STOP. REC. STOP. PAUSE.
PAUSE. PAUSE. REC. REC. PAUSE. REC. STOP. REC.
STOP. PAUSE. PAUSE. PAUSE. REC. REC. PAUSE. REC.
STOP. REC. STOP. PAUSE. PAUSE. PAUSE. REC. REC.
PAUSE. REC. STOP. REC. STOP. PAUSE. PAUSE. PAUSE.
REC. REC. PAUSE. REC. STOP. REC. STOP. PAUSE.
PAUSE. PAUSE. REC. REC. PAUSE. REC. STOP. REC.
STOP. PAUSE. PAUSE. PAUSE. REC. REC. PAUSE. REC.
STOP. REC. STOP. PAUSE. PAUSE. PAUSE. REC. REC.
PAUSE. REC. STOP. REC. STOP. PAUSE. PAUSE. PAUSE.
REC. REC. PAUSE. REC. STOP. REC. STOP. PAUSE.
PAUSE. PAUSE. REC. REC. PAUSE. REC. STOP. REC.
STOP. PAUSE. PAUSE. PAUSE. REC. REC. PAUSE. REC.
STOP. REC. STOP. PAUSE. PAUSE. PAUSE. REC. REC.
PAUSE. REC. STOP. REC. STOP. PAUSE. PAUSE. PAUSE.
REC. REC. PAUSE. REC. STOP. REC. STOP. PAUSE.
PAUSE. PAUSE. REC. REC. PAUSE. REC. STOP. REC.
STOP. PAUSE. PAUSE. PAUSE. REC. REC. PAUSE. REC.
PAUSE. REC. STOP. REC. STOP. PAUSE. PAUSE. PAUSE.
REC. REC. PAUSE. REC. STOP. REC. STOP. PAUSE.
PAUSE. PAUSE. REC. REC. PAUSE. REC. STOP. REC.
PAUSE. REC. STOP. REC. PAUSE. STOP. PAUSE. STOP.

PAUSE. PAUSE. PAUSE. REC. REC. PAUSE. REC. STOP. REC. STOP. PAUSE. PAUSE. PAUSE. REC. REC. PAUSE. REC. STOP. REC. STOP. PAUSE. PAUSE. PAUSE. REC. REC. PAUSE. REC. STOP. REC. STOP. PAUSE. PAUSE. PAUSE. REC. BORDEL. STOP. STOP. STOP. STOP.

EXIT

L’une des issues de secours se trouve ici. Il se peut que tu en aies déjà vu assez. L’esprit désire l’équilibre, et ce que tu vas voir par la suite ne sera peut-être pas ce que tu venais chercher en ce lieu. En ce cas, je te fais mes adieux.

… mais si tu restes, monte au niveau suivant, je te prie. Dorénavant, tu ne pourras te contenter de voir, mais tu devras t'arrêter devant les images, ralentir, compléter. Il te faudra regarder. Chaque image contient une vérité, mais pas une seule vérité n'est la seule qui vaille. Je parle du délai entre vision et compréhension. Désormais, si tel n'est déjà le cas, ta manière de regarder et de comprendre devient partie intégrante de cette œuvre.

Observons un moment les images que j'ai fait accrocher dans l'escalier reliant les deux niveaux. La première montre un café, elle est prise de l'extérieur. Les vitres sont d'une taille inhabituelle, elles descendent depuis le bord du toit, de la marquise aux rayures rouges et blanches croulant sous les flocons, jusqu'à l'amas de neige formé dans la rue, comme si la façade de l'immeuble avait été enlevée. L'effet est celui d'une maison de poupées, éclairée au spot et protégée par du verre, plongée dans la grisaille d'un espace d'exposition. À la différence près que dans cette exposition, la neige poudroie et que, derrière la vitrine, s'est rassemblé un groupe de vraies personnes. Il y a des tables entourées de grappes de chaises, sur les tables, des tasses et des bouteilles, toute sorte de vaisselle usagée. Des fils à linge ont été tendus d'un mur à l'autre et des vêtements y ont été mis à sécher.

Des rumeurs circulent sur ce café, de même qu'il en court sur la ville en général. On sait que, quelques années plus tôt, un incident à main armée s'y est produit. C'était l'été, l'endroit était bourré de touristes. Ceux-ci avaient commandé les spécialités conseillées dans ce genre d'établissement : du vin doux chauffé, des chaussons à la viande poêlés, des petits pains fourrés à la confiture saupoudrés de sucre glace. Soudain une fille, petite, aux cheveux frisés était entrée. Elle portait un fusil. L'arme était si lourde qu'elle n'aurait même pas dû pouvoir la soulever. Cela ne vint pas à l'esprit des clients ni du personnel, ils glissèrent tous sous les tables comme s'ils avaient, d'un seul coup, perdu connaissance. La fille ne s'arrêta pas à leur étrange comportement, elle maintint l'équilibre des événements, traversa la pièce à pas lents, goûta à quelques pâtisseries et en dégusta une entière, vida un verre de limonade à moitié plein, ramassa quelques téléphones et deux ou trois portefeuilles, puis elle s'en alla, sans causer de dommage à quoi ou qui que ce soit, hormis à un chien sur la queue duquel elle marcha par inadvertance. Le jappement poussa les femmes et les hommes cachés sous les tables à se replier davantage encore, même si une caméra ou un téléphone avait fait une timide apparition au-dessus d'une nappe. Lorsque le premier courageux sortit la tête, la fille avait disparu, et on ne la revit plus. On cria à la police et aux dédommagements, mais bientôt, on rit de sa propre niaiserie, on fut penaud tous ensemble. Ce qu'un jouet pouvait ressembler à une vraie arme, encore heureux que les autres aussi y avaient cru. Il n'existe malheureusement pas de photo de la fille, on se querella plus tard pour savoir s'il s'était même passé quelque chose, ou s'il s'était agi d'une hallucination collective, ou juste d'une légende urbaine désormais précisément située.

On se souvenait de boucles blondes et on établit une connexion temporelle avec toutes sortes d'enfants disparus. Le directeur du restaurant jurait, encore des années plus tard, que l'affaire avait été montée pour les touristes et que tous les objets subtilisés avaient été rendus, certifiant ses dires en fourrant une brochure dans la main de ceux qui l'interrogeaient : des spectacles sont organisés à la demande moyennant un prix d'entrée modique qui, en outre, donne droit à une réduction sur la carte du jour. Les acteurs ont une formation professionnelle et le café est bondé les soirs d'été, tout le monde veut voir les lieux où une petite fille est entrée avec une arme dans un restaurant, et continue d'entrer, soir après soir. Nous ne reverrons plus la fille, il en va ainsi dans la vie, les gens vont et viennent. Nul ne sait si l'histoire est vraie. Il faut juste oublier.

L'image qu'on regarde à présent ne contient ni l'été, ni rien qui puisse évoquer les touristes. Derrière la vitrine, il y a des hommes et des femmes, un enfant même. Tous sont assemblés devant un grand téléviseur, le genre d'écran sur lequel on regarde la coupe du monde ou la ligue des champions dans les bars. L'image qui y est figée est familière à chacun ou presque. On ne saura jamais qui l'a prise, et c'est justement ce qui est excitant, ce qui fait qu'elle est passée en libre accès et a été reprise sur des pochettes de disques et des couvertures de livres, des tee-shirts, des mèmes, des graffitis, des cartes postales et se retrouve sur cette photo devant laquelle tu t'arrêtes, bien qu'on lui ait aussi prêté beaucoup d'éléments sans autorisation. Selon les rumeurs, quelqu'un a pris la photo montrée à l'écran à moitié par hasard – l'intention étant celle du paysage entre les constructions, et le hasard, celui de la personne qui y figure, aboutissant donc à la division par deux de la valeur d'intentionnalité totale – et remporté plus tard la catégorie « amateur » du concours de la meilleure photo d'actualité de l'année, en tant que premier photographe anonyme. Nul ne sait pourquoi le lauréat n'est pas venu chercher son prix, la somme a donc été remise en jeu l'année suivante. La silhouette non identifiée semble franchir la frontière entre la vie et la mort dans une lumière blanche qui flambe comme un feu sans couleur. Il est difficile de voir s'il s'agit de vapeur d'eau, de poussière, d'une mer d'étincelles surexposées ou des phares d'un vaisseau spatial.

C'est de la neige, nous savons que c'en est. Cette information, nous la tirons de la partie en plein air. Sur l'image montrant le café, il y a de la neige en deux endroits. À l'extérieur des fenêtres et au revers de l'écran de télévision. La zone entre ces plaques de verre est une petite ceinture calorifère, la seule de la réalité délimitée par la photo.

La seconde photo est prise de plus près. On y reconnaîtra le pendant de la précédente à condition de les présenter côte à côte, comme ici, car sur cette image, on ne voit ni la rue ni la neige, juste l'intérieur du café et de cela, même, une partie seulement. La qualité est relativement bonne, elle est moins compressée que la précédente, et si l'on examine les propriétés, on découvre sans mal qu'elle a été prise avec un appareil reflex de la marque Nikon, avec un temps de pose de trois dixièmes de seconde, une ouverture de focale de f/5.6 et une sensibilité de film de 3 500. L'optique est un téléobjectif, et on peut en déduire que, contrairement à la précédente, photo en grand angle où les lignes droites se courbaient vers l'intérieur et le regardeur avait l'impression d'être une partie de l'image, celle-ci oblitère la perspective et le tient à distance, comme s'il lorgnait à la dérobée, sans autorisation. En raison de sa valeur ISO élevée, l'image est un peu granuleuse, mais l'appareil étant de qualité, l'agrandissement obtenu est malgré tout convenable.

Dans la zone de mise au point se trouve une femme. Elle a une main posée sur une poignée, comme si elle était sur le point d'ouvrir la porte, sans l'avoir encore fait. Un sac à l'épaule, elle tire une valise de son autre main. Elle va sortir, son corps est concentré sur son intention de pousser la porte de l'épaule gauche, mais elle ne regarde pas dans la direction où elle se dirige. Nous voyons son profil, elle s'est tournée d'un coup brusque vers la droite. Elle regarde un homme. Avec sur le visage une expression dont on ne saurait dire si elle est choquée ou sévère, ou si son air vient de ce qu'elle n'a pas encore saisi ce qui s'est passé ou va se passer. L'homme semble plus jeune qu'elle, mais de peu. Quelques années seulement, sachant que la lumière aussi peut fausser cette impression. Il a la main posée sur le poignet de la femme. Il tente de l'arrêter ou de la retenir, mais la manière dont il la touche indique qu'il ne s'agit ni de proximité, ni de menace, ni de quoi que ce soit qui s'est passé entre eux, mais d'un truc à lui, une angoisse personnelle, il a levé le regard pour dire quelque chose. Manifestement, ce n'est pas la séparation de deux amoureux. C'est plutôt la rencontre de deux inconnus à la porte. Quelle qu'elle soit. L'écran de télévision reste flou derrière eux, la profondeur de champ ne va pas jusque-là, mais on y devine un visage en gros plan.

Ce que le photographe a pour but de mettre en image s'écarte presque toujours de ce que le regardeur voit sur la photo. L'interprétation s'opère entre l'image et le regardeur. Le photographe ne peut qu'exhorter le regardeur à lire les titres et les présentations de ses images, si tant est qu'une interprétation partagée lui importe. Pourtant. Pour toi et moi, cette image est autre chose que pour celui qui ne voit qu'elle et n'en sait pas plus. Le temps qui l'environne se condense, comme toujours, la photographie crée l'instant présent, l'esprit y juxtapose les événements précédents et suivants dont l'importance augmente à l'approche du point central, comme sur une carte égocentrée, une sphère aplatie qui montre les environs immédiats avec précision mais dont on mesure la fausseté quand on se rend compte que, sur sa circonférence extérieure, chaque point correspond à un unique point de l'autre côté de la sphère, chaque point est partout et nulle part en même temps.

Tu t'aperçois tout de suite que l'homme à la porte du café est Lucas. Tu n'as pas encore vu une seule bonne image de lui, mais tu le reconnais au contexte, à tout ce que tu as appris auparavant. Mais ce que tu ignores encore, c'est que, peu après la prise du cliché, Lucas engage la conversation avec la femme, passe un appel, reçoit un appel, se met ensuite en route et traverse la ville pour rejoindre l'appartement de son ami d'enfance, qu'en chemin il dépasse la montagne et la clôture en contreplaqué ceignant le centre-ville condamné derrière laquelle il n'y a pas encore de nouvelle vieille ville, il dépasse la berge de la rivière et les navires de plaisance abandonnés pour l'hiver, les boutiques de souvenirs fermées, les terrasses enfouies sous la neige, les néons grésillants des hôtels, les câbles électriques tirés d'une maison à l'autre, une bande de chiens divaguant sur la berge qui se mettent à le suivre, en groupe (choses qui donnent un sentiment d'insécurité), mais s'arrêtent pour aboyer sur un écureuil (choses qui apportent un sentiment de sécurité), un immeuble désert dont les fenêtres béantes laissent échapper la fumée d'un feu de camp, un vieillard balayant la rue – une bourrasque de vent projette un tourbillon de neige qui tournoie comme dans une marmite, retombe par terre, au contact du sel, et meurt en eau – et une aire sportive pour grands et petits dont les balançoires sont environnées de mégots, l'un d'eux fume encore.

On reparlera de l'appartement plus tard, car il n'y a pas une seule image du trajet qui y mène. Lucas nous a conduits dans cette ville, et nous y voilà. Nous n'allons plus le revoir pendant un moment, peut-être plus jamais tel que nous l'avons connu jusqu'à présent. Il attend pourtant, sur cette image, il y sera encore après sa mort ou sa disparition, les deux peut-être. Mais on ne l'oublie pas. Pas encore. On le laisse juste un moment ici, à la porte du café, sur cette image. Il est gardé en lieu sûr ici, disons en sécurité ou, du moins, à l'écart. Ne mélangeons pas les choses. Ne le mêlons pas à ce à quoi il n'appartient pas, car ce ne serait pas dans son intérêt, même s'il l'ignore encore. Quelqu'un a plongé la main en lui, a écrasé son cœur dans son poing et le tient là. Pourra-t-il choisir lui-même, si nous ne le faisons pas pour lui ? Il est là. Prêt à encaisser le froid qui, un instant plus tard, va attaquer par l'entrebâillement de la porte et remplir la pièce, de même que les espaces d'entropie élevée absorbent, toujours et éternellement, les espaces de faible entropie.

On dit que la position et la vitesse d'aucune particule isolée ne peuvent être déterminées sans lui faire subir une violence, sans faire s'écrouler la probabilité qu'elle a de se trouver ici ou là comme seule et unique vérité excluant les alternatives durablement. Un univers en forme de photographie n'existe pas sans le cadrage effectué par la personne qui fait les images. Chaque cadrage impose une violence. Chaque angle de vue en exclut un autre. Les gens entrent dans les photos et se laissent réduire à l'arrière-plan l'un de l'autre, ils encadrent la marche les uns des autres. Cela compte, qui tu choisis, car chaque choix en exclut un autre. Le paysage répond à la question posée par qui fait l'image. La ville répond à la disparition par la perte. L'image définit ce qu'il est possible de voir. C'est ainsi que le témoignage produit la réalité.

Il y a toujours la possibilité d'un autre choix. C'est pourquoi d'autres images sont aussi montrées, autres que ces deux-là, des images qui semblent n'avoir, elles non plus, rien à voir avec Lucas. Cette femme-là, un enfant dans les bras, nous n'avons encore rien entendu dire à son propos, Lucas ne l'a même pas vue, et pourtant, elle est là, en train de traverser une rue avec détermination, comme si la nuit n'avait rien de spécial et ne se trouvait tombée là que par hasard. Nous pourrions la suivre, elle aussi. Sur les autres images se trouvent des personnes qui semblent familières. Un adolescent dodelinant de la tête derrière un ordinateur portable, il n'apparaît d'ailleurs que sur une vidéo du site fucking.travellers.com et, là aussi, n'est qu'une voix, oh putain le con, il le dit dans un anglais sommaire, au moment où la main d'un ouvrier en bâtiment se lève pour obstruer l'objectif de la caméra, jusqu'à ce moment, il était resté silencieux, sa voix ne s'entend qu'au moment où l'image disparaît. Il y a celle d'un homme en veste noire, qui a empoigné un restaurateur par le col, la situation pourrait être mise en scène, comme le sont souvent les images prises sur le vif les plus populaires. Il y en a aussi une qui en contient une autre, un homme y punaise l'avis de disparition d'une femme en robe d'été blanche. Sur la dernière, un enfant se rue dehors par une porte devant laquelle un groupe d'autres enfants n'est qu'un pêle-mêle flou de couleurs et d'ombres, le temps de pose était trop long pour eux.

DEUXIÈME NIVEAU

les films

les images que je n'ai pas prises

PROGRAMME

Introduction :

Huit cent mille soixante-sept cartes

Avant de se faire une représentation un tant soit peu fiable de la ville où l'on arrive, on aura besoin d'un plan. On en trouve toujours un quelque part, naturellement. Aux angles des rues et aux arrêts de bus, sur les kiosques à journaux et les écrans des téléphones, en page centrale des programmes culturels et sur les systèmes embarqués mobiles, sur les bouts de papier où sont tracés à la va-vite des lignes et des quadrilatères aux proportions aléatoires, y compris celui sur lequel on dessine pour Lucas et qu'il plie d'abord en deux, puis en quatre et en huit avant de l'enfoncer dans sa poche, dans laquelle, oublié, il finira en papier mâché.

Pour l'heure, on ne parle pas de ce genre de plans. On parle de cartes internes à l'esprit. Ces cartes sont toutes différentes les unes des autres, et il y en a, au bas mot, huit cent mille soixante-sept, car tel est le nombre officiel d'habitants, en réalité bien plus important, le décompte n'ayant pas été effectué, ce soixante-sept n'étant d'ailleurs qu'une coquetterie. Des cartes intérieures, il en existe, selon mes chiffres à moi, mon évaluation, un million, et plus encore en saison estivale, lorsque les touristes multiplient par un virgule cinq le nombre de résidents. Ce qui, là encore, reste sous-évalué. En effet, de retour après plusieurs années ou décennies d'absence, une personne fera une expérience différente de la ville, ce qui engendrera une nouvelle carte. Leur nombre croît ainsi de manière exponentielle, et elles finiront par être si nombreuses qu'aucun programme informatique n'aura une capacité de stockage suffisante à leur numérisation, sans parler des versions papier.

Chaque carte décrit son point d'observation et son auteur ou autrice bien davantage que le monde dont elle est censée donner l'image. Exactement comme un *homonculus*, une représentation des parties du corps dans le cortex, qui a l'extrémité des doigts ou les lèvres hypertrophiées par exemple : sur une carte de ce genre, l'élément le plus grand et précis sera votre propre maison avec ses alentours. Si une carte isolée offre une reproduction méticuleuse de son environnement immédiat, plusieurs cartes ainsi constituées ne pourront toutefois être mises bout à bout pour former un tout sans discontinuité. Il demeurerait, à leur jonction, des béances où poindrait le vide ou des endroits où s'empilerait un écheveau de réseaux neuronaux enchevêtrés. Une petite quantité d'ordre en un point augmentera le chaos en un autre. Chaque histoire assemblée sèmera la confusion ailleurs. « Mémoire photographique », l'expression est reçue, et pourtant les images mentales sont loin d'équivaloir à des photographies. Ces images produites par l'esprit ne comportent ni point de fuite ni angle d'observation exclusifs, pas d'horizon ni de perspective qui soient les seuls et uniques. Pas plus qu'elles ne contiennent un seul instant arrêté : elles fluctuent les unes à travers les autres, de même que les mondes de grande densité glissent à travers les mondes de petite densité sans même qu'ils se perçoivent mutuellement. Toutes les cartes sont aussi vraies et non vraies que, comme toujours, les vérités intérieures. La question est qui l'on interroge et sur quel fond on évalue la vérité.

Bien entendu, les cartes enregistrées dans les connexions des cent milliards de cellules cérébrales composant des millions de cerveaux ne différeront pas grandement les unes des autres. Si on les alignait sur un segment, on obtiendrait un spectacle changeant lentement de forme qui s'étirerait et se contracterait comme une amibe. *Grosso modo*, les cartes sont au nombre de trois et leur fluctuation suit plutôt le tracé d'un triangle en deux dimensions que celui d'un segment unidimensionnel.

1. Le futur. Les images illustrant les cartes du futur ne sont pas des photographies, bien que nombre d'entre elles y ressemblent. Elles ont été réalisées par ordinateur en vue de leur publication en ligne ou de leur impression dans des journaux, sur des bannières en toile déployées sur les murs de bâtiments promis à la destruction ou sur la clôture en contreplaqué haute de trois mètres qui enserre le centre-ville condamné ; on les présente aux investisseurs multinationaux et on les vend aux voyageurs. Sur les images du futur, le centre de la ville est rempli de hautes maisons peintes de diverses couleurs dans un entrelacs de ruelles étroites où ont été éparpillés des hôtels destinés à une clientèle familiale, assurant aux touristes la sensation de vivre au sein de la population. Le centre-ville, interdit à la circulation, foisonne de cafés et d'échoppes vendant de l'artisanat et des souvenirs. Les locaux suivent leur train-train paisible : vieillards en costume traditionnel assis dans les parcs, statues vivantes alpaguant les passants, animaux parlants distribuant des brochures et tapotant la tête des enfants. On ouvre ses rideaux chaque matin, on ferme ses volets à midi pour se protéger du plus fort de la chaleur, on tire les cordes à linge haut entre les maisons, quelqu'un fait courir son chien dans la rue. Le soir, le même cérémonial

se reproduit dans l'ordre inverse, en commençant par le chien, puis les cordes à linge, les volets et enfin les rideaux. Les lampes s'allument, dehors et aux fenêtres, puis vient la nuit avec ses danseurs de rue, ses cracheurs de feu, ses magiciens et ses clowns. Touchant au centre-ville, il y a un fleuve, à ses quais sont amarrés des navires de plaisance de plusieurs étages, et il est bordé sur des kilomètres par une promenade et une enfilade d'habitations aux parois vitrées ; sur l'autre rive se dressent des gratte-ciel à sommet pyramidal ainsi qu'un bâtiment elliptique, transparent en son centre, dont la réalisation fait la fierté toute particulière d'un bureau d'architecture international. Derrière le centre-ville s'élève une montagne où l'on peut se rendre en télécabine pour admirer le paysage, les statues et les ruines. Les voyageurs en quête de sensations fortes, amateurs d'exploration, de danger et de catastrophes disposent eux aussi d'attractions ciblées. Les plus téméraires peuvent s'inscrire à une visite *underground* pour voir des manifestations, des jeunes en train de graffer, des lieux d'accidents et des prisons, des cimetières décatis et des mendiants, le tout à si bonne distance du centre-ville que le bruit ne dérangera ni les amoureux ni les familles avec enfants.

2. Le passé. Dans le passé aussi on découvre un point de vue derrière le centre-ville mais il ne s'y trouve pas de statues, ni, moins encore, de ruines, et personne ne l'appelle la montagne. Le regard embrasse le vieux centre, encore réduit à une colline basse pleine de petites maisons, briques et bois, toits en tôle, en tuiles et, pour une poignée d'entre elles, même en gazon, sans plan d'urbanisme, abritant plusieurs milliers d'habitants même si on ne le croirait pas, ainsi que des hangars et un cimetière. On aperçoit les zones d'immeubles disposées en anneau

dans toutes les directions et, derrière elles, les montagnes. Il se dit que le vieux centre a commencé à s'affaisser, qu'il a été bâti sur un fossé d'effondrement. La chose a été détectée au dernier moment, sous la forme d'une fissure fendant le crépi d'une maison depuis le toit jusqu'au soubassement. Personne n'y a cru avant une nouvelle découverte, effectuée sur une deuxième maison. Et sur une troisième. Pour finir, plus une seule bâtisse n'a été épargnée. Le centre-ville a été condamné, on a mis en place une ceinture de ruban jaune et planté des panneaux informant du danger en plusieurs langues, avant de procéder à l'évacuation des habitants. Le temps d'une seule nuit, les gens ont disparu du centre, raconte un vieillard en costume traditionnel contre paiement à qui l'écoute, il n'a pas d'interprète, il n'en a pas besoin, avant cela il enseignait à l'université et parle cinq langues.

3. Le présent. S'il existait une carte du présent, le centre y serait circonscrit par une clôture en contreplaqué. L'accès à la zone intérieure est interdit aux personnes non autorisées, mais le revers des plaques est couvert de graffs et de tags. Cette zone est appelée le triangle des Bermudes, ainsi renommée par les enfants car elle a la forme d'un triangle. Son premier côté est bordé par une route nationale barrée, le second par un fleuve décrivant un Z, le troisième par la ville. Quand les enfants grandiront, son nom grandira avec eux. Il se peut qu'à l'avenir, aux endroits que celui-ci ne mettra pas en lumière, certains y croient sérieusement : que tout ce qui s'affaisse dans les entrailles de la Terre rejaillit dehors, à un autre endroit, sous forme de lave et de cendre. Le présent, c'est ce dont il y a le plus de photos. Les touristes sont déjà nombreux et maîtrisent l'art de tourner leur appareil pour cadrer leurs images de façon à rendre vrai le

premier point de cette tripartition, le futur. Car même si tout est encore en chantier, bien des choses sont prêtes. Les bordures sont encore mal définies, tremblantes, que ce soit sur le fond de la vie locale ou les images artistiques réalisées par ces esthètes férus de ruines. La perspective chancelle et se multiplie. Le futur pousse les éboulis du présent. Le passé cède et change.

SALLE 1

L'ATTRACTEUR DE LORENZ

image initiale : un voleur

On voit le garçon une première fois sur la caméra de surveillance d'un magasin de souvenirs. Les images sont en noir et blanc, granuleuses, comme le sont généralement ces vidéos, mais on perçoit sans difficulté l'aisance avec laquelle le garçon va et vient en touriste au milieu des touristes ; il tripote des objets comme s'il espérait en obtenir un, manipule un drapeau ou un magnet, regarde son prix et le repose, chausse une paire de lunettes et sourit face au miroir, la repose et en essaie d'autres. C'est encore un enfant mais sa silhouette efflanquée indique qu'il approche la limite entre l'enfance et la jeunesse. Ses cheveux ont trop repoussé, c'est banal, ils sont plus pâles que ceux de la majorité des natifs de cette ville. Ses vêtements sont clairs et plutôt propres, un jean et un tee-shirt dont le flocage, la teneur du texte, reste flou sur l'enregistrement. Le seul élément étrange en lui, c'est qu'il évolue sans parents, on s'en rend compte si l'on passe assez de temps à l'observer. Rien chez lui ne prévient de ce qu'il s'apprête faire.

Le garçon se déplace par à-coups. La caméra n'est pas tout à fait dernier cri, son installation ne remonte pas à longtemps mais le propriétaire ne s'est pas préoccupé d'investir dans les produits de marque les plus récents – détail qui, ultérieurement, rendra difficile l'identification de l'auteur des faits ou, à plus justement parler, la rendra impossible. En dépit des craintes du propriétaire, qui redoute la disparition des touristes, celle-ci n'aura pas lieu : les gens sont fascinés par la tension dramatique et, de toute manière, il s'agit d'une broutille. On a entendu raconter pire, bien pire, en plus de quoi les visiteurs se renouvellent rapidement. Ce déplacement saccadé entraîne deux conséquences. D'une part on a l'impression d'avoir affaire à un invalide, d'autre part l'instant où la main du jeune s'empare du sac à main d'une touriste (une Allemande d'âge moyen, tous les renseignements à son sujet sont disponibles parce qu'elle a déposé plainte) manquera toujours. Un pli s'est apposé sur la réalité, le sac apparaît dans la main du garçon comme par un tour de magie.

Le garçon n'est pas plus invalide que magicien, comme il apparaît sur la photographie suivante où l'on découvre aussi la couleur de ses vêtements : son jean est bleu pâle et son tee-shirt, rouge. L'image est prise dans la rue. Un routard est en train d'immortaliser un chat à la porte de la maison d'en face au moment où le garçon, qui court, est enregistré à l'arrière-plan. Le routard supprime l'image, c'est si facile, il ne remarque sans doute même pas le garçon au moment où il appuie à nouveau sur le déclencheur, recadre la photo qui, pour l'heure, est la meilleure et actualise son compte sur les réseaux sociaux : *Quelque part ici.*

La prochaine apparition du garçon se fait à l'angle de la rue, et sur pas moins de quinze vidéos. Douze d'entre elles ont été prises au portable et trois au caméscope. Elles forment un sprint de vingt-cinq secondes, en tout et pour tout, à travers le pâté de maisons. Le garçon en heurte un autre dans sa course, bien plus petit que lui, qui tombe et se cogne le genou sur le rebord du pavé, ce n'est pas beau à voir. Une chose curieuse se produit alors. Au lieu de rester assis ou de pleurer, l'enfant se relève rapidement et part avec le grand. Les deux gamins sont bientôt rejoints par d'autres ; ils courent tous ensemble.

Ce qui est filmé par ces douze portables et ces trois caméscopes (ainsi que par tous les appareils où le garçon ne figure pas dans le flot d'images), c'est un carnaval. La bande de gamins ne se distingue qu'à peine derrière les femmes en tenue colorée qui passent en dansant, les enfants agitant de grands éventails et les chevaux aux ornements bigarrés, et le garçon initial, lui, ne se distingue plus au milieu des autres. Là où les gamins sont le plus visibles, c'est sur un clip filmé par un retraité hollandais parce que celui-ci est resté au dernier rang, en raison de la chaleur et de ses problèmes cardiaques, et peine à filmer le cortège. Sur sa vidéo, le groupe d'enfants tourne le coin de la rue et se retrouve un instant hors de vue. Jusqu'à ce qu'il réapparaisse à l'arrière-plan du double selfie de deux écoliers nordiques en voyage de classe. Cette photo n'est réalisée qu'à un pâté de maisons en avant de la précédente, mais on n'y trouve pas trace de la fête, car la zone du carnaval est strictement délimitée à cause d'incidents affectant la circulation automobile. Une bande de gamins qui courent – cette fois ils sont cinq – apparaît entre les visages brûlés par le soleil des deux écoliers, ils ont oublié de mettre de la crème solaire ; sur la première photo, ils ne posent pas encore joue contre joue, sur la seconde, oui, et on n'y voit plus les enfants.

Les gamins tournent à un coin de rue sur l'image prise par un radar automatique au premier plan de laquelle une vieille camionnette diesel grille un feu rouge. Suit la série d'une vingtaine de photos parmi celles de la statue de la Fraternité prises par un groupe de touristes, à l'arrière-plan desquelles les enfants avancent par à-coups comme un groupe de bonshommes bâtons dessinés dans le coin inférieur d'un carnet. Sur la caméra de surveillance placée à l'entrée du métro, ils s'engouffrent dans le grouillement humain.

On pourrait croire que les images s'arrêtent là, mais il n'en est rien. Dans le couloir du métro se trouve un photographe qui prend une série d'images des gens montant et descendant les escalators, son idée est de faire la mise au point sur un seul visage à la fois et d'estomper le reste. Le garçon initial se retrouve sur plusieurs photos, on ne discerne pas ses traits mais il a au moins le sac d'origine sur lui. Il jette le sac à main vide dans une poubelle sur une photo test que prend le photographe pour évaluer l'exposition avant de la supprimer sans y penser plus que cela.

Sur l'image d'une caméra de surveillance du métro, le garçon ne se distingue pas des autres voyageurs ; il est là cependant. La caméra du terminus étant hors d'usage, l'image suivante se situe donc aux environs de la sortie. Les photographes sont moins nombreux en banlieue, mais un explorateur urbain s'y est tout de même égaré pour composer des images des alignements de fenêtres d'immeubles gigantesques et des trottoirs gris, comme on le voit nettement sur la vidéo du site fucking.travellers.com. Le garçon se fait immortaliser par la caméra d'un portable devant une école avant de disparaître par la porte d'entrée d'un immeuble abandonné.

L'attracteur de Lorenz

Johan H évita au dernier instant la collision au cours de laquelle l'avant du tramway aurait embouti sa voiture et emporté avec lui tant le véhicule que la caravane accrochée à l'arrière, qui n'aurait pas été traînée sur des dizaines de mètres mais se serait froissée contre les maisons en pierre parce que la rue était étroite, de manière générale, mais plus encore à cet endroit, et catégoriquement trop resserrée pour deux véhicules roulant de front. Le conducteur du tramway avait de bons réflexes, Johan se contenta de freiner, un autre aurait klaxonné avec colère, mais le conducteur fit les deux à la fois. Le résultat final tenait à une paume de main. À côté de Johan, Katherine poussa un cri en levant instinctivement les bras devant son visage. Sur la banquette arrière, on ne se rendit sans doute pas compte de la situation, à en juger du moins par les bips réguliers de la console de jeux. Ça arrivait, les coups de frein. Et on en fut quitte pour une grosse frayeur, une fois encore.

Après cela, il ne se passa rien pendant un moment. Excepté que la voiture était coincée au beau milieu d'un carrefour dans une montée étriquée, entre un tramway et un taxi, à un coin de rue mal fichu. Le tramway ne pouvait reprendre sa route, la voiture n'avait pas la place pour faire demi-tour. Personne ne pouvait bouger. Johan frappa le volant. Il eut le temps de le faire une fois. Et une deuxième. Même s'il aurait pu jurer avoir joué tout un solo de batterie. Les klaxons commencèrent à retentir.

En aucun cas, ils n'auraient dû se trouver là. Si Johan n'avait pas opté pour la mauvaise file à l'embranchement où, pour aller à droite, il aurait fallu en fait emprunter la file de gauche, ils se trouveraient déjà dans la zone du carnaval, chercheraient peut-être en ce moment même une place où stationner la caravane, se gareraient à reculons, tireraient les câbles, insèreraient les adaptateurs dans les prises, prépareraient très bientôt à manger ; l'opération était un peu délicate dans la kitchenette exiguë de la caravane, il n'y avait pas de cuisines extérieures dans les aires de caravaning d'ici. Après le repas et la vaisselle, ils décrocheraient les vélos au dos de la caravane, la banquette arrière réagissant avec ses réserves habituelles à l'interruption de son jeu, et partiraient pour la ville. Cela n'avait jamais posé problème nulle part ailleurs et aurait dû réussir ici aussi, à la pointe extrême de leur voyage avant le retour à la maison. Mais, aujourd'hui, ils avaient commis plusieurs erreurs ; que Johan H se fut trompé d'itinéraire n'était que l'une d'entre elles.

Faire fausse route avec une caravane, c'est vraiment perdre son chemin, surtout si la ville a été dessinée pour les moineaux et non les automobilistes ; un seul virage erroné pourra anéantir tout l'itinéraire planifié. Johan s'était rendu compte de sa méprise mais avait continué tout droit dans l'espoir que, à condition de supporter les coups de klaxon et les gestes de la main internationaux – personne ne les connaissait ici, voyons, et il n'avait pas à avoir honte de cette mésaventure, son erreur pourrait être oubliée, on en rirait même peut-être plus tard –, il serait possible de franchir la colline tout autant qu'on pouvait la contourner. C'était un mauvais calcul qui s'insérait dans une longue chaîne d'estimations erronées. Katherine lui avait légèrement tapoté le genou avant de lui tendre ses lunettes de soleil ; elle n'avait rien dit, elle ne disait jamais rien quand la situation tournait mal. Johan avait cherché un endroit où bifurquer, mais chaque nouveau virage les emportait sur une route plus fausse encore. L'atlas routier ne leur était d'aucun secours, bien que sa femme l'eût parcouru avec enthousiasme ; les plans des centres-villes étaient sommaires et, pour tout dire, ne valaient rien. Johan évita au dernier moment le centre le plus ancien et les voies piétonnes qui y menaient mais, ce faisant, il fut conduit à la colline où l'usage des véhicules privés était interdit à tous sauf aux résidents, et les maisons par endroits si tassées les unes contre les autres qu'il y avait entre elles la place de faire passer un mini-tramway, tout au plus, et s'il y avait bien un trottoir, celui-ci ne comptait pas plus de vingt ou trente centimètres de largeur, au maximum. Une personne qui se serait tenue à l'angle de la rue au passage du tramway aurait fini écrabouillée entre le mur et l'acier. Johan avait eu cette pensée juste avant la collision, oui, il avait songé à cela, à cet écrabouillement, et avait donc fermé les yeux le petit temps nécessaire pour encaisser la douleur et tenter de ne pas la ressentir. Douleur qu'on ne peut éprouver mentalement, au demeurant, on n'en aura qu'un souvenir ou une représentation imaginaire, l'être humain est ainsi fait ; même la douleur de Johan était, dans toute son imprévisibilité, précisément délimitée dans le temps et l'espace, elle commençait, était et partait.

Peut-être n'avait-il même pas fermé les yeux. Cela fut suffisant, pourtant.

Les alternatives se réduisaient. Johan regarda dans le rétroviseur et passa la marche arrière. Mais dès qu'il parvint à faire reculer la voiture, une salve de coups de klaxon se déclencha.

– Bordel de merde !

Il éteignit le moteur, tira sur le frein à main et descendit.

Derrière la caravane s'étendait une file de trois taxis et quelques voitures. Véhicules privés interdits, tu parles, Charles, se dit-il. Il leur fit signe de reculer mais reçut en réponse une nouvelle salve de klaxons, à quoi s'ajoutèrent deux nouvelles voitures qui tournèrent au coin et se positionnèrent dans la file comme s'il y avait eu une bonne raison de faire la queue. La rue, modeste, était déjà bondée, et la file s'allongeait à vue d'œil jusqu'au-delà du carrefour et sur la droite à l'angle.

– Johan, lança la voix de sa femme dans la voiture, derrière toi !

Le conducteur du tramway avait mis un bon moment à sortir de son véhicule. La porte de la cabine était quasiment collée au mur, ce n'était définitivement pas un endroit où stopper. Le conducteur se tenait toutefois face à Johan, les poings sur les hanches, criant et gesticulant. Johan n'était pas particulièrement effrayé. C'était un homme grand, surpassant le nouveau venu d'une vingtaine de centimètres et, vraisemblablement, d'une trentaine de kilos ; il aurait pu l'écraser entre ses doigts comme un moustique s'il n'avait pas eu un caractère débonnaire l'obligeant d'ordinaire à s'échauffer afin d'atteindre l'état de fureur adéquat pour s'en sortir dans un monde où s'égosillaient des excités de toutes sortes.

Le conducteur avait essayé de libérer son véhicule mais il était trop tard. La file de voitures serpentait déjà jusqu'au carrefour suivant et bloquait le passage au tramway. Celui-ci ne pouvait toujours pas reprendre sa route et une autre file s'était formée derrière lui. L'attelage conduit par Johan aurait beau disparaître en fumée, l'embouteillage ne pouvait plus être empêché. L'homme gesticulait et pointait son doigt. Johan tenta de dire quelque chose en anglais, l'homme, en plus de sa langue, essaya le russe. Ni l'un ni l'autre ne se comprenaient. L'homme se montra pressant et voulut monter dans la voiture ; Johan ne le laissant pas faire, il la contourna et ouvrit la portière du côté de la place du mort. Ce qu'il fit se produisit si vite que Johan ne parvint pas à suivre le rythme. L'homme se pencha par-dessus Katherine, desserra le frein à main et passa au point mort. On entendit un craquement, la voiture partit en arrière, le poids de la caravane l'entraînait, l'intrus perdit l'équilibre et se cogna la tête contre la vitre avant de tomber sur les genoux de sa femme.

– C'est quoi ce…

Le mouvement fut de l'ordre d'une dizaine de centimètres, puis la caravane heurta quelque chose avec un bruit sourd, qui était, comme on pouvait le deviner, le nez du taxi attendant juste derrière.

– … bordel !

Quelqu'un donna un coup de poing sur le côté de la voiture. C'était le chauffeur du taxi qui suivait celui attendant juste derrière. Un regard jeté à la caravane révéla que la force de l'impact avait fait céder le frein à main du premier taxi et que la voiture suivante dans la file, elle aussi arrêtée trop près, avait encaissé le coup. Qu'est-ce qu'ils font de la distance de sécurité, râla Johan par-devers lui, la distance de sécurité, c'est le premier truc qu'on vous apprend à l'auto-école – enfin, presque – et même dans les files, il faut maintenir une distance de sécurité. Les chauffeurs de taxi se mirent à crier, leurs clients crièrent, un supplément de crieurs se déversa par la porte encore fonctionnelle du tramway. On criait aussi aux balcons, et quelqu'un criait sous un porche, poussant une sorte de charrette, espérant rejoindre la rue. Johan s'efforçait de garder son calme, mais au moment où l'un des chauffeurs de taxi donna un coup de pied qui fit un creux sur le côté de sa voiture, lui aussi rugit. C'était un véhicule de location, nom de nom, et l'assurance comportait une franchise élevée. Parce qu'une assurance comme ça revenait peu cher. Et parce qu'il n'avait jamais eu d'accident. Quand le chauffeur réitéra son geste, Johan prit du champ et donna un coup de pied dans le taxi le plus proche, chancelant lors de la frappe, mésestimant sa force. L'impact atteignit directement le phare gauche qui, crac, tomba en morceaux sur l'asphalte.

Ces vacances étaient l'idée de Katherine. Johan avait proposé un périple en caravane dans son pays d'origine, ou une semaine balnéaire sur une côte sûre et accueillante pour les familles, mais son épouse avait rejeté ses propositions. Katherine était une femme constante et peu exigeante, qui, une fois qu'elle avait décidé quelque chose, s'y tenait. Elle était mobilisée en faveur de la cause environnementale et stressait ses collègues de travail et ses connaissances par ses discours sur le changement climatique. Elle ne voulait plus prendre l'avion, ils avaient parcouru en long et en large leurs pays d'origine et cela lui semblait suffisant. Ils en avaient parlé longuement,

Johan avait listé les difficultés auxquelles les voyageurs pouvaient se retrouver confrontés sous ces latitudes, ainsi que les conseils permettant de les éviter. Il fallait équiper la caravane d'une alarme contre les voleurs, d'un système de double verrouillage et d'un détecteur en cas de fuite de gaz. Il était exclu de passer la nuit sur les accotements et plus que recommandé d'éviter les stations-service trop calmes et les aires de repos pour routiers en bordure d'autoroute, ainsi que de s'assurer que les campings étaient gardés. Toutes sortes de menus tracas auxquels ils n'avaient pas besoin de penser habituellement.

Johan avait cédé et tout s'était étonnamment bien passé. Ils avaient obtenu de l'aide et des conseils chaque fois qu'ils en avaient eu besoin. Les gens étaient amicaux, bien plus que chez eux ; de petites interactions avec les autres voyageurs avaient même vu le jour sur les aires de caravaning. Johan ne s'en souciait pas beaucoup, mais il était fier de sa femme qui semblait se ranimer au contact de nouvelles personnes.

L'erreur s'était produite seulement une fois sur la partie du trajet menant au point ultime de leur itinéraire. Cette ville, en soi, était une erreur et ils avaient accumulé les coups de tête foireux et les mauvais hasards en s'y rendant. Johan n'avait pu résister à l'éclat brillant dans les yeux de Katherine lorsque celle-ci avait dit allons à un endroit où aucune de nos connaissances n'a jamais mis les pieds. Sa femme avait déplié une carte sur la table de la caravane, dégotté un massif montagneux et un fleuve qui formait un Z au centre d'une ville. Elle s'était procuré, avant le départ, une pile de guides touristiques mais avait découvert bien mieux au cours du voyage : un ouvrage consacré à une ville qui n'était mentionnée dans aucun de ceux qu'elle possédait. C'est un endroit où très peu de gens se sont rendus, avait dit Katherine, partons à l'aventure. L'ouvrage décrivait la ville et la vie des familles occupant son centre caractéristique très spécial. Il s'agissait d'une observation participante : la personne qui l'avait écrit avait vécu sur place, parmi les locaux, leur témoignant respect et considération et leur offrant un secours financier. C'était donc quasiment de l'anthropologie socialement responsable, en tout cas, du tourisme responsable. *Et c'est là, Johan, que nous sommes en train d'aller.* À l'aventure, avait bougonné Johan, mais il y avait bien quelque chose, là-dedans. Lui, un aventurier, après toutes ces années ? Ne part-on pas à l'aventure sac au dos et à deux, avec vingt ans de moins et allégé d'autant de kilos ? Tu trouves que je suis un aventurier ? avait-il demandé, et ils s'étaient pinçotés et poussotés avec la tendresse d'amoureux aux premiers jours. Johan et Katherine. C'était le mois de mai 1997, ils étaient mariés depuis quinze ans et avaient connu toutes sortes de tribulations ; ils formaient une bonne équipe.

Les paroles de bon sens n'eurent aucun effet. Ni le fait qu'ils auraient besoin de visas onéreux et compliqués à obtenir. Ni celui que les cartes n'indiquaient pas les reliefs et que ce qui paraissait sur le papier huit cents ou mille kilomètres représentait plusieurs fois cela en passant par des routes de montagne. Une simple multiplication avec, en facteurs, le trajet et les limitations de vitesse générales, ne donnerait même pas une idée lointaine de la durée réelle du voyage. À l'aventure, vraiment ; ils n'avaient saisi la dimension effective des choses qu'après leur départ, et il était trop tard pour se raviser. Katherine avait entretenu la conversation même lorsque, au lieu de régions montagneuses idylliques, ils avaient commencé à dépasser des hangars industriels abandonnés et des villages entiers en ruines, et les yeux morts, béants, d'immeubles bâtis en rase campagne, des carcasses de voitures, des aires de jeux désaffectées, des enfants en haillons, des chiens errants, une grande roue tendue de toute sa rouille vers le ciel. Lorsque les distances entre les stations-service avaient rallongé au point de les obliger à vider le jerrican d'eau pour y stocker du carburant, la voiture s'étant avérée consommer des quantités folles de diesel. Lorsque les routes s'étaient changées en une succession de nids-de-poule chichement asphaltés et qu'un caillou projeté contre le pare-brise y avait fait un trou pareil à celui d'une balle de fusil. Lorsque leur garçon avait vomi sur la banquette arrière. Lorsque Johan s'était pris une volée de sable dans la gorge et avait été secoué par une quinte de toux. Non, Katherine n'avait pleuré qu'à partir du moment où la route, après une vallée, s'était mise à grimper à l'assaut d'un nouveau massif, encore plus ardu que le précédent. Elle pleurait sans bruit derrière ses lunettes de soleil, ne voulant manifestement pas redoubler la déception de Johan. Celui-ci avait tenté de ne pas attirer l'attention sur ses larmes, parce que Katherine ne voulait pas en parler. Et lorsque, pour finir (après avoir fait la queue pendant des heures à la frontière entre les États et stupidement passé la nuit à proximité de la route exactement comme on le leur avait formellement interdit), ils étaient parvenus à destination, Johan avait détesté cette ville autant que l'idée du trajet retour. *Si on abandonnait la voiture et la caravane et qu'on s'achetait des billets d'avion pour rentrer ?* Ce genre de pensées n'était pas destiné à être formulé à haute voix.

– Regarde-moi ces paysages ! s'était-il exclamé, au lieu de cela, sans pour autant leur accorder un coup d'œil.

Il ne les aurait pas vus, même s'il avait osé quitter des yeux la route qui tantôt se rétrécissait, tantôt s'élargissait et n'était séparée du vide que par une mauvaise barrière, en bois ou en béton, rien qui fût à même de stopper le poids combiné total de leur attelage ; il supposait simplement que les paysages étaient là. C'était tout un travail de rester sur les routes de montagne non sécurisées, de survivre aux locaux qui doublaient les files de voitures d'une seule traite dans les virages, ainsi qu'à la honte des ralentissements qu'il causait. Les fanfares de klaxons des cortèges de voitures, on s'y était fait.

Quand ils rencontraient d'autres voyageurs sur les sites touristiques, Johan se serait quasiment cru rentré chez eux, même si personne ne parlait une langue qu'ils comprenaient. Les stands avec leurs objets criards et légèrement poussiéreux étaient rassurants, en dépit du fait que ce fut précisément le genre de choses que, pour répondre aux espoirs de Katherine, ils cherchaient à éviter. Il y avait toutes sortes de machins à vendre, et Johan finit par voir un paysage. La ville apparaissait vaguement en contrebas et, avant d'y parvenir, il leur fallut percer les anneaux des faubourgs formés autour du centre dont les plus extérieurs paraissaient les plus récents, même s'ils ne donnaient pas non plus l'impression d'être neufs.

– Comme c'est magnifique d'être en voyage, mentit Johan.

Plusieurs dizaines de minutes s'écoulèrent avant l'arrivée de la police. La circulation était, à ce moment-là, complètement bouchée ; Johan refusait d'envisager à quoi cela pouvait ressembler au-delà du coin de la rue. Les policiers eux-mêmes n'avaient plus de moyen de rallier directement les lieux de l'accident et avaient dû abandonner leur véhicule à des encablures de là, comme Johan put le constater quelques dizaines de minutes plus tard. À leur arrivée, le groupe en était déjà venu aux mains. La bagarre s'était déclenchée au moment où quelqu'un avait débouché au coin de la rue et frappé l'un des deux chauffeurs de taxi sur la pommette. Les automobilistes les plus proches s'étaient rués pour séparer les belligérants mais avaient été entraînés dans un pugilat pire encore. Des conciliateurs supplémentaires s'étaient déversés du tramway, il en était aussi sorti du coin de la rue, des cages d'escalier et des véhicules les plus proches. Tous semblaient avoir une opinion, et tous voulaient la faire entendre en criant ou en cognant sur les carrosseries. Johan, planté au beau milieu, désemparé et quelque peu honteux de ne pas participer, restait les bras ballant le long du corps comme un pantin trop grand qu'on maintiendrait debout ; il se distinguait de la masse aussi nettement que son attelage de caravane conduit sur place au mépris de la légalité. Espérant qu'on l'oubliât, il tentait consciemment de rétrécir pour la première fois depuis son explosion de croissance à l'adolescence. Espoir vain, cet étranger rougi par la souffrance et le soleil étant comme un éléphant échappé du zoo ; impression qui ne tarda pas à être corroborée. Bientôt, les doigts accusateurs de tous furent pointés sur lui seul. Un instant plus tard, on le faisait déambuler comme un détenu le long de la colonne de klaxons. En dépit de l'énormité de la situation, son arrestation par les agents fut presque un soulagement. Johan ne désirait rien tant que quitter les lieux.

Katherine descendit de voiture et fit quelques pas à leur suite. Johan avait compté dessus. Sa femme avait de bonnes capacités de négociatrice et, avant tout, de la patience. Ce serait un soulagement de l'avoir avec lui au poste. Mais non. Évidemment que Katherine ne viendrait pas. Si elle le faisait, le garçon aussi devrait l'accompagner, et ils ne pouvaient pas laisser la caravane sans surveillance en plein carrefour. D'autant que ses dons pour la négociation ne leur seraient d'aucun recours puisqu'elle ne parlait pas la langue locale.

Johan éleva la voix pour couvrir le bruit, criant à l'intention de Katherine, pour la prier de rester à la voiture.

– Je reviens très vite, dit-il, ça ne devrait pas prendre bien longtemps. Le poste est à quelques rues d'ici.

Comme s'il avait la moindre idée d'où était le poste de police. En tout cas pas à quelques rues. À quelques rues se trouvait la voiture de police, qui avait désormais, elle aussi, une file de dizaines de véhicules à sa suite. L'un des agents shoota, frustré, dans une roue, l'enjoliveur se décrocha, fit plusieurs tours sur lui-même avant de finir sa course en contrebas dans un claquement. Ici aussi on criait, mais avec plus de retenue. On faisait des gestes de la main internationaux. Quelqu'un pleurait. Du liquide s'égouttait d'un balcon, potentiel écoulement d'arrosoir ou de climatisation. Il se pouvait que cela fût autre chose encore. Un petit garçon disparut au coin de la rue, l'enjoliveur sous le bras.

Johan n'était pas le seul à avoir été appréhendé. Les autres étaient le conducteur de tramway, deux ou trois chauffeurs de taxi et un quidam. Ce dernier ne faisait que passer à pied – il ne s'était même pas arrêté pour regarder – lorsqu'un policier l'avait saisi au corps en lui tordant le bras dans le dos. Quelques pâtés de maisons plus tard, Johan aperçut une ambulance prise dans l'embouteillage. En l'observant, il se remémora une photo vue dans une exposition des années auparavant. Elle montrait une ambulance accidentée par la vitre de laquelle la victime, meurtrie une deuxième fois dans la collision, pendait dans une posture étrange. Katherine avait été blessée en la découvrant et en pleurait encore dans la soirée. Johan cacha que, lui aussi, aurait préféré ne jamais l'avoir vue. Que, s'il l'avait pu, il l'aurait supprimée de son esprit, aurait fait volte-face à la porte de la salle d'exposition et se serait épargné cette vision. Il était parvenu à oublier s'il y figurait un enfant ou un adulte.

Ils franchirent à pied une douzaine de blocs d'immeubles, au bas mot, avant d'atteindre la circulation fluide. Ils attendirent un véhicule de la police qui arriva en faisant paresseusement retentir sa sirène. Johan n'avait plus la force de tenir le compte de l'enfilade de pâtés de maisons et de virages ; le trajet n'était peut-être pas aussi long que les encombrements en donnaient l'impression, mais il l'était trop, en tout cas, pour être estimé à vue d'œil.

Johan n'eut pas à attendre, il fut le premier conduit dans un bureau. Le claquement de la porte dans son dos lui évoqua le verrouillage d'un cercueil de l'extérieur, deux hommes restèrent postés debout derrière lui, peut-être des gardes, des gardiens de prison, c'était à le croire. Un fonctionnaire plus âgé était assis derrière une table. L'homme dit quelque chose que Johan ne comprit pas. Johan haussa les épaules. L'un des gardes répondit à sa place.

La pièce ne disposait pas d'issue de secours. Johan et Katherine vérifiaient ce genre de détails, à un point gênant, quand ils regardaient des séries télévisées ou des films. Est-ce qu'on y mangeait vraiment la nourriture commandée, ou ne faisait-on que la touiller avec sa fourchette avant de la laisser au fond de l'assiette une fois qu'on avait suffisamment discuté ? Est-ce que quelqu'un allait jamais aux toilettes pour autre chose que se tirer d'une situation épineuse ? Y avait-il des issues de secours quand on recevait des clients potentiellement dangereux – dans les locaux de la police, des travailleurs sociaux ou des thérapeutes ? Il fallait que la porte se trouvât dans le dos de celui qui travaillait, le client ne devant jamais s'interposer entre lui et la sortie. Derrière le bonhomme pompeux à son bureau, il n'y avait pas de porte. S'ils avaient été seul à seul, avec son mètre quatre-vingt-dix et ses quatre-vingt-quinze kilos, Johan aurait pu franchir la table d'une enjambée et écraser le type contre le mur, lui coupant la respiration.

On avait appris à Johan à attaquer et à se défendre, moralement et physiquement. Non qu'il fût violent, mais quand votre entreprise met en place des procédures de sécurité, il faut savoir se fondre dans l'esprit d'un assaillant et penser comme lui. Il fallait, se corrigea-t-il mentalement. Il fallait aller de l'avant, comme l'avait formulé le consultant quelques jours avant le rapport financier intermédiaire.

Il se pouvait qu'un bouton d'alerte fût dissimulé sous le bureau, ils étaient souvent cachés en dépit du fait que tâtonner à l'aveuglette faisait perdre de précieuses secondes. Au regard ironique du commissaire – Johan décida d'appeler ainsi le bonhomme –, Johan réalisa qu'il s'était légèrement penché pour voir.

Il se redressa et se racla la gorge.

– Ma femme et mon fils m'attendent, déclara-t-il.

Le commissaire lança un regard interrogateur au garde et ils échangèrent quelques mots. Comme c'était à prévoir, le garde lui avait traduit les propos de Johan, car le bonhomme lâcha une bordée de mots. Le gardien s'éclaircit la gorge, passa un doigt entre son cou et son col, et ne s'adressa à Johan qu'une fois que le vieux eut cessé de le rabrouer.

– Il y a aussi beaucoup de monde qui attend là-bas, finit par dire le garde.

Le commissaire fit signe sur sa droite. Le garde avança de quelques pas et s'assit à son côté.

Un derrière et deux devant.

– Je veux un vrai interprète, déclara Johan.

Le garde traduisit et le commissaire lança une profusion de mots. Le garde se tourna enfin vers Johan.

– Plus tard, dit-il, peut-être ce soir. L'interprète viendra peut-être ce soir.

– Pas possible que je sois encore là ce soir. Ma femme et mon fils…

Le commissaire l'interrompit et le conciliabule reprit. Le garde expliqua :

– Si vous voulez sortir plus tôt, c'est moi qui vais devoir faire l'interprète.

Sortir.

– D'accord. Mais je veux qu'on me traduise tout ce que vous vous dites.

Le conciliabule reprit, vivement.

– Ce n'est malheureusement pas possible. On s'occupe aussi de beaucoup d'autres choses, là. Je traduirai ce qui vous concernera.

Johan commença à envisager la porte située derrière lui comme une issue de secours à son propre usage.

– Je pourrais avoir de l'eau ? demanda-t-il.

Nouveau conciliabule. Le garde haussa les épaules.

– Cela ne va sûrement plus prendre très longtemps, dit-il.

Johan devina à sa façon de baisser la voix – précaution inutile, vu que le plus âgé ne comprenait de toute façon pas ce qu'ils se disaient – qu'il s'agissait d'une estimation personnelle. Le commissaire éclata en paroles. Johan scruta ses yeux, puis sa bouche. Il était aisé de l'observer car il semblait s'adresser davantage au garde qu'à Johan.

Le garde s'éclaircit à nouveau la gorge.

– L'état des choses est donc, commença-t-il, que la situation, là-bas en ville, est mauvaise. On ne parvient pas à désengorger le trafic parce que, eh bien, les files de véhicules ont tourné et rempli toute la zone. Il faut faire marche arrière. Toutes les voitures doivent faire demi-tour et partir, mais ça ne fonctionne pas, parce que, eh bah, parce qu'il en arrive tout le temps de nouvelles ! Il faudrait boucler toute la ville.

Le commissaire l'interrompit et parla longuement, bien plus que le garde n'avait parlé à Johan. Celui-ci rassemblait son courage pour exiger davantage de mots, de participation, mais il eut la présence d'esprit de garder le silence.

– Il y a au moins deux camions frigorifiques, dans cet embouteillage, dit le garde qui écouta le commissaire avant de continuer : les surgelés vont fondre et ça va coûter cher.

Le garde lança un regard presque apeuré à Johan avant de poursuivre :

– Et ce n'est pas le pire.

– Et c'est quoi, le pire ?

Le garde était tout jeune, il avait sans doute à peine plus de vingt ans. Il avait les yeux d'un animal doux, lapin ou cheval peut-être, et les cheveux plumés ras.

– Une ambulance est bloquée. Et une deuxième aussi, manifestement. Espérons que la personne s'en sorte.

– Quelle personne ? demanda-t-il. Espérons que *qui* s'en sorte ?

Johan s'appuya sur ses mains. Il réalisa seulement à présent que la sueur lui dégoulinait abondamment dans le cou. Son organisme était en eau alors qu'il avait besoin de chaque goutte. Il sentit l'odeur de sa transpiration. De grandes auréoles le tachaient aux aisselles.

– Non, mais elle s'en sortira sûrement. On a envoyé des brancardiers chercher les blessés. Ça ne va pas prendre plus de…

– Quels blessés ? Qui est blessé ? J'ai pas vu de blessés, moi !

La nausée se répandait par vagues, frappait depuis ses entrailles et tentait de sortir en traversant sa poitrine, effectuait un virage au niveau des côtes et frappait derechef à l'intérieur. Johan comptait les vagues ; au bord de la mer, la septième était plus puissante que les précédentes à ce qu'on disait, mais celles-ci étaient toutes pareilles, et s'il y avait un changement, c'était une progression régulière vers le pire. Les doigts de sa main gauche le démangeaient légèrement. Ce n'était pas un signe avant-coureur de crise cardiaque mais une mouche qui avait découvert sa peau trempée. Il la chassait et, chaque fois, elle revenait. Il ne sentait pas tous les pas de l'insecte, une partie de son épiderme était engourdie. Peut-être était-il en train de faire une attaque. Il l'avait toujours redouté. Un beau jour, nos peurs se réalisent, de même que nos espoirs, lui avait dit sa mère quand il était encore enfant. Il s'efforçait de ne pas avoir peur, mais redoutait quand même de se réveiller un matin, incapable de mouvoir ses membres. Peut-être était-ce précisément ce qui venait de se produire. Peut-être que, s'il essayait, il ne pourrait plus se remettre debout. Peut-être qu'à cet instant même un mince filet de sang fuitait par un trou gros comme une tête d'épingle quelque part dans son réseau vasculaire cérébral et teignait en rouge sombre la zone grise et la zone blanche et comment ça s'appelait déjà.

– Écoutez, intervint-il, il faut qu'on me donne de l'eau. J'ai… Je ne sais pas encore quoi, mais j'ai souvent des vertiges. Je suis peut-être malade. C'est personnel, ne le mettez pas dans le rapport. Mais ça empirera si on ne me donne pas d'eau. Est-ce que vous pouvez demander…

En guise de réponse, on frappa à la porte. Une femme au teint blafard s'introduisit dans la pièce, débita quelques mots avant de se retirer dans un coin près du bureau, après avoir déposé des papiers sur la table. Le commissaire soupira et prononça une phrase brève. Cette fois, il regardait droit vers Johan. Quand le garde lui traduisit ses propos, il eut l'impression d'avoir parlé lui-même.

– Il est mort.

– Quoi ? Qui ?

– Le vieil homme. Au centre-ville. L'ambulance n'est pas arrivée à temps.

Johan prit une inspiration. Pendant un instant, il fut près de croire qu'il avait vraiment renversé quelqu'un en voiture. Sans s'en rendre compte, peut-être que ça peut arriver.

– Ma vitesse n'était pas si élevée qu'il…

– Il est mort dans son appartement.

Johan déglutit. L'accident qui, pour être précis, n'en était pas un, pouvait-il avoir causé le malheur d'un innocent, ou une mort causée par la lenteur de l'arrivée des secours ? Le commissaire le fixait d'un air sévère et cracha quelques mots, comme en réponse à ses pensées muettes. Johan secoua la tête. Il fallait qu'il se tire de là. Il n'avait tué personne. Il n'avait rien fait de plus que s'oublier brièvement dans ses pensées. Avant cela, s'était quelque peu fourvoyé. Et avant cela, avait un peu cédé sur un mauvais point.

– Ce n'est pas ma faute, protesta Johan. Il a très bien pu mourir avant l'ambulance.

Il réalisa son erreur avant que le garde n'ait traduit ses mots.

– Enfin, avant que l'ambulance n'arrive, si elle était arrivée. Il n'est pas mort dans l'accident. Il a pu mourir avant l'embouteillage. Il se peut qu'il soit mort depuis plusieurs jours. Ça arrive à tout bout de champ. Un vieillard solitaire marine plusieurs jours dans son appartement avant qu'on ne le retrouve. À cause de l'odeur, vous entendez, à cause de l'odeur. Ce ne serait pas la première fois, si vous voulez mon avis.

Il ne s'était pas aperçu qu'il s'était levé avant qu'on ne le remette en place en lui appuyant sur les épaules – des mains apparues derrière lui. Le commissaire, le garde et la femme le regardaient tous fixement. Il jeta un coup d'œil en arrière. Là aussi, on le fixait. Le second garde caressait l'étui accroché à sa ceinture. Johan eut le temps d'envisager une arme ou une matraque avant qu'un bip ne s'en échappe et qu'il ne réalise que l'homme était muni d'un téléphone portable dans un étui en cuir, aussi petit que le sien. La femme accroupie dans un coin émit un son plaintif et se protégea le visage de ses mains, comme si Johan l'avait menacée.

– Je ne vais pas traduire ça, dit le garde qui s'était fait interprète, il me semble que ça n'en vaut pas la peine. Dans votre intérêt.

L'accroupie du coin avait toutefois compris quelque chose sans interprétation. Elle prit la parole d'une voix forte et perçante en montrant Johan du doigt. Le garde interrompit sa logorrhée et désigna lui aussi Johan. Et voilà que tous s'étaient mis à crier d'une seule voix.

– Qu'est-ce que vous dites ? demanda Johan.

Comme le garde ne l'entendait pas, il répéta sa question.

Le garde parut s'excuser.

– Ils croient que vous avez abandonné un vieillard dans un appartement. Chez vous, là-bas.

– Mais non ! J'ai juste dit que ce genre de choses arrive. J'ai rien fait, moi.

– J'ai essayé de leur expliquer, répondit le garde, mais moi aussi je trouve ça tellement bizarre que je ne comprends pas bien. Quel genre de personne laisse un vieillard, comment vous dites déjà, « mariner », mort, dans son appartement ? Voilà en tout cas qui ne va pas simplifier votre affaire. Des vieillards meurent chez vous, et à présent, ici. C'est, comment dit-on déjà, une mort provoquée.

– Je veux un avocat, dit Johan. J'ai droit à un avocat. Et à un vrai interprète…

Il se tut quand il se souvint que le vrai interprète ne serait là que le soir.

– Nous allons tirer cela au clair, ajouta le garde. Vous devez attendre. Pour l'heure, nous allons, ici, tirer au clair quelle infraction s'applique. Restez un peu, pas bien longtemps. Quinze minutes.

Il fallait qu'il appelle Katherine. Dieu soit loué, ils avaient leurs téléphones portables. Johan en avait un depuis des années mais, les modèles devenant de plus en plus répandus et petits, Katherine s'en était procuré un, elle aussi. Avec quelques réserves, *pourquoi devrais-je être tout le temps joignable*, elle en avait tout de même acheté un. Mais Johan n'avait pas le sien sur lui ; il l'avait laissé dans la voiture. Il se consola à l'idée qu'il pourrait joindre Katherine n'importe quand, depuis n'importe quelle cabine à pièces. Ou avec le téléphone de la police.

– Je dois passer un appel, dit-il, je dois être autorisé à appeler ma femme.

Il était persuadé qu'on n'accéderait pas à sa demande, il se voyait déjà taper du poing sur la table et menacer mollement avec ses jurons dans la mauvaise langue, puis supplier, puis menacer encore ; il avait deviné faux, cette fois encore. Le garde traduisit et le commissaire désigna l'appareil posé sur sa table, décrocha le combiné et le lui tendit.

Johan prit le combiné en main et le plaça contre son oreille ; il entendit une tonalité. Elle était différente de chez lui, mais c'était une tonalité, un chenal pour la liberté, un chemin entre cet espace et le monde extérieur. Il composa le numéro de sa femme. Ils lui en avaient choisi un très semblable au sien pour qu'il soit facile à retenir. Certains utilisaient les touches de raccourci, mais Johan trouvait important d'apprendre aussi par cœur. Que faire d'un numéro si on ne pouvait appeler que de son téléphone ? Johan entendit une seconde tonalité, elle aussi différente de chez lui, plus rapide, plus essoufflée en quelque sorte, la ligne devait être occupée. Il essaya son propre numéro, mais sa ligne sonnait occupée également. Quelqu'un passait une communication avec son téléphone en ce moment même, et il ne voyait pas pourquoi. Pourquoi sa femme ou son fils utiliserait son téléphone et pourquoi le feraient-ils en même temps ? Il avait interdit à son garçon d'appeler son frère de son propre chef. Ils avaient discuté des tarifs des appels longue distance. Même en recevoir coûtait cher.

Johan composa une fois encore le numéro de Katherine mais le commissaire tendit la main et le pria de rendre le combiné. Johan se déroba mais le second garde, celui qui n'avait pas encore prononcé un mot, lui saisit le poignet.

– Plus tard, promit l'autre gardien, celui qui parlait.

Le combiné échappa à Johan. Tout ce qu'il lui restait de force s'était échappé de sa main. Il devait y avoir un point d'acupuncture au niveau du poignet. Un petit geste qui faisait perdre sa sensibilité à l'adversaire. Il faudrait qu'il l'enseigne à Katherine. Il lui restait tant de choses à faire.

On lui fit signe de se lever et on le conduisit dans la salle d'attente. Le garde lui tapota légèrement l'épaule.

– Quinze minutes, dit-il.

– Attendez, dit Johan, ne partez pas tout de suite.

– Quoi ?

– Ce ne peut pas être le premier embouteillage de ce genre ici. La ville devient-elle toujours aussi chaotique pour un seul accident ?

Le garde sembla réfléchir, il était étonné.

– Non, je n'ai pas le souvenir que ça se soit produit un jour, finit-il par répondre.

– Pourquoi ça s'est produit maintenant, alors ? demanda Johan. Cet embouteillage monstre. Si c'est la première fois, pourquoi justement maintenant ?

Le jeune homme paraissait déconcerté.

– Quinze minutes, répéta-t-il avant de disparaître par la porte.

– Je ne vous crois pas, cria Johan en anglais derrière lui, et il poursuivit dans sa langue : Vous dites des conneries.

Il y avait d'autres personnes dans la salle, mais Johan ne reconnut que l'un des chauffeurs de taxi et le quidam appréhendé sans raison. Quelqu'un feuilletait un magazine. Un autre faisait des mots croisés. Un vieillard qui semblait contusionné se plaignait à voix basse dans un coin. Il aurait mieux valu que le pauvre diable soit aux urgences, songea Johan, jusqu'à ce qu'il se rappelle l'ambulance coincée dans l'embouteillage et se réjouisse en silence que le destin de cet homme-ci ne relève pas de sa responsabilité.

La soif était atroce. Johan avança les lèvres et tenta de mimer le geste de boire. Les autres haussèrent les épaules, l'un d'eux lui fit signe d'aller voir à l'entrée de la pièce. S'y trouvait un distributeur de boissons mais Johan ne pouvait rien acheter parce qu'il n'avait pas de monnaie locale. Non loin de la porte, il y avait un lavabo. Seule l'eau du robinet de trente-sept pays était potable. Ce pays-ci figurait-il sur la liste, Johan n'en avait pas la moindre idée. Johan était-il de ces crétins qui ne s'enquéraient pas des bonnes informations avant de partir ? Oui, absolument. Il ne pouvait pas boire de cette eau. Il ne pouvait qu'attendre.

Rien ne se produisit hormis que, au bout d'un temps qui parut une éternité, l'un d'eux fut appelé dans le bureau. De tous les mis en cause possibles, ce fut le quidam. Un flux régulier de paroles s'échappait d'un haut-parleur. Johan essaya d'imaginer ce que cela pouvait être. Des communiqués à propos d'accidents, qui sait, des instructions destinées aux patrouilles ? Les voix alternaient. Pas de musique, absolument pas de musique, c'était peut-être pourtant bien la radio. Ou peut-être que quelqu'un avait oublié de couper le microphone d'une salle d'interrogatoire. Peut-être qu'une secrétaire disait en ce moment même qu'elle en avait marre de remplir des formulaires.

– Je suis plus du genre à bosser manuellement qu'à brasser des chiffres, disait le haut-parleur. J'ai envie d'un travail à réaliser de mes mains du début à la fin. Je veux voir le résultat de mon boulot. Jardinier, ce serait une possibilité.

Il se pouvait aussi que ce soit le monologue d'une autre personne lassée de sa vie.

– J'ai essayé de bien vivre, disait le haut-parleur, d'éviter de blesser les autres, humains ou animaux. J'ai essayé de traiter les autres comme je souhaiterais qu'on me traite. Mais…

Il ferma les yeux. Tout allait bien pour Katherine et le garçon. Seulement la soif et la chaleur. Ils se débrouilleraient, ils iraient chercher à boire et reviendraient, prendraient soin de la caravane et l'un de l'autre. C'était une ville sûre et amicale, on les laisserait tranquilles.

Le haut-parleur interrompit ses pensées. À présent, il s'adressait directement à lui.

– Tu devrais le dire à Katherine, déclara le haut-parleur. Ça ne sert à rien de la maintenir dans l'ignorance. En plus, ce serait un soulagement. Elle a remarqué quelque chose.

La voix s'éloigna. Johan rouvrit les yeux. Cela lui arrivait quand il était sur le point de s'endormir et qu'il s'efforçait de rester éveiller. Au pire, il dormait les yeux ouverts et tout ce qui lui passait devant coagulait en une partie de son rêve. Il regarda sa montre et se frappa le front. Des heures s'étaient écoulées. Des heures. Le quidam était à nouveau dans la salle et le chauffeur de taxi n'y était plus. La situation s'inversa ensuite comme si on avait coupé un morceau du film. Le quidam était absent, le taxi présent. Johan se pinça le bras. Sa peau était engourdie.

Quelque chose clochait.

– Tu joues les prolongations, déclara le haut-parleur. Tu aurais été obligé d'arrêter de bosser, de toute manière. Katherine peut t'aider. Elle est de ton côté. C'est en vain que tu essaies de lui cacher quoi que ce soit.

– Je ne peux pas, dit-il.

Il ouvrit les yeux et la voix revint, en charabia. Il se leva, mais se rassit aussitôt. Quelque chose clochait vraiment. Derrière ses yeux, cela tanguait. Il eut un moment l'impression que quelqu'un ou quelque chose avait les mains plaquées sur sa tête et serrait. Il avait envie de vomir.

La salle d'attente s'était vidée pendant son petit somme. Il ne restait plus que le quidam. L'homme enfonça sa main dans la poche intérieure de sa veste et en tira une flasque. Il la déboucha avec habileté bien que l'index et le majeur de sa main droite fussent sectionnés à la seconde phalange. Johan aurait donné quasiment n'importe quoi pour une gorgée d'eau, mais l'expression gourmande de l'homme et son *han* assourdi, presque inaudible, laissaient entendre que c'était de l'alcool. L'hypothèse fut confirmée quand il tendit la flasque à Johan, accompagnant son geste de quelques mots. Il ne fut pas loin de refuser mais prit une gorgée. Peu importait ce que c'était, cela faisait l'affaire. Il avala une longue goulée et poussa un *han* sonore quand l'eau-de-vie lui brûla la gorge. Il s'en fallut de peu qu'il ne la recrache, mais il parvint à se retenir. L'homme lui donna une tape dans le dos et lui saisit la main. Alex, dit-il. Johan donna son nom.

Quand Johan revint à lui la fois suivante, il était seul dans la salle d'attente. Sa soif avait encore empiré sous l'effet de l'alcool. Il tâta ses poches ; il n'avait pas de chewing-gum. Que dirait l'interrogateur en sentant son haleine chargée ? Il se mit debout et, cette pression sur son lobe temporal, présente à nouveau, il la sentait. Ce n'était pas la première fois, loin de là, mais, quand cela finissait par passer, il espérait toujours que l'épisode fût le dernier. Et il oubliait. Il se forçait à oublier. Il avait du sang aux mauvais endroits, son sang ne restait pas là où il aurait dû.

La sensation fit tanguer le sol, Johan regarda instinctivement autour de lui, au cas où quelqu'un l'aurait vu. Il était seul. Il franchit la surface carrelée et, à présent, il avait vraiment la sensation de marcher. De progresser à travers un damier dont les carreaux s'étiraient en losanges imprécis. Il tourna le robinet et contempla l'eau d'un rouge rouillé couler au fond de la cuve, s'enrouler en spirale et tomber par la bonde dans l'obscurité. Il la sentait quasiment s'écouler dans les tuyaux, sous ses pieds, et bouillonner, rejoindre des canalisations de plus en plus larges jusqu'à atteindre les tunnels des égouts que l'on voyait dans les films, où l'on va se cacher et par lesquels on peut s'enfuir.

Je deviens dingue, pensa-t-il tandis qu'il se lavait les mains et le visage. Le bruit de l'eau, c'en fut trop. Il était tout simplement impossible de résister. Qui plus est, cette teinte rouillée n'avait-elle pas disparu, l'eau avait l'air parfaitement ordinaire, cette couleur, il l'avait sans doute imaginée, c'est tout. C'était ses yeux, ils devaient contenir du sang, eux aussi, ils étaient peut-être entièrement rouges, cela avait peut-être à voir avec son vertige et ce vertige, eh bien, il avait besoin d'eau pour s'en débarrasser. Il plaça son visage sous le jet et but goulûment. Il but jusqu'à étancher sa soif, sans s'arrêter, même quand il sentit son ventre se distendre. Ce n'étaient plus des vagues. C'était une pulsation. Du dedans au dehors et du dehors au dedans, comme un raisin sec regonflé, redevenant raisin frais avant d'être pressé pour en refaire un raisin sec.

La pression derrière son front ne s'atténuait pas. L'épisode était plus long que d'habitude. C'était peut-être dû à la déshydratation. Johan s'assit sur le banc le plus proche et s'essuya la figure. La sueur traversait sa peau comme si l'eau qu'il venait de boire avait cherché le plus court trajet pour ressortir. Un moment après, il vomit dans une poubelle. Ce n'était pas à cause de l'eau, en tout cas pas seulement, cela avait commencé avant le voyage. Cela avait commencé à l'époque où il avait appris qu'il allait devoir quitter son travail. Il avait mis cela sur le compte du stress, et c'était peut-être ça. Ou bien, quelque chose en lui s'était brisé et son corps avait cédé.

– Johan H. Tu es un nul. Tu n'as plus aucune utilité. La boîte a chuté. Tu as chuté. Même cela, tu n'oses pas le dire à ta femme.

Il s'appuya au mur et ferma les yeux, revint à lui, parce qu'il avait réellement été sur le point de tomber. Une nouvelle voix avait pris place dans le haut-parleur, peut-être que les autres aussi avaient changé. L'épisode semblait terminé. Personne ne remarquerait quoi que ce soit s'il se relevait et partait sur-le-champ.

Ce regain de force provenait d'une réserve intérieure insoupçonnée. Il se leva et toqua à la vitre du bureau. Il tambourina du poing. Un son cristallin, quelque part ; le haut-parleur, lui, poursuivait son monologue placide. Peut-être faisait-on vraiment la lecture d'un pavé littéraire local. Ou de l'annuaire téléphonique.

Une porte s'ouvrit à l'arrière de la cabine vitrée et une femme âgée en combinaison bleue entra. En dépit de la couleur de sa tenue, elle n'avait pas l'air d'une policière. Ils ne possédaient pas de langue commune, mais Johan pointa les portes fermées, puis il écarta les bras et haussa les épaules, fit un geste interrogateur. La vieille le dévisagea et fit non de la tête, elle indiqua la montre à son poignet puis la porte de sortie. Elle désigna aussi le calendrier, affichant la date du lendemain, pointa Johan puis tourna son doigt vers le bas.

Johan comprit ce qu'elle voulait dire. Il lui faudrait revenir le lendemain. Peuh ! Comme s'il allait revenir demain. Comme s'il allait revenir un jour. Sa voiture n'avait subi aucun dommage : il allait rameuter sa famille et ficher le camp de ce trou et ils ne reviendraient jamais. Ils rouleraient sans s'arrêter – lui conduirait, les autres pourraient dormir – jusqu'à ce qu'ils aient passé la frontière et regagné la sécurité. Et s'il ne pouvait extraire le véhicule de l'embouteillage, ils bourreraient les affaires les plus importantes dans leurs sacs à dos et partiraient à pied, ou à vélo, ils gagneraient l'aéroport ; il réglerait la facture de location ultérieurement. Bientôt, toute l'affaire ne serait plus qu'un rêve affreux.

– Je reviendrai, dit-il à la femme, et je ferai péter toute cette taule. Je te garantis que je vais revenir, tu vas voir !

Il souriait. La femme lui rendit son sourire. On toussa dans le haut-parleur.

Il était déjà en train de s'éloigner quand il réalisa que, sur la table devant la femme, il avait vu un téléphone. Il fit demi-tour et désigna l'appareil, la femme, haussant les épaules, le rapprocha. Johan saisit le combiné et composa le numéro de Katherine. Personne ne répondit. Il sélectionna ensuite son propre numéro ; même résultat. Il appela les deux numéros par trois fois avant de renoncer. Voilà qu'il était déjà dans la rue. Il ignorait quelle direction emprunter. La rue commençait du côté où il portait une bague et s'achevait dans la direction opposée.

Il se pouvait aussi bien que ce fût l'inverse. Peut-être que l'univers entier se réduisait à son champ de vision. Une voiture passa lentement, des haut-parleurs fixés sur son toit, les portières affichant le portrait d'un homme tout sourire, accompagné d'un numéro. Une voix masculine au débit régulier se faisait entendre :

« Peut-être que tout tient en une seule image. C'est peut-être tout ce qu'il y a. »

Quelque chose clochait dans la perspective, les immeubles ployaient comme sur les photos. Ils semblaient près de chuter, mais ne le faisaient pas, pas avant que quelqu'un n'eût impulsé le mouvement, n'eût poussé le premier. Johan avait un jour réalisé un parcours de dominos géant avec ses fils. À l'aide de boîtes d'allumettes, de briques de jeux de construction et de Lego assemblés, de tout ce qu'ils avaient trouvé dans la maison qu'on pouvait imaginer chuter. Les files d'éléments posés sur des bandes de papier descendaient l'escalier de l'étage à l'entrée, se séparant pour gagner la cuisine et le salon avant de se réunir. Ils levaient haut les pieds pour enjamber précautionneusement les alignements, démarche qui fut la leur au cours des trois soirées qu'ils y consacrèrent. Tandis qu'ils se livraient à la tâche, Johan avait expliqué à ses fils ce que signifiait l'effet papillon. Que les petites erreurs d'évaluation se répétaient dans les systèmes sensibles aux changements. C'est ce que veut dire l'idée que le battement d'ailes d'un papillon peut provoquer un ouragan de l'autre côté de la planète. L'un des deux garçons aurait voulu provoquer un ouragan. Que les pièces soient agencées de sorte qu'un alignement se divise en dix autres. L'autre avait posé une question à laquelle Johan n'avait su répondre.

« La théorie du chaos se réalise dans des systèmes qui sont sensibles même aux petites modifications, entendit-on au loin, la voiture haut-parleur était arrêtée à un feu. Le système est contenu à l'intérieur de certaines limites sans jamais en sortir, mais sans se répliquer jamais lui-même non plus. »

Et le milliard d'autres papillons ? lui avait demandé l'autre garçon. Si le battement d'aile d'un seul papillon peut provoquer un ouragan de l'autre côté de la planète, pourquoi ne provoquent-ils pas un milliard d'ouragans ?

Johan fut réveillé par des murmures à son oreille ; quelqu'un parlait de lui, disait qu'il n'était qu'un légume. Il ouvrit les yeux. C'était un ventilateur qui bourdonnait. Bourdonnement qui se mêlait à sa respiration et au soleil qui lui tombait dans les yeux. Johan n'arrivait pas à se souvenir d'où il était. Ni pourquoi. Peut-être qu'il avait perdu cette faculté. On ne peut se souvenir de ce qu'on ignore, mais on peut savoir ce dont on ne se souvient pas.

« Ses pensées n'ont aucune logique », bourdonnait le ventilateur.

Johan se trouvait dans une sorte de salle de soins, il ignorait comment il y était parvenu ni combien de temps il avait dormi. Avait-il même dormi ? Il regarda son poignet. Sa montre était en place mais les aiguilles manquaient. Ou plutôt, il y avait des aiguilles, mais indistinctes et trop nombreuses. Il se pouvait tout à fait qu'elles fussent en nombre juste, mais les chiffres avaient changé de place sur le cadran. Les aiguilles de l'horloge murale avaient connu le même sort. Il ne comprenait rien, ni à l'une ni à l'autre.

Il tenta de se redresser mais la douleur derrière son front le fit grimacer. Un goût amer lui remonta par l'œsophage. Il s'étira, avec un geste de la main, vers un verre d'eau, mais son bras ne lui obéit pas. Le verre décrivit un arc et s'écrasa en mille morceaux. Une porte s'ouvrit et un ange en habit blanc passa la tête. L'ange n'avait pas d'ailes ; elles lui avaient été arrachées, s'il en avait jamais eu. L'ange ressemblait à Katherine. Peut-être que n'importe qui lui aurait ressemblé, aux yeux de Johan, qui craignait d'avoir perdu le visage de sa femme.

– Quelle heure est-il ? tenta-t-il de demander mais les mots ne sortaient pas, en aucune langue, lui-même n'y comprenait rien.

L'étrangère le regardait, les sourcils haussés, et leva les mains. Elle lui posa une question. Johan reconnut la langue anglaise, sans saisir les vocables. Elle souhaitait peut-être qu'il compte ses doigts. Johan s'exécuta et tenta d'annoncer un chiffre ; il réalisa qu'il ne savait pas ce qu'il était en train de dire.

– Tu as merdé, déclara la femme dans la langue maternelle de Johan, en lui caressant les cheveux. Tu vas avoir besoin d'une infirmière personnelle. Et si l'ambulance n'arrive pas à temps, tu vas mariner dans ton appartement pendant des jours.

Johan essaya de répondre mais sa voix s'embouait, et l'infirmière lui fit signe de se taire.

– L'assurance-vie, poursuivit-elle, elle couvre les dettes et la maison, tu le sais aussi bien que moi.

L'infirmière s'en alla et Johan resta seul dans la pièce. Quelqu'un était au téléphone dans le couloir. Par la fenêtre ouverte, on entendait les voitures rouler. Un papillon battait des ailes contre une vitre. Johan ferma les yeux et quand il les rouvrit, il vit Katherine vaciller près de son lit.

– C'est à cause de l'équilibre, déclara-t-elle. Les papillons le maintiennent avec leurs battements d'ailes. Les milliards de papillons s'annulent mutuellement. À la fin, donc, tout à la fin, il ne se passe rien.

Johan n'avait pas répondu à son garçon, il n'aurait pas su. Ni eu le temps. Car, au même instant, les dominos avaient entamé leur chute. Juste avant que tout ne soit parachevé. Une minute avant. Une seconde avant. Ils étaient quasiment prêts. Ils avaient presque déclenché le caméscope. Johan se rappelait le son des objets en chute. Les voix de ses fils. L'un était en pleurs, mais il aurait pu jurer que l'autre riait.

SALLE 2

L'ATTRACTEUR DE LORENZ, SUITE

image initiale : une illusion d'optique

Si tu as déjà vu un objet impossible, ou étudié des illusions d'optique, tu ne vas pas tarder à comprendre de quoi il s'agit sur cette série d'images. La différence, c'est que, si l'image d'un objet impossible peut se diviser en deux ou trois parties possibles prises séparément mais impossibles à ajuster en une seule – par exemple les gradins au bas d'une image se changent en alignements d'immeubles dans la partie supérieure ou, autre exemple, un triangle dessiné en deux dimensions est impossible tridimensionnellement, ou encore les escaliers qui partent d'un plafond ou de murs ne sont pas soumis à la même force gravitationnelle que les personnages qui les gravissent –, dans cette séquence-ci, la modification est d'ordre temporel. Sur la première image, un enfant est en train d'installer sa petite voiture et la caravane qui y est attelée dans la rue d'une ville qu'il a construite avec des briques, au milieu d'une colonne de petites voitures à l'arrêt. Sur la dernière image, on se trouve dans l'embouteillage réel formé par de vrais véhicules. Ce sont les deux extrémités, entre lesquelles les images se succèdent à intervalle d'un quart de seconde, ce qui est plus long qu'au cinéma mais trop bref pour se figurer les détails. On aurait beau regarder avec la plus grande acuité, il sera impossible de dire à quel stade la photo du jeu d'enfant se mue en vue aérienne de l'embouteillage, et inversement. Le regardeur peut décider de passer la séquence du début à la fin ou de la fin au début, les deux façons sont possibles et pas moins vraies l'une que l'autre. La ville imaginée et la ville réelle ont ceci de commun que les véhicules s'y suivent sans échappatoire, les files à la queue leu leu s'enroulent sur elles-mêmes jusqu'à revenir à leur point de départ et pas un véhicule ne peut bouger dans quelque direction que ce soit.

L'attracteur de Lorenz, suite

La chaleur torride répandait une angoisse diffuse. La chaleur et les sons, perçants, puissants. Ne pas pouvoir partir. Le soleil dardait directement à travers le pare-brise et, bien que le plus chaud de la journée fût passé, il ne serait pas d'un grand secours d'ouvrir la vitre ou la portière ; cela ne créerait pas de courant d'air, l'intérieur du véhicule se trouverait simplement agrégé à l'atmosphère extérieure et cesserait de constituer sa propre zone séparée, cesserait d'exister. Pour une raison ou une autre, l'idée était effrayante. Les sons aussi s'intensifieraient en cas d'ouverture de la portière et il se déverserait un flot non seulement de relents mêlés de nourriture et de poubelle, mais de poussière en suspension, invisible de près, formant, de plus loin, un filtre par-dessus le paysage, comme une vitre qui n'aurait pas été nettoyée. Sans parler des gamins curieux qui s'agglutinaient autour de la voiture et de la caravane. Katherine s'efforçait de ne pas penser, mais pensait malgré tout que les enfants avaient quelque chose de flippant, les enfants du monde entier, une obscurité imprévisible et froidement intéressée que l'éducation n'avait pas encore disciplinée et ne disciplinerait peut-être jamais, et alors, elle secoua la tête comme si elle allait ainsi parvenir à oblitérer ses pensées. Elle rationnait l'ouverture et la fermeture des portières, n'ouvrait que lorsqu'elle y était obligée.

Elle y était assez souvent obligée.

Elle y était obligée tout le temps.

Katherine tourna la clef et enclencha la climatisation, mais n'osa pas la laisser allumée trop longtemps, cinq ou dix minutes d'affilée seulement, pour ne pas risquer d'épuiser la batterie. Elle ne voulait pas démarrer la voiture. Démarrer la voiture attirerait à nouveau l'attention générale sur eux, inciterait les gens à sortir de leurs véhicules et appartements avec leurs questions et leurs exigences auxquelles elle n'avait rien à répondre, toujours pas.

Un moyen d'échapper aux bruits mécaniques était de leur assigner une autre nature grâce à son imagination. En l'occurrence, c'étaient des oiseaux. L'un entonnait son chant et l'autre répondait de manière un peu discordante, depuis une autre direction et sur une note nostalgique ; c'était, par moments, un chœur entier de voix. Tout cela se produisait déjà beaucoup plus loin, à des pâtés de maisons de là. Dans les voitures les plus proches, on avait renoncé, les gens s'étaient rassemblés en petites nuées dans la rue – certains, posés dans l'espace étroit entre portière et mur, discutant et fumant, à croire qu'ils allaient sortir des barbecues ; les enfants faisaient connaissance et se regroupaient, ils s'adaptaient à la nouveauté comme en ont coutume tous les enfants du monde – ou bien ils étaient partis, mais, à en juger par les sons, l'embouteillage s'étirait à des blocs de là, cependant que la déception et l'irritation se répandaient, tel un polluant dans l'eau ou une maladie transmissible par contact, au moment où les conducteurs s'apercevaient qu'il était trop tard pour reculer. Les chaînes de causalité se prolongeaient encore au-delà des véhicules, jusqu'à tel ou tel départ ou rendez-vous annulé. Manqués, l'entretien d'embauche, le train qui ne passait qu'une fois par semaine, le rendez-vous galant. Quinze minutes suffisaient parfois à changer toute une vie, et Johan était absent depuis une heure déjà.

Après son départ, les gens venant frapper aux vitres s'étaient faits de plus en plus rares ; il était probable que plus personne ne sût où se situait l'origine du cyclone. Et s'il se présentait quelqu'un, on se défaisait de l'intrus avec un geste d'impuissance, dont on espérait qu'il fût international. Il l'était, sans doute. Une femme et un enfant, seuls, dans une voiture brûlante au milieu d'une colonne de véhicules à l'arrêt. Les files décrivaient des boucles derrière les blocs d'immeubles, les klaxons retentissaient dans tous les sens, impossible d'évaluer la distance entre la bordure extérieure du chaos et son noyau. Katherine ferma les yeux ; elle se tenait au milieu d'une mer étale qui lui montait jusqu'au nez. Cette mer lui remémora un rêve récurrent que faisait l'un de ses deux fils, les jours de forte fièvre ; un trait immobile barrait l'horizon, un son s'intensifiait. Ce même fils qui lui avait dit que l'univers était sans limites mais pas sans fin. Peut-être qu'en suivant la file de véhicules, on finirait par revenir à l'endroit d'où on était parti. Elle se réveilla, les lèvres baignées de sueur.

Elle tournait le portable de son mari dans ses mains, jouait avec le câble du chargeur qui se tortillait entre l'appareil et l'allume-cigare ; les spirales changeaient de sens au milieu du fil, comme sur le fixe de la maison, se retournant en sens contraire à la manière des courants marins au niveau de l'équateur. Pendant ses appels, chez eux, elle passait son temps à défaire les boucles, à essayer de les remettre dans le bon sens. Johan avait été si troublé qu'il avait oublié son portable sur le socle magnétique où il avait coutume de le poser. Cela n'avait rien d'ordinaire. En général, Johan ne se précipitait pas, ni ne se laissait déstabiliser. Ou plutôt, non, il ne s'était pas précipité. La différence d'état d'esprit de son mari comparé à un an auparavant était flagrante. Katherine avait essayé d'ouvrir la discussion sur ce qu'elle avait constaté. Des veilles sans répit aux petites heures du matin. Des passages dans la salle de bains de plus en plus longs et fréquents. Des sacs-poubelles fermés hermétiquement, déposés près de la porte d'entrée, et un besoin accru de les apporter lui-même à la benne comme si Katherine allait les inspecter.

Elle était inquiète, bien entendu. Mais elle était psychothérapeute et savait d'expérience que les gens n'avaient aucune envie d'être soignés sans l'avoir demandé. Diagnostiqués. Thérapeutisés. Même ses fils ne la laissaient pas examiner leurs boutons ni leurs démangeaisons, de crainte qu'elle ne se saisisse immédiatement de sa pince à épiler et supprime le problème, en faisant soi-disant exprès de leur faire mal ; ce genre de choses, ils préféraient aller en parler à leur père. Katherine s'était contentée d'attendre le moment opportun, avait réfléchi à plusieurs manières d'engager la conversation et laissé le temps passer. Finalement, l'occasion ne s'était pas présentée. Son mari passait ses appels derrière des portes closes, quand il n'avait pu le faire au bureau, et Katherine s'était rassurée en espérant le meilleur. Et si c'était grave, elle aurait été au courant, bien sûr que oui.

Ses fils. Deux beaux enfants. Un bruit sourd, quand elle frappa son front contre la vitre. Imagina frapper son front. Contre une vitre. Pas dans la voiture, en un lieu très élevé, au sommet d'un gratte-ciel peut-être (elle n'était jamais allée au sommet d'un gratte-ciel). Un bruit sourd comme si un grondement très lointain était concentré en un point, en un cycle plus court que la pulsation cardiaque. *Brouf*, et quelque chose engloutit un bout de monde. La vitre ne se cassa pas, elle se volatilisa en éclats qui se frayèrent un chemin sur son front, et le sang. Stop. Arrête les pensées obsessionnelles. Bouge de là. Stoppe les idées violentes et suicidaires.

Elle avait soif. Comme toutes les soifs, celle-ci avait débuté par une simple information, le manque d'eau avait engendré le besoin de boire, et ce bien avant que l'équilibre des fluides proprement dit ne se fût dégradé, c'est ainsi que fonctionne l'esprit humain, le sien ne faisait pas exception. Les neurones miroir et tout ça, les infirmiers en polyclinique qui se mettaient à ressentir de la douleur alors qu'ils soignaient un patient dont la maladie n'était pas contagieuse, les physiothérapeutes atteints de mystérieux maux de dos, les psychologues tombant en dépression. Il était absolument vain d'essayer de séparer biologie et psychologie : qui saurait, *in fine*, distinguer une soif psychique d'une soif physiologique ? Excepté qu'elle était déjà atteinte des deux, très certainement. Sa langue adhérait, poisseuse, à son palais, elle jeta des regards avides à la bouteille de limonade qui traînait sur la banquette arrière alors que, en temps normal, elle n'aimait pas les boissons sucrées.

Elle envisagea le recours possible offert par la caravane. Qui ne serait toutefois d'aucun secours, même si elle y entrait. Le jour même, ils avaient décidé de repousser les courses après leur arrivée au camping. Le réfrigérateur faisait des siennes. Le refroidissement au gaz ne fonctionnait pas, il faudrait s'en remettre à l'alimentation électrique une fois sur place. Les raccordements aussi posaient problème. Encore un motif d'agacement, mais Katherine n'avait pas voulu ajouter au malaise en rouspétant : après tout, cette idée de voyage était la sienne. Ça ne valait pas le coup de remplir le frigo. Le peu qu'il contenait, un demi-paquet de margarine, une petite bouteille de lait, deux ou trois pots de yaourt, tout chauffait, tout tournait, tout se perdait ; elle se souvenait avoir laissé la margarine à la verticale, elle visualisait quasiment la raie jaune, visqueuse s'infiltrer comme un soleil liquide dans les joints extraordinairement compliqués à nettoyer, glisser au travers, s'imbiber dans le tapis, se répandre dans les structures et les traverser pour couler dans la rue. La pente garantirait une belle vie à la mince rigole jaune d'or. En s'abstenant d'acheter à manger, ils s'étaient du même coup privés de boisson, ce qui était encore plus affligeant. Une bêtise impardonnable. Il y avait bien de l'eau dans la caravane – non potable. On pouvait se laver les mains, se rincer le front et tirer la chasse avec, mais on ne pouvait pas la boire. Il restait du concentré de jus de fruits ; la simple idée de l'ingurgiter tel quel lui donnait la nausée. Pas de sodas, l'unique bouteille était celle de son fils et tant mieux, évidemment, que lui ait au moins quelque chose.

Elle se retourna vers la banquette arrière. Frémissement familier de tendresse, forme de son fils, tignasse emmêlée, épaules étroites, cuisses égratignées grandies pendant l'été et genoux pointant par les jambes de son short, se rejoignant tels des îlots de pierre jumeaux. L'émotion était plus grande qu'elle, ne tenait pas en elle. Elle réprima son envie de lui toucher le genou. Simultanée et tout aussi réelle fut la douleur qui la frappa à l'abdomen quand elle songea à son autre garçon, celui qui était à la maison ; cette émotion aussi était plus grande qu'elle, elle non plus ne tenait pas en elle. Bruit sourd et verre. Le bruit était unilatéral, elle avait cru un temps qu'il s'agissait du ronron régulier d'un moteur très lointain. Elle s'était progressivement avoué qu'il s'agissait d'un acouphène ; quelque chose s'était cassé en elle, dans ses oreilles, dans le système vestibulaire, peut-être.

Verre. Stop. Stoppe les pensées violentes et suicidaires.

Ils n'avaient pas pu emmener le garçon. Ils ne pouvaient prendre que celui-ci. Pour des raisons auxquelles Katherine ne voulait pas penser maintenant. Des raisons auxquelles elle repenserait. Une fois qu'ils seraient rentrés chez eux. Chez eux dont ils avaient eu besoin de prendre une petite pause. Ils y avaient été autorisés. Le thérapeute familial l'avait dit. Et ainsi de suite.

Il s'était aussitôt mis à lui manquer. Enfin, était-ce du manque ? Elle devrait savoir différencier le manque de la culpabilité, mais, non. Peut-être qu'elle avait juste envie qu'il lui manque. Elle avait pleuré en réalisant qu'elle n'avait pas pensé à son fils depuis un long moment, vingt-quatre heures entières peut-être, pleuré sur la route de montagne.

– Tout va bien derrière ? demanda-t-elle.

– Hmm.

– Tu as faim ?

– Hmm.

Si elle se rendait dans la caravane maintenant, si elle tenait bon face aux gamins qui s'affairaient autour de la voiture, face à leur proximité fureteuse cherchant la peau, empestant le lait, les dents pas lavées et la pisse, pendant le bref instant où elle serait obligée d'être dehors, une minute peut-être, peut-être deux, l'ouverture du double verrou prenant du temps, elle entrerait et, une fois à l'intérieur, verrouillerait la porte, définirait une limite entre elle et le dehors. Elle obstruerait immédiatement toutes les fenêtres, excepté celle par laquelle elle aurait vue sur la voiture et l'arrière du crâne de son fils. Les vitres n'avaient pas de rideaux, ce qui l'irritait ; ces gens lorgnant à l'intérieur la faisaient se sentir toute nue, exacerbaient sa conscience de tout ce qu'elle laissait voir. Ç'avait été le rush, ce matin, parce qu'ils avaient dormi tard. Et pourquoi avaient-ils dormi si tard ? La première pensée de Johan avait été le gaz anesthésiant – il avait entendu des histoires vraies et des légendes urbaines sur les risques d'attaque encourus par les voyageurs en Europe centrale et, bien que Katherine lui eût rappelé qu'ils ne se trouvaient pas en Europe centrale, il avait déclaré que c'était pire encore, ce qui aurait pu susciter la controverse parce que les préjugés de toutes sortes visant des cultures étrangères (peut-être du fait qu'elle était, sans le savoir, du même avis, mais non, mais si, mais non, mais si, ta gueule) irritaient Katherine ou, plus qu'ils ne l'irritaient, ils l'exaspéraient carrément – mais le détecteur de gaz n'avait pas sonné et personne n'avait mal à la tête. Nous avions juste besoin de sommeil, avait dit Katherine, en caressant les cheveux de son mari. Le lit était resté défait. Ils avaient fait l'amour pendant la nuit pour la première fois de tout le voyage. Cela leur avait paru déplacé, on vivait tellement à l'étroit et leur enfant dormait dans le même espace, à l'autre bout de la roulotte ; mais ils avaient fermé la porte coulissante et s'étaient blottis l'un contre l'autre. Devoir tout faire dans le silence et la lenteur, à moitié habillés, leur avait donné une impression étrange, fascinante, et, d'une certaine façon, d'immoralité, comme s'ils avaient été des mineurs qui ne demandaient pas la permission. Ils avaient pouffé et s'étaient chatouillés, cela non plus ils ne l'avaient pas fait depuis longtemps, en tout cas pas depuis qu'avait commencé l'époque des portes closes et des pas de loup, mais une fois qu'ils avaient eu fini, Katherine avait pleuré. Elle n'avait aucune idée pourquoi cela s'était produit, elle n'avait pas coutume de pleurer, même pas quand, en vertu du pacte de sang passé avec sa meilleure amie, elle s'était laissé conduire, pour la première fois, par un garçon qu'elle ne connaissait pas, dans les fourrés un peu à l'écart, pendant un festival, plus de vingt ans auparavant. D'où provenaient ces larmes ? J'ai l'impression que quelque chose est fini, avait-elle dit à Johan, et à ce moment-là elle avait été plus proche que jamais de s'exprimer, de parler de son inquiétude et des vêtements bizarrement salis dans le panier à linge, éveillant des idées qu'on n'a pas envie de formuler jusqu'au bout. Comme se dire qu'elle ne tiendrait pas bon toute seule. Qu'elle ne supporterait pas tout cela, seule. Qu'elle deviendrait folle, seule avec les jumeaux, car ils avaient beau avoir grandi, cela n'avait apporté aucun soulagement, tout n'avait fait qu'empirer. Et l'idée qu'elle ait eu cette pensée, en premier lieu. De rester seule avec les enfants au lieu de penser à ce que ce serait de perdre son mari. Mais elle n'avait rien ajouté car, soudain, elle n'avait plus été prête à entendre la vérité qui risquait d'être pire que sa pire peur. La vie ne serait pas possible sans Johan. Et pourtant il fallait qu'elle le fût. Et elle l'était.

Eh bien, en pensée, elle était déjà dans la caravane. Il y ferait chaud mais pas autant que dans la voiture, en tout cas pas tout de suite : elle allumerait la gazinière et ferait bouillir de l'eau pendant cinq minutes, la rendant ainsi potable, c'était le bon côté, le mauvais étant que la température augmenterait et que le liquide mettrait des heures à refroidir. Il en faudrait encore plus pour compenser la sudation causée par l'augmentation de la température, un effet de serre bien réel, quoique à petite échelle.

Katherine soupira, Johan était absent depuis une heure et demie déjà.

– Il faut aller acheter de l'eau, dit Katherine au garçon, ensuite on pourra faire à manger.

Le garçon ne répondit pas.

– Il doit y avoir une boutique au coin de la rue. Je me souviens en avoir vu une quand on est passés en voiture.

Elle n'était pas sûre d'en avoir vu. Il se peut qu'elle l'ait vue bien plus tôt que cela.

Le garçon haussa les épaules.

– Hmm.

– Tu veux m'accompagner ?

– Hmm.

– Tu m'entends ?

– Hmm.

– Qu'est-ce que j'ai dit ?

Le garçon mit son jeu sur pause et la regarda, une expression ennuyée sur le visage. Katherine adorait aussi cette expression.

– Tu dois aller nous chercher de l'eau, il y a une boutique au coin de la rue, tu te souviens quand on est passés devant en voiture et je ne vais pas t'accompagner, débita le garçon avec un sérieux volontairement exagéré et arborant le sourire que l'on fait devant un insecte qui tente en vain de sortir d'une coupelle d'eau, juste avant de décider si on va lui tendre une brindille pour l'aider ou si on va le laisser se débattre, observant sa mort lente par noyade. Katherine était très volontiers cet insecte. En ce qui concernait ce fils, elle avait ce genre d'idées. Et se reprochait de penser autrement en ce qui concernait l'autre. Quand le changement s'était-il produit ?

– J'en ai pour cinq minutes. Attends-moi ici.

– Tu en as pour cinq minutes, l'imita le garçon. Je t'attends ici.

Katherine prit les clefs sur le contact. Quelque chose lui traversa l'esprit. Les incendies et les accidents domestiques touchant les parents. Tout ce qui n'arrive jamais mais à quoi il faut se préparer, car le mal qu'on peut anticiper ne se produit pas. Si l'on se procure une assurance voyage hors de prix et qu'on apprend par cœur les consignes données par les hôtesses de l'air quant à l'emplacement des masques à oxygène et des gilets de sauvetage et quant au comportement à adopter en cabine, l'avion ne s'écrasera jamais. Elle décrocha les clefs de la caravane du trousseau.

– Les clefs de la caravane sont dans la boîte à gants. Tu sais comment ouvrir, hein. Mais…

À présent, elle réfléchissait intensément. Si elle lui interdisait d'ouvrir la portière à un inconnu et qu'un incendie se déclarait, l'enfant étant à l'intérieur, ouvrirait-il à la personne qui viendrait à son secours ? Si le garçon quittait la voiture, il ne pourrait plus déverrouiller, sans la clef. Mais elle ne pouvait lui interdire de sortir parce que la chaleur deviendrait insupportable s'il n'ouvrait pas du tout. Si Katherine laissait les clefs à l'intérieur, il ne serait plus possible d'ouvrir la voiture au cas où il arriverait quelque chose.

Il serait plus simple de s'éloigner si les deux garçons étaient là.

Bruit sourd. Verre. Stop.

– Tu ne veux pas venir quand même ?

– Hmm.

Au moins, elle aurait essayé. Et si elle n'y allait pas, ils mourraient d'un coup de chaleur.

– Je reviens tout de suite. Il y a sûrement une boutique au coin de la rue ; sinon je reviendrai te chercher et nous irons ensemble. Tu peux verrouiller les portières ici.

Le garçon ne leva pas les yeux.

– Mais regarde ! Tu verrouilles et tu déverrouilles avec ce bouton.

Le garçon obtempéra en hochant légèrement la tête. Katherine saisit l'occasion et brandit la main en écartant les doigts.

– Cinq minutes.

Le garçon ne répondit plus. Katherine imprima mentalement un baiser sur son front où s'étaient creusées de légères rides sous l'effet de la concentration et toqua à la vitre. La portière se verrouillait et se déverrouillait aussi de l'intérieur. Personne ne pourrait dévaliser ni la voiture, ni le garçon parce que Katherine avait les clefs.

Dehors, il ne faisait déjà plus aussi chaud qu'en plein midi mais l'air stagnait. Le soleil reposait en deçà du point culminant du ciel comme s'il en avait été délogé. Katherine s'était préparée aux cris et aux insultes, mais la ville avait la mémoire courte. Elle put marcher tranquillement, nul ne semblait lui prêter attention. Un mendiant tendit sa sébile, un homme maigre et barbu, elle y laissa tomber un petit tas de pièces ; il la remercia en souriant largement mais, un instant plus tard, il lança un juron et les pièces dans la rue. Katherine ne s'attarda pas à y songer ; ce n'étaient que trois sous et on se sentait toujours plus coupable en donnant un peu que si on s'était contenté de passer son chemin.

La boutique était juste au coin de la rue, comme elle l'avait supposé. C'était un simple kiosque en réalité. Une marquise rayée rouge et blanc projetait son ombre sur des fruits et légumes. Ils étaient recouverts d'une couche de poussière très fine mais avaient tout de même l'air plus frais que les végétaux importés par avion, bourrés de conservateurs, qu'ils trouvaient chez eux. À l'intérieur, un ventilateur brassait le même air moite. Katherine salua le marchand qui dodelinait de la tête derrière son comptoir, et ouvrit un réfrigérateur. Elle mit trois bouteilles d'eau d'un litre et demi dans son panier, sans même se donner la peine de vérifier si c'était de l'eau gazeuse ou ordinaire et, pour son fils, deux sodas ; elle réprima son envie d'en ouvrir une et de boire aussitôt. Elle attrapa un paquet de biscuits dans un rayon, du pain et, sur un coup de tête, une poignée de barres chocolatées ramollies. Elle déposa ensuite ses achats sur le comptoir et, le marchand ayant tapé la somme sur sa machine, elle lui tendit un billet. Une minute, et elle serait de retour à la voiture.

Le marchand ne prit pas l'argent. Katherine le lui tendit à nouveau mais le marchand ne le prit pas, bien qu'il l'ait vu, manifestement, il se contenta de reculer, à peine. Katherine jeta des regards autour d'elle, présuma qu'elle avait négligé un modèle comportemental important et plaça le billet sur une petite soucoupe ; ici et là, il paraissait coutumier d'éviter le contact entre les peaux. Le marchand ne prit pas l'argent. Katherine lui demanda si la coupure était trop grosse pour rendre la monnaie, elle aurait pu la laisser là, tout entière, sans reprendre le restant, mais le marchand ne la comprenait pas. Les autres clients se massèrent autour d'eux. Ils pointèrent l'argent et Katherine, puis se mirent à rire.

Katherine réalisa pourquoi le mendiant avait flanqué ses piécettes par terre. Son irritation était si tangible qu'elle aurait pu la décoller par plaques comme de la peau brûlée. Ce n'était pas la bonne devise. Dans la plupart des endroits, une monnaie ou une autre faisait l'affaire, sur l'aire de camping et à la station essence situées à proximité du poste-frontière, les devises du pays voisin avaient été acceptées sans questions. On était à présent dans l'intérieur du pays, toutefois. Leur premier geste aurait dû être de changer de l'argent ; il avait été puéril de se figurer qu'ils pouvaient se présenter n'importe où avec n'importe quelle monnaie, mais la chose n'était venue à l'esprit ni de l'une ni de l'autre. Ils voulaient seulement gagner au plus tôt la capitale et le camping étendu à ses pieds, se restaurer et dormir. Tout cela, ils auraient eu le temps de le faire. Ils avaient franchi la frontière tôt le matin et la ville n'en était pas très éloignée.

Katherine s'esclaffa pour dissimuler le rouge qui lui montait au visage, sortit sa carte bancaire de son sac à main et la tendit. La carte arracha son premier signe de vie au marchand qui écarta les bras et indiqua un écriteau portant en grosses lettres : CASH ONLY. Katherine réfléchit à ses chances. Inutile de se fatiguer à cracher des gros billets dans la mauvaise monnaie, le marchand et la clientèle bizarrement désœuvrée qui traînait dans la boutique ayant tranché : la seule devise valable était celle du pays, quelle que soit l'importance du reste à rendre. S'ensuivit une pantomime dans laquelle Katherine désigna sa carte, souleva les épaules, accentua son air interrogateur, indiqua la porte, fit marcher ses doigts le long du comptoir et sembla à nouveau poser une question. Les clients lui firent signe d'aller à la porte, la guidèrent jusqu'à la rue, pointèrent en direction de la droite au prochain coin, firent marcher leurs doigts sur leurs paumes et placèrent le pouce et l'index tout près l'un de l'autre. Le marchand, à l'intérieur, emballa ses achats dans un sac plastique qu'il suspendit, en souriant, au-dessus du comptoir. Katherine éprouva un soulagement étrange quand ils la mirent pratiquement en route, c'était comme si quelqu'un avait pris la décision pour elle. Tout serait très simple. Katherine irait retirer de l'argent au coin de la rue, reviendrait payer et serait, en un instant, de retour à la voiture. Elle jeta un coup d'œil à son portable, trois minutes supplémentaires, au maximum. Elle revint voir à l'angle : l'arrière de la caravane, au sommet de la colline, surmontait les taxis comme une petite maison.

Au coin de la rue, pas de distributeur automatique. Il y avait quelques kiosques se ressemblant les uns les autres et une petite boulangerie en vitrine de laquelle divers feuilletés reposaient sur du papier graisseux. Dans cette voie secondaire, le nombre de boutiques se réduisait encore. La rue était, s'il se pouvait, encore plus étroite que celle où leur caravane était restée coincée. Une file de véhicules faisait du surplace comme si le monde avait été mis à l'arrêt ; les conducteurs dodelinaient de la tête au volant, le coude posé sur le rebord de leurs vitres ouvertes et fumaient des cigarettes, quelqu'un lisait le journal, d'autres avaient lié conversation entre eux ou avec des curieux qui se penchaient aux fenêtres.

Katherine fit un détour par un petit café où elle exécuta la même pantomime que précédemment. On lui adressa des sourires sympathiques au comptoir, polis du moins, là non plus ses espèces ne valaient rien, mais on la guida à nouveau dans la rue. Elle était partie depuis quinze minutes. Elle téléphona au garçon.

– Hmm.

– Tout va bien de ton côté ?

– Hmm.

– Tu m'écoutes ?!

– Tout va bien, maman. Sauf que j'ai perdu une vie à cause de ton coup de téléphone.

– Tu en as encore ?

– Deux.

– Bien. Ton père n'est pas encore revenu ?

– Non.

– Je serai bientôt là. Je cherche un distributeur.

– Hmm.

Elle découvrit la machine après une question et deux tournants. Elle tenait mentalement le compte des tournants. D'abord à droite, puis à droite, puis à gauche et encore à droite. La dernière rue était encore plus petite que la précédente et les trottoirs si étroits qu'elle fut par moments obligée de se tourner de côté pour éviter un piéton occasionnel entre la file de voitures et le mur. Le distributeur était rattaché à un petit kiosque et d'une rassurante banalité. Elle retira le montant en troisième position dans l'ordre croissant sur la liste, vu qu'elle ignorait tout de la valeur de la devise locale. Elle fourra l'argent dans son sac à bandoulière et fit demi-tour. Elle n'avait jamais été douée pour s'orienter, le monde lui semblait différent dès qu'elle changeait de direction et de point de vue. Les tournants seraient, dans l'ordre inverse, à gauche, à droite, à gauche et à gauche ; il lui fallait y penser pour s'en souvenir, il fallait les muer en mots. Le trajet, via la boutique, pour retourner à la voiture prendrait cinq minutes au maximum, et si le mendiant se trouvait encore à sa place, elle laisserait tomber la monnaie de ses achats dans sa sébile – avec des excuses sincères. Elle tourna le coin et, à ce moment précis, quelqu'un lui rentra dedans.

Elle chuta, et celui qui l'avait percutée chuta lui aussi. Le garçon était arrivé en courant. La première chose que Katherine avait vue était l'arrière de son crâne, comme s'il avait couru à reculons. L'instant d'après, Katherine était tombée ; elle n'avait pas eu le temps de zipper son sac et ses affaires avaient roulé sur le pavé en pente. Le garçon ne transportait rien, mais on voyait qu'il s'était fait mal. Ses avant-bras étaient écorchés sur une dizaine de centimètres, brûlés par l'asphalte. Le garçon sourit brièvement, regarda derrière lui, fit ensuite une chose à laquelle Katherine ne s'attendait pas. Il ramassa, de ses mains habiles, ses affaires répandues par terre et les lui tendit. Katherine ne sut rien faire sinon ouvrir son sac et, laisser le tout s'y précipiter. La séquence dura quelques dizaines de secondes, en aucun cas une minute entière. Des têtes curieuses sortirent par les fenêtres des voitures, quelqu'un siffla, Katherine fit des gestes de refus à l'intention des témoins, même si, fataliste, elle était persuadée que ses gesticulations n'avaient aucun effet. Pourtant, nul ne s'offrit à l'aider.

Et puis le garçon fut de nouveau sur ses jambes. Katherine eut le temps de faire deux observations rapides. Il avait à peu près le même âge que ses fils, dix ou douze ans au maximum. Ses cheveux étaient plus clairs que ceux des gens d'ici en général, d'un blond presque scandinave, et son teint davantage hâlé que celui d'une personne naturellement mate de peau. En réalité, on décelait déjà sur son visage enfantin l'inflammation causée par un soleil sec et fort à une peau qui, à l'origine, n'est pas née pour le supporter. Vingt ans plus tard il ferait dix ans de plus que son âge. La seconde observation touchait le pied du garçon. Celui-ci grimaça en s'appuyant dessus. Il ne pouvait plus marcher, clairement. Katherine le suivit des yeux tandis qu'il s'éloignait en claudiquant, jetant des regards en arrière et tournant pour emprunter une rue secondaire.

Tout était arrivé très vite. Une minute ne s'était pas écoulée depuis que Katherine avait heurté le garçon. Alors qu'elle était encore en train de le regarder, une nouvelle surprise déboucha à l'angle : deux hommes adultes qui se précipitèrent pour la dépasser de si près que Katherine manqua de chuter à nouveau. L'un d'eux lança par-dessus son épaule quelques mots qui pouvaient être une excuse, mais ni l'un ni l'autre ne ralentirent. Ils poursuivirent leur course, tournèrent au même coin que le garçon. L'instant où tous quatre s'étaient trouvés dans la même rue avait duré quelques secondes, tout au plus, mais cela suffit. Katherine réalisa que les nouveaux venus coursaient le garçon et que celui-ci n'avait aucune chance de leur échapper.

Katherine ignorait elle-même pourquoi elle se mit à suivre le garçon. Elle n'avait pas coutume de fourrer son nez dans les affaires d'autrui. Avec son visage vieux et vieillissant, il était malgré tout très petit. Il aurait pu être l'un de ses fils. Elle avait potassé les questions de responsabilité des voyageurs, signé un engagement au tourisme responsable et fait un don à une association d'utilité générale ; elle budgétisait une part de ses revenus pour la bienfaisance et avait toujours dans la poche quelques pièces pour les mendiants. On ne pouvait pas s'attendre à être bien traité si l'on ne pensait qu'à soi. On ne devait pas se placer au-dessus des autres. Il fallait prendre en compte les habitants locaux. Il fallait bien les traiter. En outre, si elle n'avait pas provoqué cette collision parce qu'elle marchait dans la rue sans regarder devant elle, le garçon ne se serait pas fait mal au pied. Et si le garçon n'était pas resté l'aider, ces étranges adultes ne l'auraient pas rattrapé, et il leur aurait échappé. Consciente de cela, il lui était impossible de ficher le camp. Pareille information s'emporte avec soi toute une vie.

Passé le coin de la rue, Katherine vit ce qu'elle craignait. Enfin, pire, en réalité. La voie était fermée à la circulation, simple allée d'un mètre et demi de large, entre des murs élevés. Les hommes avaient cerné et bloqué le garçon, l'un le maintenait contre terre avec un genou et l'autre agitait les bras, tous deux hurlaient.

La scène était si horrifiante et inique que Katherine resta un instant pétrifiée, mais elle regagna rapidement sa faculté d'agir. Elle sortit son portable de son sac et s'assura qu'au moins quelques tiers présents pussent la voir et l'entendre, puis elle cria.

« Police, policia, polis ! », elle brandissait haut son portable pour s'assurer que tout le monde l'aperçoive. Simultanément, elle fit signe aux curieux qui se faisaient plus nombreux de s'avancer. L'un en appela d'autres et les gens commencèrent à se rapprocher.

Le résultat fut tel qu'elle l'avait escompté. L'homme qui, un instant auparavant, écrasait le garçon contre le sol, se releva. Le second criait toujours, mais en direction de Katherine à présent ; il finit par hausser les épaules, et tous deux s'éloignèrent, lentement, les mains dans les poches. Ils ne donnaient pas l'impression de redouter des conséquences. On y reviendra, voilà ce qu'ils semblaient dire, si ce n'était aujourd'hui ou cette semaine, alors la suivante, au plus tard. Une fois les hommes partis, les autres curieux aussi commencèrent à se retirer. Nul ne paraissait s'intéresser au garçon.

Katherine fut surprise par l'expression de ce dernier. Elle ne s'était pas attendue à des effusions de joie, mais il ne semblait même pas soulagé. Au contraire, on aurait dit qu'il avait peur que Katherine ne le tue. L'enfant semblait habitué à ce que les adultes ne soient pas dignes de confiance. Les adultes faisaient du mal. Katherine ne doutait pas qu'elle venait d'être témoin d'une situation de ce genre.

Le garçon tenta de se mettre debout sans y parvenir. Son pied blessé fléchissait vers l'intérieur ; il se l'était manifestement tordu encore plus pendant l'échauffourée. Katherine s'accroupit à deux ou trois mètres, c'est ainsi qu'elle avait l'habitude de s'adresser aux enfants effrayés à la clinique, au même niveau qu'eux. Elle essaya l'allemand et l'anglais, mais, le garçon ne semblant connaître aucune de ces langues, elle passa aux gestes en s'accompagnant de vocables les plus internationaux possibles. Le garçon ne comprenait toujours pas, il ne faisait que regarder fixement Katherine, par en dessous, droit dans les yeux. Entre ses cils brillait un début de larmes, son pied était certainement douloureux.

Katherine cessa de parler, la voie de la communication verbale était sans issue. Elle pointa en revanche la jambe du garçon et écarta les mains, murmurant doucement ce qui lui passait par la tête. Le garçon se laissa examiner ; les contusions n'étaient heureusement pas aussi vilaines qu'elles en avaient l'air au début. Katherine sortit un flacon de gel hydroalcoolique de son sac, le montra du doigt et grimaça. Le garçon haussa les épaules et accueillit la douleur sans un son quand Katherine aspergea la blessure. Au moment où Katherine essaya de lui tapoter le bras, il se recula et s'ébroua. Pas comme ça, non, se réprimanda Katherine, pas comme ça.

Une fois la blessure désinfectée, Katherine reprit l'examen du pied. Le garçon poussa un cri quand elle appuya dessus. Il était peu vraisemblable que l'os fût cassé pour si peu, mais on ne pouvait en être sûr. Le garçon ne pouvait pas le poser pour marcher. Pas question d'abandonner ce gamin ici. Il aurait pu être un animal blessé, un oisillon tombé du nid, incapable de voler, il aurait pu être son propre petit.

Katherine sortit son portable de sa poche et eut à peine le temps de jeter un coup d'œil à l'heure – quinze minutes s'étaient déjà écoulées depuis son dernier appel – que le garçon écarquillait les yeux et se remettait debout d'un bond. Quoi qu'il ait pu lui arriver, il avait peur des téléphones. À ce qu'il semblait, Katherine ne pourrait passer aucun appel sans effrayer ce gamin inconnu. Tout allait sans doute pour le mieux dans la voiture. Son garçon à elle n'aurait sans doute même pas remarqué que le temps avait passé, pris par son jeu. Johan aussi était sûrement revenu. Je vais appeler bientôt, se dit Katherine, je vais bientôt avoir la possibilité de le faire sans que ce garçon ne s'en aperçoive.

Il fallait bien qu'ils aillent quelque part, quand même. Katherine envisagea la possibilité de demander de l'aide à un passant ; il y en avait, bien que la rue fût plus calme que les précédentes. Mais chaque fois qu'elle cherchait du regard autour d'elle, le garçon s'éloignait d'un bond.

Elle fit une ultime tentative, un geste de la main signifiant dormir et haussa les épaules, essayant par là de déterminer où se trouvait sa maison. Elle était fière d'elle : face à la nécessité, elle était devenue assez forte en expression corporelle.

Le garçon parut comprendre ce qu'elle voulait dire. Son expression s'éclaira et il sembla réfléchir. Peut-être qu'il était perdu. Ou non, finalement, il fit le même geste que Katherine, il appliqua ses mains, pressées l'une contre l'autre, sur son oreille et pointa la rue devant lui. Katherine réfléchit un instant, elle écarta les bras en grand et fronça les sourcils ; le garçon maintint son pouce et son index tout près l'un de l'autre, comme l'avait fait l'homme dans la boutique : pas un long trajet. Ils commençaient à apprendre, ils formaient un bon binôme. Ils étaient le renard et le petit prince du conte. Princesse aux cheveux roux et renard à la fourrure blonde. Un sentiment de satisfaction lui descendit jusqu'aux orteils au moment où elle réalisa qu'elle l'avait gagné à sa cause. Cela avait été si facile. Elle était une professionnelle, et ça se voyait.

Ils se mirent lentement en route pour descendre la rue. Katherine soutenait le garçon qui sautillait à son côté en prenant garde à son pied douloureux. Ils tournèrent à un angle puis un second. Ils dépassèrent une voie plus large et un chemin piétonnier. Le garçon s'arrêta et s'assit par terre. Il indiqua un petit immeuble ; un balai-brosse avait été placé en travers de la porte afin de la maintenir ouverte. Il refit le même geste que précédemment, signa le sommeil, puis il désigna les étages supérieurs. Katherine tendit le cou dans la direction pointée par son doigt. Elle vit des volets dont les parties exposées au soleil étaient fermées. Voilà donc où il habitait.

– Mama ? demanda-t-elle.

Cette fois-ci, il comprit. Il hocha la tête et sourit. Son sourire lui plissait le visage à le rendre quasiment méconnaissable, sa peau était du papier de soie. Katherine lui tendit la main pour l'aider à se remettre debout ; il grimaça et indiqua son pied. Pas les escaliers, évidemment.

– Attends-moi ici, dit Katherine, plus pour elle que pour lui ; elle fit un signe de la main, sans plus chercher à se faire comprendre. Je vais chercher ta mère. Mama. Attends ici.

Il hocha la tête. Katherine tira la porte pour ouvrir en grand et s'engagea dans la cage d'escalier. Elle poussa un profond soupir de soulagement. Bientôt, tout serait terminé. Son premier geste fut d'appeler son fils. Le téléphone sonna longuement ; il finit par répondre.

– Oui ?

– Ton père est revenu ?

– Non.

– Quoi ?

– Quoi « quoi » ?

– Ton père n'est toujours pas revenu ?

– Non.

– Tout va bien là-bas ?

– Tout va bien, sauf que t'arrêtes pas d'appeler.

– Pardon.

– Appelle pas tout le temps.

– D'accord, dit Katherine. Mais je ne vais pas pouvoir être là tout de suite. Je dois aider un enfant qui s'est fait mal au pied. Je suis là où il habite et je reviens dès que j'aurai trouvé sa mère.

– OK.

– Tu m'appelles s'il y a un problème, hein. Même un petit. Garde la portière ouverte de temps en temps. Ou alors baisse un peu les vitres.

– Hmm.

– Pas trop, pour que personne ne puisse passer la main.

– Hmm.

– Ne parle à personne que tu ne connais pas.

– Hmm hmm.

– Quelqu'un a essayé de te parler ?

– Oui.

– Qui ça ?

– Toi !

La communication fut coupée.

Il lui fallait faire très vite, maintenant. Katherine monta à grandes enjambées jusqu'au dernier étage. Il y avait deux appartements sur le palier, deux portes, en tout cas. Elle se demanda un moment si elle allait redescendre pour demander laquelle était la bonne, mais elle décida de gagner du temps et appuya sur une sonnette.

Elle attendit un certain temps. La maison respirait autour d'elle. Une odeur d'oignons rissolés s'infiltrait dans la cage d'escalier, se mêlant à celle du mortier et du sable concassé. Elle avait envie d'éternuer ; elle s'en empêcha en pinçant ses narines entre ses doigts et en bloquant sa respiration. Elle entendait de la vaisselle s'entrechoquer, des paroles, un aboiement. Très loin, le son d'un téléviseur se mêlait aux cris d'enfants chahutant dans l'arrière-cour, possiblement. Sous l'impulsion du moment, Katherine appliqua l'oreille contre le battant. C'était la seule derrière laquelle paraissait régner un silence complet.

Au même instant, la porte d'en face s'ouvrit en grand, et une toute jeune femme s'avança. Elle avait le visage maigre mais beau et portait un enfant de deux ou trois ans calé sur sa hanche. Elle aurait pu être la sœur du garçon, et non sa mère. Elle était à coup sûr plus jeune que Katherine quand elle avait commencé à attendre les jumeaux. Elle observa Katherine, les sourcils froncés, puis indiqua la porte et dit quelque chose. Katherine lui demanda si elle parlait anglais. Elle acquiesça.

– Personne n'habite ici.

– Ça ne fait rien, répliqua Katherine, je m'étais trompée de porte, voilà tout. Je suis venue ramener le garçon. Il est en bas.

– Mon garçon ?

– Ou quelqu'un, ton frère, peut-être. C'est lui qui m'a amenée ici.

– Qui ça ? Je ne comprends pas.

La jeune femme était fâchée, ou peut-être que c'était juste sa manière de parler. Katherine en fut irritée, elle éleva la voix sans le vouloir.

– Il s'est fait mal au pied.

– Quel pied ? Qui ?

– Le garçon.

La voix de Katherine était plus irascible qu'elle ne l'aurait souhaité. Toi, ma cocotte, tu devrais mieux t'occuper de ton fils, songea-t-elle. Et toi donc, poursuivit-elle par-devers elle. Un mal de tête naissant palpitait au centre de la ligne passant entre ses deux oreilles et irradiait vers le bas. Dans le tronc cérébral, se dit-elle, même s'il n'en allait pas exactement ainsi, à n'en pas douter. La jeune femme recula et cria quelque chose vers l'intérieur de l'appartement. Dans son dos apparut un garçon, à peu près du même âge que celui qui était en bas.

– Voici mon fils, dit la femme.

Katherine observa le garçon, puis la femme. La ressemblance était flagrante.

– Et c'est qui, en bas, alors ?

– Je ne sais pas.

Une porte s'ouvrit à l'étage du dessous et une voix masculine posa une question. Une brève conversation s'engagea, dont la conséquence fut l'apparition sur le palier d'un homme ayant passé l'âge mûr et d'assez forte corpulence.

– Pourquoi qu'elle dit que le garçon est en bas quand le garçon est ici ? demanda-t-il.

– Parce que le garçon l'a dit.

– Quel garçon ?

– Celui qui est en bas.

– Pourquoi qu'elle nous accuse ?

– Je n'accuse pas.

– Pourquoi qu'elle ne dit pas la vérité ?

Katherine donna un coup de talon contrarié, geste qu'elle n'avait pas fait depuis des années. Elle avait eu un fort tempérament, jadis, mais avait appris à montrer ses sentiments avec prudence. Elle pensa au fils qu'ils n'avaient pas emmené en voyage, à sa voix cassée, à ses cris. Elle eut un soubresaut, déstabilisée par elle-même et par son geste, mais les autres ne parurent pas se soucier de sa colère. La femme s'adressait au garçon toujours posté à son côté, timide mais manifestement curieux. Il hocha la tête et disparut au bas de l'escalier.

– Je lui ai dit d'aller voir s'il y avait un copain à lui.

Le garçon revint presque aussitôt. Il secoua la tête et Katherine, même sans mots, comprit son message.

– Il n'y a personne, dit la jeune femme.

– Quoi ? Où ça ?

– En bas. Il n'y a pas de garçon.

Katherine pensa au garçon et à ses contusions, à sa démarche malaisée.

– C'est pas vrai…, dit-elle.

La jeune femme et l'homme de l'étage du dessous la regardèrent et secouèrent eux aussi la tête.

– Qu'est-ce que ça veut dire ? demanda la femme. Pourquoi tu dis qu'il y a quelqu'un s'il n'y a personne ?

– Pourquoi qu'elle ne dit pas vrai ? ajouta l'homme en canon.

Katherine décocha un regard hargneux au garçon.

– C'est lui qui ne dit pas vrai !

– Tu dis que mon fils ment ? s'écria la femme.

Le garçon se redressa, il sembla gagner en taille et un peu en âge aussi. À l'étage du dessous, une porte battit à nouveau et d'autres gens gravirent l'escalier ; cette fois, une vieillarde s'aidant d'une canne et une femme plus jeune qu'elle d'une trentaine d'années, sa fille adulte, peut-être. La situation fut brièvement exposée aux nouvelles venues, qui éclatèrent en paroles. Katherine ne comprenait pas un mot, mais une pensée désolante lui vint à l'esprit. Peut-être que le garçon avait voulu dire quelque chose d'autre, peut-être qu'il n'habitait pas ici. Ou peut-être qu'il avait menti. Ce devait être ça. Katherine en aurait ri si elle n'était pas aussi en colère contre elle-même d'avoir été si bête. Le renard et le petit prince. Tu m'étonnes que ça se soit passé si facilement.

– Je suis navrée du dérangement, dit Katherine, j'ai dû faire erreur.

Soit, songea-t-elle. Quoi qu'il en soit, elle n'en portait plus de responsabilité, puisque le garçon avait décidé de tracer sa route par ses propres moyens. Elle réalisa alors seulement l'intensité de sa soif. À l'origine de son mal de tête aussi, certainement. Là, tout de suite, elle n'avait qu'une envie, s'en retourner, marcher un quart d'heure jusqu'à la voiture et acheter de l'eau et de la nourriture en chemin. Elle fit un pas vers l'escalier mais, face à elle, les occupants de l'étage inférieur formaient un mur infranchissable.

– Je dois y aller, dit-elle, mais personne ne s'effaça.

On menait un échange verbal emporté, on pointait la porte verrouillée et on désignait la porte ouverte. La jeune femme se mit à pleurer, son enfant dans les bras.

– Je dois y aller, insista Katherine.

– Ça non, dit l'homme à la forte corpulence et sa voix n'avait plus rien d'amical, il avait contracté le poing gauche et donnait des petits coups dans sa paume droite.

Il se pouvait qu'il fît ce geste involontairement, il ignorait peut-être combien il était menaçant.

La vieillarde lui tapota l'épaule et lui adressa des paroles apaisantes. La jeune femme cessa de pleurer. Le monde oscilla d'un coup. La cage d'escalier bascula, prenant l'allure de ces maisons biscornues, peintes à l'oblique, qui trompent les sens dans les parcs d'attractions. Chez Katherine, elles provoquaient non pas l'amusement mais le vertige. Elle écouta les paroles de la vieillarde, ayant, un instant, l'impression que celle-ci s'adressait à elle, lui caressait le front, s'asseyait au bord de son lit de malade.

– Tu peux nous dire pourquoi tu es là ? demanda la jeune femme.

Le petit dans ses bras s'était endormi, et elle le fit passer d'une hanche à l'autre. Son garçon soutenait la tête du bébé avec un geste de propriétaire.

Katherine acquiesça et décida d'être sincère. Elle commença par l'embouteillage et la série de hasards malheureux qui l'avait conduite jusqu'à leur porte. La jeune femme l'écoutait attentivement et traduisait autant qu'elle en avait le temps, du mieux possible, voulait croire Katherine, qui en vint toutefois, sans le vouloir, à penser au jeu où l'on chuchote à la queue leu leu un message qui se modifie légèrement à chaque fois jusqu'à perdre entièrement sa forme et son contenu originels.

L'homme et la vieillarde remuaient la tête.

– Je dois retourner auprès de mon fils, dit Katherine.

Les têtes continuaient de remuer.

– D'abord, un garçon dehors. Maintenant, un garçon dans une voiture. Pourquoi qu'elle ne dit pas vrai ?

– Je dis vrai ! s'écria Katherine. Je dois partir. Je ne sais pas qui était ce garçon mais le mien, de garçon, est seul depuis déjà…

Elle se tut, sortit son portable de son sac et le regarda, regarda l'heure et poussa un cri.

– Une heure ! Il est seul depuis déjà une heure, il faut que j'aille le rejoindre.

Ses mots furent traduits et la vieillarde prit la parole. La jeune femme faisait l'interprète.

– Il y a eu des attaques ici. Dans des maisons et des voitures… on est entré sans permission. La police a donné la consigne de signaler tout ce qu'on remarque de… différent. À notre avis… cela, c'est différent. Je suis désolée. Nous ne pouvons pas vous laisser partir. Nous allons attendre mon mari, son frère est policier. Ensuite, vous pourrez y aller. Si tout est en ordre, vous pourrez y aller.

La cage d'escalier bascula, de nouveau, plus violemment cette fois ; elle eut l'impression de se retrouver sur une balançoire. Les enfants adorent ça mais, adulte, c'est tout sauf agréable, comme elle avait pu le constater au square, où elle s'était, par jeu, mise à la place de ses fils et avait pris de la vitesse. Katherine s'était demandé d'où venait une telle différence entre adultes et enfants. Certains pointaient l'habitude, mais elle était d'un autre avis. Il fallait qu'il soit plus difficile à un adulte de concevoir que le monde se déboîte d'un coup, le cerveau s'était développé ainsi. Ce dont témoignaient les planétariums ou les films projetés dans les parcs d'attractions, où le champ de vision était en mouvement tandis que le spectateur restait sur place. Le cortex visuel transmettait une information, accélération d'un vaisseau spatial ou wagonnet lancé sur des montagnes russes, par exemple, mais le corps protestait. Les gens s'amusaient à martyriser leur corps, lui infligeant des menaces d'incohérences ou de mort, comme s'ils étaient leurs propres ennemis.

Katherine agrippa la rambarde avant de glisser jusqu'à se retrouver assise par terre. Comme ça, dans la cage d'escalier ; rien de tel ne lui était jamais arrivé. C'était cela qu'on éprouvait à renoncer ? C'était cela, s'effondrer moralement ? Les mêmes l'observaient d'en haut à présent. La jeune femme, l'homme, la vieillarde et sa fille supposée. Le visage du bébé était le plus proche d'elle, Katherine sentait le lait dans son haleine, une goutte se décrocha à la commissure de ses lèvres et tomba, elle la sentit atteindre le coin de son œil.

Quelqu'un lui tendit la main, puis un autre, au moins quatre ou cinq mains furent tendues vers elles, prêtes à l'aider à se relever. Elle les chassa d'un geste, elle ne voulait pas de leur aide ; elle ferma les yeux et les rouvrit, et, comme l'angle de vue demeurait le même, elle se remit debout d'une poussée. Elle se laissa conduire dans l'appartement qui semblait avoir changé de côté depuis qu'elle avait sonné à la porte. On la fit asseoir sur un canapé et on lui proposa un verre d'eau du robinet qu'elle but avidement. Cette eau, il était interdit de la boire, mais Katherine était vaccinée. Son fils aussi. Pourtant, Katherine achetait tout en bouteille et en boîte. Tu penses trop, lui avait dit son mari en refusant le vaccin.

La jeune femme proposa à Katherine son téléphone avant qu'elle n'ait réalisé qu'elle l'avait égaré. Elle appela son fils. Il ne répondit pas. Elle essaya une nouvelle fois, mais le résultat fut le même. Il était plongé dans son jeu, voilà tout ; il avait aussi probablement mis l'appareil sur silencieux. Bien évidemment. Il était lassé des dérangements et avait coupé la sonnerie. Katherine s'irritait de ne pas avoir interdit à son fils de modifier ces paramètres. Il était trop tard, à présent.

Katherine se sentit revigorée d'avoir bu, mais sa soif morale s'aggravait. Elle réfléchit à la quantité de liquide qui décroissait dans la bouteille de soda. Que ferait son fils quand il n'y en aurait plus ? La soif du garçon n'était pas seulement perceptible dans la bouche de Katherine, elle l'éprouvait dans tout son corps.

– Je dois y aller, dit-elle en se levant.

– Un instant, un instant, dit la jeune femme, mon mari va bientôt arriver.

– Je ne peux pas attendre.

– Quinze minutes, pas plus. Il arrive en voiture et sera bientôt ici.

– Je ne peux pas attendre aussi longtemps.

– Quinze minutes.

– Il y a un embouteillage terrible, là-haut, impossible de venir en voiture.

Il y a un embouteillage terrible, là-haut, et c'est nous qui l'avons causé.

– Quinze minutes.

Ces mots lui remirent en mémoire une phrase apprise par cœur, un mantra pour touristes dans les emmerdes. Quinze minutes. Même si le monde change, la durée de quinze minutes qui doit s'écouler jusqu'à la chose ou l'événement attendu restera la même.

La jeune femme sourit un peu et tendit la main à Katherine.

– Alessandra.

Katherine regarda sa main avec une fixité incrédule avant d'avoir l'idée de la prendre.

– Katherine.

Elles se souriaient. Un sourire factice en miroir. Leurs sourires se redoublaient, se répétaient, comme s'attrapaient les bâillements qu'on eût, ou non, une réelle envie de sourire ou de bâiller. Ces sourires imposés l'agaçaient mais elle ne pouvait les reprendre, elle ne pouvait dire qu'elle n'en avait pas envie, on ne pouvait pas annuler un sourire, dire que ce n'était pas son intention, que, là tout de suite, elle ne voyait aucune raison de sourire ni à ceci, ni à cela, ni à personne, qu'elle voulait juste être auprès de son fils et lui sourire à lui, à sa tête inclinée sur tel ou tel projet, et à ses épaules rétives.

À la maison, son fils aimait rester à son bureau pour dessiner ses figures bizarres. Des cercles inscrits dans des triangles, qui rapetissaient à l'infini ; des quadrilatères minutieux et beaux tels des carreaux de faïence décoratifs alignés d'un bord à l'autre de la feuille. Une image, en particulier, était restée en tête de Katherine, car elle représentait un papillon, ou *semblait* représenter un papillon, en réalité, ce n'était évidemment pas un papillon, lui avait expliqué le garçon, seule sa forme faisait qu'on l'appelait ainsi. C'était la reproduction sur papier d'une image qu'il avait vue dans un livre. Les lignes formaient un schéma en deux parties comme si deux disques vinyle avaient été étirés puis assemblés. Son nom était l'attracteur de Lorenz, et on le dessinait sans lever le crayon une seule fois. La problématique était celle de la régularité du chaos. Le garçon avait montré à sa mère le manuel où tout était écrit. Contrairement à ce qu'on pensait ordinairement, on y disait que, en mathématiques, le chaos est prédéterminé. Si l'on connaît les conditions initiales, le résultat est prédictible. Le garçon commençait au hasard, il dessinait ce qui venait, en observant une règle unique : il fallait sortir du labyrinthe naissant sans croiser les lignes. Ne pas croiser les lignes, cela ne durait pas bien longtemps, sur une feuille. Dans la réalité, le schéma était en trois dimensions. On pourrait le réaliser avec de fins fils de fer suspendus au plafond, qui ne se toucheraient pas, même s'ils avaient l'air de se toucher dessinés ; c'était l'avantage d'avoir une dimension supplémentaire. Katherine avait hoché la tête, mais son fils l'avait percée à jour ; il avait deviné que sa mère aurait accordé plus d'estime à la lecture ou aux révisions pour un contrôle à venir qu'à ses dessins schématiques et à ses structures en fil de fer, et bien que Katherine eût encadré un de ses graphes pour compenser son indifférence, une frontière invisible semblait avoir été franchie.

Katherine observait la pièce. Elle était bien tenue, les tables couvertes de nappes en tissu et de vases garnis de fleurs en soie. Une porte s'ouvrait sur une petite cuisine et une seconde donnait sur une chambre à coucher ; par l'embrasure, on voyait d'autres broderies ravissantes qui évoquaient à Katherine le contraire de chez elle où régnaient les nuances de beige et la laine bouclée, les papiers peints aux motifs d'oiseaux, la règle des « trois couleurs maximum » en matière de décoration intérieure. Une pendule tictaquait au-dessus de la porte. Quinze minutes. Elle se pencha vers Alessandra et baissa la voix jusqu'au chuchotement : disons-nous les choses entre femmes.

– Je n'ai jamais rien fait de mal. Ils n'ont pas le droit de me garder ici.

Elle avait, tactiquement, recouru à la troisième personne du pluriel, excluant Alessandra du nombre de ceux qui la retenaient prisonnière. Alessandra eut un sourire contrit.

– Nous avons reçu des instructions à la radio.

– À la radio ?

– Oui.

Katherine fit une nouvelle tentative téléphonique. Le garçon ne répondit pas.

Treize minutes. Son fils était raisonnable. Il resterait dans la voiture et n'irait nulle part. Katherine avait toujours été fière de ses bonnes relations avec ce fils-là. Il ne la laissait peut-être pas examiner ses rougeurs ou ses boutons, mais il lui disait tout. La plupart du temps, c'étaient de petites choses arrivées à l'école. Un travail en groupe qui s'était bien passé, une partie de foot où il avait marqué des points. Il était invité aux anniversaires et tapait la balle avec ses copains sur les terrains après l'école. Finalement, il s'était intégré sans mal dans sa classe après leur installation dans cette nouvelle ville. Quelle horreur de se dire que, si son deuxième fils avait été du voyage, tous les deux auraient déjà inventé un truc dévastateur !

Elle ne voulait pas penser à ses fils comme à un duo, et pourtant. Penser qu'elle s'était mise à marcher sur la pointe des pieds, multipliant les efforts pour rester sur ses gardes. Pour éviter les crises de fureur. Les mensonges, les vols. Elle avait négocié, recouru aux cadeaux, aux menaces, au chantage. Mais, plus que tout, elle mentait. Et redoutait. Elle tentait de faire ce qu'elle disait et, malgré tout, n'y arrivait pas. Quel type de force permettrait d'écraser un être ? Et comment la mesurer ? Sur l'échelle de Richter ? Ou en pression atmosphérique ? Combien de mots faudrait-il ?

– Tu te sens mieux ? demanda Alessandra.

Katherine acquiesça, malgré elle, incapable de dire non.

Dix minutes.

– Tu veux un thé ?

– Oui, merci.

Elle songea au garçon de la rue, celui qu'elle avait aidé. Soit il s'était échappé de sa propre initiative, soit ces adultes, qui l'avaient malmené, l'avaient retrouvé et emmené. Les deux éventualités étaient aussi probables l'une que l'autre, mais pas aussi désagréables. La première ne l'agaçait que pour des raisons personnelles, uniquement parce qu'elle s'était fait avoir, tandis que la seconde était tout simplement terrifiante. Impossible de l'écarter en se disant que le garçon l'avait bernée, et méritait son sort car, dans cette version de l'histoire, ce n'était pas elle qui s'était fait avoir. Katherine décida de croire à la première éventualité ; au moins, elle ne perdrait pas le sommeil. Et il y avait encore un truc. Elle pourrait faire la même chose que lui. Elle pourrait feindre l'amitié et gagner leur confiance. La princesse et les multiples renards.

La femme lui apporta une tasse de thé agréablement parfumé, accompagnée d'un petit pain blanc. Katherine y enfonça les dents goulûment, éprouvant, simultanément, une culpabilité destructrice à atténuer sa faim. Le garçon se souviendrait-il qu'il y avait des biscuits et des barres de céréales dans le coffre de la voiture ? Katherine s'était-elle souvenue de le lui rappeler ? Cela dit, les biscuits ne feraient qu'attiser sa soif. Le garçon avait-il soif ou son reste de soda lui suffirait-il ? Katherine se rassura en se récitant les consignes de sécurité en avion : commencez par vous occuper de vous-même avant de venir en aide aux passagers les plus proches, sinon vous vous écroulerez tous, ce qui ne sera utile à personne. Elle devait reprendre des forces pour revenir à la voiture. La dimension altruiste de l'égoïsme avait quelque chose d'incroyablement consolant.

Sept minutes. L'homme fumait une cigarette à la fenêtre. La fumée revenait en volutes dans la pièce, Katherine avait envie de tousser. Six minutes. La femme lui apporta un second petit pain et une nouvelle tasse de thé. Katherine redemanda de l'eau et en obtint. Là encore, de l'eau du robinet.

Alessandra lui parla des attaques. Elles avaient été nombreuses ces dernières semaines. Des fenêtres cassées à coups de pierres et des portes défoncées.

L'homme écrasa son mégot et se joignit à la conversation.

– Tu as du mal à comprendre pourquoi. Mais nous, on nous a dit de noter tout ce qui sort de l'ordinaire. On ne peut se fier à rien. La police veut juste t'interroger sur ton gamin.

Ce n'était pas mon gamin, songea Katherine. Les mots s'approchèrent et s'éloignèrent. Comme cela ferait du bien de fermer les yeux, ne serait-ce qu'un instant. Elle revint à elle au moment où les aiguilles de la pendule changèrent de place. Elle ne l'avait jamais perdue de vue ; elle avait dû dormir les yeux ouverts.

– Les quinze minutes sont passées depuis longtemps, dit-elle, où est ton mari ?

Alessandra passa un appel et parut s'excuser.

– Il y a un embouteillage.

– Bah oui, je n'ai pas cessé de le dire !

– Ils sont en train de démonter les files.

– Les démonter ?

– Oui, ils déplacent les voitures. Mon mari est là-bas. En train de les déplacer.

– Ils déplacent les voitures, répéta Katherine.

Ce n'est qu'en le disant qu'elle réalisa le sens de ses paroles.

Elle attrapa son téléphone et se rendit compte que quelqu'un avait essayé de la joindre. Johan, ou le garçon. Pourquoi n'avait-elle pas entendu la sonnerie, comment était-ce possible ?

– Est-ce que mon téléphone a sonné ? demanda-t-elle.

Alessandra fit oui.

– Pourquoi je n'ai rien entendu ?

– Tu dormais. Je n'ai pas voulu te réveiller. Tu étais tellement mal.

– Tu n'as pas voulu… J'étais… tellement…

Katherine composa le numéro de Johan. Ses mains tremblaient. Le téléphone sonna longuement, puis elle eut l'impression qu'on décrochait, mais mal. La communication avait été établie involontairement. Elle entendait des paroles et des exclamations, le tout dans cette langue étrangère, rien qu'elle ne comprenne. Elle cria le nom de son fils, mais personne ne répondit à ses cris. Elle entendit un bruit de moteur suivi de nouvelles exclamations.

Alessandra vint près d'elle.

– Quelque chose ne va pas ?

– Rien ne va !

Elle avait du mal à comprendre ce qui se passait. Elle gardait la ligne ouverte. Elle n'osait pas raccrocher, se sentant plus proche du garçon, même si elle n'entendait pas sa voix. Elle écoutait tous ces sons étranges et, lorsque la communication finit par couper, elle rappela. Cette fois, personne ne répondit. Son mari ou son fils avait essayé de l'appeler. Elle n'avait pas entendu parce qu'elle dormait. Ce genre de choses n'arrive que dans les cauchemars.

Peut-être qu'elle était dans un cauchemar.

Alessandra disparut et s'affaira dans la cuisine. La vieillarde était assoupie à la table du salon, appuyée sur ses coudes, et la femme plus jeune lisait le journal. Le garçon, assis par terre, jouait avec un serpent en bois ; le bébé mâchouillait un cintre. L'homme était invisible.

– Il faut que j'aille aux commodités, dit Katherine. Toilet.

Le garçon haussa les épaules. Katherine se leva et s'avança. Personne ne l'en empêcha. Ce devait être cette petite porte juste à côté de l'entrée. Il le fallait.

– Toilet, dit-elle à Alessandra qui passait la tête hors de la cuisine.

La jeune femme acquiesça et dit quelque chose au garçon.

Katherine se sentit plus forte que depuis bien longtemps. L'eau, le thé et les petits pains avaient rempli leur fonction. L'adrénaline bouillonnait dans ses veines. Rien ne l'arrêterait. L'homme était hors de vue et ce petit garçon ne lui faisait pas peur ; elle était prête à tuer, s'il le fallait, et, après la tuerie, à mourir, et après la mort, à maudire cette famille et à la hanter jusqu'à ce que chacun de ses membres crève, complètement timbré, jusqu'à la deuxième et la troisième génération. Elle traîna la patte, feignant de marcher avec difficulté. Au niveau de la porte des toilettes, elle se concentra, puis bouscula le garçon, légèrement, il fallait espérer que c'était juste légèrement, elle n'y repenserait pas après coup, elle ne se demanderait pas s'il s'était cogné, s'il s'était fait mal, et s'engouffra dans les escaliers. Elle les descendit carrément en volant. En bas, c'était le noir ; la porte était fermée, il n'y avait plus de balai en travers et, pendant un instant épouvantable, Katherine fut certaine qu'elle ne parviendrait pas à l'ouvrir, pas sans clef, elle se prépara à hurler et à maudire ces gens qui n'allaient pas tarder à lui courir après, à les effrayer, à feindre une crise, à griffer et à déchirer, à s'étouffer ostensiblement, à faire n'importe quoi afin que la porte s'ouvre et qu'elle se retrouve dehors. Ses doigts glissaient mais elle parvint tant bien que mal à actionner la poignée et à pousser. Elle était dans la rue. Elle s'élança.

Elle courut puis, exténuée, marcha d'un pas pressé. Elle tourna pour gagner une rue plus petite, puis une plus grande. Elle n'avait pas le temps de réfléchir à la direction d'où elle venait, ni à celle qu'elle devait prendre. Il n'y avait qu'une pure sonorité verbale, une comptine qu'elle se récitait mentalement. Gauche, droite, gauche, droite, gauche, droite, droite, droite. Elle tournait mal, empruntait les mauvaises directions et les mauvaises rues, se heurtait aux passants. Bafouillait des excuses et reprenait sa course. À gauche. À droite. Elle ignorait si elle avait couru dans la mauvaise direction et si le point de départ des événements se situait complètement ailleurs, malgré tout. En tout cas, les files de voitures n'étaient plus à l'arrêt, l'embouteillage avait été dégagé, des véhicules passaient, rares, et même le petit tramway tintinnabulait au loin en gravissant la colline. Elle se retrouva dans une rue plus large et fit demi-tour. Elle parvint à un jardin qu'elle ne se souvenait pas avoir vu et tourna à nouveau.

Ce fut un vieillard qui surgit à un coin, droit devant elle ; le sac plastique fixé à son chariot se déchira et des mandarines se mirent à dévaler une rigole creusée par la pluie. Katherine s'arrêta assez pour que l'image s'enregistre de manière indélébile sur sa rétine, les soleils orangés dans le caniveau à sec et le pneu de voiture qui écrasa l'un d'eux, le fit exploser, mit fin à un système planétaire.

L'autre image, c'étaient deux hommes transportant un défunt sur une civière. Katherine n'eut pas le temps d'en voir assez pour évaluer si la victime était un adulte de petite taille, ou un enfant de grande taille. Elle imagina le visage sous le linge, celui de son propre fils, de ses garçons, et de celui qu'elle avait heurté, ils s'étaient mélangés.

La troisième image, c'était une dépanneuse à laquelle on accrochait une caravane. Cette image, Katherine s'y arrêta. Ce n'était pas n'importe quelle caravane. C'était la leur. Elle avait reculé, été déplacée jusque dans une rue plus large en contrebas ; on était en train de l'enlever. Un peu plus haut sur la colline se trouvait aussi leur voiture, rangée sur le bas-côté.

Katherine interrompit les hommes qui attelaient la caravane ; elle ne tenta pas de dire quoi que ce soit mais agita ses clefs de voiture en indiquant le véhicule. Elle pointa ensuite la caravane et, pour finir, se désigna elle-même. Les hommes lui adressèrent un hochement de tête, discutèrent entre eux, jusqu'à ce que l'un tire un carnet de quittance de sa poche. *Passport*, lui demanda-t-il, avec un sourire si amical que Katherine fut sur le point de fondre en larmes. De son sac, elle tira le document que l'homme prit pour compléter un formulaire. Sur la dernière ligne, il inscrivit l'immatriculation de la caravane et entoura l'adresse imprimée en haut de la feuille, puis il détacha le reçu et le tendit à Katherine avec son passeport. Il posa le doigt au niveau de l'adresse, fit un geste en direction de la caravane et frotta son index et son pouce l'un contre l'autre. Katherine comprit qu'elle recouvrerait la caravane contre paiement à l'adresse indiquée. Elle regarda les hommes partir avec la dépanneuse, puis elle se rendit à la voiture.

Plus rien ne pressait. Katherine s'assit à la place du conducteur et appuya son front contre le volant, entre ses mains ; elle inspira, releva la tête et regarda à travers le pare-brise, vit un tramway passer à proximité, là où ils avaient bouché la rue à l'origine, et inséra la clef dans le démarreur. Elle posa le reçu sur le siège voisin. Elle commencerait par cela. Mais d'abord, en tout premier, elle emmènerait le garçon se coucher.

– J'espère que je n'ai pas été trop longue, lui dit-elle. Je n'ai rien pu acheter, mais maintenant on va pouvoir aller quelque part et chercher un magasin digne de ce nom.

Le garçon ne répondit pas, évidemment plongé dans son jeu. Ou ses dessins. Katherine n'osait pas regarder vers la banquette arrière.

Le téléphone de Katherine avait été appelé à trois reprises par le même numéro inconnu et, cette fois encore, elle ne l'avait pas entendu. Elle rappela, mais tomba sur un répondeur automatique. Elle composa ensuite le numéro de Johan et sursauta quand le téléphone de son mari se mit à vibrer sur le plancher de la voiture. Elle le ramassa et, sur un coup de tête, répondit ; elle le posa sur son oreille et parla, entendit l'écho de sa voix. Elle comprenait obscurément que quelque chose avait échappé à son attention tant et si bien que, pour cette raison précise, elle n'avait pas tenu compte de chacun des facteurs, qu'à partir de cet instant commencerait une incertitude qui ne s'achèverait jamais. Dans le livre du garçon, on disait que le chaos était prédéterminé : si l'on connaissait suffisamment bien les conditions initiales, le résultat était prédictible.

– Mais si on ne connaît pas les conditions initiales ? demanda-t-elle et, dès qu'elle eut posé la question, elle reconnut son erreur.

Elle ne connaissait pas les conditions initiales, elle n'en avait pas la moindre idée.

Elle prit une profonde inspiration, car une part d'elle savait que c'était la dernière avant une longue plongée sans lumière, puis elle se retourna pour regarder vers la banquette arrière.

SALLE 3

LE RÊVE DE MIRANDA

Image initiale : huit cent cinquante mètres

La femme a le temps d'effectuer son périple annuel à travers la ville quarante-cinq fois au total avant qu'un autocar transportant des voyageurs vers la montagne à la statue ne la percute et qu'elle ne meure sur le passage protégé, sans qu'il soit question ni d'indifférence ni même de négligence de la part du chauffeur, mais d'un hasard malheureux, car le passage protégé n'est plus en usage, et l'accès à l'autre côté de la rue, empêché par une clôture en contreplaqué haute de trois mètres, ce dont il est difficile de s'apercevoir à temps si l'on n'est pas au courant des changements introduits dans le plan de circulation, car, même si le feu de signalisation destiné aux piétons a été emballé dans un capuchon fait de sacs-poubelles noirs et de ruban adhésif toilé, le signal sonore n'a pas été désactivé.

Bien que la femme ait effectué le trajet des dizaines de fois, la majorité des photos qu'on trouve d'elle date du moment où, déjà morte, elle est évacuée sur une civière, son corps couvert d'un tissu blanc remonté sur son visage. Il n'y a pas d'image de l'instant de sa mort – un car touristique faisait certes un détour par cette zone de moindre intérêt afin d'éviter l'embouteillage causé par une manifestation, mais tout ce paysage en plan ne suscite pas l'envie de sortir leur appareil photo chez les touristes, qui en profitent pour parcourir leur guide ou leur fil d'actualités, et le seul qui a décidé de filmer toute sa vie pour garder une trace de sa personne et balaie maintenant la zone avec la caméra de son téléphone, à toutes fins utiles, sans réaliser que, de cette façon, c'est l'enregistrement qui devient la vie au lieu que la vie soit mise en images, reçoit un appel juste au moment où le coin gauche / le coin droit / le pare-chocs avant / un pneu de l'autocar percute la femme et où celle-ci rebondit / est projetée / vole / est entraînée par les roues, en fonction de ce qu'a vu ou imaginé chaque témoin de la situation –, il n'y a que des dizaines d'images et de vidéos des ambulances qui arrivent pour emporter les touristes choqués, ainsi que le chauffeur qui est un peu déboussolé et ne fait pas de déclaration parce qu'il vient de se cogner la tête contre son volant. On pourrait même être tenté de dire que, chez cette femme, le plus important est sa mort, que celle-ci la définit ; c'est même le propre de ce genre de tentative de définition, provenant de l'extérieur, prenant pour objet ceux qui ne peuvent plus se poser en sujet. Il en va ainsi des morts. Et de ceux qui sont en vie mais qu'on n'écoute pas. On parle à leur place. Cette femme est un corps, une locale qu'un autocar a écrasée lors d'un accident ayant pour conséquences notables que les voyageurs ont été évacués afin d'être pris en charge et que la ville a échappé de peu à une publicité extrêmement négative. Une publication d'un média local en ligne estime que le plan de circulation de la ville de Z est dangereux. Il faut absolument modifier ce plan de circulation, déclare le bourgmestre, et nous ferons tout pour que les voyageurs se sentent dorénavant en sécurité dans la ville de Z. Tous les lecteurs de la publication auront vu une photo de l'incident, le cadavre recouvert d'un linge blanc à l'arrière-plan d'autres images et de retransmissions de la télévision régionale.

Néanmoins, le plus important chez cette femme, ce n'est pas sa mort, mais son trajet. Le fait qu'elle effectue ce chemin non seulement le jour où elle meurt, mais une fois par an, à la même date, pendant près de quarante ans. Elle parcourt huit cent cinquante mètres de la gare routière jusqu'au cimetière et huit cent cinquante mètres au retour. Au cours des décennies, de nombreuses photos où elle figure ont été prises, même si aucune ne l'a été par elle, et pas une seule ne la représente, elle, à proprement parler. Sur l'une des plus anciennes on la voit quitter la gare routière accompagnée d'un homme. L'image est en noir et blanc et, bien que la femme n'y ait qu'un peu plus de vingt ans, elle est si tassée et affaiblie qu'elle en paraît trois fois plus. La photo montre un autocar ancien dans une gare ancienne, tous deux d'un modèle qui, à l'Ouest, au moment où l'image a été prise, n'est préservé que pour les besoins des musées des transports ou de l'industrie cinématographique. Cette image apparaît souvent en illustration thématique de documentaires consacrés à l'époque où elle a été prise, la majorité des spectateurs y voyant un jeune homme qui passe un bras protecteur autour d'une femme âgée.

L'image suivante date de quelques années plus tard ; l'homme n'y apparaît pas. Sur la photo, une jeune fille a les bras passés autour des épaules d'un garçon ; ils s'embrassent. La mise au point n'est pas faite sur eux, mais sur la femme qui traverse la rue à l'arrière-plan ; elle a un foulard dans les cheveux et le visage concentré, tourné vers le jeune couple comme si celui qui a pris l'image avait anticipé sa présence, planifié son regard, sa silhouette de mauvais augure, vacillant derrière ce jeune amour qu'elle semble mettre en garde contre l'éphémère de toute chose. Cette photo, qui a viré au rouge mais reste belle, finit au milieu d'un fatras d'achats délaissés, au fond d'un débarras, une fois la relation du jeune couple terminée.

La vidéosurveillance d'une bijouterie enregistre la femme en train de tourner dans la rue à l'angle du parc, chaque année jusqu'à ce que la boutique ferme, et que sa caméra soit cassée à coups de pierre. La femme, maintenant un peu plus âgée, coupe à travers le parc ; elle parvient au niveau de l'étang et du passant qui le prend en photo, gâchant l'image sur laquelle les canards auraient pris un envol groupé, ce que ces volatiles ne font généralement pas, même quand on les effraie au nom de l'esthétique. Une fois hors du parc, il ne reste plus à la femme qu'une petite bande de terre à traverser pour rejoindre la rue, par exemple, sur cette vidéo amateur au premier plan de laquelle un homme bute sur une poubelle renversée : le clip, avec la femme qui clopine à l'arrière-plan, se répand dans les émissions télévisées de vidéos gags, jusqu'à ce que ces artefacts migrent sur Internet, se transforment en mèmes et passent de mode.

La femme sur les images vieillit au rythme de la ville. Les vitrines des magasins sont recouvertes de papier de protection, les enseignes démontées ou détruites. L'étang s'envase et se remplit de déchets, se couvrant d'herbes folles. Les bancs du parc disparaissent planche par planche, ne laissant plus que leurs squelettes rouillés. Les points de vue sont bouchés par les broussailles. La végétation pousse à la jointure des pierres, des fissures de l'asphalte ; le pavement s'effrite, les panneaux indicateurs s'estompent et se corrodent. Romantiques décadents et explorateurs urbains pénètrent dans les maisons et postent leurs photos sur Internet. Ils invectivent la femme qui se met en travers de leur chemin, à présent légèrement voûtée du fait de son âge aussi, mais parfois quelqu'un voit en elle un potentiel. Comme sur cette prise de vue, une image qui tourne de compte en compte sur les réseaux sociaux, où les jambes de la vieillarde ont été cousues à l'ombre d'une jeune femme. L'interprétation divise encore l'opinion – les uns sont d'avis que l'ombre représente tout ce qui passe, les autres, que même un corps vieux peut abriter un esprit jeune, d'autres encore, que l'ombre suit la personne comme tout ce que celle-ci a touché un jour dans sa vie, et encore d'autres, que la photo est comparable à un long solo de guitare – son but est juste de manifester le talent de son auteur.

Puis le temps change de direction. Les maisons décrépies disparaissent l'une après l'autre et à leur place s'élancent le verre, le marbre et le métal trempé. La dernière image est prise dans le futur, l'été suivant, une année entière s'est écoulée depuis la mort de la femme qu'on a oubliée, tout autant que sa vie. C'est un panorama, on y voit l'endroit où la femme se rendait. Si on connaît un tant soit peu la ville, on sait qu'il a été pris du côté de la montagne à la statue qui est interdite au public, et dont l'accès suppose de connaître un point de passage secret pour franchir les barrières. Sous un certain angle, la montagne donne directement sur le centre-ville condamné et si la vieillarde était sur l'image, elle franchirait l'espace depuis la clôture en contreplaqué pour gravir la pente que ne bordent plus les maisons, pas même les tas de gravats ou les ruines noircies par le feu, mais juste le vide ; elle s'avancerait en direction du cimetière qui n'est plus un cimetière mais un trou béant, les tombes n'ont pas été déplacées, il n'a pas été besoin de les déplacer, après l'explosion, elles ont disparu d'elles-mêmes, ensevelies toujours plus profondément sous la colline. L'affaissement de terrain est devenu réalité, mais la vieillarde n'est plus là pour le voir. Derrière le centre-ville condamné se dressent les silhouettes de gigantesques palais de verre en chantier entourés par une volée de grues nourrissant cette descendance devenue plus haute qu'elle. Les textes des panneaux publicitaires ne sont pas lisibles sur l'image.

Le rêve de Miranda

On prétend qu'aux abords de l'ancien cimetière plane un groupe d'esprits appartenant à des défunts errants. Rares sont ceux qui croient aux fantômes, mais comment expliquer autrement le brouhaha et le tohu-bohu, les visions et les cauchemars qui tourmentent les passants, les voix qu'ils entendent, tout ce qui, imperceptiblement, vient se lover dans les esprits de ceux qui habitent autour de la zone condamnée, et ressort à pas feutrés au moment où ils sont le plus vulnérables, dans leur sommeil, avec une telle acuité que le souvenir né du rêve est impossible à différencier de ce qui s'est réellement produit ?

« Moi, jamais de la vie je ne déménagerais ici, déclare un des employés locaux du chantier, et même pas quand tout sera construit. » Ceux qui sont venus d'ailleurs ne prennent pas position ; avoir un boulot n'a rien d'évident en ce moment. Ils dorment dans des baraques à proximité des travaux et préfèrent garder le silence ; ils rêvent à leurs propres rêves, bouchons enfoncés dans les oreilles ou écoutant de la musique. Ces baraques, il y en a des tas, des immeubles entiers en sont composés, qui forment des villages. À Noël, quelqu'un a installé un sapin sur la terrasse d'un ensemble, y a suspendu des guirlandes lumineuses. Le premier Noël, c'était sympa, le deuxième, ce fut triste, le troisième, on ne réitéra pas.

Aucun des locaux n'habite les baraques. Il se peut qu'une partie d'entre eux soit originaire du centre-ville, mais réside à présent en banlieue, arrivant chaque matin par le premier bus ou le premier métro. Les employés se succèdent à un rythme soutenu, on n'évoque guère les raisons, mais personne ne reste travailler longtemps dans la zone. On ne fait pas d'heures supplémentaires, en tout cas pas la nuit, même si on obtiendrait une fois et demie son salaire pour le sacrifice. La rumeur dit que, pour compter ceux qui perdent la raison au cours des travaux, les doigts d'un seul homme ne suffiront pas, même s'il les a tous au bout des mains. L'un des ouvriers raconte qu'il s'est mis à recevoir d'étranges appels téléphoniques. De sa femme, dit-il à tous ceux qui font l'effort de l'écouter. De ta femme ? lui répond-on, mais qui ne recevrait pas d'appels de sa femme, surtout si la journée se prolonge, ou si on passe par le bar à vodka sur le chemin du retour ? Laissons-le parler, malgré tout, et délester son cœur ; le silence brisé est plus agréable que le silence intact. On apprend que les appels arrivent chaque nuit du samedi au dimanche, avec une telle régularité que le narrateur a commencé à se réveiller à une certaine heure pour attendre. Les coups de fil se résument sans doute à des chuchotements, ils n'offrent rien de neuf ; sa femme rapporte qu'elle est en route pour la maison, elle est déjà dans l'autocar mais s'étonne que le trajet dure tellement plus longtemps que d'habitude. Le brouillard tombe sur les vallées, ce qu'on n'observe pas d'ordinaire à cette époque de l'année. Tu devrais voir ça, dit-elle à son mari au téléphone, nuit après nuit, nous devrions être ici ensemble. Puis, la communication coupe, l'autocar entre dans une zone blanche et y reste. La femme du narrateur est morte, oui morte, dans un accident de la circulation ; son autocar a fait une sortie de route en montagne. Les collègues ôtent leur chapeau et leur casque tout en posant des questions. Mais il n'y a rien de plus à raconter. Sa femme est morte, morte comme une pierre, répond l'homme, il y a des années, et enterrée ici dans cette terre sur laquelle on construit.

Quoi qu'il en soit, l'aura de l'hôtel qui s'érige au-dessus du cimetière est à peu près aussi engageante que celle d'une voiture dans laquelle on découvre un cadavre. On peut chasser l'odeur, mais l'esprit reste. Ce qui est fait est fait, toutefois, et il vaut toujours mieux se rallier à ce qu'on ne peut vaincre. Les investisseurs réfléchissent à des slogans publicitaires et ne sont pas sans savoir que la mort intéresse. Les gens effectuent des pèlerinages, même de très loin, sur les zones de catastrophe et les lieux d'accidents. Prisons, camps de concentration, théâtres d'attentats, lieux d'exécution. Les crimes cassent le gris de la vie ; peur, culpabilité et honte sont faciles à canaliser lorsqu'on est loin de chez soi. Ça sera un bon slogan publicitaire, si c'est ce que décident les investisseurs. Cet hôtel construit dans le centre-ville condamné, on pourra en faire le château de Dracula ou un truc équivalent. Et avec le temps, les cadavres seront oubliés, c'était sûr et certain.

On dit que chacun reçoit à la naissance un nombre identique de battements de cœur. Ils peuvent se répartir uniformément ou venir en série de pulsations, rapides ou lentes. Le cœur des petits animaux bat vite, leur vie est donc courte. Mieux vaut ne pas avoir peur, en tout cas mieux vaut ne pas avoir peur de soi-même, c'est une dépense inutile de battements de cœur. Il faudra encore moins craindre les morts : si tant est que les défunts restent planer de ce côté-ci, ce ne sont pas des créatures transcendantes, et rares sont ceux qui outrepassent les limites de leur vie. La plupart des défunts ne sont pas rivés au temps des vivants ; s'ils sont liés à quelque chose, c'est à leur propre vie. Celui qui est parti – quelle belle expression, celui qui est parti devant et attend, quelque part, les retrouvailles – revient aux instants de sa vie, pour autant qu'il revienne. On parle ici du temps où ils étaient encore vivants. Le plus souvent, ils reviennent aux jours où s'est produit un événement important, où ils pensaient le moins à la mort. Et s'ils ne pensaient pas à la mort, pourquoi y penserions-nous, pourquoi les reconnaîtrions-nous, nous qui ne reconnaissons pas même notre propre fantôme ?

Pense à quelqu'un que tu as perdu. Cette personne est probablement revenue près de toi au moment où elle était le plus fortement en vie et où, toi, tu attendais le moins son fantôme. Elle était probablement heureuse, à ce moment-là, et toi aussi peut-être. Regardant ton visage un instant avant d'oser t'adresser la parole. Embrassant le haut de ton crâne quand elle n'avait pas encore le cran de te toucher autrement, et encore moins de traduire ses émotions par des mots. S'adressant à toi pour la première fois. Caressant tes cheveux quand tu dormais, après l'amour. Les esprits sont ainsi, imprévisibles ; la plupart d'entre eux ne reviennent jamais, à aucun moment. Et certains visitent des gens qui n'ont même jamais su qu'ils existaient. C'est une vérité, triste ou pas : la plupart des défunts rembobinent le ruban de leur vie dans leur esprit en dislocation avant de disparaître ; ils attrapent ce qu'ils peuvent. Les morts voient à travers nos souvenirs.

L'un de ceux qui sont partis est Alekseï, un petit défunt, mort enfant et resté enfant, car les morts ne vieillissent pas. Alekseï n'avait que deux ans lorsqu'il mourut, si jeune qu'il n'avait pas eu le temps de donner à sa mère ni cheveux blancs ni rides supplémentaires par ses méfaits ou ses imbécillités. Il se peut qu'il n'eût jamais causé de soucis ; Alekseï ne savait pas parler et, plus généralement, semblait ne savoir que très peu de choses. Il se peut qu'Alekseï n'eût jamais grimpé aux grands arbres, ne se fût jamais fait mal en dévalant un escalier sur une planche, n'eût jamais été gardé en retenue, n'eût jamais obtenu de mauvaises notes, râlé contre sa mère, traîné dehors après l'heure, conduit dangereusement à vélo, à moto ou en voiture, bu trop d'alcool, eu de mauvaises fréquentations ou de boulots nuls, introduit dans la famille une bru hautaine, manqué de lui donner des petits-enfants, ou conçu un enfant hors mariage, perdu son travail, accumulé les dettes, divorcé, éparpillé les cendres de ses cigarettes sur les tapis tissés à la main et perdu au jeu jusqu'au peu que possédait sa mère, avant d'atteindre la triste espérance de vie moyenne de cinquante et un ans caractéristique des hommes buveurs de vodka, et de mourir. Il se peut que, de toute sa vie, il n'eût jamais dit un mot à sa mère. Ni à qui que ce soit d'autre.

Alekseï comprit la nature du monde pour la première fois au moment précis où il se détacha de son corps. Bien évidemment, personne ne comprend la nature du monde à l'âge de deux ans, laquelle reste plus généralement incompréhensible, chacun étant réduit à examiner le monde de l'intérieur, et la réalité observable ne pouvant jamais être différenciée de son observation – mais toute personne ayant rencontré un enfant de deux ans et interagi avec lui sait qu'un être de cet âge se fait déjà une certaine conception du monde, peut-être incomplète, fondée sur un vocabulaire imparfait et marquée par l'instabilité, mais qui n'en demeure pas moins une conception. Un enfant de deux ans tâtonne déjà vers le monde extérieur par l'intermédiaire de sa mère, de son père ou de sa fratrie et s'efforce de le comprendre ; il aspire à quitter la symbiose sans savoir que, cela fait, il passera le reste de sa vie à chercher le chemin du retour en nouant des amitiés, tressant des amours, prenant soin de sa descendance, et ne le retrouvera que dans les instants où il parviendra à s'oublier.

Pas Alekseï. Alekseï était entièrement satisfait de son monde propre, celui qu'il connaissait, même s'il ne se souvenait pas du temps où il s'était trouvé dans l'utérus de sa mère. De manière générale, Alekseï ne se souvenait pas, il ne se remémorait pas. Alekseï possédait un monde empli de lumières et de couleurs sans noms, et chaque réveil était pour lui une nouveauté. Un courant chaud s'écoulait à travers lui quand il recevait de la nourriture, ses difficultés de déglutition telles que seule lui convenait une nourriture liquide, et alors il fermait les yeux et bougeait juste ce qu'il fallait pour sentir sa peau contre sa peau. Il y avait des odeurs et des contacts familiers, les caresses douces des grandes mains de sa mère. Le monde d'Alekseï était riche et suffisant. Si le flot de sensations était trop intense, il gardait les paupières bien closes, et si cela n'était d'aucun secours, il ouvrait la bouche et arquait son petit corps, criait d'une voix que tout le monde reconnaissait dans le quartier. On était au courant de l'existence d'Alekseï, et on parlait de lui, mais pas pour le critiquer, non, on en parlait comme du temps qu'il fait. Et c'était bien une condition météorologique qu'était Alekseï, des plus prévisibles même. Le lait d'Aliocha devait être un quart de degré trop chaud, disait-on dans le quartier avec des sourires entendus. Tant qu'il avait la paix, Alekseï était parfaitement satisfait de son état. Il se suffisait à lui-même d'une manière que peu de gens connaissent.

Alekseï n'avait jamais prononcé un seul mot. C'est pourquoi, lorsque la mère d'Alekseï, quelques jours avant la mort de son fils, reçut la visite d'un esprit et que l'esprit lui parla, elle sut tout de suite que c'était l'esprit d'Alekseï. Son fils venait lui parler dans son sommeil parce qu'il ne pouvait le faire éveillé. L'esprit flottait près du garçonnet et l'éclairait. Telle est la description qu'en fit plus tard sa mère. Alekseï était une flamme plus brillante que les flammes, toute la lumière de la pièce s'était concentrée dans son petit corps. Le dix-sept juillet, dit l'esprit et il glissa par-dessus le garçonnet pour venir auprès de sa mère à qui il fit une caresse en répétant ces mots : le dix-sept juillet. Puis il ne fut plus là.

La mère d'Alekseï était allongée, immobile dans son lit, les yeux au plafond ; elle calma sa respiration, s'assura qu'elle était bien éveillée. Elle l'était, oui. Lorsqu'elle osa à nouveau se mouvoir, elle se leva et examina son enfant, toucha sa joue chaude et écouta son souffle, mais elle ne tenta pas de le réveiller. Puis elle nota la date. On était au mois de juillet ; il restait une semaine jusqu'au jour indiqué par l'esprit.

Mentionnons au passage que la mère d'Alekseï avait un nom, et même si, dans cette histoire, elle est et reste encore expressément la mère d'Alekseï, les gens ont d'autres rôles aussi. Afin de faciliter la narration et d'éviter les maladresses, nous allons désormais l'appeler par son nom : Miranda.

Miranda, de l'avis de beaucoup, était un prénom étrange. À une personne portant pareil nom, nulle vie respectable ou honorable n'était promise. Les racontars voulaient que le père d'Alekseï fût le prof de Miranda / un travailleur immigré / un soldat / un curé / un vagabond / un homme marié, et même s'il n'avait été rien de cela, le garçon, en tout cas, était d'origine extraconjugale. Les cancaniers les plus malveillants prétendaient que Miranda avait mérité son sort. Un enfant tombé malade *in utero*, c'était la conséquence de la manière dont il avait été conçu et dont sa mère avait vécu sa vie. Bien que ce fût tout de même, selon tous les critères, d'une cruauté sans nécessité.

L'esprit d'Alekseï visita Miranda la nuit suivante aussi. Elle osa lui parler. Que va-t-il arriver le dix-sept, demanda-t-elle, mais l'esprit n'entendait pas ses paroles. Il disparut, d'un coup sec, comme le filament d'une ampoule à incandescence qui aurait claqué, on entendit un bourdonnement ténu et il ne fut plus là. La nuit suivante, Miranda fit preuve de patience, elle l'attendit sans piper mot. L'esprit ne parlait plus, il semblait avoir dit ce qu'il avait à dire et flottait doucement au-dessus du lit d'Alekseï. Pourquoi ne pouvait-il pas être en Alekseï, tout simplement, se demandait Miranda, pourquoi son garçon ne pouvait-il pas être aussi intact et entier que les autres ? Ou peut-être que tous les esprits des gens quittaient leurs corps pendant la nuit, se disait-elle, c'est juste que personne ne le voit. Il se pouvait bien que l'esprit d'Alekseï fût spécialement puissant en raison même de son incomplétude apparente. Miranda espérait que l'esprit d'Alekseï s'attacherait au petit corps vivant, au jour dit, qu'il le rendrait ainsi parfait. La quatrième, la cinquième et la sixième nuit, Miranda ne réfléchissait plus à grand-chose, se contentant d'observer l'esprit qui flottait autour de son enfant. Ce n'était pas un esprit froid, comme on prétend que le sont les esprits ; il était chaud et humide tel l'air qu'on expire. Miranda le savait car elle avait testé, elle avait passé la main dans la lueur blanche qui s'enroulait en volutes comme la fumée.

La septième nuit, l'esprit s'attarda uniquement aux abords du lit d'Alekseï. Comme si Miranda n'avait pas même existé. C'était le dix-sept juillet. Au matin, le petit Alekseï était mort.

Après coup, Miranda se dit que la chose était évidente. Son fils était venu lui dire adieu. D'une certaine manière, cet être replié sur lui-même avait pressenti sa mort et, sorti de son corps, s'était rendu auprès d'elle. Miranda n'avait simplement pas su interpréter son message à temps. Et l'eût-elle fait, elle n'aurait sans doute pas pu empêcher le fait que l'heure de son fils était venue.

« Aliocha, pleurait Miranda, mon petit garçon, Aliocha, où es-tu maintenant ? »

Elle pleura de nombreuses nuits, mais l'esprit ne revint plus.

Miranda, qui vivait à la campagne, enterra son fils dans le caveau familial situé au cimetière urbain. Celui-ci était érigé au centre de la ville afin qu'il fût facile aux vivants de venir se ressouvenir des défunts, et aux défunts de suivre le cours des événements. Les funérailles furent sobres. Les cancaniers fermèrent leur clapet, enfin, que ce fût par compassion ou parce que ce qui n'était pas dit n'avait pas besoin de l'être, tout le monde savait de toute manière, ils attendaient juste qu'une bouche s'ouvre pour murmurer, leur offrant l'occasion de s'offusquer à la fois du chuchoteur et de l'objet de ses chuchoteries. Personne n'osa toutefois être le premier, si bien que, en définitive, personne ne dit rien. Alekseï reçut son lieu de repos sous la ramure d'un amandier ; il y dormirait et, un beau jour, sa mère le suivrait dans la même tombe, croyait-on.

Celui qui t'attend n'a pas le temps long, consolait-on Miranda, qui se consola toute seule une fois que les autres se furent lassés. Elle se disait que là où ses jours équivalaient à des années, les années de son fils duraient une seconde. L'enfant n'avait pas souffert lors de sa mort, sa souffrance s'était transférée à sa mère et sa mère, pour sa part, était prête à supporter n'importe quel fardeau, soutenue par le seul fait de savoir que son enfant était libre. Et qu'un jour, ils seraient à nouveau réunis.

Au début, Miranda se rendit sur la tombe de son fils chaque jour. Elle y allait tantôt seule, tantôt accompagnée de son frère ou de sa sœur. Mais la vie continuait, comme toujours, indépendamment de la volonté de l'être qui vit ; elle nous rattrape même si nous ne le voulons pas et nous emmène sur son passage, même si nous avions déjà décidé d'en finir. Le corps veut vivre, lui ; le choc et le déni empêchent les endeuillés de se précipiter tête baissée vers leur propre trépas. Ainsi en alla-t-il pour Miranda ; quelques années plus tard, elle tomba amoureuse, comme seul peut aimer un cœur souffrant et longtemps éteint. Elle se maria et donna naissance à une ribambelle d'enfants dont elle n'eut pas à enterrer un seul. Elle n'eut pas non plus à enterrer son mari, ses frères et sœurs, ou ses parents : on vivait vieux dans la famille, et ce fut elle qui mourut la première. On racontait aussi que le petit Aliocha avait racheté des années supplémentaires pour tout le monde. Alekseï était une victime sacrifiée et les années qu'il avait perdues se multipliaient chez les autres. Miranda n'oublia jamais son petit garçon. Elle se rendait sur sa tombe chaque année, le dix-sept juillet. C'était la date de la mort de son fils, que l'esprit lui avait annoncée. Miranda vécut encore près de quarante ans après lui.

Rien n'avait prévenu Miranda que se présenterait un dix-sept juillet où elle ne pourrait plus se rendre au cimetière. (En réalité, on avait communiqué sur la chose, comme le souligna le secrétaire de mairie dans le bref compte rendu de l'accident. La municipalité avait publié des annonces officielles sur des panneaux en plein air, sur son site internet et dans les journaux ; on pourrait dire que, tout au moins, ils avaient essayé. Les propriétaires de concessions s'étaient vu adresser des lettres ; il était regrettable que celle de Miranda se fût perdue en route, eût terminé ailleurs que là où elle l'aurait dû, peut-être que le facteur en avait eu marre, ce jour précis, de son travail de facteur et balancé sa sacoche à l'eau – cette coutume propre à la ville était très ancienne, encore aujourd'hui, les gamins cherchent, et trouvent, des trésors en aval, en dépit des interdictions parentales, et, une fois le lancer à l'eau proprement dit abandonné, la coutume subsisterait à l'état de locution, on parlerait de balancer quelque chose à l'eau pour dire qu'on s'en débarrassait –, ou peut-être que le petit-fils chahuteur de Miranda avait glissé la lettre dans le trou entre l'évier et le mur, croyant que c'était une convocation du directeur de l'école et s'imaginant échapper à la punition en dissimulant l'accusation, et c'est bien ce qui avait dû se passer, à ce qu'il crut, car il n'entendit jamais parler de châtiment, puisqu'il n'y avait jamais eu la moindre semonce.) Voilà pourtant ce qui se produisit, et le trajet qui resta le dernier de Miranda fut bloqué par une clôture en contreplaqué haute de trois mètres. Le passage protégé s'interrompit comme si le monde avait été coupé en deux. Miranda se tenait au milieu de la traversée qui n'était plus protégée mais réduite à deux ou trois bandes de peinture effacée sur la voie et, lentement, très lentement, se retourna en direction de la circulation. Pas étonnant que le véhicule l'ait percutée, dit-on dans la déclaration de la défense, cela aurait pu arriver à n'importe quel automobiliste.

Miranda, elle, n'eut pas le temps de réaliser ; elle resta sur place, même morte. Elle ignorait où elle était, mais savait où elle voulait se rendre. Elle commença par le plus jeune de sa famille, son premier arrière-petit-enfant, qu'elle avait tenu dans ses bras quelques jours plus tôt seulement ; elle passa auprès de ses petits-enfants, quatre filles et trois garçons, chacun séparément, hormis les jumeaux aux joues rouges, qu'elle visita ensemble, à leur anniversaire, où toute la famille était présente. De là, elle rendit visite à chacun de ses enfants. Sa fille, dans sa chambre, alors qu'elle s'apprêtait à aller chercher son diplôme, ignorante de la fierté de sa mère postée dans l'embrasure de la porte. Son fils, tandis que celui-ci, les mains tremblantes, se préparait à conduire sa jeune mariée à l'autel. Son deuxième fils, à son premier jour d'école. Son troisième fils, au moment de sa naissance. Son mari, ensuite, le jour où tous deux, par un caprice du hasard, étaient restés travailler des heures supplémentaires et avaient fait le chemin ensemble pour rentrer, évitant, en rougissant, de se regarder dans les yeux, à cet instant toujours plein de prudence où la camaraderie se muait en amour de manière si discrète qu'on ne pouvait en être sûr qu'après coup. C'est ainsi que Miranda plana à travers sa vie de la fin au début, s'attardant un moment auprès de chacun de ses chers vivants.

Personne ne la vit.

Personne ne l'entendit.

Personne ne sut l'attendre.

C'est auprès de son fils mourant qu'elle s'attarda le plus longtemps, car le garçon était le seul qu'elle eût perdu. Elle passa auprès d'Alekseï sept nuits en tout, à partir de celle de la mort du garçon et en revenant en arrière, en sens contraire de la vie, remontant d'une nuit à chaque fois. Elle flottait et caressait le corps encore vivant de son fils, le veillait et le choyait. Elle se souvenait de son odeur et de son apparence, elle n'avait pas oublié. La septième nuit, elle fut prête à se séparer de lui et alors elle réalisa que son soi, vivant et jeune, l'observait, elle, que cet être sien l'avait vue tout du long. Ce n'est qu'à ce moment-là qu'elle comprit vraiment qu'elle était morte. Elle rassembla toutes ses forces pour parler. Elle tenta de dire à la jeune personne qu'elle était alors la date de sa propre mort, le dix-sept juillet, dit-elle ; c'est tout ce qu'elle parvint à faire et c'était déjà trop, les morts et les vivants ne sont pas censés s'adresser la parole.

Après Alekseï, Miranda remonta encore plus loin dans son passé et se rendit auprès du père d'Alekseï, son amour de jeunesse dont elle n'avait parlé à quiconque, mais qu'elle n'avait jamais oublié, un jeune homme qui était venu travailler chez les voisins, un été, avant de repartir, rien de plus. Main dans la main elle monta avec le garçon au grenier dans lequel la vie d'Alekseï avait commencé. Une fois encore, elle sentit la joie la traverser comme elle l'avait sentie dans son corps vivant. La première fois alors, la première fois toujours.

Pour finir, elle rencontra sa sœur et son frère, ils étaient tous enfants, et en tout dernier, ses parents. Après cela, sa lumière s'éteignit. Elle ne cessa pas pour autant d'exister. On sait que, dans l'univers temporel, rien ne peut disparaître, tout ne fait que changer de forme d'être.

L'univers tremble et ses plus petits constituants sont en mouvement perpétuel.

Et l'esprit d'Alekseï, où était-il parti après sa mort ? Où peut se rendre un esprit âgé de deux ans dont les alternatives sont si peu nombreuses ? Alekseï gagna l'utérus de sa mère, l'obscurité chaude qui avait précédé sa naissance. La jeune Miranda aurait pu sentir un petit mouvement, comme un poisson donnant un coup de queue à l'intérieur de son ventre, mais elle ne discerna pas la cabriole que fit le petit défunt, pareille à celles qu'avait exécutées son enfant vivant. Elle ne remarqua donc pas la visite de son fils mort aux lieux où son fils pas encore né se développait.

SALLE 4

LA SECONDE BRANCHE DE L'ALTERNATIVE

image initiale : les images effacées

La première image est l'image d'une image. La main d'un homme tient une photo qui représente une femme. Celle-ci porte une longue robe blanche légère, des lunettes de soleil et un foulard, c'est l'été. Derrière l'image s'ouvre un paysage de neige, il reste légèrement flou et brumeux car la mise au point est faite sur le premier plan. On reconnaît pourtant quelque chose à l'arrière-plan : le paysage est le même que sur l'image, le rectangle d'été se prolonge, déborde dans l'hiver. De la neige se dépose au creux de la main de l'homme.

Sur la seconde image, on ne voit que l'arrière du crâne d'une femme ; il est flou et masque une mouette qui prend son envol, une mouette qu'un touriste vient de rattraper avec l'écran de son appareil. Les touristes prennent des images des mouettes ; une partie d'entre eux parce que les autres le font – mouettes et touristes sont en nombre, les deux espèces se sont comprises et comprennent l'intérêt mutuel qu'elles rendent possible –, une autre parce que les mouettes confèrent un détail intéressant aux vues paysagères par ailleurs monotones, surtout lorsque le ciel est si limpide que la valeur d'exposition automatique est arrêtée sur un millième de seconde et que le mouvement de l'oiseau se fige, montrant la réalité telle que l'œil humain ne saurait le faire. La profondeur de champ des appareils photo des mobiles est nette, elle aussi, qu'on le veuille ou non, même l'arrière-plan se distingue suffisamment. Quelqu'un se fait la réflexion qu'il est idiot de prendre des photos de mouettes à l'étranger alors qu'on ne le fait pas chez soi, et effectue par conséquent son cadrage en ce moment même sur un feuillu joliment incliné dont l'inscription à l'intérieur d'un rectangle d'or n'a rien d'éphémère ; la prise ratée, celle que la femme vient gâcher, pourra être facilement remplacée par une autre. Le touriste le plus chanceux capture sur sa photo toute une volée de mouettes, alors qu'il n'avait même pas envisagé de prendre d'oiseaux, et parce que le temps de pose automatique n'est pas si mal non plus, et que ce qui apparaît de la femme sur cette image – une main agitée pour chasser les cheveux qui lui volent devant le visage – pourra être retouché avec le plus basique logiciel de traitement d'image que *n'importe qui saura utiliser*, ainsi qu'il a été promis au touriste au moment de l'achat de son pack photo, on peut parler d'une chance purement imméritée. Les images des autres touristes sont d'une malpropreté ordinaire mais ont plus à offrir ; si on les juxtaposait, la femme y bougerait par à-coups, sous forme de nuque ou de bras, et, pour finir, c'est un dos qui s'éloigne.

Le site est une sorte de curiosité, il y a des ruines et un point de vue sur la ville, une tour illuminée jour et nuit et une statue flambant neuve qui représente une femme brandissant haut quelque chose qui, selon les interprétations, pourrait être une épée, un épi de blé ou la torche d'une cracheuse de feu ; il y a partout du neuf et du vieux, mélangés. Les membres d'un club artistique local sont venus peindre des paysages, ils prennent des photos qui soutiendront leur mémoire lorsqu'ils s'y remettront plus tard, en intérieur ; il y a trop de monde de toute façon et ils ont du mal à se concentrer dans la fournaise. La femme ne se retrouvera pas sur leurs tableaux, rien n'étant l'effet du hasard sur les paysages peints, mais elle apparaît sur les photos préparatoires, elle s'avance au bord de l'escarpement, portée par la masse humaine. Sur la vidéo panoramique filmée par un touriste d'un certain âge, on voit la femme pendant toute une séquence, on la distingue parce que sa tenue est entièrement blanche. La tache surexposée se déplace, disparaît par moments hors de vue, change de direction et se déplace à nouveau.

Au premier point de vue, la femme gâche quatre ou cinq photos posées, au bord de l'escarpement où se sont alignés tout un tas d'amoureux, de familles, d'amis et d'enfants. La femme passe entre les appareils et les sujets avec indifférence et sans se baisser, comme si elle était aveugle, comme si la vue lui faisait défaut ou, à tout le moins, le moindre sens des conventions sociales ; elle heurte sur sa route quelques perches à selfie et semble ne pas entendre les malédictions. Par sa faute, les images sont ratées et rapidement effacées des cartes mémoire. Sur la dernière, elle regarde à proche distance, quasiment droit dans l'objectif, son maquillage a coulé et son chemisier blanc n'est plus blanc. La photo a été prise par un passant qui n'est pas le propriétaire de l'appareil, à qui on l'a mis en main avec un sourire reconnaissant en lui demandant de prendre une photo posée, à lui qui n'a pourtant nullement l'intention de rendre ce reflex reçu comme un don du ciel, plutôt celle de le revendre, avec la carte mémoire et tout le bazar, plus loin dans la ville, en contrebas, à un autre touriste qui – pauvre de lui – croira avoir fait une bonne affaire, mais comprendra la véritable nature de la transaction au moment où il découvrira les photos d'inconnus parmi les siennes, sur son ordinateur, dans sa chambre d'hôtel, et se retrouvera complice d'un délit. Voilà qui l'incitera à réfléchir à ce qu'il va faire des images, dont il ne fera rien : il réalisera son erreur et les effacera sans attendre, les passant quand même en revue, la curiosité étant un des traits humains les plus ordinaires, et une nécessité rapport au développement de l'espèce. Il observera notamment l'image de la femme et envisagera un moment ce que ça ferait de lier connaissance, comment elle serait, à quoi ressemblerait la vie avec elle, si elle aurait la peau aussi douce à l'intérieur de ses cuisses qu'elle semble l'avoir sur les joues et s'il existe une autre réalité dans laquelle, peut-être, ils se rencontreraient. Il touchera à son insu un aspect essentiel attaché au caractère fortuit de la photographie, l'apparition du sens en un point où le preneur d'images ne l'avait pas prévue, il effacera tout de même les images, videra aussi la corbeille du système d'exploitation ; rentrant au pays, il éprouvera une culpabilité inexplicable, et l'on ne veut pas dire par là qu'il sera saisi de peur à la douane où il ne se fera d'ailleurs pas prendre avec son appareil volé ; on parle de ce pour quoi il n'aura pas de nom et dont l'oubli ne lui viendra qu'au fil des ans.

Les photos cessent quand tombe l'obscurité. La montagne serait un endroit propice à la photographie nocturne, mais les portails sont fermés la nuit et il ne reste plus sur place que quelques mendiants parvenus à s'incruster dans la zone, selon la formule du programme de nettoyage officiel mis en place par la ville. Il reste toutefois encore une image de la femme car, par hasard, cette nuit-là justement, un photographe de la région a obtenu l'autorisation spéciale de prendre des images de la pleine lune qui brille au-dessus des lumières de la ville. Lorsque la série représentant le trajet de la lune sera prête, la femme y fera une apparition furtive sous la forme de quelques points d'un blanc terne, comme une lampe torche qui va s'éteindre, mais on ne le remarquera pas si on ne le sait pas. Et qui donc le saurait, n'est-ce pas.

La seconde branche de l'alternative

La dispute avait débuté par la mendiante. C'était absurde. Pourquoi se disputer à cause d'une mendiante ? Dans l'enchaînement des événements, c'est celui qu'Anita aurait modifié en premier. S'il fallait que l'ultime épisode fût une dispute, que celle-ci ait au moins une bonne raison d'être ! Quelle importance, ce que les mendiantes faisaient de l'argent qu'elles recevaient ? Achetaient-elles du pain pour leurs enfants aveugles et malades, comme elles le prétendaient sur les bouts de carton défraîchis qu'elles fourraient sous le nez des passants ? Ou bien de l'alcool ? Ou finançaient-elles plutôt la vie et les activités criminelles d'un macho hargneux ? Peut-être même qu'elles s'enrichissaient, comme Anita avait pu le lire dans les commentaires en ligne des journaux ? Qui pouvait réellement envier le sort d'une mendiante ? Qui serait dans une situation si précaire qu'elle serait prête à échanger les rôles, sans autre forme de procès ? Pas Anita, en l'espèce. Et avant tout : quelle importance que son mari donnât ou pas à une mendiante, c'était son argent, en quoi cela pouvait-il bien la concerner ?

Et maintenant. Quelque chose l'avait mise hors d'elle, une chose inhérente à cette mendiante. Cela ne lui ressemblait pas, pourtant. Elle se contenait, en général, surtout dans les lieux publics. Elle aimait à employer, pour se décrire, le terme de pilier, qu'elle ne prononçait certes ni au travail ni à haute voix, mais en son for intérieur ou devant son mari. Et point n'était question d'identité professionnelle ou conjugale. C'était son identité d'identité. C'était elle. Un visage et un récit. Une personne. Elle, une et entière.

La mendiante avait quelque chose d'extraordinairement exigeant. Elle était venue se coller à eux dès l'entrée principale, comme si elle les y attendait. Le mari d'Anita avait lâché quelques pièces dans sa coupelle – un gobelet en carton, fripé, du genre qu'on vous distribue à la machine. C'était à se demander, Anita en tout cas se le demandait, si la mendiante avait en fait de quoi se payer un café, bien qu'il se pût qu'elle ait ramassé le gobelet dans une poubelle, ce qui constituait une hypothèse certes plus triste mais plus acceptable. Or, au lieu de joindre les mains et de les remercier, la femme leur avait emboîté le pas.

La somme n'était pas suffisante, ils auraient dû s'y attendre. Vous pouviez leur donner tant et plus, ce n'était jamais assez. La femme, ayant reçu son obole, venait à présent les interpeller, leur demander encore, cela ne faisait aucun doute, ou plutôt c'était à Anita qu'elle s'adressait. Anita ne lui avait pas donné et la mendiante pointait son doigt accusateur sur elle, et lorsqu'ils tentèrent de lui échapper, elle les suivit. Elle finit par agripper Anita par l'avant-bras et serrer. Si fort qu'Anita sentit les ongles de l'inconnue s'enfoncer dans sa peau. La femme scrutait Anita de ses yeux brillants de fièvre comme si elle sollicitait quelque chose.

Anita songea à ses vaccins. Elle darda ensuite des regards affolés autour d'elle, libéra son bras en tirant d'un coup sec, le secoua et y frotta d'invisibles taches, involontairement, bien après que la femme avait disparu dans la foule.

– Tu ne m'as pas aidée.

Marco la regarda avec étonnement.

– Comment ça, pas aidée ?

– Avec la mendiante. Tu aurais dû le faire.

– Et j'étais censé faire quoi ?

– M'aider. Tu t'es contenté de regarder. Tu m'as laissé gérer l'attaque toute seule.

Marco rit.

– L'attaque, tu ne trouves pas l'expression un peu grandiloquente ?

Ce rire fit exploser son courroux.

– Et tu es qui, toi, pour dire quelle expression est la bonne ? Ce n'est pas toi qu'on a touché, dans l'affaire !

Son mari ne l'avait pas aidée et n'avait pas davantage réagi quand l'inconnue l'avait pointée du doigt juste avant de se perdre dans la cohue.

– Elle m'a menacée.

La femme puait, pas simplement la transpiration, ni même l'urine, mais un relent qui remontait de bien plus profond. Qui exsudait par sa peau comme si aucune limite humaine n'eût suffi à le retenir. Anita songea aux patients en soins palliatifs, dont les fonctions corporelles défaillaient et le corps excrétait des déchets sans se soucier de la nature de l'orifice. On y était habitué, on n'y pensait pas, on n'en parlait jamais. Les limites. Ce qui, chez d'autres, rompait, elle avait décidé de le maintenir intact en elle. Certaines choses ne se partageaient pas, même dans son couple. Son mari savait sans doute à peine en quoi consistait son métier.

Marco haussa les épaules.

– Mais non…

Ils auraient pu oublier la femme après sa disparition, mais il n'en alla pas ainsi. Anita ne parvint pas à la chasser de son esprit ni à se calmer. Elle continua de pérorer sur le même sujet. Elle se rendit compte qu'elle houspillait Marco et plus elle s'en rendait compte, plus elle était courroucée.

C'était leur deuxième journée complète en ville. Dès le début, ils s'étaient querellés avec le serveur à propos du petit déjeuner. Ou plutôt, Anita avait causé l'incident. Ils n'avaient pas eu droit à un continental, comme souhaité, mais à deux assiettes de limon verdâtre. Spécialité régionale, avait annoncé le serveur, et Marco avait docilement plongé sa cuiller – bien entendu – et même lancé quelques compliments. Anita avait déclaré qu'elle ne voulait pas de cette bouillasse, régionale ou pas. Elle n'avait rien avalé, pour finir, et avait quitté la salle, affamée, en claquant la porte.

Une fois à la gare routière, ils étaient montés dans le mauvais bus. Ils s'étaient aussitôt rendu compte de leur méprise – à mettre au compte de Marco qui estimait ne pas avoir besoin de plan, *je connais cet endroit comme ma poche*, et Anita n'avait pas jugé pertinent de lui faire la remarque à ce stade –, mais un cortège de carnaval avait interrompu la circulation pendant près de quarante-cinq minutes, et le chauffeur avait refusé de les laisser descendre au milieu du carrefour, jouant les sourds et faisant comme s'il ne comprenait pas l'anglais, ce qui se pouvait bien sûr, lorsque Anita avait frappé sur le plexiglas pour attirer son attention. Ils furent forcés de contempler le défilé hypnotique, femmes aux cuisses lisses et hommes en vestons pailletés, éventails, plumes et couvre-chefs brillants de toutes les couleurs de l'arc-en-ciel.

– Qu'est-ce que c'est que ce truc ? demanda Anita.

– Pas la moindre idée, répondit Marco.

– Tu devrais le savoir.

– Je n'ai jamais rien vu de pareil.

Dans l'autobus dépourvu de climatisation, la chaleur était insupportable. Quand le véhicule finit par redémarrer, la sueur coulait le long de la colonne vertébrale d'Anita. Elle sentait qu'elle emplissait ses poumons d'un air maintes fois inhalé. Virus, bactéries et protistes. Elle se nettoya les mains avec le gel désinfectant dont elle avait toujours une réserve sur elle dans une petite bouteille en plastique, aspergea abondamment l'écartement entre ses doigts comme si elle pouvait ainsi purifier non seulement ses mains mais aussi l'air qu'elles touchaient. Ils regagnèrent leur point de départ avec une heure et demie de retard, le cortège faisant le tour du quartier : quand la queue bloquait encore leur bus précédent au milieu de la file de véhicules, la tête avait eu le temps de couper la route à la circulation retour. Leur troisième autobus fut lui aussi contraint de s'arrêter pour laisser passer le cortège, dont le trajet formait un cercle parfait. Quand ils parvinrent enfin à destination, plus de deux heures s'étaient écoulées pour parcourir ces quelques kilomètres. Ils seraient allés plus vite à pied.

Dans le souvenir d'Anita, la montagne était plus grande. La première et unique fois où elle s'y était rendue, il faisait nuit. Elle avait dix-huit ans et venait de rencontrer Marco la veille. Lui aussi était jeune, avec toutes ses chances et ses projets, dont une partie s'était réalisée et l'autre non. Ils avaient entamé l'ascension en passant par l'arrière, s'étaient arrêtés en route pour faire pipi dans l'ombre des buissons ensauvagés, avaient fait l'amour de manière plus échevelée que passionnée et bu du vin au goulot. Une fois qu'ils avaient atteint le sommet, hilares, titubants mais juste un peu nauséeux, la ville s'était ouverte face à eux, brillante, à la fois immensément grande et extrêmement petite. Elle était la négation d'elle-même, la totalité masquait ses éléments épars. Ils se tenaient là, main dans la main, tandis qu'à leurs pieds, on dormait et on veillait, on naissait et on mourait, on s'aimait et on se quittait. Anita se souvint avoir pensé que n'importe qui pourrait cesser d'exister, là-bas, au loin en contrebas, et que la réalité n'en serait pas grandement modifiée. Elle et Marco auraient pu tirer des coups de feu au hasard et rien de notable ne serait arrivé. Ils parlaient, échangeaient des mots directement de la bouche à la bouche, ivres de la toute-puissance de leur jeunesse. Eux seuls comptaient.

En vingt-cinq ans, à peu près tout avait changé. La montagne avait été déboisée et transformée en attraction payante, ici et là avaient été édifiés des groupes de bâtiments dont l'aspect patiné pouvait leurrer ceux qui venaient pour la première fois. Une file d'attente, large de quatre ou cinq personnes, serpentait sur des centaines de mètres jusqu'au guichet, et un mur d'enceinte avait été construit tout autour, lui aussi grossière imitation du style à l'ancienneté simulée des bâtiments posés sur le versant. Il n'y avait ni escaliers, ni sentiers, reliques appartenant catégoriquement à un autre monde. On y montait par des escaliers mécaniques – mécaniques, mon Dieu, mécaniques ! –, ou dans une télécabine. Au lieu de plantations, les pentes étaient couvertes de stands, poussant comme des champignons, où l'on vendait des souvenirs, de la bière et de la fast-food. Le parfum des plantes tropicales avait laissé place aux odeurs de graillon. La montagne avait été frappée par une maladie qui la dévorait de l'intérieur et se manifestait sous la forme de bubons multicolores et nauséabonds.

Anita aurait pu revenir sur ses pas aussitôt. Elle aurait dû. Elle refusait d'avoir des pensées laides, de songer aux abcès et à la peste ; elle ignorait même d'où lui venaient toutes ces idées de maladie et de mort alors qu'elle était en vacances et aurait dû être libre. Elle n'aimait pas l'aspect qu'offrait la montagne. Factice, comme si elle avait été érigée à leur intention. Elle aurait dû rester identique à celle de sa jeunesse, elle aurait dû attendre son retour.

Ils optèrent pour la télécabine. C'est Anita qui proposa. Elle se disait qu'ils pourraient passer un moment en tête-à-tête. Elle tenait son billet à deux mains et l'inséra dans la machine. Conservez votre billet jusqu'à la sortie, annonça l'écran, il vous sera nécessaire pour quitter les lieux. Mais au moment de monter, au moment où Anita obstrua le passage avec son sac afin de signifier aux visiteurs suivants qu'elle voulait être seule avec son mari, le préposé gesticula et pointa la file d'attente. Anita fit non de la tête, mais Marco fit oui, il échangea quelques mots avec l'homme et éclata d'un rire compréhensif. Pays de mecs, songea Anita, avec courroux mais pas tout haut, de mecs qui s'entendent entre eux, ici les paroles d'une femme n'ont aucune valeur. En guise d'ultime tentative, elle effectua le geste de se mettre les doigts dans la gorge, grimaça en se tenant le ventre, chercha à faire comprendre qu'elle était malade, elle en avait l'impression d'ailleurs, et qu'il valait mieux éviter de monter dans la même cabine qu'elle.

– Contagion, dit-elle avant de répéter : risque de contagion.

– Laisse tomber, dit Marco, tu vas trop loin, je trouve.

Anita rougit d'embarras. Elle se rendait compte elle-même que son comportement était ridicule, mais elle ne parvenait plus à s'arrêter. Quelque chose clochait. Dans sa pensée. Qu'est-ce que j'ai, se demandait-elle en pressant son front dans la paume de ses mains, ce n'est pas moi, ça, qu'est-ce que j'ai aujourd'hui ? Elle aurait voulu interroger Marco, mais la limite l'en empêchait. La limite qu'elle avait érigée entre eux depuis le début et à laquelle elle se tiendrait. Les amants n'ont pas à tout partager, chacun doit posséder sa zone personnelle. Il se pouvait que la sienne fût légèrement, voire beaucoup, plus grande que la normale.

Ainsi se balançaient-ils à dix mètres au-dessus des kiosques à grillades et du village de stands de souvenirs, au milieu des molécules d'odeurs et de liquides condensées sur les vitres, la peau collée aux corps en sueur des passagers assis à leurs côtés. Anita gardait les poings serrés, elle se concentrait pour ne pas sortir sa fiole de gel désinfectant. Il leur faudrait aller dans une pharmacie pour en racheter, le plus vite possible.

– Reste calme, dit Marco, une fois la mendiante partie, et il tapota l'épaule d'Anita. Profitons de la journée. On va faire le tour du truc et prendre des photos. Après, on ira grailler dans un endroit sympa ailleurs que dans la zone surbondée. Je connais des bonnes adresses. Tout n'a pas pu changer, quand même.

Mais comment Anita aurait-elle pu garder son calme ? Ils parcouraient la montagne, emportés par la foule. Partout des joues cramoisies et des bras pelés, des modifications cellulaires décisives, la vulnérabilité d'épaules sacrifiées au soleil, des torses nus et des pilosités masculines débordant de shorts, des shorts couvrant à peine la moitié de fesses féminines, des cuisses épilées jusqu'au sang et des seins débordant de décolletés, un mélange de sueur et de parfum. Anita les voyait, eux, au lieu d'admirer les paysages ou les constructions à l'aspect ruiné.

Serait-il possible de faire demi-tour dans la marée humaine, ne serait-ce que théoriquement ? Ou encore de lever les jambes en l'air pour se faire transporter d'un endroit à l'autre par ces corps humains énormes et transpirants ? Le pire fut, en apercevant leur reflet à la surface en plexiglas d'un kiosque à grillades, qu'elle ne se reconnut pas immédiatement au milieu des autres. L'unique différence était qu'elle se protégeait du soleil. Un fin chemisier de crêpe lui couvrait les avant-bras et une longue jupe abritait ses jambes jusqu'aux chevilles. Un chapeau de paille à large bord prenait soin de son visage et ses épaules. Au travail elle avait vu ce qu'était un mélanome, cela lui suffisait.

– Comment je pourrais rester calme dans un enfer pareil ?

– Voilà encore autre chose ! C'est toi qui as voulu venir ici.

Anita contracta les poings. Très légèrement. Si peu qu'elle ne s'en rendit même pas compte.

– Parce que toi, tu ne voulais pas ?

Okay. C'était une erreur de venir ici. En tout cas ensemble. Il aurait fallu choisir une autre ville. Une ville neutre. Un endroit vierge de souvenirs, à la surface duquel on ne pouvait en appliquer d'autres, comme des filtres qui fausseraient tout, le recouvriraient en partie et en partie le modifieraient. Ils auraient dû créer du nouveau à la place de ce qu'ils ne pouvaient répéter. Comment Anita avait-elle pu s'imaginer pouvoir revivre ici ce qu'elle avait connu vingt-cinq ans auparavant ? Elle n'était plus la même personne, n'est-ce pas ? Marco non plus. Et pourtant.

Elle eut soudain la sensation qu'il lui fallait mettre Marco en colère. C'était indispensable. Sensation plus impérieuse que le désir. Elle en avait plus envie qu'elle n'avait désiré le corps de son mari la veille au soir dans la chambre d'hôtel baignée de grisaille et si agréablement rafraîchie que c'en était rageant. Quelque chose était sur le point d'éclater en elle.

Marco, cet homme merveilleux, qui comblait tous ses vœux. Qui était parti avec elle, il y a bien longtemps, avait quitté son pays, la famille de son enfance et ses ascendants ; s'ils lui avaient effectivement manqué, il ne s'en était jamais plaint. Cette créature divine qui avait appris sa langue en quelques années si parfaitement qu'on le prenait pour un natif, qui assurait dans la vie professionnelle, domestique, sociale et au lit, calme comme un pot de lait caillé et furieusement physique, toujours partant, qu'Anita ait envie de tendresse ou de force, infatigablement parfait. Ce saint homme qui, distribuant de l'argent aux mendiants, n'éprouvait pas le besoin de dire à quiconque s'il avait aidé ou pas, qui n'avait pas besoin d'en parler. Qui ne partageait pas chacune de ses bonnes actions sur un réseau social et ne prenait pas de photos avec des enfants des rues pour prouver que, oui, on est bien là et oui, on les aide. Comme Anita, elle, le faisait. Comme elle le faisait, merde. Elle ne pouvait oublier l'expression de son mari lorsque, la veille, elle lui avait demandé de prendre une photo d'elle avec un gamin en guenilles après qu'elle lui avait donné le petit pain complet et le lait chocolaté sans sucre achetés dans une boulangerie. Et qu'elle avait publié la photo, illico.

Si cet homme avait possédé ne serait-ce qu'une fêlure, une menue coupure où enfoncer les ongles ou un tournevis, à élargir, à agrandir en grattant. Pour voir dedans, pour voir ce qu'il y avait de mal. Il fallait bien qu'il y eût quelque chose de mal. Il fallait un secret terrifiant qui pulvériserait tout, qui bousillerait leur mariage que les personnes extérieures prenaient pour un simple décor mais qui était aussi adorable vu de l'intérieur que de l'extérieur. Une infidélité, à tout le moins, ou un job au noir. Mais non, rien. Dieu sait qu'elle avait pu chercher quelque chose à quoi se raccrocher ; elle n'avait rien trouvé.

– En fait, je parie que tu n'avais aucune envie de voyager avec moi.

– Bien sûr que si.

– Tu es venu uniquement parce que tu y étais obligé. Tu aurais préféré venir avec quelqu'un d'autre. Quelqu'un…

– Arrête, Anita.

– Non, j'arrête pas. Tu penses que j'agis mal. Que je choisis mal. Tu ne voulais pas de ce voyage.

– Bien sûr que si, bécassine, c'est quand même mon pays. Ça fait un million d'années que je ne suis pas venu. C'était sympa…

– Me traite pas de bécassine ! Ton pays ! Et voilà, tu es blessé par ma cruauté envers ton pays aussi.

– Je ne suis pas blessé.

– Si, tu l'es ! Tu m'accuses de ne pas avoir pu venir avant. De t'avoir empêché de venir. De…

– Est-ce qu'une seule fois je…

– Non, et c'est bien le problème ! Tu ne dis rien. Tu penses, c'est tout. Tu me dévalorises dans tes pensées.

– Anita, tu exagères.

– J'exagère, manquait plus que ça, tu trouves que j'exagère. Que je suis méchante. Et la mendiante aussi, tiens. Tu trouves que je suis une mauvaise personne, puisque j'ai rien voulu lui donner. Tu trouves que je suis déplorable.

Marco la saisit par l'épaule ; elle se dégagea d'un coup et enfonça la main dans sa poche, trouva ses piécettes, les empoigna.

– Mais ce n'est pas vrai, cria-t-elle. Je suis une bienfaitrice. Regarde, je sauve le monde !

Anita jeta les piécettes en l'air. Une fraction de seconde, le vide se forma autour d'eux, comme devant la haie d'un défilé, mais ensuite, surgissant du néant, une bande de gamins déboula et la pluie de monnaie sembla s'évaporer avant même de toucher le sol. Anita s'interrogea un instant. Sur la manière dont les mendiants trouvaient leur chemin jusqu'à la montagne. Pourquoi étaient-ils ici ? Quittaient-ils jamais les lieux ? Et puis le courroux déferla une nouvelle fois sur elle.

– Est-ce que je suis une bonne personne, maintenant ? cria-t-elle.

Marco ne souriait pas.

– C'est bon, t'as ton compte ? demanda-t-il.

Anita tourna les talons et décampa. Comme ça. Elle le fit sans réfléchir. Ce fut même facile. La masse humaine s'écoulait comme un torrent de boue, s'arrêter au milieu eût été aussi difficile qu'emprunter un escalator surchargé à contresens.

Il lui fallait un moment de solitude et, en l'occurrence, vu l'impossibilité de se retrouver toute seule, cela signifiait être séparée de l'unique personne qu'elle connaissait, son mari, donc. Elle se le formula ainsi, mais il y avait autre chose là-dedans. À considérer son acte sous une lumière purement critique, c'était juste de la mauvaise humeur. Elle voulait que Marco s'inquiète, la cherche, se demande où elle avait pu passer.

Anita avançait au gré du courant humain, sans enregistrer les murs et les structures à travers ou devant lesquels cette formation monocervelle et pluricorporelle glissait tel un ver dans la terre. C'est Marco qui avait l'appareil photo, resté accroché autour de son cou. Ce qui importait peu, étant donné qu'ici on n'obtiendrait aucune photo sans, au minimum, une épaule, une cheville ou un coude brûlés par le soleil, qui s'immisceraient dans n'importe quelle image cadrée avec soin. Anita effectuait l'ascension dans le boyau entre les panneaux d'interdiction et les barrières et plus elle s'élevait, plus il était aisé de respirer. Au sommet, un souffle de vent l'atteignit un instant et elle fut prise d'une envie de rire. Elle pensa à Marco, puis elle pensa à l'eau. Elle pensa à Marco au bord de l'eau et à ses mains fraîches et puissantes sur sa peau. À ses doigts passant de ses lèvres à son menton et de son menton à sa clavicule et de la clavicule descendant vers ses seins. Ils n'étaient pas lassés l'un de l'autre. Après toutes ces années, ils n'étaient pas lassés. Elle n'avait pas trouvé de fêlure parce qu'il n'y en avait pas. Elle eut soif et il lui manqua, simultanément. Marco avait sans doute été assez puni, obligé de traverser seul le courant de touristes à la recherche d'Anita. En outre, elle avait du mal à se souvenir de ce qui l'avait tant courroucée. Anita voulait s'en aller, dîner dans un restaurant tranquille et boire un ou deux verres de bon vin. Après cela, elle voulait baiser. Oui, elle avait envie de baiser et c'était exactement le mot juste, aujourd'hui. Elle allait appeler Marco sur-le-champ.

Ou peut-être qu'elle lui enverrait un message dans lequel elle ferait allusion à la soirée, à ce qui leur était promis.

Anita s'assit sur une marche, elle se moquait bien des grognements grincheux autour d'elle, et ôta son sac à dos. À ce moment-là, son cœur tomba une première fois, tomba vraiment, jusqu'au fond de son ventre. Le sac était ouvert. Son sac était ouvert. Elle enfonça la main pour en sortir son téléphone ; elle n'atteignit que le vide. Elle retourna le sac et secoua son contenu par terre face à elle. Un chandail. Un chandail absurde par cette chaleur et la moitié d'une bouteille d'eau. Une lampe torche. Pourquoi y avait-il une lampe torche dans son sac ? Pas de portefeuille. Pas de téléphone portable. Pas de passeport. Soit elle avait oublié de fermer la glissière et avait semé ses affaires comme Hansel perdu dans la forêt, soit elle s'était fait dépouiller.

Elle s'était fait dépouiller.

Elle s'était fait dépouiller et c'était la mendiante qui l'avait dépouillée.

Le réaliser lui prit une demi-seconde. L'autre demi-seconde fut employée par le système nerveux autonome pour envoyer le message à son corps ; son cœur tomba pour la deuxième fois, de manière presque douloureuse, et divisa en deux le temps entre ce qu'il y avait avant et ce qu'il y avait après. Elle songea à appeler Marco pour lui raconter que son téléphone avait disparu, mais réalisa qu'elle ne pourrait pas l'appeler parce que son téléphone avait disparu. Au bout d'un moment, elle pensa à nouveau à appeler son mari, avec le même résultat. Elle eut la même pensée une ou deux fois encore, puis elle songea à appeler pour faire opposition, se frappa le front et maudit sa pensée qui bloquait, sans se soucier des regards offusqués, jura en langue internationale et à haute voix.

Bordel de merde, meuf, t'as pas de téléphone, donc tu peux pas appeler, personne, putain.

Autour d'elle, rien ne changeait. Tout au plus, cela ralentissait. La marée humaine la dépassait et – telle était son impression – la traversait. C'étaient des êtres immatériels, tous autant qu'ils étaient ; quelque chose les faisait, elle et eux, momentanément marcher dans la même réalité et se voir à la façon des fantômes. Elle se leva et partit pénétrer le flot à contre-courant, un flot pas du tout immatériel en fait, mais, au sens le plus littéral du terme, charnel, qui résistait à ses intentions et la repoussait dans le sens de la marche comme s'il eût été doué d'un esprit. Molécules touristiques dans matière touristique. Au bout d'une lutte qui lui parut infinie, Anita fut de retour sur la place d'où elle s'était mise en mouvement, mais elle ne voyait Marco nulle part.

Compte jusqu'à dix, se dit-elle, elle posa le bout de ses doigts sur ses tempes et pressa fortement. Un, deux, trois, quatre, cinq. Son mari était déjà parti, bien évidemment, il avait traversé le parc et attendait Anita à l'extérieur. Six, sept, huit, neuf. Il se peut que Marco, sous ses dehors de pot de lait caillé, se soit quand même mis en colère, tellement vexé qu'il était retourné à l'hôtel, où il buvait sa troisième bière au bar du hall et discutait avec ses compatriotes de l'humeur versatile et perfide des femmes. Dix. L'idée la soulagea un moment, Anita consentait même aux moqueries et à la solidarité masculine, elle décida qu'elle n'aborderait pas le sujet au moment d'interroger son mari.

Elle se rendit à la porte mais le préposé lui barra la route, écarta les bras et lui indiqua une flèche. Le parcours était à sens unique, on ne passait par ici que pour entrer. Il fallait, pour ressortir, faire le tour de la zone et composter son billet dans la machine du côté opposé. Anita voyait le flot humain s'écouler par la seconde porte, derrière une barrière de barbelés, à quelques mètres de là seulement. Si elle n'avait pas fait demi-tour, si elle avait continué tout droit, elle y serait déjà. Elle se voyait presque quitter la zone à pied. La barrière de barbelés comportait encore un portail entre les mondes, mais il était fermé par un verrou. Vous pourriez me faire sortir par là aussi, s'il vous plaît, dit-elle en gesticulant, mais elle n'obtint, pour toute réponse, que des hochements de tête négatifs. Je me suis fait dépouiller, ajouta-t-elle, remarquant qu'elle s'échauffait encore. Vous réalisez que je me suis fait dépouiller, clama-t-elle à nouveau, jusqu'à ce qu'elle se rendît compte que personne ne l'écoutait. Et même, sans doute, personne ne la comprenait, détail qui l'effara : un enfer touristique pareil, et personne qui parle anglais.

La quantité de touristes avait légèrement décru. Cela lui parut plus facile, vu qu'elle pouvait se déplacer plus vite pour franchir le sommet. Moi aussi je suis une touriste, songea Anita. Je suis ici parce que je suis une touriste. Elle courait et scrutait les alentours en même temps, mais il n'y avait pas trace de Marco. Ce n'est pas dangereux, ici, se dit-elle, tout le monde se fait dépouiller un jour. Le téléphone et les cartes bancaires ont des codes secrets et les clefs magnétiques de l'hôtel ne sont pas numérotées. Nous en rirons, tiens, nous en rirons bien, allez.

Ce n'est qu'une fois à la porte qu'Anita réalisa qu'elle n'avait pas son billet, elle se souvenait l'avoir soigneusement plié pour le ranger dans son portefeuille entre son carnet de tickets de transports publics et sa carte bancaire, elle avait vérifié à plusieurs reprises qu'il était vraiment là. *Conservez votre billet pendant toute la durée de votre visite*. Elle n'avait rien à composter dans la machine.

Elle sourit au préposé, un peu tendue, mais sourit tout de même.

– Vous me feriez sortir, s'il vous plaît ?

– Billet, billet.

– Malheureusement je me le suis fait voler, mon billet, dit Anita, et c'est quelqu'un dans cette zone qui l'a fait. Je vais porter plainte, plus tard, et donner mon avis, par la même occasion, sur les dispositions de sécurité. Mais d'abord, il faut que je sorte.

L'employé inscrivit, du bout du doigt, quelque chose d'invisible sur son poignet.

– Billet, billet, ressassait-il.

Anita écarta les bras.

– Je me suis fait dépouiller, dit-elle en élevant la voix.

– Billet, où est billet ?

Les autres gardiens se rapprochèrent, deux pour commencer, puis trois, finalement une demi-douzaine d'employés en uniforme, dont aucun ne paraissait comprendre ce que disait Anita. Pour la première fois, elle songea qu'elle aurait pu apprendre la langue maternelle de son mari. Marco le lui avait suggéré. Il avait ajouté qu'ils pourraient la parler entre eux, ce serait leur langue secrète. Tu n'as aucune idée combien c'est pratique, lui avait-il dit, d'appartenir à une aire linguistique réduite et de pouvoir parler sans être compris des autres dans la majeure partie du monde. Mais qui voudrait apprendre une langue parlée par quelques millions de gens dans un unique coin du monde ? C'eût été une pure perte de temps. En outre, Anita croyait déceler dans la proposition comme une volonté de la soumettre. Si Anita parlait la langue de son mari, elle serait plus faible, elle ne comprendrait pas les nuances, elle aurait le dessous. Parce que la situation des femmes était, par défaut, lamentable, il n'était que justice que Marco fût celui qui change de langue. Cela ferait d'eux des égaux, cela aiderait son mari à définitivement secouer de ses chaussures les derniers restes de poussière de son pays de mecs. Anita ne s'était naturellement pas exprimée tout à fait ainsi, les limites, avait-elle encore songé, les limites avant tout. Il ne valait pas la peine de dire tout haut la totalité de ce que l'on pensait. En outre, en dépit de son appartenance à une langue majoritaire, ici, elle se faisait l'impression de parler une langue secrète.

– Pas billet ? continua de demander en boucle l'un des préposés, après quoi les employés discutèrent bruyamment entre eux avec force gesticulations.

– Pas billet, madam', pas billet. Amende.

– Mais vous ne pigez pas ! cria Anita.

Et comme on ne la comprenait pas, elle se mit à parler de plus en plus fort.

– Je me suis fait dépouiller. Je veux porter plainte. C'est où, la police, ici ? Oui. La police !

– Police, lui répondit-on, comme hilare à cette idée.

Billet, amende et police, voilà bien les mots les plus importants, elle le ferait remarquer plus tard à Marco, il pouvait en être sûr, ce n'était pas une des choses-limites, c'était une des vraies choses. Tu vois comment il est, ton pays, dirait-elle, bourré de corruption et de mafieux. Ensuite, elle rédigerait sa plainte.

L'un des préposés lui saisit le bras. C'était déjà la troisième fois que quelqu'un outrepassait ses limites physiques sans son consentement, et elle n'avait même pas inclus dans son calcul les corps suants et dénudés du flot humain. Elle se dégagea d'un coup et quand on tenta de l'empoigner à nouveau, elle frappa l'un des gardiens à la joue. Elle ignorait pourquoi elle avait agi ainsi, elle n'avait jamais frappé personne, pas à proprement parler, elle ne savait pas ce qui, en elle, avait déclenché une telle réaction. Cela n'importait plus guère, la limite avait été franchie, et elle n'avait plus rien d'autre à faire que demi-tour pour filer se mêler aux gens avant que les gardiens ne lui remettent la main dessus. Dans sa course, elle entendit des pas qui tentaient de la rattraper et se mit quasiment à hurler. C'était déjà la deuxième fois de la journée qu'elle s'enfuyait. La deuxième fois déjà qu'elle prenait une décision sans réfléchir.

Anita dérivait d'avant en arrière dans le courant humain. Il lui semblait par moments apercevoir Marco, son visage familier ou son corps, son dos ou ses bras, mais elle faisait erreur une fois après l'autre. Il y avait toujours un élément faux dans l'ensemble, et la silhouette s'avérait tout autre. Ce n'est qu'une fois après avoir regagné l'autre versant qu'elle remarqua combien elle était assoiffée. Elle vola de l'eau à un kiosque, faisant mine d'examiner des cigarettes coûteuses, glissant la bouteille dans les plis de sa jupe. Il lui fallait s'hydrater pour penser. Sans eau, il serait impossible aux neurotransmetteurs de faire leur travail. Tout s'arrêterait, son esprit se figerait en une image gelée, elle serait éternellement en train de formuler une seule et même pensée, qu'elle ne pourrait sans doute pas choisir, comment saurait-elle, n'est-ce pas, à quel moment le liquide cesserait d'irriguer son cerveau ? En irait-il ainsi, tout se ralentirait-il d'un point de vue subjectif comme dans la mort d'un univers, sans remarquer soi-même qu'on s'est arrêté ? Seuls les autres s'en rendraient compte. C'était peut-être l'une des formes de l'enfer, de rester éternellement au même instant, sans pouvoir influer sur quoi que ce soit. Ce serait une situation photographique dans laquelle tout serait détaillé, clair et net, et quelque chose de décisif sur le point de se produire. Anita serait sur le point de courir dans le grouillement humain. Ou de vider sa poche des piécettes. De crier des horreurs à Marco (l'image comporterait aussi du son, lui aussi arrêté, ce devait être affreux, une tranche atemporelle de tout ce brouhaha environnant, surmonté par sa propre voix sous la forme de hurlements si terrifiants que, un instant, elle se détesta, jusqu'à ce qu'elle se rappelle que, sur l'image, elle était simplement sur le point de crier, elle ne criait pas encore mais prenait juste une inspiration avant de crier). Sur le point de monter dans l'avion. De proposer un voyage au pays de son mari. Le film de ses derniers instants se déroulait de la fin au début, sous ses yeux, une vraie série de flash-back précisément sélectionnés. Et il continuerait, il repasserait toute sa vie. Elle avait, sans s'en rendre compte, découvert le secret de l'instant de sa mort, mais elle ne pouvait communiquer son idée à personne.

Elle fut prise en flagrant délit. Le vendeur cria dans son dos une litanie colérique, et les touristes les plus proches se retournèrent pour regarder. Elle dissimula son visage sous son chapeau, puis reprit sa course, s'empêtra dans sa jupe et s'écrasa par terre ; elle se remit debout et poursuivit son chemin. Elle avait la bouteille, c'était l'essentiel.

La limite franchie, la deuxième fois est plus facile. Anita déroba à un autre kiosque un sandwich emballé dans du plastique et personne ne s'aperçut de rien. Elle avait envie de faire pipi, ça durait depuis le début de la journée. Le besoin n'avait pas pris des proportions dramatiques, son organisme tentant de conserver tout son liquide et ne cédant que le nécessaire pour transpirer, sans avoir non plus diminué. L'envie était une pression statique, arrêtée, qui se transformait à présent, peu à peu, en douleur. Les toilettes étaient situées au début et à la fin du parcours et chaque édicule gardé par un pion d'échec à tête de vieillard. Anita songea à ses patients alités, s'imagina qu'on les poussait chaque matin dans leurs fauteuils roulants pour monter la garde devant les toilettes. Elle haïssait le pays de son mari, d'une haine profonde et lourde. Ici, même les vieillards ne se voyaient pas accorder le repos qu'ils méritaient ; pas étonnant que Marco eût voulu se tirer, pas étonnant qu'il fût parti avec Anita si facilement, il y a bien longtemps. Ce n'était pas pour Anita qu'il était parti, c'était pour lui. Au final, Anita détesta les vieillards, chacun pris séparément et tous ensemble. Aucun ne lui témoigna la moindre chaleur ; la petite pièce était indispensable, pas d'exception. Ils étaient assis là, ils méritaient leur sort, et en plus ils n'étaient pas aussi vieux qu'ils en avaient l'air de loin, l'un d'eux était à peine plus âgé qu'Anita.

Elle se remémora avec nostalgie les piécettes jetées par terre. L'argent serait dans sa poche, après tout cela, il serait encore à elle, si elle s'était retenue de faire son sketch. Sauf que non, elle aurait acheté quelque chose avec, elle serait peut-être quand même allée aux toilettes d'abord, il était impossible d'emprunter un itinéraire alternatif sans se fourvoyer. Le résultat était tout de même qu'elle n'avait pas un sou pour se rendre aux toilettes. Elle attendit jusqu'à ce qu'elle n'en puisse plus et s'accroupit dans des broussailles clairsemées. Le soir approchait déjà, et il n'y avait plus grand monde. À la place des touristes d'âge mûr abîmés par le soleil, des jeunes se rassemblaient. Ils écoutaient de la musique sur leurs enceintes portables et faisaient valser leurs sacs plastiques où le verre tintait. Anita essaya de faire son affaire en vitesse et macula sa jupe, comme un petit enfant encore en âge de développer sa coordination corporelle.

D'autres gardiens vinrent relever les premiers. Anita tenta de leur parler, avec d'aussi maigres résultats. Les gardes du soir la comprenaient encore moins que leurs prédécesseurs, ils lui demandèrent son passeport ; comme elle ne l'avait pas, ils écartèrent les bras, irrités ou perplexes.

– Les ordres, dirent-ils. Billet, billet.

Anita parcourut la zone en long, en large et en travers, cherchant de moins en moins son mari. Marco était sûrement parti mais il reviendrait. Il s'étonnerait qu'Anita ne soit pas de retour à l'hôtel. Anita s'assit pour attendre son mari, ou la mort. Ou le soir, tout au moins. Si rien n'y faisait, elle escaladerait la clôture, après le départ des gardiens. L'obscurité tomba brusquement, la lumière s'épuisa et s'esquiva. La fraîcheur faisait du bien, de même que la disparition des gens. Une fois la zone fermée et les portails métalliques de plusieurs mètres verrouillés, Anita franchit les barrières bordant les itinéraires balisés pour examiner les murs. Faire le tour complet de l'enceinte de la zone lui prit trois heures. Ce qui était dû partiellement au fait que, parvenue à la télécabine et aux escaliers mécaniques, elle fut obligée de rebrousser chemin et d'effectuer à nouveau le trajet en sens inverse. Une fois passée derrière la montagne, elle découvrit un escalier moussu et des chemins piétonniers oubliés, fermés. Elle repensa à Marco, ici, à ce qu'ils étaient un quart de siècle auparavant. Elle contemplait les sentiers, essayant de retrouver ceux qu'ils avaient empruntés. Naturellement, c'était impossible. Ainsi que toute tentative d'escalade. Les murs étaient hauts de trois mètres, et un écheveau de barbelés se tortillait à leur sommet. Difficile de savoir quels déplacements, du dedans ou du dehors, étaient si étroitement surveillée.

Anita grimpa au point culminant, de cela elle se souvenait, elle s'y était trouvée avec Marco et avait regardé le monde au-dessous d'elle, à présent elle sentait pratiquement la main de son mari dans la sienne. Elle apercevait les panaches de fumée et le ciel rougeoyant, elle entendait la rumeur et les cris de la ville en contrebas. Elle se recroquevilla pour dormir dans un creux, entre les équipements, évita les éclairages, se félicita d'avoir emporté une lampe torche et un chandail. Comme si quelque chose en elle avait su, et s'était préparé à cette soirée d'un tout autre genre.

Au matin, Anita se tenait prête près des portes. Elle était cachée dans une allée, entre des stands, d'où elle verrait aussitôt son mari. Marco se présenterait parmi les premiers. Sa silhouette mince, sa beauté qu'Anita révérait, sa chevelure légèrement clairsemée avec une touche de gris, ses yeux chaleureux, sa chemisette à carreaux et son pantalon. Marco n'avait jamais adopté les shorts, jamais au cours de ces vingt-cinq années dans le pays d'Anita, le pays des shorts, comme il le surnommait parfois. Anita observait l'ouverture des kiosques : les comptoirs rabattus dans le froid piquant du matin, les marchands disposant leurs panneaux publicitaires et leurs chaises en plastique, nettoyant les tables des crottes d'oiseaux et de la poussière, des ronds de café, ronds de limonade et ronds de jus de fruits, de plus de poussière, de plus de ronds. Les portes s'ouvrirent et les visiteurs matinaux pénétrèrent à l'intérieur de la zone, se massant aux points de vue les plus proches, tout à leur joie d'être les premiers.

Je suis l'une d'entre eux. Ni meilleure, ni pire. Juste l'une d'entre eux. Molécule touristique dans matière touristique.

Anita attendait son mari. Le soleil traversait le ciel par saccades, avançait à chaque fois qu'on ne le regardait pas, il jouait à 1, 2, 3 lui-même avec elle. Marco n'allait plus tarder, il le fallait. Ensuite, ils riraient de tout cela. Le soleil parvint à mi-ciel, obliqua pour entamer sa redescente, cahotant, ou bien était-ce Anita qui cahotait ? Elle avait glissé dans un état proche de la transe, oublié de vérifier chaque visage, et de protéger le sien des rayons. Marco lui était sûrement passé devant. Il était revenu, à coup sûr. Il serait peut-être en bas, en train de laisser un signalement à la police.

C'était sûr, Marco allait venir et ils en riraient, c'était sûr et certain.

Elle ne franchit la limite qu'en sentant une brûlure mortelle sur sa peau, la limite entre la survie solitaire et le besoin d'autrui. C'était idiot de ne pas avoir demandé d'aide dès la veille. La crainte de perdre la face lui avait fait préférer dormir dehors plutôt que de demander de l'aide à un inconnu. Une fois, on l'avait aidée de force. Dans cette même ville. Elle était arrivée tard dans la soirée avec une amie. En général, elles voyageaient en train de nuit pour économiser le prix de l'hébergement, mais cette fois le transport de jour avait été l'unique solution. Une fois à destination, deux jeunes filles à peine majeures, la ville avait déjà baissé ses rideaux de fer, s'était claquemurée. À l'époque, l'endroit n'avait encore rien d'un spot de fêtards, comme elles avaient pu s'en rendre compte, il n'y avait pour ainsi dire pas de touristes. La gare ferroviaire avait fermé, et il y avait dix kilomètres jusqu'au camping, dont la moitié d'autoroute. Elles avaient trouvé le bon autobus, mais le chauffeur n'avait pas accepté leur argent, le billet était beaucoup trop gros. Anita et son amie s'étaient assises sur leurs sacs de rando, dans le couloir de la gare routière, gênant le passage. Les gens étaient patients, même si tout le monde devait être agacé. Et puis, quelqu'un leur paya le passage : une maigre silhouette à capuche leur fit signe de monter prendre place. Anita aurait pu éclater en pleurs, sous le coup du soulagement. Quand elle se retourna pour chercher du regard son sauveur, elle ne le vit plus. Elle vit Marco, son futur mari donc, qui leur indiqua à quel arrêt descendre pour accéder au camping où il descendit aussi et parlementa pour elles avec le gardien, parce que l'endroit était également fermé. Ce fut le début, c'est ainsi qu'Anita et Marco firent connaissance. Tu as vu ce type dans le bus, demanda Anita, mais Marco ne l'avait pas vu. Elle soupçonnait parfois Marco d'avoir lui-même payé leur trajet. Ses représentations mentales du voyageur et de Marco ne coïncidaient pas, mais depuis quand pouvait-on faire confiance à son imagination ? Voilà bien qui manquait encore. Que son mari fût un ange.

Anita suivait les gens du regard, tentait de distinguer des visages individualisés au milieu du courant et d'estimer qui il serait judicieux d'approcher. Elle demanda à emprunter leur téléphone à quelques passants qu'elle jugeait réceptifs, mais n'obtint pas de réponse d'un seul d'entre eux. Les gens l'évitaient, reculaient. Elle vit à la porte un panneau qu'elle n'avait pas remarqué précédemment : Attention aux pickpockets. Elle n'était pas certaine qu'il était là la veille. Elle ne l'avait pas vu, elle n'avait pas su être attentive. Le soir, elle était si affamée qu'elle ramassa un hot dog à moitié mangé sur la table d'un café même si, d'ordinaire, elle évitait de manger de la viande. Les bactéries, elle n'y songea même pas. Elle vida sa vessie dans un buisson après l'heure de la fermeture. La pression sur son bas-ventre était constante, on s'y habituait, même si le besoin ne se faisait plus sentir que rarement, étant donné qu'il y avait si peu à boire. Elle n'avait pas déféqué depuis deux ou trois jours, ce qui était pratique mais l'inquiétait quand même. Ordinairement, elle n'était pas constipée, c'était un signe certain de déshydratation.

Anita revint à la porte au matin, mais elle n'osa plus approcher les employés. Ils la reconnaissaient, rigolaient et la montraient du doigt. Elle essaya encore de stopper le flot humain sans rencontrer personne qui accepte de l'aider. Elle remplit sa bouteille à un tuyau d'arrosage. Si l'alternative se jouait entre tomber malade et mourir de soif, elle choisissait de tomber malade. La nuit, elle fut réveillée par les vomissements. Revenue à elle, elle se rendit compte qu'elle avait taché ses manches. Elle ôta son chemisier et enfila son chandail. Elle s'essuya ensuite la bouche et le visage avec son chemisier sale et le jeta. Il devait y avoir un truc dans l'eau qu'elle avait bue la veille, peut-être dans le sachet de chips ou le pain sur lequel les mouches étaient déjà à pied d'œuvre. Son organisme renonçait. Les limites cédaient les unes après les autres. Même si elle avait de meilleures défenses immunitaires que l'Occidental moyen. Elle pressa les dernières gouttes de désinfectant, s'enduisit le visage, puisqu'il n'y avait pas d'eau.

La diarrhée vint ensuite. Anita s'accroupit au pied d'un arbre et releva sa jupe, elle pleura tout haut quand ses intestins se vidèrent douloureusement et maculèrent ses jambes nues. Une fine coulée de sang courait le long de ses cuisses. Ses règles, il ne manquait plus qu'elles. Elle n'avait évidemment pas de serviettes. Elle n'avait rien.

Le matin suivant elle était vide, amaigrie et puante. Elle n'avait pas la force de se lever. Ni la force, ni le courage. Elle resta allongée sur place. On n'était pas encore au pire de la chaleur, mais il faisait assez chaud pour que sa langue se dessèche au point de ne plus pouvoir déglutir. Elle vomit une fois encore mais son corps ne produisit que de la douleur. Puis elle dormit. L'après-midi, elle le passa allongée à regarder le ciel. Un avion le traversait de temps à autre, l'un de ces avions était le sien. Peut-être que le jour du départ, c'était aujourd'hui. Peut-être que Marco était dans l'avion du retour. Pour une raison qu'elle ignorait, ça ne la mit pas hors d'elle.

La nuit, elle revint à elle, tremblant de froid. La fièvre était montée, elle reconnaissait les symptômes. Il lui faudrait obtenir du liquide aussi vite que possible, une solution saline de préférence, mais n'importe quoi d'autre ferait l'affaire. Si elle était sa propre patiente, au travail, elle se poserait une perfusion. Elle alluma et éteignit sa lampe torche, chercha quelque chose pour écrire, quoi que ce soit, quelques mots d'adieux, un message disant qui elle était et où l'enterrer, mais elle ne trouva pas de stylo, elle n'en avait probablement pas. Puis elle se rendormit.

Quand elle se réveilla, elle sentit une main fraîche sur son front. Une couverture avait été étendue sur elle. L'air était plein de chuchotements, quelqu'un fredonnait doucement, des petites mains tressaient ses cheveux. Il faisait si noir qu'elle ne voyait rien ni personne. Son menton fut soulevé et elle sentit entre ses lèvres le rebord effiloché d'un gobelet en carton. L'eau s'écoula sur sa langue et une partie dégoulina sur ses joues, mais la plus grande partie, dans sa gorge. Elle toussa et déglutit avidement. Elle sentit quelqu'un essuyer sa peau avec un linge humide sur l'intérieur de ses mains et ses bras, ses pieds, sa nuque et son entrejambe.

Au matin, elle était seule. Elle n'avait pas encore l'énergie de bouger mais elle reprenait des forces. Elle était couchée et dormait, elle veillait et redormait. La nuit, elle fut brièvement réveillée par des chuchotements et le matin suivant, il y avait près d'elle une bouteille d'eau tiède et un petit sandwich emballé dans du plastique. Le jour d'après, elle tenait déjà sur ses jambes. Elle n'essaya plus de parler à quiconque ; elle portait des vêtements étrangers, le chandail était le sien mais la jupe était ornée de fleurs, et épaisse. Son chapeau avait disparu et ses cheveux maculés de vomi étaient couverts d'un fichu. Elle mangea un sandwich que quelqu'un avait abandonné sur le comptoir d'un kiosque et découvrit dans une poubelle une banane à peine noircie. L'eau, elle en trouvait au poste d'arrosage. Elle avait perdu sa bouteille en plastique, mais il y avait toujours des gobelets. L'eau ne la faisait plus vomir. Le soir, elle se lava à la même fontaine.

Elle était assise près des portes mais n'attendait plus ; elle n'avait pas attendu depuis des jours. Elle s'était aussi emmêlée dans ses calculs sur le temps passé sur la montagne ; elle avait gravé les jours sur un caillou mais elle s'était égarée et avait perdu caillou après caillou. Plutôt que les marques, elle aurait dû compter les cailloux. Elle ne savait même pas pourquoi elle venait aux portes. Pour apercevoir ceux qu'elle ne rencontrait que la nuit, peut-être. Ils s'étaient mis à lui manquer, leurs chuchotements, leurs mains chaudes sur sa peau. Quelque chose de la nuit sur la montagne rappelait à son esprit le temps où elle et son mari étaient jeunes. Elle se souvenait de lui, tel qu'alors, avec plus de précision que jamais. C'était presque comme s'il avait été là avec elle, jeune, peut-être qu'il l'était. Le nom de l'homme, elle l'avait oublié. Elle avait oublié son visage aussi, mais elle le reconnut quand elle le vit.

Peut-être qu'elle vit l'homme justement parce qu'elle ne le cherchait plus.

L'homme n'était pas seul. Vraiment. En sa compagnie, il y avait une femme. Elle portait un chemisier clair à manches longues et une robe blanche qui lui descendait jusqu'aux pieds. Ses sandales étaient lacées autour de ses chevilles. Anita regarda ses propres pieds, elle n'avait plus de chaussures, elle ne se souvenait plus quand elle les avait enlevées ou même si elle l'avait fait.

C'était donc ça. Une histoire banale et bête. C'était tellement flagrant qu'Anita éclata de rire. L'homme avait rencontré une autre femme, était tombé amoureux, avait recommencé du début. Anita avait enfin découvert une faille en lui.

Incroyable comme cela faisait si peu mal.

L'homme et la femme s'approchaient d'elle et elle réalisa qu'elle les fixait, la bouche ouverte, son gobelet à la main. L'homme lui lança un coup d'œil sans la reconnaître, laissa tomber des piécettes dans sa tasse d'eau. L'homme et la femme s'adressaient l'un à l'autre de manière tendue, se lançaient des mots étroits, courroucés.

Une dispute. C'était déjà ça. L'homme avait pu faire un nouveau choix, et avait de nouveau choisi une personne pareille à Anita. Elle eut le temps de formuler cette pensée avant de reconnaître la femme, sa peau claire, ses cheveux blonds et son regard, avant de réaliser qui elle était.

Ce n'était pas possible. Et pourtant.

Elle courut pour les rattraper, tenta de leur parler, mais ils n'écoutaient pas, accélérant le pas comme s'ils la fuyaient. Elle finit par saisir la femme par le bras et s'adressa à elle en la regardant droit dans les yeux, mais celle-ci se dégagea d'un coup. Anita fit une nouvelle tentative, n'atteignant que la glissière de son sac à dos. Qui se défit. Les affaires tombèrent dans la poussière au rythme des pas de la femme tandis que le couple disparaissait dans le grouillement humain. Anita ramassa chaque objet et les héla, mais ils n'entendaient pas. Elle resta seule, les affaires dans ses mains. Elle finit par renoncer, emballa tout dans son fichu et disparut dans la grisaille pour attendre le soir.

Pendant la nuit, elle grimpa au point culminant et regarda la ville en contrebas. Elle ouvrit le balluchon et sortit son portefeuille, son billet d'entrée, son passeport et son téléphone portable. Elle savait que n'importe qui pouvait cesser d'exister sans que le monde en soit changé.

SALLE 5

LE TRIANGLE DES BERMUDES

image initiale : le diable

Il croit que personne ne le voit même s'il s'affiche sur au moins sept téléphones. Il est assez vieux, plus de quarante ans. Tous ceux de son âge se ressemblent, surtout les Occidentaux et surtout les riches. Il est bien habillé, mais pas trop, le seul truc bizarre dans son apparence, ce sont ses lunettes de soleil, parce que c'est la nuit et, de toute façon, il fait sombre, au moins un lampadaire sur trois est éteint dans la rue, ou cassé à coups de pierres. Pour nous, les lunettes n'ont rien d'étrange, nous connaissons le type. Sur son passeport on apprend que cette fois-ci il est Finlandais, né à Harjavalla, mais qu'il a établi ses papiers à Jyväskylä. Des tampons de Thaïlande, c'est tout ce qu'on peut en tirer. Son portefeuille contient deux ou trois capotes, et la photo d'une femme qui rit, elle tient deux petites filles dans ses bras. L'homme regarde autour de lui, comme quelqu'un qui ne se croit pas suivi, mais envisage la possibilité de l'être. La rue, elle est connue. Soit vous y venez en connaissance de cause, soit vous l'évitez de loin. Si vous tombez ici par hasard, vous n'avez qu'une envie, repartir illico. Les femmes le hèlent, mais l'homme remonte son col et ne leur jette pas un coup d'œil. Ça vient du fait que c'est un de ces diables, il me veut moi, rien que moi, il me veut avant de me voir. Il m'imagine dans son esprit. Il a compté mes doigts et mes orteils, mesuré la minceur de ma poitrine, évalué ma propreté et la longueur de mes cheveux. Et mon âge. Ou peut-être que ce n'est pas moi, mais l'un de nous, oui. Parmi nous, il y en a un tas d'âges différents et, même si beaucoup de gens nous évitent, et même, nous craignent, certains d'entre nous sont si beaux que ceux qui nous regardent s'éblouissent. L'homme marche comme un aveugle jusqu'à ce qu'il me reconnaisse. Pas possible de se tromper sur mon compte. Cette fois, j'ai douze ans, je suis un garçon, j'ai les cils longs comme ceux d'une fille et le profil d'une fille aussi, quand je penche un peu la tête. Ma voix n'a pas encore mué et c'est tant mieux, c'est ce qu'il veut. Il me donne de l'argent, nous savons bien que ce n'est pas assez, et que dans son pays, avec un adulte, il serait obligé de sortir cinquante fois cette somme, mais cela n'a pas d'importance parce que, dans son pays, il ne fait pas ça. On accepte parce qu'on sait qu'avec cet argent, on vivra correctement jusqu'à la semaine suivante. Il m'emboîte le pas et on entre sous un porche, et on monte jusqu'à un appartement vide qu'on a partiellement meublé, comme s'il n'était pas abandonné. L'homme est encore un peu nerveux, mais on voit qu'il a déjà fait ça avant. Une fois à l'intérieur, il devient menaçant, il croit qu'il n'y a que lui et moi. Il veut reprendre ses sous, il dit qu'il m'a payé plus qu'il n'aurait dû et utilise des sales mots en anglais pour parler de moi. Il n'a pas l'air dangereux, mais il pourrait être un de ceux qui cognent. Les doux, justement, sont comme ça, des fois. Il fait un pas vers moi et caresse mes cheveux. Toucher, c'est la limite. C'est à ce moment qu'on passe à l'attaque. On sort de toutes les ombres de la pièce, vu qu'on n'est pas encore trop grands et qu'on tient dans des petites cachettes. On ne lui fait pas de mal, on lui enfile une cagoule sur la tête. Certains diables s'excitent, ils croient que cela fait partie du jeu, qu'ils en auront plus pour leur argent, qu'on leur fera mal et d'autres trucs tordus, mais celui-là, il n'est pas comme eux. Celui-là, il se met à pleurer, hurler, tomber à genoux. On lui attache les mains dans le dos et on le jette dans la cour, on lui accroche un écriteau dans le dos sur lequel il y a écrit en sept langues différentes qu'il est un homme qui baise des enfants. Souriez, qu'on lui dit, vous êtes filmé. Même si, bien sûr, il ne comprend pas, parce qu'on ne se fatigue pas à lui parler dans une langue qu'il comprendrait. Même si on saurait le faire. Après, on met la meilleure vidéo en ligne. Telle quelle, sans montage. Sur le dark web. Elle y tombe et elle y reste. Et jamais personne ne pourra la retirer.

Le triangle des Bermudes

Qui est le patron
qui manigance à l'arrière-plan
qui s'enrichit sans se salir les mains
qui force qui prend l'argent
de qui on joue les assistants
qui poursuivre qui emprisonner
qui donc est *l'Adulte*
?
C'est ce qu'on demande si on est pris. C'est toujours ce qu'on demande en premier.
Si on est pris, il faut être du même avis que les autres
être du même avis ça ne veut pas dire qu'on dit la même chose que les autres
être du même avis c'est l'être de l'intérieur
l'intérieur du groupe et l'intérieur de sa tête
C'est pour ça que ça ne compte pas trop ce qu'on dit si on est pris
on peut dire n'importe quoi comme conter un conte
ou parler en charabia
jouer les infirmes
chanter une chanson
s'évanouir

faire une crise d'asthme
de toux
d'épilepsie
de polio
convulser incontrôlé babouiner son baragouin crachouiller des cruches de crachats faire le mort perdre conscience la raison la vue donner la frousse aux adultes la pétoche il va nous claquer entre les doigts, il va claquer sur place et alors qui sera accusé
(personne ne sera accusé)
(Plutôt rare qu'on soit pris
l'un une fois
et une fois un deuxième
et un troisième un quatrième un cinquième un sixième
et ainsi de suite
mais très vite tous sont revenus)
Tu as droit à une vérité.

Vérité : il n'y a pas de patron personne qui manigance à l'arrière-plan personne qui s'enrichit sans se salir les mains personne qui force personne qui prend l'argent on joue les assistants de personne il n'y a personne à poursuivre personne à emprisonner il n'y a pas d'adulte (sauf des fois des adultes dont il faut se débarrasser comme les types violents et les diables et alors on peut les mentionner)
Le monde est différent à un mètre cinquante de hauteur
À un mètre vingt de hauteur
À un mètre de hauteur
Ce n'est qu'en deuxième qu'on demande des noms
Aada, Aadu, Aage, Aalıa, Aalıyah, Aamos, Aare, Aaric, Aarne, Aaron, Aasa, Aatif, Aatos, Aatu, Aava, Aba, Abal, Abba, Abbad, Abbas, Abbot, Abbudin, Abdalla, Abdullah,

Abebe, Abeeku, Abel, Aberto, Abia, Abid, Abigail, Abir, Abra, Abramo, Abuelita, Abunda, Ada, Adam, Adana, Adara, Addul, Addy, Ade, Adela, Adelaida, Adelajda, Adele, Adelfa, Adelisa, Adem, Adesola, Adiba, Adiel, Adika, Adil, Adila, Adile, Adira, Adis, Adisa, Adiva, Adler, Adnan, Adnas, Adofo, Adojan, Adok, Adolf, Adomas, Adora, Adrian, Adriana, Adriano, Adrienn, Adrijana, Adrik, Adul, Ady, Aet, Aevar, Afi, Agafia, Agata, Agatha, Agda, Age, Agi, Agnes, Agnessa, Agneta, Ago, Agota, Agoti, Agrafina, Agu, Agustin, Ahmad, Ahmed, Ahti, Ahto, Ai, Aida, Aidan, Aiden, Aigar, Aiko, Aile, Aileen, Aili, Ailsa, Ailyn, Ain, Aino, Ainu, Aire, Airi, Aisha, Aita, Aivar, Aive, Aivo, Aiza, Aja, Ajani, Ajda, Ajla, Ajwad, Akay, Ake, Akemi, Akiiki, Akiko, Akil, Akilah, Akim, Akira, Akono, Akos, Akram, Aksel, Akseli, Aku, Akua, Akusti, Ala, Aladdin, Alan, Alanis, Alanna, Alanzo, Alar, Alari, Alba, Albert, Alberto, Albin, Albína, Albinka, Aldo, Aldona, Alec, Alecksander, Alecksandra, Alek, Aleks, Aleksander, Aleksandr, Aleksandra, Alexandru, Aleksej, Aleksi, Aleksis, Alen, Alena, Alenka, Ales, Aleš, Alessandra, Alessandro, Aletta, Alewndra, Alex, Alexa, Alexei, Alexis, Alfred, Alfredo, Ali, Alice, Alik, Alika, Alima, Alina, Alisa, Alja, Alka, Allam, Alli, Allie, Allison, Almira, Alois, Alojz, Alonso, Alonzo, Aloyoshenka, Aloysha, Aloysius, Alp, Alrigo, Altair, Altaira, Aludra, Alula, Alva, Alvah, Alvan, Alvin, Alzahra, Alzan, Alzena, Alzina, Alžbta, Ama, Amad, Amadeo, Amadeus, Amadi, Amal, Amala, Amálie, Amaliji, Amanda, Amaniyy, Amapola, Amar, Amber, Amberlee, Amberly, Ambrosi, Ambrož, Ameena, Ameerah, Amelia, Amin, Amina, Amir, Amír, Amira, Amjad, Amlet, Ammar, Amo, Amor, Amrane, Amrou, Amsah, Amurra, An, Ana, Anaan, Anah, Anahit, Anastagio, Anastasia,

Anastasio, Anastasiya, Anastazija, Anasztazia, Anatolii, Anca, Anci, Anda, Andla, Andeon, Anders, Andjela, Andnej, Ando, Andra, Andranik, Andraz, Andraž, Andrea, Andreea, Andrei, Andrej, Andreja, Andrew, Andrija, Andrik, Andris, Andriy, Andro, Andrusha, Andrya, Andwele, Anechka, Aneko, Aneska, Aneta, Anete, Angailla, Angel, Angela, Angelika, Angelina, Angelino, Angelo, Angyalka, Anh, Ani, Ania, Aniara, Anieli, Aniq, Aniqa, Anis, Anisa, Anita, Anitchka, Anja, Anju, Anka, Anker, Ann, Anna, Anne, Anneli, Annelise, Annette, Anni, Annie, Annika, Annyston, Anouska, Antanas, Ante, Antel, Antero, Anthony, Antinko, Anton, Antonella, Antonia, Antonija, Antonije, Antonina, Antonius, Antosha, Antti, Antun, Anu, Anush, Anuziata, Anwar, Anya, Anže, Aoi, Apara, Apolena, Apoloniusz, Aqil, Aqilah, Aquiles, Aquilino, Ara, Arabello, Aram, Ardo, Areebah, Areej, Areg, Arelina, Aren, Arend, Areta, Arevik, Argus, Ari, Aria, Arian, Arianne, Arib, Aric, Ariel, Arif, Arifa, Aris, Aristotle, Arius, Arkyn, Arlen, Arla, Arlo, Arman, Armand, Armanno, Armen, Armine, Armond, Arna, Arnaldo, Arnel, Arni, Árni, Arnil, Arnilda, Arno, Arnošt, Aron, Aros, Arpád, Arrigo, Arron, Art, Artan, Artemio, Arthur, Arti, Arto, Arttu, Artturi, Artur, Arturas, Arturo, Artyom, Arub, Aruba, Arvada, Arve, Arvi, Arvid, Arvo, Arwarh, Asad, Asadel, Asael, Asala, Aseem, Asen, Asenka, Asfour, Asfoureh, Asha, Ashley, Ashot, Ashwaq, Asia, Asil, Asim, Asima, Ask, Askari, Askel, Asko, Aslan, Aslifar, Asmir, Ason, Asrar, Asta, Astghik, Astrid, Asztrik, Aswad, Ata, Atalik, Atanas, Athir, Athos, Atia, Atiah, Atif, Atli, Atro, Attila, Attiq, Attyson, Atu, Atuanya, Atyaf, Au, Aud, Audrie, Augie, August, Augustyn, Auku, Aukusti, Auli, Aulis, Aune, Aurek, Aurel, Aurele, Aureli, Aurelia, Aurelius,

Aurora, Austar, Austin, Autumn, Ava, Avang, Ave, Avery, Avet, Axel, Ayan, Ayda, Ayden, Ayham, Ayize, Ayman, Ayo, Aysel, Ayser, Azeem, Azeeza, Azenith, Azhar, Azi, Azima, Aziza, Azizi, Azon, Azuolas, Azusena, Azza, Azzam.
Un nom ça s'obtient
un nom ça se vole
un nom ça s'hérite
un nom ça se change
un nom ça se vend
un nom ça s'offre
un nom ça se maudit
un nom ça s'oublie
un nom ça se renie
un nom ça lasse
un nom ça se cache
un nom c'est juste un mot et les mots c'est fastoche vu qu'ils ne finissent jamais et pour ça tout le monde y arrive, à inventer des noms, si on lui demande, et on lui en demande, oui, et quand on en demande on en donne et donne et donne autant qu'on veut (et on en veut beaucoup) et après on en change vu que seuls les imbéciles croient que les noms sont vrais et pour ça un nom peut changer ou rester le même pendant plusieurs jours ou semaines ou mois mais pas pour toujours.

On ne peut pas garder le même nom toujours. Ce serait comme garder les mêmes habits. Ou remanger la même nourriture.
En troisième on demande ce qu'il y a derrière
Tu as sans doute entendu dire que le centre-ville s'affaisse, tout le monde est au courant. On raconte qu'une maison entière a disparu, le rez-de-chaussée au moins,

peut-être même juste une table et, avec elle, un grand-père. Comment cela s'est produit, les versions divergent. Selon l'une d'elles, toute la famille était en train de dîner autour de la table quand celle-ci a disparu. Comme ça, sans explication, sans transition. Image numéro un : une table. Image numéro deux : pas de table. La famille est restée suspendue autour du trou, l'un la fourchette en l'air, l'autre la bouche pleine, le troisième salant le vide où se trouvait son assiette une seconde auparavant. Le père tendait le plat de riz au grand-père, mais il n'y avait plus de grand-père. Le grand-père était assis en bout de table, à la place la plus rapprochée du poulet de taille moyenne farci de riz, qui, accompagné de sauce à la roquette, constituait le cœur de ce repas de fête, à la manière d'un refrain mémorable au milieu d'une chanson qui ne vaut pas un clou. La famille a évidemment tendu le cou vers la cavité, sans appeler trop fort toutefois, redoutant presque d'entendre une réponse et d'avoir à remédier à la situation. Nul ne le disait tout haut, mais la disparition du grand-père était un soulagement tacite. Le grand-père n'était pas un homme particulièrement apprécié, tout le monde marchait sur des œufs en sa présence. La famille s'est mise à évoquer, prudemment d'abord, le souvenir du grand-père, autour non plus de la table mais du gouffre, ils y étaient encore tous assis. L'un a rappelé la fête où le fromage du plat principal était vraiment trop salé. Le thé n'avait pas le goût de thé mais celui de l'eau de rinçage d'un pot de chambre. D'un pot de chambre mal rincé, qui plus est. Le poulet non plus n'était pas du poulet mais une roue de secours de camionnette. Sans parler de la granularité du sel de table. La surface de la table était enfoncée à l'endroit où le grand-père tapait du poing, jour après

jour. Il n'a pas fallu longtemps pour que la pièce s'emplisse d'un joyeux brouhaha de conversations qu'on n'avait pas entendu depuis longtemps. La mère a rapporté le dessert de la cuisine, et on a fait passer le plat de genoux en genoux, n'ayant pas d'autre endroit où le poser. Le repas fini, le père a assemblé quelques planches pour faire une passerelle, la mère traversait en s'équilibrant avec ses bras chargés de marmites et de tasses à café, les enfants galopaient. Plus personne ne mentionnait le grand-père, on craignait qu'il entende son nom et décide de revenir. Quelquefois, ils songeaient à lui en franchissant le gouffre, quelqu'un lui disait un mot, par-devers soi, lui parlait comme on parle aux absents, mais personne n'essayait vraiment de se faire entendre de lui. Avec le temps, le grand-père s'est fondu dans la maison, dans le mobilier ou les structures, pas à la façon des murs ou du plafond, mais du four ou de l'horloge. Plus gênantes étaient les collisions malaisées survenant sur la planche au-dessus du trou. Après la disparition du chat de la famille – ils l'ont pleuré amèrement, car sa destinée en tant qu'unique compagnie du grand-père était une perspective terrifiante –, le père a fini par se procurer une cargaison de bois afin de recouvrir le trou d'un plancher poncé. La nouvelle de la perte du chat et celle, concomitante, de l'affaissement se sont propagées dans l'école voisine, la zone a été déclarée inhabitable et la famille obligée, sous peine de sanctions, de déménager dans quelques mètres carrés d'un immeuble en périphérie de la ville. Le quartier a été vidé alors qu'il n'était tout de même probablement question que d'une seule table, d'un seul grand-père et d'un seul chat curieux.
C'est une déception, pas ce que tu voulais entendre.

(Sortez de là, les grincheux on s'en distance
un pas
et un second pas)

Tu voulais quelque chose
d'autre toi aussi
tu voulais ce qu'il y a derrière
Tu as droit à une deuxième vérité : ce qu'il y a derrière, ce sont des histoires et les histoires ne sont pas vraies. Les histoires ont un début et une fin. Les histoires ont un ordre. Dans les histoires, un événement en suit un autre. Il y a une cause et une conséquence. Tout débute quelque part et finit quelque part et ce genre de choses n'existe pas vraiment. Les histoires sont des mots et des images, rien d'autre. On ne peut pas respirer ni manger les histoires. On ne peut pas dormir dans les histoires et on ne peut pas les boire.
Vraiment. La vie est ronde. Comme la Terre. Quelle que soit la direction dans laquelle on marche, on finit par revenir à l'endroit d'où on est parti. Les événements ne se succèdent pas. Les événements sont là où ils sont. Il en arrive tout le temps. Ils se produisent et ils sont. Il n'y a pas de début ni de fin. Tout est tout le temps. Un instant auparavant et à présent. À présent et bientôt.

Vraiment. Il n'y a pas de causes et de conséquences. La cause et la conséquence sont la même chose. Il n'y a que l'existence. Respiration. Battements de cœur. Circulation sanguine. Endormissement et réveil. Métabolisme. Transformation de la nourriture en merde et transformation de la merde en terre qui se changera en nourriture. Ne me regarde pas comme ça, il n'y a rien de mal.

Ici précisément, il n'y a rien de mal. La vie est parce que la vie est. L'existence dépend de l'existence.
Vraiment. Il y a l'essaim. Quand on est en vol à travers la ville, l'un ou l'une prend la tête et si la tête casse, il en repousse une autre. Tout est en vol. On dort en grappes quand il fait froid et on change de place au milieu. Personne ne veut le croire, mais c'est ainsi, tu peux choisir ton côté. Personne n'essaie de te convaincre parce que ça n'intéresse personne. Tu n'intéresses pas. Regarde le ciel si tu veux des vérités supplémentaires. Dans le ciel il y a un tapis d'oiseaux et sur l'écran de télé, un banc de poissons.

Vraiment. La vie est faite d'éclats comme un verre cassé et l'ordre n'a pas d'importance. Enfonce la main dans le chapeau et tire un morceau de verre à la fois. Ou ramasses-en une poignée (laisses-en aux autres et fais attention à ne pas te couper) et lance-la en l'air. C'est ainsi que le verre retombe. C'est ainsi que tout tombe. Quand la fenêtre tombe, elle casse et les éclats sont vrais car le monde entier est en éclats et chaque instant est un éclat et l'éclat précédent n'est pas lié au suivant, on aurait beau vouloir les mettre en ordre, qu'est-ce qu'on peut apprendre d'un éclat si on s'y blesse le doigt ? La douleur est partout simultanément.
Simultanément : une boule roule dans une rue. Un téléphone sonne. Le reflet de la fumée qui s'échappe d'une cheminée se tortille sur une fenêtre. La porte d'un cagibi s'ouvre toute seule. Un journal se colle au pare-brise d'une voiture. Une lumière s'allume au dernier étage d'une maison derrière des rideaux. Une mouche est écrasée entre une main et un mur. Une feuille de frêne tombe. Un homme ouvre la bouche pour dire quelque chose à

une femme qui se tient face à lui dans une rue. Un oiseau prend son envol sur un panneau publicitaire au-dessus d'un cinéma fermé. Un chaton glisse dans le sommeil. Le mouvement d'une toupie s'arrête au bord d'un tapis. Un enfant lève la main en classe pour demander la permission d'aller aux toilettes. Un container soulevé par une grue ballotte. Un chat miaule. Une pelle frappe du sable. La patte d'un chien dormant dans une rue s'agite. Une fillette stoppe sa bicyclette. Une maison vibre parce qu'une machine à laver est en train d'essorer. Un bébé ouvre les yeux dans une poussette. On jette dans la poubelle d'un restaurant quelques pizzas que personne n'est venu chercher après la commande. Quelqu'un poste une vidéo sur Internet. Quelque chose gratte dans un conduit de cheminée. Un parfum d'oignons grillés s'échappe par une fenêtre ouverte. Quelqu'un raccroche son téléphone. Les plombs sautent dans une cuisine. Un ramoneur perd l'équilibre un instant sur le faîte d'une maison. Un couteau tranche une aorte. La septième marche d'un escalier grince. Un pétale de rose tombe sur une table. Une corde à sauter claque sur le sol d'une rue. Une coquille d'œuf se brise contre le rebord d'une poêle. Un garçon ramasse une carte bancaire dans une rue. On entend un choc dans un escalier. Une mouche se pose sur un avant-bras. La porte d'une camionnette s'ouvre et quelques enfants imprudents sont projetés dans le vide à l'intérieur et personne n'a le temps de voir le numéro de la plaque d'immatriculation. Une goutte d'eau d'arrosage dispensée à des fleurs tombe dans une rue. L'aide d'un commerçant court après un vieillard parce qu'elle ne lui a pas rendu assez. Deux jeunes filles s'avancent bras dessus, bras dessous dans une rue. Un chien maigre lève la patte contre la roue d'un camion. Une allumette craque. L'aiguille

d'un compteur se déplace. Un marteau ne frappe pas le clou mais, une fois encore, le bois tendre. Des pommes de terre germent dans une cave. Dix téléphones filment la même bagarre. Une clef casse et est avalée par une serrure. Un oiseau prend son envol depuis une poubelle. Une femme rapporte dans une boutique le chapeau qu'elle y avait acheté. Les portes d'un métro se referment. Un feu passe à l'orange.
Si c'est une histoire que tu veux, invente-la
prends n'importe quel éclat ou
casse tout un morceau
casse maints morceaux et mélange les éclats (qui en naissent)
prends une pierre et broie les éclats en poudre jusqu'à
ce qu'ils soient poussière farineuse
ajoute du sucre un peu et du raifort
du safran
allume le four enfourne regarde
ce qui arrive
regarde
ce qui arrive
Qu'arrive-t-il ?

Raconte !
Raconte à tout le monde ce qui arrive !
Donc :
D'où vient-on ?
De nulle part.
Qui est-on ?
Personne.
Où va-t-on ?
Nulle part.
Quel âge a-t-on ?

Le même.
Combien de temps a-t-on été ?
Toujours.

Si les anniversaires sont juste des jours et des mois
les années ne comptent pas personne
ne grandit.
Aussi :
les histoires il faut y faire attention car quand l'histoire finit
le monde finit les événements finissent
après la fin il n'y a rien
l'histoire ferme l'infinité elle la chasse
c'est la mort
personne n'en veut
la mort chaque soir avant de s'endormir
plusieurs morts
si le monde finit il peut recommencer et
ce sera le même monde
quand il n'y a pas d'histoire rien ne finit
rien ne finit jamais
Il y en a d'autres, des moyens de prendre soin de soi (d'autres que les noms, que ce qu'il y a derrière et les histoires, les adultes et autres trucs du même style) vu qu'il faut le faire, ça, il faut prendre soin, il faut prendre, oui exactement prendre, prendre soin, prendre soin et pas lâcher, voilà pour toi, la cause et puis la conséquence : un peu d'argent et un peu de nourriture disparaissent çà et là, des clefs aussi des fois, vu qu'il faut bien que tout le monde ait un endroit où se laver, dormir, être malade et même si, en général, le temps est bon, des fois il fait tellement froid et, des fois il faut juste aller s'éclater tranquilles dans une baraque vide, donc ça se peut qu'on chope des clefs

quelque part, à des endroits ou à des gens, à toi ou à toi, ou un peu d'argent, peut-être que c'est ton portefeuille justement qui disparaît, et toi tu te mets à détester la ville, tu dis que tout ça c'est que des mauvais souvenirs, et tu veux plus revenir, mais ça fait rien, désolé de te le dire, mais ça fait que dalle, on n'a pas besoin de toi parce que si toi tu viens pas, ou toi ou toi ou toi, tu viendras quand même, toi, et vous en finissez jamais, non, il en vient toujours des nouveaux, vous, il en vient toujours plus, on s'en débarrasse pas, de vous, même si on voulait (et personne ne le veut, ça n'intéresse personne), et on vous reconnaît facile, ça fera aucune différence de vous déguiser en cachant vos plans et vos appareils, vos pubs et vos passeports, et on vous fera pas de mal, on sera pas méchants, sauf contre ceux qu'essayent d'avoir un truc qu'on veut pas donner, ou ceux qui veulent qu'on fasse un truc que nous on ne veut pas faire, comme les diables qui veulent qu'on les suce ou d'autres trucs dégueulasses, parce qu'on veut pas, ni maintenant ni jamais, et ceux qui veulent ça, ils ont qu'à dégager, et on traîne pas avec les plus vieux, genre qu'ont dix ou quinze ans de plus que les plus grands, parce que quand les enfants deviennent adultes ils sont différents, et entre être un enfant et être un adulte, il y a un moment où on n'est ni l'un ni l'autre, et quand on s'en aperçoit, quand on s'aperçoit qu'on n'est ni l'un ni l'autre, on a intérêt à réfléchir à ce qu'on va faire après parce que des adultes, il y en a de toutes les sortes et on n'a pas envie d'avoir affaire à n'importe qui, et pour ça, les trop vieux, en général, ils pigent qu'ils doivent partir donc il y a pas besoin d'explications, ou de le dire, et ça se peut qu'ils veuillent partir parce que de là-bas (où ils sont adultes), il y a peut-être quelque chose qui leur manque ici, et des fois, ils reviennent un peu et ils nous filent à bouffer et des sous, et ils sont gentils, ils sont pas gentils comme les autres gens, ils sont gentils comme ceux qui savent, qui savent vraiment, ceux qu'ont été ici et qu'ont connu ça et qui l'ont vécu et qu'ont eu froid, mais qui sont partis, ou qu'ont pu, ou qu'ont dû dégager, et ils disent qu'on se connaît même si on se connaît (se souvient) pas, et bien sûr qu'on fait du business avec tout le monde, quasiment en tout cas, et on partage tout, même les expériences et les souvenirs, et on raconte tout, avec des mots ou des images ou avec les mains parce que c'est important, ça, que les plus vieux (ça veut dire ceux qui sont restés plus longtemps, des fois le plus vieux ça peut être le plus petit) apprennent aux nouveaux, mais les nouveaux aussi ils apprennent aux plus vieux et comme ça tout le monde sait lire, sauf ceux qui savent pas, ça se passe comme ça, et tout le monde sait compter aussi, sauf ceux qui savent pas, et chercher de l'argent et à manger, sauf ceux qui savent pas, et ceux qui savent pas, il faut les protéger parce que, en général, ils savent un autre truc, comme avoir l'air mignon et courir vite, et on tue jamais personne, on n'a même pas crevé de diables, même si on est accusés de ça aussi, des fois, on leur fait juste peur, on leur fout une bonne trouille, ouais, et même là, ils disent jamais qui les a embêtés, ils ont leurs raisons, et certains ils se tuent quand ils trouvent leur vidéo sur le Net, et il y en a qui sont encore plus dangereux que les autres, comme ceux-là à qui on a crevé les pneus de leur camionnette pour faire sortir tous ceux qu'étaient prisonniers là-dedans et qu'allaient finir dans un sale endroit et c'était des filles cette fois, ça a fait un accident plutôt grave, et même que quelqu'un a dû finir à l'hosto, mais globalement, ce qui se passe, c'est que, aux autres que les diables, on leur prend juste ce qu'on a besoin et on demande pas toujours s'ils veulent le donner et quand on a vraiment besoin d'un truc, on bouge en masse comme les fois où on rentre dans les maisons, à ce moment-là, c'est important qu'on soit beaucoup, et les belles dames dans leur robe en couleurs, elles donnent de l'argent si on leur en demande, surtout si on dit que papa picole le jour de la paye, ou qu'on nous bat dans les maisons d'enfants, ça elles aiment bien parce qu'elles trouvent ça super d'être gentilles, et elles aiment les chiens aussi, alors y en a plein qu'ont un chien, et elles veulent prendre des photos quand elles donnent de l'argent et des fois elles veulent être sur les photos qu'elles mettent sur le Net, elles demandent nos noms et on leur donne, et des fois c'est bien de faire comme si on était perdus, ça marche, et pour que ça marche il faut être bien habillé, bien propre, on peut pas avoir de la poussière ou de la suie autour de la bouche, et on peut pas puer, et même nos cheveux, il faut qu'ils soient propres, et le plus facile c'est d'avoir les yeux bleus comme y en a qui les ont, avoir les yeux bleus et être blond, les yeux bleus, c'est eux qu'ont le plus de chance, les yeux bleus ça te les aide quand ils font les perdus, les yeux bleus ça te leur laisse l'ordi à surveiller pendant que ça va aux toilettes quand c'est tout seul au café, les yeux bleus ça te leur garde la porte ouverte dans la cage d'escalier, les yeux bleus ça te les laisse rester à côté quand ça fait le code de l'immeuble, de la carte bancaire, de l'entrée de l'hôtel, du téléphone, de l'ordinateur, les yeux bleus ça te leur met le portable ou l'appareil dans les mains pour prendre une photo, les yeux bleus c'est un code, un code pratique parce que les yeux bleus, ils peuvent passer la commande au restau et partir en courant, c'est pour ça que c'est bien d'avoir au moins quelques yeux bleus avec nous, et c'est le cas pour une partie des nouveaux, il y en a toujours, des nouveaux, et on les prend avec nous parce que, plus il y a de nouveaux, plus c'est difficile de faire la différence, même chez ceux qu'étaient déjà là, et tout le monde est pareil d'une manière, et on est tous utiles à tous et les nouveaux, il faut les mettre sous protection, comme si quelqu'un avait besoin de protection, parce que, ici, tout le monde est protégé, on l'a décidé, quelqu'un l'a décidé, même si personne se rappelle quand et où, personne se rappelle qu'il s'en souvient et des fois, c'est dur quand les nouveaux savent pas parler et qu'on leur apprend notre langue et la langue des gestes et on apprend des mots à eux et dans notre langue, il y a des mots de toutes les langues que les nouveaux ils ont apportées, les autres ils captent pas tsa tsa, dah, dah, tsiga tsiga daa et ça, c'est utile et des fois, les nouveaux dessinent, vu qu'au début ils comprennent pas ce qu'on dit, comme un tout petit frisé qui dessinait des traits idiots, et une grande maigre qui dessinait sa grand-mère, enfin c'est ce qu'on croyait, parce que, quand elle a appris à parler, elle a dit que c'était sa sœur, elle savait juste pas parler et quand elle a appris à parler, elle a plus su dessiner, en tout cas pas sa sœur, ou bien elle s'en souvenait plus, donc elle a une sœur qu'est déjà une vieille, parce que même si on peut regarder des images dans sa tête, elles s'échangent et elles changent, comme les rêves, et un gros qui avait dans son sac le matériel complet du petit artiste, il l'a donné pour qu'on l'utilise en commun parce qu'on donne tout pour l'utiliser en commun, et dedans, il y a des tas de couleurs qu'ont même pas de nom, même s'il y a quelques noms comme outremer ou vert marine ou cuivre, et les crayons aussi on en a besoin, des crayons gris tout simples, mais les stylos à encre, c'est les meilleurs, à une seule couleur, un trait de stylo on peut pas l'effacer d'un coup de manche, et un des yeux bleus a dessiné une BD, au stylo, avec une voiture et une caravane et un bouchon monstre, il a dit *game*, et tout le monde a reconnu le mot parce que c'est de l'anglais facile, et assez vite on s'est entendus, y en avait plein, des mots comme ça, ça fait que beaucoup les connaissaient déjà et après les autres aussi ont appris à faire des BD, et les nouveaux, on leur a donné du papier pour faire des cases, et tout le monde pige l'idée, sauf ceux qui pigent pas mais ça arrive pas souvent, et le plus important, c'est que les nouveaux apportent des nouvelles histoires, d'ici ou d'ailleurs, parce que même si les histoires sont pas vraies, tout le monde les aime et il y en a qu'on peut utiliser si on se fait choper, donc même si les nouveaux on n'en veut pas à leur argent, on prend leurs histoires, on les tient par les pieds et on secoue, et le soir on fait un feu et on les écoute et on sent la fumée et on respire la fumée, vu que la fumée et l'air c'est la même chose, la fumée c'est le fond qu'on colorie pas, comme les nuages qu'on laisse en blanc, et on apprend à respirer quand même, parce que les poumons apprennent et la fumée vient d'abord, tout le reste c'est seulement après et à la fin on a les doigts qui puent, l'haleine qui pue, les habits qui puent et la peau, et on s'en rend compte juste si on reste pas là longtemps, ça arrive plutôt rarement que quelqu'un soit pas là pendant longtemps, et notre voix, elle est cassée parce que la fumée rentre dans la gorge vu que des fois, il faut entretenir le feu et des fois, il faut faire du feu à l'intérieur quand l'immeuble est vide et qu'il y a pas de chauffage, mais heureusement, il y a plein de maisons qui sont vides et là, je te préviens : t'as pas intérêt à demander où on dort vu qu'on le dira pas, et si tu demandes des trucs comme ça, ou si tu nous suis, on te dira plus rien, on te verra même pas, tu seras n'importe qui et même pire, un de ceux qui font du mal, et si on croit que tu fais du mal, le premier truc qu'on fera, c'est de donner ton nom à la police vu qu'on l'a vu sur ton passeport, et les passeports, c'est important, il faut le dire qu'on les prend toujours, les passeports des adultes c'est les meilleurs vu qu'on peut acheter des trucs avec, et même pas mal de trucs, parce que y en a plein qui sont forts sur Internet et si les gens croient que personne a de téléphone, ils se trompent, des téléphones on en a des tas, c'est facile à trouver à prendre à déverrouiller et, à côté de chaque restau pratiquement, il y a du réseau et, avec les téléphones c'est facile, quand on sait craquer les codes et on peut faire des trucs, même si on veut rien acheter, ou quand on n'a rien d'autre à faire, on peut toujours passer le temps en copiant les messages dans le traducteur automatique par exemple, même si ça donne des trucs chelous, on comprend quand même regarde celui-là : *La discussion est que la réponse existe déjà – Tu es où, Eve, je t'attends à la gare. Réponse : Tu n'es pas dans le train. Tu n'auras jamais de pardon si tu n'es pas dans ce train. – Pardon. Oublie les messages d'avant. S'il te plaît oublie. Prends contact quand tu auras reçu ce message. N'importe quand. Je suis morte d'inquiétude pour toi – J'appelle la police – Évidemment je n'ai pas appelé la police – Déjà un mois passé et cela commence à être vraiment injuste. Je crois parfois que tu as fait exprès, tu veux te perdre, tu restes exprès dans le métro. Je trouve cela si injuste que quand j'y pense je tombe en colère infinie. Mais c'est mieux que rien qui te dérange. Je n'ai pas encore fait de signalement. Tu ne veux pas. Comme tu sais je n'aurais pas ta force. Tu me manques. Appelle. Appelle bordel ! – C'est stupide d'appeler ton numéro stupide. Mais j'ai l'impression que tu es tout près. Aujourd'hui je comprends que cela fait trois ans. L'été dernier j'étais dans la ville pour te chercher. J'ai marché dans les mêmes rues. J'étais dans le métro où je t'ai vue la dernière fois, ton visage à la fenêtre, tu ne me regardes pas, tu es inquiète. C'est la dernière chose que je*

veux me rappeler de toi. Parfois je fais des cauchemars, je rêve que tu es restée bloquée. Elle s'est fixée quelque part. Eve, tu me manques et si on ne fait rien avec, le téléphone, on peut l'échanger contre de l'argent, comme les passeports, sauf si c'est le passeport d'un enfant, on le garde vu que sur Internet il y a écrit que dans le monde, il y a des gens qui sont pareils, c'est des doubles et si on trouve le passeport de son double, et qu'il est encore valable, on pourra faire n'importe quoi avec, on pourra partir et commencer une vie ailleurs, c'est comme l'espace qui est quelque part ailleurs, même si en vrai on peut jamais en sortir, vu que même dans l'univers on se retrouvera à l'endroit d'où on est parti si on marche tout droit.
On ne fait pas de mal, c'est déjà dit
Sauf si et si, c'est déjà dit aussi
(Dix petits battent un seul grand)
Si on se fait prendre on est envoyé en maison d'enfants
si on se retrouve en maison d'enfants on a intérêt à
bien manger
bien dormir
inventer des histoires
débusquer les gêneurs
si on se retrouve en maison d'enfants on n'a pas intérêt à
traîner
s'habituer
donner sa liberté pour un morceau de pain
ça aussi ça s'est vu
et ainsi de suite

Pourtant : la maison d'enfants on peut y rester ou on peut en partir. Certains restent, certains partent, chacun décide. De deux façons :

Façon 1. Tout le monde est super doué pour ouvrir des tas de verrous.
Façon 2. Si on veut rester en maison d'enfants, on peut. Tout le monde est là de sa propre volonté, personne n'est retenu de force.
Tu as droit à une troisième vérité :
si tu n'es plus avec tu ne l'as jamais été
Certains craquent, il y en a toujours
Un sa maison lui manque même s'il a décidé lui-même de partir
Un tombe malade
Un sniffe de la colle
Un croit que l'offre de boulot est vraie
Un devient fou et se casse la tête contre un mur
Un va volontairement en maison d'enfants
Un devient le collabo des diables
Un atteint seize ans et passe directement la porte de la maison d'enfants monte dans une voiture et disparaît
Un est retrouvé dans le courant en aval et on ne sait même plus qui c'est
Un attend une rame à la station de métro et saute
Un tombe par le vide-ordures et est retrouvé à la décharge

mort ou presque
étouffé ou presque
empoisonné ou presque
avec un œil qui manque
avec un rein qui manque
sans cœur
ou c'était quoi déjà

Un œil pour une barre de chocolat
un rein pour une nuit dans un lit propre
La décharge est la dernière. La décharge est une mer sans eau

et des nuées de mouettes s'envolent dans les airs.
Tout le monde ça veut dire ceux qui sont avec
à ce moment-là et à ce moment-là pas forcément toujours
plutôt rarement tout le monde change
tout le monde, tu comprends
que ça se remarque
tout le monde reste pareil
tout le monde n'a pas un cœur
tout le monde est le cœur
il continue à battre
même si un membre change
maintenant tu sais ce que c'est tout le monde
tout le monde change tout le temps un peu
mais tout le monde ne finit jamais
Quatrième vérité : tout le monde est oublié

(toi aussi)
Dernière vérité : c'est très bien que tout le monde soit oublié

(Oublie toi aussi)
Vaut mieux que tu ne poses plus de questions ne
t'approche en tout cas pas plus près

sauf
si tu as de l'argent

et si
tu es seul

Pas de fin

SALLE 6

LE RUBAN DE MÖBIUS

image initiale : un déclenchement intempestif

Si vous commettez un excès de vitesse flashé par un radar et recevez une amende, vous pouvez demander le cliché à la police. On a connaissance de quelqu'un ayant délibérément roulé en excès de vitesse d'un radar à l'autre avec l'intention de rassembler les clichés obtenus dans une exposition, arrimant ainsi les objets inanimés à sa volonté et questionnant la relation entre intention et nuisance, voire la notion d'auteur, réalisant son projet sur une semaine afin de se voir suspendre son permis de conduire au moment précis où il n'en aurait plus besoin, sa seule infraction étant un excès de vitesse aggravé et répété. Entre la ville et le poste-frontière, il y a un unique appareil – dans une descente juste avant la courbe où se termine le pays : derrière une barrière d'acier de moins de cinquante centimètres, la roche tombe d'abord si raide qu'une pierre tenant dans la main entraînerait un glissement de terrain, à sa suite, quelques dizaines de mètres de bois malingre et enfin un terrain herbeux qui descend en pente douce, au fond de la vallée, en contrebas, sinue un fleuve –, mais personne n'a jamais demandé son cliché à la police, on n'a même connaissance de personne ayant reçu une amende. On ne sait pas très bien s'il s'agit d'un véritable appareil photo ou d'une simple boîte métallique vide fichée sur un poteau et équipée d'une lentille de verre. L'automobiliste croit parfois voir un flash, mais il se peut que ce soit simplement le soleil dans son dos qui brille bas et se reflète sur la surface convexe. À en juger par son emplacement, le but de l'appareil pourrait être de surveiller la circulation à l'approche de la courbe, d'enregistrer l'excès de vitesse ou l'ultime instant avant le précipice mortel. Il se peut que sa raison d'être soit uniquement de mesurer le trafic. Ou de donner l'impression qu'on le fait. Le résultat, c'est que l'appareil a été oublié, son existence a été oubliée, elle s'est fondue dans le terrain et s'il prend la moindre image, c'est celle de cet immuable paysage ; il immortalise grâce à ses batteries à énergie solaire la croissance d'une pousse devenant arbre, puis la décomposition de l'arbre, l'usure de la route et son effondrement final, quand il n'y aura plus d'êtres humains, il laisse un message à des générations futures au cas où elles disposeraient d'une technique similaire et auraient la capacité de saisir le monde tridimensionnel dans une projection en deux dimensions. L'appareil réagit à tout ce qui le dépasse avec assez de vitesse, par exemple les oiseaux qui le rasent en vol, nombreux, d'autant plus en période de nidification. Quelqu'un, il y a des années, a donné dedans un coup de pied ou de pare-chocs qui a basculé l'appareil à l'oblique ; de nos jours, ce qui est enregistré dans le système – si tant est que quelque chose s'y enregistre – est un fragment de beauté de la vallée, auquel, à dire vrai, le noir et blanc et la mise au point à courte distance ne rendent pas justice, un coteau descendant et, au-delà, la vallée, à différents moments de la journée, à différentes saisons. S'il y a des images, les êtres humains y font des apparitions rarissimes. Ces jeunes gens aussi se retrouvent sur l'image par accident. Ils pénètrent dans le champ de l'appareil photo grâce à une feuille qui volait trop vite ; l'un est coiffé d'un bandana et porte la barbe, l'autre est voûté comme un vieillard, en culotte de cheval, un bâton écorcé en guise de canne à la main. Avant et après les jeunes, il n'y a que des oiseaux et du plastique virevoltant.

Le ruban de Möbius

Ils étaient arrivés à destination la veille. Enfin, c'est une façon de dire, ils n'étaient pas en route vers un endroit en particulier. À la place de destinations, ils avançaient par étapes, par haltes. C'étaient autant d'ancrages expérientiels où se condensaient leurs souvenirs, des ponctuations qui permettraient, ultérieurement, d'un simple coup d'œil sur la carte, de faire remonter la mémoire. Ils arrivaient sur un spot, s'y installaient, en prenaient possession, s'y attardaient aussi longtemps qu'ils en avaient envie et reprenaient la route. En bref : Ray et Gabriel vivaient.

Rien n'a besoin d'être conforme aux plans quand on n'a pas de plans. On peut en avoir ras le bol, déprimer, détester tout le voyage et céder au mal du pays, le voyage n'a pas besoin d'être chouette, pas tout le temps, le voyage n'est pas une coupure avec la vie mais il est la vie même, et la vie est faite de toutes sortes d'émotions. Il n'y avait donc pas de raison de se décourager, même si dans cette ville, tout ne s'était pas passé, eh bien, conformément aux plans. Ce qui avait mis le bazar, c'étaient les campings. Le fait, en soi, qu'ils n'avaient pas de réservation n'avait rien d'extraordinaire. Ils ne réservaient jamais (pas de plans).

En plus, ils possédaient une tente, ils transportaient leur maison avec eux. Le principal problème du premier camping, c'était qu'il n'existait pas. Le triangle rouge indiquant Camping sur la carte était placé, un peu bizarrement, dans un faubourg au milieu d'une zone résidentielle aux immeubles bas et, en effet, il s'y trouvait. Mais ce que c'était ? Une maison en pierre sur deux niveaux et une courette pleine de bric-à-brac. Ray et Gabriel avaient alarmé le voisinage avec leurs coups de sonnette, réveillant un chien au passage, pour apprendre qu'il n'y avait aucun camping ici, juste une sorte de pension de famille. La famille, en l'occurrence, c'était un vieux tout seul qui les enguirlandait en russe en se grattant les aisselles – Gabriel le dévisagea si longtemps que Ray dut lui donner un petit coup de coude dans les côtes – et refusait de comprendre l'anglais ou le français. Le papi voulait leur louer une chambre mais, ça, ils avaient mis leur veto, ils n'étaient pas partis pour passer la nuit dans des hébergements destinés aux touristes, mais au grand air, et si jamais ils logeaient à l'intérieur, c'était en tant qu'hôtes des locaux, si tant est qu'ils reçoivent une telle invitation, ce qui, il est vrai, ne s'était, jusque-là, jamais produit. Le papi les autorisa, à contrecœur, à s'installer dans sa cour à condition qu'ils payent (il tritura ses doigts) les deux tiers du prix et repartent tôt le matin (le vieux dessina, en l'air, un huit couché, qui ne faisait sans doute pas allusion à l'infini). Ray et Gabriel demandèrent par gestes l'autorisation d'utiliser les toilettes et bien que le vieux ait manifesté l'intention de refuser, il devait être conscient de l'alternative, un buisson dans l'arrière-cour qui, à en juger par l'odeur, devait avoir déjà servi, et leur montra la salle de bains. Un cafard tournicotait au fond du lavabo. Le vieux tenta de l'évacuer par la bonde mais l'insecte ne consentait pas. Ray se retint de rire en fixant le cafard, ils le fixaient, tous les trois, pendant que le vioque faisait comme s'il n'existait même pas et déblatérait un interminable monologue dans un mélange de sa langue maternelle (supposition) et de russe. Gabriel serrait les dents et tremblait. Ça va faire un bon post de blog, ça, chuchota Ray, tout est cool.

– Authentique, lança Ray tout haut à Gabriel une fois qu'ils se furent glissés dans leurs sacs de couchage avant de s'ouvrir un flacon de vodka. Ils burent une gorgée et envisagèrent ce qu'ils allaient écrire à propos de ce spot. Un camping en arrière-cour. Des cafards dans l'évier (ce n'était pas un évier et il n'y avait eu qu'un seul cafard, mais les bons posts gagnaient en qualité quand on enjolivait un peu).

Ils avaient décidé de voyager sans téléphones. C'était crucial : pas de réseaux, pas de selfies devant les attractions touristiques, pas de streaming. Les images seraient prises avec un appareil photo compact et on uploaderait un montage après coup. On entretiendrait le mystère. L'attente. Ray s'était contenté d'annoncer sur leur blog commun qu'ils partaient en voyage, assez longtemps, et que leur itinéraire se dévoilerait à eux au fur et à mesure. Gabriel avait fait mieux, il avait promis des expériences réelles. Ils allaient se rendre dans des endroits dont les touristes n'auraient même pas pu rêver. La formule avait occasionné une petite dispute, mais ils avaient décidé de ne pas se censurer mutuellement. Le blog était ouvert, il faudrait attendre plusieurs mois pour le post suivant. C'était un peu comme un livre, il ne serait pas publié en temps réel au rythme de l'écriture. Il paraîtrait en une fois, le moment venu. Ils prenaient aussi des notes, évidemment. Ici, avait dit Ray en se frappant le front avec un sourire mystérieux quand une mascara-girl qui se tirait le portrait devant une église leur avait demandé comment ils allaient se souvenir de tout ce qu'ils avaient vu s'ils ne postaient pas tout de suite. Ça lui avait suffi, la fille avait tenté de les coller, avec ses followers et son smartphone, mais ils avaient détalé en courant, soi-disant pour aller pisser. Pas de touristes, même pas pour le sexe. Leurs téléphones, ils ne les avaient qu'en cas d'accident grave, dans une poche dissimulée au fond de leurs sacs de rando et, à moins d'utiliser un couteau, le seul moyen d'y accéder, c'était de vider tout leur barda. Ray et Gabriel avaient aussi décidé qu'ils n'indiqueraient leurs coordonnées sur le blog qu'à l'échelle des villes. L'information multiplie les hordes de touristes et les hordes de touristes sont un fléau. Dès qu'une information se répand, les masses suivent et les endroits sont fichus. Le plus précieux, c'est ce qui ne peut pas être répliqué.

Gabriel s'essuya le coin des yeux. Un ange triste ; son sac de couchage avait été trempé la semaine précédente par une pluie fine et ne séchait pas. Ses fringues sentaient un peu l'humidité et un peu la cave, beaucoup le mélange des deux, mais ça, Ray n'avait pas le cœur de le lui dire. Gabriel était soucieux de l'apparence de son visage et de la fraîcheur de son haleine, et il s'était passé du fil dentaire deux fois par jour jusqu'à épuisement de sa réserve. (Ils en auraient trouvé dans n'importe quel supermarché, mais ils ne voulaient pas de supermarchés. Et même si les supermarchés avaient des noms étranges et des rayonnages mystiques, et même si les comptoirs à poisson dégageaient, dès la porte d'entrée, une odeur agréablement exotique, ça restait des supermarchés et ça, c'était trop facile.) Soit ils se mettraient en quête d'une laverie, soit ils feraient la lessive à la main. Ce serait pour bientôt, pour l'instant le temps était humide et chaud, espérons que, demain, il soit juste chaud. Ray n'allait faire aucun commentaire sur l'odeur.

Ils avaient connu en route un renversement classique : les rôles s'étaient échangés. Gabriel avait été celui qui, à l'origine, voulait partir en voyage. En pérégrination, spécifiquement. Ray avait multiplié les réticences : pourquoi fallait-il que tout soit compliqué exprès, même quand il existait des alternatives faciles ? Lui, il se serait contenté de Budapest ou Zagreb, peut-être Sofia ou une capitale du sud des Balkans mais cela, hors de question pour Gabriel. La Roumanie, c'était la porte d'entrée, à partir de là, seulement, on était vraiment quelque part, tout le reste était, au minimum, bousillé. C'était Gabriel qui s'était baladé pieds nus au centre de villes d'Europe orientale avec son bandana dans les cheveux et en se laissant pousser la barbe. Ça avait tapé sur les nerfs de Ray, qu'est-ce ça avait pu lui taper sur les nerfs, nom de Dieu ! Gabriel ne ressemblait pas à Jésus, sa barbe était beaucoup trop fine pour ça, mais à présent (que les rôles s'étaient échangés), Ray le qualifiait de Jésus hippie, juste pour lui faire plaisir.

Il y avait une once de vérité dans la théorie de la porte proposée par Gabriel. Pour Ray, le voyage était une drogue. Plus loin ils avaient été en route, plus nombreuses les villes qu'ils traversaient, plus Ray s'était enthousiasmé pour cette manière de voyager, justement. Ils n'étaient pas des touristes, ils étaient des pérégrins. Des pérégrineurs-cueilleurs qui se fondaient parmi les locaux, nouaient connaissance, apprenaient leurs coutumes, mangeaient sans préjugés ce qu'ils trouvaient ou ce qu'on leur offrait, se rendaient dans des endroits dépourvus de toute trace de touristes, vivaient avec le moins d'argent possible et poursuivaient leur route ; ils repartaient sans laisser de traces, de même que les vrais randonneurs, dans les parcs naturels, repartent avec leurs déchets, même s'il fallait installer des poubelles pour les demeurés.

Les Pérégrins, ce serait le nouveau nom du blog. Ou peut-être bien, quand même, Tous les pays du monde, Ray ayant décidé de faire un passage par chacun des États de la planète au cours des dix années à venir. Ou, en tout cas, au cours de sa vie. Il y pensait quand ses sandales lui sciaient les chevilles ou que la clim du car pétait. Quand la soif lui faisait voir des fantômes et que, dans la tente d'à côté, on passait des tubes périmés depuis dix ans à l'instant précis où le sommeil lui venait enfin. De son côté, Gabriel commençait à fatiguer, à se plaindre, à pleurnicher. Peut-être que, depuis le début, il n'avait aucune idée de ce dans quoi il se lançait (pas de plans), peut-être que, de prime abord, les rôles avaient justement été distribués comme ça et que la nature véritable de leur compagnonnage se révélait en route. C'est ce qu'on disait : seules les difficultés rencontrées au cours du voyage nous enseignent vraiment à connaître l'autre. Gabriel était un rêveur, Ray un leader.

Ils envisageaient de continuer en minibus par les montagnes et de finir à pied pour rejoindre le pays voisin. Ce serait grandiose. Entrer à pied dans le pays voisin. Arriver dans la file de voitures au poste-frontière (y aurait-il une file de voitures ?), la remonter et présenter leurs sacs de rando pour le contrôle. Il avait déjà été assez magnifique de gagner les campings d'Europe centrale en marchant, de faire la queue debout sur leurs pieds entre les camping-cars et les attelages de caravanes, récoltant des regards admiratifs, compatissants et horrifiés. La réaction, c'était le mot-clef. Il fallait causer une réaction ;

pas chez les vraies gens, mais chez les touristes. Chez ceux qui croyaient vivre l'aventure mais restaient en fait, d'une manière ou d'une autre, privés de tout ce qui était réel. Dans quelques jours, ils repartiraient. Au fond des montagnes se trouverait le poste-frontière. Les deux pays étaient amis, on les accepterait, ils recevraient sur leurs passeports un coup de tampon que bien peu obtenaient, les visas, ils se les étaient déjà procurés, d'ailleurs, dans de nombreux pays, on vous les établissait à la frontière.

Gabriel avait une coupure sous le pied, causée par un morceau de verre, qui guérissait mal ; il se l'était faite quand ils étaient montés dans le car dans la ville précédente. Ils n'étaient pas allés voir de médecin, on n'y allait pas pour des bricoles. L'éclat de verre n'était pas resté dans la blessure et le saignement avait été facile à endiguer, ils avaient également nettoyé la peau avec un spray désinfectant qui n'aurait pas dû piquer mais piquait, à en juger d'après l'expression de Gabriel, qui avait remis ses chaussures ; il fallait attendre la guérison. Présentement il observait, à la lampe torche, la plante de ses pieds couverte de corne, s'évertuant à détecter une ligne qui ferait remonter un empoisonnement jusqu'à son cœur ou son cerveau. Hypothèse, bien sûr, invraisemblable, mais il refusait de le croire.

Ils avaient donc besoin d'un point de chute plus urgemment que jamais, d'un bon hébergement, et par bon, ils entendaient n'importe quel endroit où ils pourraient passer plus d'une nuit. De préférence, une solution utilisée par les habitants locaux lors de leurs déplacements mais, en cas d'urgence, autre chose ferait aussi l'affaire. Ils n'eurent pas davantage de chance avec le deuxième camping. Quand ils finirent par découvrir la bonne adresse – après avoir, par précaution, replié la tente et fait leurs sacs bien avant les huit heures (ni l'un ni l'autre n'ayant envie de recroiser le papi), marché jusqu'à l'arrêt de bus, attendu plus d'une heure et appris d'un passant égaré que les bus empruntaient une déviation en raison d'un chantier, marché jusqu'à un autre arrêt, attendu plus d'une autre heure et appris, une fois le bus enfin arrivé, que le seul moyen de paiement valide était la carte de transport (non mais il n'y a pas de receveur ici, dans un endroit pareil ?) à se procurer en kiosque (mais quel putain de kiosque ?) et que le chauffeur avait un niveau rarement égalé en zèle et absolument désastreux en langues (on ne compte pas le russe), déambulé pendant une heure environ (le trajet n'était pas si long, mais le pied de Gabriel le faisait souffrir plus que la veille et sa vitesse ne cessait de diminuer) jusqu'à une rue plus animée où ils purent s'acheter leur carte de transport (elles étaient électroniques, bordel de merde, électroniques, dans ce trou abandonné de Dieu, les cartes de bus avaient l'air plus cool qu'à la maison) qui se révélèrent en même temps cartes de métro et de tram et comprenaient la télécabine d'accès au panorama destinée aux touristes (cette ville est vraiment en train de sombrer), pris le métro pour la bonne adresse, effectué cinq circumnavigations sur place et confirmé que l'adresse était vraiment la bonne – l'endroit s'était avéré un stade envahi de mauvaises herbes.

Un entraînement de foot était en cours, au milieu duquel Ray et Gabriel débarquèrent avec leurs sacs de rando. On leur expliqua en anglais – détail dont Ray fut si reconnaissant qu'il était prêt à embrasser la terre – que la pelouse avait été étiquetée comme zone de camping parce qu'il arrivait qu'on y plante la tente pour la nuit. Les joueurs leur racontèrent qu'ils recouraient souvent à ce genre d'alternatives dans différentes villes,

les équipes juniors au complet dormaient sur le terrain et repliaient leurs tentes le matin pour laisser place aux entraînements. La règle des huit heures était en vigueur ici aussi. « Mais vu que vous avez l'air vraiment crevés, on peut vous emmener au nouveau camping, c'est un peu loin et le bus s'arrête avant. Non, ça ne fait pas un grand détour, de toute façon on va par là, enfin pas tout à fait, mais ça ne nous dérange pas de vous déposer et puis, dis donc, ton pied est vraiment amoché, tu devrais peut-être le montrer à un médecin. Réfléchissez tranquille, on en a encore pour deux trois heures, ensuite on pourra partir. »

– On monte carrément pas dans la voiture de types qu'on connaît pas, souffla Gabriel une fois qu'ils furent seul à seul.

Son pied s'était remis à saigner.

– T'as plus cinq ans.

– C'est contraire à notre éthique. Pas de voitures privées.

– Arrête. Bien sûr qu'on va y aller. En plus, c'est pas un *ride* de touristes, mais de locaux. Si ça se trouve, ce sera une vraie Volga.

Le visage de Gabriel était déformé par l'irritation. Un instant Ray eut envie de le planter là. Il n'aurait qu'à mendier. Ça se voyait, des touristes occidentaux qui vendaient des merdes aux locaux et mendiaient du fric ; ils voyageaient avec un budget zéro et ils en étaient fiers. Ray, lui, était fier que lui et Gabriel ne fassent pas partie des touristes mendiants : vivement qu'on reconnaisse la différence entre petit budget et zéro budget. Il saisit le menton de son compagnon et le regarda droit dans les yeux, de tout près, comme un chien.

– Nous sommes des pérégrins, Gabriel, et ton nom comporte la première lettre d'un classique. On est là, avec des locaux et on va pouvoir apprendre plein de trucs avec eux.

Ce vers quoi ils étaient vraiment en voyage, Ray en tout cas, et il était à espérer que Gabriel aussi, était un espace plus qu'un lieu concret. Et un espace mental plus qu'un espace concret. C'était un exercice de méditation : il fallait avancer toujours plus loin et, à la fois, entrer plus profondément en soi. L'initiale du classique à laquelle il avait fait référence était évidemment Gunilla G, double-g. Elle parlait du voyage méditatif dans son guide, un classique donc, paru des décennies avant même la naissance de Ray et Gabriel, sur lequel un article en ligne avait été publié, quelques mois plus tôt. Gunilla G était une légende déjà de son vivant, une femme qui franchissait les frontières pieds nus et s'installait pour prendre part à la vie de petits villages, soutenait économiquement les locaux et améliorait leurs opportunités, avec des moyens qui n'étaient pas spécifiés plus précisément. Gunilla G avait écrit, environ mille ans auparavant, son premier guide de voyage, que personne n'avait voulu publier au début. Elle avait sorti la première édition à ses frais, et celle-ci avait commencé à circuler parmi les amateurs du genre. Et puis, une plus grosse maison avait été intéressée.

À proprement parler, double-g n'avait pas effectué tout le chemin à pied, mais le simple fait de ne pas prendre l'avion, de traverser les continents en train et en car – et on ne parlait pas ici de wagons panoramiques en classe touriste, on parlait de wagons basiques qui sentent la transpi et dont les WC fuient – était un truc énorme. Elle s'était déplacée avec les autochtones – OK, on ne peut pas le dire comme ça – avec les minorités ethniques, ou plutôt la population locale, avec des gens authentiques, quoi.

Double-g prêchait maintenant pour qu'on mette un point d'arrêt au changement climatique et pensait que plus personne ne devrait prendre l'avion. Plus personne ne devrait voyager. Sa thèse, c'était que les voyages étaient comme les jardins zoologiques. Avant la télé, on avait besoin des zoos parce que c'était le seul moyen de voir des animaux exotiques. Par la suite, on avait inventé les documentaires animaliers et les zoos auraient dû devenir obsolètes et il aurait fallu les fermer. Mais ça ne s'était pas passé comme ça. Les zoos étaient devenus des institutions dotées d'une existence propre échappant à leur finalité originelle. D'après Gunilla G, il en était allé de même avec le voyage. Il y a bien longtemps, la seule façon de découvrir la grande muraille de Chine ou la tour Eiffel était d'aller sur place et de les voir. À présent, on n'avait plus besoin de voyager en personne pour ça. Tout un chacun disposant d'une connexion internet avait vu la tour Eiffel en 3D ou, au minimum, filmée sous tous les angles et vue d'hélicoptère. Aller soi-même sur place (comme Ray) ne pouvait procurer qu'une pure déception : la tour, au ras du sol, n'était pas aussi magnifique que sur les images, il fallait faire la queue à chaque fois, et il y avait trop de monde, la vue était médiocre à cause du voile de pollution et ce qu'il en restait, gâché par un plexiglas ou une résille métallique.

Gunilla G était d'avis qu'on pourrait très bien mettre fin aux voyages. Je regrette, avait-elle dit dans ce journal en ligne. Elle encourageait les gens à rester à la maison et à étudier leur environnement proche. « On loue un vélo. On voit sa famille. On plante des graines et on suit la croissance des plantes. » Ray n'était pas d'accord. Gunilla G avait eu sa révélation après avoir elle-même voyagé dans tous les sens. Vraiment honnête, ça… Ray n'avait pas acheté le nouveau bouquin de Gunilla G. Il refusait. Elle pouvait bien astiquer son auréole, la double-g, elle était vieille et avait tout vécu. Si elle était sur le point de mourir et prête à renoncer à la vie, c'était injuste d'exiger des autres qu'ils fassent pareil au seul prétexte qu'elle pensait avoir été conne dans sa jeunesse. Non que Ray ne s'intéressât pas aux questions climatiques, mais il y avait des gens dont il n'acceptait pas d'écouter les sermons. Gunilla G, l'ex-travelleuse qui s'était fait des millions avec ses bouquins de voyage, qui engraissait à présent son compte avec ses bouquins prônant l'interdiction du voyage, en faisait partie. Gunilla G écrivait son nom en minuscules, double-g, parce qu'elle avait honte. C'est ce qu'elle proclamait, même si elle l'écrivait en minuscules depuis au moins aussi longtemps que Ray avait été une créature consciente. Ces minuscules l'agaçaient, lui. Écrire son nom en minuscules, c'était trop la classe. C'était tellement la classe que le seul moyen de lui pardonner, c'était de se dire que double-g avait déjà la soixantaine et allait bientôt crever. En tout cas, avant Ray. Non que Ray eût souhaité la mort de qui que ce soit, mais ça le consolait de penser qu'il possédait au moins toutes ces années que double-g n'avait plus, même si elle se faisait des millions avec ses bouquins, parce que les gens plus vieux que lui avaient détruit le monde avant lui et que, après tout ce qu'ils avaient fait et causé, ils refusaient la vie aux plus jeunes qu'eux.

Ray était jaloux de double-g ; il fallait bien l'avouer. Gunilla G avait reçu un monde pur et s'était placée directement en son cœur, avec sa méditation. Lorsque Ray, de son côté, avait raconté à ses parents dans quel coin ils partaient et les difficiles étapes qu'ils devraient franchir pour y parvenir, son père avait affiché une *streetview* sur l'écran de son ordinateur. Lorsque Ray et Gabriel étaient arrivés dans la grande ville précédente, devant leur bus local était stationné un bus touristique climatisé qui avait excrété par ses deux portes latérales l'équivalent de la tribune d'un stade de taille moyenne de retraités caquetants, arborant la feuille d'érable sur leur poitrine. La gare routière comptait cinq restaurants appartenant à des chaînes. Leur seule chance était de fouiller les ruines à la recherche de quelque chose qui n'existait plus. Le monde avait été bousillé.

Ray laissa Gabriel se reposer à l'ombre et alla chercher un snack au kiosque. Du coca et des chips supranationales. Il était douloureusement conscient de ce qu'il choisissait, du coca et des chips supranationales donc, mais ce fut son choix malgré tout, il fit une exception, peut-être pas pour ce qui était du coca, mais pour les chips en tout cas, personne ne devait le savoir. Gabriel ne fit aucun commentaire, il mangea en silence et se ragaillardit. Le shoot de caféine se fit sentir aussi dans le corps de Ray, ça valait le coup. L'entraînement enfin terminé, quelques joueurs vinrent les chercher, et ils déambulèrent au milieu du groupe de footballers, embaumant, tout autant qu'eux, la transpiration. La voiture n'était pas une Volga ni une Lada ni même une vieille Samara mais une Volkswagen climatisée d'une ennuyeuse banalité. Une légère déception, mais d'un autre côté, la climatisation était bienvenue et, une fois qu'ils furent installés, Ray fut obligé de reconnaître qu'il aurait donné son âme au diable plutôt que de l'échanger contre une voiture moins bien. En plus, ils passaient du son alternatif local ; la playlist supranationale, on en était plus que gavé.

La seconde déception fut que le gars qui connaissait l'anglais n'était pas avec eux : il habitait dans le coin et bougeait à vélo. Ray avait attendu l'occasion de lui parler de son a-téléphonité et avait réfléchi aux alternatives : 1. fixer un rendez-vous (le mieux). 2. le café internet (utilité prouvée, autorisé). 3. repêcher son téléphone au fond de son sac (cas d'urgence, mais aussi cas vraiment intéressants), mais le type qui parlait anglais ne lui avait pas proposé d'échanger leurs numéros. Les connaissances locales étaient des raretés, il fallait le reconnaître ; Ray et Gabriel n'étaient pas parvenus à sympathiser avec qui que ce soit pendant leur voyage. Gabriel s'était mêlé à quelques routards et Ray avait dû vraiment lutter, d'abord pour s'en débarrasser et ensuite pour lui faire entrer dans le crâne qu'on n'était pas venu ici pour glander avec les mêmes gens qu'à la maison. C'était bien joli de passer du temps avec d'autres voyageurs, mais pourquoi se donner tant de mal pour arriver aussi loin et ensuite boire une binouze et jouer aux cartes dans la cuisine d'une auberge de jeunesse ? D'où la tente, justement pour éviter le danger de la facilité.

– Et si on nous dévalise et qu'on nous tue, avait gémi Gabriel.

Ray avait fait comme s'il n'avait pas entendu. Même s'ils n'avaient pas de connexion linguistique avec leurs chauffeurs, le voyage eut droit à un détail sur une note de blog : excès de vitesse en ville dans la caisse de jeunes du coin.

– On devrait sûrement leur payer quelque chose, dit Gabriel.

– Comment ça ? C'est eux qui veulent nous aider. Payer, ce serait offensant. Ce serait arrogant. Comme si on leur faisait l'aumône.

Gabriel haussa les épaules.

– Même nos potes, on leur paye l'essence, marmonna-t-il.

Ils n'eurent pas le temps d'argumenter plus avant, la voiture s'arrêta et, après les avoir déposés, reprit son chemin. Cette fois-ci non plus, on n'avait pas voulu faire leur connaissance, juste les aider. Ray et Gabriel aperçurent la zone du camping. Ils restèrent plantés devant. À la fixer. À la regarder fixement. À s'en faire tomber les yeux. *Wanderer Paradise.* Le lettrage surmontait le portail d'un blanc éclatant, en caractères alambiqués et dorés, quelqu'un se prenait en photo à côté et inclinait son appareil pour qu'on voie bien le texte. En fait de portail, c'était un bâtiment, en réalité, la façade d'un manoir blanc, Ray en avait vu un semblable à Disney World quand il était enfant, plus grand certes, mais à part ça, semblable.

– Oh putain, non !

Près du portail était fichée une vingtaine de mâts où flottaient des drapeaux. UE, États-Unis, Grande-Bretagne, Allemagne, France, Russie et ainsi de suite. Les drapeaux des voisins proches étaient cachés sur les mâts les plus en bordure, un peu à l'écart.

– Oh putain de putain de putain de con !

Il n'y avait pas d'autres possibilités. Ray passa devant et Gabriel boitilla à sa suite, un pied nu, sa chaussure sous le bras. On les arrêta à la réception et l'on pria Gabriel d'attendre à l'extérieur du bureau. Sur les planches claires de la terrasse restaient imprimées des empreintes sanglantes comme si un tueur à la tronçonneuse s'y était avancé à cloche-pied. Ils se firent un high five mental. Ils avaient beau se retrouver en enfer touristique, au moins faisaient-ils une entrée spectaculaire.

Le camping était artificiel et putain de sublime, Dubaï en petit, un peu. Tout était à portée de main et au top, mais salement cher. Carrément au top. Carrément trop cher, putain. *All included.* Le budget d'une semaine en une journée, et on parlait juste d'un camping. Les touristes en sueur se regroupaient en cellules cancéreuses sur de grands espaces couverts de gazon artificiel au bord d'un lac artificiel et buvaient des cocktails dans les bars du boulevard riverain. À l'artificialité et à la petitesse près, on se serait cru sur n'importe quel littoral méditerranéen ou piège à touristes des Canaries, bien que la mer fût tout sauf proche. Une belle jeune personne qui parlait l'anglais avec l'accent des classes supérieures leur avait expliqué que le camping était, avec la montagne à la statue, l'unique partie de la ville destinée aux touristes qu'on avait achevée ; le vieux centre, le boulevard bordant le fleuve et les ruines antiques étaient encore en cours de construction, de même que la majeure partie des hôtels. Elle était d'une politesse exquise envers Ray et Gabriel, en dépit de leur saleté. Ray était fier de toute cette crasse : dans certaines situations, sortir du lot était une nécessité. Ils prirent toutefois une douche et se récurèrent à fond. Affirmant leur différence, ils bandèrent eux-mêmes le pied de Gabriel au lieu de faire un tour par l'hôpital privatif du camping.

– Vas-y doucement, dit Ray tandis que leurs vêtements, leurs sacs de couchage et leur toile de tente séchaient au soleil radouci par la tombée du soir.

Ils avaient fait plusieurs lessives dans les énormes machines industrielles, si simples d'utilisation, sans recourir au sèche-linge ni au service d'accrochage, pour conserver ne serait-ce qu'un iota de respect de soi.

– Dès que ton pied est guéri, on se tire dans les montagnes et on traverse la frontière à pinces. Cet endroit, c'est juste une mise à l'épreuve, involontaire, qu'on va oublier. Dont on ne va pas reparler. Qui n'existe même pas.

Ou peut-être que si, quand même. Titre du post : Étude de cas au *Wanderer Hell*. Un monde en plastoc au milieu de nulle part.

Cette soirée, ils la passèrent à ne rien faire et dormirent la nuit suivante comme des bébés dans leurs sacs de couchage secs et propres.

– Encore une nuit ici, chuchota Ray à Gabriel, et on se casse.

Les joueurs de foot avaient dit vrai : il n'y avait pas de liaison par bus entre le camping et le centre-ville. En revanche, des visites en minibus climatisés avec service de boissons étaient proposées aux touristes, elles aussi incluses dans le prix (exorbitant) de l'hébergement. Le camping disposait également de chauffeurs de taxi de confiance dont les émoluments s'ajoutaient aux nuitées, de même que les boissons, à payer en fin de séjour.

– Ah non, putain, on va carrément pas prendre un taxi. Le jour où je monterai dans un taxi, on pourra me tuer !

Ray et Gabriel s'étaient rendus à Tchernobyl l'été précédent ; c'était le plus chaud qu'ils avaient fait jusqu'à maintenant. Et même ça, ce n'était pas aussi chaud que ç'aurait pu l'être avant. Ils étaient nés dix ans trop tard. Aujourd'hui, tout le monde allait à Tchernobyl, des agences de tourisme proposaient des voyages organisés. Bien évidemment que c'était classe de voir des baraques dans lesquelles poussaient des arbres et ainsi de suite.

Mais le fait était que chaque photo qu'ils avaient prise existait déjà sur Internet. Chaque expérience. Chaque pas était sur Internet. Ah ouais, vous aussi vous y êtes allés, lisait-on en commentaire plus souvent qu'à son tour. *Vous aussi*. Ray avait parfois l'impression que ces types la ramenaient exprès. On convoyait les gens par bus entiers à Tchernobyl et, *eux aussi* ils avaient dû se taper un bus touristique parce qu'il n'y avait pas d'autre moyen, en tout cas pas abordable avec leurs ressources ; ils avaient dû suivre un guide, leur ticket en poche. Les gens avaient toujours tendance à exagérer leurs expériences et les difficultés auxquelles ils avaient été confrontés. Ray n'exagérait pas. Ça n'avait pas été l'aventure, ç'avait été une humiliation. Il fallait trouver mieux et c'est pour ça qu'ils étaient ici.

Alors ce taxi, par-dessus le marché. Carrément pas.

Ils rallièrent la ville en bus touristique. Visitez le futur, annonçait la brochure en sept langues – Ray en comprenait deux. Le minibus allait faire le tour des curiosités et raconter aux *randonneurs du paradis* ce que serait la ville une fois que, dans des années, tout serait achevé. « Vous êtes des privilégiés, disait le guide, vous allez voir les échafaudages. Au sens figuré et au sens concret. Une fois que tout sera terminé, vous pourrez dire que vous étiez là les premiers pour voir ça. On applaudit tous ensemble ? »

Sur les faces brûlées des touristes, les pires rides déjà imposées par la laideur de la ville se lissèrent. Des échafaudages. Le guide était OK, un degré d'avance sur son troupeau. Qui n'avait malgré tout aucun sens de la valeur des échafaudages. Ses membres étaient de la bande de ceux qui veulent voir de la beauté ou, au minimum, des ruines toutes prêtes, même en plastoc, ça leur était égal. Ray jeta un coup d'œil à Gabriel et secoua lentement la tête. Non. Ils n'allaient rien publier sur les échafaudages parce que, de toute manière, ceux-ci finiraient sur des dizaines et des dizaines de comptes sur les réseaux, même sans eux. Soit ils prenaient la visite touristique en toute ironie, soit il leur faudrait trouver un autre titre et un truc qui n'aura rien à voir. Un truc vraiment carrément différent. Inventer autre chose, quoi que ce soit.

Ray avait lu des articles sur des gars qui ralliaient les continents de plastique au milieu des océans en voilier, volaient en petit avion jusqu'à des raffineries pétrolières et accostaient sur des micro-États insulaires interdits au tourisme en canoë gonflable uniquement pour être les seuls à l'avoir fait. Ils revendiquaient sur leurs blogs vidéo leur droit de voyager, de faire le tour des curiosités, même dans le cas où le pays serait en guerre. C'était fascinant et terrifiant. Cela suscitait l'effroi et l'envie. Être l'unique, c'était sublime, c'est ce que recherchait Ray lui-même ; les jets privés et les guides locaux rémunérés, par contre, ça ne l'était pas. Sauf que les gars ne pouvaient pas s'empêcher de se la péter avec leurs aventures, et, là encore, les troupeaux suivaient. Sur la côte balayée par un tsunami, dans la jungle incendiée, coupée ras ou reprenant vie, dans la ville secouée par un séisme, jusqu'au fleuve qui charriait des carcasses d'animaux en décomposition. Ray ne voulait pas se mêler à cette masse-là non plus. Il ne voulait pas ouvrir un blog vidéo. Il voulait faire quelque chose qui lui serait propre ; voyager en dehors du monde virtuel, oui. C'était un truc à soi. C'était à peu de chose près faire un pas de côté hors du monde.

Le minibus s'arrêta au niveau de la montagne et les voyageurs bénéficièrent de dix minutes de sortie pour prendre des photos. Gabriel et Ray restèrent à leur place. Ils allaient épargner le pied de Gabriel autant que faire se peut et ne descendraient qu'une fois au centre-ville. Et avant toute chose : ils n'allaient pas participer au rituel consistant à enregistrer sur des cartes mémoire une bouillie de photos impersonnelles.

La montagne n'avait rien d'une montagne, c'était une sorte de colline, tout au plus. Une tour s'élevait au sommet, qui rappelait la tour Eiffel en modèle réduit. Il y avait aussi une statue féminine. Ray et Gabriel avaient vu la tour et la statue à leur arrivée en ville. La montagne était prête ou quasiment, comme l'avait expliqué le guide, il était possible d'acheter un ticket pour prendre la télécabine, ça valait le coup. La statue de femme symbolisait l'égalité et la tour Eiffel, un truc que Ray n'avait pas saisi parce que quelqu'un l'avait interrompu dans ses réflexions.

– Vous en dites quoi, de ce patelin ?

Ray jeta un regard au gars : âge moyen, catogan, front luisant, tatouage repris d'une pochette d'album de métal, bide à bière naissant. Lui aussi, il était resté à sa place.

Ray haussa les épaules, Gabriel fit le sourd.

– J'ai un tuyau pour vous, si vous cherchez un truc spécial, dit l'homme en baissant la voix. C'est juste qu'à votre âge, moi, je traînais dans des bandes qu'avaient pas grand-chose à voir avec ces péquins-là. Mais, après, la vieillesse a commencé à me faire souci.

L'homme était une version pirate de double-g. Il y en avait des tas, de ces gars qui étaient partis à l'aventure dans leur jeunesse et, en ce sens, ils l'avaient eue meilleure que ceux dont la vie était encore devant eux, à condition que la génération en train de mourir leur laisse quelque chose à vivre. En vrai, le gars ne se considérait pas comme vieux, absolument pas, lui, il était au meilleur âge de l'homme, et tous les moins de trente ans n'étaient que des avortons.

– Je vous conseille les banlieues, commença-t-il. Vous en avez sans doute vu en arrivant. Le bus de l'aéroport passe devant, mais ça vaut le coup d'aller sur place.

– On n'est pas venu en avion, dit Gabriel.

L'homme n'écoutait pas.

– Les gens ne réalisent pas, en général, à quel point les banlieues sont intéressantes.

Les banlieues. Ray aurait pu lui faire un cours sur les banlieues. Comment ils avaient donné le change à un veilleur de nuit, à Saint-Pétersbourg, avec deux pauvres phrases en russe qui leur avaient permis de grimper au sommet d'une tour d'habitation décrépite. Ou sur les immeubles déserts avec leurs escaliers se terminant dans le vide et leurs fils électriques pendouillant auxquels ils avaient, comme les locaux et malgré le risque de coup de jus, rechargé leurs portables à Sofia. Sur les parcs tellement poussiéreux qu'on avait l'impression que les couleurs s'étaient taries en cours de route, où les gens ordinaires passaient leur temps au lieu de s'engouffrer dans la cohue des centres-villes envahis de touristes.

– Les banlieues, bah oui, on connaît.

L'homme n'entendait pas, ou faisait semblant de ne pas entendre.

– Cette montagne, dit-il, il y a vingt ans encore, c'était juste un parc, entièrement.

– Ah ouais…

– Vous me croyez pas ou ça vous intéresse pas ?

– Pourquoi on te croirait pas ?

– Dans ma jeunesse, on pouvait encore découvrir des trésors, dit le gars, même s'il avait, à vue d'œil, vingt ans de moins que Gunilla G qui représentait l'époque des véritables trésors.

Il leur tendit la main.

– Makeh.

– Makeh, répéta Ray.

– Non. Makeh.

L'homme écrivit les lettres de son prénom en l'air. M.A.K.E.

– Ray.

– Gabriel.

– Enchanté. Je m'entends toujours bien avec les Américains.

– On n'est pas américains, répliqua Ray.

– Ah bon ? Vous venez d'où alors ?

– De nulle part. On est des citoyens du monde, ajouta Gabriel.

C'était leur blague, elle avait l'air débile quand on la sortait hors contexte, mais elle faisait l'affaire pour clouer le bec aux nouvelles connaissances pas intéressantes et mettre le holà dans les situations dont ils ne se seraient pas sortis en plantant l'autre là.

– Ah ouais, dit M.A.K.E., qui se tut.

Pendant un instant divin, Ray s'imagina que celui-ci lâchait l'affaire et n'allait pas tarder à rejoindre la compagnie de ses égaux en âge. Mais c'est alors qu'il se tourna à nouveau vers eux et baissa la voix pour dire :

– Moi, je vais aller dans les grottes.

– Les grottes ? Dans une mine de sel, quoi ?

L'image s'imposait à l'esprit. L'obscurité, une file de lampes frontales, les flashs de lumière. Les boutiques de souvenirs où acheter des cristaux de sel colorés.

L'homme s'esclaffa.

– Beaucoup mieux que ça ! Vous saviez que, sous la ville, il y a tout un réseau de grottes ? On n'en parle pas parce que tout le merdier risque de se casser la gueule. Mais moi, j'ai rencontré des guides privés, hier, en ville, qui te font visiter. On trouve même rien sur Internet.

– Et elles sont où, ces grottes ?

– Hé hé ! Voilà que ça t'intéresse !

Le vieux sortit un papier de sa sacoche fonctionnelle et le tendit à Ray. *Tours dans les grottes*. C'était une brochure préhistorique, une photocopie couleur, écrite à la main, en mauvais anglais, complétée par une photo découpée dans un journal montrant une espèce d'entrée de caverne. *Ce qu'on ne dit pas aux touristes. Découvre l'autre visage de la ville. Visites à la demande.*

– Il n'y a rien sur Internet. C'est un truc, littéralement, *underground*.

Gabriel siffla doucement.

– Cool.

Facile de partager son avis. Et d'un autre côté, est-ce que ça pouvait être vraiment *underground*, le truc connu d'un mec en short au front luisant ? Il fallait étudier la question de plus près.

– Je peux ? demanda Ray.

Comme le daron ne répondait pas, il sortit son appareil et prit une photo.

– Un vrai appareil photo, dit l'homme, un peu déconcerté. Ils sont où, vos téléphones de djeuns ?

C'était au tour de Ray de sourire. Il avait attendu ce moment. Il écarta les bras et rit.

– Quels téléphones ?

Il ne mentionna pas ceux qui se trouvaient au fond de leurs sacs de rando. Certains de leurs potes étaient d'avis qu'en abandonnant leurs portables, ils laissaient derrière eux toute la civilisation occidentale. Justement, c'était leur but !

C'était suffisant. La barre était placée si haut que le gars fut obligé de renoncer. Il agita les mains, signe que la conversation touchait à son terme, et se retourna pour regarder par la fenêtre. Gabriel et Ray échangèrent un sourire. Titre : Comment clouer le bec à un supervoyageur qui se la pète.

Poursuivant sa route, le car dépassa ce qui s'avéra le second spot le plus intéressant de la ville. On l'appelait le vieux centre, c'est le guide qui les en informa, mais ce n'était pas vraiment un centre-ville. Cela se trouvait juste être la zone habitée la plus ancienne, placée, qui plus est, à un endroit central. Cela n'avait rien d'un trésor antique, c'était tout au plus un bidonville décati. En raison de quoi, il avait été fermé, et cætera, on le détruirait pour y construire un centre ancien à l'européenne, dans lequel les voyageurs passeraient du bon temps. Là, en ce moment, l'endroit était donc fermé, sinistre et absolument dangereux. Non, inutile de regarder à travers la clôture, il n'y avait rien là-bas. Rien qui mérite d'être pleuré. Les habitants avaient échangé avec joie leurs petites bicoques pour des appartements dans des immeubles modernes.

– Ça m'étonnerait, chuchota Ray à Gabriel.

Gabriel acquiesça.

La clôture enserrant le centre-ville était peinte. Des paysages de promenades au bord de l'eau et des immeubles victoriens, les berges d'un fleuve et des oiseaux. Notre oiseau national est la buse variable, proclama le guide. On l'adore, notre ville, poursuivit-il, et Ray et Gabriel comprirent que la tournure orale employée par le guide provenait de ce qu'il traduisait le texte imprimé sur la clôture. Au moment où ils atteignirent un passage protégé couvert de fleurs, aboutissant à la clôture, le guide découvrit, comme par magie, un élément bien plus intéressant à montrer de l'autre côté du bus. Un centre culturel en construction qui, sous un certain angle, ressemblait à un œuf dur à moitié mangé. Le bâtiment serait elliptique, comme le lisait le guide sur son prospectus mental. *Un cercle tendu vers le ciel, étiré comme les anneaux de Saturne, aux murs en pur verre.*

Ray et Gabriel regardaient fixement les fleurs. Il s'agissait manifestement du lieu d'un accident, un crétin était en train de se prendre en photo devant.

– Je sais exactement où on va aller, aujourd'hui, dit Ray.

Gabriel acquiesça gravement. Au prochain arrêt, ils descendraient.

À l'extérieur du bus climatisé, la chaleur les frappa par vagues, à la seule différence qu'entre les vagues ordinaires, il y a des pauses, tandis que là, c'était une seule vague énorme, d'un seul tenant, dans laquelle ils se noyaient. Le dessous du pied de Gabriel se mit à palpiter, c'est en tout cas ce qu'il affirma, le terme étant le même que celui qu'employait Ray pour caractériser la douleur lors de ses crises de migraine, dont il lui semblait qu'il n'allait pas tarder à faire les frais. Ils se procurèrent des antalgiques dans une pharmacie, plus forts que ceux qu'ils trouvaient chez eux, et, quand la douleur commença à diminuer tant dans la tête que dans le pied, ils rirent en signe de complicité. Le vin qu'ils burent était le moins cher que proposait le kiosque à l'angle d'une rue, la dépense revenant à un cinquième du premier prix chez eux, maximum, et encore. Ils auraient pu choisir plus cher, mais ils ne voulaient pas. Il fallait ajuster leur budget au niveau de vie local pour éviter d'avoir l'air arrogant ou de faire étalage de leur argent ; ils devaient vivre comme ceux qui habitaient les lieux. Ainsi, leur pognon durerait d'autant plus longtemps et leur voyage, le plus longtemps possible.

Le vin était mauvais mais fort. Après la première bouteille, Ray avait entièrement oublié son mal de crâne, quant à Gabriel, son pied lui paraissait, selon ses propres termes, juste un tout petit peu mouillé dans sa chaussure. Ils avaient décidé de ne pas s'enivrer mais ils vidèrent une seconde bouteille, vu qu'ils en avaient acheté trois. Il était temps de mettre le plan à exécution. L'idée de s'introduire dans le centre-ville condamné paraissait à la fois fascinante et laborieuse. Le titre définitif de cette journée n'était pas encore trouvé, mais ça ne pouvait être, en aucun cas, « un stupide touriste dans un stupide bus à touristes » (cette partie du trajet, ils la supprimeraient de leur récit de voyage), ni « pique-nique dans un parc » (qui ne valait rien sans un contact local).

Le contact local n'était pas intéressé. Ils tentèrent de s'intégrer à deux ou trois groupes ; même s'ils offraient de partager leur dernière bouteille, les gens se contentaient de regarder leur vin de traviole en éclatant de rire. De quoi se rendre facilement compte qu'ils avaient commis une erreur à l'achat, erreur impossible à définir précisément.

– Où est-ce qu'on devrait aller si on veut voir autre chose que les spots pour touristes ordinaires ?

– Pourquoi vous ne regardez pas sur Internet ?

– On essaye de ne pas y passer trop de temps.

– Ah bon.

– Et de toute façon, on ne trouve rien.

– C'est peut-être parce qu'il n'y a rien d'intéressant, ici.

– Les trucs qui nous intéressent, nous, ils sont un peu différents de ce que les gens aiment en général.

– Il n'y a rien ici. Juste des trucs cassés. Ici, il n'y a pas de vraies curiosités.

– Mais c'est justement ça qui nous intéresse. On veut voir des endroits qui ne sont pas des vraies attractions. Des endroits abandonnés.

– Ce qui vous intéresse, c'est les trucs cassés. Et c'est pour ça que vous êtes ici. C'est bien ça ?

La discussion achoppait. L'espace d'une seconde qui éclaira tout, Ray comprit que les antalgiques pas nets et le vin fort n'étaient pas la meilleure combinaison qui soit. C'était même une combinaison affreuse. Lui et Gabriel venaient de se comporter plus débilement que le pire touriste occidental. Leurs questions à propos de la zone au-delà des clôtures en contreplaqué réduisirent à néant ce qu'il restait de conversation.

– Désolé, on ne voulait pas vous déranger. D'ailleurs, on y va.

Ce n'était pas leur jour. Ni leur ville. Qui avait eu l'idée de se rendre à un endroit où il n'y avait rien d'intéressant ? Dès que le pied de Gabriel pourrait reprendre du service, ils partiraient. Ils partiraient aussitôt. Ray se rendait compte qu'il se répétait l'idée de la guérison du pied de Gabriel comme un mantra. Dès qu'il guérirait. Dès qu'il putain de guérirait. Tout tenait à une coupure de deux centimètres sous le pied. Dès que…

– Attendez !

Quelqu'un leur courait après. Le garçon portait un sweat à capuche et des baskets, un jean large et les cheveux rasés d'un seul côté ; Ray ne se souvenait pas de l'avoir vu dans le coin. Il jeta un coup d'œil à Gabriel, qui haussa les épaules. Peut-être que le mec était assis un peu à l'écart et les avait entendus. Ou peut-être qu'il n'avait pas du tout été dans le cercle.

– Serjoža, dit le garçon en tendant la main.

– Ray.

– Gabriel.

– Qu'est-ce que vous en dites ?

Ray et Gabriel échangèrent un regard. Est-ce qu'il parlait de lui ?

– De quoi ?

Le garçon rit.

– De la ville.

– On n'a pas eu trop de chance, mais elle est…

Là, il ne fallait pas se louper.

– …, cool.

Celui qui s'était présenté comme Serjoža fit un sourire en coin.

– Ça doit pouvoir se dire, je suppose. Qu'est-ce qui vous intéresse ici, précisément ?

Se lancer à fond. Se fondre. Vivre. Le hasard. Tomber sur des gens spontanément, se laisser porter par les rigoles d'eaux de pluie primesautières au lieu de suivre le chenal principal jusqu'au fleuve nocturne *où les lumières de la ville brilleront comme mille diamants – dès l'achèvement des travaux de réhabilitation –, une vraie mine de pierres précieuses* et rencontrer la ville telle qu'elle est. Et que cela se produise spontanément, sans demander, comme dans les meilleurs livres de voyage. Sans besoin d'expliquer. Ou de mendier.

– Je ne sais pas vraiment. Je ne sais plus vraiment.

Serjoža semblait réfléchir.

– Venez ! dit-il et il prit la direction de la berge.

Le soir commençait, la berge n'était pas éclairée et le fleuve non plus n'avait plus le même air que sur les photos promotionnelles de l'enfer touristique. Au lieu d'une promenade, il n'y avait qu'une voie motorisée fermée ; le marquage au sol usé et les panneaux indicateurs non remisés offraient une réminiscence de sa vie antérieure. Entre la route et le fleuve, il n'y avait rien, pas de bancs, même pas de chemin piétonnier, juste une barrière métallique et, par intervalles, des escaliers étroits menant à l'eau.

– Cet endroit ne figure sur aucune carte, dit Serjoža. Cet endroit, en ce moment, je veux dire. Tout est soit avant, soit après. D'une certaine manière, donc, il n'existe pas. On l'appelle l'entre-deux.

– Waouh !

Enfin quelque chose d'intéressant. Ils étaient dans un entre-deux, sur une route qui n'était plus une route. Une route qui n'avait même plus d'existence officielle. Eux non plus, ils n'existaient plus. Ils étaient des pixels, des zéros et des uns dans une simulation, on pourrait les retrancher au programme et les insérer dans un autre monde. Une musique se déclencha dans sa tête. Les endorphines se répandirent dans sa région cardiaque. Ray aurait voulu piquer un sprint, mais il se retint.

Bien trop tôt, la clôture en contreplaqué leur coupa la route. De loin, elle ressemblait plus à une construction qu'à une barrière ; de près elle semblait plus haute que depuis la vitre du bus touristique, près de trois mètres, surmontée de barbelés. La clôture se prolongeait quelques enjambées au-delà du bord de la route, jusqu'au niveau où commençait le fleuve.

Des clandés faisaient les cent pas devant la barrière, une fille et un gars, et s'agrégèrent à leur groupe comme s'ils les attendaient. C'était bizarre parce que Serjoža ne paraissait avoir appelé ou texté à aucun moment. D'un autre côté, Ray n'avait pas spécialement surveillé ses faits et gestes.

On se serra à nouveau la main. *Razmik. Ray. Gabriel. Liana. Ray. Gabriel.*

Le trio descendit les escaliers au bord de l'eau et se posa en cercle aléatoire sur la plateforme ; ils firent de la place pour Ray et Gabriel.

Là où ils se trouvaient, on ne voyait ni la montagne, ni les lumières de la ville, on voyait seulement la rive opposée qui s'obscurcissait.

– Alors, messieurs Reyziel, dit Liana, qu'est-ce qu'on a en tête ?

La fille souriait avec un air de défi. Si ça se trouvait, c'était elle la cheffe de la bande ; en tout cas, Serjoža la fermait quand elle parlait et Razmik, eh bien, il ne l'ouvrait même pas. Il ne savait pas ou ne voulait pas le faire. Ray éprouva un fléchissement intérieur. Comme si ses genoux s'étaient dérobés et qu'il devait corriger sa posture pour ne pas tomber. Dire qu'un instant plus tôt, tout était parfait ! Difficile de savoir ce qui avait occasionné cette faiblesse. Il se pouvait toutefois que les moments de bonheur parfait ne se mesurent pas en durée. C'étaient des vagues ou des impulsions, ils te tombaient à travers le corps comme un choc électrique non douloureux ou un orgasme non érotique ; c'était tomber amoureux sans désir sexuel et sans besoin de l'assouvir. Si un bonheur de ce genre durait des minutes ou des heures, l'esprit ne le supporterait peut-être pas.

Ray aurait été prêt à prendre le risque. En ce qui le concernait, ils auraient pu continuer à trois, au milieu de la route, ces quelques kilomètres de chemin fermé auraient suffi, comme une boucle, enroulée en un monde, sur laquelle courir éternellement. Ou bien ils auraient pu en rester à un arrêt sur image où tous trois sautent en l'air simultanément, figeant le mouvement. Dans cette simulation, le regardeur pourrait entrer dans l'image et les observer sous tous les angles sans qu'ils n'en sachent rien. Tout serait et ne serait pas éternellement à l'arrêt.

Le bonheur est fragile. Liana et Razmik les avaient terrassés au moyen d'un sourire plein d'arrogance (Liana) et d'un silence morose (Razmik). La distorsion nominale était irritante, *Reyziel*, ça donnait l'image que Ray et Gabriel étaient une unité. Ray ne voulait pas être défini relativement à d'autres gens, pas même à son meilleur ami. Il était lui, un ensemble décimal infini qui ne comportait aucune régularité et qu'on ne pouvait réduire, ni exprimer par une formule plus courte que lui-même, ni définir à travers les autres.

Il décida de ne pas montrer son agacement ; il se vengea mentalement en créant une distorsion du nom du trio. Rien ne put toucher aussi juste que l'invention de la fille. Serliamik. Liaraža. Tout ce qui lui venait à l'esprit paraissait trop classe pour être une insulte.

Comme ils ne répondaient pas, la fille saisit la bouteille des mains de Gabriel. Il fallait avouer qu'elle était belle. Ses yeux étaient étrangement clairs, gris-vert, ses cheveux, foncés.

– En tout cas vous buvez de la merde.

Razmik sortit une petite bouteille de vodka de son sac et la fit tourner. Ray raconta de nouveau qu'ils étaient en quête de lieux cachés. Au revers, dit-il, en dessous de toutes les images. Comme en eau trouble, songea-t-il, mais il ne le dit pas. En pensant à la route fermée, il ajouta que les lieux pouvaient aussi être temporaires, cachés dans le sens où ils n'étaient indiqués nulle part. Dans un entre-deux, laissa-t-il échapper, et il fut pris en flagrant délit de fauche verbale. Serjoža haussa les sourcils et sourit. Liana l'observa la tête penchée.

– Mais ce genre d'endroits, il ne faudrait pas les chercher soi-même ?

Ray haussa les épaules et Gabriel aussi se tut, heureusement. L'authenticité. Des gens autant que des lieux. Ils avaient trouvé ces gens et cela suffisait. Mais ça ne se disait pas à voix haute.

– Ensuite vous mettrez tout sur le Net, dit Liana.

– Non, répliqua Ray.

– On n'a même pas de portables, ajouta Gabriel.

Tous les trois les fixèrent.

– La vache !

Ray aurait eu envie de donner un coup de coude à Gabriel. Il aurait mieux fait de se taire. Il ne fallait pas dire n'importe quoi. D'un autre côté, Ray aurait payé pour l'expression de ces types, surtout celle de Liana. Ray et Gabriel gagnaient des points à vue d'œil. Une sensation de bonheur déboula dans le bas de son ventre. Il n'y pouvait rien. Il était touché alors qu'il aurait voulu rester immun.

Le trio discutait sur un ton vif. Il se pouvait que ce soit une dispute. Il se pouvait que ce soit une façon de discuter. Ils semblèrent enfin parvenir à une sorte d'entente. Liana pointa le doigt sur la clôture en contreplaqué et demanda :

– Ça vous dirait d'aller de l'autre côté ?

On gagne au loto quand on ne s'y attend plus. Ray et Gabriel se jetèrent un coup d'œil. Ils avaient pénétré directement dans la chambre au trésor, rejoint le pied de l'arc-en-ciel ou qui savait quoi.

– Ouais.

Ils le dirent en même temps. Ray avait cherché à donner une intonation neutre à sa voix mais le cocorico de Gabriel les trahit.

– Reyziel a parlé, dit Liana en riant.

La fille n'était pas seulement belle. Elle était carrément splendide quand elle riait. Comme le sont les gens qui ne savent pas qu'ils le sont ou, s'ils le savent, qui s'en fichent. Quand elle souriait, ses pommettes remontaient haut et son nez se plissait de rides adorables. Une histoire d'amour malheureux, par-delà les distances, scellerait le destin du blog, tout le monde aimait ça. Mais serait-ce une histoire d'amour si l'engouement était à sens unique, sans nul baiser échangé ? D'un autre côté, il pourrait la colorer légèrement et laisser les développements à la charge de l'imagination du lecteur. Embrasser la Liana de la réalité, Ray n'osait même pas y songer.

– Ouhou !

Liana souriait. Ray rougit dans la grisaille. Liana était un rêve impossible, catégoriquement inaccessible. Ray secoua la tête et, pour se sortir les images perturbantes de la tête, pensa à la tribu carcinogénisée qui cramait jusqu'à l'os sur la plage artificielle du camping.

– On peut vous y emmener.

– Il y a quoi, là-bas ?

– Un cimetière au moins.

– En centre-ville ?

– Oui, il est super vieux.

Ray haussa les épaules. Le cimetière ne l'intéressait pas spécialement, ils en avaient vu, des cimetières, abandonnés et en activité, y compris un avec une chapelle au toit effondré depuis des lustres où la forêt poussait à travers la sacristie. Mais Serjoža raconta que celui-là était différent.

Il avait été fermé aux visiteurs quelques semaines auparavant seulement. Il allait être déplacé. Chaque pierre tombale serait retirée et transférée. Et où donc ? Dans un nouveau cimetière. Un nouveau vieux cimetière, donc. Qui n'était pas tout à fait au centre de la ville mais légèrement en périphérie. Dans un nouveau cimetière qui jouerait le rôle de l'ancien. Les voyageurs, eux, on ne leur en avait rien dit.

Une information de première main, donc. Enfin une information confidentielle !

– C'est pas vrai.

– Si. Si vous ne me croyez pas, allez voir par vous-mêmes. Le démontage vient juste de commencer.

– Et les cadavres ? Il va leur arriver quoi ? s'étonna Ray.

– T'inquiète, rétorqua Serjoža. Les cadavres, ça fait un bail qu'ils se sont décomposés.

– Les esprits, par contre, c'est pas la même histoire, intervint Liana. Si vous y allez, ce sera seuls. Nous, on n'a pas le courage. Mais vous, en tant que personnes extérieures, peut-être que les esprits…

– Quels esprits ?

– Les esprits en colère. On leur faisait des sacrifices, avant, mais maintenant, c'est plus possible.

Ray jeta un regard en coin à Gabriel. Au même moment, les autres éclatèrent de rire.

– Vous croyez vraiment n'importe quoi. N'importe quoi…

– Mais non.

– Vous auriez dû voir vos têtes !

La bouteille tourna à nouveau, le visage de Gabriel commençait à virer au gris. Ray réfléchissait encore au blog. Malgré les contretemps, ils étaient tout près du cœur de l'action. Pas des événements, mais de l'action. De l'action plutôt que des choses. Du mouvement. De la vie.

Liana s'éclaircit la voix et reprit la parole :

– Ce que Serjoža a dit sur le cimetière, c'est vrai. Il va être déplacé. Et là-bas, il y a aussi autre chose.

Liana souriait. Comme des rues barrées, dit-elle, des maisons vidées, des maisons pas vidées, des maisons dont il restait la façade et des maisons dont il restait tout sauf la façade, des maisons détruites, des maisons pas détruites, des maisons qu'on avait quittées si vite que la nourriture était restée sur la table *vous imaginez tout a pourri sur place*. Pas de gens, pas du tout de gens.

– Vous êtes chauds ?

– On est chauds !

Liana se remit debout, les autres suivirent le mouvement. Ils remontèrent sur la route.

– Comment on passe par-dessus ? demanda Ray en observant la barrière.

– Qui t'a dit de passer par-dessus ?

Ils passèrent dessous. Non loin, à l'endroit où la clôture en contreplaqué s'avançait légèrement au-dessus du fleuve, il y avait un espace d'un ou deux mètres sous la barrière et au-dessus de l'eau. Il fallait escalader une grille en fer séparant la route et le fleuve, se laisser glisser de l'autre côté en se tenant aux barreaux, juste un petit instant, passer sous la clôture en contreplaqué et regrimper de l'autre côté. Il se pouvait qu'on cherche un appui avec les pieds sur la paroi, ou qu'on se balance de-ci de-là suspendu par les bras, sans savoir quoi faire. Cela demandait de la souplesse et de la force. Et des plantes de pied. Ray s'inquiéta un moment pour le pied de Gabriel mais, heureusement, sa blessure était située au niveau du talon. Heureusement, en l'occurrence. Comme il était blessé sous le talon, il pouvait insérer ses orteils dans les trous du mur et, en trouvant son équilibre, se glisser de l'autre côté.

Ray oscilla un instant entre chute et crochetage. L'eau sous lui était noire. S'il tombait, le courant serait trop puissant, il ne pourrait se rattraper à rien, il n'y aurait aucune prise. Et puis, quelqu'un lui saisit le bras. C'était Razmik, qui le tira de l'autre côté. Gabriel poussa un cri derrière lui, il s'était blessé la main sur un truc coupant, *ah non pas encore une fois !*, mais ils parvinrent à le remonter. Gabriel essuya le sang sur son short et rit. Ils se tapèrent sur l'épaule.

C'est seulement ensuite qu'ils regardèrent autour d'eux. Ou qu'ils l'auraient fait, s'ils y avaient vu quelque chose. Car la première différence tenait à la lumière. Si la route barrée avait été grise, ici c'était le noir quasi absolu. C'était une bonne chose, dit Liana qui les mit en garde contre les caméras de surveillance. Il ne fallait pas aller là où c'était éclairé, et surtout pas sur les chantiers fermés. À l'intérieur de la clôture, seules quelques ampoules brûlaient çà et là, mais les lumières de la ville projetaient un halo dehors. Les membres du trio avaient allumé la lampe de leurs portables, Ray et Gabriel se partageaient la torche de mise au point de l'appareil photo.

– Ils vont tout détruire ?

– Quelques façades vont être conservées.

– Est-ce que nous pourrons entrer dans les maisons ?

– Vous pourrez faire tout ce que vous voudrez.

C'était un quartier fantôme, un vrai village mort. La route barrée se prolongeait de l'autre côté de la clôture, dans une grisaille plus sombre encore. Elle se terminerait au bout de quelques centaines de mètres, sur un pont, lui aussi fermé. Derrière la route se dressait une colline, et sur la colline, des maisons basses, détruites en partie ou complètement, desquelles aucune lumière ne se propageait. Liana avait dit vrai : il y avait des façades sans intérieurs et des intérieurs sans façades. Les chantiers en activité brillaient au milieu de l'obscurité comme les cieux terrestres ou, au moins, les portes du paradis.

Razmik secoua une porte qui s'ouvrit sur une maison à deux niveaux. Ils traversèrent les petites pièces prudemment, gravirent l'escalier et jetèrent un coup d'œil par la fenêtre. À l'intérieur, tout avait été démantibulé, cassé à coups de pied. D'aucuns auraient trouvé cela déprimant, mais pas Ray, et sûrement pas Gabriel non plus. Les gens avaient dû être obligés de partir en quatrième vitesse. L'endroit était donc un entre-deux, un non-lieu ou un envers. Une dimension étrangère, une version dégradée du monde réel. Il se pouvait qu'ils soient non seulement les premiers mais encore les seuls touristes à jamais s'y trouver.

Liana parut lire dans ses pensées.

– Il y a d'autres gens qui passent par ici, dit-elle en shootant dans une canette de bière, mais d'habitude, ils trouvent leur chemin par leurs propres moyens.

Comme pour ponctuer les paroles de la fille, une petite ombre se détacha sur la façade de la maison d'en face avant de disparaître par une porte, dans la grisaille. Une autre la suivit. Quelqu'un ricana. Ray était certain qu'il venait d'entendre sa langue maternelle. Le summum de l'anti-climax. Des canettes et toutes sortes de déchets jonchaient le sol.

– Vous êtes en retard. Tout le monde veut voir ça.

Ray sentit ses genoux fléchir, pire que précédemment. Il repoussa les passants, repoussa ses potentiels compatriotes, repoussa les paroles de la fille. On peut décider d'oublier n'importe quoi, songea-t-il. Il décida d'oublier.

La bouteille était vide, une autre fit son apparition. Dans un instant de clairvoyance, Ray se dit qu'ils étaient des cons. Voilà où ils en étaient, dans une ruelle déserte et puante avec des gars pas nets. Mais est-ce que ce n'était pas le cœur même de l'aventure ?

– Vous n'avez rien dit.

– Vous n'avez pas demandé.

– Nous, on veut voir un truc que tout le monde ne connaît pas, dit Ray.

Il se rappela le mec au catogan. Si la trinité LRS n'était pas au courant des grottes, tout se résumerait à un canular.

– On veut voir les grottes.

Ray sortit l'appareil et montra la photo du flyer. Liana, Serjoža et Razmik scrutèrent le texte chacun à son tour avant que Liana ne lui rende l'appareil.

– Et c'est ça qui vous intéresserait ?

– Ça se peut.

Le trio se lança dans un nouveau conciliabule. Ray et Gabriel restaient définitivement extérieurs. Parfois, il enviait les gens qui parlaient une langue si rare que les autres ne la comprenaient pas.

– C'est pas tout à fait *safe*.

– C'est pas un problème, dit Ray.

– Et c'est pas tout à fait gratuit non plus.

– On a de l'argent, dit Gabriel.

– Pas beaucoup, ajouta Ray, mais…

Il était sur le point de dire que ce qui, pour eux, était peu représentait quand même beaucoup pour les gens d'ici. Liana l'interrompit. Heureusement, réalisa-t-il une seconde plus tard, heureusement que Liana l'avait interrompu.

– On ne veut pas dire en argent, déclara la fille.

– Vous voulez dire quoi, alors ?

Le trio se consulta derechef.

– On va être honnêtes, dit Liana. Nous, on filme plein de trucs et on les met sur le Net. On va vous montrer des endroits, à vous aussi, si ça ne vous dérange pas qu'on filme. C'est ça la condition. Et donc, vous risquez de finir à l'image. Aucun nom ne sera mentionné.

Ray soupira, après tout ce qu'ils avaient enduré, les voilà qui se retrouvaient les sujets de vlogueurs. Ce qui, dans d'autres circonstances, aurait pu être hilarant.

– Qu'est-ce que vous filmez ?

– Tout.

– Pourquoi ?

– On veut immortaliser notre ville telle qu'elle est aujourd'hui. Créer une image de l'instant présent, celui où on est et que personne ne veut mettre en image, ni même se rappeler. Il sera oublié si personne ne prend de notes.

Liana agitait sa caméra pour signifier ce qu'elle entendait par prendre des notes. Gabriel émit un nouveau sifflement, Ray haussa les épaules comme si pareilles idées constituaient son ordinaire. Plus Liana s'expliquait, plus il était irrité. L'idée était géniale. Un montage de la ville qui existait entre le passé et le présent, qui était en majeure partie réelle maintenant mais qui, d'une certaine manière, n'existait pas. Ou alors, elle était invisible. La ville n'était pas, expliquait Liana, parce que l'instant présent, lui non plus, n'était pas au sens propre. L'instant présent était un concept psychologique qui, dans l'esprit humain, désignait surtout les perceptions sur lesquelles se focalise à chaque fois l'attention, qu'il s'agisse du monde extérieur, ou de l'examen de sa propre perception, ou de l'examen de cet examen, c'est-à-dire de la conscience. Et cela différait chez chaque personne. Le collage virtuel était une image d'une certaine prise de conscience de la ville.

– Vous en dites quoi alors ?

Ray ne répondit pas. Il ne savait pas. Le nom de ce collage virtuel pourrait être Entre-deux, en fait. Il aurait aimé l'avoir inventé lui-même.

– Ça a l'air génial, dit Gabriel.

Heureusement qu'il ne mentionna pas les échafaudages.

– Dans l'Entre-deux, vous êtes une partie de la ville, conclut Liana, c'est à prendre ou à laisser.

– On prend, firent Ray et Gabriel quasiment d'une seule voix.

Au moment où le flash se déclencha, les yeux de Ray et Gabriel furent aveuglés, et leurs visages surpris terminèrent sur une photo, ce qui n'a rien d'agréable.

– Rhô là là, les tronches, tellement drôles !

– Ben tiens. Fais voir !

– C'est déjà parti.

– Parti où ?

Liana rit. Elle n'était plus belle. Sa voix non plus. Sa voix était trop perçante, elle l'enlaidissait. L'idée d'amour inaccessible n'avait été qu'un trouble mental passager.

– Les grottes existent vraiment, alors ? demanda Gabriel.

– Bien sûr que oui, répliqua Liana. Dans l'Entre-deux, tout existe si on y pense. Mais vous devez piger que ce flyer, c'est une arnaque.

– C'est les mômes qui les fabriquent, dit Serjoža.

Les grottes se trouvaient sous la ville fermée. Liana expliqua que la montagne était creuse, c'est pour ça qu'elle commençait à céder et avait été clôturée. On y avait enfoui toutes sortes de déchets et de débris pour qu'elle tienne, mais rien n'y faisait. Les vraies grottes étaient une sorte de décharge souterraine. Personne n'y était passé, pas une seule personne. Ça puait trop, tout simplement. Ceux qui avaient réalisé le flyer emmenaient les touristes crédules dans des bunkers ou des caves, tout au plus, et leur tiraient un max de thune. Ils savaient s'y prendre pour que tout le monde soit content. Les touristes ne savaient même pas qu'ils se faisaient avoir.

– Vous n'aurez qu'à regarder combien on trouve de photos des grottes sur le Net. Rien que des caves à confiture !

Ray sourit par-devers lui. Le mec au catogan du bus ne connaîtrait jamais la vérité ; il jouait les aventuriers, mais à lui aussi, on lui montrerait sûrement juste des caves. Trouver la décharge souterraine, il n'y arriverait jamais.

– Mais dans les grottes, on n'y va pas avec vous, dit Liana.

– Pourquoi ?

– On veut pas d'histoires avec les flics. On a laissé assez de traces dans leurs registres. Vous voulez y aller quand même ?

– Oui.

– Même si c'est dangereux ?

– Oui.

– Et même si on n'y va pas avec vous ?

Surtout, oui, songea Ray. Les guides locaux, ils s'en étaient fadés. Cette petite bande leur avait été bien utile, mais ça suffisait, à présent.

– Est-ce que vous avez une lampe torche ?

– Oui, répondit Ray avant que Gabriel n'ait le temps de dire la vérité.

La lampe de l'appareil photo numérique était assez brillante. L'œil s'y habituait et, dans l'obscurité, même une faible lumière faisait office de vraie torche.

Le trio leur indiqua le trajet à suivre. Le plus court chemin traversait le cimetière, conseilla Liana et les autres se rangèrent à son avis, le cimetière valait le coup d'œil. En plus, il était déjà tard et il faisait noir, il ne s'y trouverait sans doute pas d'autres courageux ; Ray et Gabriel pourraient explorer les lieux en toute tranquillité. Derrière le cimetière, le sol s'était enfoncé, ouvrant une liaison directe vers le sous-sol. Et même, en passant par les tombes les plus éloignées, ils accéderaient aux grottes, les itinéraires s'ouvriraient tout seuls. Ni Liana, ni Razmik, ni Serjoža ne les connaissait tous. Et les passages n'offraient absolument aucune sécurité.

– Avant d'y aller, dit Liana, vous devez promettre de ne rien casser. Parce que, même si la ville compte déplacer les sépultures, ça reste malgré tout l'aire de repos de nos morts.

– Ouais, ouais.

– Dites-le !

– On ne cassera rien.

– On y va à nos risques et périls, et on ne cassera rien.

– On y va à nos risques et périls, et on ne cassera rien.

Et voilà qu'ils étaient déjà au portail du cimetière ; ils se dirent adieu, n'échangèrent pas leurs coordonnées, se remercièrent mutuellement pour la compagnie, et il s'en fallut de peu que Ray ne leur souhaite un bon restant de vie. Ray et Gabriel continuèrent de l'avant après le portail et entendirent Serjoža s'écrier une fois encore :

– Faites gaffe aux gardiens !

– Mais il n'était censé y avoir personne, répondit Ray.

Des rires.

– Ils se sont foutus de nous, chuchota Gabriel. Je n'ai pas cru à leurs histoires une seule seconde. Leurs grottes, c'est des bobards du début à la fin.

– Moi non plus, fit Ray.

Il mentait. Il y avait cru.

– C'étaient des dingues, ajouta Gabriel, complètement tarés.

– Mais imagine l'histoire que ça ferait.

– Moi, en vrai, j'ai même pas envie d'aller là-bas.

– On n'est pas obligés, il y a amplement de quoi faire ici. On n'a qu'à rester un peu. On attend qu'ils soient vraiment partis. Ensuite, on se casse.

– On reviendra demain ?

– Ouais, quand il fera jour. On prendra des photos.

– Comment on fera pour revenir en plein jour ?

– On y arrivera, vu qu'on connaît l'endroit. On trouvera bien un moyen.

– C'était quoi, ce blabla sur l'entre-deux ?

– Je sais pas. Ils avaient un truc flippant, ceux-là. Peut-être que c'étaient des zombies.

Ils rirent. Le rire avait un effet miraculeux. Si on riait seul, on avait l'impression d'être fou, mais rire ensemble chassait la sensation diffuse du danger.

– J'ai à nouveau mal au pied, dit Gabriel, je le sens quand on s'arrête.

– Dans ce cas, on s'arrête pas, lança Ray brusquement, si c'est pour que tu te plaignes.

C'était sorti tout seul. Ray donna une légère bourrade à Gabriel, sur l'épaule.

– Pardon. Je suis un peu sur les nerfs. Montre-moi.

Ils s'assirent sur une pierre tombale et fouillèrent leurs sacs dans le noir. L'obscurité n'était pas aussi complète qu'ils l'avaient craint au départ. Quand on osait éteindre les appareils, le halo orange du ciel urbain suffisait. Les stèles brillaient dans la grisaille et c'était bien vrai, ce qu'on leur avait dit à propos de leur déplacement : une excavatrice se cabrait au milieu des sépultures, aussi grande qu'une chapelle. Elle n'était pas du tout prévue pour creuser les tombes. Ray braqua la lumière de l'appareil photo sur le pied de Gabriel. Son talon droit était foncé.

– C'était pas ton pied gauche qui était blessé ? demanda Ray.

Gabriel le regarda bizarrement.

– Non, le droit.

– C'était le gauche.

– Non.

– Je suis sûr que c'était le gauche.

– Arrête, cria Gabriel, et il avait l'air tellement en colère que Ray sursauta en entendant sa voix. Je connais bien mes pieds, non ? !

Ray prit une grande inspiration. Il se trompait. Il avait un faux souvenir. Gabriel avait raison, il connaissait mieux ses pieds.

Il y avait aussi une alternative plus sinistre. Ray réfléchit à la manière de formuler sa pensée. Il était certain qu'on ne leur avait pas menti. L'entre-deux était vrai, ils en faisaient partie. Leur image, leurs visages. C'était comme s'ils se trouvaient entre deux miroirs. Le monde se prolongeait sur les réflexions des deux côtés, mais, tournés l'un vers l'autre, lui et Gabriel n'appartenaient à aucun des deux côtés.

Ray décida de ne pas revêtir ses pensées de mots.

– Ça fait chier de pas avoir une bonne vraie torche.

– C'est moche ?

Gabriel donnait l'impression de souhaiter qu'on lui serve une vérité adoucie. Son pied était poisseux. Il avait un relent sanguin et pire encore.

– Sûrement pas. On verra demain.

– Tu as peur ?

– Bah. Non. Cette bande, ils étaient pires que cet endroit.

– Cette bande, c'était peut-être une erreur. Mais d'un autre côté… on est arrivés ici.

– Carrément.

– Dis donc, et si on les testait, ces grottes. On pourrait prendre deux ou trois photos pour le blog. Au flash. Ça suffirait. Ensuite, on se tire et basta, on ne revient plus.

Gabriel restait silencieux. Ray savait qu'il voulait partir. Mais il savait aussi qu'il ne renoncerait pas.

– OK, fit la voix de Gabriel.

Dans le noir, il n'y avait que sa voix.

Ils s'avancèrent vers le centre du cimetière sans trouver aucune trace de caveau dont l'escalier conduirait sous terre. Juste du cailloutis régulier et des allées qui rétrécissaient. Des tas qui s'avéraient être des montagnes de pierres tombales. Des bennes, elles aussi remplies de pierres. Il aurait fallu voir les lieux à la lumière du jour, ç'aurait été plus intéressant. Ray prit des photos au flash ; ils les examinèrent, mais ne découvrirent rien de passionnant.

Que Gabriel se blessât l'autre pied n'aurait pas dû constituer une surprise, et pourtant c'en fut une. Et ce n'était pas seulement qu'il s'était blessé, mais il tomba, il tomba vraiment dans quelque chose. Après quoi, il y eut un moment de silence atroce.

– Gabriel !
– Ray !
– Eh, tu vas bien ?
– Ouais. Ou pas. J'arrive pas à me relever.
– Qu'est-ce que t'as ?
– J'ai mal au pied.
– Au même ?
– Non, à l'autre. On dirait…

Gabriel émit un son à glacer le sang. Ray scruta la pénombre à l'endroit où Gabriel avait disparu.

– Est-ce que tu me vois ?
– Je vois une forme.
– T'es à quelle profondeur ?
– Je sais pas. Peut-être pas très profond.
– Est-ce que tu peux te mettre sur une jambe ? Est-ce que tu pourrais…

La réponse fut un éclat de voix sourd. Ils se turent, attendirent. Il ne s'écoula probablement pas plus de quelques secondes, mais cela leur parut une éternité. Ray essayait de voir dans le noir. C'était comme s'il regardait au milieu d'un trou creusé dans la glace, rempli non pas d'eau mais d'obscurité. Ray était allongé au bord de l'obscurité. Il avait vu une situation analogue dans un film qu'ils avaient regardé en cours. Quelqu'un était tombé sous la glace, et une autre personne accourait à son secours, avant de tomber à son tour. Les deux mouraient et le film s'achevait, le trouble des spectateurs exacerbé par le générique de fin. Leur prof leur avait dit que celui qui voulait sauver l'autre aurait dû progresser sur le ventre. Ray n'avait jamais marché sur la glace, mais il comprenait qu'il fallait progresser sur le ventre.

Il réfléchissait si fort que sa tête se mit à le lancer. La migraine était de retour. Les comprimés étaient dans son sac, mais il n'allait pas en prendre maintenant. Tout donnait l'impression d'une sorte de rêve, déclenché justement par le fait qu'ils avaient pris des antidouleurs et, bon, de l'alcool, mais qui avait dit qu'on ne devait pas mélanger les antidouleurs et l'alcool ?

– Ray !

– Oui.

– Je croyais que t'avais disparu.

– Évidemment que non, imbécile.

– Ray !

– Oui.

– Est-ce que c'est une grotte comme celle dont ces gars parlaient ?

– Je crois pas. C'est sûrement juste…

Oh putain, bien sûr que c'était juste une tombe et dans une tombe c'était super cosy d'être allongé avec le pied en vrac, même si on n'avait pas peur des fantômes.

– … un trou.

– Un trou ? lança Gabriel.

– OK, c'est une tombe.

– Une qu'on a creusée et jamais utilisée.

– Ouais, qu'on n'a jamais utilisée.

– Ou qu'on a déjà vidée. Qu'est-ce qu'ils ont dit, sur les excavations ? Qu'on allait emporter les tombes ? Des morts, il reste au max seulement…

Un silence.

– … un os, suggéra Ray pour aider.

– Oui. Ou bien…

– Les morts sont morts, mon pote.

– Ray !

– Oui.

– Y a un truc qui gratte.

– C'est ton imagination.

– Non, c'est pas mon imagination. J'ai la trouille.

Pourquoi Ray ne pouvait-il pas juste dire qu'il avait peur, lui aussi, qu'il flippait salement, bordel. Les choses étaient sens dessus dessous. Son cerveau était sens dessus dessous. Une fois, ils avaient parlé du ruban de Möbius en cours de maths. C'était un truc simple, une bande à deux dimensions à laquelle on fait subir une torsion de façon à ce qu'elle n'ait qu'une seule surface. Ils en avaient fabriqué un en classe, en découpant un long morceau de papier auquel ils avaient fait faire un tour avant de coller les extrémités ensemble. Ils avaient ensuite tracé une ligne le long du ruban, dépassé la suture sur le dessous et étaient arrivés, à la fin, sans avoir levé leur crayon une seule fois, au point d'où ils étaient partis. Ils avaient tourné et retourné le ruban : il ne s'y trouvait aucun endroit où la marque de crayon ne fût pas passée. Et ce n'était pas tout, leur avait dit leur prof, si le ruban était fait en film transparent et si une créature en deux dimensions se déplaçait le long du ruban, elle rencontrerait à mi-chemin, au niveau de la suture du ruban de Möbius, son point de départ mais situé de l'autre côté, et donc, son monde à deux dimensions serait renversé sens dessus dessous. La créature en déplacement serait de l'autre côté et à l'envers.

– Eh ! lança-t-il dans la tombe, tu es là ?

– Ouais, désolé, je suis là. Tout va bien, t'inquiète. Il n'y a personne ici, l'endroit est fermé. Ici, il n'y a que des débiles comme nous.

– Ou des gardiens.

– Oui. Ou des gardiens.

Ils tentèrent de rire. Ray se mit sérieusement à espérer qu'il tomberait sur un aventurier de son genre. Ou sur un gardien. Ensuite, il pensa au monde inverse. Si la gauche de l'arrivant était la droite et sa droite, la gauche. Si ses paroles s'étaient retournées. Si le temps aussi s'était renversé et l'arrivant se trouvait face à des gens qui rajeuniraient. Qui iraient vers hier au lieu de demain. Se lèveraient de leurs tombes et entameraient leur vie à l'envers. Ou marcheraient la tête en bas. En ce moment même, il se pouvait que quelqu'un soit accroupi en dessous de lui et au-dessus de Gabriel. De l'autre côté d'une mince couche de terre, la plante des pieds contre le ventre de Ray. Quelqu'un qui ne pouvait sortir de la tombe sous peine de tomber dans le vide. Du point de vue de qui Gabriel serait accroché au plafond, à son plafond. Ou le plafond de l'autre.

– Arrête, dit-il.

– Quoi ?

– Rien, je parlais tout seul.

Ray réfléchissait intensément. Chaque pensée lui faisait plus mal à la tête que la précédente.

– Écoute, mon pote. Je vais te faire descendre l'appareil photo. Je vais l'accrocher à ma ceinture pour ne pas avoir à le lâcher. Tu pourras l'attraper, il n'y aura qu'à t'étirer un peu. Comme ça tu auras de la lumière, en bas.

En bas, de l'autre côté.

– Ensuite j'irai chercher du secours. Quelqu'un va venir, c'est sûr. Il y a des gens juste de l'autre côté de la clôture, en tout cas. Est-ce que tu vas pouvoir attendre ? Hein, Gabriel ?

En bas, le silence fut affreusement long. Si long que Ray eut l'impression que Gabriel avait déjà commencé à décliner. Il n'avait pas la moindre idée de ce que cela voulait dire. Pourquoi Gabriel aurait-il commencé à décliner ? Et c'était quoi, décliner ? Passer entièrement de l'autre côté ? De l'autre côté et à l'envers ? Non, il était en état de choc, stressé, mais il n'était pas en train de devenir fou. Plus de médicaments, plus jamais, juste la douleur limpide. La douleur était la forme physique des pensées. Le prix des pensées. Il en serait ainsi. Il devait en être ainsi. Plus jamais de médicaments ayant des effets sur le système nerveux central et embrumant la pensée.

– Ouais.

– Bien. Je fais descendre l'appareil.

Ray fixa sa ceinture à l'appareil et se mit à le descendre. Il tendait les bras, aussi droit que possible dans le vide souterrain.

– Tu l'as ?

– Attends.

Il sentit que quelqu'un attrapait l'appareil.

– Je l'ai.

– Bien. Maintenant je lâche ma ceinture. Fais gaffe.

– Aïe !

– Quoi ?

– Je me suis pris la ceinture.

Ray scruta la pénombre.

– Est-ce que tu peux éclairer avec la torche de l'appareil pour que je te voie ?

L'image s'incrusta dans l'esprit de Ray pour le reste de sa vie. Gabriel à la lumière de mise au point de l'appareil numérique. Son ami était allongé sur un sol de terre souillé au fond d'une tombe antédiluvienne au milieu de tout un tas de déchets et – il était même difficile d'y penser – sa jambe se repliait dans le mauvais sens au niveau du genou. Un jour, enfant, Ray avait, vu un homme assis par terre dans une station de métro, les quatre membres écartés, chacun plié dans le mauvais sens. Ray avait pressé la main de sa mère et demandé pourquoi le monsieur était comme ça, et sa mère lui avait enjoint de ne pas regarder. Mais il voulait qu'on le voie, s'était entêté Ray, car il avait un écriteau, il voulait des sous, il aurait fallu l'aider. Sa mère n'avait rien répondu. L'argent, ils ne lui avaient pas donné, cela Ray s'en souvenait, de l'argent, ils ne lui en avaient pas donné.

L'image de Gabriel au fond de la tombe, les quatre membres – non, une seule jambe repliée à l'envers, et la première pensée qu'eut Ray, n'ayant pas encore eu le temps de se censurer, qu'avec une jambe comme ça, il ne traverserait pas la frontière. La toute première chose à laquelle il pensa, la toute première, putain, ce fut le voyage, se dire qu'il était définitivement foutu. Peut-être que lui pourrait continuer. Il renverrait Gabriel à la maison en avion (il avait une assurance voyage pour ça, mais oui, hein) et Gabriel serait sauvé. Ray, lui, ne rentrerait pas, carrément pas.

Il se ressaisit et donna des consignes. Il encouragea Gabriel à rester sans bouger, à se faire le plus discret possible pendant qu'il irait chercher du secours. Il sortirait du cimetière et de la zone fermée par le chemin le plus direct. Il arrêterait le premier passant pour lui demander de l'aide. La première personne, peu importe qui ce serait, même des touristes venus en bus (ils rirent), ensuite il reviendrait. Ils reviendraient, au pluriel, lui et ceux qui les aideraient. Est-ce qu'il tiendrait jusque-là ?

– Ouais.

– Tu as l'appareil. Regarde des photos si tu as peur.

– Ouais.

– Utilise la mise au point comme lampe de poche.

– Ouais.

– Tu vas t'en sortir, tu es sûr ?

– Ouais.

Ray mit longtemps à trouver la sortie du cimetière. Il avait oublié le chemin. Dans son souvenir, ils avaient avancé tout droit, mais ils avaient manifestement dû prendre quelques virages, car le trajet direct conduisait à la partie du cimetière délimitée par le fleuve. Il le voyait : l'eau et, derrière, la rive opposée obscure, dépourvue de constructions, et un bateau de croisière brillamment éclairé, et il entendait des voix. Il n'y avait pas d'issue de ce côté, et rien d'autre à faire que suivre la berge jusqu'à ce que la barrière du cimetière fasse un coude s'écartant du fleuve, puis la franchir. Il sauta vraiment par-dessus. Il n'avait rien d'un coureur de haies, mais il le fit. Il continua son chemin au bord de l'eau et s'attendit à rejoindre la route barrée. Il l'emprunterait jusqu'à la clôture en contreplaqué et passerait dessous de la même manière affreuse qu'à leur arrivée. La clôture lui coupa la route. C'était impossible. Cela aurait dû être impossible. Non pas parce qu'on ne pouvait pas grimper – c'était une surface lisse couverte de graffitis – mais parce qu'elle n'aurait pas dû se trouver là. Là, il aurait dû y avoir la route abandonnée. Et le pont. La clôture aurait dû couper la route plus loin. Le fleuve était sur sa gauche et les habitations se dressaient sur la droite. Ils étaient arrivés de ce côté, Ray en était certain. Il sortit son plan mais il n'y voyait pas assez pour le lire dans cette grisaille. En plus de quoi, le plan datait d'avant la clôture. Et les rues. Comme si, genre, il avait vu le nom des rues sur les murs des maisons. C'était sûr que non. Et même, s'il y avait eu des plaques, on les avait sûrement retirées. Mais, sur le plan, il pourrait voir comment la route se situait relativement au fleuve. Il le verrait, si on y voyait.

Est-ce que le fleuve était à l'envers ?

Arrête !

Ray n'avait pas d'autre choix que de continuer le long de la clôture. Même s'il avait l'impression d'aller dans la mauvaise direction. Il la suivit pendant une durée qui lui parut infinie jusqu'à ce qu'il atteigne la route barrée. L'endroit était en principe le même que celui par lequel ils étaient arrivés dans la zone, mais quelque chose était différent. C'était comme l'image-miroir du point de passage par en dessous qu'ils avaient emprunté précédemment. Tout s'était retourné comme si, au lieu de trois, il y avait quatre dimensions spatiales, comme si Ray avait été élevé dans la quatrième dimension avant d'être relâché, à l'envers. Si le soleil se levait le matin, si cela se produisait encore, il le ferait à l'ouest, et là où se trouvait précédemment la droite, ce serait désormais la gauche.

Il laissa échapper une exclamation involontaire. Son cœur se mit à battre très fort. Le médicament, c'était peut-être à cause du médicament. Il se retourna et revint sur ses pas en trébuchant et enfin, là où il entendait les voix de fêtards nocturnes derrière la barrière, il se mit à crier à l'aide. Il cogna des poings sur la clôture et cria aussi fort qu'il put, en autant de langues qu'il connaissait. Il ne s'arrêta pas pour écouter si quelqu'un lui répondait, il ne faisait que crier et cogner. Jusqu'à ce qu'une porte s'ouvre dans l'obscurité. C'était miraculeux, il avait l'impression d'être assis dans une salle de théâtre. Ce n'était pas possible, et pourtant, cela se produisait : une porte s'ouvrit dans l'obscurité et un policier la franchit.

Après quoi, tout alla très vite. Ray fut conduit de l'autre côté par la porte découpée dans la clôture et tout était brillant et éclairé, il ne manquait plus que des caméras de cinéma, un groupe de techniciens assis sur des chaises pliantes et un réalisateur. La police n'avait pas besoin de le retenir, il ne faisait pas un mouvement. Un cercle de personnes s'était formé autour de lui, des locaux pour certains, des touristes aussi, un bon nombre le filmait au téléphone. Les vidéos finiraient sur le Net et ce ne serait pas sur le forum de l'Entre-deux. Ray dissimula son visage, il avait l'impression d'être le suspect d'une série télé, en route pour le tribunal. Ou la victime ; dans les séries policières, les victimes étaient filmées avec le même intérêt que les coupables. Ensuite, il raconta ce qui s'était produit, donna des noms, dit que lui et Gabriel avaient été attirés dans la zone fermée par des escrocs, qu'ils ne s'y seraient pas rendus de leur propre initiative. Les gens autour de lui traduisaient ses propos si nécessaire – après coup, il ne fut plus sûr de la nécessité de la chose – et puis, il fut embarqué dans une voiture de police. Les phares l'aveuglaient ; une ambulance, et une voiture de police après l'autre vinrent se garer, et une équipe de secours disparut par la porte, c'est-à-dire dans l'obscurité, à l'intérieur de la ville interdite. Il vit de loin les cônes de projecteurs géants transpercer le ciel de nuit. C'est à ce moment qu'il finit par s'endormir.

Il revint à lui au moment où on le secouait pour le réveiller. Un policier dit quelque chose qu'il lui fut impossible de comprendre, en dépit du fait que c'était de l'anglais :

– Nous n'avons trouvé personne.

– Vous devez y retourner. Il est là-bas, vous n'avez pas regardé au bon endroit.

– On a trouvé ça. Ou plutôt, les chiens l'ont trouvé. Sinon, on aurait cru que tu débloquais.

Le policier lui tendit sa ceinture.

Ray serra sa ceinture dans ses mains.

– C'est impossible, dit-il, impossible.

On le laissa dormir au poste. Il n'avait pas été appréhendé, il ne voulait juste pas quitter les lieux. Il voulait rentrer chez lui. Plus que tout, il voulait retrouver son lit. Il voulait rentrer à la maison avec Gabriel, mais si on ne retrouvait pas son ami, il rentrerait seul. Il partirait aussitôt, il achèterait des billets pour n'importe quel vol, qu'importe le nombre de correspondances. Il appellerait chez lui. Dès demain. Sa mère et son père l'aideraient.

Au matin, on le réveilla avec moins d'égards.

– Écoute, coco, se fit-il dire, une déclaration de disparition a été faite à ton sujet. C'est ton ami, soi-disant disparu, qui l'a remplie. Un truc pareil, ce n'était encore jamais arrivé, que deux copains déclarent la disparition l'un de l'autre. Et donc, elles s'annulent.

Ray serrait encore sa ceinture dans son poing au moment où on lui tendit un téléphone ; la marque de la boucle s'était imprimée dans sa paume. Il songea aux mots du policier. *Et donc, elles s'annulent.* Est-ce qu'ils allaient disparaître en se touchant ?

– Gabriel.

– Ray.

– C'est toi.

– Ouais.

– T'es où ?

– À l'infirmerie du camping.

– Tu vas bien ?

– Oui. Je mange de la salade de fruits. Une infirmière à gros seins agite un éventail devant mon visage.

– Arrête de déconner… J'étais hyper inquiet.

– Mais qu'est-ce que tu racontes, c'est moi…

– Écoute, l'interrompit Ray, il faut qu'on réserve des billets tout de suite. Je peux pas te laisser voyager dans état pareil.

Ray ne voulait pas avouer à Gabriel qu'il voulait rentrer à la maison. Il fallait qu'il donne l'impression de l'accompagner par pure amitié. Il se sacrifierait, il accepterait de partir, il s'occuperait de tout organiser et conduirait Gabriel chez lui en jouant les réticents. Personne ne devait jamais savoir qu'il avait songé à téléphoner à ses parents comme un môme de quinze ans.

– Ray, écoute-moi, dit Gabriel. Je ne suis pas dans un sale état. Il s'est passé un truc génial. Ils sont arrivés dès que tu es parti, je veux dire Serjoža, Liana et Razmik, ils ont eu grave peur. Ils avaient juste fait ça pour déconner, ils ont dit qu'ils seraient revenus nous chercher de toute manière. Mais ils ont eu un problème et quand ils sont revenus, j'étais tombé et toi, tu étais déjà parti. Ils sont descendus par je ne sais où, et ils m'ont fait passer par le même chemin. Tu aurais dû voir ça ! C'était dingue, il y avait toutes sortes de couloirs. Je vais te dire, c'était un endroit où tu voyais directement dans le futur, tu m'entends, ils construisent un immense hall à l'intérieur de la terre. Je l'ai vu. Il y a d'autres gens aussi qui sont venus, on a failli rester faire un pique-nique de nuit, mais j'étais pressé de te retrouver.

Ray ne voulait pas écouter.

– Et ta jambe ?

– C'est ça, le mieux. Elle n'est pas cassée, juste déboîtée. La blessure à l'autre pied est infectée, mais elle va guérir. On aurait dû aller à l'infirmerie tout de suite. Je crois qu'après quelques jours de repos, mon pied sera de nouveau rétabli.

– C'est quel pied ?

– Quoi ?

– Celui où il y a la blessure ?

– Le gauche, évidemment.

– La nuit dernière, c'était le droit.

– Dis pas de conneries. Je les connais, mes pieds, hein.

Ray ne répliqua rien.

– Ray, t'es là ?

– Ouais.

– Tu dois venir tout de suite, j'ai pris plein de photos. Super belles ! On a un matos fantastique pour le blog !

– Rien à foutre du blog !

– Quoi ?

– Rien.

– Et, dis, on va pouvoir bientôt reprendre la route. Je suis carrément impatient !

SALLE 7

LA TOMBE

image initiale : le regard de l'autre

La vidéo est filmée à l'épaule. Elle montre des touristes en train d'enregistrer une attraction. La vue progresse en panoramique de gauche à droite comme les lettres dans les alphabets latin et cyrillique. Il est permis de filmer les gens dans les lieux publics, tant que la situation n'est pas dégradante ; sur cette vidéo on pourrait distinguer un visage si l'on se trouvait connaître l'un des touristes. Pour la majorité, ces gens sont toutefois n'importe qui. Anonymes, ils ne se représentent pas eux-mêmes. En tant que partie d'une vidéo, ils ont abandonné leur personnalité ou, en tout cas, ce qui en est caché ; restent des suppositions grossières concernant leur âge, leur genre et leur origine ethnique, plus rarement leur niveau de richesse ou leur nationalité, sans doute pas du tout leur caractère ou leurs valeurs. La plupart d'entre eux ont un téléphone ou un appareil photo à la main et regardent non l'objet mais la réalité alternative couverte par une vitre et réduite par une lentille, telle une fenêtre déformante, cependant une partie d'entre eux sont allés encore plus loin et se sont placés dos à l'objet : ils tiennent leur appareil face à eux pour se prendre d'abord eux-mêmes et ensuite seulement le tableau / l'église / le bâtiment administratif / le clocher / les jongleurs / la fontaine / les ruines du temple / le portail du camp de concentration / la statue vivante / le paysage qu'il sont venus voir. Ils voient une image au lieu de la réalité.

La tombe

1
L'amour

Tout débuta en été, il y a une trentaine d'années, Ivan avait dix-sept ans. C'était l'une de ces années d'ébullition suivant l'indépendance ; les frontières s'étaient déjà ouvertes, mais les gens ne savaient pas encore quoi faire de leur liberté, pas davantage qu'ils n'avaient eu le temps d'être déçus de ne pouvoir en faire grand-chose. Ivan était certain de la date, il aurait pu indiquer le jour sur un calendrier. En tout cas, la semaine et, sans aucun doute, au moins, le mois, étant entendu que, lorsqu'il était question de choses importantes, si l'on se souvenait précisément de l'événement, on le plaçait mal sur le calendrier. Ainsi, l'explosion de la centrale nucléaire, lorsqu'Ivan était encore enfant et que, parmi d'autres, son père avait été réquisitionné pour les opérations de sauvetage. Ivan avait été sûr et certain d'une canicule et de jours plus chauds qu'habituellement jusqu'à ce que quelqu'un lui rappelle que l'accident s'était produit au mois d'avril. Sa mère l'avait tancé pour sa mauvaise mémoire et plus tard, il se la reprocha lui-même : son père avait perdu la santé au travail, comment peut-on oublier une chose pareille.

Le nom du quartier, en ce temps-là, était la Colline. Pas la vieille ville, comme dans la plupart des localités européennes, même si l'on frappait déjà aux frontières de l'Europe, ici aussi, pas même le centre-ville. La Colline était juste la Colline, elle n'avait pas d'autre nom, bien qu'elle se situât en un lieu central, au bord du fleuve, au cœur des zones résidentielles concentriques les plus intérieures. On disait que la Colline avait été là en premier, avant la ville, avant même son nom propre, la colline n'étant devenue la Colline avec une majuscule qu'à partir du moment où l'État avait décrété son rattachement au système d'adresses postales. Trente ans plus tard, le nom de la zone était la vieille ville, si l'on en croyait les plans du futur, et la zone fermée *interdite aux personnes non autorisées*, si l'on parlait du présent. Que ce soit avec une majuscule ou une minuscule, les seuls à encore parler de colline étaient les gens restés bloqués dans le passé. Ainsi, l'été où Ivan avait dix-sept ans.

Cet été n'avait rien connu de très spécial, ni tempêtes ni sécheresse ; même l'agitation politique était retombée sous la chaleur, du moins ce qui aurait pu s'en propager jusqu'à la maison d'Ivan et son environnement immédiat, la colline, dont le nom était encore la Colline. Dans la vie d'Ivan non plus, il ne se passait rien. Il était en vacances et aidait son père pour des réparations. Il jouait au foot et au basket sur les terrains vagues entre les bâtiments ; une table de ping-pong avait même été confectionnée avec deux planches de contreplaqué mises bout à bout. Il orientait l'antenne pour capter les émissions de la radio et entendait parfois quelque chose, la retransmission d'un match ou une bande musicale. Il s'installait avec Mher, son meilleur ami, sur le toit, près d'une cheminée, ils écoutaient de la musique et fumaient des cigarettes. Mher criait des remarques aux filles du quartier qui passaient par là et recevait des signes de la main excédés en guise de réponse. Ivan, lui, ne criait pas. Au lieu des filles, il contemplait l'autoroute longeant le fleuve, qui vrombissait sous la Colline, et, surmontant le pont et l'eau, le ciel fendu par les traînées noires crachées par les cheminées ; il regardait jusqu'à l'horizon bleu-gris. Il songeait au départ. Si l'on ne comptait pas quelques années d'apprentissage et la résidence au centre de formation concerné, on passait en général toute sa vie sur la Colline. Pas Ivan, il en avait décidé autrement.

Hormis cela, rien, rien d'autre. De tout l'été, il ne tomba qu'un seul événement et celui-ci fut entièrement personnel.

La femme était apparue du néant ; elle avait oscillé un moment dans la chaleur, comme un mirage, avant de se matérialiser. Elle était pieds nus, un sac décoloré sur le dos. Quelqu'un avait vraiment traversé la ville bruyante, jusqu'à la Colline, pieds nus : cela avait été remarqué tout de suite, remarqué par les enfants et les vieux, eux qui, justement, avaient du temps à perdre pour remarquer ceci et cela, et ils en avaient parlé longtemps.

Personne ne marche pieds nus.

Sauf les mendiants, et les voleurs.

Et les hippies, songea Ivan ; il observait la femme depuis le toit et faisait semblant de réparer des trucs chaque fois que sa mère passait. Peut-être que la femme était une hippie. Ou une vagabonde.

En tout cas, ce n'était plus une gamine, au moins vingt-cinq ans, mais la peau de son visage était merveilleusement lisse, comme si elle avait été conservée en cave. Elle était très blonde, sa peau presque transparente et entièrement couverte de taches de rousseur, on ne distinguait pas bien ses cils et ses sourcils, se pouvait-il qu'ils soient de la même couleur que sa peau ? Ses yeux étaient d'un gris pâle et dilué, ses joues, couvertes d'un duvet très fin. La femme se protégeait du soleil avec de longs vêtements en coton où brillaient toutes les couleurs de l'arc-en-ciel ; seules les paumes de ses mains et la plante de ses pieds étaient visibles, ainsi que sa nuque d'une étroitesse majestueuse. Elle avait des lunettes de soleil rondes à monture métallique munie de verres roses, et des fils de différentes couleurs étaient entremêlés à ses cheveux. Sur sa peau étaient tatouées deux petites lettres décoratives, deux *g* qui formaient l'image d'un papillon.

Afin que je n'oublie pas, disait-elle.

À sa cheville, il y avait une chaînette, à la chaînette un médaillon, dans le médaillon une boucle de cheveux blonds.

Afin que je n'oublie pas, disait-elle.

Son nom était Gunilla.

Il serait excessif de dire que Gunilla fut la première. Il s'était présenté d'autres curieux ; les frontières étaient ouvertes depuis un moment déjà, et toutes sortes de personnes étaient venues s'étonner jusque dans les coins les plus reculés. On n'avait besoin que d'un visa et d'un peu d'effort. De pas mal d'efforts, en réalité, mais si, avant, il avait été pratiquement impossible de voyager, la chose n'était plus que difficile à présent, ce qui voulait dire beaucoup plus facile. En un sens, toutefois, Gunilla fut la première. Elle fut la première à marquer les esprits. La première et la dernière. Dans l'esprit d'Ivan, et de tous les autres. Ou bien était-ce lui qui maintenait Gunilla présente à son esprit et à celui des autres ? Sans doute pas. Pourtant, quoi qu'il en soit, tout le monde se souvenait de Gunilla.

Deux choses en Gunilla différaient des autres venus avant et après elle : elle demandait toujours la permission avant de photographier qui que ce soit et, au lieu de vous rebattre les oreilles en anglais, elle tentait de comprendre ce qu'on lui disait. Ils n'avaient pas de langue commune. Les jeunes de la Colline avaient commencé l'apprentissage de l'anglais à l'école seulement quelques années plus tôt, et Gunilla ne parlait aucune de leurs langues. Mais elle disposait d'un dictionnaire. Elle se promenait partout avec ce petit objet en main et traduisait ses paroles mot à mot et phrase à phrase afin qu'ils puissent mieux se comprendre. C'était drôle et absurde, tous ces mots mal prononcés et mal déclinés – les petits enfants en particulier piaillaient de rire, ravis de l'entendre –, mais ils se comprenaient tant bien que mal.

Afin que je n'oublie pas.

Ivan ne savait pas ce que Gunilla ne voulait pas oublier. Il savait seulement ce que, lui, il n'oublierait pas. Et il tomba amoureux.

Précision : ils furent nombreux à tomber amoureux.

Deuxième précision : les garçons étaient une bande de chiens en rut autour de Gunilla.

Troisième précision : si on le lui avait demandé, Ivan aurait dit que les autres croyaient seulement être tombés amoureux, ces cabots ne savaient pas ce qu'était l'amour et ne méritaient pas de respirer le même air que cette créature merveilleuse.

Malheureusement, Gunilla ne prenait pas Ivan au sérieux, pas plus que ses égaux en âge. Elle leur souriait certes en minaudant ou, du moins, était-ce ainsi que les autres garçons – pas Ivan qui observait tout de plus loin, ne voulant pas être un des garçons, une partie méconnaissable d'une troupe d'admirateurs – interprétaient son sourire, mais elle les sifflait aussitôt comme un homme ; elle riait à pleine bouche, faisant briller au soleil le bijou en or monté sur une de ses dents, et donnait une petite tape sur la tête de l'un ou de l'autre au passage. Elle était si grande que seuls quelques rares garçons avaient assez poussé pour la dépasser. Gunilla leur donnait des caramels au goût ignoble qu'ils suçotaient bravement, les yeux pleins de larmes, sous son regard vigilant. Sur son lecteur de CD portatif, elle jouait des disques qu'elle transportait dans un petit classeur dans son sac à dos, et quand les piles étaient mortes, elle en sortait toujours de nouvelles. Les jeunes de la Colline n'avaient jamais entendu ce genre de musique ; ce n'était pas le tempo de *dance* monotone qu'on entendait à la radio, quand y on entendait quelque chose, quand les vents étaient favorables et l'antenne orientée dans la meilleure direction possible, et que les vieilles gens ne saturaient pas la radio de leurs programmes informatifs et de leur propagande religieuse. C'était quelque chose de tout autre.

Gunilla préférait passer du temps avec les adultes. Elle ravissait les femmes plus âgées non seulement en goûtant tous les plats traditionnels surannés que la jeunesse indisciplinée avait déjà commencé à rejeter, mais aussi en notant les recettes et en apprenant à les réaliser. Les hommes, elle les réduisait au silence en faisant montre de ses capacités à descendre une bouteille entière de vin fort, épicé, tout en tenant sur ses jambes, et à enregistrer par écrit les manières de travailler et les méthodes du coin, à grimper sur le toit sans qu'on le lui demande pour redresser l'antenne, à connaître de nombreux jeux de cartes et les jeux de dés, pour lesquels ordinairement les femmes ne s'enthousiasmaient guère, à leur enseigner des jeux et des chansons à boire qu'ils ignoraient et à en apprendre tout un tas d'autres qu'ils connaissaient. Les jeunes étaient charmés par ses talents de comédienne. Elle les entraînait à jouer avec elle des pantomimes dont il fallait deviner le contenu. Elle tentait de traduire, à l'aide de son dictionnaire, de brèves histoires horrifiques, et même si personne ne comprenait l'intrigue – les histoires traduites mot à mot allaient tout simplement trop lentement et la façon dont Gunilla utilisait la langue était, pour dire le moins, étrange –, cela ne gênait personne.

Ivan, un peu en retrait, regarda Gunilla monter sa tente dans l'arrière-cour de la famille de Mher, le premier jour. Bien évidemment, il n'en était pas question. Gunilla fut invitée à dormir dans la maison et lorsqu'elle fit des façons, à la porte, on la mena à l'intérieur par le coude, à moitié de force. On mit à sa disposition la chambre des sœurs cadettes de Mher, aussi longtemps qu'elle en aurait besoin, en dépit de leur colère et de leurs protestations. Fichues minus ! Ivan aurait volontiers offert la sienne à Gunilla, même si ça l'avait forcé à dormir dans les branches d'un arbre. Il imaginait Gunilla ôter ses vêtements – pour une raison qui lui échappait, il lui était impossible de former une image de la zone contenue entre les aisselles et le creux des genoux de la femme transparente, de voir s'il s'y trouvait là aussi des taches de rousseur potentielles, au bas du dos ou à l'arrière des cuisses, si des veines bleues se croisaient sur ses seins, s'il y avait du duvet sur son ventre aussi – et s'allonger entre des draps frais. Qui auraient pu être ceux d'Ivan. Ou au moins le mur derrière lequel Gunilla aurait dormi aurait pu être le sien et non celui de Mher. Qu'y avait-il donc de si étonnant à ce qu'Ivan bousculât Mher avec un peu plus de dureté après que son ami – quel ami ? – eut insinué que Gunilla était d'une générosité particulière eu égard à sa vêture tandis qu'elle marchait d'un pas relativement peu discret pour se rendre aux toilettes, la nuit. Ivan se prit le poing de Mher dans la gueule et, chez lui, un commentaire verbal de sa mère : « les pauvres gosses ».

Gunilla donna ses vêtements, partagea tous ses bijoux faits main, ses foulards, ses rubans à cheveux et tout ce que contenait son sac à dos ; les fillettes et les petites ados en faisaient leurs trésors. Elle ne conserva que son appareil à musique et ses disques, son carnet de notes et une mystérieuse pochette en toile brodée qui était suspendue à son cou, entre ses seins, sous sa chemise, et renfermait la possibilité du retour à la maison, disait-elle. Elle n'avait que peu d'argent, mais cela ne dérangeait pas. Les gens étaient serviables et incroyablement hospitaliers, disait-elle à l'aide de son dictionnaire. *Moi aider, tous aider*. On lui offrait le gîte et une piécette ici, un trajet en voiture et des vêtements propres là ; cela s'était produit à chaque phase de son merveilleux voyage *mon pays pas bonnes gens comme ici pays*. Ivan descendit en ville et acheta une carte d'Europe au magasin général. Il la fixa au mur de sa chambre et marqua l'emplacement de toutes les grandes et petites villes mentionnées par Gunilla. Et il indiqua aussi autre chose : les itinéraires, routes et gares ferroviaires.

Au lieu de ses vêtements, Gunilla portait des nippes et des mantes dénichées dans les bahuts des grands-mères, qu'elle achetait contre travail, comme elle disait. C'était un peu drôle, personne ne portait de telles antiquités mangées aux mites en dehors des fêtes et, même là, elles étaient l'apanage des vieillardes. Ensuite, Gunilla emmena les filles danser ; elles descendirent en ville en secret pour rejoindre des clubs enfumés. Ivan les observait rire et se changer dans leurs chambres derrière de fins rideaux. Il n'était pas le seul. Les autres garçons regardaient aussi en cachette. Mais il était le seul, il le voulait, le décida en son for intérieur, l'unique à ne voir que Gunilla. Dans ses habits traditionnels qui, portés par toute autre, auraient été ridicules.

Gunilla ne resta pas longtemps, quelques jours ou, tout au plus, deux ou trois semaines. Les journées étaient longues et lentes ; Ivan n'en tint pas le compte mais l'imminence de leur fin était présente tout le temps que cela dura. Tout ce qui se produisait était marqué au coin du temporaire. Gunilla les prit tous en photo. *Je peux merci photo merci*, elle demandait, le dictionnaire à la main, et obtenait quasiment toujours la permission. Si quelqu'un refusait, elle n'insistait pas et, la plupart du temps, la personne qui avait refusé acceptait le lendemain ou le surlendemain, sans qu'elle ait besoin de demander ; on lui faisait signe d'approcher, et on prenait la pose sur le fragment de réalité délimité par l'étrangère. Gunilla n'avait pas de pied photo, mais elle coinçait l'appareil entre deux briques sur un appui de fenêtre ou empilait deux tabourets et enclenchait le retardateur, afin d'être elle aussi sur la photo. Elle voulait partager le cadre avec les habitants, mais aimait à prendre aussi d'autres clichés. Leurs maisons, les détails de leurs intérieurs : pots de fleurs, volets, bouquets de fils électriques pendant à portée de main, toits en tôle faits de bric et de broc, fleuve coulant derrière les toits en tôle, et autoroute rugissant entre l'eau et la Colline, voitures, carcasses de voitures, hangars, hangars disloqués, éraflures sur les portes des hangars, bicyclette flambant neuve et bicyclette sans pneus, panneaux de signalisation, dessins d'enfants tracés par terre à la craie, jouets abandonnés, plaques et numéros de rues, feu allumé dans une arrière-cour, arrière-cour sans feu, prairie en fleurs sur friche, barrière non réparée et hommes en train de réparer une barrière, chats étendus sur des toits en tôle, chats sur des rebords de fenêtres et chats à la porte de magasins, chats en fuite sur le toit, chats qui cherchent à entrer, chiens qui ne cherchent rien, juste allongés, poubelle à l'extérieur d'un magasin, petites fleurs jaunes sans nom poussées dans une craquelure du béton, sentier de fourmis, cartons publicitaires jonchant la rue, poussière, cœur dessiné sur un mur à l'intérieur duquel est inscrit « La Colline ». Avant tout, Gunilla photographiait les gens : petits enfants jouant sur le chemin d'accès à une cour, gamins un peu plus grands qui se courent après, vieil homme qui balaie les escaliers, femme lisant un livre, jeune fille ramassant des œufs, jeunes hommes jouant au basket sur un terrain envahi d'herbes entre des maisons, homme faisant la sieste, fille faisant du vélo, vieille femme à la fenêtre, groupe de jeunes jetant un œil sous un capot, hommes et femmes revenant de leur travail à l'extérieur de la Colline ; des choses tout à fait ordinaires.

Ivan ne rencontra Gunilla seul à seule que le jour où celle-ci vint faire des photos chez lui. Dans l'arrière-cour, elle attrapa une poule, demandant si quelqu'un pouvait la photographier. Ce quelqu'un fut Ivan, il n'y avait que lui sur place. Il prit une photo d'elle et de la poule avec l'appareil de Gunilla qui tenta ensuite de lui fourrer le volatile dans les bras, mais Ivan n'était pas d'accord.

– Pourquoi non ? demanda Gunilla qui n'avait plus besoin de dictionnaire pour dire ces deux mots.

Ivan haussa les épaules. Il ne savait que répondre, et n'aurait rien trouvé à dire même si Gunilla avait pu le comprendre. Il se tut, se contentant d'un nouveau haussement d'épaules, accompagné d'un non de la tête. La poule dans les bras, ça ne valait rien. C'était bon pour les mioches d'en choper, et, oui, il le faisait lui aussi, il y avait environ dix ans. Ivan ne savait pas lui-même ce qui lui posait problème, avec cette poule. Il réalisa seulement bien plus tard qu'il avait détecté en Gunilla une chose pour laquelle il n'avait pas encore de mot. Non qu'Ivan n'eût été, d'une manière indéfinissable, attendrissant avec une poule dans les bras. Et donc une personne tout indiquée pour tenir une poule et sourire devant l'objectif. Mais c'était que toute leur communauté était attendrissante, jusqu'au vieux le plus fripé. Ivan ne voulait pas être le souvenir d'un garçon attendrissant, une poule dans les bras. Il ne fut jamais en mesure de mieux se l'expliquer.

Il y avait une seconde chose. Cela se produisit lorsqu'Ivan parla.

– Je ne veux pas tenir la poule, dit-il en tout et pour tout.

C'est du moins ce qu'il crut, ou eut l'intention de dire. Mais il s'exprimait en anglais, voulant montrer qu'il avait un peu appris, il faut avouer qu'il voulait faire bonne impression, et il eut recours à un drôle de mot. Il dit poulet. Moi pas poulet. Vraiment ? Il ne cessa de se le demander. Et il avait même ajouté au bout du mot poulet une terminaison qui avait tout l'air d'une connerie. *Me no chickenu*. Était-ce vraiment leur première conversation ? *Me no chickenu*. Ivan ne se le pardonnerait jamais.

Gunilla rit.

– *Chicken*, répéta-t-elle en anglais et elle caressa les cheveux d'Ivan.

Ç'aurait pu être amusant, dans une autre situation, avec une autre personne. Ç'aurait pu être amusant plus tard, avec Irina. Mais pas avec Gunilla, qui était une adulte et face à laquelle Ivan n'était qu'un pauvre gosse. Il se leva et partit.

La deuxième chose qu'éprouva alors Ivan, idée qui ne lui vint qu'ultérieurement, fut donc le langage. Combien une langue apprise de manière lacunaire l'avait fait se sentir con. Qu'il n'était capable de rien dire, alors qu'il recelait tout un monde qu'il aurait aimé présenter à cette femme. À ce moment même. Mais non. C'était comme si quelqu'un avait posé la main devant sa bouche. La femme ne savait pas qui il était et c'est pour cela qu'elle s'intéressait plus à la poule qu'à lui.

– Ivan, s'écria Gunilla dans son dos.

La femme prononçait son prénom si maladroitement qu'il en fut attendri. Il y avait autre chose aussi. Gunilla avait dit son nom. Jusqu'alors, il l'avait entendue les appeler uniquement « les garçons », ou un truc du genre, mais là, elle avait dit son prénom. La voix de Gunilla pénétra au point central d'Ivan, de son corps comme de son esprit, et y resta. Il se retourna sur le perron pour la regarder. Au même instant, juste avant qu'il n'entre dans la maison, Gunilla déclencha son appareil. Puis, elle le suivit à l'intérieur.

La mère d'Ivan tenta de donner un coup de propre dans la cuisine avant de laisser entrer Gunilla munie de son appareil photo, mais celle-ci l'en empêcha ; elle rit en faisant un geste de la main. *Être toi*, dit-elle avec son dictionnaire ; elle immortalisa sa mère qui transportait clandestinement un sac-poubelle dans l'entrée. Son grand-père était allongé en slip pour sa sieste, il faisait si chaud, et Gunilla le prit en photo, lui aussi. Ivan s'enferma dans sa chambre et se lissa les cheveux en cachette, expédia d'un coup de pied ses caleçons et ses magazines de bande dessinée ridicules sous son lit avant que Gunilla n'ait le temps de débarquer avec son appareil. Il défroissa la carte et se posta devant. Comme ça, Gunilla la verrait, si elle avait envie de le voir, lui. Elle les verrait, lui et sa carte : son plan, son départ de la maison, tout ce dont il ne savait parler en anglais et que Gunilla ne comprendrait pas s'il essayait de lui expliquer dans sa langue maternelle, toute sa vie qui allait devenir différente.

– Toi fâché, dit Gunilla. Moi pardon.

– OK.

– Merci.

Gunilla ne remarqua pas la carte, elle jetait des regards circulaires dans la chambre mais ne lui accorda aucune attention. Ivan se retourna pour la lui montrer et Gunilla vint tout près de lui.

– Moi aussi je voyage, dit Ivan en anglais.

Gunilla ne dit rien.

– Je pars, continua Ivan.

– Ne pars pas, dit Gunilla et Ivan ne comprit pas, même plus tard, ce qu'elle avait voulu dire par là.

Se moquait-elle d'Ivan à cause de son niveau en anglais ou bien ne voulait-elle pas l'encourager dans ses projets ? Ou ces mots avaient-ils une autre explication ?

– Pourquoi ? demanda Ivan.

Gunilla ne répondit pas, mais ce qui arriva ensuite s'imprima dans l'esprit d'Ivan pour l'éternité. Ils se tournèrent pour se regarder, simultanément, comme s'ils avaient répété la scène. Comme si un metteur en scène invisible avait levé la main : maintenant. Ils étaient tout près l'un de l'autre. Ivan était sur le point de détourner les yeux, mais Gunilla lui prit le visage comme les hommes le font aux femmes dans les films, elle lui souleva le menton et pressa ses lèvres contre les siennes. Gunilla enfonça sa langue dans la bouche d'Ivan et la fit tourner avec légèreté, juste un peu, déclenchant en lui une pluie d'étincelles qui s'arrêta avant même qu'il ne comprenne ce qui s'était passé, comme il en va souvent des phénomènes électriques ; on peut se les remémorer ou les imaginer, mais pas les ressentir par la seule force de la volonté, ni même rester en vie s'ils durent sans discontinuer. Gunilla le regardait dans les yeux ; Ivan en était assez sûr, mais pas tout à fait certain, pour sa part, il ne la regardait pas, et rit à nouveau. Elle ouvrit son dictionnaire. *Moi aimer toi.* Elle rit encore. *Moi. Aimer. Monde. Moi. Aimer. Tous. Monde. Gens. Toi important. Toi souviens. Important.* Ce fut le premier baiser d'Ivan. Ils faisaient quasiment la même taille ; l'attitude de Gunilla, courbée vers lui, était une politesse, quasiment imperceptible.

Gunilla s'accroupit, Ivan ne put s'empêcher de fixer ses hanches qui ployaient ce faisant, et ouvrit le médaillon à sa cheville ; elle en fit tomber les cheveux par terre et les remplaça par ceux d'Ivan, à qui elle coupa une petite boucle d'un coup de ciseaux.

Afin que je n'oublie pas.

Elle prit ensuite un stylo et un bout de papier sur la table et inscrivit quelque chose, le tendit à Ivan et feuilleta son dictionnaire.

– Toi voyager, dit-elle. Toi chez moi. Invité à moi.

Il lui fut impossible de respirer pendant un instant. Ce n'était pas la promesse d'un avenir commun, mais c'était un début. Un pacte. Pouvait-on espérer davantage ?

Après cela, ils ne s'étaient plus parlé. Gunilla resta encore quelques jours, mais Ivan n'eut plus l'occasion de discuter avec elle. Et même si elle s'était présentée, il n'aurait sans doute pas osé la saisir. Gunilla n'avait manifesté aucun intérêt pour sa carte, pas davantage souhaité discuter de ses projets de voyage. Comment auraient-ils pu converser ? Chacun s'exprimait dans la langue de l'autre, au nom d'une sorte d'égalité, répétant les mêmes quelques malheureux vocables.

Pourtant, le baiser fit d'Ivan un autre. Il le distinguait du reste des garçons. Ivan cessa de guetter aux fenêtres et se bouchait les oreilles quand il les entendait dire des méchancetés sur Gunilla. Les garçons l'avaient espionnée quand elle avait fait tourner un joint avec les plus âgés, des hommes déjà, et avaient ensuite vu la grâce avec laquelle son dos s'arquait quand elle était assise sur le frère aîné d'Aren, et bougeait d'avant en arrière, les sourcils froncés, le visage concentré, comme si elle réfléchissait à la solution d'une question compliquée. Entre ses omoplates, il y avait un tatouage, on en parlait ; le grand frère d'Aren fixait Gunilla, avec, sur la tronche, le même air extatique que s'il avait gagné les championnats du monde. Ou s'il était arrivé jusqu'en finale. En finale, ricanaient les garçons en enfonçant leur index droit dans le cercle formé par le pouce et l'index de leur main gauche. Ces garçons, fidèles à leur âge, s'étaient branlés ou avaient mimé la masturbation à qui mieux mieux derrière la fenêtre, lâchant pour finir des gémissements qui leur avaient valu d'être coursés par le grand frère d'Aren, à moitié nu, lâchant une avalanche d'injures. Le soir venu, Aren s'était pris une raclée de la part de son frère, et celui-ci de la part de sa fiancée, cette dernière menaçant déjà de se tuer, même si elle ne le disait sans doute pas sérieusement ; elle était connue pour son tempérament vif qui la faisait s'enflammer et retomber en un instant. Les voisins furent réveillés par le tapage. On ne parla plus de mourir après que Gunilla eut passé toute la nuit à parler, ou quoi d'autre, avec la fiancée d'Aren derrière une porte close. La fiancée s'appelait Annie et après cette nuit, elle eut le port altier et fier. On eût dit que le frère d'Aren aussi était retombé amoureux d'elle, radieuse de bonheur et de connaissance secrète ; à tout le moins ne le vit-on plus s'enfermer dans la remise avec Gunilla.

Ivan souriait intérieurement en les entendant, mais il ne disait rien. Ils n'étaient simplement pas au courant, songeait-il, ils n'en avaient aucune idée. Ivan ne désirait pas entraîner Gunilla dans son lit. Ce baiser lui suffisait. Ses cheveux dans le médaillon de Gunilla suffisaient. Les cheveux de quelqu'un d'autre, par terre, suffisaient, il n'était même pas lointainement désolé pour eux ; sa mère les avait balayés, peut-être que les oiseaux les avaient déjà emportés dans leur nid. Sa Gunilla n'était pas la même. Et parce que Gunilla n'était pas la même, ce baiser avait élevé Ivan, même si personne ne le savait : il l'avait rendu spécial. Il ne parla ni du baiser ni du médaillon à quiconque. Quand on sait vraiment, on se tait.

Gunilla l'avait invité chez elle.

Une dernière précision : il ne faut jamais mélanger l'amour et la passion.

Et puis, sans prévenir : plus rien.

Plus rien ?

Plus rien de rien. Gunilla partit et il ne se passa rien.

Avait-elle fait ses adieux à qui que ce soit, on l'ignorait et si on le savait, on n'en disait mot. Ivan, en tout cas, n'avait pas été salué, mais il conservait tout de même le silence ; il voulait faire partie du petit groupe des taiseux, de ceux qui souriaient placidement face à l'étonnement et au remue-ménage qu'occasionna le départ surprise de Gunilla. Quand on sait vraiment, on se tait. Rien n'avait disparu, même si les cancaniers eussent espéré ne serait-ce qu'un petit larcin dont l'accuser. Mais non, Gunilla était partie et avec elle sa petite pochette, sa possibilité de retour à la maison autour de son cou, entre ses seins, son sac à dos et, dans son sac, son appareil photo avec un tas de pellicules non développées, la réalité créée par les images en attente sur les films, les vêtements qu'elle avait sur elle, ses drôles de frusques de grand-mère qu'elle trouvait belles, son foulard bariolé, son tablier noué sur le côté, sa paire de chaussons en laine, son tatouage entre les omoplates, son médaillon à la cheville et dans le médaillon les cheveux d'Ivan. On ne s'attendait sans doute pas à ce que Gunilla revienne, mais il se pouvait que d'aucuns, assis dans les escaliers, appuyés sur leurs mains, pensent à elle un moment, avant de reporter leur attention sur ce qu'ils étaient en train de faire.

Pour Ivan, tout était beaucoup plus compliqué. Il réfléchissait à ce qui était arrivé à Gunilla. S'était-elle noyée, avait-elle été écrasée par une voiture, victime d'une agression, avait-elle perdu sa pochette et avec, la possibilité du retour à la maison ? Et si quelqu'un s'était introduit auprès d'elle la nuit, pendant son sommeil, avait glissé ses mains près de son cou, avec une paire de ciseaux, et coupé la cordelette sans un bruit ? Le passeport et les clefs, une carte bancaire, peut-être, ou un petit rouleau de billets, quel que fût le contenu de la possibilité du retour à la maison. Ou pire encore, peut-être que Gunilla avait trouvé une autre communauté, dans une autre ville et, *Moi aimer tout monde*, était tombée amoureuse de tout un autre monde. Amer constat que l'alternative la plus vraisemblable est en général la bonne. Dans le cas de Gunilla, cela voulait dire qu'elle était probablement rentrée dans son pays, avait repris ses études ou son travail, retrouvé sa famille et ses amis, s'était mariée, avait eu des enfants, suivis de petits-enfants, était morte âgée, non, revenons un peu en arrière, il ne s'était pas encore écoulé tant d'années que cela. Trente ans s'étaient écoulés quand, dans la zone fermée / le vieux centre / la Colline, il y eut une explosion. Ivan avait un peu moins de cinquante ans, une épouse et trois enfants et il était sur le point, d'un jour à l'autre, de devenir grand-père.

Quand Gunilla partit, la vie d'Ivan retourna à l'état qui avait précédé Gunilla et reprit de ce point ; sa vie se replaça dans les starting-blocks après un faux départ. Et toutefois, pas vraiment. Ce qu'avait apporté Gunilla repartit avec elle et rien ne semblait combler l'espace qu'elle avait abandonné. Ivan fouilla sa chambre, au cas où Gunilla lui aurait laissé quelque chose, un message, un signe à interpréter. Il la fouilla une deuxième fois parce si l'on cherche une chose en particulier, on ne la trouve généralement pas. Le cerveau possède une image de ce qu'on cherche et l'image remplace la chose réelle dans le champ de vision. On ne la voit donc pas. Il la fouilla une troisième fois en faisant semblant d'être en train de chercher un truc complètement différent.

Finalement, il décida d'écrire une lettre. Il l'écrivit pour annoncer qu'il avait l'intention de s'établir à l'Ouest et d'y chercher du travail. Il lui fallait juste gagner l'argent du voyage, ensuite ils pourraient se retrouver. Il choisit ses mots avec soin et relut son texte à de nombreuses reprises, vérifiant dans le dictionnaire qu'il n'avait pas employé de mots incongrus en traduisant, lui qui ne parlait aucune langue étrangère. La missive n'était pas fameuse. Il ne pouvait demander d'aide à personne et ne disposait que d'un nombre fort limité de termes et de modèles en langue anglaise. Il ajouta donc un passage dans sa propre langue. Gunilla pourrait le traduire avec son dictionnaire et se faire une idée de ce qu'il voulait vraiment dire. Ce qu'il écrivit dans sa langue maternelle était une sorte de poème, le premier et le dernier qu'il eût composé et composerait jamais.

Il attendit le courrier, mais jamais lettre n'arriva, pas même une carte postale. Il finit par attendre que le ciel se déchire et que tombent les éclairs, il comptait les voitures sur l'autoroute, il les attelait à des significations mystérieuses dont seuls Gunilla et lui savaient le sens. (S'il passait dix véhicules rouges avant le premier blanc, elle était en train de penser à lui.) Il sentait des douleurs étranges et s'imaginait qu'elle tenait, à cet instant même, un de ses cheveux, voire sa lettre, dans ses mains. Ivan ne reconnaissait pas le manque, il ignorait d'où provenait la sensation qui, d'abord, le rongeait, puis l'oppressait, avant de le faire sombrer progressivement ; la sensation que quelque chose s'était brisé.

Cela dura seulement quelques semaines – en réalité, il est faux de dire « seulement », ce furent de longues semaines, et le fait qu'un jeune cœur se remette mieux du chagrin qu'un vieux cœur n'est pas dû à la petitesse du chagrin, ni au renouvellement des cellules cardiaques, mais au temps : trois semaines de jeune temps correspondent à des années de vie adulte, sans parler des plus âgés, à l'endroit desquels presque tout mouvement prend la direction du temps et accélère –, puis ce fut terminé. Ivan alla vivre à l'internat pour préparer un diplôme de ferronnerie et ne revint chez lui pour la première fois qu'à Noël. La deuxième fois, il vint l'été, et revint pour Noël. À son retour, durant le troisième été, il remarqua qu'Irina, la fille grognon des voisins, était devenue charmante. Un an plus tard, il travaillait à l'usine et Irina attendait leur premier enfant. Son père était mort, officieusement, des atteintes cellulaires datant de l'époque de l'accident nucléaire mais, officiellement, d'une crise cardiaque. L'ancienne chambre d'Ivan fut aménagée pour accueillir sa mère, et Ivan s'installa avec Irina dans la chambre à coucher de ses parents, laissée vide. Il ne projetait plus de partir ; il n'aspirait plus à des miracles pour vivre, même s'il savait que la plupart des autres travailleurs habitaient dans des banlieues ou leurs environs, certains ayant même, au fil des ans, emménagé dans des zones pavillonnaires et acheté une voiture occidentale, monté des garages et, plus tard, pris des parts dans des parkings, d'autres étaient partis chercher un meilleur travail de l'autre côté de la frontière occidentale. Ivan fut parmi les derniers à quitter la Colline, au moment où les pierres tombales furent déplacées, au maximum un an avant l'explosion. Gunilla ne revint jamais.

2

Sur et sous la colline

Il vint d'autres voyageurs. On ne pouvait pas dire qu'il s'en était présenté un l'été suivant et deux ou cinq celui d'après. L'évolution du nombre d'arrivants suivit une logique mathématique, certes accélérative mais peu aisée à cerner ; quelques années plus tard, on en voyait déjà quotidiennement. La plupart avaient la vingtaine ou un peu au-dessus, ils marchaient en sandales, chacun était chargé de son barda, sac à dos ou sac de rando, parfois d'une tente et de matelas en mousse. La plupart passaient un moment à tourner en rond, regardaient par les fenêtres, dans les arrière-cours, cueillaient des fleurs ou des fruits, prenaient des photos des habitants ou de leurs maisons avant de repartir sans avoir prononcé un mot. Certains cherchaient à pénétrer dans les habitations, frappaient et jetaient des coups d'œil aux carreaux. On avait cessé de les inviter et même de les faire entrer ou asseoir à la table du dîner, ils étaient tellement nombreux ; on s'était procuré des verrous supplémentaires après qu'un groupe éméché s'était introduit dans l'une des maisons du voisinage en pleine nuit, pour dormir, comme ils l'avaient fait comprendre par gestes, car le temps était pluvieux. Certains arrivants montaient leurs tentes sur les espaces vides entre les maisons et allumaient des feux de camp ; ils jouaient de la musique et faisaient réchauffer leur nourriture. Ils avaient des guitares et des barbecues à usage unique, des balancelles et des maillets de croquet. En cas de besoin pressant, ils frappaient aux portes et demandaient à utiliser les toilettes, la plupart faisaient toutefois leurs besoins dans les buissons ou derrière les hangars, avec ou sans trou.

Il fallut quelques années de plus pour que les voyagistes ajoutent la Colline, moyennant des frais supplémentaires, à l'itinéraire passant par la ville à destination des montagnes. Les bus touristiques s'arrêtaient sous la Colline et les groupes, en rangs deux par deux, randonnaient, sous la direction de guides brandissant un parapluie au-dessus des têtes, à travers toute la Colline. Ils ne demandaient plus l'autorisation de prendre des photos ; équipés de leurs appareils, ils passaient la tête dans les cours et par les volets. La première cargaison par bus fut suivie d'une deuxième, la deuxième, d'une troisième. Les campeurs leur cédèrent la place, on n'en vit plus. Rares étaient ceux qui tentaient de communiquer avec les habitants, et s'ils le faisaient, c'était en anglais, allemand ou français ; ils haussaient la voix en cas d'incompréhension, plus personne n'était muni d'un dictionnaire. La différence était qu'on comprenait les visiteurs plus souvent qu'ils ne s'en doutaient. Ivan avait cessé d'étudier l'anglais, mais les plus jeunes maîtrisaient mieux la langue et parvenaient à communiquer avec eux ou, au moins, à les écouter parler s'ils n'avaient, quant à eux, pas envie de leur adresser la parole.

On ne tarda pas à s'habituer aux visiteurs. Toutes sortes de changements avaient passé sur la Colline au fil des décennies sans pourtant la transformer considérablement ; elle avait continué à vivre sa vie d'un dirigeant et d'un système politique à l'autre, pourquoi donc cela tournerait-il plus mal de nos jours ? Les habitants avaient donné un surnom aux visiteurs : les criquets. Leur existence bruyante et invasive devenait ainsi quasiment invisible et n'obscurcissait le ciel que de manière passagère.

Les criquets avaient aussi leur utilité. Les habitants montaient de petits éventaires devant leurs portes et mettaient en vente tout ce qu'ils pouvaient bricoler. Tandis qu'Ivan partait travailler à l'usine, son épouse et sa mère pressaient des jus de fruits frais et disposaient des baies dans des gobelets en plastique qu'elles vendaient directement par la fenêtre de chez elles. À côté des emplois rémunérés, on fabriquait des bijoux avec des perles ou du tissu, on sculptait des ustensiles de cuisine et autres objets usuels. Les criquets avaient une prédilection pour tout ce qui était produit sur place et à la main, tout ce qui était original. Le mot devint familier aux habitants qui l'apprirent en différentes langues : original. Les criquets voulaient du patrimoine culturel authentique, et on leur en donnait. Les habitants, pour leur part, concevaient avec brio toutes sortes d'inventions passant pour de l'original. De l'artisanat local. De la nourriture locale. Quelqu'un alla jusqu'à inventer le café local, même si, sur la Colline, on préférait les infusions aux fruits et le vin, on achetait le café à la supérette du coin et on l'emballait dans des petits sachets en tissu faits main. En été, les criquets s'abattaient par nuées, comme le font les criquets. Tout devait être prêt à leur arrivée, les appâts et les abris, et quand ils repartaient, on réparait ce qui pouvait l'être après leur passage.

Plus de quinze ans s'étaient écoulés, déjà, depuis l'été de Gunilla, lorsque les fonctionnaires municipaux s'intéressèrent à la Colline. Ivan avait alors une bonne trentaine d'années ; sa femme avait obtenu son diplôme et enseignait à l'école primaire voisine, et l'aîné de ses enfants, écolier bien avancé qui apprenait l'anglais, prévoyait de déménager hors de la Colline, de la ville, du pays. À ce moment-là, déjà, songerait Ivan plus tard, n'ayant qu'un peu plus de dix ans, son premier-né aspirait à un ailleurs. Ivan n'éprouvait pas un enthousiasme excessif à l'égard des projets de sa descendance, il se contentait de toussoter, lui aussi avait connu cela, les jeunes connaissent toujours cela.

On n'avait jamais vu de gens de la ville sur la Colline auparavant ; l'endroit n'avait jamais intéressé personne et les habitants les plus âgés n'avaient pas souvenir d'y avoir croisé d'agents municipaux. Ivan se rendit avec les autres à la réunion d'information convoquée sur la place du marché, la mairie n'ayant pas spécialement de salle destinée aux activités collectives. Il apprit comme tout le monde que, même s'il était propriétaire de sa maison, les terrains et les rues appartenaient à la ville. Il fallait s'y faire, à moins que quelqu'un ne dispose de papiers prouvant le contraire. Ce qui n'était pas le cas ; Ivan, en tout cas, n'avait jamais vu ce genre de documents. Les habitants se firent dire que leurs produits ne suffisaient pas pour les touristes. À l'avenir, la ville louerait les devantures et les espaces entre les maisons à des entrepreneurs extérieurs : on pouvait bien faire tenir un café à l'européenne dans un trou. Les espaces sanitaires seraient si bien faits qu'ils répondraient jusqu'aux demandes les plus exigeantes.

Les familles évaluèrent leurs possibilités. L'un contracta un emprunt et fonda une boulangerie plus moderne, un second, un café. La femme d'Ivan voulut créer un hébergement chez l'habitant, elle pensait qu'ils pourraient tout à fait tenir une petite auberge pendant les vacances scolaires.

– Nous nous ferons peut-être un peu de sous, dit Irina, on pourrait aller quelque part.

Mher fit de même avec sa femme. Les deux familles réunirent les habitations voisines et rénovèrent les maisons avec l'argent des prêts et les revenus supplémentaires obtenus de leur commerce avec les touristes ; ils ouvrirent leur porte aux voyageurs. Les chambres furent réaménagées afin d'être au goût des criquets, Irina rapportant les gadgets les plus étranges, en dépit des réticences d'Ivan. Lorsqu'Ivan lui demanda ce que pouvait bien être ce siège pour deux en rotin, Irina répondit que ça lui était bien égal, tant que cela avait l'air original.

Et puis, à peine quelques années plus tard et sans prévenir, on interdit aux locaux de vendre leurs produits. On avait trouvé quelque chose à incriminer. Un criquet était tombé malade après avoir mangé sur la Colline, peut-être, il n'y avait aucune certitude, mais n'est-il pas toujours question de probabilités en cette vie ? On ne convoqua plus de réunion d'information ; les fonctionnaires envoyaient des courriers. Les habitants de la Colline n'avaient pas la formation nécessaire dans la restauration et leur frichti fait maison avec une telle lenteur donnait une mauvaise image de la ville et de sa culture, sans parler de la riche tradition artisanale du pays entier ; c'était, à parler sans détours, une honte. La municipalité ferait venir les produits d'ailleurs et les contrôlerait. En outre, on ouvrirait quelques nouveaux hôtels, à la charge d'investisseurs privés. Les voyageurs devaient avoir le sentiment d'appartenir à la ville, d'y être les bienvenus, de pouvoir habiter au milieu des locaux en étant pareils à eux. Mais avec un bon standing. Plus d'hébergements chez l'habitant, entraînant qui sait quels effets sur la santé, et d'ailleurs, ce voyageur n'avait-il pas contracté de l'asthme et accusé la ville partout sur Internet ? Des hôtels, il en fallait, oui, mais qui satisfassent le goût le plus exigeant.

Si quelqu'un mourait sans descendance, son appartement était démantelé, et on y ouvrait un café ou une boutique de souvenirs. Deux ou trois habitations vides furent rénovées pour servir de musées. Parce que les habitants n'accueillaient plus les touristes chez eux, les bâtiments restés vacants furent aménagés en maisons traditionnelles et ouvertes aux visiteurs contre paiement d'un droit d'entrée. Des saisonniers furent recrutés pour occuper une maison muséifiée, des habitants de la ville extérieurs à la Colline ; le style mamie en fichu et costume régional était le plus populaire, et peu importait que personne ne portât réellement ce genre de vêtements, il suffisait que les visiteurs apprécient l'effet.

On ne commença à évoquer le rachat des maisons par la ville qu'à l'époque où Ivan était âgé de quarante ans. Des fonctionnaires se mirent à sillonner la Colline, serviettes à la main et documents officiels sous le bras. Ils trottinaient d'un appartement à l'autre, commençant par ceux qu'occupaient des vieillards solitaires. Ceux-ci étaient nombreux, en effet, car les jeunes avaient pris le pli non seulement de partir, mais aussi de rester partis. On effectuait parfois la visite dès que ledit vieux ou ladite vieille était demeuré seul un jour ou deux. La conversation pouvait se dérouler ainsi :

Premier fonctionnaire (ultérieurement F1) : Chère madame, vous voilà bien à l'étroit.

Habitante (ultérieurement H) : Je suis bien ici.

Deuxième fonctionnaire (ultérieurement F2) : C'est que vous ne connaissez pas mieux.

F1 : L'oiseau aussi croit que les barreaux de sa cage sont les limites du monde.

F2 : Et ce qu'il voit hors de sa cage existe peut-être, mais est aussi éloigné que le ciel nocturne étoilé.

F1 : C'est joliment dit, vraiment, je n'y avais pas songé.

F2 : Notre enfant avait un lapin qui prenait l'embrasure de la porte de la cuisine pour un écran de télévision. Il ne tenta jamais d'y entrer, il se contentait de regarder.

F1 (rire) : Et que se passa-t-il ensuite ?

F2 : Il mourut.

F1 : Condoléances.

H : J'ai vécu ici toute ma vie.

F1 : Voilà bien le problème. Vous ne connaissez rien de mieux.

F2 : Les enfants partent avec l'argent et se la coulent douce loin du bled et de ses bicoques.

F1 : Vraiment très douce, même. Comment s'appelle votre fils, déjà ?

H : Mes enfants ne m'ont rien pris.

F1 : Hélas, si vous saviez ! Les temps ne sont plus les mêmes…

F2 : Les jeunes font la fête de par le monde tandis que les vieux sont relégués dans des coins moisis.

H : Mon fils va arriver…

F1 : Mieux vaut inscrire votre nom avant que votre fils n'arrive.

F2 : On les connaît, ces fils.

F1 : Nous sommes de votre côté.

F2 : Nous vous défendrons.

On recourait parfois à des moyens plus coercitifs, débarquant dans les logements en combinaison de protection, muni de toutes sortes d'instruments de mesure. Hygromètre, dosimètre radon, compteur Geiger et qui sait quoi encore. Quelqu'un faisait même habilement tourner un anneau au bout d'un fil et, suivant les veines d'eau, était capable de détecter les agents pathogènes à long terme. On trouvait des signes de la présence de micro-organismes, d'actinomycètes et de rats propageant des maladies. La gestion des déchets était indigne et les eaux usées, pas suffisamment épurées. Les choses ne pouvaient tout simplement pas durer.

La famille d'Ivan n'apposa pas son nom sur les documents. Non, même si on leur proposa un appartement de quatre pièces tout confort dans un immeuble à l'extérieur du centre-ville. D'autres encore refusèrent. On tint des réunions et on décida ensemble de ne rien inscrire sur les nouveaux contrats et de déposer des recours au sujet des anciens aussi. On arguerait du fait que les vieillards n'avaient pas compris sur quoi ils avaient mis leurs noms en l'absence de membres de leur famille plus jeunes pour les aider.

Cela aussi fut peine perdue. Un an ou deux après, on ne parlait plus de ventes mais de réquisitions. À la même époque, l'usine réduisit sa production, et Ivan se vit proposer un nouvel emploi dans un projet de construction. Ou plutôt de destruction, à proprement parler. Il s'agissait de creuser un réseau de galeries qui serviraient de parking et de pôle de transport. Une immense quantité de véhicules et de pollution disparaîtrait hors de vue puisque l'autoroute longeant le fleuve serait détournée par un tunnel. Ivan accepta. Il était obligé, en tout cas s'en persuada-t-il : ils avaient contracté un prêt pour la rénovation hôtelière, et il fallait rembourser les échéances, même s'ils n'avaient plus d'activité commerciale, ni de revenus salariaux. Ivan ne dit rien, Irina non plus. Ils espéraient. En silence. Et s'accrochaient à leur maison.

Toutes sortes de bruits circulaient. Les fonctionnaires laissaient fuiter les projets municipaux ici et là ; on apprenait des détails qu'on assemblait. Les investisseurs étrangers avaient acheté la zone comme à peu près tout le centre de la ville. La Colline ne les intéressait pas, pas telle quelle. Eu égard à sa superficie, le taux de visiteurs confinait à la surcharge ; or, un pauvre petit village antique n'était pas de taille pour constituer l'attraction principale de la capitale entière. Il fallait refaire tout le plan d'urbanisme du centre. La vérité officielle était que les maisons avaient commencé à s'enfoncer. On avait découvert des trous et des fissures dans certaines habitations mises en dormance ; la nuit, on entendait des craquements et des explosions. Un incendie détruisit plusieurs maisons vacantes et la zone fut déclarée non seulement inhabitable, mais proprement dangereuse. Hors de question que qui que ce soit y vive.

La famille d'Ivan fut parmi les dernières à partir. Certains s'obstinèrent. Certains furent emmenés de force, y compris ce vieux qui, selon l'anecdote, s'était enchaîné à son sommier en fer et fut déplacé avec son lit et tout le toutim. Il circulait toutes sortes de racontars, mais dans la nouvelle zone résidentielle, rares étaient ceux que le sujet intéressait. Les appartements neufs proposés à la place des anciennes maisons étaient éloignés ; le trajet pour le centre-ville prenait au moins une heure en bus et en métro. Le contact avec les anciens voisins étant tributaire des e-mails et du téléphone, les amitiés se rabougrirent en noms sur les réseaux sociaux. On obtenait et perdait des postes de travail, des réputations aussi. On savait que certains étaient revenus. Il y avait des émeutes, la nuit, au centre de la ville, mais on nettoyait les rues avant le matin. On disait que, pendant la nuit, la Colline bruissait de paroles et embaumait de nourriture en train de mijoter. On prétendait qu'avec le transfert du cimetière, les fantômes sans abri vivaient toujours là-bas.

3

fucking.travellers.com

Quand près de trente ans se furent écoulés depuis l'été de Gunilla, la benjamine d'Ivan la découvrit sur la toile.

Ils vivaient alors à trois ; son aîné était parti s'installer à l'Ouest, comme il avait menacé de le faire, et le puîné était déjà dans la vie active. La petite dernière était la plus passionnée. Elle vivait toujours à la maison, mais n'était pas là pour autant : elle passait quasiment tout son temps rivée à son ordinateur, son casque sur les oreilles, et même si elle ne sortait pour ainsi dire pas de sa chambre, elle semblait connectée au monde entier. Elle avait, d'une manière ou d'une autre, quelque chose à voir avec un site dont le nom faisait scandale, que les autorités avaient supprimé et qui réapparaissait sans cesse dans le courant électrique passant entre les consoles de visualisation, une chose difficile à comprendre, jusqu'à ce qu'il soit partagé, téléchargé, copié et capturé tellement de fois qu'il n'était plus possible de le traquer, sans même parler de le faire disparaître.

Ivan avait visité ledit site, juste pour vérifier que sa fille n'était impliquée dans rien d'illégal – c'est en tout cas le prétexte qu'il s'était donné. Il avait la sensation diffuse que celle-ci avait rallié des activités louches, les Zèdes, par exemple, ces graffeurs qui ne s'intégraient pas dans la stratégie municipale contrairement aux artistes rémunérés ; leurs tags, après des années de pause, s'étaient mis à réapparaître dans le paysage des rues, sur les murs des bâtiments, sous les ponts et sur les barrières. Leurs tags ressemblaient à la lettre Z. Z comme le sommeil profond. L'ensemble des nombres entiers. La troisième inconnue. Personne ne savait vraiment ce que les tags voulaient dire, on s'était juste mis à les appeler les Zèdes, comme leurs auteurs.

Sur le site, on affirmait en dix langues au moins que le tourisme était la colonisation de notre temps. On disait que le pays de destination était rendu dépendant avant d'être ensuite raclé jusqu'à l'os. On utilisait la ville comme si elle n'était qu'un zoo destiné aux touristes. Avant de l'abandonner si elle n'était pas assez rentable. Des vidéos avaient été mises en ligne, sur lesquelles la direction du regard avait changé. *Possible que nous allions taquiner ceux qui cherchent à nous définir afin de correspondre eux-mêmes à ce qu'ils désirent, de se sentir des aventuriers, des voyageurs du monde. Ce site est notre ville virtuelle. Ici nous retournons l'objectif : nous vous captons au moment où vous vous y attendez le moins.*

– C'est pas un peu excessif ? demanda Ivan.

Sa fille bondit sur ses pieds et balança son casque sur la table, peu s'en fallut qu'elle renverse son café sur son clavier.

– Vraiment ? s'écria-t-elle. C'est toi qui dis que c'est excessif ? Est-ce que tu réfléchis une seconde à ce qui s'est passé l'hiver dernier ? Quand on a fait sauter le centre-ville et qu'ils ont arrêté cet homme ? On est certain qu'ils l'ont fait eux-mêmes. C'est juste qu'un truc a déconné et qu'il a fallu désigner un coupable.

Ils savaient tous deux ce que sa fille aurait pu dire. Que le centre-ville avait vraiment commencé à s'enfoncer. Mais que la cause n'en était pas un fossé d'effondrement ou des plans de construction défectueux : c'était ce qu'on était en train de bâtir sous la Colline. Et qui était excessif. Excessivement grand et vaste. Doté d'excessivement peu de structures porteuses. Et Ivan y avait collaboré. Ils le savaient. Et savaient aussi que sa fille n'avait pas le cœur de le lui dire.

– Et leurs foutues statues, en plus, ajouta-t-elle, qui sont sur la soi-disant montagne. On peut bien leur coller des significations sublimes, en réalité ce sont juste les logos des sponsors. Tu le sais bien, voyons : il y en a deux parce qu'il y a deux propriétaires. Il fallait qu'ils mettent leur nom en gros !

Sa fille lui apprit que des photos de la Colline avaient été publiées dans un livre près de trente ans plus tôt. Une écrivaine avait réalisé un guide de voyage ; l'original était épuisé mais, à la faveur d'une réédition souvenir et d'une exposition, les photos avaient été mises en ligne et téléchargées sur le site internet des jeunes. La Colline n'était que l'un des lieux visités dans le livre, l'écrivaine ayant fait le tour de plusieurs États nouvellement indépendants et rencontré d'innombrables villages et habitants. Elle posait en couverture de la première édition, une poule colorée dans les bras. L'auteur de la photo était indiqué comme inconnu.

Ivan contemplait l'image de Gunilla. Celle-ci avait l'air extraordinairement jeune. Il était impossible pour Ivan de relier son souvenir à cette image qui était et n'était pas la Gunilla qu'il avait rencontrée. Tout de même, c'était Ivan qui avait pris cette photo. Hors du cadre, la cheville de la femme était entourée par le médaillon qui contenait une boucle des cheveux d'Ivan.

– Papa, toi aussi tu es là. C'est pas toi, lui ?

Sur l'image un garçon maigre se tenait sur un perron, la main posée sur la poignée d'une porte. Il venait de se retourner vers l'appareil. Son visage portait une expression à la fois renfermée et surprise. Il aurait pu être n'importe quel garçon du même âge, mais, oui, c'était bien Ivan. Au moment où il vit l'image, il se souvint comme il s'était enflammé et éteint intérieurement. *Souris, c'est possible que tu sois sur l'image en ce moment même.*

SALLE 8

LA SUITE DE FIBONACCI

image initiale : hors de la section dorée

Peu de gens ont vu l'endroit, même s'il est un des plus représentés de la ville et figure sur des milliers et des milliers de paysages enregistrés par les cartes mémoire de téléphones, tablettes, appareils compacts et reflex, de même que sur des films, car chaque visiteur qui arrive en ville fait l'ascension de la montagne et prend une photo. Il s'agit ici du coin inférieur droit de la zone panoramique, un point où le regard se perd plus rarement qu'au bord gauche. La plupart des images ont été prises par les caméras à petit capteur des portables dont les agrandissements ne sont pas assez précis pour dupliquer les détails à trop grande distance mais, bien qu'il se trouve dans le tas quelques prises de vues réalisées par des professionnels ou des amateurs prenant la chose au sérieux, eux aussi excluent cette petite zone car elle ne tombe pas joliment, du moins si le preneur d'images entend intégrer au cadre le frêne qui se déploie au-dessus du paysage pour en capturer l'essentiel dans la section dorée, assurant par là que l'équilibre classique sera préservé. Il faut avoir du courage pour cadrer autrement, et peu de gens en ont.

Voici ce qu'on voit sur ces images : un large cours d'eau, par-dessus lequel s'arque un pont à quatre voies, ainsi qu'un deuxième plus loin, suivi d'un troisième encore. Derrière le fleuve se dressent de hautes maisons et face à elles un parc ; des embarcations sont amarrées à la berge, sur lesquelles on régale les voyageurs le soir. Les plus chanceux peuvent enregistrer le coucher de soleil ou un groupe de cygnes, qui sont encore magnifiques, même s'ils finiront piégés dans les glaces en hiver, parce qu'ils auront pris goût à la nourriture facile et oublié comment repartir.

Voici ce qu'on ne voit pas : au bord inférieur des images, à droite du pont le plus proche, là où ne se trouvent ni bateaux récréatifs ni parc, juste une fiction de parc, à franchement parler des broussailles parsemées ici et là de cabanes bâties à la va-vite, il y a un escalier taillé dans la pierre qui descend jusqu'à la rive. Tout ce qui se trouve et se produit sur ces marches est accidentellement enregistré depuis la rive opposée : les amoureux qui cherchaient un endroit retiré avec leur bouteille de vin et leurs biscuits salés, les gens qui fouillent les poubelles à la recherche de bouteilles consignées vides et autre camelote exploitable, un *dog-sitter* qui se cure le nez, et même les déchets jetés sur les marches. À leurs pieds flotte un ponton en béton fixé par un câble en acier, à la fois à la merci des eaux et fermement amarré. Personne ne le remarque non plus, ce ponton, moi pas davantage que les autres, alors que je me tenais dessus, sur mes deux jambes, passant en revue ma carte mémoire. J'ai moi aussi fait des images de cet endroit, j'aurais pu être sur ma propre photo. Le ponton est lourd et, sur la plupart des photos, solidement en place, mais sur celles où le bateau d'excursion à la journée vient de dépasser la montagne et dessine des plis à la surface de l'eau, on verrait – en les disposant côte à côte – que le ponton en béton tangue sur un bon mètre ; il vient cogner les marches et retour, comme s'il se cabrait pour se libérer. Sans toutefois parvenir à se décrocher. Sans jamais se décrocher car, même si sa masse contient assez d'énergie pour détruire tout un monde, il ne peut le faire. Il ne peut rien faire, pas même se libérer, il ne peut qu'être. Il est seulement.

Le ponton est le lieu de l'événement.

Ce qui se produit commence sur la photo d'une Française, même si elle ne s'en aperçoit pas. Deux silhouettes se font face au coin inférieur droit de l'image ; elles mesurent la même taille, mais celle-ci, de même que leur âge ou leur genre sont difficiles à estimer parce qu'il n'y a rien à quoi les comparer. Sur les photos prises par un groupe de Japonais, dont la résolution est supérieure, leurs appareils photo étant de meilleure qualité, le duo posté sur les marches est composé d'adultes et probablement d'hommes, de personnes qui ont l'allure d'hommes, l'aspect d'hommes, de gens dont on se dit, sans faire vraiment attention : ce sont des hommes, avant de les oublier dans la fraction de seconde que dure la rétention de la mémoire iconique. Il existe plusieurs images où les membres du duo sont très rapprochés, quasiment au contact, comme s'ils se préparaient à lutter ou à se défier. Il ne s'agit sans doute pas de cela, car à l'arrière-plan d'une série de selfies pris par un voyageur Interrail, sur ses photos ratées – ses sourires sont vrais tandis que le fond montre non le pont mais un terrain vague, un horizon de traviole et, au centre, un ponton affreusement laid –, l'un des deux hommes a sauté sur ledit ponton. Sur la vidéo filmée par un groupe de retraités, on voit passer un bateau de croisière, c'est le truc à faire d'ailleurs, ça ne coûte pas cher, ici tout est encore bon marché. On peut réserver sur Internet et payer en arrivant sur place, donc en cas de repentir, ça ne vous frappera pas au porte-monnaie, et pas non plus besoin de culpabiliser, dans la mesure où les bateaux seront remplis à coup sûr par ceux qui se présenteront au dernier moment et que les revenus de personne ne dépendent, sans doute, pas d'un seul touriste ayant changé d'avis. Une fois à bord, on a tout le loisir de prendre des photos de la montagne dont il n'y a ici absolument pas trace même si elle constitue, par son ampleur, la seconde attraction à visiter : télécabine et plantations géométriques, fontaines, centre culturel tout juste construit, statues et ruines flambant neuves à son sommet. Tous éléments dont on obtiendra les meilleures prises de vue depuis le navire qui vogue en vis-à-vis. Pendant un instant, ceux qui font des images de part et d'autre se capturent mutuellement. Le bateau soulève des vagues sur son passage ; l'homme qui a sauté sur le ponton tangue.

Et puis, il se produit une deuxième chose : sur un fichier RAW, photographié au pied et avec un capteur plein format par un professionnel, on voit deux visages. On s'aperçoit qu'ils sont tout à fait identiques, comme s'ils étaient le reflet l'un de l'autre. Il est faux d'accuser le numérique d'inauthenticité : il ne fait que rendre visible le traitement subi par les photographies en chambre noire ou sous les ciseaux aussi longtemps qu'elles ont existé, et par les peintures avant elles. Un fichier RAW n'est pas compressé et encore moins modifié, chacun de ses pixels a son existence propre, distincte, fondée sur l'action de photons réels ; il ne s'agit donc pas d'un médiocre tour de passe-passe. La ressemblance de ces hommes est aussi réelle que peut l'être ce qui est mis en image par un appareil.

Une troisième chose se produit : sur les photos prises avec différents réglages du temps de pose en vue d'un montage, l'homme qui essaie de maintenir son équilibre sur le ponton en béton disparaît. Il est, et puis il n'est plus. Sur l'avant-dernier fichier, on ne voit qu'une seule personne. Sur la dernière image, les vagues se sont calmées et nul n'est visible sur l'escalier. Sur le tirage final, les deux silhouettes feront défaut, de même que disparaît le mouvement humain quand on se donne pour but d'enregistrer quelque chose d'éternel.

La suite de Fibonacci

Lorsqu'on demandait à Elýina de parler de son enfance, elle répondait toujours de la même manière : elle racontait une histoire dont le sujet était sa mère, histoire que sa mère racontait à propos d'elle-même. Ou à propos d'Elýina. Ou de tout autre chose, comme on voudra. Si le souvenir n'était pas celui d'Elýina à l'origine, il avait été tant de fois raconté et décrit qu'elle oubliait, par moments, qu'elle-même ne s'était pas trouvée sur place.

La mère d'Elýina avait été le témoin d'un étrange événement lorsqu'elle était encore petite fille. C'était le tout début du printemps, racontait sa mère à Elýina, et racontait plus tard Elýina à ses divers auditoires, sa mère rentrait du travail. Elle était employée dans un petit magasin général dont les habitants du coin constituaient la principale clientèle. Plus tard, on y vint de plus loin, de la ville voisine et même de l'étranger, bien que, pour longtemps encore, on ne vît des touristes que sporadiquement. La boutique disposait, à l'attention des visiteurs, de parapluies, crème solaire et boissons fraîches, petits sets de couture pour repriser les vêtements, bouchons d'oreilles et moyens de contraception, mais dans ce magasin, comme la mère d'Elýina et plus tard, Elýina aussi, insistaient pour le préciser, on trouvait tout ce qui était possible.

Cet après-midi donc, la mère d'Elÿina, qui s'appelait Karena et avait vingt et un ans, soit exactement vingt de plus que sa fille, rentrait à pied en prenant par la berge. Chez elle l'attendaient sa mère et son enfant, la grand-mère d'Elÿina et Elÿina elle-même, donc. La fillette était pour l'heure son unique progéniture, pas un de ses cinq frères et sœurs n'était encore né et sa mère ne s'était pas encore installée dans une autre ville avec son nouveau compagnon, comment l'aurait-elle pu, puisqu'elle était encore avec le père d'Elÿina et que le couple s'entendait à peu près bien, même si – ou peut-être justement parce que, disaient les cancaniers – son père, travaillant comme chauffeur de maître, s'absentait, pour citer sa mère, pendant des semaines entières. Karena était perdue dans ses pensées ; la journée avait été chargée, les clients nombreux, c'était jour de paye, le 15 du mois, et tous semblaient avoir besoin au même moment de la même chose dont il n'y avait pas assez pour tout le monde, et ce n'est qu'au bout d'un temps qu'elle remarqua la femme qui la précédait, en diagonale devant elle.

À cette époque, emprunter la berge n'avait rien d'ordinaire, insistait Elÿina, la précision étant de son fait et non de celui de sa mère, car les transformations les plus importantes subies par la ville s'étaient produites bien après l'époque maternelle. Dans la jeunesse de celle-ci, personne n'aurait eu l'idée d'y déambuler pour rien. La berge était destinée aux véhicules, et uniquement à eux ; c'était un enfer à quatre voies plein de vrombissements et de gaz d'échappement, d'autoradios tonitruants, de déchets voletant par les vitres entrouvertes, de gestes agressifs. Karena n'avait choisi d'y passer que parce que c'était le plus court chemin ; elle ne quittait pas la bande d'arrêt d'urgence côté ville. Il n'y avait pas de trottoir côté rive, mais une simple bande de cinquante centimètres de large. Pour traverser l'autoroute, il aurait fallu se faufiler dans la circulation ; il n'était pas question de franchir de ponts ou de passages protégés tels qu'en montrent actuellement les projets d'aménagement urbain à venir. Il aurait été absurde, voire carrément suicidaire, que Karena passe entre la route et l'eau. Ce point est crucial, ajoutait Elýina, car c'est bien pour cela que l'étrangère attira l'attention de sa mère : elle marchait côté rive, attentive à ne pas perdre l'équilibre, sur l'étroite bande délimitée par la barrière en fer basse qui séparait la voie de l'eau.

La femme portait une toque, une veste et un pantalon, des vêtements qui n'attiraient pas l'attention et remplissaient leur fonction, couvrant et tenant chaud sans marquer la silhouette, comme ceux que la mère d'Elýina racontait porter depuis toute jeune ; cela faisait partie de son style, disait-elle, même si sa propre mère lui faisait des remarques, comme plus tard à Elýina aussi, bien dans son rôle de grand-mère, prétendant qu'une femme devait avoir l'air d'une femme, bien qu'elle-même ne fût point coquette.

La femme portait un baluchon dans ses bras. C'était un enfant, du même âge ou peut-être un peu plus grand qu'Elýina à l'époque ; sa mère et l'autre marcheuse étant séparées par une cinquantaine de mètres et quatre lignes de véhicules, il était difficile de voir avec précision. D'où pouvait-on inférer qu'il s'agissait d'un enfant et non, par exemple, d'un chien ? demandait-on à Elýina, et lorsqu'elle répondait que personne ne porterait un chien, surtout pas à un endroit pareil, au bord d'une route, on lui suggérait quelque autre lourd fardeau, n'importe quoi, des outils, par exemple, du sable, du pain… ou un chien qui était malade ? Et si le chien était malade, en effet, ou mort, par exemple ? Oubliez ce chien, répliquait alors Elýina, laissant déjà percer une légère irritation, on ne parle pas d'un chien. La question était pourtant légitime, sa mère aussi lui avait confié avoir précisément réfléchi à cette éventualité par la suite. Avait-elle mal vu ? Mal interprété ? Quelque chose avait-il échappé à son attention ? Elle aurait donné n'importe quoi pour avoir mal vu et qu'il se fût agi de n'importe quel lourd fardeau, de n'importe quoi d'autre qu'un enfant (ou un chien), car – et en le racontant, sa mère arborait un air de sagesse secrète qui exaspérait Elýina et dont elle pensait pourtant qu'elle se souviendrait toujours, comme c'était d'ailleurs le cas ; elle le reconnut plus tard dans le miroir, cet air qui poussait les hommes dotés d'un esprit enclin à échafauder des mystères à tomber amoureux d'elle, et qui accentuait d'année en année sa ressemblance avec sa mère – sans crier gare, la femme disparut sous le tablier d'un pont. Lorsqu'elle reparut, elle n'avait plus rien dans les bras.

À ce point du récit, la mère d'Elýina marquait une pause ; et de même Elýina, qui observait son public. Elle laissait l'auditoire encaisser ce qu'il venait d'entendre et l'interroger, un peu comme dans ce jeu où chaque participant pose des questions à son tour auxquelles on n'a le droit de répondre que par oui ou par non. Le baluchon manquait-il de façon sûre et certaine ? Oui. Y avait-il d'autres gens sur place ? Non. Et les voitures ? On ne peut pas poser la question comme ça. Est-ce qu'on pouvait voir ce qui se passait sous le tablier du pont depuis une voiture ? Non. La plupart des auditeurs habitaient la même ville qu'Elýina et connaissaient ledit pont, mais, à ce stade, il fallait expliquer aux autres qu'il n'y avait rien à proprement parler sous le tablier du pont, même pas de rambardes : le seul moyen était d'escalader, difficilement, en tentant de garder l'équilibre entre chute et absence de chute.

Elýina ménagea aussi une pause lorsqu'elle raconta l'histoire au garçon blond aux yeux bleus. Il avait l'air d'avoir douze ans mais il se pouvait qu'il fût plus jeune. Elýina en avait quatorze, ils ne connaissaient pas le prénom l'un de l'autre, n'ayant pas fait les présentations. C'était la première fois qu'Elýina faisait son récit en anglais et, même si elle était bonne élève, elle l'avait toujours été, pareille histoire posait certains défis. Par exemple, que pouvait être le tablier d'un pont en anglais ? Ou un baluchon ? Le récit perdrait toute sa force s'il fallait se contenter de dire que la femme portait *quelque chose* et qu'elle avait disparu derrière *un truc qui a un rapport avec un pont*. Le garçon blond ne lui avait, jusqu'à présent, posé aucune question, même s'il paraissait bien comprendre l'anglais pour son âge, mieux qu'Elýina, tellement bien, même, qu'il se pouvait qu'il fût bilingue ou tout à fait anglophone. Il bâillait, mais ça ne la dérangeait pas, bien au contraire, c'était bon signe : un instant plus tôt, il se mordait les lèvres et pleurait doucement. C'était d'autant moins gênant que la meilleure partie était encore à venir, celle qui faisait, comme le disait Elýina, se glacer le sang et s'envoler même l'imagination la plus pauvre.

Elýina raconta que sa mère s'était aussitôt ruée en courant ; elle faisait partie, à son propre avis du moins, des gens qui, dans une situation inattendue, passent à l'action, de ceux qui ne restent pas paralysés. Il existe encore une troisième façon de réagir, intervint le petit blond. Les interruptions étaient rares, car à ce stade les auditeurs ne voulaient généralement plus que l'histoire se perde en digressions : ils souhaitaient savoir aussi vite que possible ce qui s'était passé. La troisième réaction était la fuite. Donc un : l'action opportune, deux : la paralysie et trois : la fuite. Et la panique ? demanda Elÿina. C'est la même chose que la fuite, dit le garçon : la panique frappe si le fuyard ne parvient pas à fuir, comme dans un bateau en train de couler, par exemple, ou si on s'est fait rouler dans un tapis. C'est difficile d'agir, enroulé dans un tapis, soutint Elÿina : n'importe qui céderait à la paralysie ou à la panique. On peut penser, répliqua le garçon, on peut penser, même enroulé dans un tapis, et la pensée est une action opportune.

La mère d'Elÿina ne put traverser immédiatement. Il lui fallut attendre plusieurs secondes qu'une percée s'ouvre sur le front des véhicules, au moins une sorte d'ouverture, avant de pouvoir accéder à la glissière séparant les voies et de s'apercevoir que la femme aussi s'était jetée au milieu des voitures, à la faveur d'une autre percée ou d'une autre ouverture, le flot de véhicules changeant de forme dans le temps et l'espace ; pendant un instant, elles se tinrent toutes deux au centre de la route, à une dizaine de mètres d'écart, avant que la mère d'Elÿina ne se précipite vers le fleuve, et la femme, vers la ville. Le baluchon en premier, avait pensé Karena, le baluchon en premier, cette femme n'avait pas tant d'importance ! Au centre de la route, leurs regards s'étaient rencontrés. Un instant. Un seul et unique instant qui sembla tout mettre en pause, bien que, dans la réalité, rien ne s'arrêtât, ni les voitures, ni les sons des véhicules, les freins, les klaxons, les jurons, le caoutchouc brûlant contre l'asphalte. La mère d'Elÿina racontait que ce qu'elle avait vu alors, elle l'avait compris à retardement, après avoir couru sous le tablier du pont et constaté que, si tant est que la femme ait eu un baluchon, celui-ci n'y était plus ; il avait été jeté dans le fleuve d'un seul geste horrifiant dont la mère d'Elýina n'avait pas été témoin, mais qu'elle s'imaginait de manière si vivide qu'elle en rêvait encore au bout de tant d'années.

Sur celui de la femme, la mère d'Elýina avait vu son propre visage.

Le garçon blond aux yeux bleus suçotait d'un air rêveur le sucre d'orge qu'Elýina lui avait donné. C'était l'un de ses premiers cadeaux, elle lui en fit pas mal d'autres plus tard. Elle lui apportait à manger et à boire chaque fois qu'ils se rencontraient, et le laissait dormir chez elle. Souvent au début, et plus rarement par la suite, non pas qu'elle ne voulût pas mais parce qu'il venait moins. Tout se déroulait en secret : la grand-mère d'Elýina – sa mère étant déjà partie – n'aurait jamais autorisé la présence d'habitants supplémentaires livrés à l'espionnage et aux commérages des mamies écumant les cages d'escalier. À l'époque où le garçon avait fait son apparition, une vague de délits inexpliqués s'était abattue sur la ville ; les habitants étaient incités à la plus grande vigilance vis-à-vis de tout ce qui sortait de l'ordinaire et encouragés à signaler les anomalies sans hésiter. La consigne était radiodiffusée, et s'il y avait quelqu'un qui écoutait tout ce qui passait à la radio, c'était bien sa grand-mère. Cacher le garçon blond s'était avéré très facile, en définitive : Elýina avait eu des amis imaginaires toute sa vie. Pour celle que les voisins avaient toujours considérée comme une môme toquée, cet ami secret ne faisait pas une grande différence avec ceux d'avant, même s'il était bien matériel.

Elle avait vu sa jumelle, avait dit le garçon blond. Ou son double.

La mère d'Elýina aussi avait envisagé cette éventualité. Mais, parce qu'elle croyait en toutes sortes de balivernes surnaturelles, comme avait coutume de dire son grand-père – le pépé était encore en vie à l'époque –, elle se mit en tête que la femme n'était autre qu'elle-même. Voilà ce que Karena redoutait par-dessus tout : elle se serait vue commettre un acte qui l'horrifiait tellement qu'elle n'aurait pas pu être présente en personne, et aurait donc sérieusement dissocié. La mère d'Elýina n'avait pas employé ce dernier mot ; elle n'avait pas étudié les bases de la psychologie comme sa fille, mais Elýina avait décidé de colorer légèrement l'histoire – et en effet, à ce moment du récit, quatre-vingts pour cent de l'auditoire l'interrompait pour lui demander ce que signifiait dissocier, impliquant qu'Elýina possédait un savoir dont les autres étaient dépourvus. Pas le garçon blond ; il ne posa aucune question sur ce point, même s'il ne comprenait et ne connaissait sans doute pas le terme. Elýina reprenait : sa mère lui avait confié craindre que l'événement soit aussi un rêve éveillé ou une prémonition, un état d'hypnose ou une attaque cérébrale. Elle redoutait à égalité chacune de ces potentielles manifestations de sa malignité latente. Telles que : sa frustration devant son enfant, sa fatigue. Et si… La mère d'Elýina avait en effet parfois eu ce genre de pensées : Tout aurait été beaucoup plus facile sans enfant. Et quelle horreur, ces cris, si forts et si aigus, que poussait Elýina, alors âgée d'un an, quand elle ne lui donnait pas le sein la nuit, quand son lait s'était tout simplement tari ! Ce qui fit que la mère d'Elýina, âgée de vingt et un ans, prénommée Karena, au lieu d'essayer de rattraper cette femme ou d'appeler la police, rentra chez elle en courant pour vérifier qu'Elýina, son enfant à elle, était toujours à la maison et non en train de dériver sur les eaux alors encore très polluées en raison de la concentration d'usines en amont de la ville et de la législation environnementale ou, à tout le moins, de son application défectueuse, en direction de la mer qui, elle aussi, se trouvait quelque part au-delà de l'embouchure, bien que peu de gens l'eussent jamais vue. La mère d'Elýina eut le temps de repenser au conte mettant en scène une petite fille, pas plus grande que le pouce qu'on avait jetée au fleuve dans une bouteille, par désespoir, et qui avait suivi les courants jusqu'à l'endroit où ils se retournaient, avant de pouvoir s'assurer qu'Elýina était en vie.

Elýina était en vie. Bien évidemment, rétorquait-on, sinon tu ne serais pas là pour nous le raconter ! Le garçon blond aux yeux bleus, lui, ne fit aucune remarque ; il écoutait en silence Elýina raconter : elle était bien à la maison, en train de se dandiner dans le couloir pour accueillir sa mère, ses petits bras ronds tendus et sa large bouille enfantine alternant entre rires et larmes. Tout allait donc pour le mieux, mais la mère d'Elýina, ainsi le disait-elle, ne croyait pourtant plus en elle-même. Elle n'avait jamais douté de ce qu'elle avait vu, que la femme portait son visage, mais elle questionnait tout le reste. La leçon de cet événement, concluait la mère d'Elýina comme Elýina le fit à de nombreuses reprises à son tour, était que tout se répétait toujours dans le monde. Tout existait en deux exemplaires. Chaque personne possédait un double, d'une manière ou d'une autre.

Et le baluchon, ou quoi que ce fût, que lui était-il arrivé ?

Elýina racontait que sa mère lui avait dit s'être rendue au poste de police, car elle tenait à son honorabilité, par-dessus tout. Elle était certes seule à savoir ce qu'elle savait, mais on peut se déshonorer à ses propres yeux.

Expliquer l'affaire aux autorités ne fut pas chose aisée. Karena évoqua la femme et son fardeau ; or, quelle que fût la manière dont elle esquissait son portrait, c'était toujours elle-même qu'elle finissait par décrire. Ses interlocuteurs commençaient à la trouver bizarre, à lui poser des questions inquiètes. Elle craignait, en continuant sur cette voie, d'être vraiment accusée de quelque chose. Elle décida de ne plus s'adresser à la police, mais aux autres gens. Des années plus tard, elle décrivait encore le baluchon ; elle disait se souvenir en particulier des petites chevilles menues qu'elle n'avait toutefois jamais mentionnées au début, et de chaussures en similicuir blanc qu'on ne ferait sans doute pas porter à un bébé d'un an, mais dont une boucle était cassée, comme sur celles d'Elýina deux ou trois ans plus tard.

Eh oui, il n'y a donc qu'une moi, annonçait Elýina en conclusion, car ma deuxième mère a tué mon double.

Ma deuxième mère. Elýina contemplait ses auditeurs qui, tous sans exception, s'étaient jusqu'ici crus uniques en leur genre. Ou plutôt, ce n'était pas, à proprement parler, qu'ils l'eussent cru : aucune autre possibilité ne leur avait même jamais traversé l'esprit. Ils repartaient chez eux changés. Leur sécurité fondamentale avait été ébranlée, un peu secouée ; la table supportant leur maison de poupées, déplacée. Un petit séisme, maximum deux sur l'échelle de Richter. Certains, choqués, étaient désolés ; d'autres, enthousiasmés. Les uns réfléchissaient à l'histoire originale et au destin du baluchon ; les autres aux conclusions tirées par la mère d'Elýina. D'une manière ou d'une autre, chacun était toutefois devenu une moitié. On se demandait si son double était en vie, s'il existait, ou s'il avait peut-être rendu son dernier souffle. Si l'autre moitié était fondamentalement mauvaise et s'il fallait la redouter. Si le double chargé négativement allait détruire le double chargé positivement comme dans les cours de physique ou les films de science-fiction. Et qui donc – pouvait aller jusqu'à penser un auditeur se trouvant faire partie des vingt pour cent n'ayant pas demandé ce que signifiait dissocier – était le mieux placé pour estimer qui des deux était le négatif et qui le positif ? Lequel aurait donc dû exister ? La discussion se faisait parfois si vive qu'Elýina ne restait pas écouter l'issue des débats. Avoir, à sa façon, ajouté quelque chose à l'univers, créé un petit pli dans la réalité qui abritait un monde croyant aux doubles, où régnait sa paroisse en eaux libres, cela lui suffisait. Et ce, en n'ayant dit que la vérité.

Mais le baluchon, insistait-on, tu n'as pas raconté ce qui lui était arrivé, à cet enfant, réel ou supposé tel ? Elýina aurait pu l'inventer, n'est-ce pas, elle aurait eu la latitude de développer des versions de la réalité toutes plus extraordinaires. Mais non, elle voulait s'en tenir aux faits, en toutes circonstances. C'était une grande lectrice mais, en dépit de tous ses amis imaginaires, elle savait faire la distinction entre la réalité et l'histoire. Dans la vraie vie, il n'existe pas d'arc narratif abouti, comme elle le formula une fois adulte. Dans la vraie vie, il n'y a pas de débuts, de fins ou de milieux et, si on en découvre pourtant, ceux-ci ne seront pas reliés les uns aux autres, à proprement parler. Le destin du baluchon ne fut jamais résolu, il fallait s'en contenter, même si cela désolait son auditoire. Il le fallait, si l'on entendait s'en tenir aux faits. Le cœur du récit se trouvait ailleurs et avait déjà donné lieu à des explications.

L'histoire n'avait pas pris sur le garçon blond. Il regardait Elýina d'une manière différente, qui n'était pas due à l'incompréhension. Et alors, il lui dit une chose dont elle se souviendrait toujours, la seule et unique qu'il lui confia au sujet de sa vie d'avant leur rencontre.

– Moi aussi je suis deux.

Il ne s'étendit pas davantage, bien qu'Elÿina l'eût interrogé à plusieurs reprises, revenant sur sa décision de se montrer aussi froide et distante que l'était le garçon blond aux yeux bleus. Elle n'obtint donc pas de lui ce qui serait la troisième histoire de doubles de sa collection ; pas encore.

Il y aurait plus à en dire, de cette froideur et de cette distance. Le fait que le garçon n'avait pas donné son nom, par exemple ; c'était idiot, et puéril. Dire son nom, quoi de plus naturel, lorsqu'on fait connaissance ? Elÿina avait essayé de se résigner, sans y parvenir. Des mois et des années plus tard, la voilà qui fouillait encore de temps à autre les bagages et les poches du garçon pendant son sommeil, mais, s'il lui arrivait de tomber sur un document, le passeport ou la carte d'identité étaient à chaque fois à un nouveau nom. Parfois, elle en trouvait même plusieurs d'un coup, portant tous une identité différente. Le garçon aurait pu être n'importe qui. Si elle découvrait des notes, celles-ci étaient rédigées dans une langue qu'Elÿina ne comprenait pas, avec une graphie où les majuscules ne se distinguaient pas du reste du texte. Ce n'est que bien plus tard que le garçon lui révéla son nom. Produit de son invention, là encore, sûrement. Sans doute pas plus vrai qu'aucun des précédents. Mais, jusqu'alors, il fut seulement le garçon blond, et Elÿina pouvait le nommer comme elle voulait.

La deuxième histoire de doubles, Elÿina la raconta au garçon blond beaucoup plus tard, dans sa propre chambre, lorsque, au cours d'une nuit particulièrement difficile, ils veillaient dos à dos dans le lit d'Elýina. Les nuits difficiles étaient l'une des rares choses dont le garçon acceptait de parler à Elýina, ces nuits pendant lesquelles on avait l'impression de ne pouvoir trouver aucun abri en ville. Plusieurs bandes coexistaient et c'était tout un art de faire la différence entre les inutiles, les utiles et celles auxquelles on pouvait soi-même être utile, en particulier celles pour lesquelles on était pratiquement irremplaçable, car c'étaient les plus précieuses ; le monde fonctionnait sur le principe de la réciprocité. Les nuits difficiles étaient nombreuses. Elýina réalisa progressivement que le garçon venait chez elle précisément ces nuits-là. Elle n'en rajoutait pas avec ses questions ; au départ parce qu'elle préférait prendre elle-même la parole, à cette époque – détail dont elle s'étonnait, déroutée de voir qu'une enfant si bavarde ait pu donner ensuite une adulte tellement silencieuse –, plus tard parce qu'elle n'aurait de toute façon pas obtenu de réponse. En général, Elýina parlait et le garçon se taisait. Ils faisaient parfois tous deux silence. Elýina avait l'habitude : dans sa famille, les femmes racontaient les histoires, et les hommes se taisaient. Ou bien ils se taisaient en compagnie des femmes ; enfin, comment savoir. Le garçon se conformait si bien à ce schéma que, beaucoup plus tard, Elýina osa se demander si elle n'avait été qu'une de ces bandes, une bande d'une seule personne, rien de plus, et, au bout de plusieurs années encore, elle fut prête à répondre par l'affirmative, sans que la douleur n'excède les limites de sa tolérance.

La deuxième histoire, c'était son premier petit ami qui l'avait racontée à Elýina. En l'occurrence, le premier, cela voulait dire l'unique car il n'en était pas encore venu et n'en viendrait peut-être pas d'autres, telle était son impression. Le premier petit ami d'Elýina la lui avait racontée dès que celle-ci lui eut raconté la sienne ; certains réagissaient ainsi, ils voulaient faire mieux, comme elle se le dit plus tard. Le garçon (paix à son âme et à son nom) était plus âgé qu'Elýina, d'à peu près autant que le garçon blond était plus jeune qu'elle ; il traînait dans une bande qui faisait le tour des maisons et des usines abandonnées et récoltait tout ce qu'on y trouvait encore. Le garçon lui raconta être un leader, mais Elýina soupçonnait, ce dont elle ne fit part qu'au blond, qu'on le tolérait parce qu'on pouvait lui confier toutes sortes de petits boulots.

L'histoire que lui avait racontée son premier petit ami débuta lors d'une tournée qu'Elýina interpréta comme un petit boulot. Cette fois-ci, on ne se rendit pas dans des maisons désertes. On se rendit dans une zone vraiment habitée, par une population de nantis : diplomates, directeurs, touristes. Sans raison particulière. Juste comme ça. Le garçon était entré par effraction. Ce n'était pas prémédité, un simple coup de tête en vérité. Il raconta s'être disputé avec les autres et vouloir montrer qu'il était cap. Cela faisait déjà un bout de temps que ça se passait mal pour le premier petit ami d'Elýina au sein de la bande, et même un peu à la maison, dans un bras de fer avec son père à propos de ses notes à l'école et tout ça. Tandis que les autres se contentaient de casser les caméras de surveillance à coups de pierres, le premier petit ami raconta qu'il s'était introduit sur la pointe des pieds dans la cour d'une maison. Il était futé, du moins le pensait-il, et avait attendu qu'assez de temps se soit écoulé après le caillassage de la caméra et que le groupe ait tourné le coin de la rue pour passer à la suivante, attirant d'abord les vigiles puis la police, circonstance qui donna au premier petit ami un délai suffisant pour agir.

Dans l'habitation visitée par son premier petit ami, raconta Elýina, il n'y avait personne. Peut-être que tout le système d'alarme n'était qu'un leurre. Le blond opina du chef gravement, il était déjà au fait des systèmes d'alarme à l'époque, même si Elýina n'osa pas lui demander où, ni comment, il s'était familiarisé avec. Elle ne le suivait jamais quand il partait. Pas même lorsqu'ils devinrent amoureux, au sens le plus profond du terme qui ne contient pas le désir de possession de l'autre, comme le nota Elýina avec fierté dans son journal intime trempé de larmes, ce qui était dommage, car à cette époque elle écrivait au feutre soluble dans l'eau, à mi-chemin d'une période de plusieurs mois (trois mois et vingt jours, elle ne pouvait nier que tous les jours étaient notés avec exactitude et additionnables), pendant laquelle elle ne vit pas le garçon et n'en entendit pas parler. *Tout va bien pour lui*, écrivait Elýina, *quand il n'est pas ici. Il vient pendant les nuits difficiles, autrement tout va bien.* Les nuits difficiles, ç'aurait été le titre de leur histoire d'amour si on en avait fait un film. Elýina inscrivit cela aussi dans son journal intime, dont elle rit plus tard comme on le fait *a posteriori* des différents segments de sa personnalité, actant la séparation d'avec ce qui ne pourra se détacher entièrement : on aurait beau jeter journaux et lettres au feu, cette part continuera d'exister au niveau émotionnel, car tous les niveaux d'un être sont solidement collés ensemble. Les nuits difficiles, songea-t-elle. L'idée lui fit l'effet d'une révélation : les rencontres entre les gens contenaient un élément contradictoire, car les nuits difficiles étaient pour elle les plus faciles de toutes.

Son premier petit ami s'était retrouvé, pour reprendre ses mots, pour la première et la dernière fois, sans autorisation à l'intérieur d'une maison habitée. Il ne l'avait jamais fait avant et ne le referait plus après, à aucun moment. Elýina le croyait, dit-elle, parce qu'elle n'avait aucune raison de ne pas le croire. Une fois ressorti, son premier petit ami avait changé, c'étaient ses mots, il était devenu autre. Il ne voulait plus ressentir cela.

Qu'avait donc vu le garçon dans la maison ? demandait-on à Elýina, le lui demandaient ceux à qui elle l'avait raconté avant le garçon blond. Il s'était vu lui-même, répondait Elýina, c'est de cela qu'il s'est agi, tout le temps. Dans un miroir, ironisait-on, quelqu'un qui se croyait drôle faisait un sourire moqueur, tentait de se rallier les autres avec un succès variable. Ah ah ah, faisait Elýina, le plus grand sérieux peint sur le visage ; personne n'aurait commis l'erreur de prendre cela pour un rire.

Évidemment que son premier petit ami s'était vu, au départ, dans un miroir et avait sursauté face à son reflet. Le miroir était énorme et occupait tout un mur de l'entrée. C'était vraiment trop, personne n'avait ce genre de trucs ici. C'était l'intérieur ordinaire d'une maison de riches : beaucoup de hauteur et de largeur, plus d'espace que d'objets et, en fait d'objets, c'étaient des tableaux et des statues qui semblaient avoir de la valeur. Son premier petit ami aurait aimé rayer un peu la surface du miroir, introduire une fêlure dans ce monde parfait, mais il n'en fit rien, car il se voyait vraiment lui-même. Dans le miroir, et là on ne parle plus de son image à lui, mais de dizaines de photos qui s'y reflétaient. Son petit ami se retourna pour vérifier, car il avait vu des films d'horreur dans lesquels ce qui se reflétait dans les miroirs n'était pas réel, disant cela avec l'air un peu penaud de quiconque révèle sa faiblesse par inadvertance, mais il avait bien vu : un mur du salon comportait tout un collage de photos de lui. D'images où il faisait des choses qu'il n'avait pas faites. Du roller en ligne dans une ville ressemblant à New York. Promener un caniche. Skier. Porter un bébé dans ses bras. Porter un bébé dans ses bras entouré d'adultes inconnus.

Il ment, avait dit l'un des auditeurs d'Elýina, tu ne vois pas qu'il lui faut toujours être meilleur que toi, inventer des meilleurs trucs, te battre. Mais son premier petit ami affichait une expression qui poussa Elýina à le croire. Cela ne faisait aucun doute : soit le garçon était devenu fou, soit il avait vu son double, et comme Elýina se souvenait du sérieux avec lequel sa mère prenait sa propre affaire, elle décida de ne plus rien remettre en question, surtout pas à haute voix. Elýina n'interrompit pas le garçon dans son récit, alors qu'elle-même était toujours interrompue. Tous ses auditeurs s'intéressaient à ce qui arriva ensuite au garçon, mais Elýina, en l'écoutant, n'y avait jamais pensé, ni essayé de deviner les péripéties à l'avance. Elle fermait les yeux et écoutait la voix de celui qui parlait, sa mélodie ; elle voulait entendre l'histoire telle que l'autre voulait la lui raconter. Le garçon blond semblait faire de même.

Le premier petit ami d'Elýina lui avait raconté être d'abord resté cloué sur place à la porte du salon, pour regarder, et avoir ensuite pris le chemin de la chambre à coucher, où il trouva encore plus de photos. Peut-être qu'il avait été adopté ou kidnappé étant petit, soupçonnait quelqu'un, peut-être que des extraterrestres l'avaient drogué et emmené en voyage, peut-être qu'il avait une autre vie en dormant qu'à l'état de veille, et en changeait à son réveil jusqu'à ce que ses vies alternatives finissent, à la suite d'une erreur cosmique, par se mélanger. On fit toutes sortes d'autres suggestions, mais Elÿina rapportait que son premier petit ami était persuadé que ce n'était rien de tout cela. Si quelqu'un avait été kidnappé, ce devait être son frère jumeau. Mais, lorsqu'il interrogea sa mère ultérieurement, choisissant ses mots avec soin, car sa mère ne devait jamais savoir qu'il était entré par effraction dans la maison de personnes inconnues, celle-ci avait sorti son acte de naissance et certifié *mordicus* qu'il n'y avait eu aucune adoption. Elle s'était fâchée et lui avait tiré les cheveux, avait jeté quelques affaires par terre à l'idée que son fils eût même pu s'imaginer qu'elle pouvait être femme à vendre ses enfants à l'adoption, ou à si mal prendre soin de son bébé que quelqu'un puisse le lui voler. Car ce genre de choses arrivait. Il faudrait me passer sur le corps ! avait hurlé la mère de son premier petit ami, avant de se calmer, d'embrasser son fils sur la joue – le premier petit ami avait rougi en réalisant qu'il l'avait raconté à Elÿina – et de l'envoyer se faire voir ailleurs.

La chose ne fut pas tirée au clair. Son premier petit ami passa nombre de fois dans la zone des riches ; il s'avançait à pas furtifs derrière la fenêtre de son double et patientait, son caméscope prêt, au cas où il le verrait. Mais cela ne se produisit pas. Il n'aperçut jamais ne serait-ce que fugitivement son autre lui-même. Il finit par se faire prendre par les vigiles du coin et fut jeté dans la rue avec force menaces. Et lorsqu'il se hasarda la fois suivante, la famille avait déménagé et toutes les preuves, disparu avec. Elÿina avait écouté l'histoire du garçon, après quoi ils avaient fait l'amour une seule et unique fois, si l'on pouvait ainsi qualifier cette rapide exécution, et s'étaient séparés. Ce n'était pas à cause de ce double, raconta Elÿina plus tard au blond, nous nous étions juste lassés l'un de l'autre. Elle ne mentionna le fait qu'ils avaient fait l'amour qu'à quelques filles plus âgées qu'elle, pour les impressionner. Elle n'en fit pas mention au blond non plus, mais elle le raconta à l'homme qu'elle rencontra dans un café beaucoup plus tard, le jour où le centre-ville condamné avait explosé.

Cette histoire non plus ne comportait pas de péripétie ni de dénouement. Elýina aurait pu dire que ce n'était pas raconter qu'elle voulait ; elle aurait pu jouir du pouvoir que possède celui qui en sait plus long que les autres, et qui ne dure que tant qu'il est le seul à savoir. Mais non, cela ne lui traversa même pas l'esprit. Elle voulait s'en tenir à la vérité.

Elýina avait revu son premier petit ami une fois encore, bien des années plus tard. Le garçon blond avait alors disparu de sa vie, et son petit ami était devenu un homme. Un homme qui travaillait dans l'administration. Un homme qui avait des mèches de cheveux gris et habitait à peu près sur les lieux de son effraction de jadis. Imagine, raconta Elýina à l'homme du café, il habitait presque dans la même maison, c'était peut-être devenu une obsession ? Elýina et son premier petit ami se revirent plusieurs fois ; il était divorcé, et elle était seule aussi à l'époque, ils se remémoraient leur temps ensemble, qui avait duré quelques semaines en tout, buvaient du vin et riaient, firent l'amour pour la seconde et probablement dernière fois. Elýina lui demanda s'il avait – toujours paix à son âme et à son nom – trouvé son double, mais il avait fait non de la tête, refusant de revenir sur le sujet.

Peut-être qu'il était lui-même son double, suggéra l'homme du café. Voilà qui était nouveau. Elýina n'avait jamais songé à cette hypothèse. Peut-être que c'était le double de cet ancien amour, en effet, et que seule une nostalgie inexplicable les avait attirés.

Avant de faire la connaissance du garçon blond, Elýina avait cessé de raconter ses histoires à autrui. C'était arrivé progressivement, elle ignorait pourquoi ; ses mots se tarirent, elle les avait tous utilisés. Il est possible qu'une certaine quantité de mots soit attribuée aux gens, davantage aux uns, moins aux autres, leur quantité définitive ne pouvant se connaître d'avance. Les mots ne se tarissent pas d'un coup mais peu à peu ; on ne se rend pas compte de leur raréfaction. Elýina devint silencieuse. D'après le psychologue pour enfants, elle était atteinte d'un mutisme sélectif causé par le départ soudain de sa mère pour une autre localité, mais sa grand-mère disait que ce n'était que la puberté. Il y a un nom pour tout, mais au niveau pratique, les choses firent qu'Elýina se mit à préférer écouter les histoires des autres plutôt que raconter les siennes, juste au cas où elle entendrait parler d'un troisième cas. Et parce qu'elle n'en avait pas, de troisième cas. S'il n'y avait pas de vérités à raconter, mieux valait se taire.

Ayant fait la connaissance du garçon blond, Elýina se remit à parler, mais à lui seul, pas à d'autres. Son intérêt silencieux lui suffisait, lui était suffisant et nécessaire ; entre parler auprès de lui et ne pas parler du tout, l'équilibre était sauf. Les mots naissaient en mots, ils sortaient d'elle à mesure qu'elle les pensait. Voilà ce qu'en dit Elýina à l'homme du café plus de vingt ans plus tard. Avant cela, elle n'avait parlé du garçon blond à personne. Elle comprit que tout ce à quoi il avait ensuite été mêlé, une fois devenu homme, devait rester le moins connu possible des personnes extérieures.

Elle-même en savait fort peu. Le garçon ne lui avait pas dit d'où il venait, ni où il allait, mais il dessinait. Des courbes, des boucles, des spirales éternellement prolongées. Il dessinait sur tous les papiers qui lui tombaient sous la main, Elýina collectionnait ses dessins et les cachait dans un carton à bananes sous son lit. Ils en parlèrent plus tard. Elýina lui demanda pourquoi il ne dessinait que des figures abstraites, rien qui représente quelque chose. Tout d'abord, il ne comprit, pas ce qu'elle voulait dire ; il y avait entre eux non seulement les différences tenant à l'environnement dans lequel ils avaient grandi, à leur personnalité et à leurs centres d'intérêt, mais aussi au langage que chacun utilisait à sa manière propre. Or, le fait que le garçon ne comprenait pas ses mots creusait un écart encore plus grand entre leurs mondes. Mais, ce qu'il faisait, c'étaient des images du monde justement, répliqua le garçon blond. Il lui expliqua bien plus tard les figures sur lesquelles elles s'appuyaient. Elýina se souvenait de quelques-unes. Par exemple, la suite de Fibonacci, qui naissait de l'addition des deux nombres précedents. Zéro, un, un, deux, trois, cinq, huit, treize. Et ainsi de suite. Le nombre suivant naissait toujours des deux précédents. Il n'avait pas d'existence indépendante, détachée de ces deux-là. Quand on en faisait la représentation géométrique, on obtenait un graphe en spirale ressemblant à un coquillage. Et il ne faisait pas qu'y ressembler, soutenait le garçon, mais, dans la nature, les coquillages se conforment à la suite mathématique. Bien d'autres choses aussi s'y conforment. Les feuilles de fougères. Les pommes de pin. Les tournesols. Et…

Et la section dorée, dit l'homme du café qui avait étudié la photographie. La section dorée se conforme à la suite de Fibonacci.

Elýina et le garçon blond firent l'amour pour la première fois, à moitié par accident, quelques années plus tard. Après cela, ils passèrent tout leur temps commun dans le lit d'Elýina ou sous la tente, sur les chemins de randonnée à l'extérieur de la ville ; ils étaient l'un pour l'autre presque les premiers et presque les seuls. Le blond avait grandi et dépassait Elýina ; il avait cessé de parler une langue inconnue dans son sommeil et comprenait la langue maternelle d'Elýina comme s'il était né dedans. Celle-ci ne connaissait toujours pas son vrai nom ; les amitiés avaient leurs réserves, et ce point était l'une des choses qu'il fallait accepter. Ils pérégrinèrent l'un dans l'autre d'abord avec les mots, puis les mains, la langue, toutes les parties de leurs corps et pour finir, quand plus de temps se fut écoulé et qu'ils se virent pour la dernière fois, à nouveau avec les mots.

J'ai toujours été l'unique, dit l'homme du café.

C'est ce que tout le monde croit, dit Elýina à l'homme. En définitive, pourtant, on a besoin d'un autre, si ce n'est comme miroir, du moins comme réceptacle de nos côtés obscurs. Comme réceptacle de nos côtés obscurs, répéta doucement l'homme, comme réceptacle de nos côtés obscurs. Elýina voyait que quelque chose bougeait en lui, un changement se produisait sous les yeux d'Elýina même si elle ne pouvait savoir lequel. Elle se rappelait avoir touché le poignet de l'homme et dit ces mots : on met parfois des années à le réaliser. L'homme du café répéta une nouvelle fois ses paroles : on met parfois des années à le réaliser.

La première fois qu'Elýina vit le garçon blond, elle avait quatorze ans, il était assis, à l'attendre, devant le perron de sa maison, au moment où elle rentrait de l'école. Il ne l'attendait évidemment pas vraiment, il était juste là par hasard. Elýina entra chez elle, se servit une assiette (pour une raison ou une autre, elle se souvenait qu'il y avait des galettes de patates fourrées à la viande ce jour-là), l'apporta dans sa chambre (qui avait été aménagée dans la réserve et à laquelle on accédait par le balcon, ce qui était compliqué mais pratique, car c'est par là aussi qu'on accédait à l'échelle de secours) et jeta un œil par la fenêtre pour voir si le garçon était toujours là. Elÿina ignorait pourquoi sa présence la dérangeait ; elle était incapable de se l'expliquer, et pas davantage vingt ans plus tard à l'homme qu'elle rencontra dans le café le jour où il y avait eu une explosion au centre de la ville. Elle n'avait pas revu le garçon blond depuis des années non plus. Le garçon ou l'homme blond (Elÿina se souvenait de lui avec des manières de garçon) était juste un nom (ou bien plutôt un manque de nom) sur un site du dark web sur lequel Elÿina s'était retrouvée en tentant de remonter sa trace, ou bien un tag, une lettre unique qui s'effaçait sur des murs ensuite abattus. N. L'ensemble des entiers naturels. La puissance d'un nombre. Le nord.

Le garçon était toujours là. Elÿina descendit l'échelle de secours, un sac plastique au bras et, dans le sac plastique, des crêpes de patates farcies à la viande qu'elle avait annoncé monter manger dans sa chambre avec l'intention d'en donner aux chats du voisinage pendant que sa grand-mère faisait sa sieste. Le garçon était couvert de bleus et d'égratignures et sa faim était évidente. Elÿina le regarda manger, puis elle l'emmena dormir dans sa chambre, sous la table, abrité par la nappe qui descendait jusqu'à terre. Sa grand-mère ne lui aurait jamais pardonné, mais peu importait, car sa grand-mère ne le saurait jamais.

Le garçon lui demanda de parler, et Elÿina parla. Elle respirait et les mots sortaient d'elle, ils existaient donc encore, ils avaient juste attendu le bon moment. Tout ce que disait Elýina était vrai dans la mesure où quelqu'un le lui avait raconté, comme l'histoire de la femme qui avait oublié son passé et cherchait des indices dans ce qu'elle découvrait autour d'elle : listes de courses d'autres gens ou reçus d'emprunts à la bibliothèque, mémos, adresses ou numéros de téléphone. Savoir si les histoires étaient vraies ne semblait pas intéresser le garçon, il voulait juste entendre Elýina parler. Celle-ci raconta à l'homme du café que l'anglais était devenu leur langue, dont ils n'avaient jamais changé, pas même à partir du moment où le garçon avait mieux encore maîtrisé la langue maternelle d'Elýina. Où il avait développé un accent en anglais. Où l'environnement émoussa les aspérités de leur parole et en fit naître de nouvelles, rouille et moisissure, où des mots disparurent et de nouveaux prirent leur place, prélevés dans d'autres langues. C'était leur langue commune, le doux parler des amoureux, songeait Elýina sans pourtant le dire au garçon, elle le confia seulement à l'homme du café qui éveillait quelque chose qui sommeillait en elle ; elle se sentait frappée d'une impression, intérieure, sur la langue, en sa langue, elle la sentait, une petite modification et l'homme du café lui dit qu'il le remarquait. Langue et compréhension naissent dans des conditions émotionnelles. C'était le doux parler des amoureux, et ils le partageaient.

Elýina décida de ne rien dire à personne à propos du garçon blond. Plus tard, une fois mariée, divorcée et remariée, sans enfants de sa première union et sans enfants de la seconde, elle prit la décision de ne plus jamais en faire une histoire. En ne racontant rien de lui, elle lui assurerait une existence. On dit qu'une personne n'existe pas si nul ne sait rien d'elle, si nul ne raconte d'histoire à son propos, et il est possible que ce soit vrai. Mais une histoire qu'on raconte fait rétrécir la personne : elle lui appose sa marque, la met en forme, elle est l'unique chose qu'il en reste. Une personne se perd elle-même quand les autres la racontent, jusqu'à la mettre dehors, dit Elýina le jour où elle revint sur sa décision ; le jour où il y eut une explosion au centre-ville ; ce jour-là, deux nombres s'additionnèrent dans sa suite de Fibonacci et elle obtint une troisième histoire.

Ce jour-là, Elýina vit de nouveau le garçon blond aux yeux bleus, un homme donc. De nouveau, c'est-à-dire en différents lieux, en différents temps, de différentes manières. Elle ne vit donc pas l'homme blond à proprement parler, mais ses copies ou répliques, ses doubles. Par une journée neigeuse dans la ville de sa jeunesse où elle rentrait de l'étranger pour voir ses amis. La figure de l'homme blond se dessina sur l'écran au milieu de l'averse et aussitôt il fut parfaitement clair que ce n'était pas lui. Elýina le dit à l'homme du café. Que l'homme de l'écran télévisé n'était pas son homme blond aux yeux bleus, même s'il aurait pu l'être.

En réalité, ils n'avaient pas parlé de cela dans le café. Ils en avaient parlé dehors, en traversant à pied la ville enneigée une fois que, tout danger immédiat ayant été écarté, on les avait laissés repartir. Le garçon blond possédait de nombreux surnoms, répondit Elýina à l'homme du café, mais elle ne sut jamais lequel était le vrai. D'innombrables noms d'utilisateur aussi avaient fait surface lors de ses recherches, dont une partie était les siens, sans doute possible. Mais il y avait aussi des copies, des imitateurs et des gens malveillants qui, plus tard, portèrent de nombreuses accusations. Après des années au cours desquelles Elýina n'avait plus revu le garçon blond aux yeux bleus – qui n'était plus un garçon mais un jeune homme puis un homme fait –, on publia un avis de recherche illustré de son visage.

La dernière fois, le blond avait touché Elýina avec ses mots seulement, raconta-t-elle. Les mots ne sortaient pas de lui en ondes mais comme des objets. J'ignore s'il est encore en vie, dit-elle, mais il m'a confié un secret avant de partir.

Quel secret ?

Son premier nom.

Qui est ?

Nik. Il a dit que c'était cela, son nom. Mais j'ignore si c'est vrai.

Ça l'est, dit l'homme du café. Je crois que c'est vrai. Je crois qu'il t'a donné son véritable nom.

C'est donc ainsi que cela se produit ; une personne se change en histoire. On ne peut plus l'attraper, ni son contact, ni son odeur, ni ses mots ; on se raccroche seulement à ce qu'on a construit, à cette histoire. L'homme du café toucha Elýina pour la première et la dernière fois, il lui toucha la joue car à cet instant même, elle avait pleuré, puis il la regarda. Ils se regardaient. Non comme les gens qui ont une importance l'un pour l'autre, non comme ceux entre qui quelque chose commence, ou que s'offre une possibilité de commencement. Ils se regardaient comme des gens qui tentent de s'imprimer dans l'esprit l'un de l'autre avec le plus d'exactitude possible afin de revenir à la situation. Afin d'en tirer des conclusions. De se reconnaître. D'être les témoins les plus fiables possibles. Elýina y pensa ainsi, mais plus tard seulement. Parce que lorsque les témoins sont sur place, lorsqu'ils rassemblent leur matériau, voyant de leurs propres yeux, au cœur des événements et sur l'instant, ils font tout inconsciemment ; et lorsqu'ils rapportent plus tard ce qu'ils ont rassemblé, tout aura été tamisé, modifié et adapté, les couleurs et les filtres changés, des détails transférés ici et là. Ils raconteront alors quelque chose dont ils auront déjà fait une histoire.

À y repenser de plus près, tout cela avait quelque chose de très étrange, expliqua Elýina au commissariat quelques jours après l'explosion, après avoir été appelée et convoquée en qualité de témoin dans cette affaire avec laquelle elle n'avait rien à voir, ou n'aurait pas dû, en tout cas. Elle n'avait fait que prêter son téléphone pour que l'homme du café puisse appeler son ami arrêté, celui qui n'était pas l'homme blond aux yeux bleus que connaissait Elýina. L'homme du café avait perdu son téléphone, expliqua Elýina, et prétendait qu'un enfant l'en avait dépouillé, même si, probablement, il l'avait abandonné par négligence. Elýina rapporta qu'elle ne le connaissait pas ; elle l'avait juste laissé lui emprunter son téléphone, pour être plus précise, elle avait appelé pour son compte le poste de police et l'homme arrêté qui s'y trouvait, laissé son numéro uniquement pour que l'homme du café puisse être joint. Elle avait répondu à l'appel arrivé du poste un peu plus tard et tendu son téléphone à l'homme du café. Non, Elýina n'avait pas compris un mot de la conversation, elle remarqua seulement comment l'homme du café, *non, nous n'étions plus dans le café, mais dehors, je parle de l'homme du café parce que je ne me souviens pas de son vrai nom, il me l'a dit, mais je ne m'en souviens vraiment pas, les noms ne me restent jamais en tête*, était passé d'un état d'excitation à la conciliation et aux excuses, avant de s'exciter à nouveau. Il riait par moments. Et l'homme à l'autre bout du fil, oui, Elýina l'entendait parce qu'il parlait fort, il avait ri lui aussi. Mais un instant seulement. L'homme du café avait dit à Elýina – et cela aussi, elle le répéta au fonctionnaire du poste de police – qu'il allait retrouver son ami, cet homme arrêté, dès le lendemain, car son ami en avait formulé le souhait. L'homme arrêté avait dit à l'homme du café qu'il avait besoin de quelque chose à rapporter de chez lui. Et avait ensuite donné les indications nécessaires.

Quelles indications ? demanda-t-on à Elýina, mais elle n'en savait vraiment rien, l'homme du café ne lui en avait pas fait part. Lorsqu'on lui demanda si elle savait où se trouvait l'appartement, elle avait fait une pause avant de répondre, juste pour avoir l'air d'être en train de réfléchir, et admis ensuite que l'homme lui avait demandé conseil pour se rendre à l'adresse indiquée au téléphone, mais Elýina n'avait pu l'aider, elle ne savait pas où cela se trouvait, elle ne reconnaissait pas le nom des rues, ce qui n'était pas étonnant, à dire vrai, elle ne vivait plus en ville depuis des années, et avait donc oublié la plupart des noms de rues. J'espère qu'il a trouvé, dit Elýina au fonctionnaire de police, espérons que, s'il ne s'est pas présenté au poste, ce n'est pas parce qu'il se serait perdu ou aurait eu un accident.

En réalité, Elýina connaissait très bien l'endroit. Elle en avait même dessiné un plan, sur une feuille de papier quadrillé, l'avait tendue à l'homme qui l'avait d'abord pliée en deux, puis en quatre et en huit, et plié une fois encore, il avait demandé à Elýina si elle savait que le papier ordinaire ne peut pas être plié plus de sept fois, avant de l'enfoncer dans sa poche. Elle l'ignorait ; elle n'y avait même jamais pensé.

On lui demanda aussi si elle avait le numéro de téléphone de l'homme du café ; elle répondit que non, il ne le lui avait pas indiqué, puisqu'il avait perdu son portable. En réalité, Elÿina le possédait. L'homme le lui avait donné, disant qu'il en retrouverait l'usage incessamment. Il lui fallait juste contacter son opérateur au pays et se procurer un nouvel appareil. D'ailleurs Elÿina l'appela, seulement des années après ; un de ces soirs où, s'écartant de ses habitudes, elle s'était servi un verre de vin et retrouvée dans ses souvenirs, comme il en va lorsqu'on boit seul. La personne qui décrocha, commençant par s'étonner, n'ayant pas l'habitude de recevoir d'appels de locuteurs étrangers, même si elle parlait plusieurs langues comme elle le fit savoir, était quelqu'un de solitaire, mais de particulièrement bavard. Elle indiqua que ce numéro était le sien et ce, depuis des années. Les numéros sont redistribués, ajouta-t-elle : lorsque quelqu'un se défait de son numéro, on attend un moment, six mois peut-être, mais on finit par le redonner à quelqu'un d'autre. L'homme du café avait donc fini par renoncer à son numéro, malgré tout. Elÿina s'excusa pour le dérangement – elle ne parvint pas à maîtriser le sentiment de mélancolie étrange qui la gagna lorsqu'elle réalisa que sa connexion à l'homme du café et à son ami qui ressemblait extraordinairement à l'homme blond aux yeux bleus qu'Elÿina avait connu jadis, s'était rompue pour toujours – et était déjà en train de mettre un terme à la communication lorsque cette personne l'avait priée d'attendre. Cet homme, s'appelle-t-il Lucas, demanda-t-elle, et quand Elÿina, après un effort de mémoire, répondit que cela se pouvait fort bien, la personne lui rapporta qu'on avait déjà demandé à parler à un homme ainsi nommé. Quelqu'un appelait au moins une fois par an pour le demander, tantôt pleurant, tantôt jurant, essayant de convenir d'un rendez-vous mais renonçant, jusqu'à rappeler au bout de plusieurs mois, ayant oublié d'une fois sur l'autre, aurait-on dit, que le numéro avait changé de propriétaire. Elýina remercia et raccrocha ; elle effaça le numéro de la mémoire de son téléphone.

Au poste de police, on rapporta à Elýina que l'homme arrêté s'était introduit dans la zone de l'explosion et qu'il avait été reconnu sur photos comme l'un des principaux suspects, un de ceux qui gênaient la régénération de la ville depuis un bon moment. Comme son homme blond aux yeux bleus, avait songé Elýina, même si elle n'en dit rien, naturellement. Il avait quatre passeports différents en sa possession. Même photo, autres noms. Ce qui n'avait rien d'étrange, tous étant bien évidemment faux. Les terroristes, dit un policier, et Elýina avait senti une pointe au cœur. Elle regarda ensuite le fonctionnaire dans les yeux. L'homme du café, a-t-il essayé de me faire passer pour coupable, demanda-t-elle, même si elle savait qu'il n'en était rien. Mentir permet aussi de ne pas dire certaines choses. Ou de poser des questions que l'on sait inutiles. L'homme du café lui avait parlé de cela, demandant pourquoi il ne faudrait dire que la vérité et pourquoi il ne devrait y avoir qu'une seule version de la réalité. Complète ton histoire, avait-il dit, si tu n'obtiens pas suffisamment de réponses, et sors le reste de ta tête.

Selon le fonctionnaire, le plus bizarre dans toute cette affaire était que l'homme arrêté semblait ne pas comprendre ce qu'on lui disait. Il prétendait ne parler que l'anglais. La police ne disposait dans ses registres ni de ses empreintes ni de son ADN, rien. Ces prélèvements n'avaient jamais été effectués avant.

L'homme du café n'était pas venu identifier son ami. Peut-être qu'il était vraiment une sorte de complice, dit Elýina au fonctionnaire. Elle le regardait dans les yeux, mais pensait aux oiseaux, de cette manière, il lui était plus facile de parler, songea-t-elle, pas de mentir ; ses mots n'étaient que des ondes dans l'air, et non des objets qui se mouvaient en en déplaçant d'autres, qui enfermaient des gens en prison ou les libéraient. Elle pensa ensuite à ce que cela faisait, de franchir le mur du son, et ferma les yeux pour encaisser la douleur aux tympans causée par le bruit imaginaire. Elle fit une pause avant de reprendre, elle raconta qu'elle ne connaissait vraiment pas l'homme du café, peut-être qu'il n'avait pas voulu montrer sa figure au commissariat. Son ami arrêté avait manifestement des problèmes. Pourquoi aurait-il suivi son exemple ?

On ne laissa pas Elýina rencontrer l'homme arrêté. Pas encore, lui dit-on ; à ce stade nous n'autorisons que ses amis ou son avocat, les gens qu'il demande lui-même à pouvoir rencontrer. Elýina protesta poliment, argua que l'homme arrêté ne pouvait pas demander à rencontrer une personne dont il ne savait rien et on lui répondit qu'il n'était pas utile à présent de le laisser rencontrer des gens dont il ne savait rien. Ses objections étaient vaines, y compris sa parfaite connaissance de l'anglais ; les policiers étaient d'avis que l'homme arrêté faisait juste semblant de ne pas connaître de langues étrangères.

Elýina ne savait même pas pourquoi elle aurait dû le rencontrer, en définitive. Ce n'était pas son homme blond aux yeux bleus. C'était quelqu'un d'autre. Elle en avait la certitude, ayant pu le voir, l'observer derrière un miroir sans tain qui la rendait invisible. Elle fit semblant de le reconnaître. Elle déclara en partant que c'était sans doute l'homme qu'ils cherchaient, même si elle savait qu'il n'en était rien. Elle fit ensuite ses bagages et quitta la ville, changea de numéro de téléphone et resta au loin.

Avant cela, néanmoins, avant de faire ses bagages et de quitter la ville, elle franchit les portes du poste de police, scruta le ciel et les nuages.

Chacun forge des récits à propos du monde et de soi-même. Histoires qui sont tangentes les unes aux autres mais ne s'ajustent qu'ici et là ; elles forment un ensemble qui n'est que de convention. Lorsque nous parlons de nous, nous avons besoin des autres comme personnages secondaires ; nous les forçons à faire de nous ce que nous voulons être. Par là, nous nous obligeons à devenir tels que nous nous imaginons que les autres nous désirent. Si je faisais une histoire de moi, songeait Elýina en se gardant de le dire à quiconque, ce ne serait pas moi, ce serait une autre qui parlerait par ma bouche. L'homme de l'autre côté du miroir bidirectionnel était une partie de son histoire – qu'elle ne raconta à personne, parce que les mots qu'elle venait de regagner l'avaient à nouveau abandonnée, s'ils avaient jamais été les siens – mais ne lui appartenait pas ; il appartenait à ce qui avait été jeté dans le fleuve bien longtemps auparavant.

Ils ne te recherchent plus, dit-elle à l'homme blond aux yeux bleus, en esprit seulement, bien entendu. Ils vont prendre cet autre-là. Tu peux continuer ta vie. Moi, je ne suis pas vraie, dit-elle encore, à voix haute cette fois. Je ne l'ai peut-être jamais été. Il est possible que je ne fasse que répéter des mots qui m'ont été donnés. Malgré tout, pour moi, ce sont mes propres mots.

Bien plus tard, disons au bout de cinq ou dix ans, par exemple, Elýina découvrit une photo d'elle sur l'écran de son ordinateur, dans un clip extrait d'une œuvre audiovisuelle. On ne lui avait pas demandé la permission, et cela n'avait pas vraiment d'importance ; elle n'était pas elle-même, sur cette image, juste une passante dans un endroit public, au milieu de la foule, sans doute pas reconnaissable. Si Elýina avait contacté l'auteur de l'exposition, elle aurait peut-être tout vu. Et peut-être compris. Mais cette fois-là, elle se contenta de cliquer sur une autre info et laissa tomber ; elle oublia la chose et ne la retrouva plus jamais, si même elle la chercha.

SALLE 9

LA DERNIÈRE CHAMBRE

image initiale : le départ

Le fait qu'il existe une image de la disparition de Lucas est un pur hasard. Elle a été prise par la fenêtre ouverte du deuxième étage de la maison d'en face. Une petite fille de quatre ans tient l'appareil photo de sa mère ; elle se penche par la fenêtre pour faire entrer sur l'écran un petit oiseau, comme si on pouvait capturer une image de quelque chose d'aussi petit et rapide. Après le déclenchement, l'appareil lui échappe et, au bout d'une chute de cinq mètres, s'écrase par terre et se disloque, mais la mère de la fillette – après avoir pressé l'enfant contre son sein en remerciant son Dieu de ne pas avoir été projetée dans une réalité atroce, mais de pouvoir poursuivre sa vie où son enfant est toujours présente – descend les escaliers en courant et ramasse les débris de l'appareil, parmi eux la carte mémoire contenant ce cliché qui, copié ultérieurement, sera célébré comme le premier de la photographe en herbe. Sur l'image, un homme marche dans la rue, les mains dans les poches. La porte derrière lui est sur le point de se refermer. La maison est frappée du numéro 23, un chiffre sans importance, aléatoire. On ne peut rien en conclure de plus. Nous n'entrons pas dans la cage d'escalier où personne n'a pris de photo, même si une caméra de surveillance est bien reliée à la porte et programmée pour enregistrer chaque personne qui arrive et s'en va, il n'y a pas de photographie de Lucas. En revanche, on en trouve une de lui, devant un sanctuaire, au moment où il dépasse un cortège funéraire. Sur quelques images prises par les proches du défunt, il s'intègre si naturellement au cortège, en tête, que certains s'étonneront encore des années plus tard : qui est-il et à quelle partie de la famille est-il lié ? Il y a aussi deux courtes vidéos. Elles font partie d'un film réalisé par des écoliers mettant en scène un accident pour lequel on avait besoin d'un balcon. La séquence montrant la chute a été filmée en plusieurs fois et, en effectuant le montage, les enfants ne se rendent pas compte que ce passant est plus près avant d'être plus loin dans la rue. Ce genre de mésaventure peut se produire lorsqu'on ne prête pas attention aux arrière-plans. L'avant-dernière image est prise par la caméra de surveillance d'un horloger, un homme y tourne dans une rue où il rencontre enfin ce qu'il ne cherchait pas.

La dernière chambre

On vient ouvrir la porte de l'appartement le jour où l'édition du journal local publie une information succincte annonçant qu'un peu plus loin sur la côte, à l'endroit où le fleuve traversant la ville se jette dans la mer, un homme non identifié a été découvert. Un détail a peut-être réveillé la conscience du propriétaire de l'appartement, car le corps a passé tout cet hiver plus froid que d'habitude dans l'eau, plusieurs mois en tout cas, la même durée que celle où les factures sont restées impayées, y compris l'eau et l'électricité. Il ne s'agit probablement que d'une coïncidence, les deux choses ne sont pas forcément liées. Des gens tombent dans le fleuve, de temps en temps, par accident ou délibérément, certains souhaitent mourir, d'autres tester les contours de leur vie en se mettant en équilibre sur une rambarde de moins d'un empan, d'autres encore veulent accomplir des exploits parce qu'ils ne croient pas que même un plongeur professionnel pourrait sortir de l'eau par ses propres moyens. Les meurtres, toutefois, ça n'arrive que dans les films.

Il n'y a pas de cadavre humain ou d'animal de compagnie décomposé dans l'appartement, même si c'est un peu ce qu'on craignait. À cause de l'odeur. On reconnaît toujours l'odeur de mort, même faible ; les autorités policières surtout savent la reconnaître et les voisins *croient* le savoir. Le mort est un oiseau. Il est énorme et gît sur le sol au milieu de la cuisine, la tête bizarrement à l'envers. Celui qui a quitté la pièce en dernier a oublié de fermer la fenêtre. Elle a dû claquer pendant longtemps. Pour être précis, on se souvient qu'un voisin s'est plaint du bruit à plusieurs reprises. Autrement, tout donne l'apparence que quelqu'un vient de sortir et n'a fait que saupoudrer de la poussière en partant, de la moisissure sur la vaisselle dans l'évier, une puanteur prématurée dans la poubelle. Le propriétaire se rappelle les maisons désertées d'après-guerre, il en parle au gardien qui s'en souvient aussi : elles avaient cette même odeur. De présence et d'absence mêlées.

Il y a une deuxième coïncidence. À la même époque, plusieurs mois auparavant donc, l'occupant des lieux était devenu bizarre ; le gardien en parle au propriétaire quand ils entrent ensemble dans l'appartement poussiéreux et s'étonnent. Le locataire n'avait pas disparu, en aucun cas, à ce moment-là, il avait juste changé. C'était un local, ils le savent tous les deux, il avait habité en ville pendant des années, probablement toute sa vie, ou presque. Le propriétaire ne le connaissait pas plus que cela, mais le gardien avait coutume d'échanger quelques mots par-ci par-là avec lui. Rien de spécial, de brefs propos au sujet du temps qu'il faisait et de la ville. L'homme entrait et sortait en bottes et tenue de protection. Il ne parlait pas de ce qu'il faisait, mais, un jour, il avait rapporté un oiseau.

Il y avait beaucoup d'oiseaux morts sur la côte, avait dit le locataire, mais celui-ci vivait encore. Le gardien s'en souvient à présent, face aux restes du volatile sur le sol de la cuisine. Qu'est-ce qu'il a dans le ventre, demande-t-il, et quand le propriétaire hausse des sourcils interrogateurs, il explique que l'habitant lui avait montré comment aider un oiseau à régurgiter le plastique qu'il avait ingéré. L'homme rinçait ensuite les fragments et les disposait dans des boîtes. Celles-ci sont toujours dans la pièce, classées par dates. Le locataire disait qu'il menait une étude sur l'état de la mer ; c'était peut-être le cas. Il se disait aussi lassé de se battre contre ce que subissait la ville. Ajoutant qu'il était recherché, qu'il l'avait toujours été en réalité, mais se consacrerait aux oiseaux désormais.

Au bout de trois jours, l'oiseau avait été guéri. L'homme avait toqué à la porte du gardien et l'avait invité à le voir déployer ses ailes et s'envoler ; espérons que ce soit pour la côte, avait-il dit.

Il était étrange mais sympathique. Avec ses oiseaux et ses boîtes. Inoffensif en tout cas. Puis il avait changé. C'était arrivé d'un coup, et c'est là la deuxième coïncidence. Il cessa de le saluer, et même de le regarder dans les yeux. Il cessa de dire quoi que ce soit. En vérité, il semblait ne même pas comprendre ce qu'on lui disait. Au bout de quelques semaines, il partit, ce devait être le soir de l'explosion dans le centre-ville, impossible d'oublier cette période. Est-ce que c'est possible, comme un genre de lésion cérébrale ? On aurait dit que toute une langue s'était effacée de sa tête en une nuit. Ou que l'homme était devenu un autre. Le propriétaire n'a pas la réponse à cette question. Il soulève l'oiseau et le met dans un sac plastique, mon gendre n'aura qu'à venir nettoyer, dit-il, ça sera toujours mieux que de passer toute la journée sur son téléphone. Les deux hommes rient aux éclats, complices : ah la jeunesse !

Dans le salon, le propriétaire et le gardien sont attendus par une nouvelle surprise : une chambre noire. Elle n'est pas noire au sens où le sont les chambres dans lesquelles la lumière est éteinte, c'est une véritable chambre noire ; les experts l'appellent une *camera obscura.* On ne s'en rend pas immédiatement compte, la projection n'est pas intentionnelle, la chambre s'est transformée par hasard en appareil photo vivant. Le trou dans l'épais tissu recouvrant les fenêtres n'est qu'un accroc et l'image qu'il projette est pâle, quasiment imperceptible. Un paysage renversé se reflète sur le mur d'en face et se mélange aux photos qui y sont fixées. Ils se tiennent là, deux hommes âgés, et contemplent le mur où le monde extérieur à la chambre vit sa vie, tous deux formant des ombres géantes sur ce monde à l'envers. Un long moment s'écoule avant que l'un des deux n'ose tirer sur le lourd voilage et briser l'image.

Quand le propriétaire demande qui est entré dans l'appartement en dernier, le gardien est obligé d'admettre qu'il n'en est pas certain, car il n'a pas frappé à la porte depuis longtemps. C'est de la négligence, mais cela arrive tout le temps, et ne devient impardonnable que si l'on se fait prendre. C'est pourquoi il ne mentionne pas le dernier visiteur. Celui qui est passé après l'explosion n'a laissé de traces dans aucun registre. Le gardien n'aurait pas dû le laisser entrer, il en est persuadé seulement maintenant. Au moment où tout cela s'est produit, il croyait vraiment que le visiteur était un parent du locataire, comme il le prétendait. Peut-être que le changement de comportement de l'habitant allait s'expliquer, avait pensé le gardien au matin suivant l'explosion, peut-être que l'habitant allait redevenir cordial et reprendre ses conversations avec lui. Mais maintenant, après coup, y réfléchissant de plus près, il n'en est plus sûr.

Les murs du salon sont envahis de photos, il y en a aussi sur le lit, et par terre. Des photos de l'homme qui vivait dans l'appartement et de celui que le gardien a fait entrer, des photos d'autres hommes et femmes. On dirait que l'habitant faisait des photos de lui, et d'autres, pour son travail. Qu'il se promenait en ville et pointait son appareil sur les passants. Le gardien ne connaît pas bien les habitants de l'immeuble, même si cela fait partie de son travail – c'est un homme qui aime sa solitude et, en acceptant cet emploi, il supposait qu'il s'agissait d'être seul et de faire les choses seul –, mais il pourrait jurer que celui qui habitait dans cet appartement et bavardait avec lui ne possédait pas d'appareil photo. Il n'y avait pas une seule photographie dans la pièce quand ils avaient libéré l'oiseau.

Le gardien sait donc qu'il a commis une faute. Il est heureusement le seul à vérifier la caméra de surveillance de la porte d'entrée qui fonctionne avec un détecteur de mouvement, celle qu'ont voulu faire installer les nouveaux habitants de l'immeuble ou les agences qui leur louent des appartements, il peut ainsi aisément effacer deux images. Celle sur laquelle le dernier visiteur entre, et celle sur laquelle il ressort.

Nous savons déjà que celui qui passe à l'appartement en dernier est Lucas. Le gardien le fait entrer dans l'immeuble, comme précisé, hausse les épaules et secoue la tête, puis opine du chef, priant Lucas de l'attendre avant de le faire entrer ; il va chercher une rallonge de plusieurs mètres, insère une extrémité dans la prise de la cage d'escalier et tend l'autre à Lucas. L'électricité est toujours coupée, bien que le reste de la ville soit déjà retourné à son quotidien ; on est le matin suivant l'explosion. L'averse a cessé et la neige a été dégagée, tassée sur les bords des routes. Des échafaudages ont été montés. On tire au clair les questions d'assurances, et tout ce qui s'est arrêté un moment repart, la destruction et la construction ; dans quelques mois ce sera l'été. Lucas entre et respire l'air confiné dans la grisaille ; il ouvre les rideaux du salon et la fenêtre de la cuisine.

L'appartement n'est pas celui de Cole. Il y est venu, certes. Son odeur, ses vêtements et son équipement ; tout est jeté n'importe comment. Son ordinateur portable est posé sur une table, à côté, il y a sa sacoche, contenant son passeport, son portefeuille et ses clefs. Cole n'a rien pris avec lui. Il ne reste ici toutefois que la surface de Cole, la dernière couche. Quelqu'un d'autre a résidé ici avant lui. Quelqu'un qui avait rangé ses vêtements dans les placards, aligné ses dictionnaires en langues étrangères dans la bibliothèque. Déposé ses bottes qui sentent le mazout et la mer. Son manteau. Et ses cartons à bananes, il y en a encore. Ils sont remplis de déchets, à ce qu'il semble, toutes sortes de machins en plastique ; Lucas en ouvre un, faisant glisser le couvercle, avant de s'installer à l'ordinateur et de composer le mot de passe qu'il a reçu quelques heures plus tôt sur son téléphone, en même temps que l'adresse. *Oublie mes messages dans la Galerie*, disait la voix de Cole au téléphone. *J'ai dit ça parce que je croyais que tu ne viendrais pas. Mais tu es venu. Tu es ici maintenant. Quand tu m'auras apporté mon vrai passeport au poste et que tu m'auras identifié, nous pourrons parler. Je t'expliquerai. Tu comprendras. On va recommencer du début et ce sera mieux que jamais.*

Tout se répète.

Voici l'image que je n'ai pas faite : un homme est assis à un ordinateur et fixe l'écran de trop près. Il a les yeux fatigués et les cheveux en bataille. Son pull en laine, usé, commence à se défaire au coude gauche, le bas de son jean est mouillé aux chevilles. L'homme a ôté ses rangers parce qu'elles étaient trempées, ses orteils nus, blanchis par le froid, sont crispés, ils irradient d'une douleur que l'homme ne remarque sans doute pas, il semble avoir oublié son corps.

On va recommencer du début.

Lucas est assis à l'ordinateur et fait défiler des images. Le jour commence et s'achève tandis qu'il est assis là, comme si un certain nombre d'heures avaient disparu de sa vie. Tantôt il dort, la tête posée sur ses bras, tantôt il mange ce qu'il trouve dans son sac de rando : une barre chocolatée, des noix, quelques fruits secs – il n'a pas le courage d'ouvrir les placards de la cuisine même s'il pourrait s'y trouver quelque chose –, puis il dort et regarde encore. Il y a des images de lui, mais il ne s'y reconnaît pas ; toutes les photos où il figure sont anciennes. Il y en a aussi de Cole – nouvelles et anciennes – et d'Eve, anciennes. D'autres encore, des centaines, il ne sait si elles sont nouvelles ou vieilles, ces photos d'inconnus ; sur l'ordinateur, tout est mélangé et désordonné. Fichiers isolés. Fichiers commencés et non complétés. Il y a du son et des images, des prises faites à l'épaule, des enregistrements, courts et longs. Un second Lucas parle à l'écran. Lucas se voit lui-même et tente de comprendre, mais il ne connaît pas celui qui parle. L'autre Lucas prononce les mots de Cole. Lucas est raconté, il a cessé d'être. Cela s'est produit sur des photos, des vidéos et des discussions enregistrées, chacune lui a ôté un peu de lui. Lucas a été raconté jusqu'à disparaître.

Tout se répète.

Si Lucas construisait une nouvelle chambre, elle serait petite mais emplie d'images. Il y en aurait au plafond et au sol, sur les murs et dans les coins ; un parcours fléché dirigerait le visiteur au centre de la pièce et retour. Certaines auraient été imprimées sur du papier ordinaire, d'autres sur du papier photo de haute qualité, quelques-unes sur les surfaces entoilées de tableaux, et une partie ne serait qu'un tas de déchets pixélisés. Tout serait mélangé comme si la pièce avait été passée à l'enduit, les images jetées sur les murs et en l'air s'accrochant aléatoirement au premier point d'impact. Sur toutes, il y aurait la même personne. Sur toutes, il y aurait Lucas. Toutes raconteraient quelque chose de lui. La dernière chambre serait sa version. Sa vérité.

Non.

L'image qui change tout n'a rien d'extraordinaire à première vue, c'est une photo de profil internet cadrée un peu trop large qui pourrait être rattrapée moyennant un petit effort. Cole regarde l'appareil et sourit, si peu qu'on n'est même pas certain que ce soit un sourire, en fait, de la fatigue, plutôt, de l'ennui, peut-être de la peur. Même incertitude quant à la direction de son regard, car les verres de ses lunettes de soleil sont des miroirs qui réfléchissent tout. Cole porte une chemise à carreaux entre formel et décontracté, le vent ébouriffe ses cheveux couleur de sable. Rien d'autre.

Et quand même. Il y a autre chose, sur cette photo. Il y a les marches en pierre sur lesquelles Cole est assis. Derrière elles, un chemin piétonnier et derrière celui-ci un bout de parc embroussaillé. Le ciel au-dessus des arbres est d'un bleu éclatant sans nuages. Des gens circulent à l'arrière-plan. Un vieux avec un chien, quelques enfants hilares, une grande femme, un téléphone portable coincé entre l'oreille et l'épaule tandis qu'elle change son sac de courses de main. Rien d'autre.

Et quand même. Revenons à Cole, observons ses lunettes. Dans le reflet, on voit la main de Cole et dans sa main un appareil photo, il a pris l'image lui-même, derrière l'appareil coule le fleuve et derrière celui-ci point la rive opposée, sur celle-ci, une colline, et sur la colline une statue et une tour. Et rien d'autre.

Et quand même. Au niveau de l'eau flotte un ponton en béton et sur celui-ci se tient un homme. Il est loin, rien qu'un reflet déformé par les verres de lunettes, on le reconnaît pourtant. Lorsque Lucas voit Nik pour la première fois, Nik est de l'autre côté. La douleur, elle aussi, est de l'autre côté – et à l'envers. L'individu de l'image est une autre personne, vraie, quelqu'un que Lucas n'avait jamais vu. Et pourtant, on ne peut s'y tromper. À son visage, sa position, sa posture, sa totale familiarité. L'imaginaire fait retour dans la réalité. Quelle que soit la manière dont on manipule l'image, la lumière renvoyée par Nik témoigne de lui. À travers l'image, Nik regarde Lucas.

Lucas examine à nouveau les autres images. Il voit un oiseau. Il voit un homme qui se hâte de traverser une rue. Une femme dont on n'aperçoit que les cheveux en mouvement et un pan de jupe bigarrée. Penchée vers un groupe d'enfants pour observer quelque chose tombé par terre. Un vieux, marchant avec un chien. Un garçon qui traverse la rue en courant, son sac sur le dos. Une vieille femme, la même sur au moins trois images ; sur la première, elle se trouve au bord, côté droit, d'où elle s'avance jusqu'au centre de la deuxième, puis jusqu'au bord gauche de la troisième. On ne la voit pas sur la photo suivante ; Lucas fait défiler les images jusqu'à découvrir un pickpocket, un jeteur de mégot, un bâillement ou un soupir, une grimace pas destinée à l'appareil. Il voit un chien à trois pattes dans la neige qui trottine d'un air frileux, et Lucas est certain, tout à fait sûr, que le même chien gît, apparemment sans vie mais bien vivant dans la chaleur de l'été, au bord d'une autre image. Tout ce qu'il voit se produit à l'arrière-plan. Ou à l'occasion de déclenchements accidentels. D'essais de temps de pose. De prises de vues ratées. Tout relève de ce qui n'était pas censé être mis en image. Tout a été mis à la corbeille.

Cela se produit, maintenant. Assis à la table, au milieu de toutes ces images, dans une chambre qui n'est plus la Chambre, Lucas ne veut plus être dans l'histoire. Il ne construira plus une seule chambre, il ne veut plus rien raconter de lui. Il a besoin de papier. Il connecte l'ordinateur de Cole et commence à imprimer. Il étale d'abord les images sur le lit. Et une fois que le sol est aussi recouvert, il découpe des morceaux d'adhésif et fixe les photos aux murs, aux portes, aux châssis de fenêtre. Au début, les images sont en couleurs, mais les teintes s'effacent par degrés, elles bleuissent, puis jaunissent. Une fois qu'il n'y a plus de papier machine, il imprime sur du papier quadrillé puis sur l'envers de publicités, sur n'importe quel papier à disposition. Une fois qu'il n'y a plus une goutte d'encre, il dessine. Naissent des chaînes, des événements, des hasards sans intention. Chaque image constitue son histoire propre et toutes les histoires peuvent être réorganisées.

Au moment où Lucas sort de l'histoire, il n'emporte avec lui qu'une seule photographie imprimée, et uniquement une partie en arrière-plan, où se trouve Nik. Ne restent plus que des affaires. Un passeport. Un portefeuille contenant une carte bancaire, une carte de bibliothèque, la carte de fidélité d'un restaurant végétarien, une carte de transports. Un sac de rando et, dans celui-ci, des vêtements de rechange, quelques livres de poche, un matelas de camping, un sac de couchage. La déclaration de disparition est effectuée par un homme prénommé Isak. Les lettres qu'écrit Isak lui sont renvoyées, car quelqu'un d'autre habite déjà à l'adresse du destinataire. On ne peut rien faire, les gens ont le droit de disparaître. Lorsque, un jour, quelqu'un se présente à l'aéroport de Berlin, prétendant s'appeler Lucas A uniquement parce que le passeport qu'il s'est procuré au marché noir se trouve avoir appartenu à un homme ainsi nommé, une nouvelle histoire est prête à commencer. Ce n'est pas mon histoire. Je me lève et je pars, en partant je tire les rideaux, mais j'oublie de refermer la fenêtre. Cela non plus n'a aucune importance, je suis déjà de l'autre côté.

REC. Ce sont *mes* adieux à toi, Cole. J'ignore où se trouve ton frère, mais je sais qu'il a été. Tu disais que je n'aurais pas le droit de dire son nom mais je le ferai. Je dis son nom. Je le chercherai et si je ne le trouve pas, j'ai la lumière qu'il a renvoyée.

SALLE 10

LA CAPSULE TEMPORELLE

image initiale : *camera obscura*

Si l'on occulte l'unique fenêtre de n'importe quelle pièce et si l'on pratique un trou dans le tissu, le paysage extérieur se reflétera sur le mur opposé, à l'envers, avec toutes ses couleurs. C'est le même phénomène que celui de l'appareil photo à trou d'épingle, à la différence que ce qui se reflète n'est pas une image arrêtée, mais que tout y est en mouvement, s'écoule librement et de manière imprévisible. Au mur de cette pièce se reflète un paysage de rue ; on est en ville, on peut voir les immeubles sens dessus dessous et la cime des arbres s'enfoncer vers le sol de la pièce comme des racines, les oiseaux traversent le ciel dans les coins, dans la poussière à laquelle les nuages aussi se mélangent. Les véhicules sont fixés à la route par les pneus, les graffs et les noms de rues sont écrits à l'envers. Dans la pièce, on peut observer les passants à leur insu. Voir un vieux et son chien marcher sur le mur la tête en bas et un cycliste suspendu avec son vélo au niveau de la plinthe du plafond, un jeune homme shooter dans un ballon en direction du sol d'où la balle remonte jusqu'au plafond, des amoureux se cacher pour s'embrasser aux environs d'une déchirure du papier peint. La pièce même n'est pas tout à fait vide. Il y a un bureau contre le mur et, devant celui-ci, une chaise, ils reflètent le ciel, sur le bureau, une tasse à café, une pile de livres et un bocal en verre où sont fichés quelques stylos et baguettes chinoises, à un coin, des cartons et des journaux entassés.

À l'instant, un garçon apparaît vers la tasse et les livres. Il se faufile par la fenêtre du dernier étage jusqu'au toit, se balance en équilibre de haut en bas d'un toit à un autre, s'arrête, escalade à nouveau, dépasse le bocal et les stylos, se balance en équilibre sur le faîte du toit au-dessus de l'homme qui s'est endormi à l'ordinateur, il chancelle, s'appuie sur une cheminée et poursuit son chemin jusqu'à ce que, à l'autre bout de la pièce, exactement là où se trouve l'interrupteur, il disparaisse par un vasistas.

Capsule temporelle

Quand la batterie de la console de jeux fut vide, Nik passa au film. C'était un état de langueur situé entre les mondes où l'on ne savait pas en toute certitude si l'on dormait ou si l'on veillait. Les mains bougeaient légèrement plus lentement qu'en temps réel, comme s'il y avait un délai entre le corps et l'esprit. Le film était aussi accompagné par la sensation que rien ne paraissait tout à fait réel. Pas même le fait qu'il faisait une chaleur étouffante dans la voiture et qu'il était seul. *Il revint à lui en se rendant compte qu'il était seul dans la voiture*, dit le narrateur dans une voix d'homme adulte, une voix qui examine la situation après coup, des années passées, douée d'une sagesse ultérieure, une fois que tout est fini. *Il revint à lui en se rendant compte qu'il avait été abandonné. C'était établi, définitif.*

Il n'avait évidemment pas été abandonné. Sa mère avait dit qu'elle allait quelque part, acheter un truc, c'est ça non, et après, elle l'avait appelé plusieurs fois et dérangé pendant son jeu, il avait perdu au moins une vie à cause d'elle. Mais cela sonnait joliment quand il disait dans sa tête : *sa vie ne fut plus jamais la même.*

L'idée avec laquelle il jouait.

La chose qu'il espérait.

Il ramassa le téléphone paternel sous la banquette où il l'avait fait glisser. Un numéro inconnu avait essayé de le joindre. Il avait juste cru que c'était encore sa mère. Il sauta le numéro et appela le portable maternel, mais personne ne répondit. Il joua un moment au serpent sur celui de son père, mais se lassa vite. Ensuite il appela Tic. Plus précisément, il appela l'endroit où se trouvait Tic. Tic était son frère. Son surnom était archivieux. Comme Tic et Tac. C'est ainsi qu'on les surnommait quand ils étaient petits et allaient encore à la même école. Non, pas comme les écureuils, mais comme le tic-tac d'une montre. *Son frère n'était pas en voyage avec lui cette fois-là, en raison de diverses circonstances graves.* Cette fois-là ? Son frère ne l'avait accompagné nulle part depuis un siècle. *Depuis un siècle, songea-t-il, il avait coutume d'exagérer.* Et Tic et Toc, aujourd'hui, ça n'avait plus de rapport avec une montre. En vrai, ce surnom-là venait de symptômes. Tic. Et Toc. Tic avait des tics et Toc avait des tocs. Ils l'avaient décidé pour des raisons d'équité.

On alla chercher Tic pour le faire venir au téléphone. Cela prit longtemps.

– Comment ça va ? entendit-il à l'autre bout de la ligne.

– Rien de spécial.

– Prends le rec.

C'était une blague. Il n'avait pas de caméscope, celui-ci était quelque part, peut-être dans la caravane, et son frère n'aurait pas vu la vidéo de toute façon. Au lieu de cela, il baissa la vitre et laissa le téléphone transformer l'univers sonore ambiant en signal électrique. C'était catégoriquement interdit. Son père l'avait chapitré sur le prix des communications à l'étranger.

– T'as entendu ? demanda-t-il.

– Ouais, répondit-on à l'autre bout de la ligne, en hésitant un peu. Qu'est-ce qui se passe ?

– Un embouteillage.

– C'est chouette ?

Pour des raisons de solidarité, il fallait répondre que non.

– Non.

Un silence de milliers de kilomètres. Il essuya son front en sueur. La réponse donnée pour des raisons de solidarité était entièrement vraie. Pour être précis, il aurait aimé être à la maison. Cela, impossible de l'avouer, même pour des raisons de solidarité.

– Il faut que j'y aille.

– OK.

Ce fut la dernière fois qu'ils se parlèrent, dit le narrateur, *et cette fois-ci, c'était vrai.* Il expulsa sa pensée, éloigna son frère. Son frère ne répondrait plus. Une conversation par jour et cinq par semaine au maximum. Telles étaient les restrictions en vigueur à l'endroit où Tic était enfermé. Et lui, il n'appellerait pas.

Il réfléchit un moment, feuilletant son album d'articles découpés – il n'avait pas encore choisi l'image du jour et il ne trouvait rien qui fît l'affaire –, s'empara du câble d'alimentation de la console et le brancha sur l'allume-cigare. Il donna un coup de poing dans le dossier d'un siège avant. Évidemment. Dix ans, dix mois, et con comme le roi ! Complètement débile ! Comme s'il ne savait pas qu'on ne pouvait rien recharger sans clefs de voiture. Il ne les avait pas, bien entendu, sa mère les avait prises parce que ce serait une catastrophe qu'il mette le contact et recharge sa batterie. Celle de la voiture pourrait se vider en un clin d'œil. Et son cerveau risquerait de finir à l'état gazeux s'il jouait trop. Peuh. C'est la chaleur qui allait lui gazéifier la cervelle !

Un enfant mort de chaleur fut découvert dans une voiture abandonnée, âgé d'une dizaine d'années, selon les estimations. Ça non plus, ça ne tenait pas debout. Il savait ouvrir les portières et les refermer de l'intérieur, et il savait que sa mère savait qu'il le savait. En plus de cette solide chaîne de je-sais-que-tu-sais, les clefs de la caravane se trouvaient dans la boîte à gants. Et il n'avait pas dix ans, selon les estimations. Il en avait quasi onze.

Des idées aux actes, s'étirer jusqu'à la boîte à gants, ramasser les clefs, les tourner et retourner dans ses mains – le trousseau était ennuyeux et inanimé, sans autre décoration que le nom de l'entreprise de location –, ouvrir la portière et sortir, *et des actes à leurs conséquences*. De la merde, oui. Et s'il y avait une conséquence, c'est qu'il pouvait enfin respirer normalement. Il ne faisait plus aussi atrocement chaud dehors, le soleil était moins haut et la partie inférieure de la rue baignait dans une ombre fraîche.

Il écoutait. Le silence était extraordinaire. Il réalisait alors seulement la longueur de la file de véhicules. Posés l'un derrière l'autre comme s'il s'agissait d'un jeu, d'ailleurs il avait joué à un jeu du même genre, en secret, à la maison. Construit une ville avec des briques et des moellons, fait slalomer des voitures dans des rues à sens unique, il les avait fait se doubler de tout près en faisant varier les angles, tomber de précipices, se rentrer dedans, se disloquer. À la vue des véhicules, il décida qu'il créerait un embouteillage avec des cailloux et des petites voitures. Il le ferait en cachette. Il n'en parlerait même pas à Tic. Surtout pas à lui. Ne lui en parlerait plus, pas de cela. C'était décidé.

Les choses dont il taisait l'importance :

1. Les cailloux
2. Les boîtes à souvenirs
3. L'album d'articles découpés.

Il était passé des boîtes à souvenirs à l'album quelques mois plus tôt seulement. Après que sa mère avait dit qu'ils ne pouvaient pas emporter les boîtes dans leur nouvelle maison. Qu'ils seraient d'ailleurs peut-être obligés de renoncer à la plupart de leurs affaires. Sa mère avait cru que les boîtes à souvenirs servaient à ranger des trucs. Lui avait demandé pourquoi il n'avait qu'un ou deux, maximum trois, objets dedans. Pourquoi tout le reste n'était que du vide. Dit : nous n'avons pas la place pour autant de boîtes. Dit : tu dois mettre toutes tes affaires dans une seule boîte. Et : nous ne pouvons pas déménager du vide d'un pays à un autre.

Le vide contenu dans une boîte n'est pas le vide contenu dans l'univers, *primo*. Mélanger les souvenirs, c'est oublier, *deuzio*.

Mais.

Il passa à plus petit. D'abord à de plus petites boîtes, ensuite à des calepins qu'il collait ensemble. Les calepins étaient la version aplatie des boîtes à souvenirs. Tic lui avait piqué un calepin et demandé une rançon. Toc referma la portière de la voiture. Entre eux, il y avait au moins cinq mille kilomètres.

Le goudron craqua sous la semelle de ses tennis quand il marcha sur les endroits rebouchés de la route. Le système de fermeture de la caravane n'était pas tout à fait facile, mais il savait s'y prendre. Trois verrous de sûreté, dont deux enclenchés. Le troisième n'était fermé que s'ils laissaient la caravane seule quelque part, ce qui n'était pas le cas à présent. Il jeta un coup d'œil à la voiture avant d'entrer. Il n'avait pas verrouillé parce qu'il n'avait pas les clefs.

À l'intérieur, il faisait à peine un peu plus frais que dans la voiture, ce qui voulait dire neuf cents degrés peut-être *t'es sérieux là* et que ça puait. Un mélange douceâtre et acide caractéristique de toutes les nourritures douteuses. Et quand il ouvrit le frigo, un ruban jaune s'écoula sur les bords, lui laissant une trace collante sur les mains. Il ouvrit le robinet, dont la seule réponse fut un hurlement asphyxié, l'obligeant à s'essuyer les mains sur un torchon. *Il mourait de soif, mais il n'y avait rien à boire dans la caravane.* Dans le placard du haut se trouvait sa bouteille de soda. Il l'attrapa et l'ouvrit, le liquide tiède lui coula sur les mains et il lui fallut à nouveau s'essuyer. Il en restait à boire. Peu importait que ce soit chaud comme le jet d'une douche, il vida la bouteille quasiment d'une seule traite. Il rota tellement fort que des bulles lui sortirent par le nez.

Il trouva son chargeur ordinaire et relia sa console à une prise. Comme il ne se passait rien, il en essaya une autre. Son père lui avait dit que les prises fonctionnaient sur secteur, et pour une partie seulement, sur batterie, il fallait donc toutes les essayer. Il essaya aussi le disjoncteur. Rien ne marchait.

Le vasistas était trop haut, il ne pouvait l'atteindre, mais il put ouvrir la vitre avant. Il grimpa sur le lit de ses parents et ouvrit la vitre arrière. La voiture derrière eux était un taxi, vide, un passant essaya discrètement d'ouvrir sa portière. Lui, il se renversa sur le lit et laissa le microsouffle de vent lui toucher le visage. *Tout était perdu, il ne savait que faire.*

Cela n'avait rien de nouveau, qu'il s'imagine dans un film. Ou c'était le film qui s'imaginait en lui ; ça arrivait toujours sans qu'il l'ait demandé, et dans des situations où il s'y attendait le moins. Et quand le film se présentait, c'était pour délivrer des constatations idiotes, vaines, au lieu de se montrer vraiment utile. Le narrateur parlait uniquement quand ça lui chantait, détaché et indépendant de sa volonté à lui. Dans les situations problématiques, le narrateur n'était d'aucun secours, il prenait acte des choses sans les résoudre, et s'il faisait allusion au futur, c'était pour montrer des images menaçantes et annoncer des difficultés à venir. En plus, ses constats étaient faits sur un ton négatif horripilant. Tout ce qu'il disait ou faisait tombait comme un jugement fatal. *Tu es à un tournant, à partir de là, tout sera différent.* Mais quand il se passait vraiment quelque chose, le narrateur était absent.

Il se pouvait que cela soit dû à sa santé mentale. Ou plutôt à une maladie. Une maladie mentale. Le psychologue, au centre médical privé, avait dit que ce n'était dû à rien. C'était normal et les choses normales ne sont dues à rien.

Le voilà, dit le narrateur, *seul à présent. Il l'avait toujours souhaité, n'est-ce pas, il avait toujours voulu être seul un jour. Seul un jour. Il ne savait probablement pas que les souhaits se réalisent plutôt souvent.*

« Des fois, j'ai l'impression que je n'existe pas vraiment, hein », dit-il au narrateur. Ce n'était pas une question. Le narrateur n'aurait de toute façon pas répondu à ses questions, il ne les aurait pas même commentées.

Cela pouvait être dû au fait que c'était vrai. Il n'existait réellement pas.

« Mon cul. Comment on peut avoir l'impression d'une chose qui n'existe pas en réalité ? »

À cela, le narrateur n'avait rien à répondre.

Il ferma les yeux, même s'il savait qu'il ne fallait pas dormir dans les endroits brûlants. Dans les endroits brûlants, on peut se dessécher. Comme au sauna. Un vieil homme s'était endormi dans un sauna et s'y était desséché. Il essayait d'imaginer la carcasse humaine desséchée qu'on traînait à bas de la banquette en bois.

Il s'était déjà fait enfermer dans un sauna. C'était arrivé à l'entraînement, au foot, qu'il détestait, mais tolérait, et où il était haï, mais pas toléré. Ce que Tic n'avait pas à craindre parce que Tic était imprévisible, mais lui, oui, parce qu'il était entièrement prévisible. Il avait été enfermé dans le sauna sec après l'entraînement ; c'est comme ça qu'on appelait les saunas dans ce pays, ils étaient interdits aux enfants non accompagnés de leurs parents, comme il n'avait pas tardé à l'apprendre. Il s'agissait d'un bizutage, comme toujours, d'un défi réel. Il ignorait comment la porte avait été bloquée, mais il savait qu'il ne pouvait sortir. Un rire résonna derrière la vitre laiteuse et s'éloigna ; ils ne reviendraient pas. Sa peau le brûlait, il y appliqua une pellicule d'eau prévue pour la vapeur et se recroquevilla par terre, devant la porte, c'était l'endroit le plus frais, si l'on pouvait parler de fraîcheur. *Il perdit conscience.* Il ne perdit pas conscience. Il contemplait la forme et les jointures des dalles, attrapa un élastique tombé au sol qui devait s'être détaché d'une clef, et le passa à son poignet. Il n'avait certainement pas dû rester très longtemps enfermé avant que quelqu'un n'arrive, peut-être un employé, et ne le libère ; il sortit furtivement et fonça dans le grand bain, sous les récriminations de l'entraîneur parce qu'il y allait malgré ses interdictions. Chez lui, il plaça l'élastique dans une boîte. Comme ça, il se souviendrait de cette émotion sans avoir à y penser. Sans faire sa liste mentale de survie. Voilà ce dont il s'agissait, avec les boîtes à souvenirs. Les émotions y étaient conservées hors de lui.

Il fut réveillé par des paroles prononcées à haute voix. Durant une seconde précaire entre sommeil et veille, il pensa au narrateur ; sa santé mentale craquait au point qu'il s'imaginait le narrateur à l'extérieur de sa tête. Il ouvrit les yeux. Il n'était pas question du narrateur. Quelqu'un se tenait au milieu de la caravane, une silhouette immense qui touchait le plafond. Enfin, c'est ce qu'il lui sembla au début. La taille de la silhouette était difficile à évaluer avec précision, étant donné qu'il l'observait d'un seul œil. Sa vision en trois dimensions était défaillante, un de ses yeux étant orienté vers son drap, ne transférant à son cerveau que du noir rougeâtre. Et puis, il fut tout à fait réveillé et bondit sur ses pieds.

Il cria au secours.

Ne crie pas au secours quand tu reviens à toi. Ne fais pas cela en premier. En tout cas, pas dans une langue internationale.

Le narrateur savait toujours tout mieux que lui, et toujours après coup. Combien de fois avait-il appelé au secours alors qu'il n'aurait pas dû ? Il s'en prenait plein la gueule pour moins que ça.

Comme l'année dernière au gymnase, par exemple. Il avait passé la nuit enroulé dans des tapis de gymnastique. Cela aussi, c'était un bizutage. Un baptême du feu dans une série de baptêmes du feu. Des baptêmes du feu en série. Il s'était mis à crier et ignorait qu'un caméscope avait été laissé dans le gymnase. À crier au secours. C'était aussi pitoyable que se pisser dessus quand on a peur. Cela aussi, il l'avait fait. On fit tourner le caméscope dans l'école toute la semaine suivante. Jusqu'à ce qu'il passe entre ses mains et qu'il détruise la cassette. Sa mère et son père n'en surent jamais rien. Personne n'en sut jamais rien. Personne, sauf tout le monde, évidemment.

Bordel ! Pas à haute voix mais en pensées. Bordel !

Ce n'étaient pas des brigands, dans la caravane. Pas de mentons barbus, ni de fusils ou de pistolets, pas de battes de base-ball ou de poings américains, pas de masques de Rapetou, ni même de cagoule. Face à lui se tenaient trois garçons rangés par ordre de taille.

Ceux qui jouent aux jeux de baston en savent plus. Il ne jouait pas aux jeux de baston. Il jouait aux jeux de plateformes et de construction, un peu aux jeux de voitures, parfois, mais rarement. Les jeux lui venaient comme les films et, en vérité, il aimait autant. La grosse différence entre les films et les jeux, c'était qu'il n'y avait pas de narrateur pontifiant dans ces derniers. Quand il se transférait dans un jeu, il ne pensait pas en mots, il pensait en images. Tout avait une forme. La douleur, de même que la peur, la honte et la colère, mais aussi la joie et la satisfaction, chaque émotion, chaque sensation qu'il avait apprise possédait son équivalent géométrique. Les pièces bougeaient à l'intérieur de son esprit comme dans un kaléidoscope et, par instants, il parvenait à les disposer de sorte que toutes avaient leur place et qu'il ne restait plus de trous énervants. La douleur était un triangle. Quand il avait mal, il parvenait à contenir la douleur, à l'intérieur de ses angles, à une somme de cent quatre-vingts degrés. La pire douleur, c'était quand un second triangle venait se poser sur le premier, engendrant une étoile ; cela augmentait la circonférence de la figure et chaque branche de chaque étoile comportait le début d'une nouvelle étoile, de l'éternel à l'éternel. Pareille douleur palpitait en lui quand il avait été opéré de l'appendicite et s'était réveillé de l'anesthésie générale. Et quand il avait été roué de coups, l'unique fois où on en vint sérieusement aux mains contre lui, physiquement comme disent les adultes. Aux mains et aux pieds, aux poings et aux chaussures. Il avait dix ans et dix mois, et il savait ce qu'est la douleur. Et il savait comment l'éviter. En se transférant dans un film ou dans un jeu ; au besoin, en faisant avance rapide sur son baladeur. Son esprit était rempli de personnages et d'images, de formes et de figures entrelacées. À l'école, ils avaient réalisé une animation sur ordinateur où un triangle se transformait en cercle ; ils avaient saisi les formes initiale et finale ainsi que le nombre d'étapes intermédiaires, au moins quatre-vingt-dix-neuf, c'était ce qui était conseillé. Il aurait pu contempler la transformation éternellement, ce moment où les angles s'émoussaient. Il en avait dessiné une version papier à la maison. Il avait dix ans et dix mois et avait appris à transférer ses souvenirs dans de petites boîtes. La douleur, par exemple. Il gardait, dans une boîte d'allumettes, les morceaux d'un kaléidoscope brisé.

Après le coup des tapis de gym, il avait joué assez souvent. À organiser les figures et à survivre. À organiser les figures quand ça lui chantait, et à survivre quand il le fallait. C'était facile, enfin *plutôt* facile, et il se tira d'un assez grand nombre de situations critiques. Prenons un exemple. Défi n° 1. Disparition simultanée de son sac à dos, ses clefs, ses chaussures, son manteau et son argent. Niveaux de difficulté : été, hiver, soleil brûlant, pluie. On ne choisit pas soi-même le niveau de difficulté, la situation de départ, ni le moment où le jeu commence.

Il collectionnait les pièces du jeu. On ne pouvait pas les prévoir. Les pièces pouvaient être n'importe quoi. Quand Tic avait répandu les éclats du kaléidoscope dans la poubelle, prétendant qu'il l'avait fait parce que Toc ne lui avait pas dit pourquoi il collectionnait ces merdes à la con, la douleur s'était déchaînée pendant un moment. Sa douleur, dans la poubelle.

Il jouait et collectionnait seul, pas en binôme. Il n'y avait pas Tic et Toc. Juste Toc. Tic changeait de côté. Seul Toc restait. On ne pouvait se fier qu'à ce qu'on avait à l'intérieur de sa tête. Derrière ses yeux à soi. Dans ses propres mains. Il était seul lors de ces incidents et c'était son secret, il ne le partageait pas. Tic (n'est pas égal à) Toc. Non, même si on lui posait la question.

Je veux être seul.

Je veux être.

Je.

Contenu des boîtes :

Un élastique

Une plume

Une page détachée d'une bande dessinée et pliée

La photo d'identité d'une personne inconnue

Le papier d'emballage d'une sucette Donald Duck

Un bracelet d'hôpital réglé pour un poignet très fin mais pas à lui

Un caillou en forme d'œuf

La moitié d'un œuf en plastique qui était à l'intérieur d'un œuf en chocolat

Une autre plume

Mais maintenant. Défi n° 2. *Start a new game.* Trois garçons rangés par ordre de taille. Niveau le plus exigeant, dès le départ. Trois vies. Il jaugea les garçons. Le plus petit paraissait plus jeune que lui, sans doute pas en âge d'aller au primaire, il s'en tirerait par une grimace. Le moyen avait son âge, *grosso modo*, il pourrait s'en sortir s'il savait se battre, c'est-à-dire qu'il ne s'en sortirait pas, car ceux qui savent se battre ne passent pas leurs nuits enroulés dans des tapis de gym, pas même quand ils sont confrontés à la force de tout un groupe. Le plus grand, et il était vraiment grand, avait au moins treize ans, c'était sûr. Mais même si tous trois avaient été plus petits que lui, il ne s'en sortirait pas seul.

Avant qu'il ait le temps de réfléchir davantage, de se dire, par exemple, que les garçons n'étaient dans la caravane que parce qu'il avait laissé les fenêtres ouvertes et le verrou de sûreté non enclenché, ils l'attaquèrent. L'un d'eux s'assit sur ses jambes, le deuxième lui maintint les bras et le troisième posa la main sur sa bouche. Il sentait le sable, l'essence et le plâtre, peut-être une légère odeur de marmelade. Il rétracta sa langue aussi loin que possible de cette main étrangère, il ne pensait plus à rien, le narrateur la fermait, lui aussi. Une petite main fouilla sa poche et en arracha quelque chose. Le portable, pensa-t-il, mais il ne pouvait rien faire. Le portable de son père était dans la voiture. La voiture n'était pas verrouillée. Le portable n'était donc pas dans la voiture. Plus. Simplissime chaîne déductive qui barbait sans doute le monde, mais avait au moins le mérite d'être vraie.

Ensuite, les garçons, si c'étaient des garçons, se relevèrent aussi vite qu'ils lui étaient tombés dessus. Il chercha son souffle et se racla la gorge. Personne ne paraissait lui prêter attention, mais il ne bougea pas pour autant. Le jeu buggait. Une pelote de ronds ressemblant aux rouages d'une machine se matérialisa sous ses yeux. Il ne parvenait plus à bouger mais tout le reste était en marche. Imagine : tu joues et les orques se rapprochent, tu tires mais ton arme ne fonctionne pas, les orques ne cessent de se rapprocher. Ou bien ta voiture ne répond pas alors que tu tournes le volant, ou que tu écrabouilles les commandes de ton clavier. Ou bien ton stylo n'a plus d'encre au moment où tu dessines des fractales. Les garçons firent le tour des placards et des cachettes. La façon dont ils procédèrent avait quelque chose d'industriel, c'était vraiment le mot qui venait à l'esprit ; en passant les affaires au crible, ils étaient aussi systématiques que les robots d'une bande dessinée ou les épisodes des émissions pour enfants consacrés à la découverte du monde de l'usine avec ses pistons et ses convoyeurs de production. Ils disposaient et organisaient, triaient, ensachaient, bourraient des sacs à dos et des tote bags. Paquet de biscuits. Comprimés contre le mal de tête. Sachet de bonbons. Pain. Soupe déshydratée (c'est pas vrai, même la soupe déshydratée, il n'y avait pourtant rien de pire). Oreiller (oreiller !). Briquette de jus de fruits (pourquoi il ne l'avait pas trouvée, s'il l'avait trouvée, il l'aurait bue et n'aurait pas aussi soif). Boulettes de viande en boîte, haricots blancs sauce tomate en boîte, ananas en boîte. Carte de bibliothèque (possible qu'elle ressemble un peu à une carte bancaire, il en aurait ri dans une autre situation, mais pas là). Un pantalon et une veste de jogging. Des tee-shirts, même celui qui arborait *I love California* et qu'il avait toujours refusé de porter. Un imper et un coupe-vent. Des chaussettes, plein de chaussettes. Toutes les chaussures, même les péniches de son père en taille 47.

Il retrouva un peu de sa capacité d'agir et jeta un coup d'œil par la fenêtre. Un homme adulte très grand, vraiment très grand cette fois, se tourna pour regarder à travers la vitre, droit sur lui. Il se replia contre la paroi, mais pas assez vite. Il avait été vu. Les autres s'en rendirent compte. Ils se soufflèrent quelque chose d'imbitable, balancèrent leur sac sur leur dos, ouvrirent et se ruèrent dans la rue. L'un d'eux s'immobilisa à la porte, dit quelque chose et se donna une claque sur la cuisse comme s'il appelait un chien. Comme il ne faisait rien, le garçon tira une rapide ligne en travers de sa gorge et grimaça, haussant les épaules, mais tendant à nouveau la main comme s'il s'attendait à ce qu'il la saisisse.

On se transféra dans la rue. Quelqu'un jouait, les avait fait sortir. Ou lui, en tout cas ; il fonctionnait sur pilote automatique, il était le jeu auquel un autre jouait. Les garçons remontèrent la pente en courant, et il eut le temps de voir que les portières de la voiture étaient grandes ouvertes. Il aurait dû rester dedans. Ça ne serait pas arrivé s'il était resté dedans. Il était impossible ne serait-ce que d'imaginer le bazar qu'il avait mis en quittant la voiture. Au pire, elle se ferait voler tout entière. Au pire, aucun d'eux ne rentrerait jamais à la maison. Il n'avait pas la moindre idée de la façon dont il s'expliquerait. Il ne voulait même pas avoir à le faire. Il était plus lent que les autres mais, bizarrement, on l'attendait. Tout le monde l'attendait de l'autre côté de la rue et tout, vraiment tout, était différent, définitivement. Point ne fut besoin de narrateur pour le constater.

Il réalisa des jours plus tard que c'était vrai : il s'était vraiment retrouvé dans un film. C'était coloré et vrai comme s'il vivait son propre rêve, filmé en un plan-séquence commençant à l'instant où il se réveillait dans la caravane, se poursuivant dans la rue avec le groupe d'enfants aux vêtements bariolés et enchaînant sur les avis de disparition fixés aux réverbères. Il voyait les images et les avis sur lesquels on recherchait quelqu'un portant son nom et son visage, mais ce n'était pas lui. Il aurait pu entrer à n'importe quel moment dans n'importe quel magasin ou café et demander un téléphone, appeler ou prier un adulte de le faire, mais il n'en fit rien. Il avait certes décidé d'appeler, il était certain qu'il le ferait mais, en dépit de tout, il repoussait chaque jour le moment de le faire, pendant un jour de plus. Et plus il repoussait cet acte pourtant si simple à accomplir en soi, plus il était facile de le repousser à nouveau, et plus il avait de mal à s'imaginer expliquer ce qu'il avait fait, et ce qu'il n'avait pas fait. Car il avait bien fait quelque chose, même s'il ne comprenait pas exactement quoi. Et il avait négligé de faire autre chose. Cette vérité, toutefois : au plus profond de lui, il avait déjà effectué son choix.

Plus une seule nuit passée à dormir enroulé dans un tapis de gym.

Plus d'enfermement au sauna.

Plus d'enfermement nulle part.

Plus de souvenirs mélangés ni volés.

Plus de secrets levés par la violence.

Plus aucune punition subie en lieu et place d'autrui.

Le film pouvait couper à n'importe quel moment, pas comme finissent les films mais comme la vie s'achève. Change. À n'importe quel moment, il pouvait se réveiller et réaliser qu'il n'était plus là où il se croyait être ; la réalité se transformerait en une autre en un clin d'œil. En plein milieu d'une phrase, d'une bouchée de sandwich, d'une fuite. Il réalisa que ce n'était pas ce qu'il voulait. Il réfléchit. Enfin, peut-être qu'il ne réfléchissait pas du tout. Peut-être qu'il ne réfléchirait que bien plus tard. À cet instant, il ne voulait que pouvoir partir. Recommencer du début.

Il décrocha, à l’abri des regards, un avis de disparition, qu’il plia et enfonça dans la poche latérale de son sac à dos. Ce fut la première image de son nouvel album, une capsule temporelle ; avec elle, il aurait sans cesse son passé sur lui. C’était lui sur l’avis et il figura plus tard sur de nombreuses autres photos. Si l’on avait examiné les images prises en ville, il serait apparu sur des milliers. Et si les images avaient été réunies, on aurait pu en faire un film. Il aurait été à l’arrière-plan et n’aurait pas eu besoin de narrateur. À partir de là, il fut son propre narrateur.

Image de l'auteur

Tu reconnaîtrais l'image si tu la voyais, elle compte au nombre des classiques de la photographie et figure dans de nombreux manuels : une photo de rue dans le style des années 1980, mais d'une technique plus récente. Le photographe est resté inconnu, pour une raison ou une autre, mais il s'agit manifestement d'un professionnel. La photo offre un noir et blanc très contrasté, elle est prise au rez-de-chaussée. On pourrait s'imaginer à Londres, et l'on croit en effet souvent que c'est Londres, des perrons montent et descendent entre la rue et les portes des appartements ; mais elle a été, elle aussi, prise dans cette même ville. On y voit deux hommes marcher l'un vers l'autre.

Arrêtons-nous ici. En jetant un coup d'œil rapide, on dirait que nous allons nous rentrer dedans, mais à mieux y regarder, on se rend compte que nous ne nous voyons même pas l'un l'autre, nous sommes seulement sur le point de nous croiser. Sur l'image, pourtant, nous sommes dans un éternel face-à-face. Assez proches pour nous toucher. Figés dans cette possibilité de nous toucher.

Je laisse Lucas sur cette image, et je le dépasse. À présent que j'ai enfin quitté l'arrière-plan, j'ai besoin des premières vraies photos de moi. Je les prends dans une cabine, pour mon nouveau passeport. Il y en a quatre sur la planche imprimée, seules trois sont valables pour les documents officiels. Je m'appelle Nik. Sur la dernière image, je souris.

EXIT

L’autrice remercie :

Taiteen edistämiskeskus (Centre pour la promotion des arts de Finlande) et Kirjallisuuden edistämiskeskus (Centre pour la promotion de la littérature de Finlande)

Johanna Hulkko, Anne Leinonen et Virpi Pöyhönen

Anna Kivekäs, Mirjam Ilvas et Jussi Karjalainen

Kirsi

Jussi

Au cours de l’écriture, je me suis appuyée, entre autres, sur les ouvrages suivants :

Petri Anttonen, *Ajan kosketus* (Le Contact du temps), Musta taide, Helsinki, 2005

Roland Barthes, *La Chambre claire. Note sur la photographie*, Gallimard, Paris, 1980

John Berger, *Ways of Seeing*, Penguin Books, Londres, 1972 (*Voir le voir*, trad. par Monique Triomphe, Éditions Alain Moreau, coll. « Textualité » dir. par Bernard Cassen, Paris, 1976)

Michael Freeman, *The Photographer’s Eye : Composition and Design for Better Digital Photos* (*L’Œil du photographe et l'art de la composition*, trad. par Thomas Secaz, Dunod, Paris, 2021)

Mikko Hietaharju, *Kuuntele kuvaa* (Écoute l'image), Docendo, Jyväskylä, 2010

Leena Saraste, *Valokuva, muisto – viesti – taide* (La Photographie, souvenir – message – art), Musta taide, Helsinki, 2010

Janne Seppänen, *Levoton valokuva* (La Photographie sans repos), Vastapaino, Tampere, 2014

pca
cmb
édition pré-presse
livres numériques

44400 Rezé

Achevé d'imprimer en février 2024
sur les presses de Normandie Roto Impression s.a.s.
à Lonrai (Orne)
pour le compte des Éditions Payot & Rivages
60/62, avenue de Saxe -75015 Paris
N° d'impression : 2400362
Dépôt légal : février 2024

Imprimé en France